LES TIGRES
DE LA COLÈRE

PHILIP ROSENBERG

LES TIGRES
DE LA COLÈRE

Traduit de l'américain
par Alain Defossé

belfond
216, boulevard Saint-Germain
75007 Paris

Cet ouvrage a été publié sous le titre original
TYGERS OF WRATH
par St. Martin's Press, New York

Si vous souhaitez recevoir notre catalogue
et être tenu au courant de nos publications,
envoyez vos nom et adresse, en citant ce livre,
aux Éditions Belfond,
216, bd Saint-Germain, 75007 Paris.
Et, pour le Canada, à
Édipresse Inc., 945, avenue Beaumont
Montréal, Québec H3N 1W3.

ISBN 2.7144.3139.9

Pour Matt et Mark, et Charlotte
Pour ma mère et mon père
avec amour
et reconnaissance

Les tigres de la colère sont plus sages que les chevaux de l'instruction.

William Blake,
Le Mariage du Ciel et de l'Enfer

LUNDI

Les livres ne gardent pas de secret, voilà ce qu'il voulait leur faire comprendre. Tout ce qui arrivait arrivait pour une raison précise, et cette raison était inscrite à chaque page.

Aucun d'entre eux ne comprenait. Il aurait voulu pouvoir se reposer sur un seul regard qui lui aurait renvoyé une lueur de compréhension, ou même d'intérêt. Mais il voyait bien à leurs visages qu'ils étaient incapables de reconnaître une seule idée, de retenir la moindre chose, alors qu'ils en discutaient depuis une semaine entière. Dans certains regards se lisaient l'ennui, l'impatience; dans d'autres, il y avait une sorte d'égarement flou, comateux. Certains exprimaient ce que l'on aurait pu prendre pour de la curiosité, mais qui était seulement un vernis de courtoisie dissimulant un gouffre de perplexité bienveillante. En tout cas, personne ne comprenait rien.

Inspirant profondément, cherchant à garder le contrôle de sa voix, Steven se tourna vers la fenêtre, pour s'empêcher de tout envoyer promener. *Du calme, du calme*, se dit-il, s'obligeant à se rappeler qu'il était professeur.

En même temps, il savait bien que ce n'était pas vrai, car on ne peut prétendre avoir enseigné quoi que ce soit si personne n'a rien appris. C'est un axiome, une vérité, par définition, et essayer de la mettre en cause, c'est tout simplement se mentir à soi-même.

Et maintenant? se demanda-t-il, interrogeant le morne, l'impitoyable paysage de pierres, quatre étages au-dessous. Reconnaître que les trois dernières semaines étaient de la foutaise, et leur faire passer des exemplaires du *Weekly Reader*? Il se refusait à cela. Alors, revenir en arrière, jusqu'au début si nécessaire, leur rappeler ce qu'ils avaient appris la semaine précédente, leur montrer les points d'articulation.

Oui, voilà. Ils avaient effectivement appris quelque chose. C'était là, dans leur tête, en partie au moins. Il fallait juste les aider à réunir les morceaux épars.

En entendant la porte s'ouvrir, il se retourna brusquement, prêt à accueillir les nouveaux venus. Comment pouvait-on vous demander d'enseigner quoi que ce fût dans un pareil zoo, dont les animaux entraient et sortaient à leur guise, sans aucun contrôle? Ils débarquaient tranquillement dans la classe avec une demi-heure de retard, et repartaient quand cela leur plaisait. Si vous leur faisiez une remarque, ils avaient toujours un billet d'excuse. Parce que personne n'avait assez de cran pour leur tenir tête.

Mais Steven avait pris sa décision. Il allait, lui, prendre le pouvoir. Il n'accepterait aucun mot d'excuse, et peu importerait qui l'aurait signé. Ces conneries, cela peut bien marcher dans les autres classes, mais pas ici, mes petits gars. Ou vous arrivez au début du cours, ou vous êtes absent. Point, à la ligne.

Mais ce n'était pas un élève qui se tenait à la porte. C'était Rita Torres. Elle paraissait hors d'haleine. « Steven, vite! » fit-elle, et elle disparut.

Steven la suivit, traversant la salle en courant. Il entendit les gosses qui faisaient mouvement vers la porte, derrière lui, mais il savait qu'il ne parviendrait jamais à sortir s'il prenait le temps de les arrêter. Il fallait atteindre la porte avant eux, et il y aurait bien quelqu'un pour s'en occuper après.

Rita était déjà à mi-chemin du couloir, courant à une vingtaine de mètres devant lui, ses talons martelant le sol de béton.

Grands dieux, il n'y avait personne. Le corridor était désert. Et jamais le corridor n'était désert. Il accéléra pour la rattraper. Comme il passait en trombe devant la salle de Hal Garson, celui-ci parut sur le seuil, avec cette expression hébétée qu'il arborait dès le matin et gardait toute la journée, jusqu'au moment où il quittait le lycée Fiorello La Guardia pour rentrer chez lui. Garson était un Noir, petit, avec presque l'air d'un savant. Il possédait ce truc étonnant de toujours savoir quoi faire, en n'importe quelle situation. Et il le faisait. S'il n'avait été professeur, il aurait pu être flic. Il y avait en lui une espèce de dureté qui n'avait rien à voir avec la force physique, ni même avec la présence, cette dureté qui donne aux hommes de petite taille le pouvoir de faire chier de trouille les criminels les plus endurcis. Steven lui avait demandé un jour comment il s'y prenait pour s'en sortir si facilement avec les gosses, et Garson lui avait répondu qu'ils voyaient très bien à son regard que, quoi qu'il arrivât, il s'en moquait.

Derrière lui, Steven entendit Garson qui coupait la route à ses élèves, leur ordonnant de réintégrer leur salle. Garson demeurerait planté au milieu du couloir aussi longtemps que nécessaire, avec son air hébété, faisant ce qu'il avait à faire, et forçant au moins deux classes, la sienne et celle de Steven, à tenir en place.

Rita avait gravi la moitié de l'escalier quand Steven la rattrapa. C'était étonnant, à quelle vitesse elle pouvait courir avec des talons pareils. Mais avec les jambes qu'elle avait, tout était possible. (*Tout.* Cette pensée fulgura dans son esprit, en un éclair.) Ils atteignirent ensemble la porte palière du cinquième, qu'elle lui laissa ouvrir.

« C'est Timothy », dit-elle, à bout de souffle. Son visage était luisant, couvert d'une fine pellicule de sueur.

A l'instant où il poussa la porte du cinquième, Steven comprit pourquoi le couloir du quatrième était désert. Tout le monde était là. Le corridor était bondé de gosses. (*Bondé*? Personne n'utilisait plus de tels mots. Il était *bourré*.) Steven et Rita durent se frayer un chemin au milieu de cette masse molle mais dense, épaisse, collante, résistante mais malléable. Rita était demeurée devant lui, s'insinuant dans la cohue, prenant la tête. Une main fit mine de lui attraper un sein, et elle s'en débarrassa comme d'une toile d'araignée. Un jour, elle avait déclaré à Steven qu'elle se faisait peloter au moins une demi-douzaine de fois par jour. Toutes les femmes professeurs disaient la même chose, même celles d'âge mûr et de silhouette informe, mais cela se faisait si rapidement, si subrepticement, que leurs collègues masculins n'avaient jamais rien vu, et les soupçonnaient à part eux de raconter des histoires.

Cette fois, le doute n'était pas permis. Steven se retourna à temps pour surprendre le sourire avide de Bedrosian. Il saisit le jeune garçon par la chemise. « Surveille tes mains, Bedrosian », gronda-t-il. « Steven! » fit Rita d'un ton coupant, refusant son inutile protection. Se sentant étrangement puéril, il repoussa le garçon et se hâta de la rattraper. Il entendit dans son dos un concert moqueur de voix adolescentes. Il aurait aimé les cogner, tous.

La seule chose qu'il parvenait à saisir, au milieu de ce vacarme, était les noms de Timothy et d'Ophelia, mais tout le monde parlait en même temps, et il ne comprenait pas ce qui était arrivé. Timothy, c'était Timothy Warren. Tout le monde au lycée savait qu'il était fragile, qu'il avait besoin d'aide, mais personne ne l'aidait jamais. Ophelia James avait treize ans, c'était une fille minuscule, presque une poupée, élevée dans ce milieu coincé, anachronique des baptistes, où l'on tient les filles sous un joug moral, jusqu'au jour où elles se retrouvent enceintes, mystérieusement.

Rita Torres arriva à la porte de la salle du matériel, au bout du couloir, où la meute était tenue en respect par Charlie Wain, un garçon massif de seize ans, élève de neuvième année et gorille favori de Rita. « Je n'en ai pas laissé passer un seul, Miss Torres », marmonna-t-il entre ses dents, tout en lui ouvrant la porte de la salle. Elle se glissa à l'intérieur, Steven sur les talons. La porte se referma derrière eux.

Rita s'adossa au mur, les yeux clos, pour reprendre souffle. Steven, qui haletait lui aussi, se retenait de l'interroger, par orgueil autant que par égard envers elle. S'il avait ouvert la bouche, sa voix aurait résonné comme celle d'un asthmatique au stade terminal.

Autour d'eux, dans la salle du matériel, s'entassaient des serviettes, des tapis de gym, et des monceaux de trucs divers, jamais triés, là depuis toujours. Sur le mur en face, une porte donnait sur la salle de musculation, une des quelques innovations du lycée La Guardia au cours des cinquante dernières années, don personnel de Tal Chambers, seul ancien de La Guardia à avoir réussi des études supérieures. A son époque, La Guardia était un lycée d'enseignement secondaire.

Rita prit une profonde inspiration et chuchota quelques mots, d'une voix précipitée.

« Il est dans la salle de muscu, avec Ophelia. Ne me demandez pas comment elle est entrée là-dedans.

– Ni lui », ajouta Steven.

En principe, personne ne pouvait pénétrer dans la salle de musculation sans autorisation. C'était la règle, depuis le jour où, deux bandes rivales ayant choisi d'y régler leurs comptes, les poids de cinq kilos avaient volé comme des disques de lancer, et l'un des garçons était demeuré paralysé du cou jusqu'aux pieds. A l'évidence, ce règlement était aussi peu respecté que tous ceux en vigueur à La Guardia.

« C'est Barry qui les a découverts, reprit Rita. Il leur a dit de sortir, et Timothy lui a répondu de les laisser en paix, sinon il se vengerait sur Ophelia. Barry s'est précipité en bas pour appeler les flics. C'est tout ce que je sais. »

Steven tenta de visualiser la scène, afin d'imaginer ce qu'il pourrait faire. Mais il n'était jamais entré dans la salle de musculation, et ne pouvait se la représenter, ni deviner où il allait trouver Timothy et la fille, une fois la porte franchie. La seule chose claire, c'était qu'on attendait de lui qu'il l'ouvre. Sinon, Rita ne serait pas venue le chercher en bas. Il était proche de Timothy, autant qu'un prof peut l'être d'un garçon de ce genre, plus proche en tout cas que qui que ce fût dans l'école, y compris les autres élèves.

« A-t-il un couteau, quelque chose de ce genre? s'enquit-il.

– Je ne sais pas. Sans doute. »

Un instant, Steven considéra la possibilité de ne rien faire, de laisser les flics prendre les choses en main, avant de la rejeter. Il se dit qu'il aurait peut-être envisagé plus sérieusement cette solution si Rita n'avait pas été présente, mais il ne le pensait pas vraiment. C'était son école, pas celle des flics. Et Timothy Warren l'écouterait. Il en était à peu près sûr.

« Quand les flics arriveront, empêchez-les d'entrer, aussi longtemps que vous le pourrez », demanda-t-il.

Il se dirigea vers la porte de la salle de musculation, saisit la poignée, qui tourna avec un petit cliquettement. Il savait qu'on l'avait entendu de l'intérieur et il se raidit, suspendant son souffle pour écouter si Timothy disait quoi que ce fût. Il sentait Rita Torres qui retenait sa respiration, à côté de lui. Comme aucun bruit ne lui parvenait de l'intérieur de la pièce, il tira la porte vers lui, de quelques centimètres.

« Sortez! » fit la voix de Timothy, perçante, acérée, cette voix chargée d'une méfiance glacée qu'il reconnaissait avec crainte. Elle indiquait à quel point il allait devoir être prudent. Parfois, lorsque Timothy était dans cet état, il fallait des jours de travail délicat, comme pour approcher un animal farouche, pour simplement arriver à lui parler. Là, Steven n'avait pas des jours devant lui.

« C'est Mr. Hillyer, Timothy. Ophelia est-elle avec toi?

– Fichez le camp d'ici, Mr. Hillyer! s'écria le jeune garçon, d'une voix où se mêlaient la colère et la supplication.

– Il faut que nous parlions, Timothy, est-ce qu'Ophelia va bien?

– Oui.

– J'aimerais bien qu'elle me le dise elle-même. »

Il pensa à s'adresser directement à elle, mais cela aurait été relever le défi de Timothy. Mauvais départ.

« Elle ne dit rien du tout. C'est moi qui parle. »

Donc, la fille n'allait pas bien. Il fallait décidément la sortir de là au plus vite. Steven eut l'impression qu'une horloge commençait son tic-tac dans sa tête.

« D'accord, c'est toi qui parles, Timothy. Moi, je vais entrer, c'est tout. »

Sans attendre la réponse, il tira la porte, juste assez pour se glisser par l'entrebâillement, et la referma derrière lui.

Il chercha Timothy des yeux, sans le trouver. La pièce était beaucoup plus petite qu'il ne s'y attendait. Les murs étaient blancs, carrelés. Celui qui lui faisait face ainsi que celui de gauche étaient recouverts de solides râteliers métalliques, sur lesquels reposaient confortablement les lourdes barres des haltères. Il y avait quelques poutres et échelles, des tapis sur le sol, et cinq machines d'exercices, alignées côte à côte, d'aspect à la fois primitif et futuriste, avec leurs membres étranges, décharnés, qui jaillissaient bizarrement des cadres articulés.

Il lui sembla qu'un long moment s'était écoulé avant qu'il ne distinguât enfin Timothy, assis par terre, dans l'espace étroit entre deux machines, dos au mur. En réalité, de la porte, Steven voyait non le garçon, mais son ombre portée sur le carrelage. D'Ophelia James, aucune trace.

« A ton avis, de quoi devons-nous parler, Timothy ? demanda-t-il, commençant à avancer.

— Restez où vous êtes !

— Si je ne te vois pas, je ne peux pas te parler, Timothy.

— C'est votre problème. »

Steven demeura où il était.

« D'accord, parfait. De quoi veux-tu parler, Timothy ?

— C'est vous qui voulez parler.

— Bon, tu as un problème. C'est pour cela que tu es là, n'est-ce pas ?

— Ne vous occupez pas de savoir pourquoi je suis là.

— Et Ophelia ? Elle est avec toi, non ? »

Pas de réponse.

« Tu sais, tôt ou tard, il va bien falloir que tu sortes, Timothy.

— Vous avez appelé les flics ?

— Non, je ne les ai pas appelés. »

Cette manière de se dérober mettait Steven mal à l'aise. Il se serait senti plus sûr de lui s'il avait su ce que Timothy avait fait de la fille. Il lui vint à l'esprit qu'elle n'était peut-être même plus là, et qu'ils auraient tous bonne mine quand les flics débarqueraient pour trouver un lycée sur les dents, à cause d'un adolescent maigrichon qui boudait dans son coin.

« Mes pieds, que vous ne les avez pas appelés ! lança Timothy, sentant le mensonge.

— Moi, je ne les ai pas appelés, mais quelqu'un l'a fait, admit Steven. C'est pourquoi il faut que nous discutions maintenant. Avant qu'ils n'arrivent. »

Tout en parlant, il fit trois pas en avant, très vite, de manière à voir ce qui se passait entre les machines. Il retint un haut-le-corps. La fille était bel et bien là, roulée en boule sur les genoux de Timothy, comme un chien ou un chat. Elle ne bougeait pas, et il apparut à Steven Hillyer qu'elle était peut-être morte.

Dès qu'il eut appelé la police, Barry Lucasian sortit en manches de chemise pour l'accueillir. Il s'attendait à entendre une sirène, mais c'est une Plymouth banalisée qui s'arrêta, et deux hommes en costume gris en descendirent. C'était typique de la police du Bronx d'envoyer des flics en civil, au lieu d'hommes en uniforme. L'école grouillait de types en costume, et ce qu'ils faisaient ou rien, c'était pareil.

« C'est vous, Lucasian ? » demanda l'un des flics. Il se présenta comme l'inspecteur Donadio, et son collègue comme l'inspecteur Franks. Franks était un Noir, mais pas le genre de Noir qui pourrait s'en sortir avec les gosses qui l'attendaient là. Il portait les cheveux très courts, et une moustache bien taillée. Son costume était d'une banalité affligeante. Pour ce que l'on attendait de lui, il aurait pu tout aussi bien être blanc. De plus, c'était l'autre qui tenait le crachoir. Donadio était le type même du flic italien, tel que les services de police semblaient en avoir des stocks inépuisables : petit, sec et nerveux, l'œil noir, la peau basanée, avec en permanence un rictus sardonique sur les lèvres.

« Alors, quel est le problème ? » demanda Donadio.

Lucasian ne savait pas si l'insolence qu'il percevait dans le ton nasal, neutre, de l'inspecteur était réelle ou imaginaire. Décidant de lui accorder le bénéfice du doute, il lui expliqua, aussi succinctement que possible, qu'un élève retenait une camarade en otage dans une salle, en haut du bâtiment.

« Un Noir ? s'enquit Donadio.

– Oui, et la fille aussi », répondit Lucasian.

L'inspecteur Donadio écouta cela comme s'il entendait chaque jour la même histoire.

« Vous n'êtes pas le proviseur, n'est-ce pas, Mr. Lucasian ? demanda-t-il enfin.

– Je suis prof de gym. Il l'a coincé dans la salle de musculation. »

Cela n'avait aucune importance aux yeux de Donadio.

« Je crois que nous ferions mieux d'en parler avec le proviseur », dit-il.

Vas-y, fais comme chez toi, espèce de petit merdeux, pensa Lucasian. *C'est moi qui t'ai appelé, et je ne bouge pas d'ici.*

« Je crois qu'il est absent, monsieur l'Inspecteur », se contenta-t-il de répondre.

Il n'ajouta pas que le proviseur ne passait jamais plus de six heures par jour au lycée, et qu'on ne l'avait pas vu depuis mardi. Ni que la surveillante générale décrochait son téléphone et se planquait dans les toilettes attenantes à son bureau dès qu'un problème se posait. Ni que toute la prétendue administration du lycée était à peu près aussi efficace qu'un soutien-gorge sur une vache.

« O.-K., on va jeter un coup d'œil », déclara l'inspecteur Donadio.

L'héroïsme, ce n'était pas le truc de Steven Hillyer. Il avait la bouche sèche, les paumes moites. Il ne savait trop quoi dire à présent, et il dit la première chose qui lui passa par la tête. Timothy également. Steven se rendit soudain compte que Timothy n'avait, pas plus que lui, l'expérience de ce genre de situation, et que tous deux faisaient ce qu'elle semblait leur dicter. Cela le fit se sentir un peu plus à l'aise et, en quelques minutes, il eut l'impression de pouvoir deviner d'avance ce que Timothy allait répondre, avant même qu'il n'ouvrît la bouche.

« Et si on laissait sortir Ophelia, de manière à pouvoir parler tous les deux ? suggéra-t-il.

– Quoi ? Moi et les flics ?

– Non, non. Toi et moi, tout seuls. Je ne les laisserai pas entrer.

– Vous allez les empêcher d'entrer ? » fit Timothy. Il se moquait de lui.

Steven savait qu'il ne l'avait pas volé. Évidemment, qu'il ne pouvait pas les empêcher d'entrer. Les professeurs étaient censés être des représentants de l'autorité, faire partie du « système ». En fait, ce n'était pas le cas, et tous les gosses le savaient.

« Je peux peut-être les retenir pendant un petit moment, dit Steven. Simplement, laisse sortir Ophelia. »

Il fit un nouveau pas en avant. La voix de Timothy claqua :

« Restez où vous êtes, fichez-moi la paix ! »

Steven le voyait à présent. Il brandissait un couteau. Un an auparavant, à peu près, Timothy se baladait toujours avec un rasoir, mais il avait fini par le lui remettre. A présent, c'était un couteau. Timothy était en neuvième année. Il avait quinze ans, mais paraissait plus jeune, avec ses traits délicats, ses membres fins. Il était joli garçon. Une fois, il avait tenté de se tuer. Il écrivait des poèmes dans de petits carnets, où il parlait d'étrangler sa mère « comme un chat dans une impasse ».

« Tu lui as fait du mal, n'est-ce pas, Timothy?

— Non.

— Pourquoi ne remue-t-elle pas?

— Elle est tombée dans les vaps, un truc comme ça. »

Steven fit encore un pas en avant.

« Il faut que je jette un coup d'œil sur elle, dit-il. Je dois m'assurer qu'elle va bien.

— Je ne l'ai pas touchée, et cessez de me bouffer l'oxygène! » cria le jeune garçon, fou de rage, brandissant son couteau, qui étincela dans la lumière crue des néons.

Steven se figea net. Ce n'était pas là une image. Il sentit littéralement son sang arrêter de couler dans ses veines. Il demeura tétanisé malgré lui, pris de court. Il y avait, dans le regard de Timothy, une menace glacée, terrifiée, qu'il n'avait jamais vue auparavant, et il se dit que, peut-être, il ne le connaissait pas du tout.

« Qu'est-ce que tu veux, en fait, Timothy? parvint-il à demander, toujours immobile.

— Je ne veux rien.

— Tu veux rester là?

— Ouais.

— Mais tu ne penses pas vraiment que l'on puisse te laisser ici, n'est-ce pas?

— Je vous dis ce qui est, Mr. Hillyer, c'est tout. Je n'ai pas envie de me servir de ce truc. Tout ce que je veux, c'est qu'on me laisse une minute pour réfléchir. »

Il y avait un étrange décalage entre ce « monsieur » et la lame du couteau qui le menaçait.

« Elle est blessée, Timothy, dit Steven.

— Taisez-vous, mais taisez-vous!

— Elle a besoin d'un médecin, Timothy.

— Taisez-vous.

— Elle a besoin d'un médecin... Tu ne fais qu'aggraver les choses, Timothy, ajouta Steven alors que cette fois le garçon ne répondait rien.

— Putain, j'aimerais bien savoir comment elles pourraient s'aggraver! cria Timothy. Elles ne peuvent pas, mon vieux. Elles ne peuvent pas être pires! »

Derrière lui, Steven entendit s'ouvrir la porte de la salle du matériel. Timothy ne pouvait pas l'avoir entendue aussi. Il se concentra, prêt à agir, car si Timothy esquissait le moindre geste avec son couteau il allait devoir lui sauter dessus, et il n'avait pas la moindre idée de la manière dont il pourrait éviter de se faire tuer, ainsi que la fille. Puis il s'aperçut qu'il avait cessé de parler. C'était une erreur.

« Tu viens souvent ici, Timothy ? » demanda-t-il.

Rita traversa la salle du matériel en un éclair afin d'intercepter les deux inspecteurs, avant même qu'ils en aient franchi le seuil.

« Il y a un professeur avec lui. Il est en train de lui parler, dit-elle.

— Parfait, on va le tirer de là », répondit Donadio, essayant de prendre un ton compétent plutôt qu'agressif. Mais un geste de dénégation lui avait échappé, et elle se raidit aussitôt, sur la défensive.

« Je crois que Mr. Hillyer a la situation en main. Ils se connaissent », déclara-t-elle. Elle avait les yeux noirs, et de longs cheveux qui semblaient couler comme un flot sombre. Une telle femme, avec un corps pareil, n'aurait pas tenu une minute dans l'école où allait autrefois Donadio, et encore était-ce dans un quartier relativement civilisé du Bronx. Elle devait être une sacrée nana pour s'en sortir ici.

« Mon nom, c'est Donadio, fit-il avec ce qui pouvait passer pour un sourire. Lui, c'est l'inspecteur Franks. Je comprends bien ce que vous essayez de faire, miss, mais nous sommes entraînés pour ce genre de situation. »

Il crânait un peu, mais cela n'avait aucune importance. Il savait qu'il pouvait le prouver, et qu'elle aussi le savait.

« Oui », fit-elle, un peu hésitante, pas vraiment impressionnée, mais au moins disposée à l'être. Elle avait des lèvres pleines, et faisait légèrement la moue, choisissant ses mots. « Il a confiance en Mr. Hillyer, ajouta-t-elle. Ils ont toujours été proches. »

Donadio hocha la tête, indiquant qu'il soupesait l'argument.

« Je ne crois pas que vous nous ayez donné votre nom, mademoiselle, dit-il.

— Rita Torres.

— Et comment s'appelle le garçon, Miss Torres ?

— Timothy Warren.

— Est-il armé ?

— Je ne sais pas. »

Elle rougit légèrement, se rendant compte que c'était là une chose qu'elle aurait dû savoir.

« Eh bien, c'est ça, le problème, dit Donadio. Il est peut-être armé. Nous ne voulons pas qu'il y ait des blessés. »

Alors qu'il se dirigeait vers la porte de la salle de musculation, Rita fit mine de le retenir. Mais l'agent Franks s'était glissé entre eux avec adresse, comme si l'enchaînement avait été longuement répété.

« Vous n'allez pas nous mettre des bâtons dans les roues, Miss Torres », dit Franks d'un ton condescendant, ainsi qu'il se serait adressé à une enfant.

Donadio lui lança un clin d'œil, et ouvrit doucement la porte de la salle de musculation.

« Fichez le camp ! » cria Timothy. Depuis un moment, il avait baissé son couteau, qu'il tenait d'une main molle, le long de sa cuisse. De nouveau, il le brandit, étincelant.

« Tout va bien, Timothy, dit Donadio. Je veux juste parler un peu avec toi. »

Le garçon ne quittait pas Steven des yeux, refusant de discuter avec un étranger.

« Dites-lui de fiche le camp, déclara-t-il.

— Attendez dans la pièce à côté, fit Steven par-dessus son épaule. Nous réglons le problème, Timothy et moi. »

Steven se tenait accroupi comme un receveur de base-ball au bout de la travée entre les bancs de musculation. Timothy et la fille n'étaient qu'à un mètre cinquante de lui environ. Du coin de l'œil, il voyait les deux flics sur le seuil.

« Je ne peux pas faire cela, répondit Donadio.

— Ça va aller, dites-lui que ça va aller ! » cria Timothy.

Steven hésita, écartelé. Le garçon avait commencé de lui parler. Tout ce qu'il lui fallait, c'était encore un petit peu de temps, et tout finirait comme il se doit. Timothy poserait son couteau, Steven soulèverait Ophelia James dans ses bras, et ils sortiraient ainsi, côte à côte, Steven portant la fille.

C'était cela qu'il voulait. Mais, bon dieu, ce qu'il voulait plus encore, c'était sortir de là avant que la situation ne lui échappe. *En somme, j'ai la trouille*, se dit-il. Et pourquoi n'aurait-il pas eu la trouille ?

« Laissez-moi simplement lui parler, s'entendit-il demander malgré tout. Il sortira dans un petit moment... N'est-ce pas, Timothy ?

— Tu as la fille avec toi, hein, mon vieux ? » s'enquit Donadio.

Jetant un coup d'œil par-dessus son épaule, Steven fut surpris de ne plus voir qu'un flic. Il ne comprenait pas où était passé l'autre, le Noir.

Timothy gardait le silence, et Steven répondit à sa place.

21

« Il a la fille », dit-il, fouillant rapidement la pièce du regard, essayant de repérer le flic noir sans que Timothy s'en aperçoive. Il lui semblait avoir vu quelque chose bouger, derrière un des appareils, mais il n'en était pas certain.

« Il faut qu'elle sorte d'ici, mon gars, reprit Donadio. Ensuite, nous pourrons discuter. » Il s'était approché, faisant le tour de la pièce, et se tenait maintenant juste derrière Steven, bien en face de Timothy.

« Qu'est-ce que c'est que ça ? » fit Donadio, avec un sursaut. Il ne s'attendait pas à trouver la fille ainsi recroquevillée sur les genoux de Timothy.

« Foutez le camp ! cria le jeune garçon d'une voix suraiguë. Foutez le camp !

— Cette fille est morte, mon vieux. Je vais la sortir d'ici », aboya Donadio, s'avançant résolument, écartant Steven avec brutalité.

Comme il basculait sur le côté, Steven eut la brève vision du flic noir, grimpé sur un des bancs de musculation. Il avait une arme à la main, mais Steven n'eut pas le temps de crier, ni de faire quoi que ce soit.

A l'instant où Donadio se jetait sur le garçon, un coup de feu perça les tympans de Steven comme une explosion, si assourdissant qu'il en sentit les ondes sonores se répercuter contre les parois de son crâne. Puis il vit le flic noir qui sautait de l'appareil dans la travée, lui cachant Timothy. Il fourra brutalement le revolver dans un étui, sous son bras, et s'écarta, tandis que Donadio saisissait la fille par les chevilles et la traînait hors de portée de Timothy, l'allongeant sur le sol carrelé.

Steven dut reculer, toujours accroupi, comme un insecte acculé dans son trou, afin de lui faire de la place. Elle était inerte sur le sol, et Donadio lui appuyait sur la poitrine, se penchait sur elle, posait sa bouche contre la sienne, essayant de lui insuffler la vie.

Derrière Timothy, le carrelage blanc était éclaboussé de sang rouge vif, et souillé de petits morceaux de matière blanche et rose, comme des crachats luisants. Du visage de Timothy Warren, il ne restait rien.

MARDI

Le compteur indiquait déjà quatorze dollars, et Philip Boorstin n'en avait que vingt en poche. Ce serait gênant de devoir emprunter de l'argent pour payer le taxi, une fois là-bas.

Inspectant l'avenue, à la recherche d'une banque, il aperçut devant lui un bâtiment où s'inscrivait : « Société de la fidélité au lion de Juda ». Était-ce une plaisanterie? De loin, cela ressemblait à une banque et, comme il s'en approchait, il vit que c'en était bien une. Mais qui, à part un fou, irait mettre de l'argent dans un truc appelé « Société de la fidélité au lion de Juda »? *Les pauvres*, pensa-t-il, non sans cynisme. Il n'était pas particulièrement fier de sa réponse, mais elle résumait en fait très bien les problèmes des communautés sous-développées, comme celle du Bronx.

Quoi qu'il en soit, il n'y avait guère de chances que le « Lion de Juda » ait un distributeur, ou que celui-ci accepte une des cartes que renfermait le portefeuille de Philip Boorstin, et il ne se donna même pas la peine de demander au chauffeur de ralentir pour pouvoir jeter un coup d'œil. Cependant, le compteur indiquait seize dollars à présent, et continuait de tourner. Il se pencha en avant, et s'adressa au conducteur, par les petits orifices de la vitre blindée. « C'est encore loin? » s'enquit-il.

Le chauffeur, soit qu'il ne parlât pas anglais, soit qu'il pensât à autre chose, hocha simplement la tête. Le compteur cliqueta de nouveau, affichant dix-sept dollars.

Cela coûte moins cher d'aller jusqu'à l'aéroport, se dit Philip, commençant à soupçonner le chauffeur de lui faire visiter la ville. D'une certaine manière, il trouvait l'idée plutôt rassérénante, car cela résoudrait son problème d'argent : on ne donne pas de pourboire à un taxi qui essaie de vous entuber.

Puis il s'aperçut que cela ne résoudrait rien. Il allait bien lui falloir revenir au bureau, après la réunion. La perspective de poireauter à un coin de rue, dans le Bronx, avec son mètre soixante-douze, son visage de Juif propret, aux traits aigus, et son costume

23

italien, suffisait à évacuer le problème du moment. Sans être froussard, il était assez réaliste pour se rendre compte que l'endroit n'était pas fait pour un petit Juif maigrichon en vêtements de luxe.

Où étaient-ils? Le taxi avait quitté le boulevard pour prendre une rue latérale. (Il n'avait jamais compris pourquoi, dans le Bronx, on appelait les avenues des *boulevards*.) Un immeuble gigantesque surgit devant lui, si immense, si impressionnant qu'il donnait une réalité concrète à ce que le mot *surgir* peut avoir d'abstrait, de métaphorique. C'était une véritable forteresse, qui composait à elle seule le pâté de maisons. Ce n'était pas du granit, mais une quelconque matière rocheuse d'un effet semblable. Sur un plan architectural, c'était une monstruosité qui vous glaçait rien qu'à lever les yeux sur elle, tant son poids même, la pesanteur oppressante, menaçante, opaque d'une telle masse de pierre semblait devoir faire suffoquer le passant à deux rues de là, suggérant le pire pour le malheureux qui aurait la malchance de se laisser absorber par elle.

Cependant, c'était là une école, ou cela avait été une école, avant de devenir le siège du Bureau 61 des Affaires scolaires. Qui pouvait donc construire des écoles de ce genre? se demanda Philip. (Lui-même avait été dans une école privée, où le soleil entrait à flots par les fenêtres, faisant étinceler les promesses d'avenir et de savoir.) Des gens qui haïssaient les enfants? Qui, à cette époque déjà, avaient peur de leur progéniture? Cela semblait si loin...

« Dix-huit quatre-vingt-dix », fit le chauffeur, faisant glisser la séparation.

1890, ce devait être à peu près cela, encore que Philip l'eût située juste au début du siècle. Et c'était resté une école primaire jusqu'à la fin des années 70. Pendant presque quatre-vingts ans, de petits pieds avaient crissé sur les marches de marbre, y creusant de minuscules sillons.

« C'est bien ça, non? grogna le chauffeur.

– Oui, oui, c'est cela. » S'apercevant soudain qu'il rêvait, Philip fouilla dans sa poche pour y prendre le billet de vingt, se penchant vers le compteur pour voir l'étendue des dégâts. Dix-huit quatre-vingt-dix. Évidemment. Il aurait détesté devoir emprunter de l'argent à quelqu'un à la réunion, simplement parce que tous les chauffeurs de l'hôtel de ville étaient mobilisés pour accompagner le maire à l'aéroport, mais il était hors de question de lui donner un dollar dix de pourboire pour une course de dix-neuf dollars.

« Écoutez, je n'ai qu'un billet de vingt, dit-il, lui tendant l'argent. Donnez-moi une seconde, je reviens tout de suite...

— Dix-huit quatre-vingt-dix, répéta le chauffeur, contemplant le billet, l'air abruti.

— Je sais. C'est ce que je viens de vous dire. Je fais un saut à l'intérieur... »

Le chauffeur avait repris son attitude d'étranger. Il semblait ne pas comprendre un traître mot.

« Sortez », ordonna-t-il.

Philip avait déjà la main sur la poignée de la portière. Il essaya de trouver quelque chose à donner au chauffeur, en compensation, et décida enfin d'essayer à nouveau de lui expliquer la situation, alors qu'il avait déjà pris pied sur le trottoir.

« Je vais chercher deux dollars, et je reviens tout de suite », dit-il.

Le chauffeur démarra brutalement, lui arrachant la portière de la main. « T'es un enculé, monsieur, t'es un enculé ! » lança-t-il, s'éloignant à toute vitesse.

Moi, un enculé ? Je suis adjoint au maire. Crois-tu que je me baladerais sans un sou en poche, si je n'avais pas une bonne raison pour cela ? Lis les journaux, bon dieu ! Tu ne sais pas que deux flics du Bronx, des agités de la gâchette, ont descendu un lycéen noir, dans son école, hier après-midi ? Et tu serais peut-être surpris d'apprendre que la cote de popularité du maire Ehrlich traîne quelque part entre la gingivite et le cancer ? Et qu'il suffirait d'une émeute raciale pour que la ville se retrouve avec un nouveau maire, au matin du 1ᵉʳ janvier ? Toi qui penses avoir des problèmes, que dis-tu de ceux-là ? Je suis un enculé, monsieur ? Non, c'est toi l'enculé !

Victoria James avait trente-six ans. Elle avait un squelette d'oiseau, et ne mesurait guère plus que sa fille défunte, soit un peu moins d'un mètre cinquante. Elle travaillait dans le métro, où elle vendait les jetons, et se trouvait derrière sa caisse quand l'employée de police vint lui annoncer que sa fille était morte. En fait, ce n'est pas du tout ainsi qu'elle le dit. Elle demanda à Mrs. James de bien vouloir la suivre. Puis son collègue masculin contacta par radio la Direction des transports pour demander une remplaçante, afin que Victoria pût partir avec eux.

Ils auraient au moins pu, s'ils avaient eu le minimum de respect envers elle, venir avec quelqu'un, pour qu'elle ait la possibilité de quitter immédiatement son poste. Personne n'y avait songé.

Ils ne lui avaient pas dit qu'il s'agissait d'Ophelia, mais il ne pouvait s'agir que d'elle, puisqu'elle n'avait personne d'autre dans sa vie. Pendant trois quarts d'heure, elle demeura l'estomac noué, persuadée qu'ils l'avaient arrêtée pour une raison absurde. Ophelia n'avait certainement rien fait de répréhensible, mais la police du Bronx commettait sans cesse ce genre d'erreur. Pas une seconde l'idée qu'elle pût être morte ne lui traversa l'esprit.

Ce n'est que quand ils s'arrêtèrent devant l'hôpital que Victoria James comprit ce qui était arrivé. Elle hurla, se mit à pleurer. Quand un employé voulut l'emmener reconnaître le corps de sa fille, elle s'évanouit. A présent, elle était chez elle, bourrée de calmants, entre les mains de son médecin.

Celui-ci ne savait pas ce qui était arrivé dans la salle de musculation, et n'avait jamais entendu parler de Timothy Warren. Tout ce qu'il savait, c'est que la police avait ouvert le feu dans un lycée fréquenté essentiellement par des Noirs, et qu'une gamine dont il s'occupait depuis sa petite enfance était morte. Il savait aussi comment les flics avaient agi envers sa patiente. Aux journalistes qui ne cessèrent de sonner à la porte tout l'après-midi, le Dr Carlisle déclara que Victoria James n'était en état de parler à personne, et que les habitants du Bronx allaient exiger une enquête approfondie. Il ajouta que c'était une raison de plus pour laquelle personne dans le Bronx n'avait confiance en la police.

Les services de police sont tout d'abord une bureaucratie, et ensuite seulement une force chargée de faire respecter la loi. En tant que tels, ils se font une spécialité de toutes ces formes institutionnalisées de la sottise qui aident les administrations à atteindre les deux seuls objectifs qu'elles aient jamais eus – la continuité et la stabilité. Une bureaucratie saine et adulte est imperméable aux influences extérieures, parmi lesquelles on peut inclure la fonction même qu'elle est censée remplir. Autrement dit, les services de police jaugent leur succès ou leur échec à la manière dont ils *fonctionnent*, ce qui n'a pas grand-chose, sinon rien à voir avec la manière dont ils accomplissent leur mission. Et la manière dont ils fonctionnent, en retour, est en grande partie évaluée d'après la façon dont elle satisfait ceux qui les dirigent.

De temps à autre, cependant – de loin en loin, et généralement par hasard –, quelqu'un grimpe au sommet de la hiérarchie simplement parce qu'il est compétent dans son domaine, quel qu'il soit. C'était le cas d'Al Terranova, qui s'était vu nommer chef des enquêtes sans avoir jamais rien demandé, et sans rien devoir à quiconque. Il avait cinquante-deux ans, pesait deux fois le poids qui était le sien quand il avait endossé l'uniforme pour la première fois, et était demeuré contre vents et marées ce que les flics appellent un incorruptible. Al Terranova marchait au son de sa propre musique.

Une des conséquences de cette indépendance était qu'il se moquait de faire attendre les gens, quels qu'ils fussent. Il n'accordait aucune attention à cela, pas plus qu'il n'accordait d'attention au chemin que prenait son chauffeur quand il devait se rendre quelque part. C'étaient là des choses qu'il tenait pour acquises, car il était plus simple de considérer, lorsque la voiture s'arrêtait et que l'agent de service se précipitait pour lui ouvrir la porte, qu'il était là où il devait être à ce moment précis. Quand vous êtes le chef, vous ne vous souciez guère d'être en retard à une réunion, puisque la réunion ne commencera pas sans vous.

Terranova avait rendez-vous dans le Bronx avec l'officier de police Klemmer, afin d'évaluer les dégâts. Son secrétaire, lieutenant de police, avait appelé la voiture et prévenu le chef largement à l'avance, pour qu'il puisse arriver à temps dans la trente-neuvième circonscription. Il prit l'ascenseur avec lui jusqu'au rez-de-chaussée et, avant de le conduire à la voiture, lui remit un épais dossier, contenant tous les rapports qu'ils avaient reçus jusqu'à présent sur l'affaire Warren-James. Il fallait agir ainsi, point par point, car, comme aimaient à le dire ses ennemis, l'esprit de Terranova était fait de telle manière qu'il pouvait se retrouver soudain dans un urinoir, l'outil à la main, et ne plus se rappeler ce qu'il était venu y faire. Mais qu'on lui donne un dossier et, en vingt minutes, il vous alignait les faits et leur faisait claquer des talons en mesure comme les danseuses du Radio City Music-Hall. On disait qu'il avait bouclé des affaires en lisant simplement les paperasses de ceux qui n'avaient pas su les résoudre et, bien que ce ne fût pas vrai, la rumeur n'en courait pas moins.

C'était un de ces hommes capables de lire à une vitesse phénoménale, et il avait appris un jour par hasard que John Stuart Mill pouvait parcourir un livre littéralement aussi vite qu'il en tournait les pages. Terranova n'en était pas là, mais il s'en approchait, et se trouvait ainsi doté d'une culture remarquable, tout simplement parce que lire ne lui demandait qu'un minimum d'efforts. Il avait épuisé le dossier Warren-James bien avant que la voiture n'eût atteint le pont de Wills Avenue et, n'ayant rien de mieux à faire, il ouvrit le petit réfrigérateur qu'il avait fait installer à l'arrière. Il en sortit un milk-shake, y planta une paille, et se mit à boire.

Au bout de deux gorgées, il laissa la paille glisser de ses lèvres et pencha la tête de côté, l'air interrogateur, repensant à quelque chose.

« Conduisez-moi au bureau du coroner, Billy, dit-il.

— Tout de suite, monsieur? demanda le chauffeur.

— Et en vitesse. »

Cela faisait un an que Billy conduisait le chef, et il savait ce qu'il avait à faire.

« Le lieutenant m'a dit que je devais vous conduire dans le trente-neuvième, dit-il, hésitant.

— Je verrai ça avec lui. »

Le jeune et fringant agent de service haussa les épaules et, appuyant d'un coup sec sur le bouton de la sirène, effectua un demi-tour serré. Terranova se renfonça sur la banquette, une main posée sur le dossier près de lui, se contraignant à ne pas consulter de nouveau le rapport du médecin légiste, pour voir si son pressentiment était exact. Il se flattait de ne jamais manquer aucun détail et avait en horreur cette petite voix du doute qui chuchotait en lui, le poussant à vérifier ce qu'il ressentait, comme s'il avait existé la moindre possibilité d'erreur.

« Voulez-vous que j'appelle le trente-neuvième, monsieur? demanda Billy au bout d'un moment.

— Pour quoi faire? » repartit Terranova.

Vingt minutes plus tard, la voiture s'arrêtait devant une ancienne aile de l'hôpital Bellevue, qui abritait à présent le bureau du coroner. A l'intérieur, l'endroit ressemblait à n'importe quel hôpital, si ce n'est qu'on en avait impitoyablement éliminé tous ces faux-semblants suggérant que la mort n'est qu'une des conclusions possibles de l'existence. Il y manquait les relents fétides de la convalescence, les visages sombres, le défilé lent et pensif des familles et des amis, et les simples badauds de la déchéance, de la maladie, des accidents. Tout ce qui demeurait là, c'était la mort, nue.

Terranova traversa l'accueil, où on le connaissait, où aucune question ne lui était jamais posée, et prit la porte marquée « Privé » qui donnait sur le labyrinthe de corridors menant aux bureaux de l'équipe du coroner. A gauche, deux portes plus loin, à droite, encore trois portes, et il arriva devant le bureau de Lyle McCulloch. Il frappa à la porte et entra.

McCulloch partageait avec Terranova le goût des milk-shakes et des rébus intellectuels, et les deux hommes s'entendaient bien. Des deux, McCulloch était le plus doué pour métaboliser les glucides, de sorte qu'il ne payait pas ses excès en les portant comme une bouée autour de son corps, exposés aux yeux de tous.

« Qu'est-ce que c'est que ça ? » fit Terranova en guise de salut, lançant le dossier Warren-James sur le bureau.

McCulloch y jeta un coup d'œil, le temps de lire le nom inscrit sur l'étiquette, puis retourna au formulaire qu'il était en train de remplir.

« Cela fait combien de temps que j'habite à mon adresse actuelle ? » demanda-t-il.

Terranova haussa les épaules.

« Deux ans, au moins, fit-il.

– Tu crois que je peux mettre " deux ans, au moins " ?

– Mets quatre ans.

– Cela ne fait pas quatre ans que j'habite là.

– C'est pour quoi, ce formulaire ?

– Pour un prêt.

– Alors, mets cinq ans. »

McCulloch choisit le compromis et écrivit « quatre ans » dans la petite case, puis jeta son stylo sur la table. Ramassant le dossier, il le tendit à Terranova pour qu'il le reprenne.

« Tout est là, dit-il. Tu as des doutes ?

– J'ai quelques questions à te poser.

– Prends un siège, je vais te répondre. »

Il se renversa dans son fauteuil et posa les pieds sur le bureau, laissant le chef débarrasser l'unique chaise de la pile de magazines et de rapports qui l'encombrait pour pouvoir s'asseoir. Ayant jaugé la situation d'un regard dégoûté, Terranova décida de rester debout. Il n'aimait guère ranger le foutoir des autres.

« Dites donc, bande d'enfoirés, n'êtes-vous pas censés signaler à la police le moindre élément suspect qui apparaîtrait au cours de votre enquête ? demanda-t-il.

– Tout est dans le rapport.

– Tout ce que vous avez trouvé ?

– Tout, oui.

– Et ce que vous n'avez pas trouvé ? »

McCulloch fut obligé de débarrasser la chaise lui-même, parce que s'adresser à une personne debout devant lui le mettait mal à l'aise.

« Tu veux parler des sous-vêtements » ? demanda-t-il, contour-

nant le bureau et ôtant de la chaise une pleine brassée de littérature. Pendant qu'il cherchait un endroit où la déposer, le chef se
glissa derrière lui et s'installa dans le fauteuil de bureau.

« C'est exactement ce que je veux dire, dit Terranova.
Quelqu'un d'autre en a-t-il parlé? »

McCulloch entendit le fauteuil protester sous la charge, comme
Terranova testait sa résistance.

« Non, c'est toi le premier, dit-il, empilant des tas de magazines
et de paperasse par-dessus les livres alignés sur les étagères. Je ne
crois pas que tes prétendus enquêteurs fassent vraiment le boulot
pour lequel ils sont payés. »

Le chef encaissa tranquillement l'attaque contre son service,
car lui aussi pensait souvent la même chose.

« C'est pourquoi tu es censé les aider. Si tu notais dans ton rapport que la fille ne portait pas de sous-vêtements, tout le monde
serait dans le coup.

— Je ne peux pas noter *tout* ce que je ne trouve pas, tu sais, fit
McCulloch, sur la défensive.

— Même des sous-vêtements? Sur une fille de quatorze ans?

— Treize, corrigea McCulloch. Et je te rappelle qu'elle portait
un maillot de corps. Pas de soutien-gorge, parce qu'elle n'avait
pas de nibards. Il manquait juste la culotte. Mais c'est enregistré.
J'essaierai de faire passer plus d'informations. »

Terranova accepta les excuses d'un hochement de tête presque
imperceptible.

« Il n'y a aucune chance que toi ou un de tes hommes ait égaré
la culotte?

— Aucune.

— Et dans l'ambulance? Les auxiliaires médicaux, je ne sais
pas?

— Elle était morte. Ils ne l'ont même pas touchée. »

C'étaient là les réponses auxquelles s'attendait Terranova. Il
réfléchit un moment.

« Il est possible qu'elle n'ait pas porté de culotte », dit-il enfin.
McCulloch secoua la tête.

« Elle avait treize ans, et elle était parfaitement vierge. De plus,
il y avait des traces d'élastique sur ses cuisses. »

Donc, on avait dû lui enlever sa culotte ailleurs. Mais où? Et
pourquoi? Quel rapport cela avait-il avec sa mort?

« On ne l'a pas bâillonnée avec? demanda Terranova.

— Je ne le pense pas, répondit McCulloch après réflexion. Il y
avait quelques sécrétions vaginales, mais minimes, je ne crois pas

que cela signifie quoi que ce soit. C'est courant en cas d'asphyxie. Histoire de vérifier, j'ai effectué des prélèvements sur le corps du garçon, sur son sexe et ses mains. Aucune trace de contact sexuel.

– Et la bouche?

– Tu me fais mal, fit McCulloch. Tes types ne lui ont même pas laissé de visage. »

« Vous êtes attendu dans la salle de conférences », dit la secrétaire, comme Boorstin entrait.

C'était la première chose que l'on voyait en passant la porte, et ce n'était pas par hasard, car personne n'aurait engagé une fille avec des seins pareils pour la coller dans un placard. C'était une Noire, dotée d'un océan de cheveux auburn. Elle avait des paupières d'un violet éblouissant, et avait dû acheter son pull-over avant d'être formée, car il paraissait sur le point d'exploser. C'était, de manière intéressante, la troisième secrétaire que le Bureau avait engagée au cours des quatre derniers mois et, les eût-on fait mettre toutes trois en rang, il aurait été impossible de distinguer celle-ci des deux autres.

Boorstin demanda s'il pouvait téléphoner, et elle lui tendit le poste posé sur son bureau. Il aurait préféré téléphoner d'un bureau privé, mais ce n'était pas la peine de faire une histoire pour si peu, et il appela l'hôtel de ville pour qu'on envoie un chauffeur le prendre dans une heure et demie. Rachel, sa propre secrétaire, qui était pourvue d'un physique simplement honnête, lui dit qu'il n'y avait aucun chauffeur, aucune voiture disponible, mais Boorstin savait comment s'en tirer. S'il avait appris quelque chose, en trois ans d'administration municipale, c'était à ne jamais discuter. On demandait ce que l'on voulait, et on raccrochait. Cela se révélait particulièrement efficace quand on était à l'extérieur, et que personne ne pouvait venir vous trouver pour vous expliquer les raisons du refus.

« Je ne vais pas poireauter à un coin de rue, en plein Bronx, en attendant un taxi, dit-il. Volez une bagnole s'il le faut, mais envoyez-m'en une. »

Il raccrocha brutalement et tendit le poste à Miss Secrétaire Parfaite, qui le regarda, apparemment impressionnée par tant de volonté. C'était là, décida-t-il, la seule expression qu'elle eût à son répertoire. S'il avait été moins agressif, elle aurait été impressionnée par sa gentillesse, ou sa diplomatie, ou même sa simple présence. Cela dit, ce n'était pas désagréable d'être ainsi apprécié. Il lui dit de continuer à bien bosser et se dirigea en hâte vers le grand escalier de marbre qui menait à la salle de conférences, au deuxième étage.

La pièce, de toute évidence, était autrefois un bureau, car elle était infiniment trop agréable pour avoir été une salle de classe. Les lambris étaient depuis longtemps partis, mais on pouvait encore deviner les moulures décoratives, au plafond, sous les épaisses couches de peinture grossièrement badigeonnée des plinthes. Le parquet d'érable au dessin délicat datait d'une époque où les parquets étaient aussi soigneusement ajustés que la coque d'un navire, et déployait une mosaïque de lattes serrées, aux teintes riches, destinées à demeurer en place pendant des dizaines d'années, voire des siècles. Les fenêtres étaient hautes, et l'on cherchait vainement des yeux la canne de chêne poli, avec son lourd crochet de métal, pour baisser les stores. Les lampes étaient des globes semblables à des ballons de basket surgonflés, accrochés à de longs tubes de cuivre fixés au plafond en rangées parallèles qui couvraient toute la longueur de la pièce.

Au centre trônait une table massive, longue d'au moins trois mètres cinquante. Quatre hommes et trois femmes avaient pris place autour, mais la seule personne qui comptait, c'était Artemis Reach. Presque vingt ans auparavant, quand la Ville de New York avait décentralisé son système scolaire, ne laissant à la monolithique administration des Affaires scolaires que la gestion des établissements d'études supérieures, pour répartir le reste en quantités de centres administratifs, virtuellement autonomes, le Bureau 61 avait hérité d'une collection d'établissements parmi les plus déshérités. Situé dans un quartier d'une pauvreté affligeante, le Bureau gérait une population si apathique, si démoralisée que, pendant une douzaine d'années, se succédèrent ces proviseurs semblables, juifs et irlandais, qui depuis des temps immémoriaux dirigeaient les écoles comme autant de postes avancés en territoire indien. Mais lorsque la vague de radicalisme frappa enfin le district, bien en retard, au milieu des années 80, cela fit mal. Artemis Reach, jeune avocat d'assises, qui venait de rater de peu un siège au Congrès, prit de court l'administration sclérosée en annonçant son intention de postuler à la présidence du Bureau 61, et lança une campagne admirablement efficace, qui faisait de la gestion des écoles un sujet plus brûlant que les brutalités policières ou les restrictions de budget. Contrôler les écoles, c'est contrôler l'avenir, déclarait-il sans relâche, opposant son discours radical, sans compromis, aux promesses patelines d'un proviseur de lycée juif et d'un prof de maths portoricain.

Ses premières mesures administratives se révélèrent aussi éclatantes que sa campagne l'avait promis et, avant même que le nouveau Bureau administratif eût trouvé des locaux où s'installer, il était en lutte avec la puissante Fédération syndicale des professeurs, à propos du renvoi ou de la mutation de presque la moitié des professeurs blancs du district 61.

Tandis que les discours des radicaux, ou des anciens radicaux, s'adoucissaient jusqu'à l'inexistence dans les autres secteurs de la vie publique, Reach, lui, ne relâchait jamais la pression. Il se révéla bientôt maître dans l'art machiavélique de s'insinuer dans les bonnes grâces de ceux qui lui étaient le plus hostiles. Tirant les ficelles depuis son poste de commande, dans une école abandonnée, il passa rapidement du modeste statut de président de bureau local des Affaires scolaires à celui d'homme parmi les plus puissants de New York, avec qui tout sujet abordé, depuis la licence de chauffeur de taxi jusqu'aux taxes commerciales, l'était avec une connotation raciale. Aucune mesure raciale ne pouvait être prise sans consulter d'abord Artemis Reach, et le tranquilliser.

De haute taille, dépassant largement le mètre quatre-vingts, Reach avait une belle peau couleur chocolat, et une barbe noire, soigneusement taillée, qui suivait les contours de son visage comme une haie souligne les contours d'un paysage. Lorsque l'adjoint au maire Boorstin pénétra dans la salle, la voix de contrebasse de Reach, une voix capable de faire trembler les vitres (et les hommes pusillanimes), roula dans la grande pièce au plafond haut, avec une force qui aurait pu instantanément rejeter Boorstin dans le couloir.

« Boorstin! tonna-t-il. Nous étions justement en train de nous demander qui M. le Président allait nous envoyer. »

Suivit immédiatement un rire sonore, profond, destiné à établir une atmosphère d'amicale et plaisante coopération, tout comme les paroles elles-mêmes avaient été judicieusement choisies pour remettre Boorstin à sa place, lui rappeler qu'il n'était, aux yeux d'Artemis Reach au moins, qu'un des rouages interchangeables d'une vaste machine. Personne, en matière de politique municipale, ne maîtrisait aussi bien qu'Artemis Reach cet art raffiné de faire passer un message par des propositions contradictoires, sa position réelle pouvant se situer n'importe où, parfois déterminée par le calcul des plus et des moins du discours, mais parfois aussi, éventuellement, à l'un de ces deux extrêmes. C'était un papillon, qui ne finirait jamais épinglé dans une collection d'entomologiste, pour la simple raison qu'on ne pouvait l'attraper. Un papillon, mais puissant, dangereux.

« Je n'aurais manqué cela pour rien au monde, Mr. Reach », répondit Boorstin, à la fois malicieux et retors.

La réunion commença par les présentations. Deux femmes étaient assises l'une en face de l'autre, les plus proches du président. Betty Gleeson était petite et trapue, presque aussi large que haute. En 1960, elle avait couru le cent ou le deux cents mètres, aux jeux Olympiques de Rome, mais n'avait remporté aucune médaille. Lorsqu'elle avait postulé aux Affaires scolaires, Wilma Rudolph en personne était descendue dans le Bronx pour la soutenir. Mrs. Gleeson n'était pas considérée comme une personne influente, mais elle ne manquait jamais la moindre réunion, quel qu'en soit le sujet, et le Bureau faisait appel à elle pour les déclarations publiques chaque fois qu'il lui fallait donner une image rassurante, traditionnelle.

Face à elle était assise L. D. Woods, Linda Dawson de son nom, mais que l'on appelait toujours la Longue Dame noire, car elle était tout cela, grande, mince, avec la beauté sensuelle, les gestes posés d'une princesse Fulani. En tant qu'assistante d'administration d'un député du Congrès, un Juif incompétent appelé Bert Kellem, elle écopait des tâches que lui-même négligeait, à la manière dont un chien ramasse les miettes autour de la table, et avait intégré le Bureau deux ans auparavant, afin de se donner une base indépendante d'où elle pourrait se lancer dans la compétition, lorsqu'elle se sentirait prête à postuler pour le siège de Kellem. Cette ambition était un secret de polichinelle, et le magazine *Time* l'avait déjà élue comme une des personnalités montantes, dans un numéro consacré à la politique urbaine. C'était là l'une des raisons pour lesquelles Artemis Reach se l'attachait d'aussi près que possible, l'autre étant son physique.

A côté des deux femmes, et aussi élégants que s'ils avaient été en train de faire un bridge dans Park Avenue, se trouvaient deux autres membres du Bureau. Davis Deeks tirait ses revenus d'une chaîne de fast-foods situés à Harlem et dans le Bronx. Ayant lui-même abandonné ses études, il multipliait chaque année les apparitions publiques, exhortant les enfants noirs à demeurer à l'école, avait donné des fortunes aux centres de loisirs du district et apportait au centre sa réelle préoccupation pour l'éducation, totalement dépourvue de motivations parallèles ou plus lointaines. « Je ne suis pas un homme compliqué, se plaisait-il à déclarer. Les gens ne le comprennent pas, parce que personne ne sait comment jauger un Nègre riche. »

En tant que responsable régional des ventes chez IBM, Eufemio Sanchez possédait un cercle de relations étendu dans le milieu des affaires du Bronx. Homme d'affaires portoricain, matérialiste et satisfait de lui-même, chaleureux et serviable, il séduisait les clients et les autres en leur fournissant les coordonnées d'autres clients ou particuliers qui pouvaient leur imprimer un livre ou des cartes de visite, redresser les dents de leur gosse ou leur installer des rayonnages, un éclairage au néon, leur fournir un service de table ou une bonne assurance vie. C'était, pour tout le monde, un représentant de commerce multicartes et bénévole, et il n'existait guère de petit homme d'affaires du Bronx qui ne le connaisse ni ne le trouve fantastique. Il n'était pas marié, n'avait pas d'enfants, mais personne ne mettait en doute son intérêt pour l'éducation, ni sa capacité à fournir des équipements de bureau au meilleur prix.

Aux deux dernières places, les plus proches de la porte, se tenaient Lewis Hinden et, face à lui, Florence Hill, qui avait inscrit ses trois enfants dans des écoles publiques du Bronx bien que, comme cadre financier à la CitiBank, elle eût pu s'en dispenser. C'était le seul membre du Bureau à avoir des enfants dans le système qu'il gérait.

Lewis Hinden, qui demeura debout tant que Boorstin ne fut pas lui-même assis, ne faisait pas partie du bureau administratif. Comme proviseur du lycée La Guardia, il se trouvait plus ou moins au centre du débat. Mince, nerveux, il avait peu de qualités évidentes pour remplir cette fonction, si ce n'est une maîtrise d'éducation, acquise dans quelque obscure université du Sud-Ouest. D'une élégance obsessionnelle, doté d'un raffinement de manières et d'une douceur de discours qui, à une autre époque, auraient fait de lui un « honneur pour sa race », Hinden savait que si Artemis l'avait choisi pour ce poste, c'est qu'il était facile à manœuvrer, tout en pouvant symboliser pour l'extérieur le côté éclairé et progressiste de la gestion du district, sous le contrôle de Reach. Ces qualités, qui faisaient apparaître Hinden comme la personne la plus apte à diriger une école urbaine à majorité noire, le disqualifiaient en réalité complètement quant à sa gestion réelle. Mais c'était aux yeux de Hinden un simple inconvénient, qu'il avait contourné en ayant chaque jour aussi peu que possible à faire avec l'école. Il était un mannequin dans la vitrine, et il le savait.

Le plan de table apparut à Boorstin comme celui d'un réveillon de Noël où la moitié des invités auraient été retenus par une tempête de neige. Du côté de la porte, la table était vide, lui offrant le choix de sa place, soit près de Hinden, soit près de Mrs. Hill. Il ne choisit ni l'un ni l'autre, et s'installa en bout de table, directement face à Artemis Reach, et séparé de lui par trois mètres cinquante d'acajou. Ayant posé son attaché-case sur le sol, il se pencha pour en tirer un bloc standard qu'il posa bruyamment sur la table, sans lever les yeux, avec la conscience aiguë d'être le seul Blanc dans la salle.

En outre, la fille qui était morte était noire, le garçon également, et aussi le flic qui avait tiré. En fait, quand la nouvelle était arrivée à l'hôtel de ville, le parfum singulièrement racial de l'affaire suggérait que la meilleure attitude pour Ehrlich, le maire, consistait à ne pas s'en mêler, à se contenter de déplorer l'incident sans autre commentaire, et à laisser rouler les dés. S'il n'y avait nulle trace de Blanc dans l'histoire, même un démagogue professionnel tel qu'Artemis Reach aurait du mal à utiliser cette tuerie comme argument racial.

Boorstin avait immédiatement souligné le danger qu'il y avait à laisser autrui décider quel usage faire de l'incident. La situation exigeait le genre de médiation qu'il lui revenait de gérer, le genre de conseil dont il était le spécialiste. Il était persuadé que Reach allait accuser la police d'avoir agi sans réflexion, sur quoi le préfet de police se répandrait en histoires sanglantes concernant le chaos qui régnait dans les écoles gérées par les bureaux administratifs locaux. Dès l'instant où les services de police et les Affaires scolaires s'engageraient dans un concours de doléances, c'était le maire, à coup sûr, qui se retrouverait éclaboussé, comme Boorstin l'expliqua à ce dernier et à son équipe.

Junius Ehrlich, qui devait prendre l'avion pour se rendre à une réunion de maires à Phoenix, écouta et hocha la tête. Il aimait bien le réalisme combatif du scénario et expédia immédiatement son jeune adjoint dans le Bronx, afin de prendre l'affaire en main. Il avait été décidé que le message de Boorstin serait : Pas de commentaire. La police avait fait tout ce qu'elle pouvait. Le flic (qui adorait les enfants, et en avait lui-même trois) n'avait tiré que quand il l'avait jugé nécessaire, afin de sauver la vie de la fille, bien qu'on eût appris, mais après seulement, qu'elle était déjà morte. Le Bureau, l'école avaient fait tout ce qu'ils avaient pu. Le garçon avait en classe une moyenne de B+, et la fille était une enfant sage, qui n'avait jamais eu d'ennuis de sa vie. En fait, c'était un professeur d'anglais qui avait contrôlé la situation jusqu'à l'arrivée de la police. En somme, personne ne pouvait rien se reprocher.

C'étaient là les directives de la mairie, et Boorstin était venu dans le Bronx pour vérifier que Reach et le Bureau 61 les suivraient. Il avait dans son attaché-case de quoi s'assurer que ce serait le cas. Mais il lui fallait d'abord écouter, de manière qu'on ne puisse rien lui reprocher après. Tirant un stylo-plume de sa poche intérieure, il nota l'heure, le lieu, l'identité des participants à la réunion. A l'autre bout de la table, Reach demeurait renversé dans son fauteuil, les mains écartées sur la poitrine, dans la posture d'un homme plus âgé, et beaucoup plus massif. Il attendit que l'adjoint au maire lève les yeux.

Le discours d'introduction de Reach était prévisible, jusqu'à cet accent traînant qu'il affectait quand il voulait apparaître offensé ou chagriné. La police, déclara-t-il, se comportait dans le Bronx comme une armée d'occupation. Son racisme était de notoriété publique, et il n'allait pas se mettre à en ressasser les exemples. Dans cette salle tout le monde était adulte, et tout le monde connaissait la musique. Il faudrait le Second Avènement, ni plus ni moins, pour changer l'ordre des choses (Mrs. Gleeson, qui craignait les foudres de Dieu, se crispa visiblement) ; et, de toute façon, l'ordre des choses, cela n'était pas l'affaire d'Artemis Reach. (Pas plus qu'un bon dîner n'est l'affaire d'un cochon, pensa Boorstin.)

En revanche, ce qui concernait Reach au plus haut point, ainsi que le Bureau et les enseignants, dans toute la ville (bluffait-il, ou bien les autres centres locaux avaient-ils déjà été contactés ?), c'étaient les rapports lamentables que les forces de police (car il utilisait le pluriel) entretenaient avec les écoles.

Reach poursuivit encore pendant une minute ou deux, évoquant les délais d'intervention, les difficultés de communication, les incidents passés sous silence, et Boorstin décida enfin qu'il en avait assez entendu. Écouter était certes nécessaire, mais trop écouter donnait une impression de faiblesse.

« Avez-vous connaissance de quelque bavure de la police, dans cette affaire, Mr. Reach ? » demanda-t-il avec une courtoisie de sénateur.

Autour de la table, des regards furent échangés. Dans le coin, les méfaits de la police allaient sans dire.

« Deux de nos enfants sont morts, répliqua Reach. Selon mes critères, cela constitue à priori une bavure. »

Boorstin s'attendait à cela. Il avait déjà décidé de se battre sur le terrain de la provocation plutôt que de s'aplatir dans les marécages d'un discours conciliant.

« Eh bien, examinons cela, dit-il. Nous ne pouvons en aucun cas rejeter la mort de la fille sur la police. Et, apparemment, le garçon a eu accès à une partie du lycée interdite aux élèves sans autorisation. Prétendez-vous que la police devrait patrouiller dans les couloirs des écoles?

– Non, monsieur, ce n'est pas ce que je veux dire », répondit Reach, se promettant de retrouver qui avait renseigné l'adjoint au maire. (En fait, le renseignement, comme presque tout ce que Boorstin savait de l'incident, émanait des déclarations de Steven Hillyer à la police, que Boorstin s'était fait communiquer par fax à l'hôtel de ville sitôt le rapport tapé et signé.)

« Bien, notre première question sera donc de savoir comment ce garçon a pu pénétrer dans cette salle sans la présence d'un professeur, reprit Boorstin, profitant de son avantage. Notre seconde question sera : Pourquoi était-il inscrit dans cette école? D'après ce que j'ai compris, Warren était perturbé affectivement. Extrêmement perturbé. Si je ne me trompe, tout le monde était au courant. »

D'après les déclarations de Hillyer, plusieurs membres du corps enseignant avaient demandé que Timothy Warren fasse l'objet d'un bilan psychiatrique, déclarant que sa présence à La Guardia finissait par se révéler perturbante, nuisible et dangereuse, pour lui comme pour les autres élèves. Rien n'avait été entrepris.

Boorstin se renversa sur sa chaise, tandis que les membres du bureau accusaient tant et plus les centres sociaux de faillir à leurs responsabilités. Mais il se redressa, attentif soudain, lorsque L. D. Woods prit la parole. Elle citait un rapport qu'elle n'avait pas nommé, tournant les pages de ses doigts minces et fuselés. Elle avait une voix profonde, voilée, qui emplissait la salle comme l'odeur chaude d'un feu de bois, et dont la sensualité évoquait la braise sous la cendre, de sorte que, l'espace d'un instant, Boorstin se prit à rêver qu'il n'y avait personne d'autre qu'elle dans la pièce. Bien qu'il eût du mal à détacher son regard, il jeta un coup d'œil vers Artemis Reach, et constata que le président l'observait avec un sourire avide, possessif.

Est-ce que ce salaud baiserait avec elle? se demanda Boorstin, avec un pincement de jalousie. Peut-être que oui, peut-être que non. Peu importait. Ce qui était clair, en revanche, c'était que, s'il devait tenir compte d'une seule personne du bureau, hormis Reach, ce serait de L. D. Woods. Il la laissa terminer son discours sur les difficultés qu'avaient les écoles de la ville à trouver des centres sociaux adaptés pour soigner les élèves atteints de troubles avérés.

Lorsqu'elle en eut fini avec sa diatribe contre les services sociaux sous l'administration du maire Ehrlich, Boorstin lui demanda ce qu'elle lisait, et elle lui en fit passer un exemplaire de main en main, avec un geste d'une magnifique condescendance. C'était un document polycopié, émanant de l'Association des parents en colère du district 61. Boorstin n'en avait jamais entendu parler, mais il devinait bien ce dont il s'agissait.

« Faites-vous partie de cette association ? » questionna-t-il.

Ses joues s'assombrirent, elle rejeta légèrement la tête en arrière.

« Non, je n'en fais pas partie, dit-elle d'une voix qui faillit lui couper le souffle.

— Cela vous ennuie que je le garde ?

— Je vous en prie. Cela pourra peut-être vous apprendre quelque chose. »

Il laissa tomber le rapport dans son attaché-case et, se redressant, demanda combien de fois, et avec quelle insistance, la direction du lycée La Guardia avait sollicité un traitement pour Warren.

« La question n'est pas là », répondit vivement Lewis Hinden. Davis Deeks, l'homme aux fast-foods, se joignit immédiatement à lui, ajoutant que l'école avait assez à faire avec l'enseignement sans devoir aller secouer les puces des centres sociaux pour les obliger à exécuter leur boulot. Pour lui, c'était simple, il suffisait de savoir « qui faisait griller les steaks, et qui nettoyait le gril ».

« Et à qui la faute si le gril n'est pas nettoyé, Mr. Deeks ? » interrogea Boorstin.

A l'autre bout de la table, Reach se retenait d'interrompre la discussion. Il choisit de la laisser se poursuivre, persuadé que Deeks saurait s'en tirer tout seul.

« A celui qui est payé pour le faire.

— Et s'il ne le fait pas ?

— Il se fait virer.

— Mais s'il ne se fait pas virer, Mr. Deeks ? »

Davis Deeks n'était pas prêt à se laisser harceler.

« C'est à ça que servent les directeurs, fit-il, agressif. Soit le boulot est fait, soit ils se débarrassent de ceux qui ne le font pas.

— Eh bien, c'est là où nous voulons en venir, n'est-ce pas ? déclara Boorstin en souriant. S'il n'y a plus de stylos ou de livres, le directeur décroche son téléphone. C'est à ça qu'il sert – à veiller à ce que le boulot soit fait. »

Deeks se renversa sur sa chaise, ne trouvant rien à ajouter.

« Bien, laissez-moi répéter ma question, reprit Boorstin. Les professeurs de La Guardia voulaient se débarrasser de Timothy Warren et le mettre dans un centre afin qu'il puisse suivre un traitement psychiatrique. Combien de fois en a-t-on fait la demande?

— Le Bureau n'a aucun moyen de le savoir », intervint Mrs. Hill.

C'était l'instant que Boorstin avait soigneusement préparé, l'instant où toutes leurs réponses s'ajustaient parfaitement. Il se tourna vers Hinden, avec l'orgueil satisfait de l'animal qui va achever sa proie.

« Le Bureau, non, répliqua-t-il. Mais Mr. Hinden, si. C'est vous le proviseur, Mr. Hinden. Alors, combien de fois? »

Hinden jeta un coup d'œil à Reach, comme si le président pouvait lui souffler la réponse; mais, à l'autre bout de la table, Artemis Reach fumait comme un gril mal nettoyé.

« Je ne peux vraiment pas vous le dire comme ça, Mr. Boorstin », répondit Hinden d'une voix faible.

Boorstin contrôla rapidement les muscles de son visage pour s'assurer qu'il ne souriait pas.

« En réalité, vous n'avez jamais fait appel à eux, n'est-ce pas?

— Si, on a dû les appeler, j'en suis sûr.

— Je pense qu'en vous penchant sur la chose, Mr. Hinden, vous vous apercevrez que vos professeurs ont exprimé cette requête à plusieurs reprises, mais qu'elle n'a jamais quitté votre bureau. »

Le silence s'établit autour de la table. De toute évidence, la réunion était close. Qu'était devenu l'aspect raciste de l'affaire? Que restait-il de ce crime de la police contre un Noir? Les habitants du Bronx n'avaient plus qu'à s'en prendre à eux-mêmes. C'était leur bureau des Affaires scolaires qui avait désigné le proviseur qui avait gardé ce garçon dans son école, jusqu'à ce qu'il déjante. Affaire classée.

« Vous avez une conférence de presse prévue pour cet après-midi », dit encore Boorstin.

Ce n'était pas une question, et Reach ne répondit rien.

« Je pense qu'une simple déclaration du Bureau, exprimant ses condoléances, serait la meilleure attitude », conclut Boorstin, repoussant sa chaise.

Une voiture de la Ville de Lincoln, avec un chauffeur au volant, attendait Boorstin en bas, pour l'emmener hors du Bronx.

Traversant le poste de police pour se rendre à son bureau, le lieutenant Paul Klemmer ne regarda personne. C'était inutile, il sentait, ressentait, entendait ce silence étouffé qui pesait sur la salle ainsi qu'un brouillard, comme chaque fois que quelque chose tournait mal. Si les hommes demeuraient silencieux, c'est que tous aimaient bien Donadio et Franks, et qu'ils ne voyaient pas comment l'un et l'autre allaient pouvoir s'en sortir entiers.

Franks était à son bureau, Donadio devant le classeur. Tous deux suivirent Klemmer du regard, tandis que celui-ci filait droit vers son bureau. « Une minute », dit-il, poussant violemment la porte et la refermant derrière lui.

Leurs rapports sur l'accident étaient là où il les avait laissés, au beau milieu du bureau, et il demeura un moment à les observer, bien que sachant mot pour mot ce qu'ils contenaient. Une page pour chacun. C'était tout un art de rédiger ces trucs-là, et un art difficile à maîtriser. Pour un romancier, la fusillade de La Guardia faisait un bon chapitre; pour un sociologue, un ouvrage entier. En cour de justice, chaque agent pouvait s'attendre à témoigner pendant une semaine. Et les journaux du matin (hormis le *Times*, qui n'avait pas encore choisi quelle attitude adopter) consacraient plusieurs colonnes à l'événement. Mais un bon flic devait consigner jusqu'à la dernière information intéressante en une seule page dactylographiée, réduisant l'histoire aux seuls faits importants.

Donadio et Franks étaient tous deux de bons flics. Ils faisaient attention aux détails, évitant par exemple d'utiliser les mêmes phrases dans leurs rapports respectifs. Ce n'était pas grand-chose, mais ainsi personne ne pouvait dire qu'ils s'étaient concertés quant à leur version des événements.

C'est une sacrée veine, se dit Klemmer, que ce soit le Noir qui ait tiré. Si cela avait été le contraire, Donadio aurait déjà été cité dans les dictionnaires. Klemmer n'aimait guère raisonner ainsi, mais c'était réaliste, et il croyait aux vertus du réalisme comme d'autres croient en la résurrection de la chair, ou en l'amour du Christ. A New York, la politique prenait le pas sur tout le reste, et rien n'était plus politique que la mort de deux gosses noirs.

A quoi cela aboutirait-il? Les Affaires internes les blanchiraient probablement, car le garçon avait un couteau. Mais leur passage devant le jury d'accusation allait se révéler nécessaire puisqu'il y avait eu mort d'homme, et une chose était certaine : le jury d'accusation du Bronx n'aimait pas les flics. Quelques années auparavant, un flic en patrouille avait été inculpé pour avoir mortellement blessé une femme qui l'attaquait avec un couteau de boucher. Il y avait à peine quelques mois de cela, des jurés du Bronx avaient acquitté un camé qui, en tentant de s'enfuir, avait tué un flic au cours d'une fusillade. En repensant à ces exemples, Klemmer pouvait difficilement se montrer très optimiste.

Il glissa les rapports dans une chemise et se dirigea vers la porte pour inviter Franks à entrer, lui désignant la chaise d'aluminium au coussin de vinyle qui faisait face à son bureau.

Dans n'importe quelle autre entreprise, société, administration, un homme de quarante-deux ans ayant atteint un tel niveau dans la hiérarchie aurait eu un siège digne de ce nom pour accueillir quelqu'un dans son bureau. La chaise sur laquelle s'assit Franks aurait eu sa place dans un Abribus.

Klemmer demanda à l'agent s'il voulait du café, connaissant par avance la réponse.

« Je suppose que vous n'avez pas beaucoup dormi, la nuit dernière, dit-il.

– Non, pas beaucoup », répondit Franks d'une voix neutre, ignorant la tentative de Klemmer pour briser la glace. Il y avait toujours eu chez Franks quelque chose de distant, de presque aristocratique, qui ne suscitait guère la bienveillance ou la compréhension. Il agissait comme s'il n'avait besoin d'aucune aide et faisait comprendre d'office que, si on lui en apportait une, il ne témoignerait aucune gratitude. Les choses auraient été plus simples, se disait Klemmer, si Franks avait été une de ces grandes gueules minables, un de ces esbroufeurs qui traînent sur les trottoirs, aussi dépravé que Harlem, aussi miteux que BedStuy, ce genre de Noir que les gens connaissent bien et qu'ils comprennent. Mais Franks n'était pas ainsi. Chacun joue avec les cartes qu'il a en main.

De nouveau, Klemmer observa le rapport, puis referma la chemise et l'écarta à plat sur le bureau, en un geste qui signifiait : Laissons tomber ces conneries, et discutons un peu.

« Le problème, commença-t-il d'une voix ferme, c'est que l'enquêteur médical a déclaré que la fille était bel et bien morte quand vous êtes arrivés là-bas. »

Franks ne répondit rien. Il savait quel était le problème. Il aurait fallu se cacher la tête dans un puits pour ne pas le savoir.

« Et la question que tout le monde va vous poser, c'est si vous saviez qu'elle était morte. »

Franks demeurait silencieux.

« Votre collègue a déclaré qu'elle l'était, n'est-ce pas?

– Je ne sais pas trop ce qu'il a dit.

– C'est ce qui est consigné dans le rapport du professeur, déclara Klemmer, sortant un exemplaire du rapport de Hillyer.

– Ce n'est pas la peine de me le lire », répliqua Franks.

Klemmer le lui lut quand même.

« " Cette fille est morte, mon gars ", dit-il, citant le rapport. N'est-ce pas ce qu'a dit votre collègue?

– Quelque chose comme ça.

– Et vous avez descendu le garçon.

– A peu près au même moment, ouais.

– Voulez-vous dire qu'il a dit que la fille était morte *après* que vous avez tiré? demanda Klemmer d'un ton sarcastique.

– Non, ce n'est pas ce que j'ai dit.

– Bon, il n'a pas pu le dire *pendant* que vous tiriez, sinon le prof n'aurait rien entendu.

– Très bien, et alors?

– Et alors? Il l'a donc dit *avant* le coup de feu.

– D'accord. A peu près au même moment. »

Klemmer bondit et contourna le bureau, si brutalement que sa chaise se renversa avec un bruit métallique. Le mouvement était calculé, destiné à choquer l'autre, et se révéla si efficace que même ce bloc de glace de Jim Franks parut secoué, tandis que son supérieur se dressait devant lui, le fusillant du regard.

« Écoutez-moi bien, Franks, et mettez-vous bien ça dans le crâne, avant que quiconque ne débarque ici, s'écria-t-il, le regardant droit dans les yeux, lui parlant en plein visage. Pas " à peu près au même moment ", ni " après ", ni " pendant ". *Avant.* L'agent Donadio a dit que la fille était morte *avant* que vous ne tiriez. C'est ce que déclare le professeur, et il va bien falloir que vous vous expliquiez sur cela. Si vous vous mettez la tête dans le sable, si vous tournez autour du pot, si vous jouez au plus malin ou donnez des réponses floues, ils vous boufferont tout cru, agent Franks. Je ne peux pas être plus clair, je pense? »

Un sourire amer apparut sur le visage de Franks. Non, rien ne pouvait être plus clair.

A huit heures, Klemmer laissa tomber et appela le bureau du chef des enquêtes, afin de savoir ce qui s'était passé, pour la réunion prévue dans l'après-midi. Le coup de fil prit de court le lieutenant Brucks, le secrétaire du chef. Tout ce qu'il savait, c'était que Terranova s'était rendu dans le Bronx. Il avait dû faire un détour. Il n'était guère possible qu'il fût encore en route.

« S'il se pointe, dites-lui que j'ai renvoyé Franks et Donadio chez eux », grommela-t-il. Ce qu'il se disait en raccrochant, c'était que deux hommes appointés à trente et un mille dollars environ par an venaient de manquer une journée de travail, tout cela pour rester au bureau dans l'attente d'une réunion qui n'avait pas eu lieu. N'importe quel gamin muni d'une calculatrice de poche pouvait calculer combien cela coûtait à la Ville.

Au lieu de rentrer directement à la maison, Donadio et Franks filèrent jusqu'à un bar, à quelques rues du poste de police. En matière d'agrément, l'endroit ne proposait guère que le whisky, la bière et un minimum de lumière, juste assez pour distinguer les taches qui maculaient les tables.

Les deux hommes commandèrent des verres au bar et les emportèrent à une table. La radio diffusait ce genre de rock sans âme que les gosses écoutent, une chanson qu'on oublie aussitôt après. Leur dégoût pour cette musique les fit se sentir tous deux plus âgés. « Qui donc a choisi cette putain de radio ? » fit Donadio, à voix haute.

Ils parlèrent un moment du chef des enquêtes, du fait qu'il n'était pas venu à la réunion prévue, puis se mirent à échanger les histoires qui couraient sur son compte. Ni l'un ni l'autre ne l'avait jamais rencontré, mais il n'y avait pas un seul flic au poste qui ne connaisse quelqu'un qui le connaissait, ou qui travaillait avec lui, et qui ne raconte une anecdote certifiée authentique sur Terranova. La seule chose dont ils ne discutèrent pas, c'est de ce qui était arrivé au lycée La Guardia. Ils avaient échangé leurs versions des faits devant un café, immédiatement après l'accident, avant de rentrer au poste. Depuis, plus un mot.

Franks se dirigea vers le bar pour commander une autre tournée. Il se rassit, faisant glisser un verre de whisky vers son collègue.

« Tu imagines bien qu'ils vont tous me laisser tomber, dans cette histoire, tu ne crois pas ? »

Depuis trente-six heures, Donadio ne parvenait plus à penser à quoi que ce soit d'autre.

« Tu t'en sortiras, dit-il.

– J'ai refroidi un môme, répondit Franks d'une voix faible. Comment veux-tu que je m'en sorte ? »

Jusque-là, c'était comme si Franks avait eu le cancer, et que l'on ne pouvait en parler, même si c'était la seule chose à laquelle on pût penser quand on se trouvait face à lui. Plus encore, la loi du silence s'imposait malgré le fait que tous deux travaillaient ensemble depuis plus d'un an et qu'ils en avaient vu de dures ensemble. Et soudain Franks ouvrait la bouche, il disait : *J'ai le cancer, Vince*, et, une fois les mots prononcés, on pouvait en discuter.

« Il avait un couteau, il tenait la fille, dit Donadio. Si j'avais eu la possibilité de le faire sortir, je l'aurais fait.

– Tu crois ? »

Donadio réfléchit un moment, sans répondre. Ensuite il finit son verre. La règle de base entre eux, c'était l'honnêteté. C'était pour cela que les silences étaient si nombreux, qu'il y avait tant de sujets que l'on n'abordait pas, ces sujets à propos desquels la plupart des gens trouvent plus pratique de se mentir. Il aurait été plus simple de donner à son compagnon une réponse claire et affirmative : *Oui, c'est ce que j'aurais fait moi-même, c'est ce que n'importe quel flic aurait fait, et tu n'avais pas le choix, vu la situation.* Mais, en réalité, Donadio n'était pas sûr qu'il aurait agi ainsi, et il n'avait pas d'autre choix, lui, que de ne pas répondre.

« Douze ans, ajouta Franks. Douze ans, putain. »

Cela faisait douze ans qu'il était flic.

« On n'en arrivera pas là, Jim. »

Franks lui rendit son regard, de loin, comme isolé par la douleur.

« A quoi d'autre veux-tu qu'on en arrive ? fit-il d'une voix sourde, lugubre. Elle était morte, elle n'était pas morte, je le savais, je ne le savais pas – peu importe. La première chose qu'ils vont me demander, c'est pourquoi j'ai tiré. »

Il se tut, laissant son collègue penché sur la table, attendant la suite, la réponse à la seule question que Donadio s'était lui-même posée, sans jamais oser la poser à Franks : pourquoi avait-il tiré ?

Et maintenant, c'était le silence qui lui répondait, et cette réponse était suffisante pour faire chialer un homme adulte.

Franks non plus ne le savait pas. Si Donadio avait cent fois repassé l'accident dans sa tête, Franks l'avait fait cent fois plus, avec une telle précision qu'il sentait encore les mouvements de l'air dans cette petite salle. Et il avait beau se soumettre à la question, il ne savait toujours pas pourquoi il avait fait feu. Il allait devoir continuer ainsi, sans avoir compris.

MERCREDI

Quoi que Steven Hillyer ait eu en tête quand il songea pour la première fois à l'enseignement, ce n'était pas cela. Il savait que ce ne serait pas Mr. Chips, avec des costumes de tweed élégamment défraîchis et l'agrément d'une pipe fumante à la bouche, mais c'était très bien ainsi, car les mots « élégance » et « agrément » n'étaient pas des mots essentiels de son vocabulaire. Son éducation l'avait poussé à accorder de l'importance à l'élégance, puisque sa mère y accordait de l'importance; cependant, il s'était depuis longtemps réconcilié avec la pauvreté décente qu'impliquait sa vocation. Être professeur, cela voulait dire quelque chose, surtout en un lieu où les enfants avaient tant à apprendre.

C'était en tout cas ce qu'il se disait dans ses bons jours. Et, dans ses bons jours, c'était vrai. Parfois, un enfant comprenait ce qu'il disait, non seulement à propos d'un livre, mais aussi à propos d'un univers, d'une pensée derrière ce livre. Parfois, au cours d'une année, un enfant apprenait à mieux s'exprimer, à se concentrer, à maîtriser ses pensées, à les coucher sur le papier ou même (chose plus simple, mais non moins excitante) à rédiger une phrase grammaticalement correcte.

Depuis quelque temps, toutefois, il semblait que les bons jours se faisaient plus rares, tandis que le fardeau écrasant du découragement menaçait de recouvrir ces petites victoires comme des jardins ensevelis sous des cendres volcaniques. Peut-être n'était-ce là que l'accumulation d'années de frustration, mais il lui apparaissait clairement que chaque année se révélait moins féconde que la précédente. Tout comme les fermiers qui constatent la médiocrité de leurs récoltes, au fur et à mesure que le sol s'appauvrit, nombre de ses collègues assuraient que les gosses avaient changé; néanmoins, Steven n'y croyait pas une seconde. Le problème était en lui, et il était certain qu'en regardant les choses en face, en admettant son échec, il trouverait la solution pour y remédier. Mais cela ne marchait pas.

Il n'avait que trente ans et avait gardé cette allure ouverte, chaleureuse, ce charme décontracté qu'il possédait à son entrée à La Guardia, huit ans auparavant. Toutefois, il se sentait déjà parfois vieux, comme peut se sentir vieux un jeune homme souvent confronté au rejet. Au cours des dernières années, il avait essayé tout ce qu'il avait pu, y compris en se mentant à lui-même, pour recouvrer l'énergie qu'il possédait lorsqu'il avait accepté un poste au lycée La Guardia. Cependant, tôt ou tard, les doutes resurgissaient, plus forts, plus insistants. Il commençait à se prendre en pitié, même s'il admettait que c'était là un luxe que ne peut se permettre un homme qui fait ce que personne ne lui a demandé de faire, qui consent à des sacrifices que personne n'a exigés de lui.

La littérature, c'était une chose finie, mais il y avait dans ce mot quelque chose d'apocalyptique – comme un avion qui plonge, les moteurs en flammes – qui ne correspondait à rien que Steven reconnût en lui-même. Il ne ressentait qu'un engourdissement croissant, avait de plus en plus de mal à se convaincre que les progrès de ses élèves, aussi lents que l'avancée de la banquise, avaient la moindre valeur dans un monde qui bougeait plus vite qu'eux, et de plus en plus de mal à croire que le sauvetage d'un ou de deux enfants pourrait jamais compenser la perte de ceux qui, par douzaines, tombaient sur le bas-côté.

Quoi qu'il en soit, le meilleur d'entre eux était mort à présent, un enfant brillant, tourmenté, dont la fin brutale semblait symboliser la fin brutale de son rêve. Peut-être n'était-ce pas une grande perte, peut-être pourrait-il continuer à vivre sans ces rêves qui n'avaient jamais approché la réalité au cours de ces huit années passées à La Guardia. « Ce n'est pas du tout ce que j'envisageais, pensa-t-il. Ce n'est pas cela, pas du tout. »

En réalité, là était le nœud du problème. Citer T. S. Eliot, cela devait en principe faire partie du métier de professeur. Mais pouvait-on imaginer mettre *Prufrock* au programme, à La Guardia ? Impossible. C'était hors de question. Le lycée La Guardia, c'était un endroit où l'on nettoyait avec du papier-toilette les murs maculés de cervelle.

Le souvenir de cette scène lui donnait la nausée, et il leva les yeux des copies qu'il corrigeait, reposant son regard sur les murs de son appartement, nus, grâce au ciel. Il fixa le vide, droit devant lui, essayant de se remplir la tête de cette blancheur neutre, afin d'y effacer les traces de sang. L'espace d'une minute, cela marcha, il sentit ses entrailles se dénouer. L'espace d'une minute seulement. Puis les fissures du plâtre, fines lignes tracées comme au hasard, telles les rides d'une peau vieillissante, se mirent à bouger, à se déplacer, formant peu à peu des horizontales plus précises, puis des verticales bien d'aplomb. Fasciné, hypnotisé, il les observait, dans une sorte d'indifférence figée, jouant à devancer le processus – comme, enfant, il s'amusait à deviner au travers des rideaux une image dans les dessins mouchetés du soleil.

La différence, à présent, était qu'il se contentait d'observer, que cela se faisait tout seul. Il ne goûtait plus volontairement ce plaisir, il lui échappait, tandis que les lignes s'assemblaient malgré lui en rectangles parfaits, que le mur fissuré se transformait rapidement en une surface lisse, parfaitement carrelée.

Du sang apparaissait dans les joints, et il détourna les yeux, écœuré, luttant contre la force qui le poussait à se retourner à nouveau, à regarder.

Une fontaine crachait le sang, presque au pied du mur – c'était la gorge de Timothy Warren, béante comme un tuyau débranché.

Steven prit sa respiration et tendit une main aveugle vers la pile de copies sur son bureau, les agrippant comme s'il devait les sauver du naufrage. Il quitta la pièce et se précipita dans la salle de bains, refermant brutalement la porte derrière lui, et s'appuya au lavabo pour reprendre ses esprits. Il avait la bouche et la gorge sèches, mais parvint rapidement à contrôler sa respiration haletante. Il commença de réfléchir à ce qu'il allait faire. D'abord, boire un verre d'eau. Ensuite, il resterait un moment dans la salle de bains, et continuerait de lire quelques dissertations. Dans une demi-heure, il ressortirait.

Posant les copies en vrac, il remplit d'une eau trouble un gobelet en plastique, et le vida si vite qu'elle éclaboussa son visage et ruissela des commissures de sa bouche sur sa chemise et sa poitrine. Surpris par le contact mouillé, tiède, il laissa tomber le gobelet dans le lavabo et baissa les yeux, horrifié déjà, s'attendant à voir l'eau jaillir de sa gorge béante au fur et à mesure qu'il buvait. Il ferma les yeux, se disant qu'il était en train de devenir fou, et cette pensée le rasséréna, car il n'imaginait pas que les gens qui devenaient fous pouvaient ainsi constater leur propre désintégration.

Il faut lire les dissertations, se dit-il de nouveau.

Il ramassa le gobelet, le replaça sur son support, puis saisit la pile de copies sur le réservoir de la chasse d'eau, baissa l'abattant du siège et s'assit pour lire. Grâce au ciel, il avait un crayon dans la poche de sa chemise. Mais, sans sa montre, comment savoir quand la demi-heure serait écoulée?

Une demi-heure ou pas, peu importe, se dit-il. Une demi-heure, cela faisait à peu près cinq copies. Il allait corriger cinq dissertations, et sortirait pour se préparer quelque chose à manger.

Comme il ramassait la première – trois feuilles agrafées – et en repliait la couverture, un feuillet glissa sur le sol. Il se pencha pour le ramasser.

C'était son assignation à témoigner devant le jury d'accusation.

JEUDI

Quand le père de Steven mourut, sa mère mit leur maison en vente pour plus de cent mille dollars, c'est-à-dire bien au-dessus de ce que l'agent immobilier avait pensé qu'elle pourrait raisonnablement en tirer. Cette somme, ce fut le seul compromis qu'elle fit pour Steven, qui était au milieu de sa première année de lycée et qui voulait désespérément rester à Litchfield jusqu'à son examen. Elle ne s'en ouvrit jamais à Steven, qui savait seulement que la maison était en vente et qu'il allait leur falloir quitter le Connecticut s'ils trouvaient un acheteur.

En y repensant à présent, Steven arrivait à plaisanter sur cette dernière année de lycée, qui avait consisté à vivre comme au sein d'un musée. A toute heure, ils se trouvaient envahis par un guide touristique impitoyablement chaleureux, qui faisait visiter aux curieux les chambres et les placards, la cuisine, la buanderie, la propriété. Tandis que l'agent les étourdissait de son bavardage, les clients débattaient entre eux, en chuchotant. Et Steven, qui les escortait, la mine lugubre, errant dans les pièces derrière eux comme le fantôme attitré de la demeure, voyait bien, à leurs gestes éloquents, à leurs questions précises, qu'il n'était plus à présent qu'un hôte clandestin dans sa propre maison et que déjà ces étrangers échafaudaient des plans, décidant quelles cloisons devaient être abattues, où il faudrait percer une fenêtre, comment la maison serait transformée en ce qu'elle n'était pas destinée à être. S'il avait pu, il aurait fait n'importe quoi pour les décourager, mais cela ne se révéla pas nécessaire, car ils venaient, repartaient, et plus jamais on n'entendait parler d'eux, effrayés qu'ils étaient par le prix, la seule chose qui pût effrayer ce genre de personnes.

Finalement, la maison fut bien sûr vendue, si soudainement que Steven dut s'habiller pour son diplôme de quatrième année dans une chambre encombrée de caisses de déménagement et qu'il posa pour la photo, vêtu de son habit de soirée blanc, dans

50

un salon vidé de ses meubles. Quelques jours plus tard, Steven et sa mère se rendirent chez le concessionnaire Cadillac, auquel feu son père achetait toujours ses monstrueuses Eldorado, et vendirent la voiture, la dernière chose appartenant à son père que Steven vît jamais. Ils prirent un taxi jusqu'à la gare et passèrent enfin la nuit dans le vaste appartement de l'Upper West Side qu'Evelyn Hillyer avait acheté presque un an auparavant.

Ce premier été à New York fut comme une peine de prison pour Steven, qui en vint rapidement à haïr les murs blanc cassé de l'appartement et les fenêtres qui donnaient sur des rues où rien ne semblait jamais devoir arriver, si ce n'est le flot éternel de la circulation. Et cependant, son désœuvrement était total. Tout ce dont il avait à s'occuper, c'était aller de temps en temps faire les courses à l'épicerie au coin de la rue, ou déposer le linge sale à la blanchisserie quand sa mère le lui demandait. A l'épicerie, on parlait espagnol, à la blanchisserie, chinois, ce qui accentua son sentiment d'avoir été transplanté en terre étrangère.

Avant le décès de son père, Steven avait prévu d'aller à l'université et avait postulé pour un préexamen d'entrée à Oberlin, après avoir visité le campus en compagnie de sa mère. Il aimait bien les vieux bâtiments de pierre et les collines ombragées, cela lui paraissait très proche de ce que devait être une université. La lettre d'acceptation lui parvint quelques semaines après la mort de son père, et il passa sa dernière année de collège à déplorer que sa mère eût décidé de déménager, comptant les mois qui le séparaient de la liberté. Une fois ces deux choses acquises, la maison de Litchfield vendue et l'université en vue à la fin de l'été, il s'aperçut que, par quelque paradoxe, la logique de son existence était telle que plus la vie à la maison devenait insupportable, moins il parvenait à envisager son départ. Il écrivit au doyen d'Oberlin pour le prévenir qu'il n'assisterait pas au trimestre d'automne, brûlant ses ponts avant même d'avoir averti sa mère de sa décision. Lorsqu'elle apprit ce qu'il avait fait, elle refusa de lui parler pendant quinze jours, au cours desquels il se prépara ses propres repas et lava son linge sale dans les machines payantes de la buanderie commune, au sous-sol de l'immeuble. Mère et fils circulaient dans le vaste appartement comme des soldats face aux lignes ennemies, faisant halte à chaque porte pour s'assurer que leurs chemins ne se croiseraient pas.

Étrangement, c'est par une conséquence fortuite de ces deux semaines d'isolement total que Steven commença de sortir de sa coquille. Il avait croisé Sonya une ou deux fois dans l'ascenseur, mais ils n'avaient jamais échangé le moindre mot. Elle était plus âgée que lui, de vingt à vingt-cinq ans, et avait de longs cheveux blonds, qu'elle portait sévèrement tirés en arrière. Elle n'était pas particulièrement jolie, avec son visage étroit, ses yeux larmoyants, beaucoup trop rapprochés ; mais, eût-ce été une beauté, cela n'aurait pas fait grande différence car, à cette époque, Steven n'avait aucun désir de s'engager dans une relation, avec ses complications.

Tel était son état d'esprit, quand elle débarqua dans la buanderie, poussant un chariot débordant de linge sale, tandis qu'il attendait que le séchoir eût fini de tourner. Il leva les yeux de son livre, puis reprit sa lecture, répondant à son salut par un brusque « bonjour ». Cependant, il n'avait pas l'esprit à ce qu'il lisait. Il se surprit à se demander si elle le regardait, s'attendant à chaque instant qu'elle engage la conversation, ce que lui-même ne savait comment faire. Cela n'arriva pas, bien entendu. Au bout d'un moment, il leva les yeux, se disant que, si elle paraissait le moins du monde disponible, il pourrait parler le premier ; mais les machines qu'elle avait chargées tournaient déjà, et elle avait disparu. Il ne l'avait même pas entendue sortir.

Quelques jours plus tard, il la rencontra de nouveau. Il attendit un moment, puis abaissa son livre et regarda autour de lui, l'air pensif, lui donnant l'occasion de dire quelque chose si elle le souhaitait.

« Que lisez-vous ? » demanda-t-elle.

Elle avait un accent qu'il ne pouvait identifier. Il supposa qu'elle était scandinave, à cause de sa blondeur.

« Des nouvelles de Fitzgerald, répondit-il. F. Scott Fitzgerald », ajouta-t-il, à cause de son accent.

Elle eut un sourire, peut-être ironique, et peut-être pas.

« Je connais F. Scott Fitzgerald, affirma-t-elle. Vous aimez ses nouvelles ? »

Il avait pris ce livre parce qu'il faisait partie de son programme de lecture de première année à Oberlin ; mais, jusqu'à présent, il n'en tirait pas grand-chose. Il le trouvait agaçant, parce qu'aux moments les plus cruciaux de l'histoire les personnages ne trouvaient rien de mieux à dire que ce que lui-même, ou n'importe lequel de ses amis auraient dit en de semblables circonstances. Il était persuadé de passer à côté, sinon ces nouvelles n'auraient pas été mises au programme de l'université.

« Oui, ce n'est pas mal », déclara-t-il en rougissant de l'effrayante banalité de sa phrase, alors qu'il aurait pu répondre au moins de manière provocante. Il se reprocha de ne pas avoir pris un livre qui lui eût permis de se montrer plus brillant.

Elle lui demanda s'il était étudiant, et il s'entendit expliquer qu'il comptait entrer à l'université à l'automne. Ils continuèrent de bavarder durant tout le cycle de lavage, puis de séchage. Ils échangèrent les titres de livres qu'ils aimaient et accablèrent sans pitié ceux qui les avaient déçus, comme si leurs auteurs les avaient personnellement laissés tomber. Steven fut frappé par sa grande intelligence, sa culture, l'opinion tranchée qu'elle avait sur toute chose. Soudain, ses yeux ne lui paraissaient plus aussi rapprochés.

Une semaine plus tard, la buanderie du sous-sol était devenue un salon littéraire permanent. Steven apprit qu'elle s'appelait Sonya, qu'elle était suisse, et qu'elle était venue dans le cadre d'un échange universitaire pour travailler comme jeune fille au pair chez un couple habitant l'immeuble. Elle avait obtenu son diplôme de Columbia. Parfois, elle était accompagnée d'Adam, le petit garçon dont elle s'occupait, un enfant maussade mais tranquille que l'on pouvait installer sur une table à trier le linge avec un album à colorier, pendant que Sonya et Steven refaisaient interminablement le monde. Eût-il été un tantinet moins égocentrique, Steven aurait pu se prendre de pitié pour cet enfant, dont l'attention féroce qu'il consacrait à son album semblait presque relever de l'autisme, et qui n'exigeait même pas que l'on vienne jeter un coup d'œil aux dessins sur lesquels il s'escrimait pendant des heures, la langue pointant au coin de ses lèvres.

Tout au long de l'été, leur relation demeura passionnée autant que chaste, tandis que Steven cherchait en vain un signe quelconque indiquant que leurs entrevues dans la buanderie étaient peut-être aussi importantes pour Sonya que pour lui. Pendant un moment, il essaya divers stratagèmes pour la rencontrer au-dehors, mais il abandonna bientôt, voyant clairement qu'elle refuserait toute proposition de ce genre. Une fois ou deux, il tomba sur elle dans l'ascenseur, et ce furent là des rencontres brèves mais miraculeuses pour lui, comme quand, enfant, il trouvait le cadeau dissimulé au fond de la boîte de flocons d'avoine. Une fois, même, il la rencontra au marché et engagea la conversation, lui emboîtant le pas tandis qu'elle faisait ses achats. Mais, au bout de quelques minutes, la panique le saisit brusquement à l'idée qu'il se montrait peut-être casse-pieds. Après tout, c'était une étudiante diplômée, et lui n'était guère qu'un lycéen. S'excusant brièvement, il fila à la maison, se promettant de passer sans un mot, la prochaine fois qu'il la croiserait, afin qu'elle ne s'imagine pas qu'il la draguait.

Un après-midi de la mi-août, il prit le métro jusqu'à la 8ᵉ Rue et, après avoir cherché, trouva enfin le campus de l'Université de New York, où il se présenta au doyen chargé des inscriptions, muni de sa lettre d'acceptation à Oberlin et d'une copie de sa propre lettre annonçant qu'il n'assisterait pas au premier trimestre. Il lui fit part de la mort de son père et, les yeux baissés, expliqua avec force détails inventés pourquoi il lui était difficile de laisser sa mère seule en ces circonstances. Dans ses veines, son sang battait, avivé par le mensonge, sa conscience également partagée entre la terreur et la maîtrise de soi. Jamais, de sa vie, il n'avait fait quelque chose de ce genre, ou même d'approchant. Vingt minutes plus tard, il avait gagné la sympathie du doyen et quittait son bureau avec la permission tacite de s'inscrire en première année à l'Université de New York, en attendant la réception des copies de ses bulletins scolaires. Grâce au ciel, il n'avait pas menti sur ses diplômes.

Mais s'il s'attendait à voir s'améliorer ses relations avec Sonya, à présent qu'il était étudiant, il dut rapidement déchanter. La première fois qu'ils se revirent, après le début des cours, elle remplit sa machine de linge et s'en alla, invoquant les corvées ménagères et les études. Elle réapparut brièvement pour transférer le linge de la machine dans un séchoir, et fila aussitôt. Quelques jours plus tard, même scénario. Il la rencontra dans l'ascenseur, mais elle était accompagnée du couple qui l'employait, et ne lui dit qu'un vague bonjour. La fois suivante, elle était en compagnie d'amis d'université, une fille et deux garçons auprès desquels Steven se sentait comme un gamin. Il s'écoula presque une semaine avant qu'ils aient de nouveau l'occasion de se retrouver seuls dans la buanderie, et il ne manqua pas de lui demander quand ils pourraient parler du roman de Hesse qu'elle l'avait exhorté à lire.

« Je suis sûre que nous trouverons l'occasion », dit-elle.

Mais ils ne la trouvèrent jamais. Il la vit de moins en moins au fur et à mesure que l'année s'avançait, et elle était toujours entourée de ses amis étudiants. A la fin de l'année, elle eut un travail dans une autre famille, dans l'East Side. Il l'appela une ou deux fois mais, au ton distrait de sa voix, il lui apparut clairement qu'elle ne tenait pas vraiment à discuter avec lui, et il n'insista pas. Plus tard, il apprit qu'elle avait terminé ses études et regagné sa Suisse natale.

Le palais de justice du comté du Bronx datait à peu près de la même époque que la plupart de ses écoles. Sortant du métro et se dirigeant vers lui, Steven se sentait en territoire familier devant ce bâtiment qui surgissait de toute sa masse, guère plus oppressant que l'école dans laquelle il pénétrait chaque matin. Il y avait eu chez ces gens du Bronx du début du siècle un sens de la permanence et de la dignité d'un empire poussé jusqu'à l'inconscience, comme s'ils avaient mis à la fois le temps et l'Histoire au défi de défaire ce qu'ils avaient si majestueusement érigé dans la pierre. *Je suis le Bronx, Cité des cités. Contemplez mon œuvre, Tout-Puissant, et voilez-vous la face.* Confiants, optimistes, incapables de concevoir l'avenir autrement que comme une large avenue de progrès et de prospérité, ils avaient compté sans les évolutions de population, la démographie galopante, les graffitis d'une agressivité obscène qui s'étaleraient, en deux langues, sur toutes les surfaces planes possibles et imaginables. Ils n'avaient pas deviné que l'avenir viendrait les railler à leur propre porte.

L'intérieur du palais de justice était au moins aussi impressionnant que l'extérieur, à commencer par la salle des pas perdus, gigantesque et caverneuse, avec son plafond si haut que l'on en oubliait totalement qu'il s'agissait d'un lieu clos. A neuf heures moins dix du matin, elle était si encombrée de criminels, d'avocats, de témoins et de victimes, filant à toute allure, l'air pressé et renfrogné, que le sol lui-même semblait doué de vie, comme une lame de microscope révèle les turbulences inimaginables dissimulées dans une goutte d'eau ou de sang.

Globule agressif, Steven jouait des coudes, se frayant un passage vers un panneau fixé au mur, entouré d'un cadre de cuivre terni. La salle d'audience du jury d'accusation aurait dû se trouver à la lettre J, mais ce n'était pas le cas et, l'espace d'un instant, Steven se dit qu'il s'était peut-être trompé de palais de justice. Puis il l'aperçut soudain, inexplicablement dissimulée sous le B de « comté du Bronx ». Il se demanda si quelqu'un avait jamais fait une étude sur le nombre de crimes qui chaque année demeuraient impunis, dans le Bronx, simplement parce que des témoins clés avaient été incapables de trouver le chemin de la salle d'audience.

L'ascenseur qui le mena au huitième étage évoquait un wagon de métro à l'heure de pointe, si ce n'est que dans le métro les criminels ne constituent qu'un faible pourcentage de vos voisins, alors qu'ici c'était de toute évidence la majorité. En sortant, il découvrit une rangée de fenêtres alignées, à sa droite et à sa gauche, d'un bout à l'autre du bâtiment. Le couloir encerclait l'étage comme des douves; tandis que le mur extérieur n'était qu'une succession de fenêtres, les salles d'audience et de délibérations se trouvaient enfermées dans ce périmètre de protection, de sorte qu'aucune ne pouvait bénéficier de la moindre ouverture sur l'extérieur. Était-ce là, se demanda Steven, une précaution radicale contre le charme des toits du Bronx, dont la contemplation rêveuse aurait pu compromettre le bon fonctionnement de la justice? Ou bien quelque architecte mal inspiré avait-il pris au pied de la lettre cette idée que, la justice étant aveugle, elle n'avait pas plus besoin de fenêtres qu'une salamandre des cavernes n'a besoin d'yeux?

Un écriteau lui indiqua la salle du jury d'accusation, laquelle, d'après son numéro, devait se trouver au bout du couloir. Devant lui, il vit une douzaine de personnes qui attendaient apparemment d'y pénétrer. Il consulta sa montre. Neuf heures moins cinq.

« Excusez-moi, demanda-t-il à la cantonade, est-ce bien la salle 62?

— C'est bien ça, c'est la salle du jury d'accusation, répondit un homme. Vous êtes convoqué comme témoin?

— Mmm-mmm », fit Steven, passant devant lui. Personne, dans le couloir, ne semblait désireux d'entrer.

« Vous ne seriez pas Steven Hillyer par hasard? interrogea l'homme.

— Si, en effet. »

Avant même d'avoir pu se demander comment un inconnu savait qui il était, Steven se rendit compte de son erreur. Comme si son nom était un sésame, les gens se précipitèrent vers lui, le pressant de questions. Trois ou quatre flashes éclatèrent, tandis qu'une rangée de micros surgissait sous son nez.

« Le petit Warren était un élève à vous, n'est-ce pas?

— Pensez-vous que vous auriez pu l'amener à se rendre?

— Savez-vous pourquoi il a tué la fille, Mr. Hillyer?

— Une minute, attendez, reculez! protesta Steven, essayant de forcer le passage. Je ne crois pas être autorisé à vous répondre.

— Mais c'était bien votre élève?

— Oui, c'était un élève à moi. Laissez-moi passer, s'il vous plaît. »

Il progressa lentement, se heurtant à une femme plantureuse, qui se mit carrément en travers de son chemin.

« Auriez-vous pu l'amener à se rendre, Mr. Hillyer? demanda-t-elle.

– Je ne sais pas ce que j'aurais pu faire ou pas. Excusez-moi. Je devrais être dans la salle.

– Est-ce pour cela que la police a tiré?

– Je ne sais pas pourquoi la police a tiré. Écartez-vous, s'il vous plaît. »

« Mr. Hillyer! » fit une autre voix, assez tranchante pour attirer l'attention de Steven, au-delà de la cohue. Il aperçut un petit homme aux lunettes à monture d'écaille qui fendait la foule des journalistes avec une férocité assez surprenante. L'instant d'après, il avait rejoint Steven, le saisissant par le bras d'une main et, de l'autre, tirant sur la poignée de la porte. Une seconde plus tard, ils étaient de l'autre côté.

« Vous rendez-vous compte de ce que vous venez de dire? questionna l'homme d'une voix contrariée.

– J'ai dit que je ne savais rien.

– Vous avez déclaré que vous ne saviez pas pourquoi l'agent avait tiré. Ce n'est pas la même chose. »

Steven réfléchit un instant.

« D'accord, je n'aurais pas dû leur parler, admit-il, à contre-cœur. Ce qui signifie sans doute que je ne devrais pas vous parler non plus. »

Il jeta un coup d'œil aux alentours, cherchant où se diriger. Ils venaient de pénétrer dans un vestibule ou une quelconque salle d'accueil, meublée dans un style étonnamment moderne. Quelques divans semblables à des bancs, recouverts d'un tissu gris à gros grain, quatre chaises capitonnées du même tissu, et un porte-revues rempli de magazines constituaient l'essentiel du mobilier. Derrière le bureau du réceptionniste, une porte donnait dans ce qu'il supposa être la salle du jury d'accusation. Sur une table, une cafetière envoyait de généreux panaches de vapeur, à côté de gobelets de plastique. A part ce café chaud, rien n'indiquait la moindre présence. Il lui paraissait étrange qu'il n'y eût personne pour lui indiquer quoi faire.

Steven se dirigea vers la cafetière et s'arrêta en entendant le petit homme déclarer :

« Si, vous devez me parler. Je suis votre avocat. »

Steven le regarda avec toute l'incompréhension que cette phrase méritait. Il n'avait pas d'avocat et n'en avait pas besoin. L'homme lui tendait la main.

« Je suis désolé, j'aurais dû me présenter, dit-il. Martin Margolis. Je fais partie de la FSP. »

Steven n'avait jamais eu grand-chose à voir avec la Fédération syndicale des professeurs. En principe, c'était son syndicat, et les cotisations étaient déduites de son salaire; mais il n'avait jamais eu confiance en la FSP, qui lui avait toujours paru moins soucieuse d'éducation que de protéger l'emploi de professeurs incompétents ou peu motivés.

« En quoi cela fait-il de vous mon avocat? » demanda Steven.

Le petit homme parut se rembrunir. Il baissa les yeux sur ses chaussures, mal à l'aise.

« Eh bien, en fait, vous n'êtes pas légalement tenu de vous présenter devant le jury d'accusation avec un avocat, et donc je suppose que cela n'a pas d'importance.

— Qu'est-ce qui n'a pas d'importance? questionna Steven, réellement perplexe.

— Que je ne sois pas... Que je ne... vous représente pas réellement. »

Margolis avait semblé très énergique dans le couloir, mais il apparut rapidement que l'énergie ne lui était pas chose naturelle.

« Pour vous dire la vérité, reprit-il, avouant son incompétence avec l'air candide d'un chien battu, je ne suis pas très au courant des lois, en matière criminelle. Je m'occupe essentiellement de problèmes d'enseignement, mais je crois que ça pourra aller.

— Il faut bien que quelqu'un s'en occupe, répliqua Steven, sans amabilité excessive.

— Je veux parler de ma présence ici. »

La conversation devenait étrange.

« Cela m'est un peu égal de savoir pourquoi vous êtes là, affirma Steven. Vous n'êtes pas mon avocat.

— Pas vraiment. Je veux dire pas dans le sens où je vous *représenterais*. Mais je peux vous *conseiller*. Enfin, si vous avez besoin de conseils », conclut hâtivement le petit homme.

Il avait quelque chose d'un lutin, cet avocat, mais d'un lutin ivre.

« Non, je pense pouvoir m'en tirer tout seul, déclara Steven.

— Sans vouloir vous froisser, Mr. Hillyer, ce n'était pas terrible dans le couloir. Et, de toute façon, cela ne vous coûtera pas un sou. C'est à cela que servent vos cotisations. »

Le déclic d'une poignée de porte interrompit cette discussion stérile; une femme mince et séduisante sortit d'une salle et s'installa derrière le bureau d'accueil. Étrangement, elle ne leur demanda pas qui ils étaient.

Contrarié, Steven s'assit sur un des divans, tandis que Margolis se dirigeait vers la cafetière et revenait avec deux tasses de café noir. « Il y a du lait et du sucre, si vous en voulez », dit-il, mais Steven n'en prenait pas.

Dans les quelques minutes qui suivirent, et sans qu'on l'en eût prié, Margolis expliqua rapidement le principe du jury d'accusation, comme s'il donnait un cours d'instruction civique à un lycéen. Il dit que Steven était sommé à comparaître en tant que témoin, et que le système de preuves qui s'appliquait aux procès habituels n'avait pas cours ici, en ce sens que les suppositions et les témoignages par ouï-dire étaient admis. De plus, les jurés étaient autorisés à poser des questions. Steven enregistrait tout cela, tout en se demandant en quoi cela le concernait. En fait, il ne voyait même pas en quoi cela pouvait concerner qui que ce fût. Timothy Warren avait tué Ophelia James, et Timothy Warren était mort. Qui pouvait-on inculper ?

« Je pense qu'ils s'intéressent aux flics », répondit Margolis.

Pour quelque raison, Steven sentit sa gorge se nouer, et un frisson courut dans son dos. Aussi surpris, aussi choqué qu'il eût été par ce coup de feu, il ne s'était jamais interrogé à ce sujet. C'était un acte délibéré, impitoyable, brutal certes, mais si net, si fort, qu'il semblait faire partie intégrante de tout ce qui l'avait causé, comme la mort inéluctable dans une tragédie, ou les trottoirs mouillés après la pluie. Il avait eu beau repasser sans cesse dans sa tête l'enchaînement des événements, depuis l'apparition de Rita Torres dans sa classe jusqu'à l'explosion assourdissante, aveuglante, dans la travée entre les bancs de musculation, il n'avait jamais pu imaginer, ou même envisager la possibilité d'une autre issue. Cependant, quelqu'un se penchait précisément sur cela, il s'en apercevait soudain.

Pendant quelques minutes, les deux hommes restèrent murés dans un silence maussade. Steven n'avait aucune question à poser, et Margolis semblait n'avoir aucun conseil à lui donner. Ce silence embarrassé plana jusqu'à ce que des voix, provenant du couloir, leur fassent tourner la tête en direction de la porte. Un instant plus tard, deux hommes entraient, un Blanc et un Noir, se frayant un passage parmi la meute braillarde des journalistes. Steven reconnut immédiatement les deux inspecteurs qui avaient pénétré dans la salle de musculation. Ils lui parurent plus petits que dans son souvenir, le flic blanc n'étant en fait guère plus costaud que Steven, qui dépassait à peine le mètre soixante-quinze.

Ils le reconnurent également et passèrent devant lui sans un signe, avec un air dur, hostile. Steven commençait à réaliser qu'il était le seul témoin vivant à savoir ce que les deux hommes avaient fait dans la salle de musculation. Il les suivit du regard pour voir s'ils lui jetteraient un coup d'œil, mais ce ne fut pas le cas. Cependant, il avait l'impression qu'on ne voyait que lui ici. Cela le mettait mal à l'aise. Histoire de se donner une contenance, il tenta d'engager de nouveau la conversation avec Margolis, lui demandant depuis combien de temps il travaillait à la FSP. Ils s'aperçurent bientôt qu'ils étaient tous deux diplômés de l'Université de New York, mais il ne leur fallut qu'une minute pour passer en revue toutes les corrélations possibles et en arriver à la conclusion qu'ils ne connaissaient pas les mêmes personnes et qu'ils n'avaient pas suivi les mêmes cours, ce qui les laissa de nouveau sans rien à dire.

Peu après, Barry Lucasian, après avoir affronté la horde journalistique, pénétrait dans la pièce, claquant la porte derrière lui. Il se tourna vers eux et prit un instant la pose sur le seuil, vêtu d'un pantalon bien repassé et d'une chemise de sport sur un polo un peu trop étroit, destiné de toute évidence à mettre en valeur son physique athlétique de prof de gym. Il jeta un coup d'œil à Steven, assorti d'un petit signe de tête, puis se dirigea droit vers la secrétaire et se présenta. Elle lui dit de prendre un café et de s'asseoir.

La manière de bouger de cet homme avait toujours semblé à Steven plutôt agressive, arrogante. Il était assez populaire auprès de certains des gosses parmi les plus durs de l'école, mais avait la réputation de rudoyer sottement tous les autres. Au cours des années, Steven avait plusieurs fois essayé d'évoquer avec lui les problèmes que certains de ses élèves rencontraient en éducation physique, mais Lucasian se montrait froid, peu ouvert face à Steven, et s'empressait de faire savoir aux gosses qu'il n'appréciait guère que l'on aille se plaindre auprès d'autres professeurs. Cependant, il faisait partie de La Guardia, ce qui, ici et maintenant, le liait à Steven plus que quiconque dans cette pièce. Il fit signe à Steven de venir prendre un café avec lui, et c'est avec soulagement que ce dernier accueillit l'occasion de briser la tension de l'attente.

« A quelle heure êtes-vous convoqué? demanda Lucasian.

– Neuf heures. »

Lucasian consulta sa montre.

« Il est déjà neuf heures et demie. Je crois bien que pour dix heures, c'est râpé.

– C'est la lenteur de la justice, répliqua Steven, haussant les épaules. Nous allons sans doute devoir passer la journée ici. »

Lucasian remuait son café.

– « Écoutez, dit-il, baissant soudain la voix et prenant un ton de conspirateur, l'affaire n'a apparemment rien de compliqué, n'est-ce pas? Qu'est-ce que vous allez leur dire? »

La question prit Steven de court.

« Ce qui est arrivé, tout simplement.

– Très bien.

– Pourquoi cette question?

– Comme ça, répondit Lucasian. Je crois qu'on fera aussi bien de ne pas mettre les pieds dans ce merdier. »

Quoi qu'il tentât de dire, Steven ne comprenait pas, et n'était d'ailleurs pas certain de vouloir comprendre. Ces propos commençaient à lui sembler à la limite de ce qui était autorisé.

« Je vais simplement répondre à leurs questions », déclara-t-il.

La réponse sembla contrarier Lucasian.

« Dites, si c'était arrivé dans votre salle, vous aussi vous seriez un peu énervé, rétorqua-t-il, sur la défensive. Il ne devait pas y avoir de gosse là-dedans. Je pourrais perdre mon poste. »

Ainsi, c'était ce qui l'inquiétait. Steven, malgré tout, avait l'impression qu'il avait voulu en dire plus.

« Je ne pense pas que ce soit ce qui les intéresse, affirma-t-il pour le rassurer.

– Il n'y a pas d'illusions à se faire. Il leur faut un bouc émissaire et ils ne vont pas s'amuser à emmerder les flics. Ils vont faire toute une histoire : et qu'est-ce que les mômes faisaient là-dedans, et comment ils sont entrés... J'ai trois classes en même temps, vous savez. Je ne peux pas être partout à la fois.

– Ne vous inquiétez pas pour cela, dit Steven. Ils ne vont pas me demander ce qu'ils faisaient là, ni comment ils sont entrés. Et s'ils le font, je n'ai aucune réponse à donner. »

Lucasian baissa les yeux vers lui, du haut de son mètre quatre-vingts largement dépassé.

« Je croyais que vous étiez en train de discuter avec Timothy », dit-il.

« Mr. Hillyer », appela la secrétaire, debout sur le seuil de la salle du jury d'accusation.

« Écoutez, il faut que j'y aille, conclut Steven. Ne vous en faites pas. »

Prenant une profonde inspiration, il se dirigea vers la porte, jetant à l'avocat un bref regard, en quête d'un encouragement, comme le boxeur qui regarde vers son coin lorsque résonne le gong. Margolis eut un sourire blême.

Derrière lui, les yeux du flic noir suivaient Steven comme un radar, des yeux luisants de chat dans la nuit, glacés, méfiants, implacables.

Le substitut du procureur était plus jeune que Steven. Il avait la peau couverte de rougeurs, comme irritée par chaque rasage. Il s'appelait Felder – il ne donna pas son prénom, et avait à la main une paire de lunettes qu'il chaussait chaque fois qu'il consultait les feuillets dactylographiés qu'il tenait comme une baguette magique, les agitant comme s'il s'agissait là d'une preuve capitale. D'après les questions que Felder posait en lisant ces feuillets, Steven devina que c'était une copie des déclarations qu'il avait faites à la police, lorsqu'on l'avait conduit au poste, après le double meurtre. Cela ne le rendait que plus conscient de l'avantage que Felder avait sur lui. A chaque interrogation, l'esprit de Steven se divisait en deux, comme l'eau devant un obstacle, une moitié cherchant à recréer les images gravées dans sa mémoire, l'autre cherchant frénétiquement à se rappeler ce qu'il avait dit dans son rapport. Il pensait être honnête, et l'avoir été depuis le début, mais l'angoisse de se contredire le serrait à la gorge et ne le lâchait plus.

L'interrogatoire commença mal : Steven, par erreur, répondit de façon à laisser supposer que Timothy Warren n'était pas son élève. Il avait cru comprendre que Felder lui demandait si Timothy se trouvait dans sa salle de classe, et sa réponse donna l'impression qu'il tentait de minimiser son lien avec Timothy, qui était son élève en anglais depuis deux ans. « C'était donc bien *votre* élève », conclut Felder d'une voix sarcastique, quand il répondit enfin correctement. On aurait dit qu'il venait de surprendre Steven en flagrant délit de mensonge.

Après quoi, Felder continua à accumuler les questions sur Timothy et Ophelia James. Timothy était-il son petit ami ? Steven n'en savait rien. Timothy était-il amoureux d'elle ? Steven ne le savait pas non plus. Quel genre de rapports entretenaient-ils ? Steven ignorait qu'ils eussent des relations. Chaque réponse résonnait comme une échappatoire à ses propres oreilles, et sans doute, pis encore, aux oreilles des jurés, qui l'écoutaient avec une attention sans faille. Ils étaient installés à des petites tables disposées en demi-cercle face à lui, comme des pupitres d'élèves. Devant chacun étaient posés un bloc-notes et un verre d'eau. Ils ne quittaient pas Steven des yeux, même quand c'était le procureur qui parlait. Steven s'était attendu à se retrouver dans une salle d'audience classique, avec le juge trônant au milieu, et les jurés sur le côté. Au contraire, sa chaise était située presque au centre de la salle, l'espace derrière lui demeurant vide, inoccupé. La disposition des lieux évoquait plutôt une salle d'opération, et c'était lui le patient sur le billard.

Il essaya de se dire que ce n'était pas un procès, qu'il n'était pas accusé, mais cela ne servait à rien. Il se sentait accusé, et Felder semblait faire tout son possible pour qu'il en fût ainsi.

« Prétendez-vous que Timothy Warren n'avait aucune relation avec Ophelia James ? demanda le procureur, d'un ton qui suggérait que, d'office, il ne croirait pas à la réponse de Steven.

– Ce n'est pas ce que je dis. S'il existait entre eux une relation, un rapport quelconque, une amitié, je ne le savais pas, c'est tout.

– Mais vous connaissiez bien Timothy Warren ?

– J'étais son professeur d'anglais.

– N'étiez-vous pas particulièrement proche de lui ?

– J'étais très proche de lui. C'était mon meilleur élève.

– Et il était plus proche de vous que de n'importe quel autre professeur, je pense que l'on peut affirmer cela ?

– Je pense que oui. »

Pourquoi le *pensait*-il ? Il le savait. Rita Torres aussi le savait lorsqu'elle était venue le chercher. La salle, les jurés, la manière dont Felder posait ses questions gauchissaient ses réponses, comme s'il essayait de dissimuler quelque chose, alors même qu'il savait parfaitement ce qu'il voulait dire. Il était certain que Felder allait souligner ces propos évasifs mais, à sa grande surprise, le procureur se contenta de hocher la tête et se dirigea vers un bureau où s'empilaient des documents.

« Il tenait un journal, n'est-ce pas ? » reprit Felder.

Ils avaient lu le journal de Timothy ? Avaient-ils le droit de faire cela ? se demanda Steven.

« Oui, en effet », répondit-il d'une voix lointaine, tandis que, déjà, sans qu'il les eût appelés, défilaient dans son esprit des mots, des phrases de certains poèmes que Timothy lui avait demandé de lire.

Après avoir rapidement fourragé dans les papiers, Felder en exhuma, dans un geste inutilement théâtral, un cahier à spirales, marron et abîmé, que Steven reconnut immédiatement.

« Et il consignait des poèmes dans ce cahier, n'est-ce pas ? »

Steven hocha la tête, sans répondre. Il avait le sentiment d'un viol.

« Et, de temps en temps, il vous montrait ces poèmes ? »

De nouveau, Steven hocha la tête. Le cahier était à présent ouvert dans les mains du procureur, qui lisait, d'une voix chantante, moqueuse.

Quarante routes, Ophelia,
Comme les rues où règne une bande étrangère,
Comme des rues hostiles,
Quarante, O,
Pour pénétrer dans ton Manhattan,
Ces endroits qu'on ne voit, ne touche jamais,
Est-ce ainsi que tu le veux, O ?

Felder s'interrompit et regarda longuement Steven, avant de reprendre son interrogatoire. Les yeux des jurés étaient fixés sur lui, comme s'il avait été l'auteur du poème, comme s'il était le genre de type qui fantasme sur les gamines de treize ans et sur ces endroits qu'on ne voit, qu'on ne touche jamais.

« Connaissez-vous ce poème de Timothy Warren, Mr. Hillyer ?

– Non, répondit Steven, figé.

– Vous ne l'aviez jamais lu ?

– Non, jamais.

– Mais il suggère bien un rapport, quel qu'il soit, entre Timothy Warren et Ophelia James, n'est-ce pas ? »

Steven sentait la tête lui tourner. Il prit ce qui lui parut un temps très long avant de répondre. Il savait ce que voulait le substitut du procureur. Il voulait que Steven dise aux jurés que Warren était un garçon dépravé, dangereux, car s'ils en avaient cette image ils comprendraient la nécessité qu'il y avait eu à l'abattre. Mais le poème rappelait trop de choses à Steven et, l'espace d'un instant, il oublia la scène dans la salle de musculation, revoyant Timothy dans la classe déserte, penché sur le cahier que Felder tenait maintenant à la main, marmonnant ses poèmes à voix haute, attendant une réaction de Steven.

« Cela pourrait suggérer l'existence d'une relation, dit enfin Steven. Cela dépend, je pense, de la période où il a été écrit.

– Pourquoi cela ?

– Nous avons étudié *Hamlet*, il y a environ deux mois. »

Quatre ou cinq des jurés se mirent à rire, d'un rire brutal, moqueur, qui stupéfia Steven par sa dureté, sa soudaineté. Il les parcourut du regard, tentant de repérer ceux d'entre eux qui avaient ri. Une femme, une Noire imposante, immobile, le visage et le corps aussi figés que ceux d'une statue, lui rendit son regard d'un air de défi, le transperçant des yeux comme s'il était de verre. Elle avait ri, il en était certain. Un autre Noir, mince celui-là, tripotait la commissure de ses lèvres d'un air insolent, en une attitude de cinéma qui signifiait sans un mot, par son détachement cynique, que Steven ne trompait personne ici. La plupart des autres n'avaient pas compris, mais Felder allait y remédier.

« Vous voulez dire que ce poème aurait pu s'adresser en fait au personnage d'Ophélie, dans la pièce de Shakespeare?

— Il est possible qu'il l'ait inspiré, ou suggéré, en effet.

— Timothy Warren écrivait-il beaucoup de poésies d'inspiration shakespearienne?

— Il s'inspirait de ce qu'il lisait.

— Mais il n'est nulle part fait mention de Manhattan, dans le *Hamlet* de Shakespeare, n'est-ce pas? Le personnage d'Ophélie ne vivait pas à Manhattan, pour autant que je sache?

— Je crois qu'il s'agit d'une référence sexuelle, Mr. Felder », répondit Steven.

Une vague de rires gênés souleva le jury.

« Je vois, déclara Felder d'un air suffisant. Et cette référence à caractère sexuel pouvait aussi bien concerner un personnage de fiction dans une pièce qu'une fille vivante, que Timothy Warren connaissait et qu'il aurait pu désirer?

— Oui, dit Steven, se sentant un peu plus sûr de lui, prêt à relever le défi, et ne souhaitant pas céder un pouce de terrain. C'est pourquoi je dis que cela dépend de la période où il a été écrit. »

Felder hésita, fit le point. Puis il secoua brusquement Steven, en demandant :

« Considériez-vous Timothy Warren comme un garçon dangereux, Mr. Hillyer?

— Dangereux?

— Au sens où il pouvait constituer une menace pour l'école, pour les autres élèves, les professeurs?

— Non, je ne le considérais pas comme dangereux », répondit Steven d'un ton catégorique.

Felder parut choqué, presque en colère. La femme noire ne quittait pas Steven des yeux, avec un air d'intense concentration.

« Mais il est cependant exact, Mr. Hillyer, que vous avez déposé un rapport suggérant qu'on lui fasse subir un bilan psychologique?

— Oui. Un certain nombre de professeurs ont exposé cette requête, et j'y ai souscrit.

— Je vois. Qu'a-t-il été fait à la suite de cette demande?

– Rien, pour autant que je sache.

– Et, plus tard, vous avez déposé une autre requête, suggérant que Timothy quitte l'école pour être mis sous contrôle psychiatrique. Est-ce exact?

– Ce n'est pas exactement cela, répondit Steven.

– Vous voulez dire que vous avez de nouveau souscrit à une demande émanant d'autres personnes? Vous vous êtes contenté de les suivre, c'est bien ce que vous voulez dire?

– Ce n'est pas ce que je dis. Timothy avait besoin d'aide et n'en recevait aucune. Nous voulions nous en occuper. »

Steven aurait voulu parler davantage, mais tout paraissait filer dans le mauvais sens. Il faisait malgré lui le portrait d'un Timothy qu'il ne reconnaissait pas et craignait, s'il continuait, d'aggraver les choses à chaque mot.

Une fois de plus, Felder le prit de court en laissant tomber ce chapitre pour changer d'orientation.

« Diriez-vous que vous aviez de bons rapports professeur-élève avec Timothy Warren? » demanda-t-il.

Si la question était piégée, Steven ne s'en aperçut pas.

« Nous avions de bons rapports, déclara-t-il prudemment.

– Vous n'aviez pas de problème de communication?

– Si, parfois.

– Vous étiez le seul à qui il montrait ses poèmes, est-ce exact, Mr. Hillyer?

– Eh bien, ce n'était pas si simple, expliqua Steven. Parfois, il me faisait lire des poèmes ou des nouvelles qu'il avait écrits, puis il se sentait fragilisé parce qu'il me les avait montrés, et je pense qu'il m'en voulait de les avoir vus. Fondamentalement, c'était un garçon très secret. De sorte qu'il lui arrivait de m'accuser d'avoir abusé de sa confiance, et il se mettait en colère.

– Proférait-il des menaces, lorsqu'il était en colère?

– Quelquefois.

– Je croyais que vous ne le considériez pas comme dangereux.

– Je le croyais surtout dangereux pour lui-même.

– Surtout pour lui-même? reprit Felder.

– Il est mort, n'est-ce pas? » fit Steven.

La femme noire, avec son visage marmoréen, observa pour la première fois Steven comme une personne vivante. Son regard brun s'embruma, soudain plus chaud, plus humain. L'homme, à son côté, hocha la tête.

On aurait dit que Felder avait reçu un coup et que la douleur irradiait lentement. Avant qu'il ait pu reprendre ses esprits, la femme au premier rang avait pris la parole.

« Éprouviez-vous de la pitié pour lui ? » demanda-t-elle à Steven.

Felder se retourna brusquement face à elle, comme pour émettre une objection. La dernière chose qu'il souhaitait au monde, c'était que les jurés prennent Warren en pitié, car ils ne pourraient alors qu'accabler les flics, ce qui aurait pour résultat d'aggraver les dégâts sur le plan politique, de forcer le procureur à engager un procès dont le maire ne voulait à aucun prix, ni le procureur lui-même, et qui, de toute manière, ne pourrait être gagné. Cependant, il avait les mains liées, pour l'instant. Il ne pouvait intervenir dans la question que posait la femme, car les seules remarques qu'il avait à faire lui auraient mis les jurés à dos. Il n'avait qu'à laisser Hillyer répondre à la question, et l'attendre de pied ferme, quand il aurait fini.

« Je ne sais pas si j'éprouvais de la pitié pour lui, répondit Steven. Je ne le pense pas. Je m'inquiétais pour lui, mais ce n'est pas la même chose. C'est difficile à expliquer, si vous ne connaissiez pas Timothy. Il était parfois très amical. Très ouvert. C'était un garçon très brillant, très créateur. En tant que professeur, c'est à cela que l'on s'attache. A d'autres moments, il se renfermait en lui-même, devenait intouchable. Il était évident qu'il traversait des moments de grand tourment. Il ne savait plus où il en était, semblait déborder de haine pour lui-même. Est-ce là ce que vous désiriez savoir ?

– Oui, merci, dit-elle.

– Je crois que nous sommes tous assez émus par le portrait que vous nous en faites, Mr. Hillyer, intervint Felder. Et, dans une ville où le système scolaire est en butte à tant de critiques, il est extrêmement rassérénant de rencontrer un enseignant aussi sensible, aussi délicat. »

Steven devint tout rouge, et marmonna quelque chose en retour. Il nota, en même temps, que Felder avait gardé à la main le journal de Timothy, qu'il feuilletait comme s'il cherchait quelque chose.

« Timothy Warren vous montrait un grand nombre de ses poèmes, n'est-ce pas, Mr. Hillyer ?

– Je ne dirais pas un grand nombre. Je pense qu'il y a énormément de choses qu'il ne m'a jamais montrées.

– Si je vous en lis un passage, pensez-vous pouvoir me dire si vous avez déjà lu le poème ou non ? »

Steven sut ce qui allait venir.

« Je pense que oui. »

Felder lut toute la page, avant de commencer d'une voix forte.

Né de ton corps, ma Mère, de ton con.

Abaissant le cahier, il s'adressa aux jurés.

« Je suis navré, dit-il, ce sont les mots de Timothy Warren. Je crois important que vous entendiez cela. »

Le clavier de la sténo cliqueta comme des castagnettes, tandis qu'il reprenait sa lecture.

Né de ton corps, ma Mère, de ton con,
Et tu pensais quoi? Pensais-tu? Non.
Laisse tomber cette merde.
Tu ne pensais rien,
rien du tout, et tu le sais bien.
Juste un coup tiré, sans réfléchir,
c'est comme cela que tu m'as eu,
comme une chtouille, une chaude-pisse,
la pire des véroles,
la maladie absolue.
Quel remède à la vie, salope?
Un couteau bien pointu? Une petite balle creuse?
Un pic à glace ou une hache?
Une hache, cela me plaît bien.
Ça te convient mieux, non?
Non, pas de hache. Mais je le ferai, chienne de mère,
Tu peux me faire confiance.
Je le ferai.

Felder abaissa le cahier. La salle s'était assombrie, comme si un nuage était passé au-dehors, malgré l'absence de fenêtre. L'air stagnait, humide, lourd.

« Connaissiez-vous ce poème, Mr. Hillyer? demanda Felder d'une voix étouffée.

— Timothy me l'a montré.

— Ce n'est pas d'une mère de théâtre dont il parle, n'est-ce pas? C'est bien de sa propre mère?

— Ce n'est pas d'une mère de théâtre.

— Et il menace de tuer sa mère dans ce poème, n'est-ce pas? *"Tu peux me faire confiance. Je le ferai."* C'est bien cela?

— C'est ainsi que je l'ai compris, oui.

— Ce garçon qui suscitait votre compassion voulait tuer sa mère. Et il ne vous est jamais venu à l'esprit que Timothy Warren pouvait être dangereux? »

68

Ce n'était pas juste. Ce n'était pas cette image de Timothy que Steven voulait qu'ils aient.

« Ce qui m'est venu à l'esprit, c'est que Timothy était très en colère, répondit-il, qu'il était désespéré. Qu'il avait besoin d'aide.

— Mais il avait menacé de tuer sa mère?

— Ceci est un poème, Mr. Felder.

— Vous voulez dire que vous n'avez pas pris cela au sérieux?

— Il ne savait pas où était sa mère, Mr. Felder. Il ne la trouvait pas. Comment aurait-il pu la tuer, alors qu'il ne la trouvait pas? »

Lorsque Albert Terranova était gosse, à Staten Island, au bord de l'eau, les flics débarquaient presque chaque jour dans la boutique de son père, en fin d'après-midi. Ils déplaçaient quelques cageots sur lesquels ils s'asseyaient, adossés au mur, pour boire des sodas glacés qu'ils allaient prendre dans le distributeur, l'ouvrant avec la clé accrochée à une ficelle, à côté de la machine. Généralement, ils apportaient des sandwiches qu'ils prenaient dans une boutique, plus loin dans la rue. Pour Carmine Terranova, ce n'était pas une mauvaise affaire, car il avait ainsi un déjeuner gratuit pour le prix des sodas qu'ils buvaient au cours de l'après-midi.

Pendant une heure et demie, deux heures, ils discutaient, fumant des cigarettes, laissant tomber la cendre dans une vieille boîte de café qui traînait à cet usage sur le sol, entre les cageots. A l'époque, les flics n'avaient pas d'émetteur-récepteur sur eux; mais comme tout le monde au village savait où les trouver, en cas de besoin, cela n'avait pas grande importance. Il arrivait parfois (pas souvent, mais assez fréquemment tout de même pour qu'Albert se rappelle l'atmosphère de drame de ces moments, et ce longtemps après qu'il eut lui-même connu sa part d'excitation et d'accidents au sein des services de police de New York) que quelqu'un du village pénètre en trombe dans la boutique de cycles de son père, en sueur, haletant, pour prévenir d'une urgence nécessitant la présence immédiate des forces de l'ordre. La première question que les flics posaient toujours était de savoir si quelqu'un était blessé, et ils attendaient la réponse pour écraser leur cigarette et sortir en vitesse.

Généralement, les urgences se réduisaient à un accident de voiture à la sortie du village, ou à une rixe dans une boutique. Une fois, Mrs. Pagnelli, une forte femme à la soixantaine bien sonnée, surgit sur le seuil, à bout de souffle d'avoir couru depuis le haut de la colline. « Venez, venez tout de suite, fit-elle, haletante, parvenant néanmoins à sangloter malgré le manque d'air. C'est le vieux Buffone, il a tué sa femme, et il s'est tué. »

Les flics demandèrent s'ils étaient morts tous les deux. Ils l'étaient. Alors, ils finirent leur cigarette, parce que les deux vieux seraient toujours morts quand ils arriveraient là-bas.

Albert travailla dans la boutique de son père depuis sa douzième année jusqu'à sa sortie du collège. Plus que tout, ce furent ces longs après-midi où son père n'avait pas assez de travail pour l'occuper, sans parler de lui-même, qui l'amenèrent à vouloir devenir flic. Ce n'était pas le côté décontracté de cette vie qui l'attirait vers un tel métier ; la liberté qu'ils avaient de boire des sodas à longueur d'après-midi, les pieds posés sur des cageots, n'avait aucun attrait pour ce garçon solide, plein d'énergie, qui tendait désespérément vers autre chose que la vie cloîtrée, sclérosante de l'île. Ce qui l'attirait, au contraire, c'étaient les rares appels d'urgence – à peine une demi-douzaine en quelques années – qui grandissaient, croissaient et se multipliaient dans son imagination.

Chaque fois que cela arrivait, comme par enchantement, le trottoir craquelé devant la boutique de son père se remplissait instantanément de curieux venus des boutiques voisines. Ils attendaient que la police sorte du magasin et se ruaient à ses trousses comme autant de gendarmes bénévoles, les poursuivant à pied sur les lieux du drame, s'entassant parfois dans leurs propres voitures pour les suivre.

Albert seul, car son père ne voyait aucune raison valable pour que le garçon quitte la boutique tant qu'elle était ouverte, restait en arrière, et son image des crimes demeurait celle qu'il devait se forger lui-même en glanant des informations sur la fréquence de la police, la nuit, à la radio de la cuisine.

Il y avait également quelque chose de magique dans leur allure, dans leur ventre imposant, leurs bras massifs, nus sous leurs manches courtes, en été, couverts d'épais poils noirs semblables à un pelage, dans le poids du matériel qu'ils portaient à la ceinture. Les armes n'y tenaient qu'une faible part, car à ces ceinturons de cuir noir, larges de huit centimètres, étaient aussi accrochés leur matraque, leur Code pénal, leur lampe-torche, et des munitions de réserves, ainsi qu'un carnet. Il n'oublia jamais le jour (il n'avait même pas douze ans, puisqu'il ne travaillait pas encore dans la boutique) où l'un d'eux dégrafa son ceinturon et le lui tendit. Le poids de l'objet le prit de court, et ses bras cédèrent brusquement, tandis que la ceinture tombait bruyamment sur le sol. Son père et les flics se mirent à rire de façon mortifiante, faisant de cet instant de cruauté sans conséquence un souvenir douloureux. Le gosse, s'il avait quelque chose dans le ventre, porterait un jour un ceinturon semblable.

Cependant, dans l'esprit du garçon, les flics qui traînaient dans la boutique de son père n'étaient que des ombres, des hommes ordinaires, et même ennuyeux, qui n'avaient que les miettes de la réelle puissance de la police. Il savait qu'ils n'étaient guère plus que des gardes champêtres, bien qu'ils fussent en fait des agents des services de police de New York, pouvant à tout moment se retrouver mutés, sur le simple caprice d'un supérieur, dans des quartiers aussi lointains que la jungle de Harlem – où aucun Blanc ne pénétrait jamais – ou que le ghetto grouillant du Lower East Side, où un flic pouvait arpenter les rues pendant des heures sans entendre un seul mot d'anglais. En réalité, cela n'arrivait jamais, car Staten Island, en ces jours où le pont n'était pas construit, demeurait un monde totalement fermé, un monde qui devait obéir à ses propres policiers, où les écoles fonctionnaient, les poubelles étaient ramassées et les incendies éteints par ses propres professeurs, éboueurs et pompiers.

Plus tard, Albert intégra la police et quitta l'île, afin de ne pas se voir condamné à perpétuité à patrouiller dans les villages et les hameaux qu'il connaissait. Mais alors qu'il gravissait les échelons, devenant inspecteur, puis brigadier, et cela longtemps avant d'être nommé chef des enquêtes, il apprit à reconnaître dans ces après-midi indolents passés à la boutique de son père, où même la poussière tournoyait paresseusement dans l'air, un schéma non seulement endémique propre aux services de police, mais si profondément inscrit dans le système et dans l'esprit des hommes qu'on ne pouvait guère en changer que les aspects les plus superficiels. De temps à autre, la hiérarchie était secouée par des affaires de gratification, de passe-droit, d'abandon de poste, d'incarcération abusive. Prendre une pomme à un étal devenait un crime ; tout flic qui mettait les pieds dans une boutique devait en noter la raison sur son carnet.

Cependant, rien n'avait changé, absolument rien. Parce que être flic, c'était toujours la même chose. Devenir flic, c'était devenir la loi, incarner, avec son uniforme, avec une certaine façon de regarder le monde, avec les mots qui sortaient de votre bouche, la seule autorité que les gens reconnaîtraient jamais. Les flics, c'étaient des dieux, et les dieux ne font pas de cadeaux.

Certes, la plupart des flics ne comprenaient pas cela, pas plus que la plupart des civils. De manière évidente, presque inévitable, ils considéraient le respect comme un dû, qu'ils devaient parfois exiger, mais qui leur était adressé à eux, de façon personnelle en quelque sorte, plutôt qu'une marque d'égards envers la fonction qu'ils se contentaient de représenter. A partir de cette conviction erronée, arrogante, et profondément ancrée en eux, un système de privilèges satisfaisants dégénérait en une corruption latente, sournoise, et virtuellement omniprésente, régissant tous les aspects de l'action de la police, dictant non seulement l'intervention des flics mais aussi leur non-intervention, non seulement leur manière de garder l'œil ouvert mais aussi la possibilité de tourner la tête de l'autre côté, le cas échéant. Pour tant de repas à l'œil, tant de costumes gratuits, quelle que fût la marchandise qu'il proposait, un boutiquier achetait le privilège de pouvoir fermer son échoppe et rentrer se coucher l'esprit tranquille, sachant que son magasin était bien gardé. A l'inverse, pour tant de billets hebdomadaires, pour tant de pipes taillées gratis aux hommes en uniforme, un type avait le droit de vendre de la drogue ou de faire bosser des filles sans être inquiété outre mesure.

Al Terranova savait bien, aussi bien que les réformateurs, que c'était ainsi que les choses avaient tourné, mais il croyait également à la viabilité, et même à la nécessité de ce qu'il appelait les formes douces, bénignes, de la corruption. La pomme volée à l'étal, le bol de nouilles gratuit au restaurant chinois, le costume pour la communion du petit, et même – oui même, et surtout – les heures passées dans l'arrière-boutique d'un vieux Rital hargneux qui réparait les bicyclettes, avec une boîte de soda et une cigarette, les pieds posés sur un cageot... Non seulement cela existait, mais il fallait que cela existe car, dans le meilleur des mondes possibles, un flic imprime sa marque sur son territoire, tout comme le vent et la force de gravité sculptent une planète. La question n'était pas de donner ou de recevoir, mais la manière dont les choses *évoluaient* dans le territoire donné d'un flic. Dès l'instant où l'on perdait cela de vue – du côté des flics comme de celui des civils –, les gratifications devenaient des pots-de-vin, les heures perdues un abandon de service, et la police elle-même une armée d'occupation à laquelle personne ne devait rien.

La pertinence de ces réflexions n'apparaissait pas très clairement au chef des enquêtes Terranova, comme il sortait de l'ascenseur, au dernier étage du centre administratif, et se dirigeait vers le bureau du préfet de police. Le seul rapport, s'il en existait un, et il connaissait assez bien son propre fonctionnement mental pour savoir qu'il y en avait toujours un, résidait dans le simple fait que deux bons éléments s'étaient fait salement avoir. Tout ce qui pouvait éclairer ce fait était de toute manière pertinent.

Il fallait bien, après mûre réflexion, en arriver à la conclusion que ce qui n'allait pas dans la police, dans la gestion de la ville, et dans tous les secteurs politiques qu'il lui plaisait de considérer, était que les flics ne comptaient plus pour rien. Le préfet de police l'avait prévenu par téléphone qu'apparemment Franks et Donadio allaient être inculpés dans le Bronx pour avoir tiré sur Timothy Warren. Rien de très surprenant à cela, malgré les assurances qu'on lui avait données, selon lesquelles tout le monde, depuis le procureur du Bronx jusqu'au maire, cherchait à enterrer les deux gosses aussi vite, et aussi discrètement que possible.

Mis à part les drapeaux des États-Unis d'Amérique et de la Ville de New York, qui se déployaient sur le mur, derrière l'immense bureau d'accueil, la réception du centre administratif de la police aurait pu être celle de n'importe quelle entreprise moderne. Le style en était dépouillé, aseptisé, malgré l'utilisation de couleurs minérales, pour aller avec les murs de brique de ce que l'on appelait encore le « nouveau centre », bien qu'il eût presque vingt ans. Les hommes qui croisaient dans les parages, passant d'un service à l'autre, avaient pour la plupart une quarantaine ou une cinquantaine d'années, mais un grand nombre d'entre eux, de manière surprenante, était en manches de chemise, donnant une impression de jeunesse et de vigueur, ou au moins le sentiment d'hommes d'âge mûr d'allure jeune et vigoureuse.

« Il vous attend », dit l'officier de service, une femme installée derrière le bureau d'accueil, comme Terranova s'en approchait. Elle pressa sur un bouton, et un bourdonnement se fit entendre, tandis que la porte s'ouvrait derrière elle. De l'autre côté, de nombreux couloirs, dont certains très courts, presque des renfoncements, partaient dans toutes les directions, donnant une idée du nombre de collaborateurs du préfet. Les portes des bureaux particuliers ne portaient ni nom ni numéro. Rares étaient les gens à s'aventurer si loin sans connaître déjà les lieux.

La porte du préfet se trouvait au bout du couloir. Terranova frappa une fois et pénétra sans attendre dans le bureau de l'homme le plus puissant dans la vie de n'importe quel officier de police.

Simon Pound n'avait pas l'allure de sa fonction. Petit, mince, le cheveu rare, il se déplaçait avec une espèce de timidité d'oiseau, le regard vif et mobile, passant toujours de son interlocuteur aux autres personnes présentes, comme s'il enregistrait leurs réactions en permanence. En public, il dissimulait sa grande nervosité derrière un masque d'impassibilité neutre et bienveillante qui, plus que toute autre chose, faisait de lui un homme peu aimé et, plus encore, en qui peu de gens avaient confiance. Né et élevé dans le Tennessee, il était arrivé à New York à vingt ans passés et donnait toujours l'impression d'être mal à l'aise dans cette ville.

« Entrez, Al », dit Pound, qui avait bien voulu prendre le grognement de Terranova pour un bonjour.

Derrière le préfet, un jeune homme aux cheveux sombres et bouclés, aux traits sémites, quitta sa chaise pour s'approcher d'eux. Le préfet le présenta comme Philip Boorstin, « de l'hôtel de ville », avant de demander à Terranova s'il voulait boire quelque chose. Il eut un imperceptible mouvement de tête quand celui-ci déclina l'offre, et un jeune flic, dans un coin de la pièce, quitta silencieusement le bar et disparut, docile, par une porte restée ouverte.

« On dirait que le procureur nous refile un drôle de bébé », déclara Boorstin.

La lassitude un peu insolente du ton prit Terranova à rebrousse-poil.

« C'est ainsi que vous appelez cela ? fit-il d'une voix tranchante.

— Comment voulez-vous que j'appelle cela ? répliqua Boorstin en se raidissant.

— Connaissez-vous le terme de *merdier*, Mr. Boorstin ? »

Le préfet blêmit, se racla la gorge. Son dégoût pour la grossièreté était notoire, et beaucoup se demandaient comment il avait pu supporter de passer plus de trente ans au sein des services de police.

« Cela nous perturbe tous, Al, dit-il avec un léger reproche.

— Oui, mais pas tous au même endroit », répliqua Terranova.

Les yeux du préfet se rétrécirent, ses lèvres se pincèrent en une ligne sévère, dure. Trois ans auparavant, lorsque Junius Ehrlich l'avait promu préfet de police, Pound avait essayé de trouver une bonne raison pour ne pas nommer Terranova au poste de chef des enquêtes. Mais il avait dû finalement se forcer à faire preuve de réalisme. S'il ne choisissait pas Terranova, il se prendrait à regretter sa décision, à chaque coup dur. De ce point de vue, Terranova était incontournable, une vraie force de la nature, et Simon Pound était un homme civilisé, sans grande passion pour les forces de la nature, dans son esprit synonymes de tremblement de terre, de blizzard, de tempête, de destruction. De tous les chefs de service qu'il avait sous ses ordres, c'était avec le chef des enquêtes qu'il avait le moins de rapports, et chaque rencontre le confortait dans cette attitude.

Il se dirigea vers la fenêtre, laissant Terranova déverser son langage ordurier sur la tête du jeune adjoint au maire. A toutes fins utiles, Pound leur faisait ainsi clairement savoir, sans le formuler, que le bureau du préfet se lavait les mains de toute l'affaire.

Terranova percevait sans peine le message. Le préfet de police, homme très pointilleux sur l'hygiène, se lavait souvent les mains. N'attendant aucune aide de sa part, Terranova n'était guère surpris. L'homme qui comptait, ici, c'était Boorstin, le porte-parole du maire.

« On m'a dit que le maire tenait à ce que l'on s'occupe de cette affaire, commença-t-il.

— Ce que l'on vous a dit est exact, approuva Boorstin.

— Alors, pourquoi diable n'a-t-on rien fait?

— Sauf votre respect, vous vous trompez de bonhomme, déclara Boorstin. J'ai passé toute la journée dans le Bronx à m'en occuper.

— Et...?

— Et rien du tout. J'ai réussi à coincer Artemis Reach, et je lui ai fait promettre de ne pas jouer au vilain.

— Ce n'est pas Reach qui pose problème.

— Il aurait pu. S'il avait réclamé la tête de vos hommes sur un plateau, il l'aurait obtenue.

— Elle est déjà sur un plateau.

— Je ne sais que vous dire, fit Boorstin, secouant la tête. C'était du tout cuit. On se présentait devant le jury d'accusation, on leur montrait le couteau, on expliquait comment ce cinglé de môme retenait cette jolie petite fille, pas plus grande qu'un chaton, et le tour était joué. Le coup de feu était légitime.

— Et...?

— Et une espèce d'abruti de prof se pointe et déclare que le môme qui tenait le couteau, c'était Keats ou Shelley, ou je ne sais qui. Sa mère l'a abandonné, etc. Et, d'un seul coup, les voilà tous en train de s'attendrir sur ce malade mental qui brandit un couteau. D'un seul coup, le fait que la gamine était déjà morte devient prépondérant. On oublie que si elle était morte, c'est tout de même parce que Timothy Warren lui avait brisé les vertèbres et l'avait laissée suffoquer à mort. On oublie que ni Keats ni Shelley ne cassaient le cou des gamines. Ils commencent à larmoyer sur ce pauvre gosse. Le procureur fait intervenir deux autres professeurs, qui déclarent que ce garçon était un élément perturbateur. Mais impossible de renverser la vapeur. Tout ce que veulent savoir les jurés, c'est pourquoi, puisque la fille était déjà morte, les flics ont fait sauter la tête de Timothy Warren. On ne peut rien dire avant que ce ne soit fini, mais j'ai bien l'impression qu'il y a de l'inculpation dans l'air.

— Pour tous les deux? Savent-ils qui a tiré? »

Boorstin haussa les épaules.

« En tout cas, c'est exactement ce que nous voulons éviter. Il s'agit du Bronx, et dans le Bronx on n'aime pas les flics. Croyez-moi, si les journaux récupèrent le côté " poète égaré " du môme, cette histoire n'aura jamais de fin.

— Ça, c'est votre problème. Le mien, c'est ce que je vais dire à Franks et à Donadio.

— A votre place, je ne leur dirais rien encore, déclara Boorstin. Le maire Ehrlich fait son possible pour éviter que l'incident ne dégénère en une sale affaire.

— C'est déjà une sale affaire, pour tous les flics de la ville », répondit Terranova.

Boorstin sourit. Il trouvait généralement plus facile de négocier avec les flics qu'avec pratiquement n'importe quels autres fonctionnaires. Ils avaient, d'instinct, le sens politique, plus encore que la plupart de politiciens, parce que le pouvoir était leur fonds de commerce. En revanche, cela voulait dire qu'ils obtenaient presque toujours ce qu'ils voulaient.

« Cela signifie-t-il que vous comptez en faire un scandale public? demanda Boorstin.

— Je n'ai pas à le faire. Ils ont des avocats, ils ont un syndicat. Si on lui donne un coup de bâton, pourquoi un flic ne crierait-il pas?

— Je ne sais pas pourquoi, mais j'ai la vague intuition que, s'ils commencent à crier, à ameuter les journaux, à manifester, vous ne les en empêcherez pas... »

Ce fut au tour de Terranova de sourire. Il n'avait pas besoin de proférer la moindre menace, puisque Boorstin le faisait pour lui.

« Je ne pourrais pas les en empêcher, même si je le voulais », répondit-il.

Le préfet se détourna brusquement de la fenêtre.

« Il n'y aura aucune manifestation policière, affirma-t-il d'un ton tranchant, catégorique.

— Sauf tout le respect que je vous dois, cher préfet, il y aura des manifestations, et vous pourrez en entendre les échos depuis votre bureau », rétorqua Boorstin.

Sauf tout le respect que je vous dois, c'était là sa manière de signifier à ses supérieurs hiérarchiques qu'ils ne savaient pas ce dont ils parlaient. Dans l'esprit de Boorstin, toutes les crises étaient des choses simples, qui faisaient appel à une simple technique de gestion. Quand on ne comprenait pas cela, les choses dérapaient. En l'occurrence, il s'agissait de faire taire Artemis Reach et le Bureau 61, et de satisfaire Terranova et les services de police. Si quelqu'un commençait à donner de la voix, tout le monde s'y mettrait, et ce serait de nouveau les années 70.

« Et je suppose que vous êtes là pour me dire comment vous allez empêcher cela ? » intervint Terranova.

Le ton était ironique, mais il trahissait, en arrière-plan, un certain réalisme mêlé de respect. Boorstin choisit de cibler le réalisme.

« Oh, je sais très bien comment empêcher cela, dit-il. Tout ce que nous avons à faire, c'est d'éviter que vos hommes passent en jugement. »

Un rabbin, un prêtre et un pasteur vont voir un match de hockey. Un rabbin, un prêtre et un pasteur se retrouvent sur une île déserte. Un rabbin, un prêtre et un pasteur s'arrêtent devant un bordel. Il existe plus de cent mille histoires de rabbin, de prêtre et de pasteur, et pas une seule n'est drôle. La moins drôle de toutes, c'était celle du député du Congrès Bert Kellem, dont toute la théorie de gouvernement était fondée sur le principe que les élus devaient se faire photographier aussi souvent que possible avec le maximum de rabbins, de prêtres et de pasteurs, et autres représentants séculiers des divers groupes ethniques et raciaux du Bronx. Il se faisait régulièrement tirer le portrait en compagnie de candidats démocrates de tout le pays qui venaient dans le Bronx pour être enregistrés en vidéo, faisant de vagues promesses devant un champ de ruines, avant de filer.

A peine une semaine auparavant, son bureau était rempli d'Haïtiens, de Cubains, de Portoricains, de Noirs, de Juifs et d'Irlandais, réunis pour protester contre la profanation d'une synagogue de son district. Ils avaient déjeuné, mis au point une déclaration commune, posé pour une photo de groupe avec Kellem, et étaient rentrés chez eux, pendant qu'au même moment une bande d'adolescents bombait des croix gammées sur les grilles d'un cimetière juif et retournaient une douzaine de pierres tombales.

Depuis des années, les associations pluri-ethniques de cette eau multipliaient les déclarations avant de s'évanouir sans avoir rien accompli, si ce n'est garder le nom de Kellem présent à l'esprit de ses électeurs, ajoutant à sa réputation d'homme tout dévoué au renouveau du Bronx. Aujourd'hui encore, un nouvel échantillon des piliers de la communauté se présentait pour lui soumettre le problème de l'égalité d'accès au permis de construire dans le quartier.

L. D. Woods, l'assistante de Kellem, les conduisit jusqu'à la salle de réunion, et la discussion commença. Le député lui-même ne se montrerait qu'une fois toutes les doléances rédigées, à temps pour se faire prendre en photo, mais personne ne se souciait de son absence. Bien au contraire. Séduisante, onctueuse, dans une robe bleu de nuit qui épousait ses hanches et ses seins comme une huile corporelle, L. D. Woods était capable de faire se sentir très jeunes sept vieux messieurs, jeunes au point de se rappeler pourquoi ils auraient souhaité se sentir plus jeunes encore.

« Pourquoi une fille comme vous perd-elle son temps avec une vieille noix comme Bert Kellem ? » fit Harry Lipsky, taquin. Monsignor Fennecy lui rappela qu'il n'avait pas à dire *fille*, sur quoi Clifford Johnson intervint : « Jeune femme, n'est-ce pas, L. D. ? », sur un ton qui suggérait qu'elle acceptait déjà de passer la nuit avec lui.

L. D. riait quand il fallait rire, échappant à leurs mains avec une habileté nourrie par l'expérience, leur en donnant juste assez pour les mettre de bonne humeur et leur faire comprendre qu'elle était une brave fille. Après tout, c'était une femme de trente ans passés, assez âgée pour connaître la musique, pour savoir quel effet elle produisait sur les hommes. Être une femme, cela voulait dire jouer le jeu, sans rougir comme une écolière aux remarques égrillardes, sans pousser de cris outragés pour une main baladeuse ou un frôlement.

C'étaient les règles, dans cet univers d'hommes, et L. D. Woods les appliquait sans illusion, sans être dupe de cette médiocrité. Dans un coin de son esprit, à l'écart du reste, elle rangeait les informations qu'elle pourrait utiliser demain mais qui l'encombraient aujourd'hui, tenait la comptabilité de toutes les privautés odieuses, des attouchements dégoûtants, inscrivant des croix sur le mur, jusqu'au jour où il lui serait possible de présenter l'addition. Elle détestait l'univers des hommes sans détester les hommes, tout comme elle méprisait les hommes avec lesquels elle travaillait sans pour autant perdre sa capacité d'aimer ses amants.

Comme elle effectuait le tour de table, distribuant des photocopies du mémorandum de Kellem sur la situation actuelle du marché de la construction dans le Bronx, tout en prêtant l'oreille aux niaiseries, la porte de la salle de réunion s'ouvrit et Debbie, une petite secrétaire de dix-huit ans que l'on employait comme stagiaire, car Kellem la payait en dessous du salaire minimal, passa la tête pour annoncer à L. D. qu'elle avait un coup de fil dans son bureau.

L. D. suggéra aux participants qu'ils profitent de son absence pour prendre connaissance du mémorandum du député.

« Dépêchez-vous de revenir, ma chérie.

— Ça ne va pas être très marrant sans vous, L. D.

— Vous ne pouvez pas nous abandonner comme ça. Et si vous nous laissiez Debbie ? Qu'est-ce que vous en dites, Debbie ? »

L. D. referma la porte et se dirigea vers son bureau, flanquée de Debbie.

« Ils sont vraiment dégoûtants, déclara celle-ci.

— Ah bon ? » fit L. D. d'un ton neutre, sans se compromettre. Elle mettait un point d'honneur à ce que personne, pas même une jeune fille qui aurait dû profiter de ses leçons, ne pût simplement entrevoir ses pensées secrètes.

L'appel émanait de Charles Dollenfield, qui couvrait les affaires politiques du Bronx pour le *Post*. Il écrivait assez bien pour obtenir toute la place dont il avait besoin dans les colonnes du journal, pas assez bien cependant pour sortir du Bronx.

« Juste une question. On déjeune ensemble ? fit-il, dès que L. D. eut pris l'appareil.

— J'aimerais beaucoup, Charlie, mais c'est impossible aujourd'hui. Est-ce une invitation pour le plaisir ou avez-vous un service à me demander ?

— D'abord, j'aime bien vous avoir assise en face de moi. Et puis, j'aimerais bien savoir pourquoi personne ne parle de cette histoire de lycée La Guardia.

— Peut-être n'y a-t-il rien à en dire ?

— Artemis, rien à en dire ? Depuis quand ?

— Artemis est un type futé, Charlie.

— Vous voulez dire qu'on lui a demandé de se taire ? »

Elle demeura silencieuse. Dollenfield comprit son silence comme un acquiescement.

« Le maire ? »

Elle se taisait toujours.

« D'accord, je vois le tableau. Ce que je ne saisis pas, c'est pourquoi il marche. Qu'est-ce qu'ils ont sur lui ?

– Je fais partie du Bureau, Charlie. Je ne peux pas répondre à une pareille question. »

Au moins, elle lui confirmait qu'il était sur la bonne piste.

« Comment se fait-il, demanda-t-il, que rien n'attire aussi vite un journaliste qu'une histoire que tout le monde veut voir étouffée ? »

L. D. était aussi intriguée que lui. Tout d'abord, parce qu'elle n'aimait pas ce péteux d'adjoint au maire qui était venu dans le Bronx pour réduire Artemis Reach au silence, mais aussi pour une raison plus profonde. Kellem n'avait pas encore prononcé le moindre mot suggérant qu'il savait que deux enfants avaient été tués dans sa circonscription. La police ne voulait pas être dans le collimateur pour avoir tué le garçon, ni Reach et le Bureau pour l'avoir laissé dans cette école jusqu'à ce qu'il tue la fille. Et pour le maire, c'était là une histoire visqueuse, qu'il fallait étouffer comme on colmate une fuite d'huile.

« Elle n'est pas étouffée, répondit L. D., choisissant soigneusement ses mots. Une fois les inculpations prononcées, je suis certaine que les gens auront beaucoup de choses à dire. »

C'étaient là des nouvelles intéressantes. Elle pouvait presque entendre son rythme cardiaque s'accélérer, à l'autre bout du fil. On lui avait dit que le bureau du procureur du Bronx ne s'occupait pas de l'affaire. L. D. Woods semblait suggérer autre chose.

« C'est une information que vous avez ? demanda-t-il.

– Charlie, je ne peux pas faire votre travail à votre place.

– Très bien. Vous êtes une fille merveilleuse, et je vous dois un déjeuner. »

Dollenfield raccrocha, puis appela le bureau d'Artemis Reach. Il savait de source sûre, dit-il, que les inspecteurs responsables de la mort de Timothy Warren allaient être inculpés. Reach répondit prudemment, pesant ses paroles, de manière que les lecteurs du quartier puissent partager le plaisir qu'il prenait à voir la police en mauvaise posture, sans donner aux autres la possibilité de stigmatiser dans ses propos le dernier exemple en date de sa démagogie. Si l'information était juste, déclara-t-il, il se trouvait choqué et consterné d'apprendre un nouveau méfait des services de police, qui semblait se faire une spécialité des bavures. Puis il rendit d'une main ce qu'il avait pris de l'autre, louant le jury d'accusation pour avoir refusé de laisser étouffer l'incident, sous le simple prétexte que la victime était un jeune Noir perturbé émotionnellement.

C'était du Reach de la meilleure cuvée, une déclaration incendiaire qui en réalité ne disait rien. Dollenfield la nota mot pour mot et sauta dans un taxi, direction le centre administratif de la police, afin de la lire au préfet Pound en personne.

Celui-ci avala sa salive avec une évidente difficulté, mais répondit aussitôt qu'il ne croyait pas le moment propice pour faire le moindre commentaire. C'était là une réponse sage, qui aurait pu désamorcer l'affaire pour un moment encore, s'il avait su s'en tenir là. Mais Simon Pound était un être de langage, un homme rationnel qui ne put s'empêcher de chercher à éclaircir sa position, quand Dollenfield lui demanda si les services de police allaient ou non soutenir Franks et Donadio.

Pendant une minute et demie, sa réponse fut parfaite. Il évoqua le cours normal de la justice, le fait que les Affaires internes de la police menaient leur propre enquête, le principe selon lequel les services de police soutenaient toujours leurs hommes, tant que la preuve évidente de leur culpabilité n'était pas parfaitement établie. Mais, comme tous les gens qui commencent soudain à craindre d'avoir trop parlé, le préfet en rajouta. « La chose importante à garder en tête, dit-il, est la complexité de cette situation. Il ne s'agit pas d'une jolie petite école de banlieue. C'est un endroit où les élèves se promènent avec des couteaux dans les poches, où ils violent les filles dans des salles qui devraient être fermées à clé ; c'est une véritable bombe potentielle, et un officier de police, face à une telle situation... »

En principe, un journaliste ne coupe pas la parole à un préfet de police, mais Simon Pound avait prononcé le mot magique. Dollenfield l'interrompit pour lui demander si Ophelia James avait été violée.

Se rendant aussitôt compte de son erreur, Pound fit marche arrière. Il se souvenait d'avoir vu, dans un des rapports du chef des enquêtes, une allusion aux sous-vêtements de la fille, qui avaient disparu. Mais il n'était pas sûr des détails, et soupçonnait vaguement que cette information ne devait pas être divulguée.

« Certaines indications suggèrent cette possibilité », dit-il, sans vouloir en révéler davantage, ajoutant : « L'enquête suit toujours son cours. »

Dollenfield, impatient de taper son article, partit sans insister davantage, laissant le préfet se féliciter, au moins jusqu'à la parution des journaux du matin, d'avoir réussi à faire rentrer le lapin dans le chapeau.

La poignée réagit bizarrement sous sa main. La clé tournait à vide, comme si le mécanisme avait été ôté. Se penchant pour jeter un coup d'œil, Steven aperçut de profondes entailles dans le chambranle de la porte et des éraflures tout autour de la serrure. Apparemment, quelqu'un était entré, à l'aide d'une pince-monseigneur. Il prit une profonde inspiration, essayant de réfléchir à ce qu'il fallait faire, l'estomac noué, tandis que dans sa tête défilaient à toute vitesse des images de ce qui l'attendait à l'intérieur.

Posant de nouveau la main sur la poignée, il poussa la porte. Elle s'entrebâilla, plus qu'il ne le souhaitait. Il s'immobilisa, les muscles tendus de frayeur, puis la poussa de nouveau, doucement, juste assez pour pouvoir se glisser par l'ouverture. Le spectacle qui s'offrit à lui aurait suffi à le faire fondre en larmes.

Son appartement semblait avoir été la proie d'une terrible explosion, d'une catastrophe. Tout était bouleversé, dans tous les sens, comme si quelque cataclysme l'avait traversé, dévasté avec une violence inouïe, aveugle, brisant, éparpillant ce qu'il rencontrait. Il ne savait pas où poser le regard.

Les livres, projetés hors des étagères, gisaient partout, sur le sol, sur les appuis de fenêtre, sous les tables, la tranche en l'air, les pages retournées, tordues, comme autant de navires renversés, éventrés. Des poignées de feuilles arrachées aux reliures et froissées jonchaient le sol. Il avança, cherchant où poser le pied au milieu des débris, comme s'il évoluait sur un champ de bataille couvert de membres disjoints, reconnaissant, ici et là, quelque page familière qui lui crevait le cœur.

Devant lui, il aperçut son in-folio des poèmes de Blake, la couverture tordue et déchirée. Retenant un haut-le-corps de douleur, qui irradia en un long frisson, il se pencha pour le ramasser. Les pages en avaient été froissées, écrasées, beaucoup manquaient. Il passa la main sur la page de garde, la caressant doucement, les larmes aux yeux, semblable à un enfant qui lisse tendrement la fourrure mouillée de pluie de son ours en peluche. « *Les tigres de la colère*, lut-il, *sont plus sages que les chevaux de l'instruction.* »

Posant l'ouvrage sur l'accoudoir d'un fauteuil, il parcourut la pièce des yeux, mesurant lentement l'étendue des dégâts. Tout ce qu'il possédait avait été balayé par la tornade, les murs étaient maculés par le contenu des quelques bouteilles de vin qu'il gardait, les bouteilles elles-mêmes brisées sur le sol, le mobilier avait été lacéré, renversé, même la plante sur son bureau avait été mutilée, feuille par feuille, la tige et le pot jetés à terre. Partout, des morceaux d'une matière blanche, comme des boules de pâte à beignet. S'approchant pour voir ce dont il s'agissait, il s'aperçut que c'était le rembourrage du divan. Pour quelque étrange raison, cela le fit fondre en larmes. Le désastre était si total qu'il n'aurait pas su par où commencer pour tout remettre en place. Il n'avait pas seulement la force d'essayer.

Il n'osait pas passer dans la chambre ou dans la cuisine. Pas encore. Il savait que ce serait à peu près la même chose, et si ce n'était pas le cas, quelle importance? Il aurait voulu s'enfuir, mais se retrouva debout près du bureau, en train de composer le numéro de la police. Il fit état d'un cambriolage, sans seulement savoir si quoi que ce soit avait disparu, tant cela lui était égal. A l'autre bout du fil, la femme prit ses coordonnées et répondit qu'un enquêteur allait bientôt arriver.

Après avoir raccroché, il se dit qu'il ferait sans doute mieux de ne toucher à rien jusqu'à l'arrivée de la police. C'était ce que la police demandait d'habitude, même si la femme ne le lui avait pas précisé.

En attendant, Steven commença de vérifier si rien n'avait été volé. La télévision avait disparu. Et aussi le magnétophone, le tuner, l'amplificateur. Il ne l'avait pas remarqué tout d'abord, dans le carnage. Cela n'avait aucune importance. S'ils ne les avaient pas emportés, ils les auraient détruits. Puis il se souvint d'avoir lu quelque chose à propos de voleurs qui souillaient les appartements, urinant et déféquant sur le sol. Instantanément, son désarroi fit place à une rage terrible, si inconnue de lui jusqu'alors qu'il en fut effrayé. Traversant la pièce en hâte, il s'engagea dans le petit couloir qui menait à la cuisine, sachant déjà, en son for intérieur, qu'il ne serait satisfait que quand les individus qui avaient fait cela seraient terrassés sur le plancher, comme tout ce qui s'offrait à son regard, le visage plongé dans leur propre ordure. Si on les attrapait jamais.

Il s'arrêta net sur le seuil de la cuisine. Pas la moindre trace de désordre. Tout était demeuré exactement comme il l'avait laissé. Ils n'étaient pas venus là. Cela semblait à peine possible.

Peut-être était-ce un piège. Ce devait être un piège. Ils n'avaient pas porté atteinte à la cuisine afin de mieux se moquer de lui, de lui laisser croire que rien n'y avait été touché. Puis, dans un jour ou deux, il ouvrirait un tiroir, prendrait un pot dans le placard, et y découvrirait un gros tas de merde.

Il se mit soudain à ouvrir tous les tiroirs, tous les placards, brutalement, frénétiquement, à la recherche de ce qu'il craignait d'y trouver. Cinq minutes plus tard, le souffle court, au bord de l'hystérie, il avait tout vidé, regardé partout, sans rien découvrir. Ce n'était pas un piège. Ils n'étaient pas allés jusqu'à la cuisine.

Il demeura au milieu de la pièce, reprenant sa respiration, presque reconnaissant qu'on lui eût épargné cette horreur. Peut-être, grâce à Dieu, n'étaient-ils pas allés non plus jusqu'à la chambre.

Il ne se hâtait plus à présent, mais avançait avec un calme glacé, partagé entre l'espoir et la crainte. La porte de la chambre était fermée. Était-ce bon ou mauvais signe ? Il ne savait pas s'il devait prier, ou crier, ou s'enfuir, mais, avant qu'il ait pu décider, il avait la main sur la poignée, la poignée tournait, la porte s'ouvrait devant lui.

Il sentit la raison lui échapper, partir en un tumulte tourbillonnant, ivre devant un chaos si aveugle que la pièce elle-même paraissait s'agiter, grouillante de vie. Il sentait le goût amer du vomi le brûler au fond de la gorge. Une puanteur infecte lui retournait l'estomac, émanant d'un coin de la pièce, comme une vapeur toxique, tandis qu'une sonnerie éclatait à ses oreilles, le projetant, titubant, contre le chambranle de la porte.

Derrière ses paupières serrées, il voyait toujours les lampes brisées, le miroir fracassé, le matelas éventré, dont les entrailles se répandaient sur le sol comme une neige sale. Il retint sa respiration, sans parvenir à diminuer l'odeur fétide qui emplissait ses narines. La sonnerie continuait de retentir sans cesse. Il demeurait paralysé, presque heureux de ne plus pouvoir bouger, de ne pouvoir rien faire, de ne pas avoir à se demander ce qu'il fallait faire. Comme la sonnerie ne cessait pas, il comprit peu à peu, dans une demi-conscience, que c'était un son réel, et non une illusion. *La porte d'entrée*, se dit-il enfin, dans un effort. La police. Bien sûr. C'était la police.

Se détournant, il courut jusqu'à la porte, qui s'ouvrit doucement à son approche. Deux silhouettes se tenaient sur le seuil. Un homme et une femme.

« Steven Hillyer ? » demanda la femme.

Steven hocha la tête.

« Vous avez déclaré un cambriolage. »

Ce ne pouvait être une question, à moins qu'elle ne soit aveugle. Il ne savait que répondre.

« Je suis l'inspecteur West, reprit-elle. Voici l'inspecteur Mullaney. Vous ne voyez pas d'inconvénient à ce que nous jetions un coup d'œil ?

– Faites ce que vous devez faire », dit Steven.

Tous deux étaient jeunes et séduisants, d'une séduction conventionnelle. Elle avait des boucles serrées qui lui tombaient sur le front. Lui, rasé de près, les mâchoires bien carrées, avait ce visage affable et ouvert que l'on voit sur les calendriers. Ils pénétrèrent dans la pièce et se séparèrent, chacun évaluant les dégâts avec cette concentration distante des archéologues. Ils paraissaient jeunes, sans expérience, et cependant agissaient comme s'ils avaient déjà vu des milliers de maisons ainsi ravagées. Il apparut soudain à Steven qu'ils devaient parfois tomber sur des spectacles de ce genre où, au milieu des décombres, gisait un cadavre, ou même les cadavres ensanglantés de toute une famille, et il eut honte de sa réaction excessive.

Il observait l'agent West qui ramassait un livre et le retournait entre ses mains.

« Cherchez-vous des empreintes ? s'enquit-il.

– Dans une telle pagaille ? » Elle regarda autour d'elle, jeta un coup d'œil à son collègue. « Fred ? »

L'autre agent fit la moue, secoua la tête.

« Cela n'avancerait à rien », conclut-elle, reprenant ses recherches.

Il voulait demander pourquoi cela n'avancerait à rien, mais il n'en eut pas l'occasion.

« Vous êtes professeur, n'est-ce pas, Mr. Hillyer ? » interrogea Mullaney, dans son dos.

La question laissa Steven interdit, tandis qu'un signal d'alarme, vague, imprécis, résonnait dans un coin de sa tête.

« Comment savez-vous cela ? s'enquit-il.

– Il m'a semblé reconnaître votre nom », dit-il avec un haussement d'épaules.

Comment aurait-il pu reconnaître son nom ? Le nom de Steven n'était pas connu. Il s'apprêtait à faire une remarque quand l'inspecteur West lui coupa la parole.

« La porte était-elle verrouillée, Mr. Hillyer ? » questionna-t-elle.

Comme Steven se tournait vers elle, elle lui adressa un ravissant sourire. Tentait-elle de distraire son attention ? Était-elle intervenue pour l'empêcher d'interroger Mullaney ?

« Oui, je ferme toujours à clé quand je sors, marmonna-t-il.

– Et à quelle heure avez-vous découvert l'effraction ? » Elle tenait son carnet à la main, notant ses réponses.

« Je ne sais pas, balbutia-t-il, observant Mullaney, qui lui rendit son regard. Quand j'ai appelé. Je ne sais pas quelle heure il était. Je ne sais pas quelle heure il est maintenant. »

Elle consulta sa montre.

« Il est huit heures. Votre appel nous est parvenu à sept heures quarante-trois. »

Elle semblait amicale. Serviable. Quels que soient les soupçons informulés de Steven, ils étaient absurdes. Il se dit que c'était absurde.

« Ces choses n'arrivent pas toutes seules, Mr. Hillyer », dit soudain Mullaney.

Steven se retourna brusquement.

« Qu'entendez-vous par là?

— Qu'elles arrivent, tout simplement, répondit l'inspecteur, avec un sourire sans expression.

— Pourquoi dites-vous cela? » Sa voix était stridente à ses propres oreilles.

« Parce que c'est une ville dangereuse, Mr. Hillyer, répondit en souriant l'autre flic, celui qui était joli, avec des bouclettes sur le front. J'imagine que c'est pour cela que la police existe, non?

— Cela pourrait même se reproduire, ajouta Mullaney.

— Serait-ce une menace, en quelque sorte? demanda Steven.

— Nous sommes des officiers de police, Mr. Hillyer, répondit Mullaney. Voyez-vous une raison quelconque pour laquelle des officiers de police vous menaceraient? »

VENDREDI

Les camions arrivèrent quelques minutes avant sept heures, alors que les rues étaient encore désertes. Deux fourgons bleu et blanc s'arrêtèrent en douceur, presque silencieusement, devant le lycée La Guardia, moteurs et phares immédiatement coupés, comme s'il s'agissait là d'une opération clandestine. Le ciel était clair et pâle, tirant vers une blancheur maladive, le soleil à peine levé à l'horizon, projetant une mauvaise lumière sur l'avenue, faisant s'étirer des ombres grotesques.

Deux douzaines de policiers, le casque à visière sous le bras, se glissèrent en silence hors des fourgons. C'étaient de jeunes hommes, à peine plus de vingt ans, tendus, progressant dans le soleil matinal comme des parachutistes derrière les lignes ennemies. Ils ne parlaient guère. Des regards noirs répondaient à ceux qui se hasardaient à dire quelque chose.

Une voiture-radio tourna au coin de la rue et s'immobilisa le long du premier camion. Le chef de district Dwayne Norland prit pied sur la chaussée et parcourut la scène, s'attendant à voir se déployer sous ses yeux, en grandeur réelle, le plan qu'il avait dessiné sur son tableau noir quelques heures avant l'aube.

Il serra les mâchoires de colère en constatant l'attroupement désordonné des hommes sur le trottoir, lequel ne ressemblait pas plus à son plan de déploiement qu'une poule et un cochon ne ressemblent à des œufs au bacon. Apercevant parmi eux le lieutenant Eugene Larocca, il se dirigea vers lui. Il n'avait pas fait deux pas dans sa direction que Larocca se précipitait vers lui. Le lieutenant salua mollement le chef de district, effleurant à peine sa casquette, comme le font les officiers de police dans les lieux publics.

« Les hommes savent quoi faire ? demanda Norland, manifestement contrarié.

– Oui, chef », répondit le lieutenant.

De nouveau, Norland passa la scène en revue, essayant de faire coïncider l'attroupement chaotique des policiers avec le plan bien ordonné qu'il avait en tête.

« Dois-je les déployer tout de suite, chef? interrogea Larocca.

– A moins que vous ayez mieux à faire. »

Se détournant, Larocca rejoignit ses hommes en toute hâte. Il leur suffit de quelques ordres brefs, et ils se mirent à bouger, se séparant, se regroupant de manière précise, passant les uns devant les autres pour gagner une certaine place, comme une fanfare se déployant pour former des lettres sur un terrain de football. Sous les yeux de Norland, posté au milieu de la rue, des lignes se dessinaient, des articulations se précisaient, un schéma cohérent se dégageait peu à peu du chaos.

Norland lui-même paraissait se transformer tandis qu'il les observait, son corps court et trapu s'étirait, plus grand, plus mince, sa colonne vertébrale se tendait, parvenant peu à peu à acquérir une raideur tout artificielle. Le temps que ses troupes se soient entièrement réparties devant l'entrée principale du lycée, le chef de district n'était plus qu'un filament. Bien qu'il eût souvent assisté à ce spectacle par le passé, il demeurait toujours aussi impressionné par cette beauté géométrique, cette force invincible qu'évoquait le déploiement intelligent d'hommes convenablement entraînés.

Enfin satisfait, il hocha la tête en signe d'approbation et se tourna vers sa voiture. De l'autre côté du boulevard, une épave humaine, rampant dans l'ombre, comme un loup-garou regagnant son terrier avant le plein jour, s'arrêta, se demandant à quoi correspondaient ces manœuvres. L'espace d'un instant, ses yeux pâles, larmoyants, croisèrent ceux de Norland, au-dessus du gouffre le plus immense qui soit, chacun paraissant demander à l'autre à quoi pouvait bien rimer sa présence dans cette rue du Bronx. Puis le clochard rompit le contact, se détournant et passant son chemin, tandis que le chef de district Norland se glissait sur le siège de sa voiture, qui l'emmenait rapidement.

Il avait ordonné cet exercice de son propre chef, sans qu'on le lui demande. En tant que chef de tous les agents en uniforme du Bronx, il n'avait à en référer à personne, si ce n'est aux huiles du centre administratif. Il ne l'avait pas fait. Il prenait ses ordres à l'administration centrale de la police, mais ne lui demandait jamais d'autorisation. L'idée que le rôle d'intermédiaire, que jouait la police vis-à-vis du système scolaire, pût impliquer une certaine finesse diplomatique dépassant la compétence d'un flic en uniforme, quel que fût son rang, ne lui était simplement pas venue à l'esprit. Plus encore, c'était une chose qu'il n'aurait pas comprise. Le préfet Pound lui-même avait été catégorique, quant à l'absence de toute loi au sein de l'établissement. Compte tenu des circonstances, le devoir d'un chef de district était évident.

Les murs du lycée La Guardia étaient sa rivière Yalu, et Dwayne Norland savait comment agir quand il débarquerait.

Les puissants sédatifs prescrits par le Dr Carlisle ne pouvaient rien contre la douleur. Tout ce qu'ils faisaient, c'était de l'endormir, mais le sommeil lui-même ne servait à rien, car il n'y avait pour elle aucune possibilité d'éteindre ses rêves comme une lampe, aucun sommeil assez profond pour y noyer sa conscience. Victoria James avala les pilules et coupa toutes les lumières, puis arpenta lentement l'appartement, pieds nus, dans le seul éclairage des réverbères de la rue, jusqu'à ce que les drogues commencent à agir. Enfin, elle put se mettre au lit, remontant les couvertures jusqu'à son menton, de la façon dont elle bordait Ophelia, lorsque Ophelia était petite.

Dans l'ombre, se fuyant elle-même, elle s'endormit comme on sombre dans l'espace, dérivant sans fin en arrière, hors de tout contrôle. Voilà ce que les drogues pouvaient pour elle, et rien de plus. Elles l'aidaient à ne plus penser à sa fille. La douleur était là, diffuse, mais toujours aussi réelle, aussi sauvage. Elle sentait le lit remuer, comme si de grandes mains le secouaient doucement. Elle sut qu'elle sanglotait. Un son creux, affreusement vide, s'échappait de sa poitrine. En elle, toute force vitale était peu à peu défaite, arrachée, jusqu'à ce que, même dans son engourdissement, elle eût conscience d'avoir quasiment perdu la vie.

Le pire, c'était quand ses angoisses, son chagrin prenaient la forme, dans son délire artificiel, de rats, de vers et autres animaux répugnants, rongeant des poumons roses, semblables à de la barbe à papa, à des viscères entortillés, aussi luisants que des rubans de pâte à pain fraîche et mouillée. Dans ses rêves, le cadavre vivait, remuait, se tortillant tel un serpent coupé en deux, avant de se dresser soudain, et elle l'entendait pousser des cris avec sa gorge ouverte, et elle se réveillait soudain assise dans son lit, l'écho de ses propres hurlements mourant dans l'ombre, emportant avec eux le cauchemar, tandis qu'elle demeurait les yeux grands ouverts, fixant les murs nus.

Ainsi, elle pensait à Ophelia, la douce, la tendre Ophelia, qui était son cœur, sa vie. Les larmes qui ruisselaient sur les draps froissés étaient les larmes d'Ophelia, les larmes qui ruisselaient autrefois des joues d'Ophelia sur les siennes, comme une onction, quand elle tenait sa petite fille dans ses bras.

La nuit s'écoula en une succession d'insomnies abominables et de sommeil torturé, jusqu'à ce qu'enfin le bourdonnement incessant de la radio eût pénétré sa conscience, la tirant lentement vers la douleur affreuse d'une autre matinée, d'une autre journée. Dans la chambre à côté, le réveil d'Ophelia allait aussi sonner.

Non, il ne sonnerait pas.

La voix voilée d'une femme flottait dans la pièce, l'emplissant de nouvelles sans signification, une conférence de presse du maire de Phoenix, une bagarre sur un terrain de base-ball. Dans l'autre chambre, Ophelia allait s'habiller, au rythme de la musique qu'elle écoutait.

Non, elle ne s'habillerait pas.

Victoria James se tourna sur le côté pour échapper à la voix moqueuse, se forçant à garder les yeux clos encore un petit moment. C'est alors que les paroles la poignardèrent, comme une décharge de douleur, un couteau qui lui transperçait le crâne. Elle se retourna brusquement, les yeux hagards, le souffle court. Elle était parfaitement éveillée, l'esprit tendu vers la radio, vers les mots qui en sortaient, droit comme un rayon de lumière. *La possibilité qu'Ophelia James ait été violentée avant sa mort, lundi, dans un lycée du Bronx.*

Elle se jeta hors du lit, la main tendue pour faire taire cette voix haïssable. Dans sa violence, elle balaya la radio de la table de chevet. Des voix se mirent à gazouiller des slogans imbéciles, tandis que l'appareil se balançait dans l'air, attaché par son cordon pris dans la lampe.

Victoria James se précipita dans la cuisine et attrapa le téléphone, n'arrivant pas, avec ses doigts tremblants, malhabiles, à composer le numéro. Elle y parvint enfin, à la quatrième tentative.

Le Dr Carlisle décrocha lui-même.

« C'est Victoria James, déclara-t-elle. Pourquoi disent-ils que ma petite fille a été violée ? »

La journée de Philip Boorstin commença par la sonnerie du téléphone, alors qu'il était sous la douche, ce qui n'avait jamais été annonciateur de bonnes nouvelles depuis qu'il s'était équipé d'un téléphone sans fil pour la salle de bains. Il sortit de l'eau, juste assez pour tirer l'antenne de l'appareil. La voix de Rachel lui parvint comme si elle lui parlait du fond de l'East River.

Elle venait de raccrocher, après une conversation avec un employé de la permanence de nuit de l'hôtel de ville, qui pensait que Boorstin devrait être prévenu de l'intervention de la police au lycée La Guardia. La règle de l'hôtel de ville exigeait qu'en cas d'urgence, hormis une attaque nucléaire, les employés subalternes appellent leurs supérieurs par l'intermédiaire de leur secrétaire, sans doute pour que ceux d'entre eux qui passaient la nuit là où ils n'étaient pas censés être n'aient pas à craindre d'indiscrétions, leur secrétaire seule étant au courant.

En apprenant la nouvelle de l'intervention des flics, Philip ne fit aucun commentaire, déclarant simplement qu'il se rendait sur les lieux; il raccrocha et retourna sous la douche qui, entre-temps, était sournoisement devenue froide. Le réglage de cette douche était la plaie de sa vie, une torture quotidienne, exigeant des mouvements presque imperceptibles dans un sens ou dans l'autre. Le plus infime manque de contrôle faisait passer la température de l'eau du bouillant au glacé. Deux générations de gérants d'immeuble et une armée de plombiers de métier – le pléonasme de *plombiers de métier* l'amusait toujours – s'étaient attaqués à ce problème, sans parvenir à le résoudre, si ce n'est en coupant l'eau, parfois durant des jours, tandis qu'ils y travaillaient. Depuis longtemps, Philip s'était résigné à consacrer le plus sombre de ses matinées à ce rite destiné à apaiser les dieux de la plomberie.

Il se récompensait lui-même de son exploit en demeurant sous l'eau le plus possible, la pomme réglable en position « massage », l'eau le frappant sur la nuque avec une régularité délassante. La nouvelle que la police avait déclaré la guerre au Bureau 61 des Affaires scolaires lui donnait bien droit à un peu de relaxation. En outre, il n'avait pas terminé sa tasse de café. Certains matins, il serait volontiers resté sous la douche toute la journée, et celui-ci semblait à priori en être un.

Soyons réalistes, il n'avait pas le choix. Une des caractéristiques de son métier en particulier, et de la vie en général, était que les choses que l'on peut éviter sont celles que l'on ferait sans déplaisir, et que celles auxquelles on veut désespérément échapper vous collent sans cesse après. Il profita de ce temps passé sous la douche pour essayer d'imaginer comment cette catastrophe avait pu se produire. Son hypothèse la plus valable était que Simon Pound était trop mou pour avoir ordonné lui-même une action aussi incendiaire, mais l'était peut-être juste assez pour s'être laissé convaincre par quelqu'un, à la direction du district.

Avec un soupir résigné, qui confinait à l'attendrissement sur soi-même, il sortit de nouveau de la douche et tendit le bras vers le téléphone. Il composa le numéro personnel de Simon Pound, qui retransmettrait automatiquement l'appel, où qu'il soit. (Contrairement aux adjoints au maire, les chefs de la police avaient les moyens budgétaires d'empêcher jusqu'à leur secrétaire de savoir où ils passaient la nuit.) Après quelques cliquetis et quelques bourdonnements, il avait le préfet en ligne, en personne.

« Simon, c'est Philip Boorstin. Que diable se passe-t-il ?

– Boorstin..., répéta le préfet, comme s'il tentait de se souvenir du nom. Je ne sais pas. De quoi parlez-vous ? »

Philip n'avait même pas envisagé la possibilité que le préfet ne fût pas au courant de ce que faisait sa propre police, car dans un monde réel cela n'existait pas. En quelques phrases brèves, il lui dit ce qu'il savait de la situation.

« D'où appelez-vous ? s'enquit Pound.

– De chez moi. Je voudrais vous voir à votre bureau, dès votre arrivée.

– C'est de l'eau, ce que j'entends ? »

Jurant abominablement, mais en silence, Philip ferma les deux robinets.

« Il faut que je sache, déclara-t-il. Vous voulez dire que vous n'avez donné aucune autorisation pour cette action ?

– Jamais entendu parler, répondit Pound. Êtes-vous sûr de votre information ?

– Parfaitement sûr. Je veux que vous preniez immédiatement le téléphone et que vous arrêtiez tout. A quelle heure pensez-vous être à votre bureau ?

– J'y serai d'ici à une demi-heure, mais ma matinée est déjà pas mal chargée.

– Chargée ! » fit Philip, criant presque. La douche coupée, il faisait froid dans la salle de bains, et il claquait des dents. « Mais, bon dieu, je ne suis pas en train de vous parler d'un rendez-vous chez le coiffeur ! Nous sommes en pleine crise. Quelqu'un a déconné dans vos services et, à mon avis, on a intérêt à savoir qui, et comment, et vite. »

La voix du préfet lui répondit, plus froide encore que les gouttes d'eau qui, en ruisselant sur sa peau nue, lui donnaient la chair de poule.

« Je suis certain qu'il doit exister un motif à cette action, Mr. Boorstin. Je vais vérifier, et je vous recontacterai. »

Le silence s'établit à l'autre bout de la ligne, et Philip put saisir une serviette pour s'essuyer, se frictionnant fort pour se réchauffer un peu. Rappelant Rachel, il lui demanda d'organiser une entrevue avec Artemis Reach, puis s'habilla et partit en hâte pour le bureau.

Rachel était là quand il arriva. Elle avait déjà appelé le Bureau 61 des Affaires scolaires, et ce à plusieurs reprises, assez souvent pour être convaincue qu'Artemis Reach refusait de prendre ses appels. Aussi avait-elle contacté quelques journalistes de ses relations, qui promettaient de la prévenir immédiatement si Reach annonçait une conférence de presse ou faisait quelque déclaration. Si elle ne pouvait pas le joindre en personne, au moins pouvait-elle le suivre dans ses actions publiques.

Cependant, Philip tentait de joindre de nouveau le préfet, sans plus de succès. Enfin, peu après dix heures, Simon Pound appela, déclarant que l'opération de police au lycée La Guardia était une décision venue d'en bas, en réaction à des informations sérieuses faisant état d'activités répréhensibles au sein de l'établissement, en particulier la présence d'armes. (Il oublia de préciser que ces « informations sérieuses » émanaient simplement de sa propre déclaration virulente à la presse concernant le fonctionnement de l'école.) Il considérait l'opération comme justifiée, puisque deux élèves avaient déjà été appréhendés pour port d'armes. Pour cette simple raison, il refusait carrément de rappeler les hommes, à moins que le maire lui-même ne lui ordonne de le faire.

« Je veux organiser une entrevue entre vous, Artemis Reach et moi-même. Que dites-vous de midi ? » demanda Boorstin. Puis il reprit, ne laissant pas au préfet l'occasion de répondre. « Peu importe si cela convient, ajouta-t-il. Soyez présent. » Il lui donna le nom d'un restaurant disposant de salons particuliers, non loin de l'hôtel de ville, et raccrocha avec le sentiment de satisfaction que l'on éprouve en raccrochant au nez de qui vous a fait la même chose peu auparavant.

Rachel attrapa le combiné et appela le restaurant afin de réserver un salon pour trois personnes, dans l'hypothèse optimiste où Reach serait libre. Moins de cinq minutes plus tard, un employé stagiaire arriva en trombe, annonçant qu'un télex venait de tomber : le jury d'accusation n'avait pas assez de charges pour inculper James Franks et Vincent Donadio.

Philip crut que ses yeux allaient lui jaillir hors de la tête. Vingt-quatre heures auparavant, la décision du jury aurait été la meilleure nouvelle qui fût. Il s'était lui-même rendu dans le Bronx et avait passé quatre heures et demie à faire répéter le jeune substitut du procureur qui s'occupait de l'affaire. Le jeune homme s'appelait Felder, il était persuadé d'avoir perdu le contrôle du jury, qui semblait déterminé à les inculper. Philip était parvenu à lui redonner quelque énergie, lui expliquant même comment manipuler l'image des deux hommes, de sorte qu'ils apparaissent aussi attendrissants que Rusty et Rintintin. C'était un sale boulot que de secouer ce pauvre garçon, mais il fallait bien que quelqu'un le fît. Il pouvait y avoir beaucoup de questions dangereuses, le moment précis où Franks avait tiré par exemple, et Boorstin avait montré à Felder comment les contourner. Quand il en avait eu fini avec lui, le jeune substitut était convaincu qu'il n'était pas trop tard pour retourner le jury d'accusation dans son sens. Apparemment, cela avait marché.

S'il n'existe aucune maxime disant que nos réussites nous nuisent plus souvent que nos échecs, il devrait en exister une. Il était impossible d'imaginer pire situation. En première page des journaux de l'après-midi, on pourrait voir des photos de flics en armes encerclant un des lycées d'Artemis Reach comme si c'était un bureau de vote d'Amérique latine, avec une manchette renvoyant à un article en page intérieure où l'on apprendrait que les flics qui avaient tué un élève avaient échappé à l'inculpation. C'était le bide total, le contraire absolu de cette diplomatie du « un peu pour chacun » dont Philip Boorstin avait fait son principe de gestion. Artemis, il y avait tout lieu de le penser, allait cracher des flammes.

Il n'eut pas longtemps à attendre pour s'en rendre compte. L'interphone se mit à bourdonner, et Rachel lui dit de prendre la communication, ajoutant toutefois que c'était à ses risques et périls.

« Mr. Reach, fit-il avec toute la chaleur dont il était capable, j'ai essayé de vous avoir toute la matinée.

– Je pense, moi, que vos abrutis m'ont eu, et en beauté, durant toute la matinée, rétorqua Reach. A quoi jouez-vous, bordel ? »

Ce n'était pas le moment d'avouer que le bureau du maire avait perdu le contrôle de ses propres services de police.

« C'est une action préventive, mentit Philip, sans se démonter. Personne n'a mis le pied dans votre établissement. »

Il espérait que c'était vrai. Sinon, il était prêt à admettre qu'un agent un peu trop zélé avait outrepassé les ordres. Mais ce serait tout.

« Ce n'est pas une réponse, et vous le savez. Dites à Ehrlich que, s'il veut la guerre, le Bronx l'attend de pied ferme.

– Il faut que nous discutions de tout cela, contre-attaqua Philip. Connaissez-vous Abernathy's dans Spring Street ? J'y serai avec le préfet, à midi. »

Bien qu'il n'eût pas l'air particulièrement réjoui, Reach accepta l'entrevue.

Peu avant midi, le maire Ehrlich appela de Phoenix pour demander ce qu'était toute cette histoire. « Je quitte la ville pour trois jours, se lamenta-t-il, trois malheureuses journées, et c'est la panique. »

En vérité, si le maire ne s'était pas déjà trouvé en déplacement, il aurait cherché un prétexte pour filer. Son instinct passionné de la conservation lui dictait que la meilleure façon de gérer les problèmes consistait à se planquer jusqu'à ce qu'ils se résolvent. L'expérience lui avait appris que la plupart des problèmes, en fait, se règlent d'eux-mêmes. Bien sûr, il fallait que le vent souffle dans le bon sens, mais c'était pour cela qu'il avait une équipe d'hommes comme ce Boorstin. C'était leur boulot, de disposer les ventilateurs aux bons endroits, et de les allumer au bon moment. Si toutefois le vent se mettait à tourner, le maire se faisait un devoir de demeurer aussi loin que possible des tuiles qui pouvaient voler. « La meilleure attaque, c'est la défense », aimait-il à déclarer. Et aussi : « Gagner une élection, c'est ne pas la perdre. »

« Je vais m'adresser à une salle remplie de maires au déjeuner, geignait-il au téléphone. Et ma police envahit les écoles. Merde, qu'est-ce que je vais leur dire?

— Expliquez-leur à quel point la rapidité d'action est une chose importante, répondit Philip, sur un ton peut-être un peu trop désinvolte. Ou ne leur dites rien du tout. Je m'en occupe. »

A peu près au moment où Boorstin raccrochait, Artemis Reach parvenait enfin à joindre le proviseur du lycée La Guardia. Sa secrétaire, qui avait passé la matinée à laisser des messages pour Lewis Hinden, annonça enfin qu'elle l'avait en ligne.

« D'où appelle-t-il? interrogea Reach.

— Il ne l'a pas dit. »

Pas du lycée, à coup sûr.

« Dites-lui de se magner le train et de filer au lycée qu'il est censé diriger, et ventre à terre. »

Cela faisait deux ans que la fille travaillait pour Reach, et elle ne savait toujours pas quand il était sérieux ou non.

« Vous voulez vraiment que je lui dise cela? demanda-t-elle.

— Non, ma belle, ne dites rien, répondit-il, appuyant sur la touche allumée de son téléphone. »

Quand Reach porta le combiné à son oreille, Hinden était déjà en train de parler : il expliquait d'un ton larmoyant qu'il venait d'apprendre la nouvelle, et qu'il allait partir pour le lycée quand il avait reçu le message que Reach cherchait à le joindre.

« Épargnez-moi les conneries, Lewis, fit Reach en l'interrompant. Tirez-vous du lit où vous êtes, et ramenez-vous.

– Mais il y a un problème, reprit Hinden. Je suis à Manhattan. Je peux mettre une heure, une heure et demie, pour arriver jusqu'ici. »

Il fallait effectivement une heure et demie pour venir dans le Bronx, si l'on prenait le temps de s'offrir une bonne douche, de se raser, de s'habiller. Ou si l'on voulait ne pas venir du tout.

« Vous vous demandez si je ne vais pas un peu calmer le jeu d'ici là, hein? fit Reach. Désolé, Lewis, mais ce matin je ne me sens pas d'humeur à me faire arrêter devant votre lycée.

– Cela m'étonnerait qu'on en arrive là, Mr. Reach, affirma Hinden, complètement à côté.

– Et moi, je vous parie votre cul de singe qu'on va en arriver là, répliqua Reach d'une voix tendue. C'est même exactement là qu'on va en arriver, parce que vous allez personnellement veiller à ce que vos élèves puissent entrer et sortir de l'établissement sans être importunés par la police. Comprenez-vous bien ce que je dis, Lewis? »

Hinden croyait comprendre, en effet.

« Bien, conclut Reach. Vous me passerez un coup de fil depuis la prison, Lewis. »

Avant même d'avoir tourné au coin de la rue, Steven sentit que quelque chose n'allait pas. Il ralentit le pas, avec ce vague malaise que l'on ressent en pénétrant dans une pièce familière quand les meubles ont été déplacés. Il y avait là quelque chose d'incongru, mais il ne savait pas quoi.

Il arrivait à l'école avec trois quarts d'heure de retard, s'étant trompé de métro en partant de chez sa mère et, l'espace d'un instant, il pensa qu'il était simplement désorienté par l'aspect de la rue à cette heure inhabituelle.

Mais ce ne pouvait être cela. Les premiers cours commençaient dans dix minutes. Pourquoi y avait-il encore tant d'élèves dehors, en train de discuter au coin de la rue?

« Allez, on y va! » fit-il en arrivant à leur hauteur; mais ceux-ci se contentèrent de lui adresser des gestes de dénégation. Aucun d'eux ne faisait partie de sa classe. Les dépassant, il tourna au coin, pour se retrouver face à au moins un quart des élèves du lycée, massés sur le trottoir en une foule silencieuse, hostile. Les flics semblaient être partout, les uns casqués, balançant leur matraque et regroupant les élèves vers les portes; les autres arrêtant ceux qui allaient entrer, les passant à la fouille avec l'efficacité glacée de travailleurs à la chaîne.

Quelques gosses se soumettaient à la fouille avec une résignation hargneuse ; mais d'autres, tentant de forcer le passage pour pénétrer dans l'établissement, se voyaient rattrapés et retenus brutalement. Parallèlement, un certain nombre d'élèves encore sur le trottoir tentaient de s'éloigner, exhortant les autres à les suivre. Ils furent bientôt encerclés par les forces de l'ordre et repoussés dans l'entonnoir toujours grandissant, devant les portes. C'était la pagaille, le spectacle chaotique de volontés contradictoires. La poignée d'élèves réunis au coin de la rue se faisait plaisir en criant des injures aux flics, qui choisissaient de les ignorer.

Pour ajouter à la confusion, une demi-douzaine d'équipes de reportage télévisé étaient groupées au coin, lançant des questions à qui demeurait assez longtemps immobile pour pouvoir leur répondre. La police les confinait dans un périmètre étroit, chassant les élèves qui tentaient de parler avec eux, et ceux qui se massaient autour, agressifs, faisant le singe devant les caméras.

Furieux et désemparé, Steven plongea dans la foule, essayant de trouver quelqu'un susceptible de lui expliquer ce qui se passait. Quelques gosses, le reconnaissant, se mirent à pousser des cris, exprimant le plaisir iconoclaste qu'ils éprouvaient à voir un professeur pris dans le même merdier qu'eux.

« Bonjour, Mr. Hillyer ! claironna l'un d'eux, d'un ton moqueur.

– Dites-leur de foutre le camp, Mr. Hillyer !

– C'est dégueulasse, Mr. Hillyer !

– Hé, vous me signez ma copie, Mr. Hillyer ? »

Ayant entendu le nom, la presse prit le relais.

« Êtes-vous Steven Hillyer ? Pouvez-vous nous donner votre commentaire, Mr. Hillyer ? »

Il continua d'avancer, se forçant à ne pas répondre à l'appel de son nom, espérant que personne, parmi les forces de l'ordre, ne l'entendrait.

En approchant de la porte, il s'aperçut que les filles, comme les garçons, étaient soumises à la fouille, et que l'on déversait le contenu des sacs et des poches sur deux tables dressées entre les vantaux. Trois gosses que Steven ne connaissait pas furent poussés devant lui, à contre-courant de la foule, les mains liées dans le dos, criant leur rage.

Steven tendit le bras, arrêta l'un des flics.

« Où les emmenez-vous ? » demanda-t-il.

Quelque chose de dur le frappa violemment, par-derrière, le déséquilibrant, tandis que les flics s'éloignaient avec leurs prisonniers. Il tituba, sans tomber, et se retourna pour se trouver face à son propre visage, reflété dans la visière d'un flic en tenue d'assaut.

« Circulez, ordonna celui-ci d'une voix étouffée par le casque. On aurait dit une machine qui parlait sous la visière.

– Écoutez, je suis professeur ici. Qu'est-ce qui se passe ? »

La main du flic saisit son coude.

« D'accord, on y va, déclara-t-il.

– On ne va nulle part tant que vous ne m'aurez pas dit ce qui se passe ! » cria Steven, furieux, en se dégageant brutalement.

Autour de lui, les gosses poussèrent des hurlements d'approbation.

« Du calme, mon vieux. Je veux simplement vous faire entrer dans l'école, c'est tout. »

Il était absurde de résister. Absurde et impossible. Sous la vague de soumission qui l'envahit à cet instant, Steven se sentit soudain devenir étranger à lui-même, comme si ses réactions de la minute précédente avaient été celles d'un autre. Fortement tiraillé par le regret, il se rendit compte que ce qui l'avait poussé à foncer dans la foule, quoi que ce fût, était infiniment supérieur et plus digne d'estime que ce qu'il faisait à présent, en se laissant mener comme un petit garçon que l'on conduit à l'école.

« Ce type dit qu'il est prof », fit la voix derrière la visière.

Steven sourit malgré lui. *Bien sûr que je suis prof*, pensa-t-il dans un accès d'autodérision. *Est-ce que l'on inventerait un mensonge pareil ?*

Le flic casqué disparut dans la foule, abandonnant Steven à un collègue, un grand flic de type hispanique, dressé comme à la parade à côté de l'une des tables.

« Montrez-moi vos papiers », dit-il, sans accent.

Steven fit mine de prendre son portefeuille.

« Ne lui montrez rien ! » cria une voix derrière lui.

Steven demanda si sa carte du syndicat ferait l'affaire.

« Ce sera parfait. »

Il se mit à fouiller parmi les cartes et divers bouts de papier, trouva enfin sa carte de la Fédération syndicale des professeurs. Le policier l'examina pendant ce qui parut un long moment, compte tenu du fait qu'elle n'avait rien de très mystérieux. Le nom de Steven y était imprimé sur une ligne, et la date d'expiration sur une autre. Il y avait une signature, en bas.

« Steven Hillyer ? » demanda le flic.

Steven se raidit, prêt à voir se répéter la scène avec les policiers dans son appartement. Mais que pouvaient-ils faire là, en public, avec tous ces élèves autour d'eux et les journalistes à moins de dix mètres ?

Ils pouvaient faire exactement ce qui leur plaisait. C'était la police.

« C'est exact », répondit-il.

Le flic lui rendit la carte. Apparemment, le nom ne lui disait rien.

« C'est bon, fit-il avec un signe du pouce. Entrez.

– Que se passe-t-il ? interrogea Steven, remettant son portefeuille dans sa poche.

– Entrez, Mr. Hillyer », répéta le flic d'un ton neutre, avant de se tourner vers un élève derrière Steven et de lui ordonner de vider ses poches sur la table.

Contrairement au préfet de police, ou même à ce petit péteux d'adjoint au maire qui, dans un univers sensé, n'aurait rien été de plus qu'un employé municipal prenant le métro pour se rendre au bureau, Artemis Reach n'avait pas de chauffeur pour le conduire d'un rendez-vous à l'autre. Dans son boulot, on ne lui fournissait même pas de voiture, sans parler du salaire. Mais on lance sa ligne là où ça mord, avait-il coutume de dire. Si la meilleure place pour lui était un emploi non salarié dans un bureau des Affaires scolaires, c'était ainsi. Cela faisait à présent huit ans qu'il était président et, selon ses propres estimations, il était devenu l'un des cinq ou six hommes les plus influents de New York. Malgré son absence de signes extérieurs de richesse. Malgré les voitures avec chauffeur qui conduisaient l'adjoint au maire et le préfet de police au restaurant, les attendaient pendant qu'ils discutaient et déjeunaient, alors que l'homme que chaque politicien en ville aurait dû consulter avant d'aller pisser, chier et se torcher arrivait à pied, traversant le parking derrière le restaurant après avoir garé sa Lincoln vieille de deux ans.

L'ironie de la situation ne lui échappait pas. C'était un homme très doué pour percevoir l'ironie des choses. Quand on est noir et qu'on a pour toute éducation celle que vous fournit cette porcherie de ville, comme un fermier qui jetterait des eaux grasses à ses cochons, on a intérêt à savoir saisir l'ironie de toutes les situations qui s'imposent à vous, et par les deux bouts. On a intérêt aussi à savoir faire quelque chose à partir de rien. On apprend vite à lancer des pierres autour de soi pour être respecté, même quand on n'a pas de pierres dans les mains. Et devinez quoi? Cela ne change rien. Les gens s'écartent quand même. Peu importent qui ils sont et le pouvoir qu'ils prétendent posséder; ils plongent et filent se mettre à l'abri.

Car à New York tout le monde est terrorisé. Tout le monde. L'odeur de la ville, c'est l'odeur âcre, délétère, de la panique qui vous tord le ventre; le bruit de la ville, c'est le son des entrailles qui gargouillent. New York se nourrit de la terreur, comme un scarabée se nourrit de bouse. Au sommet du fumier se tient le maire, terrorisé par les médias, par l'électorat, par les quatre-vingt-sept conseillers municipaux et représentants de ceci et de cela, toujours en train d'affûter leurs dagues, prêts à le transper-cer. Au-dessous se tient le préfet de police, terrorisé par le maire, les médias, et surtout par ses propres flics. La plus grande ville des États-Unis est en réalité gouvernée par une bande de politi-ciens à la mie de pain, qui parlent fort et filent doux.

Mais Artemis Reach, lui, n'a peur de rien. Parce qu'il est noir, et parce qu'il sait que la peur la plus grande, la plus profonde, l'unique peur, celle qui les fait se mettre au garde-à-vous, qui occupe leurs pensées durant la journée et hante leurs cauchemars pendant la nuit, est la peur de la communauté noire, d'Artemis Reach et des trois millions de Noirs qui lisent les journaux tous les matins et regardent les nouvelles tous les soirs pour savoir ce qu'il a à dire.

Ainsi, il était normal qu'il dût garer sa voiture et traverser à pied le parking, passant à côté des deux chauffeurs assis à leur volant, prêts à en jaillir comme des Kleenex dès qu'ils aperce-vraient les deux hommes blancs dont Artemis Reach avait les couilles dans sa poche.

Lewis Hinden fit ce qu'on lui demandait, sans perdre de temps. Comme le taxi tournait doucement au coin de la rue, il jaugea la situation, assis sur la banquette arrière, et demanda au chauffeur de continuer et de dépasser l'école. Cela mettrait le groupe de journalistes entre l'entrée et lui, et il passerait tout près d'eux en abordant les forces de l'ordre. Bien qu'il ne portât que rarement ses lunettes, sauf pour conduire, il les chaussa avant de sortir du taxi.

Impeccable, dans son costume trois pièces gris, il prit un ins-tant la pose sur le trottoir, comme un maréchal sur une position avancée, analysant la situation derrière ses lunettes à fine monture d'acier, qui mettaient la touche finale à l'image de dignité presque magistrale qu'il incarnait. Les trois élèves qui avaient été arrêtés dans la matinée étaient toujours là, sur le trottoir, menottes aux poignets devant l'école, attendant l'arrivée du car de police qui les emmènerait au poste du district 39. Redressant les épaules, Hinden se dirigea vers eux, d'une démarche lente, contrôlée.

Un ou deux journalistes qui avaient déjà travaillé dans le Bronx le reconnurent et l'appelèrent pour qu'il fasse un commentaire, mais il se força à ne leur accorder aucune attention, portant sur le visage un masque de résolution impavide. L'ombre de la déception y passa néanmoins, lorsqu'il constata que l'officier de police le plus gradé sur place était un lieutenant. Il voulait Norland, le chef de district, ou au moins un capitaine. Cependant, il savait ce qu'il avait à faire.

« Je suis Lewis Hinden, le proviseur de ce lycée, dit-il. Pourquoi ces élèves sont-ils en état d'arrestation ? »

Dans son dos, les journalistes se précipitèrent à la limite du périmètre où ils étaient confinés, micros et caméras tendus vers lui.

Le lieutenant Larocca se rendit immédiatement compte, et cela n'était pas uniquement dû à la présence des caméras qui tournaient, que Hinden était un homme aux questions duquel il convenait de répondre.

« Ils ont été découverts en possession d'armes, répondit Larocca, aussi raide que s'il faisait son rapport à un officier supérieur.

– Tous les trois ?

– Non, deux seulement. Celui-là est accusé de tentative de rébellion. » Il désignait le plus petit des trois, un garçon que Hinden ne reconnaissait pas.

« Pour quel motif les avez-vous fouillés, lieutenant ?

– On m'a donné pour ordre de fouiller tous les élèves qui entraient », dit Larocca. Sous sa chemise, de grosses gouttes de sueur ruisselaient le long de ses flancs. Ce n'était jamais malin de se laisser piéger dans ce genre de discussion.

« Vos ordres illicites ne m'intéressent aucunement, lieutenant, répliqua Hinden, presque en ronronnant. Quel motif légal aviez-vous pour les fouiller ?

– J'avais pour ordre de fouiller tous les élèves qui entraient », répéta Larocca, obstiné.

Les trois élèves affectaient un sourire complaisant et, l'espace d'un instant, Larocca songea qu'il aurait volontiers échangé son insigne et sa retraite contre une minute seul avec eux, histoire de les faire changer de tête. Mais Hinden lui faucha l'herbe sous le pied.

« Il y a quelque chose de drôle, Robert ? » demanda le proviseur d'une voix sèche, s'adressant au seul élève des trois dont il sût le nom.

Les trois garçons échangèrent des regards et adoptèrent instantanément une expression plus convenable.

Satisfait, Hinden se retourna vers le lieutenant.

« Si vous ne me donnez pas de raison légale à cette arrestation, je vais devoir exiger que vous relâchiez immédiatement ces élèves. Ils sont en retard pour les cours.

– Je crains de ne pouvoir faire cela, Mr. Hinden. »

Derrière son dos, Hinden sentait les journalistes approcher, profitant de la distraction des flics chargés de les contenir sur le trottoir. Il ne les voyait pas, mais il les entendait.

« Vous êtes en retard, déclara Hinden, se tournant de nouveau vers les trois garçons. Entrez immédiatement dans cet établissement. »

Ils le regardèrent comme s'il était devenu fou. Ils avaient toujours les mains liées dans le dos.

« Entendez-vous ? fit-il d'un ton sec. Immédiatement. »

Celui qu'il avait appelé Robert, hésitant, fit un pas en avant, suivi des autres. Les deux flics qui les encadraient jetèrent un coup d'œil en direction de Larocca, attendant un ordre qui ne vint pas. Les garçons commencèrent à avancer.

Larocca se jeta devant eux, bras écartés.

« Ne bougez pas ! cria-t-il, puis il se retourna brusquement vers Hinden, le regard mauvais. Vous enfreignez la loi, monsieur ! » aboya-t-il.

Hinden le contourna adroitement.

« Ne vous affolez pas », dit-il aux élèves, sur le ton qu'emploierait un instituteur pour apaiser des enfants terrorisés. En réalité, deux des garçons avaient un casier à faire rougir un gangster, et Hinden le savait. « Il n'a aucun droit de vous arrêter, ajouta-t-il. Nous allons vous faire enlever ces trucs par un serrurier. »

Prenant un des garçons par le bras, il l'attira à l'écart. Les appareils photo cliquetèrent.

Déjà, Larocca voyait les photos dans les journaux. Cela allait ressembler à une de ces satanées marches pour les droits civiques, et il aurait l'air du petit shérif blanc qui se met en travers du chemin. Cette pensée le rendait fou de rage, car il avait vu de ses propres yeux les couteaux de poche longs de vingt-cinq centimètres que l'on avait retirés à ces mômes. Allez raconter ça à qui vous voudrez. Et cela intéressait qui, de toute manière? Il avait son boulot à effectuer. Il se précipita de nouveau devant eux, tandis que les flics serreraient les rangs pour leur barrer la route.

« Restez là, mon vieux! » cria Larocca.

Il y avait au moins trois ou quatre micros entre lui et le proviseur. Un instant, Larocca crut qu'il allait vomir, et la pensée que cet enfoiré de Noir, avec ses lunettes raffinées, avait probablement monté le coup n'arrangeait pas les choses.

Hinden fit un rapide pas de côté afin de contourner Larocca, bien que les flics qui épaulaient le lieutenant ne lui eussent laissé aucune possibilité de s'éloigner. Il songea à répéter : « Ces enfants sont en retard pour l'école », mais décida rapidement que ce serait en faire trop. Avoir la dignité de ne rien répondre du tout restait la meilleure chose.

Il fit un nouveau pas en avant, et Larocca eut tant de mal à avaler sa salive que sa pomme d'Adam fit deux aller et retour avant qu'il pût émettre un quelconque son.

« Mr. Hinden, dit-il enfin, je vous arrête pour entrave à l'action de la force publique. »

Hinden n'offrit aucune résistance, se laissant mener au car qui arriva quelques minutes plus tard.

Le proviseur du lycée La Guardia partit donc pour le poste de police du trente-neuvième district à l'arrière d'un car de police, en compagnie de trois élèves du lycée La Guardia, inculpés de port d'arme et de rébellion. Il ne leur adressa pas la parole durant tout le trajet, et eux ne purent trouver la moindre chose à lui dire.

Le hall de l'école évoquait une gare à l'heure de pointe, bourrée à craquer de gens courant dans tous les sens et allant nulle part. Les voix aiguës, surexcitées des élèves se mêlaient en un brouhaha indéchiffrable, colère, stupéfaction, indignation, moquerie. Certains, les moins concernés, les moins acharnés, se contentaient de se payer la tête des flics et se demandaient entre eux s'ils pensaient avoir réussi à passer à la télévision. Les plus âpres, les plus militants, les plus furieux se regroupaient en petits noyaux rageurs et exprimaient leur amertume par des cris sporadiques.

La porte du lycée à peine franchie, Steven en avait assez

entendu pour comprendre que, dans l'esprit des élèves, un lien s'était fait entre la prise en otage du lycée La Guardia et la mort de Timothy Warren qui, en ces instants de frénésie, se voyait passer du rôle de garçon solitaire, sans amis, à celui de martyr. De temps en temps, des bribes de phrases lui parvenaient, boycott, représailles, menaces proférées dans l'inconscience de la fureur. Il ne faudrait guère de temps pour qu'à la moindre provocation la révolte qui grondait sous les mots n'explose en une charge dangereuse, condamnée d'avance, contre les forces de police.

Cependant, personne ou presque n'intervenait pour les arrêter. Au-dessus de leurs têtes, à l'autre extrémité du hall, Steven vit Hal Garson qui se frayait un passage parmi eux, attrapant qui il pouvait, les obligeant à se retourner, aboyant des ordres, les expédiant, grommelant, vers l'escalier. La force de conviction, l'autorité de Hal faisaient que cela marchait, mais il n'y avait aucun autre professeur pour le seconder. Apparemment, le reste de l'équipe enseignante se terrait dans les classes désertes, notant tranquillement un taux de quatre-vingt-dix pour cent de retards sur leurs cahiers de présence.

Au centre du hall, Mrs. Mann, une femme entre deux âges, menue et légère comme un oiseau, secrétaire d'administration du lycée, et Joel Goldstone, professeur stagiaire en première année, suivaient l'exemple de Garson, tournoyant dans la foule, suppliant les uns, amadouant les autres. Ils n'avaient ni l'un ni l'autre de raison de se trouver là : Goldstone était complètement dépassé par ces gosses; quant à Mrs. Mann, ce n'était pas son travail – sinon par défaut.

Steven plongea dans la mêlée, saisissant le premier élève qu'il reconnut et lui ordonnant de monter.

« Y a personne, là-haut, protesta le garçon.

– Il y aura quelqu'un dans une minute », répondit Steven, le tenant fermement par le coude, et, tout en enjoignant aux autres de les suivre, il le traîna sans ménagement vers l'escalier, traversant l'océan tumultueux des élèves.

« La ferme, William! cria Steven assez fort pour être entendu à trois mètres à la ronde, coupant court aux protestations de l'élève. Tu n'es donc pas foutu de voir que ça commence vraiment à sentir mauvais? »

Une vague de rires soulagea un peu la tension et quelques élèves se joignirent à lui. « Ouais, Mr. Hillyer, ça pue, hein? » s'écrièrent quelques gosses autour de lui.

Steven progressait toujours, rameutant de nouveaux élèves à

chaque pas, ici trois filles populaires que leurs copines suivraient sûrement, là des gosses de sa propre classe, le groupe s'étoffant de façon presque magique, par un effet de boule de neige, mais sans que cela fasse de différence notable dans le paysage global. Il savait qu'il lui faudrait recommencer, encore et encore, revenir chercher de nouveaux élèves dès qu'il aurait mis ceux-ci dans l'escalier.

Il avait déjà bien avancé quand il perçut un cri derrière lui. Il se retourna juste à temps pour voir un gamin appelé Terry Kravacs repousser violemment Mrs. Mann qui partit en arrière, trébucha et s'étala parmi l'enchevêtrement des pieds qui bondirent et l'esquivèrent, lui laissant tout juste la place de tomber sur le sol. Les enfants autour d'elle la regardèrent avec curiosité, comme un gros sac qui serait soudain tombé par les fenêtres de l'étage, ne voyant en elle qu'un des éléments de la machine administrative, tout comme un classeur ou un téléphone.

« Continuez, cela ne vous regarde pas ! » cria Steven à l'adresse de ceux qui l'accompagnaient, se précipitant pour s'interposer entre Kravacs et Mrs. Mann, qui se relevait et revenait vers le garçon. Des gouttes de sueur perlaient sur son front. Kravacs se raidit, attendant. C'était un Blanc, il avait une réputation à défendre.

« File là-haut, Kravacs ! ordonna Steven.

– Restez en dehors de cela », fit Mrs. Mann d'une voix coupante, passant devant lui. Ses yeux n'étaient plus que deux points étincelant de rage.

« Tu veux encore me repousser ? » interrogea-t-elle, regardant Kravacs bien en face.

Kravacs ne s'attendait pas à cette réaction.

« Vous n'avez qu'à pas me toucher, et je ne vous pousserai pas, répondit-il en ricanant bêtement, insolent.

– Tu vas monter là-haut, ordonna-t-elle brièvement, même si je dois t'y emmener moi-même. Je t'ai demandé si tu avais l'intention de me pousser encore ? »

Steven retint son souffle. Il aurait voulu intervenir, mais elle refusait son aide, et l'intensité de sa colère suffisait à le paralyser. La plupart des élèves présents dans le hall s'étaient groupés en cercle autour d'eux, attendant la réponse de Kravacs.

Celui-ci jeta un rapide regard autour de lui, mesurant l'importance de son auditoire et, dans le même instant, il s'aperçut qu'il n'avait rien à répondre. Elle l'avait eu, la garce. Son visage s'assombrit, et il remua la mâchoire un moment, sans émettre un son.

105

« Je n'ai pas envie de me castagner avec vous, chère madame, dit-il enfin.

– Alors, tu montes », répondit-elle calmement, d'une voix étonnamment douce, comme si elle avait également compris qu'il n'avait pas le choix.

Kravacs hésita un instant, puis se détourna et fila vers l'escalier, tandis que le hall s'emplissait d'une clameur immense.

Au-dehors, les flics entendirent l'explosion des cris et ouvrirent les portes afin de jeter un coup d'œil. Ils furent accueillis par un rugissement d'injures obscènes, ainsi que par un tir de barrage de manuels scolaires, de carnets et de cahiers de textes lancés de tous les coins du hall. Il y avait dans l'air une étrange électricité, due non tant à la réaction elle-même qu'à sa soudaineté et à son unité.

La porte se referma, tandis que l'avalanche de livres continuait de frapper le métal froid, avec un son doux et amorti, comme celui de la pluie.

« Écoutez! cria Steven de toutes ses forces. Il faut qu'ils restent dehors. Il ne faut pas leur donner une seule raison d'entrer! »

Il entendit son nom chuchoté circuler parmi les élèves de bouche en bouche, comme un joint que l'on fume dans les toilettes, ceux qui le connaissaient mettant les autres au courant. Il savait ce qu'ils disaient : que c'était lui qui était avec Timothy Warren quand les flics l'avaient descendu. Et il voulait que tous le sachent car dorénavant, pour le meilleur ou pour le pire, c'était essentiellement ce qu'il était, lui, Steven Hillyer.

« Ils sont entrés, l'autre jour, cria-t-il, faisant cesser les chuchotements, et ils cherchent une raison de recommencer. Ne la leur donnez pas! »

« Ne leur donnez rien! » cria une fille. « De la merde, oui! » ajouta quelqu'un d'autre, et la foule commença de se disperser, se séparant en deux, une moitié se dirigeant vers l'escalier est, l'autre vers l'escalier ouest. A présent, le hall résonnait d'un brouhaha continu, indéchiffrable, de marmonnements et de cris, plus semblable au bruit d'une machine qu'à des voix. Il s'apaisa lentement, tandis que la machine gravissait les marches en grondant et déferlait dans les classes au-dessus.

Vingt minutes plus tard, Steven était seul dans le hall, avec Hal Garson, Mrs. Mann et Goldstone. Ils n'échangèrent pas un regard tant que le dernier élève n'eut pas disparu dans l'escalier. Alors Steven se dirigea vers la porte d'entrée, et les trois autres s'approchèrent pour le suivre.

Se penchant comme des paysans sur leur champ, ils commencèrent de ramasser la moisson de livres, à pleines brassées.

Le handball était le sport préféré de Tal Chambers, ces derniers temps. Le Dr Carlisle ne s'était pas rendu au club sportif de Lenox Avenue depuis presque un an, mais quand, au bureau de Chambers, on lui dit que celui-ci jouait au handball, le médecin sut immédiatement où le trouver. Il regarda la partie en silence, jusqu'à ce qu'une équipe marquât le point.

Chambers avait trente-quatre ans, et le corps d'un homme de vingt-quatre. Il jouait toujours avec cette intensité rageuse qui l'avait fait sélectionner par les Pionniers de Portland en poule 3, une douzaine d'années auparavant. Mais à présent ses jambes nues étaient couvertes de cicatrices, comme un champ labouré, à la suite de trois opérations ratées du genou.

Environ un an après la dernière, il était revenu s'installer en catastrophe à New York, sans même fermer son appartement de Portland. Un chirurgien de Los Angeles lui avait dit qu'il était d'accord avec le médecin des Pionniers : une nouvelle opération chirurgicale serait inutile. Tal Chambers n'avait plus touché un ballon de basket depuis lors. Deux ans restant à courir sur son contrat, l'argent continua de tomber, et il passa la première année de sa retraite à s'apitoyer sur son sort et surtout à ne rien faire du tout, tel un boxeur entre deux combats. Au commencement de la saison de basket, cependant, il avait récupéré suffisamment d'énergie pour aller chercher ses affaires à Portland et ouvrir un bureau dans la tour luxueuse qui se trouve face au Madison Square Garden. Les comptes rendus publiés dans toutes les pages sportives des journaux le présentaient comme un « consultant », doux euphémisme si l'on songe qu'une vie entière passée à lancer une balle dans un filet lui avait apporté infiniment plus d'amis que de compétences monnayables.

Apercevant le Dr Carlisle sur le seuil de la salle, Tal lança immédiatement la balle à son adversaire et traversa en hâte le terrain pour lui serrer vigoureusement la main.

« Vous n'allez pas vous y remettre, j'espère ? Vu votre allure, j'ai bien l'impression que vous pourriez encore me battre. »

Carlisle se mit à rire, ainsi qu'il convenait de le faire quand Chambers déployait son fameux charme. Même au lycée, jeune phénomène recruté par la plus importante équipe de basket du pays, Tal Chambers avait toujours séduit tout le monde, et particulièrement les journalistes, avec son don étrangement précoce pour dire ce qu'il fallait au bon moment; et il avait été catalogué comme le Bill Bradley noir longtemps avant d'avoir seulement joué une minute en tant que professionnel.

« Encore vous battre? répéta Carlisle. Quand vous ai-je donc battu? Je vais vous demander dix minutes de votre temps.

— Accordé », répondit Chambers, s'épongeant le visage avec une serviette. Il s'éloigna quelques secondes à peine pour faire suspendre le match interrompu, puis conduisit Carlisle vers les vestiaires.

« Devons-nous parler en privé? s'enquit-il.

— Je pense que oui. »

Chambers s'arrêta dans le petit vestibule, à quelques pas de la porte des vestiaires. D'un geste, il indiqua que, là, ils pouvaient voir quiconque entrait ou sortait.

« Allez-y, dit-il.

— Les deux gosses qui ont été tués au lycée La Guardia, je suis sûr que vous avez suivi l'affaire?

— Je lis les journaux », répondit Chambers de manière évasive, soudain tendu. Il sentait brûler ses joues et son front, qu'il frottait avec la serviette pour masquer le flux de la colère. Les meurtres avaient eu lieu dans la salle de musculation qu'il avait offerte au lycée. Le doyen, le président du district, un sénateur de l'État, ainsi que tous les dignitaires des Affaires scolaires et du bureau local étaient présents à la cérémonie. Artemis Reach avait lu un message du maire, louant l'esprit qui poussait un ancien élève à apporter une telle contribution à l'école qui avait fait de lui un jeune homme si plein de promesses. Cela avait été un des plus grands moments de fierté de sa vie.

A présent, quand ils penseraient à cette salle, les gens se souviendraient des deux gosses qui y avaient trouvé la mort. Ils se rappelleraient le sang sur le carrelage. Il ne fit pas part de tout cela à Carlisle et attendit de savoir ce que le médecin voulait de lui.

« Aux actualités, ce matin, on émettait l'hypothèse que la fille avait pu être violentée.

— Qu'est-ce que ça change?

— Sa mère est une patiente à moi, Tal. Elle est dans un état effrayant. Je veux savoir d'où vient cette information. »

Chambers haussa les épaules.

« De l'autopsie, suggéra-t-il d'une voix hésitante, tant la réponse paraissait évidente.

— J'ai lu le rapport, répondit Carlisle, secouant la tête. Rien de ce genre.

– Qu'en dit le coroner?

– Il ne répond pas à mes messages. »

Chambers prit une profonde inspiration, effaçant de son esprit l'image de la salle de musculation maculée de sang. Barry Lucasian, le prof de gym et l'entraîneur de basket, l'invitait chaque année à La Guardia pour discuter et résoudre certains problèmes. Et sa petite amie du moment faisait partie du Bureau 61 des Affaires scolaires, tout en travaillant pour Kellem, le député du Congrès. Entre ses propres relations et celles de L. D., il ne devait pas être trop difficile d'apporter une réponse à la question du médecin.

Il avait, dans un coin de son esprit, l'idée que quelque chose de bon pouvait en sortir. Il ne savait pas quoi et ne se posait pas la question, mais il savait qu'il y avait une façon d'intervenir de manière positive dans ces histoires-là. Quand on s'adressait à lui parce qu'il avait les relations qu'il fallait pour arranger les choses, il était important qu'il le fît.

« Je passerai quelques coups de fil, déclara-t-il. Je vous recontacterai. »

Albert Terranova n'était pas allé lui-même sur le terrain depuis des années. Les inspecteurs étaient là pour ça. Ce n'était pas un travail de chef. Mais cela lui manquait, et le fait que, toute la matinée, on n'eût cessé d'échanger des communications avec les forces de police qui campaient devant le lycée La Guardia lui fournissait largement un prétexte. C'était là une chose qu'il voulait voir de ses propres yeux.

Tandis que sa voiture s'arrêtait doucement, Terranova embrassa la scène du regard, assis sur la banquette arrière. On aurait dit l'organisation de la parade pour la St. Patrick. Cela avait dû chauffer, plus tôt dans la journée, avant que les gosses ne fussent tous canalisés à l'intérieur de l'école. A présent, quelques douzaines de flics demeuraient là, désœuvrés, appuyés contre les poteaux de signalisation et le pare-chocs de leur voiture, bavardant avec les derniers journalistes. Ils jetaient autour d'eux des regards indifférents, indolents, mais les journalistes se précipitèrent sur le chef avant même que le chauffeur n'ouvre la portière, glapissant des questions à peine eut-il pris pied sur le trottoir.

Il s'extirpa de la voiture et les toisa, jusqu'à ce qu'ils se calment. Derrière eux, il voyait un lieutenant en uniforme se diriger vers lui.

109

« Une question chacun, gronda-t-il. Vous, commencez. »

Il désignait un petit homme grisonnant, vêtu d'un costume marron tout froissé. Les grands journalistes étaient partis lorsque l'accalmie était survenue; ils ne reviendraient probablement qu'en fin de journée, attendant les incidents quand les élèves sortiraient un à un devant les flics. Ceux qui demeuraient là étaient les reporters locaux du Bronx, ceux qui faisaient les poubelles, à la recherche de quelque détritus journalistique.

L'homme se passa nerveusement la langue sur les lèvres, essayant de formuler une question cohérente.

« Oui, monsieur. Avez-vous l'... Je veux dire, est-ce que vous dirigez l'enquête, monsieur?

– Non, j'essaie de m'instruire. Au suivant.

– Comptez-vous entrer dans l'établissement, chef?

– Vous le verrez bien vous-même. Au suivant.

– Allez-vous communiquer les derniers résultats de votre enquête au jury d'accusation? »

Bonne question, puisque le jury d'accusation avait déjà rendu ses propres conclusions. Elle était posée par une jeune fille encore en âge d'être étudiante, et sans doute l'était-elle. Très intelligente. Le sous-entendu était que soit l'enquête était trop lente, soit le jury trop rapide.

« Je n'ai pas de derniers résultats, déclara Terranova. Je suis venu, c'est tout. Au suivant. »

Le lieutenant que Terranova avait repéré contourna les journalistes et le salua avec raideur.

« Chef! » fit Larocca, du ton que l'on prend pour donner un ordre.

En réponse, Terranova passa ses doigts épais sur son front.

« Je suis désolé, je n'ai plus de temps à vous consacrer », dit-il aux journalistes, qui accueillirent la nouvelle avec contrariété, mais sans un mot. La première vague ne l'aurait pas laissé s'échapper si facilement. Il s'éloigna pour conférer avec le lieutenant, mais d'un geste rapide et discret, fit signe à la fille de le rejoindre. Elle s'approcha avec empressement.

« C'était une bonne question, déclara-t-il. Ne laissez pas les gens filer sans répondre. » Sur quoi il se détourna, la laissant méditer ce conseil. « Nous avons la situation en main, lieutenant? » demanda-t-il à Larocca, tout en commençant de se diriger vers la porte du lycée, que deux agents encadraient comme des cariatides. Larocca lui emboîta le pas.

« Tout est assez calme, à présent, chef. Mais vous auriez dû voir ça, il y a une heure... Vous allez entrer, n'est-ce pas?

110

– C'est à peu près mon intention.

– Si cela ne vous ennuie pas, chef, je crois que je ferais mieux d'envoyer deux hommes pour vous accompagner. »

Un simple flic de terrain qui laisserait un gros bonnet se faire abîmer aurait du mal à s'expliquer.

« Je m'en sortirai parfaitement, lieutenant », répliqua Terranova, trouvant qu'il serait mieux seul qu'entouré d'uniformes. Lorsqu'il arriva à la porte, les agents de garde jetèrent un bref regard au lieutenant avant d'ouvrir, bien que ni l'un ni l'autre n'eût osé défier le chef des enquêtes si le lieutenant n'avait pas fait le signe de tête attendu.

Une fois à l'intérieur, le chef trouva le grand hall désert. L'endroit lui parut vieux et caverneux, mais solide, comme les écoles de sa propre enfance dont il se souvenait, mais il doutait que la ressemblance aille au-delà de l'architecture. Il repéra les bureaux de l'administration, où on lui dit que le proviseur était toujours en prison, et où tous les efforts déployés pour mettre la main sur le proviseur-adjoint demeurèrent vains.

« Je peux peut-être vous aider ? lui demanda une Noire sévère, mais séduisante, venue du bureau du proviseur.

– Le professeur de gym qui est arrivé le premier dans la salle de musculation – je crois qu'il s'appelle Lucasian –, je souhaite-rais lui parler.

– Cela ne devrait pas poser de problème. Je vais envoyer quelqu'un le chercher. »

Le chef fit un geste de dénégation.

« Dites-moi simplement où il est. Je le trouverai tout seul.

– Il doit être au gymnase. Je vais envoyer un élève le cher-cher. »

Elle paraissait ne pas avoir entendu.

« Y aurait-il un problème quelconque ? interrogea-t-il.

– C'est... c'est au cinquième étage, répondit-elle non sans hési-tation, les yeux baissés, ne sachant comment dire au gros bon-homme devant elle qu'elle ne le pensait pas capable de grimper les quatre volées de marches.

– Faites-moi confiance, je suis en meilleure forme que je n'en ai l'air », affirma-t-il en souriant, exhibant deux rangées de dents petites et très blanches.

Elle fit signe à un gosse qui passait en hâte dans le corridor, les bras chargés d'affiches, le débarrassa, et lui ordonna de conduire le chef au gymnase.

Le garçon partit à un train d'enfer, que Terranova ne put suivre que pendant quelques secondes. Il fit halte au premier palier pour reprendre souffle.

« Si tu me tues à force de me faire cavaler comme ça, cela te coûtera cher, déclara-t-il. Comment t'appelles-tu, mon grand ?

– Jamal, dit le garçon. Vous êtes le chef de la police ?

– *Un* des chefs de la police. Il y en a beaucoup, dans les services de police. »

Le garçon l'observa comme s'il n'arrivait pas à décider s'il se moquait de lui ou non. Il lui paraissait peu vraisemblable qu'il y eût plus d'un chef, dans quelque domaine que ce soit, mais Terranova ne lui fournit pas plus d'explications. Il demanda à Jamal ce qu'il faisait à se promener avec des affiches au lieu d'être en cours.

« Je fais des trucs, répondit le garçon. On m'envoie toujours à droite et à gauche.

– Mais tu n'as pas de cours ?

– Si, quelques-uns.

– Je vois. »

Mais il ne voyait rien du tout. Il ne comprenait rien à la manière dont cela se déroulait dans les écoles aujourd'hui. Il attendit que Jamal recommence à monter l'escalier, puis constata :

« Tu dois pas mal te balader.

– Ouais, pas mal, fit Jamal, et une certaine méfiance se glissa dans sa voix.

– Lorsqu'on se pose des questions, tu dois être celui qu'on peut interroger. »

Jamal leva les yeux vers lui, sans se départir de son grand sourire ; mais le chef avait interrogé suffisamment de gens, au cours des années, pour repérer l'instant où les règles du jeu changeaient. On savait comment parler aux flics, dans les quartiers comme celui-ci. Le gamin avait douze, treize ans tout au plus. Il était petit, avec une vivacité, une légèreté de mouvement qui le rendaient plus jeune encore.

« Je vais un peu partout, admit Jamal, mais je ne fais pas très attention à ce que je vois.

– Connaissais-tu Timothy Warren ? »

Jamal pressa le pas, distançant Terranova.

« Tout le monde le connaissait, répondit-il. Je le connaissais comme ça, sans plus.

– Je ne cherche à créer d'ennuis à personne, Jamal. J'essaie simplement de découvrir ce qui s'est passé.

– Il a été descendu par un flic.

– Attends! Je te parle. »

Jamal s'arrêta une demi-douzaine de marches au-dessus de Terranova et se tourna vers lui, avec un air de résignation agacée. Terranova savait qu'il était inutile de le questionner plus avant, mais il essaya néanmoins.

« Avant d'être descendu par le flic, que faisait-il avec cette fille? »

Jamal secoua la tête.

« Je n'y étais pas.

– Mais tu te balades pas mal. Tu entends des choses.

– Rien sur ça. Écoutez, j'ai un cours qui commence bientôt.

– C'était sa petite amie?

– Si je suis en retard, il va falloir que je redescende pour aller chercher un billet d'excuse. »

Terranova n'ajouta rien jusqu'à ce qu'ils eussent atteint le cinquième étage. Jamal le mena jusqu'au gymnase et lui désigna Barry Lucasian qui donnait un cours d'éducation physique, arbitrant en réalité un jeu qui semblait être un croisement entre la balle au camp et le football. « C'est lui », dit Jamal, mais quand le chef se retourna pour le remercier le gamin avait déjà passé la porte.

Terranova se dirigea vers Lucasian, son insigne à la main. Confiant son sifflet à l'un des élèves parmi les plus grands, le professeur conduisit le chef vers un coin du gymnase, où ils pourraient parler à l'écart du cours. Il marchait en bombant le torse, prenant un air avantageux que Terranova aurait volontiers pardonné chez un flic, mais pas chez un prof de gym.

« Écoutez, commença Lucasian en se retournant tellement près de lui que leurs poitrines faillirent se heurter, si c'est à propos de ce qui est arrivé lundi, j'ai déjà tout dit aux flics.

– Pas à moi. »

Le prof parut rapetisser de quelques centimètres.

« Très bien, répondit-il. Mais j'ai un cours. » Il désigna les élèves d'un geste du pouce.

Un cours de gym n'était guère une chose primordiale aux yeux de Terranova.

« Ils s'en sortent parfaitement, répliqua-t-il. Je veux que vous me racontiez tout ce que vous savez. Point par point. Où vous étiez, ce que vous avez vu.

– Comme je l'ai dit, je suis entré dans la salle de musculation..., expliqua Lucasian.

113

– Montrez-la-moi », l'interrompit Terranova.

Lucasian grommela quelque chose et s'éloigna pour donner des instructions au gosse qu'il avait chargé de diriger le cours. Puis il revint et préféda Terranova hors du gymnase, dans le couloir, jusqu'à la salle de musculation. Une douzaine d'adolescents se tenaient dans le corridor, l'air désœuvré, et jetèrent un regard circonspect au chef lorsqu'il passa devant eux.

« Un élève devait utiliser la salle, dit Lucasian. Nous la tenons fermée à clé, et il fallait que je la lui ouvre, et que je la prépare pour les exercices qu'il avait à faire. »

Terranova savait déjà tout cela. Il ne posa pas de question. Ils arrivèrent à une porte au fond du couloir et, tirant de sa poche un lourd porte-clés, Lucasian la déverrouilla. Il donna de la lumière dans ce qui apparaissait comme un petit débarras.

Terranova se pencha pour examiner la serrure, un simple pêne que n'importe quel gosse pouvait faire glisser avec un morceau de papier un peu fort. Un bouton, sous la poignée, débloquait le mécanisme.

« Et ce truc est censé condamner la pièce ? demanda Terranova.

– Je demande une serrure correcte depuis deux ans, répondit Lucasian d'une voix aigre. Lorsqu'elle sera arrivée, je l'installerai. »

C'était ce qu'il avait déclaré au jury d'accusation. En vérité, il se répétait presque mot pour mot.

En deux pas, il avait atteint la porte de la salle de musculation. Il la poussa et pénétra dans la pièce.

Terranova le suivit avec la vague impression que quelque chose lui échappait. Il connaissait bien cette sensation. C'était simplement une partie de son cerveau qui disait aux autres de ralentir, d'y aller doucement, de ne rien tenir pour acquis. Au fil des années, il avait appris à ne pas s'inquiéter de ce vague sentiment de malaise. Tôt ou tard lui apparaissait clairement l'élément à côté duquel il était passé, et c'était alors le moment de revenir ramasser les morceaux du puzzle oubliés. L'erreur que commettaient la plupart des inspecteurs, il l'avait constaté en les regardant travailler, était d'accorder trop d'importance à un examen minutieux, parfait, sur l'instant, alors que la perfection était impossible. Dans ce travail, en tout cas. La perfection était un mythe qui vous poussait à croire que vous pouviez poser les bonnes questions dès la première fois et, une fois posées toutes les questions qui vous venaient à l'esprit, que vous les aviez toutes posées.

Les murs de la salle où Terranova rejoignit Lucasian étaient recouverts de carrelage. Il n'existait pas de fenêtre, ni d'autre porte que celle par où ils étaient entrés. Le chef parcourut du regard l'alignement silencieux des bancs de musculation, avec leurs articulations nues, anguleuses, qui mettaient en valeur la stérilité de leur conception. Versions mécaniques du rocher de Sisyphe, c'étaient là des machines qui consommaient de l'énergie avec pour seul objectif de consommer de l'énergie, l'antithèse de toute autre machine jamais inventée. Terranova les regardait sans grand intérêt, de la même façon qu'il écoutait ce que disait le professeur de gym.

« Il était là, entre la quatrième et la cinquième machine, racontait Lucasian, s'avançant pour lui montrer l'endroit. Timothy Warren était à genoux à côté de la machine, et j'ai vu une fille allongée dessus. J'imagine qu'elle était déjà morte, mais je n'en savais rien. Cela ne m'a pas traversé l'esprit. Il m'a crié de sortir, avant même que j'aie passé la porte. »

Terranova aurait pu enchaîner la phrase suivante à sa place, en citant les minutes de son témoignage devant le jury d'accusation : *J'ai eu peur qu'il ne lui ait fait du mal, et j'ai pensé que je ferais mieux d'aller chercher de l'aide.* Mais il en avait assez entendu.

« Y a-t-il un autre moyen de pénétrer ici ? » demanda-t-il, coupant la parole à Lucasian.

Le prof de gym le fixa un long moment avant de répondre, comme s'il ne comprenait pas pourquoi on ne le laissait pas terminer son récit.

« Pas vraiment, répondit-il enfin.

– Qu'est-ce que cela veut dire ?

– Cela veut dire qu'il y a une porte, mais qu'on ne peut pas l'utiliser. »

Terranova regarda autour de lui, sans voir de porte.

« Montrez-la-moi.

– Écoutez, dit Lucasian, ces deux-là sont entrés ici de la même manière que les autres. Ils font glisser le pêne de la serrure. Ils viennent fumer des joints, faire l'amour, Dieu sait quoi. Je les chasse à longueur de temps. Je vous montrerai mes lettres de réclamation. Soit on pose un vrai verrou, soit on laisse les gamins utiliser l'endroit. Parce que, si l'endroit était utilisé, ce genre de connerie n'arriverait pas. J'en ai un peu assez de réclamer sans arrêt.

– Je comprends cela. Puis-je voir l'autre porte ? »

Sans un mot, Lucasian passa devant lui en le frôlant, retour-

115

nant dans la pièce du matériel. Les étagères étaient surchargées d'un fouillis de serviettes dépareillées, de filets et de survêtements, le sol jonché de cônes de caoutchouc et de ballons à demi dégonflés. Au mur du fond était accroché un lourd tapis de lutte, maintenu par une corde passée dans une poulie.

Lucasian défit le nœud et lâcha la corde qui glissa dans la poulie en sifflant, tandis que le tapis s'effondrait au sol, en accordéon. Derrière, il y avait une porte, avec un trou à la place de la poignée.

Le tapis bougea sous les pieds de Terranova quand celui-ci s'approcha pour examiner la porte. Le trou de la poignée était rempli de plâtre.

« Une partie de cette salle était autrefois le bureau du professeur de gym, expliqua Lucasian. Lorsque nous avons eu l'argent pour installer la salle de musculation, quelqu'un a décidé qu'il n'y avait pas d'autre endroit pour mettre le tapis, et on a dû tout chambouler.

— Et qu'y a-t-il, de l'autre côté?

— Les toilettes des filles. C'est pourquoi nous avons plâtré le trou. »

Terranova poussa la porte, qui ne bougea pas.

« Vous n'avez pas parlé de cela, devant le jury d'accusation, remarqua-t-il.

— Je n'en aurais jamais parlé, si vous ne m'aviez pas posé la question. Ne me dites pas que vous voulez voir l'autre côté. »

C'était exactement ce que Terranova avait en tête. Cela impliquait de faire évacuer les vestiaires des filles, ce qui prit presque vingt minutes. Lorsque la prof de gym des filles sortit pour leur indiquer que la voie était libre, Lucasian précéda le chef dans les vestiaires, puis dans les douches encore humides, et enfin dans une pièce vide où s'alignaient une douzaine de sièges de toilettes, sans séparation. Les tuyaux couraient le long du mur, derrière eux. Sans doute aurait-il été trop coûteux de les encastrer dans le sol.

« La porte, déclara Lucasian, la désignant du doigt. Je vous ai dit qu'elle ne s'ouvrait pas. »

La porte se trouvait derrière les toilettes, fermée par un cadenas solide.

« Qui possède la clé?

— Personne, répondit Lucasian. Le fournisseur, peut-être, s'il est toujours vivant. »

Après l'avoir remercié pour la visite, Terranova lui demanda s'il pouvait jeter un coup d'œil sur le vestiaire de la fille décédée. La prof des filles alla lui chercher le numéro et la combinaison de la serrure. Les vêtements de gymnastique d'Ophelia étaient là, ainsi que quelques livres, mais pas de petite culotte. Le chef les remercia et referma le casier, sans poser plus de questions. Il ne jugeait pas le moment venu de dire à quiconque ce qu'il cherchait.

« Si vos gars ont un peu de temps libre, conclut Lucasian, ce qu'ils feraient bien de découvrir, c'est où passe notre argent. Nous avons payé pour faire doubler ce mur-là. Et tout ce que nous avons eu, c'est un cadenas. »

Essayer simplement d'empêcher l'attention des élèves de fuir sans cesse par les fenêtres, vers la rue, suffit à occuper Steven durant toute la matinée. Pour une fois, il se félicitait que sa classe, à l'arrière du bâtiment, donnât sur des ruelles jonchées d'ordures et des immeubles désaffectés, et non sur les voitures de police alignées dans l'avenue. En réalité, il n'aurait pas su que la police était toujours là sans le bouche à oreille qui dispensait sans cesse des nouvelles chuchotées, des rumeurs fraîches et excitantes, des rapports sur la situation. A chaque sonnerie annonçant la fin d'un cours, ses élèves se ruaient dans le couloir, se précipitaient vers les meilleures fenêtres, celles de l'escalier ou des classes vides du côté de l'avenue.

Pendant les trois premiers cours de la matinée, Steven fit son possible pour garder leur attention fixée sur leur travail quotidien, comme si, par un simple effort de volonté, il pouvait faire de cette journée une journée comme les autres. Cependant, une foule d'images tournoyait dans son esprit, tandis qu'il tentait de relier ce qui se passait à présent, cette atmosphère électrique, survoltée, qui crépitait autour de lui, avec quelque autre situation familière. Il revoyait des reportages de Syrie, du Liban, des documentaires sur les enfants en Irlande, des films qu'il se souvenait d'avoir vus à Berkeley, Kent State et Chicago, dans son enfance. Les images d'Irlande particulièrement revenaient à son esprit, celles d'enfants se rendant à l'école entre deux files de soldats alignés de chaque côté de la rue, mais à peine apparaissaient-elles qu'elles se dissolvaient comme des reflets dans une flaque troublée par le vent. Dans le Bronx, il n'y avait pas de tanks, et il n'y en aurait pas.

C'était là toute la différence, et elle ne cessait pas de lui revenir à l'esprit, aussi claire que la morale d'un sermon prônant le calme, l'ordre, le sens des responsabilités, le dimanche matin à l'église. Il imaginait que, s'il pouvait garder leur attention assez concentrée sur des propositions grammaticales et des conjonctions pour les septième année, les participes pour les huitième, sur le dernier chapitre d'Edith Warton pour les neuvième, les matraques ne seraient jamais brandies et les flics repartiraient avec leur commandement.

Pendant la plus grande partie de la matinée, Steven s'accrocha à son arme pédagogique comme le dernier soldat gardant le défilé. Lorsque les élèves de huitième année arrivèrent en cours, le petit Jamal Horton qui, avec son visage aigu aux traits finement ciselés, lui rappelait un écureuil vif, aux aguets, lui octroya une grande claque dans la paume, le félicitant pour son exploit de la matinée dans le hall.

Rien n'aurait plu davantage à Steven que de se remémorer l'événement avec Jamal et les autres, d'entendre les plaisanteries fuser, de laisser libre cours à leurs récits maladroits. Mais il se força à garder une attitude digne, s'éloignant à contrecœur du garçon.

« J'ai fait cela pour que nous puissions monter travailler, Jamal », déclara-t-il, pompeux, raidi, se haïssant en voyant ce gamin sensible, au regard éveillé, se traîner jusqu'à son siège.

Tout en se dirigeant lentement vers leur place, les autres enfants chuchotaient ou parlaient à voix haute, échangeant des informations émanant d'une source ou de l'autre et de ce que certains d'entre eux avaient vu de leurs yeux. Ceux de Steven, cependant, demeuraient rivés sur Jamal, le suivant jusqu'à son bureau où le jeune garçon se laissa lourdement tomber sur sa chaise, jetant violemment son manuel de grammaire, avec un bruit terrible.

« Recommence, Jamal. Mais plus discrètement, cette fois », ordonna Steven d'un ton sec, regrettant ses paroles avant même de les avoir prononcées, mais incapable de résister à cette impulsion incompréhensible, exaspérante, de faire preuve de cruauté, comme si c'était un rôle qui lui était assigné.

Un long moment, Jamal le fixa d'un regard mauvais puis, élevant le livre de quelques centimètres au-dessus du bureau, il le reposa avec une délicatesse insolente, aussi précautionneusement que la dernière pièce sur un château de cartes. Il releva les yeux vers Steven, pour voir si celui-ci était satisfait, et Steven détourna la tête, dissimulant ses émotions mêlées sous une série d'ordres brefs destinés à calmer le reste de la classe, expédiant les élèves à leur place. Il se dirigea en hâte vers la porte et la referma, après avoir tiré à l'intérieur les derniers retardataires.

Lorsque le silence se fut enfin établi, il se tourna vers le tableau, inscrivit les lettres « ING » en grandes capitales et commença son cours sur les participes. Derrière lui, une voix sourde, qu'il reconnut pour être celle de Bobby Ward, marmonna quelque chose à propos des étudiants arrêtés avec Mr. Hinden, et qui auraient été relâchés. Il entendit le chuchotement, répété de bouche en bouche, traverser la salle comme une brise pénétrant par une fenêtre ouverte, et se détourna soudain du tableau, laissant son regard errer sur les visages qui lui faisaient face. Il était vain d'essayer d'enseigner la grammaire anglaise, quand tant de choses arrivaient dans le monde où vivaient ces enfants.

Grands dieux, comment avait-il pu être si inconscient? Comment avait-il pu un seul instant imaginer que son univers desséché, cloîtré, de participes et de propositions, avait plus d'importance que l'angoisse et l'incertitude qui les attendaient dans la rue, vêtues d'uniformes bleus, une matraque à la main? C'était de cela qu'ils avaient besoin d'entendre parler, et lui-même, Steven Hillyer de Litchfield, Connecticut, était passé avec eux sous les fourches caudines, à peine quelques heures auparavant. Peut-être pouvait-il leur en dire un peu plus, peut-être possédait-il la réponse à une ou deux questions, un morceau effrangé de la vérité, qu'ils pourraient draper autour de leurs peurs et de leurs doutes. C'étaient des gosses, pour l'amour de Dieu, et deux d'entre eux étaient morts là-haut, cette semaine, trois d'entre eux avaient été embarqués dans un car de police le matin même, et Steven, lui, écrivait « ING » au tableau, afin de leur enseigner comment on transforme un verbe en adjectif.

« Avais-tu quelque chose à nous dire, Bobby? » s'enquit-il, reposant la craie et s'introduisant dans la discussion.

Bobby Ward était un garçon petit et trapu, avec un regard enfantin derrière ses lunettes de hibou. Son niveau de lecture était celui d'une classe de quatrième, et il aurait dû être en cours d'anglais de rattrapage si une incompatibilité d'horaires ne l'avait obligé à suivre les cours normaux, qu'il supportait avec la patience résignée d'un enfant écoutant les grandes personnes raconter des histoires qu'il ne comprend pas à propos de gens qu'il ne connaît pas.

« Je n'ai rien dit, marmonna-t-il, tête baissée.

— Tu parlais des trois garçons qui ont été arrêtés ce matin, n'est-ce pas? » interrogea Steven.

Bobby se redressa sur sa chaise et considéra le prof d'un regard circonspect. La question le surprenait, car il savait qu'il n'était pas censé parler en classe, et il ne comprenait pas pourquoi on lui demandait soudain ce qu'il avait dit. Il pensa seulement, comme toujours, qu'il devait exister à cela une raison qui lui échappait. Peut-être un enfant plus éveillé que lui aurait-il soupçonné un piège, mais l'esprit de Bobby Ward ne fonctionnait pas ainsi. Sa vie en général avait été suffisamment remplie de mécomptes. La paranoïa était une chose superflue, dont il n'avait pas l'usage.

Il hocha la tête.

« As-tu entendu quelque chose, à propos d'eux, Bobby ?

– J'ai entendu dire qu'ils sont sortis.

– Tu veux dire qu'ils ont été relâchés ?

– Ouais.

– Et où as-tu entendu ça ? »

Bobby haussa les épaules, concentrant son attention sur ses mains aux doigts épais.

« Quelqu'un d'autre a-t-il entendu dire cela ? » s'enquit Steven.

Maria Onofrio leva la main. Steven l'appela par son nom, et elle se leva, elle se levait toujours quand elle s'adressait à la classe. Elle expliqua qu'un garçon qui était sorti avait entendu un journaliste le dire à un autre. Certains des enfants estimaient que les garçons avaient été arrêtés pour avoir agressé la police, d'autres que c'était pour une histoire de drogue.

Steven put leur certifier qu'il n'y avait eu aucune agression. Il savait qu'on avait trouvé un couteau sur l'un d'eux, et peut-être était-ce la même chose pour les autres.

Pendant quelques minutes, ils échangèrent les rumeurs, apprenant, Steven l'espérait, qu'une vérité peut en contredire une autre, que la complexité de certains événements les rend insaisissables et que, passés au microscope de la discussion, ils apparaissent comme une infinité de faits et d'impressions minuscules. Ils jouèrent un moment aux journalistes, s'interviewant l'un l'autre, tentant de déterminer ce qu'ils pouvaient garder dans leurs articles, ce qui demandait confirmation, ce qu'il fallait rejeter.

Puis Lloyd Elijah, qui s'installait toujours de biais sur son siège, comme pour suggérer qu'il ne faisait pas vraiment partie de la classe et qu'il était toujours prêt à filer vers la porte, modifia les termes du débat. « Tout ça, c'est des conneries », marmonna-t-il, après avoir écouté en silence pendant dix minutes ou un quart d'heure.

Steven savait ce qui allait suivre. Il s'y attendait depuis l'instant où il les avait laissés discuter de la police. Si on laisse la réalité pénétrer dans une salle de classe, autant qu'elle y entre complètement.

« Qu'est-ce qui est des conneries ? questionna-t-il.

— Qui ils ont coincé, et pourquoi, tout leur truc.

— Tu penses que ce qui est en train de se passer dehors n'a aucune importance ?

— Je pense, répondit Lloyd, parodiant le ton de Steven, que cette discussion à la con n'a aucune importance.

— Alors, qu'est-ce qui en a ? »

Lloyd avait quitté son siège et se dirigeait vers le fond de la salle. C'était un garçon mince comme un fil de fer, le plus grand de la classe, et il n'y avait pas assez d'espace entre les bureaux pour les larges mouvements dont il soulignait chacune de ses paroles. Souvent, il assistait au cours comme en état d'hibernation, engourdi, donnant l'impression de ne pas entendre, sans parler de comprendre, ce qui se déroulait autour de lui. A d'autres moments, il était si agité que l'espace libre, au fond de la classe, était devenu traditionnellement la « scène de Lloyd ». Dans une autre école, un prof aurait peut-être cherché une explication à un comportement aussi incohérent. Au lycée La Guardia, l'explication était toujours la même, elle était contenue dans de petites ampoules de plastique.

« Ils sont en train de nous entuber », déclara Lloyd, se retournant d'un mouvement théâtral quand il arriva au fond de la salle.

Il avait un ou deux ans de plus que les autres élèves de huitième année et, lorsqu'il était d'humeur à baisser les yeux sur ses petits camarades, il cherchait ouvertement à susciter leur admiration.

Tous les gosses attendaient qu'il continue. Steven demeura silencieux.

« D'abord, ils s'amènent et ils descendent Timothy et Ophelia. Ils cartonnent, comme ça. Et maintenant, ils cherchent à nous entuber tous. »

Maria Onofrio intervint pour rappeler qu'ils n'avaient pas tué Ophelia James.

« Tout le monde le sait, ma petite. C'est ce que je vous dis. C'est n'importe quoi, repartit Lloyd, ne supportant pas la critique, même dans ses meilleurs moments, surtout venant d'une Portoricaine. Ils lui auraient fait sauter la tête pour sauver la vie d'une nana déjà morte ? Allez, redescends sur terre !

– A la télé, ils disent qu'ils ne savaient pas qu'elle était morte »,
fit Jamal d'une petite voix, conscient du risque qu'il prenait.

Un concert d'approbations se fit entendre, émanant de la moitié
au moins de la classe.

Face à la salle, Steven observait, attendant, content d'eux et de
lui-même. Ils étaient entrés dans le jeu à présent, on donne, on
prend, argument pour argument. C'était là le but réel d'un cours
d'anglais.

« Et tu crois ça ? fit Lloyd, ignorant les autres, se concentrant
sur Jamal.

– Pourquoi pas ?

– Parce que quelqu'un ment, et salement. Qu'est-ce que tu en
dis, Jamal ? » ricana-t-il, prononçant le nom du garçon sur un ton
moqueur, en chantonnant.

La discussion dégénérait un peu, il fallait la remettre sur les
rails.

« Nous n'en savons rien, Lloyd », objecta Steven, installé à son
bureau, donnant son avis autorisé.

Lloyd se retourna vers lui, les yeux étincelants d'une colère qui
n'était pas due au fait d'être interrompu, ni contredit, ni même
repris devant les autres.

« *Nous*, nous n'en savons rien, répliqua-t-il. Mais *vous* le savez,
Mr. Hillyer. Vous étiez sur place, quand c'est arrivé.

– J'étais là, en effet, répondit Steven, un peu secoué par cette
remarque.

– Alors, comment se fait-il qu'ils ont tué Timothy ?

– Je ne sais pas.

– Et qu'est-ce qu'ils font chez nous, maintenant ?

– Ils sont à l'extérieur, affirma Steven. C'est une mesure de
prévention, en quelque sorte. Je ne pense pas qu'il y ait un seul
policier dans l'établissement.

– Réfléchissez bien, Mr. Hillyer.

– Qu'en sais-tu ?

– Moi, je le sais », déclara Jamal.

Les regards convergèrent vers lui.

« Il y a un gros flic, ajouta Jamal. Le chef de la police, un truc
comme ça.

– Où as-tu entendu cela, Jamal ? demanda Steven.

– Je ne l'ai pas entendu. Je l'ai conduit moi-même en haut. »

Un murmure courut dans la salle.

« Vous avez compris, Mr. Hillyer ? lança Lloyd Elijah d'un ton
de défi, du fond de la classe. Les flics sont revenus. Qu'est-ce
qu'ils vont faire cette fois ?

– Je n'en sais rien », avoua Steven.

Lloyd Elijah secoua la tête. C'était le geste d'un vieil homme, fatigué, résigné.

« D'accord, dit-il. Tout le monde nous ment, sauf Mr. Hillyer. Et la seule raison pour laquelle il ne nous ment pas, c'est qu'il ne comprend rien à toute cette merde. »

Le restaurant Abernathy's était situé dans une vieille maison de bois, censée dater d'avant la guerre de Sécession. Il possédait trois issues, et l'on pouvait y entrer et en sortir sans traverser la grande salle, ce qui en faisait un des rares endroits publics où les gens désireux de ne pas être vus ensemble pouvaient se rencontrer. La clientèle était triée sur le volet, composée essentiellement d'hommes politiques, bien que les dernières années eussent vu un afflux modéré mais néanmoins perturbant d'hommes d'affaires. Les serveurs étaient tous des Noirs d'une cinquantaine d'années au moins, se déplaçant en silence, servant les plats avec ce mélange aujourd'hui presque disparu de solennité et de familiarité qui évoque de vieux serviteurs travaillant pour la même famille depuis des générations.

Philip Boorstin se fit un devoir d'arriver le premier et dut attendre le préfet une demi-heure. Il la passa au téléphone, comme il avait passé la fin de la matinée, à contacter son réseau de relations au sein des services de police, pour la plupart des sous-chefs ou des officiers plus gradés dont les fonctions remontaient bien avant la nomination de Simon Pound et dont la loyauté allait à l'hôtel de ville, car leur éventuelle promotion en dépendait, plutôt qu'à l'occupant temporaire du poste de préfet. Le temps que Simon Pound se glisse sur sa chaise et déplie sa serviette sur ses genoux, Boorstin en savait autant sur le siège du lycée La Guardia que le préfet lui-même. Ayant très peu de choses à se dire durant les vingt minutes qu'Artemis Reach les fit attendre, ils parlèrent du restaurant.

Reach entra enfin dans la petite salle, arborant un sourire diabolique, et il s'assit brusquement, les saluant tous deux d'un bref signe de tête qui lui permit de ne pas serrer la main du préfet.

« Très bien, commença-t-il. Voyons ce que vous avez à dire, messieurs. »

Le préfet Pound n'avait rien à dire, et aucune intention de le dire. Il se renversa légèrement sur sa chaise, savourant l'entrée insolente de Reach avec un air de suffisance inébranlable qui indiquait clairement à quel point il se sentait au-dessus de tels

affronts. Cela condamnait l'adjoint au maire à un double travail :
il allait non seulement devoir apaiser Artemis Reach, mais aussi
effacer ce sourire satisfait du visage du préfet.

« Je suis venu vous trouver il y a quelques jours, Mr. Reach,
commença Boorstin, pour vous demander de m'aider à garder
sous contrôle une situation potentiellement explosive. Je ne peux
vous exprimer à quel point le maire Ehrlich et moi-même avons
apprécié la finesse politique avec laquelle vous avez géré la situation. »

A la gauche de Boorstin, le préfet Pound en demeura bouche
bée. A ses yeux, il n'y avait rien de plus dangereux qu'un démagogue arrogant si ce n'était un démagogue noir et arrogant, et il
n'y avait rien de plus dangereux pour la loi et l'ordre que le pire
démagogue noir si ce n'était un homme politique libéral en train
de s'aplatir en face de lui. Boorstin avait soit oublié, soit décidé
d'oublier les déclarations incendiaires de Reach au *Post*.

Parallèlement, Reach n'était aucunement troublé, ni dans un
sens ni dans l'autre, par les flatteries de Boorstin. Il supposait, à
juste raison, qu'elles étaient destinées à déstabiliser le préfet, ce
qu'il prenait comme le signe annonciateur d'une attitude conci-
liante. Mais ce n'était qu'un signe. Ce genre de platitudes n'avait
en soi aucune valeur à ses yeux. Il hocha imperceptiblement la
tête, tel un mandarin, invitant Boorstin à poursuivre.

En quelques phrases brèves, Boorstin résuma les événements
de la matinée.

« Le problème, d'après moi, conclut-il, est qu'il est en règle
générale assez délicat de gérer un système d'écoles publiques, et
que c'est deux fois plus difficile si l'on se met à noircir le tableau
en montrant ces établissements sous un aspect négatif. Cela vous
paraît-il sensé, monsieur le Préfet ?

— Sensé, mais hors de propos, fit Pound d'une voix traînante.
Ce ne sont pas mes hommes qui ont mis ces couteaux dans les
mains des gosses.

— Peut-être les élèves veulent-ils simplement se protéger, intervint Reach d'un ton sec.

— De quoi ?

— De la police. Des hommes qui ont descendu ce pauvre gosse,
l'autre jour. »

Boorstin les fit taire, comme deux enfants en train de se chamailler. Pour une bonne efficacité, un bon fonctionnement du
système administratif, dit-il, il était nécessaire que la gestion du
lycée La Guardia *parût* normale, afin qu'elle le *redevînt*.

« Je ne vous demande pas d'acquiescer à cela, messieurs, ce dont je vous parle, c'est de faits. Bien, comment peut-on redonner une apparence de normalité au lycée La Guardia, Mr. Reach ? »

Reach avait une réponse toute prête.

« En faisant sortir mon proviseur de prison.

— Je suis certain que cela ne posera aucun problème, n'est-ce pas, monsieur le Préfet ? »

Pound était prêt à cette concession, pour la bonne raison qu'il ne pouvait l'incarcérer plus longtemps. Si la police ne laissait pas tomber les charges contre Hinden, le procureur les ferait tomber.

« Cela ne pose aucun problème, répondit-il avec un sourire affable.

— Bien, nous progressons », fit Boorstin, quoique ce ne fût nullement le cas, tous trois le savaient.

C'était encore à Reach de jouer. Il se plaignit de l'impossibilité qu'il y avait à diriger une école quand la police campait devant ses portes.

« En toute conscience, je ne peux rien faire quant à cela », déclara Pound sans la moindre hésitation.

Ils en discutèrent un moment, ni Boorstin ni Reach ne parvenant à faire reculer d'un pouce le préfet, peu désireux de désavouer publiquement son chef de district. La police ne se retirerait, insista-t-il, que quand les mesures auraient été prises pour assurer la sécurité du corps enseignant et des élèves respectueux des lois.

Reach bondit sur ses pieds, pâlissant de rage.

« Vous voulez que je reconnaisse publiquement que je n'arrive pas à contrôler la situation dans cette école ? cria-t-il. Il n'en est pas question ! »

Le préfet demeura parfaitement immobile. Il leva à peine les yeux.

« Lorsque la nécessité d'une protection disparaîtra, celle-ci disparaîtra également, répliqua-t-il.

— Nous brûlerons tous deux en enfer avant que ce genre de chantage me fasse changer d'un iota la façon dont cette école est dirigée. »

Reach se pencha en avant, les mains posées à plat sur la table. Les verres s'entrechoquèrent avec un son cristallin dans le silence qui suivit.

« Peut-être, répondit enfin le préfet. Mais, dans ce cas, la police restera en place.

— Peut-être vos flics n'ont-ils pas assez de travail, gronda

Reach. Croyez-moi, cher préfet, il y a une situation très facile à envisager, et qui pourrait pas mal les occuper, dans le Bronx.

– Cela suffit », intervint aussitôt Boorstin; mais Reach le repoussa littéralement, ne voulant pas quitter le préfet du regard.

« Je ne profère pas de menaces en l'air, Mr. Pound, reprit-il. Les habitants du Bronx en ont plus qu'assez de vos méthodes gestapistes.

– Les habitants du Bronx respecteront la loi, ou ils devront en assumer les conséquences, répondit Pound, d'un calme olympien.

– Quelle loi? Il n'existe pas de loi, dans le Bronx. Des policiers tuent impunément un jeune garçon, dans l'enceinte d'une école publique, puis harcèlent tous les élèves de cette école. C'est cela, la loi? Je peux vous assurer qu'il n'y aura pas d'école lundi, si c'est ce genre de loi qu'il faut respecter. »

C'était là l'atout majeur de Reach, son arme nucléaire, son bouquet final. Des milliers de gosses en colère, lâchés en liberté dans les rues, représentaient autant de bonbonnes d'essence, et Artemis Reach avait les amorces et les allumettes dans sa poche. Le danger était si évident, l'homme si incontrôlable que la menace devait rarement être plus explicite. Elle était toujours là, latente, derrière tout ce qu'il disait, il l'agitait parfois pour impressionner ses adversaires. Boorstin se promettait qu'un jour il relèverait le défi de Reach. Les pertes seraient importantes, des émeutes auraient certainement lieu, mais cela aurait probablement pour conséquence de détruire Artemis Reach en même temps que le maire. Il y avait dans cette perspective quelque chose de sinistre et de satisfaisant à la fois, parce qu'elle signifiait que la lutte suprême pouvait se jouer à deux.

Boorstin demeurait silencieux, attendant que le préfet réponde à la menace de Reach.

« Les forces de police demeurent en place », déclara Pound, baissant la voix dans la proportion exacte où Reach avait élevé le ton. Les deux hommes se fixèrent du regard, murés dans un silence hostile.

« Et pour les deux agents? » demanda enfin Boorstin.

L'espace d'un instant, on aurait dit deux personnes qui s'étaient crues seules et qui découvraient soudain un espion dissimulé derrière les doubles rideaux. Le préfet et le président du Bureau se tournèrent tous deux vers lui comme s'ils ne le connaissaient pas. Le préfet comprit immédiatement ce qu'il entendait par là, et ses lèvres minces se mirent à trembler de rage contenue. Reach attendait ce qui allait suivre. Si l'élève mort était l'atout maître de Reach, les agents étaient celui de Boorstin, et il venait de le jouer.

« S'ils passaient en conseil disciplinaire, ajouta-t-il, cela pour-rait contribuer beaucoup à affirmer la crédibilité de la police. »

Derrière le regard sans expression de Simon Pound, les réflexions, les calculs se pressaient. D'abord, un homme capable de faire une telle suggestion était capable de tout. Ensuite, si cela devait se dérouler ainsi, il faudrait que les services de police cèdent quelque chose, à un niveau ou à un autre. Jusqu'alors, Pound avait fermement tenu à protéger le chef de district. Il aurait également aimé protéger ses deux agents mais, en réalité, ils étaient moins précieux.

« Cela n'est pas en mon pouvoir, dit-il. Le jury d'accusation a déjà pris sa décision.

— Je sais cela, répliqua Boorstin. Mais pas la Commission des Affaires internes. »

Huit ans auparavant, Steven Hillyer avait été l'un des trois élèves de l'École normale à se voir proposer un emploi dans le district du Bureau 61 des Affaires scolaires. Les deux autres étaient des Noirs. A l'École normale, ils formaient tous trois le noyau dur d'un petit groupe d'idéalistes prônant cette idée que les instituteurs, plus que n'importe quel autre représentant des services publics, pouvaient réduire l'injustice dans la société amé-ricaine. Ils avaient emprunté leur théorie des progrès de l'humain aux écrits d'Erik Erikson, et la notion de leur devoir pédagogique à ceux de Robert Coles. Leur héros, ou l'un de leurs héros, était Artemis Reach, qui venait de prendre les rênes d'un des bureaux les plus difficiles de la ville et avait immédiatement instauré un programme longtemps attendu d'études novatrices et de mutations de personnel.

Qu'une demi-douzaine des collègues de Steven eussent postulé un emploi au Bureau 61 indiquait de manière on ne peut plus claire à quel point Artemis Reach avait transformé l'image des écoles qu'il gérait. Pendant les dix premières années de la décen-tralisation, alors que la plupart des écoles s'employaient à faire le ménage, celles qui étaient gérées par le Bureau 61 faisaient l'inverse, le personnel administratif et le corps enseignant n'étant bientôt plus composé que d'hommes et de femmes bannis d'affec-tations plus enviables, et toute affectation, ou presque, se révélait plus enviable. Artemis changea tout cela. « Nos écoles sont deve-nues des centres de rééducation pour alcooliques, épaves ou inca-pables notoires, déclara-t-il dans un de ses fameux discours. Et nous avons chez nous ceux qui ne s'en sortiront pas. Que l'on me donne ceux qui veulent remonter la pente, nous les prendrons. Ceux qui continuent à la descendre n'ont rien à faire dans le Bronx. »

En tant qu'unique professeur blanc accepté par le Bureau 61 cette année-là, Steven avait de bonnes raisons de penser que sa carrière débutait par une victoire significative. Dès les préparatifs de la rentrée de septembre, Will Fenton et Jeffrey Hills, les deux profs noirs qui avaient intégré La Guardia en sortant avec lui de l'École normale, firent pression sur lui pour qu'il déménage dans le quartier de son école. Mais Steven, qui vivait dans un immeuble sans ascenseur de l'East Side, en bordure de Spanish Harlem, avait une justification idéologique toute prête pour continuer d'habiter à Manhattan. Si le Bureau avait fait appel à un Blanc vivant à l'écart du quartier, c'est qu'il voyait un intérêt à obtenir un point de vue extérieur à la vie locale. La gestion de la communauté, déclarait Steven, ne fonctionnerait jamais si l'on confondait autonomie et provincialisme.

Lors des discussions âpres et parfois surchauffées qu'occasionnaient ces questions, aussi futiles fussent-elles, Steven savourait la beauté d'être jeune, l'audace de l'engagement envers une cause. Chaque acte avait une raison d'être, même si ce n'était pas toujours la vraie raison. Steven se voyait comme un croisé, non comme un missionnaire.

Au cours de ses cinq premières années à La Guardia, sa confiance en l'avenir de la révolution pédagogique tempéra sa déception devant la réalité lugubre, implacable, de chaque jour, qui consistait à enseigner à des adolescents agressifs, souvent hostiles, qui ne savaient pas ce que signifiait apprendre. Peu à peu cependant, cela commença de l'user, comme cela avait usé les autres. Jeffrey Hills jeta l'éponge au beau milieu de sa cinquième année, sans prévenir, téléphonant simplement un lundi matin pour informer qu'il ne reviendrait pas. Lorsque Steven passa le voir, après les cours, son appartement était déjà vide.

Une semaine plus tard, Will Fenton, qui était proche de lui et que son départ accablait, demanda une entrevue au proviseur, auquel il annonça qu'il ne reviendrait pas à la rentrée suivante.

Steven se sentit abandonné. Ce n'était pas tant leur départ que la façon dont ils étaient partis. Ils s'étaient tous mentis les uns aux autres, minimisant leurs déceptions, gonflant leurs petites victoires, se disant qu'au moins cela fonctionnait un petit peu ainsi qu'ils l'avaient espéré. Dans une semaine, un mois, un semestre, une année, on commencerait à voir la différence. Aucun n'avait seulement fait allusion à la possibilité de partir, peut-être parce qu'ils savaient que, comme dans un mauvais mariage, tout serait fini dès l'instant où apparaîtrait une issue possible.

Ce fut uniquement la colère, face à la trahison de Hills et de Fenton, qui poussa Steven à revenir à La Guardia pour la sixième année, bien que, il le savait, ce ne fût guère une raison suffisante. Pendant un moment, il s'illusionna en pensant que la rancune et l'obstination pourraient réussir là où l'idéalisme avait échoué. Il était fier de lui et d'avoir refusé de partir, malgré le peu de confiance qu'il avait dans sa capacité à faire la différence. Une année s'écoula, une autre. Ses derniers espoirs fondaient tels ces rochers tendres que la rivière use dans son lit. Bien qu'il y eût d'autres professeurs passionnés par leur mission à La Guardia – presque les trois quarts du corps enseignant étaient arrivés depuis qu'Artemis Reach avait pris le contrôle du bureau local –, c'était une petite clique de vétérans qui semblait donner le ton général du lycée, vivant en son sein comme dans une garnison, ne communiquant qu'entre eux, consommant les restes de ce qui avait jadis été une carrière.

En quoi était-il différent? Steven commençait à se le demander. N'était-il pas devenu indifférent? Grands dieux, la plupart des gens autour de lui ne l'étaient pas non plus. Il sembla à Steven que le fait de se sentir concerné n'avait pas autant d'importance qu'il l'aurait pensé, si cela avait même une quelconque importance. Rien, rien ne pouvait lui laisser croire que ses idéaux apportaient quoi que ce fût à la vie des élèves qui défilaient dans ses cours. Dans la classe voisine, Dennis Dougherty leur enseignait l'anglais en leur fournissant le même programme de lectures depuis un quart de siècle, rendant les copies sans la moindre annotation, si ce n'est la lettre correspondant à la note, dans le coin de la première page, en haut à droite, et comptant ouvertement les jours qui le séparaient de la retraite. Que n'apprenaient donc pas ses élèves, que ceux de Steven apprenaient?

Cependant, Steven continuait à essayer, s'accrochant aux méthodes qu'il avait mises au point dans ses premières années à La Guardia, quand il y croyait. Il déjeunait chaque jour dans sa salle de classe et faisait savoir à ses élèves qu'ils étaient invités en permanence à venir discuter avec lui. Toutes les semaines, il leur rappelait qu'il restait là. *Si vous avez un problème quelconque dans le travail, ou quelque chose dont vous avez envie de parler, prenez un sandwich et passez me voir.*

Résultat, il connut de nombreux déjeuners solitaires, penché au-dessus d'une feuille de papier de charcuterie destinée à recevoir les gouttes d'un sandwich au thon ou au poulet si rempli de mayonnaise qu'il semblait couler comme une soupe au travers du pain. La porte était ouverte, bien sûr, de sorte que chacun, en traversant le couloir, pouvait constater le sacrifice qu'il faisait, et le remerciement qu'il en obtenait. Ce n'était pas pour cela qu'il la laissait ouverte mais, lorsque personne ne se présentait, cela permettait au moins de dramatiser sa situation. Il avait presque l'impression d'être redevenu enfant, quand il boudait dans sa chambre, que sa mère ne s'en apercevait pas et que son père l'ignorait ostensiblement.

Un jour, Dennis Dougherty passa la tête par la porte ouverte et demanda à Steven ce qu'il faisait dans une salle déserte, à l'heure du déjeuner. Mais il était impossible de tenter d'expliquer cela à un homme qui déployait tous les efforts de son intelligence à échafauder des stratégies pour réduire au minimum ses contacts avec ceux qu'il appelait les « nains ». Ç'aurait été comme d'essayer d'expliquer l'extase du martyre à un irrécupérable païen. En réalité, c'était à ce point le cas que Steven s'interrogea pendant un certain nombre de nuits blanches sur ses propres motivations.

Non que tous ses sacrifices fussent vains. Deux fois par semaine au moins, et quelquefois plus, des élèves acceptaient l'invitation, allant jusqu'à poser une simple question avant de filer en vitesse. Ils n'avaient pas compris en quoi consistait le travail à la maison ou pourquoi telle réponse était mauvaise. Ce n'étaient guère des questions importantes, elles ne menaient pas à une discussion plus profonde. Mais cela demeurait une forme de contact, et peut-être était-ce mieux que rien.

Ou peut-être pas. Bien que ces entrevues eussent lieu dans la salle où il donnait chaque jour ses cours, les gosses étaient si peu habitués à se trouver seuls face à un professeur qu'ils se montraient aussi craintifs que de petits enfants au premier jour d'école, aussi désorientés de voir Mr. Hillyer s'occuper de son sandwich que s'ils l'avaient par erreur surpris sur les toilettes. Dans leur esprit, une rencontre privée avec un professeur, s'il ne s'agissait pas de punition, violait une de ces règles tacites qui voulaient que l'on garde la distance à l'école, univers compartimenté dans lequel ils ne savaient plus, presque au sens littéral du mot, où poser le pied. Ainsi, ils ne posaient qu'un pied dans la classe, hésitants, semblables à ces canards sur la mare, lorsque Steven était enfant, qu'il fallait amadouer longtemps avant qu'ils ne viennent vous manger dans la main.

Certains de ceux qui effectuaient une première tentative ne récidivaient pas, laissant tomber la question à ses pieds avant de se retirer précipitamment dans l'enceinte de relations qu'ils comprenaient. Mais d'autres revenaient souvent, telle Maria Onofrio, une gamine pédante, férue de livres, avec un esprit pénétrant, mais étroit, et un sens presque surnaturel de la voie qui serait la sienne, qu'elle jalonnait de bornes kilométriques : dans deux ans, les classes supérieures; dans cinq, l'université; dans neuf, l'école de droit; dans onze, un bureau dans Stuyvesant Boulevard, où elle se battrait contre les propriétaires de taudis qui ramassaient des loyers exorbitants pour des appartements sans chauffage, aux fenêtres disjointes, comme celui dans lequel elle faisait ses devoirs de classe en hiver, n'ôtant ses moufles que pour écrire.

Tout comme le petit Jamal Horton, dont le bagout et les points de vue fantasques animaient les discussions en cours, bien que, ainsi qu'il l'avoua un jour à Steven, il ne lut jamais le moindre document distribué, pour la simple raison qu'il ne savait pas lire. Pensant qu'il s'agissait d'une provocation, Steven ouvrit un livre au hasard, le posa brutalement devant Jamal et lui ordonna de lire. Il fut frappé d'horreur en entendant Jamal, la vedette de la huitième année, avec ses yeux aussi brillants que des étoiles, épeler chaque lettre avec une difficulté, une bonne volonté déchirantes, la sueur perlant à son front, le jacassement de sa voix aiguë transformé en un bégaiement pénible, pathétique. Sept ans durant, tel un prisonnier évadé, Jamal avait dissimulé le honteux secret de son illettrisme. Lorsque Steven tenta de lui parler de classes de rattrapage, se proposant de l'aider lui-même, le garçon se déroba, maîtrisant si bien son système de défense qu'il en était presque devenu un mode de vie. *Je m'en tire très bien*, affirmat-il, quittant précipitamment la salle. Il ne se montra pas pendant deux semaines, et quand il réapparut il était acquis, pour tous les deux, que le sujet était proscrit.

Il y en avait d'autres également, chacun avec son histoire poignante, chacun avec sa liste de manques. Steven les aidait en anglais, réglait les conflits, relisait et corrigeait les devoirs d'histoire avant qu'ils ne les rendent, parfois même révisait les maths avec eux. Cependant il s'apercevait rétrospectivement qu'ils ne s'étaient jamais ouverts à lui, qu'ils ne lui avaient jamais parlé de leur famille, de leur foyer, sauf par bribes qu'il glanait au détour d'une rédaction, ou dans une phrase lâchée en cours. S'ils étaient plus proches de lui que de n'importe quel autre professeur, il n'en demeurait pas moins tel, un prof, un représentant de l'école, un Blanc aussi, un étranger au Bronx. Une chaleur pouvait exister, une proximité, parfois même une vraie amitié, mais Steven désespérait de jamais gagner leur confiance.

Après cette discussion sur la présence de la police à La Guardia, qui avait commencé en classe de huitième pour se prolonger avec les septième, qui venaient après, Steven était à peu près certain que trois ou quatre des gosses au moins reviendraient afin de continuer le débat à l'heure du déjeuner. Mais la provocation amère de Lloyd Elijah résonnait toujours dans sa tête, et il se sentit soudain envahi par la conscience de ne rien savoir, ou presque. *D'accord. Tout le monde nous ment, sauf Mr. Hillyer. Et la seule raison pour laquelle il ne nous ment pas, c'est qu'il ne comprend rien à toute cette merde.*

Pourquoi en savait-il si peu sur ce qui s'était passé? Avait-il cherché à ne rien savoir? Ne se devait-il pas de fournir quelques réponses aux gosses? Ou à lui-même? Il ne savait pas seulement pourquoi il s'était trouvé·là lorsque c'était arrivé. Il avait supposé, à ce moment-là, que Rita Torres était venue le chercher parce qu'il était très proche de Timothy. Mais il ne pouvait pas même en être sûr. Timothy avait-il demandé sa présence? Ophelia était-elle déjà morte à cet instant?

Il connaissait bien ces questions, il se les était toutes posées depuis l'événement. A présent, il avait un besoin urgent d'obtenir certaines réponses, de savoir où il en était par rapport à cet accident dans lequel il avait déjà joué un rôle essentiel.

Pendant un moment, tandis que résonnait la sonnerie annonçant la fin du dernier cours de la matinée, il tenta de se convaincre qu'il lui fallait demeurer dans sa classe, qu'il était important d'être là, disponible pour tout élève qui entrerait. Mais que pouvait-il leur dire, sinon admettre que Lloyd avait raison? Tant qu'il ne serait pas capable de résoudre certaines de ses propres questions, il ne répondrait pas aux leurs.

Avant la fin de la sonnerie, il avait rangé ses manuels et ses cahiers de notes dans le tiroir du bas de son bureau, et verrouillé celui-ci. Il sortit en hâte et, une fois dans le couloir, hésita. Il décida, en guise de compromis, de ne pas fermer à clé la porte de la salle, de manière qu'ils trouvent au moins une classe ouverte pour pouvoir discuter entre eux. Le règlement de l'école exigeait que les professeurs verrouillent les salles vides, mais il savait qu'il n'aurait pas pu partir si cela avait impliqué de les laisser dehors.

Il se dirigea rapidement vers l'escalier, courant presque, répondant machinalement aux saluts de pure forme que lui adressaient quelques collègues et élèves. A La Guardia, l'escalier était en principe le territoire privé des couples. Chaque jour, à l'heure du déjeuner, il était bondé d'amoureux et de pseudo-amoureux, les filles assises sur les marches, les garçons prenant la pose devant elles sur le palier, le sexe à hauteur de leurs yeux, mettant en valeur leurs attributs naissants. A longueur d'année régnait dans cet air confiné une espèce de moiteur charnelle, bien que, la plupart du temps, les ébats n'eussent guère dépassé un baiser ou un pelotage, l'escalier étant régulièrement surveillé. Mais il arrivait de temps à autre qu'un professeur, effectuant le trajet à l'envers, histoire de casser la routine, trébuche sur un couple en train de faire véritablement l'amour. Aujourd'hui cependant, le rituel du désir adolescent était oublié, puisqu'une grande partie des élèves se massait aux fenêtres de l'escalier, comme un troupeau autour d'un point d'eau, s'efforçant d'entrevoir les flics qui cernaient le lycée.

Steven monta quatre à quatre jusqu'au cinquième étage. Arrivé devant le gymnase, il demanda à un gosse où il pourrait trouver Mr. Lucasian et n'obtint pour réponse qu'un haussement d'épaules. Lucasian ayant découvert Timothy, il pouvait rapporter à Steven ce que celui-ci avait dit, le cas échéant.

« Je crois qu'il est redescendu avec le flic », déclara un second élève.

Redescendu, mais où? Au bureau? Cela n'avait aucun intérêt d'aller le chercher là-bas. Si Lucasian était avec les flics, il ne pourrait pas parler, ni ne le souhaiterait, quoi qu'il en soit. Il était déjà assez tendu, devant le jury d'accusation, assez froid, distant. Une nouvelle rencontre avec la police ne contribuerait pas à le rendre plus communicatif.

Steven redescendit l'escalier quatre à quatre jusqu'au deuxième étage. Il se glissa parmi la foule des garçons massés devant la double porte qui donnait sur la cafétéria, en train de boire du lait et de la limonade dans des gobelets de carton.

Il s'arrêta sur le seuil, cherchant des yeux Rita Torres, qui déjeunait généralement en compagnie d'autres professeurs hispaniques, à une table d'angle. Elle n'était pas là. Son regard parcourut la file d'enseignants et d'élèves qui attendaient devant le fourneau, et il la vit soudain, éclat de couleur chaude dans une pièce aussi humide que la vapeur grise qui s'échappait de sous les chauffe-plats. Elle portait un chemisier imprimé jaune, avec un bandana rouge noué autour du cou, à la fois fraîche et sensuelle, ses cheveux d'un noir intense encadrant son visage aux sourcils froncés, tandis qu'elle déchiffrait le menu sans attraits affiché en face d'elle. L'espace d'un instant, Steven demeura immobile, l'observant avec le calme et la discrétion voulus d'un homme seul dans une rue tranquille, au crépuscule, qui aperçoit soudain, de l'autre côté, par l'entrebâillement d'un rideau mal tiré, une femme nue. Rita, en fait, avait cette beauté-là. Contournant la file, il s'approcha d'elle par-derrière, la gratifiant d'un simple « Salut! » qui lui fit tourner la tête, surprise, avec un sourire crispé.

« Oh, fit-elle, salut! »

Steven et elle parlaient rarement ensemble : Rita, simplement parce qu'elle n'avait pas grand-chose à faire avec les gens de La Guardia, en dehors des hispaniques; Steven, pour des raisons plus complexes où intervenaient sa propre timidité et sa beauté à elle. Aussi loin que remontaient ses souvenirs, il n'avait jamais pu approcher une fille ou une femme qui lui plaisait vraiment, sinon de biais, s'inscrivant à la commission annuelle parce qu'elle y était inscrite, présent aux conseils de classe, faisant équipe avec elle pour un projet pédagogique. Durant toute sa vie, il s'était rendu aux soirées d'étudiants, aux bals de fin d'année, au cinéma, en compagnie de filles quelconques, ennuyeuses, qui ne l'intéressaient pas le moins du monde, en attendant que se développe cette chimie subtile qui émane du travail quotidien en commun et de la simultanéité des objectifs entre lui et les Rita Torres qui avaient traversé son existence, à seule fin de faire jaillir en elles l'étincelle qui les transporterait instantanément jusqu'à la passion.

« Puis-je vous parler une minute? » s'enquit-il d'une voix brève.

Le regard de Rita trahit nettement la perplexité, mais elle répondit « Bien sûr », et lui demanda s'il voulait manger quelque chose. Il n'y tenait pas.

Après avoir passé en revue les plats chauds, elle choisit une salade de légumes verts, recouverts d'une sauce blanche et grasse comme une mayonnaise. Tandis qu'ils faisaient la queue devant la machine à café, elle fit quelques plaisanteries traditionnelles sur la nourriture de la cafétéria, auxquelles il répondit sur le même ton. Elle avait un rire agréable, plus léger, plus jeune qu'il ne s'y attendait.

« Vous devriez au moins prendre une tasse de café, dit-elle en remplissant sa propre tasse, mais il refusa. Rien? insista-t-elle, maternelle.

134

– Rien du tout. »

Ils trouvèrent une table libre, à l'écart, dans un coin de la salle. En prenant place face à elle, il s'aperçut à quel point il devait se faire remarquer, assis là, sans rien devant lui, comme s'il annonçait ostensiblement qu'il y avait entre eux autre chose qu'un déjeuner. Il ne pouvait dire si quelqu'un autour d'eux l'avait remarqué, mais il soupçonna Rita de l'avoir pressé de prendre *quelque chose* sans doute pour cette unique raison.

Résistant à l'impulsion d'aller en hâte se chercher une tasse de café, il en vint directement au motif de sa présence.

« Je ne vous l'ai jamais demandé, dit-il, mais pourquoi êtes-vous venue me chercher ? »

Il croyait qu'elle avait les yeux noirs ; cependant, comme elle le regardait bien en face, il vit briller de petites taches de couleur, d'ambre profond et de vert, semblables à des reflets de flamme. Son regard était solide, et demeura soudé au sien jusqu'à ce qu'il détournât les yeux. Tripotant sa salade du bout de sa fourchette, comme si elle cherchait quelque chose sous les légumes verts, Rita finit par rompre le contact. Lorsqu'elle leva de nouveau les yeux, son expression était circonspecte, distante.

« J'ai raconté tout cela environ un million de fois, à la police, au jury d'accusation, répondit-elle. Pas vous ? »

Il hocha la tête.

« Alors, pourquoi voulez-vous y revenir ? s'enquit-elle, avec une telle fermeté que, l'espace d'un instant, toutes les réponses qu'il tenait prêtes lui apparurent inappropriées.

– Parce qu'il faut que je sache », déclara-t-il simplement.

Elle l'observa un long moment sans répondre. Quand elle parla enfin, ce fut d'un ton froid et posé.

« Je suis venue vous chercher parce que je pensais que vous pourriez aider Timothy, affirma-t-elle. Cela m'a semblé la meilleure chose à faire sur l'instant. »

Avec une soudaineté qui le prit complètement de court, elle saisit son assiette et se leva, prête à partir. Il ne comprenait pas le mépris qu'exprimait sa voix, ce désir urgent qu'elle semblait avoir de se débarrasser de lui. Lui en voulait-elle de ne pas avoir pu sauver la vie de ces deux enfants ?

Se penchant au-dessus de la table, il la saisit par le poignet et la retint, tandis qu'elle se retournait avec agressivité. Son regard outragé, furieux, exprimait clairement qu'il n'avait aucun droit de la toucher, exigeait qu'il la lachât immédiatement.

« Ce que je voudrais savoir, c'est qui vous a dit de le faire, expliqua-t-il d'une voix précipitée. Comment y avez-vous pensé? Timothy a-t-il dit quoi que ce soit? C'est tout ce que je veux savoir.

– Peu importe ce que vous souhaitez savoir, ou ce que vous devez savoir, répliqua-t-elle d'une voix basse, aussi coupante qu'une lame. Je suis certaine que les choses se passent différemment chez vous. Ici, il arrive des choses vraiment moches. On apprend à ne pas s'éterniser dessus. »

Il la regarda s'éloigner, avec la sensation d'avoir la tête vide, comme jamais jusqu'alors.

Lorsqu'il revint dans sa classe, la porte était poussée, mais non fermée. Lloyd Elijah était effondré sur un bureau près de la fenêtre, une ampoule de crack brisée devant lui.

Hal Garson, revenant juste de déjeuner, déverrouillait la porte de sa salle quand Steven fit irruption dans le couloir, criant qu'un gosse avait fait une overdose dans sa classe, avant de se précipiter de nouveau à l'intérieur. Garson se rua vers l'escalier pour aller chercher de l'aide, tandis qu'une douzaine d'élèves qui traînaient dans le couloir filaient vers la classe de Steven, attirés par le drame.

Garson n'avait pas descendu trois marches qu'il se rendit compte que, dans trente secondes, Hillyer allait avoir du mal à contenir la foule, et que n'importe quel gamin pouvait porter le message en bas deux fois plus vite que lui. Attrapant le premier garçon qui passait à sa portée, il le fit se retourner face à lui, leurs nez se touchant presque, et lui donna un série d'ordres précis. Descendre à l'infirmerie et dire qu'il y avait une urgence dans la salle de Mr. Hillyer, ensuite aller au bureau du proviseur et prévenir son adjoint, ne rien leur dire de plus, et ne rien dire du tout à qui que ce soit d'autre. Après avoir demandé au garçon s'il avait bien compris, il l'expédia, puis revint en hâte sur ses pas, se dirigeant vers la classe de Hillyer.

Le temps que Garson arrive à la porte, la douzaine d'élèves s'était multipliée par deux. Il ne se donna pas la peine de les faire sortir, cela aurait pris l'après-midi et, de toute façon, la bataille était perdue d'avance. Il se fraya un chemin parmi eux, les repoussant comme du bétail, se dirigeant vers le coin de la salle où Hillyer était agenouillé au-dessus d'un élève, en train de lui administrer un massage cardiaque. S'approchant, il reconnut Lloyd Elijah, ce qui ne lui causa ni surprise ni émotion particulière. Il n'existait pas un professeur, au quatrième étage, qui n'eût un jour ou l'autre trouvé Lloyd dodelinant dans un coin, complètement défoncé.

Au bout de quelques secondes, Hillyer cessa d'appuyer sur la poitrine du gosse et se redressa, ayant lui-même peine à reprendre souffle.

« Rien à faire? s'enquit Garson.

– Il respire, haleta Steven. Il s'arrête, puis il recommence. Quelqu'un est-il allé chercher l'infirmière? »

Quand Steven avait découvert le garçon, celui-ci respirait légèrement mais, au bout de quelques secondes, il avait laissé échapper un soupir sifflant, un frisson l'avait parcouru, et tout s'était arrêté, respiration, battements cardiaques, mouvement des paupières. Par deux fois, Steven avait réussi à le ranimer, et par deux fois les poumons et le cœur avaient cédé de nouveau. C'était la troisième fois. C'était comme essayer de démarrer une moto en plein hiver, et Steven continuait d'espérer que cette fois le moteur allait se remettre en marche et tourner pour de bon.

« Elle arrive, dit Garson. Que s'est-il passé?

– Je l'ai trouvé comme ça.

– Trouvé? » répéta Garson d'une voix caverneuse.

Il était au courant des séances de bavardage de Steven, à l'heure du déjeuner, et avait songé pendant quelques jours à instaurer lui-même un système semblable. Mais il avait finalement décidé que ce n'était pas son genre. De manière générale, Steven et Garson avait peu de rapports, étant essentiellement, l'un et l'autre, des solitaires occupant un poste avancé et lointain, et arrivant d'horizons très différents. Quoi qu'il en soit, Hillyer se donnait un peu trop des allures de saint au goût de Garson.

Et il fallait être un saint, ou un abruti, pour oublier ne fût-ce qu'une minute ce qu'étaient ces gosses. Trop nombreux étaient ceux qui naviguaient en permanence entre deux shoots. Une porte ouverte, une salle vide, c'était une invitation à l'orgie, à avaler, sniffer ou s'injecter toutes les substances chimiques qu'ils prenaient pour oublier leur existence pathétique.

Faisant rapidement le point sur la situation, Garson repéra immédiatement l'ampoule de crack brisée sur le pupitre. Il jeta un regard aux gosses qui l'entouraient, afin de voir si quelqu'un d'autre que lui l'avait vue, mais la plupart d'entre eux observaient Lloyd Elijah, dont la peau avait pris la couleur des feuilles mortes, et dont la poitrine se soulevait et s'abaissait avec une amplitude si faible que l'on pouvait à peine dire s'il respirait ou non. Quelques élèves regardaient la classe avec curiosité, exami-

137

nant les reproductions sur les murs tels des touristes au musée, comme si cette salle qu'ils connaissaient bien était soudain devenue nouvelle à leurs yeux, à présent que quelqu'un y gisait entre la vie et la mort. Aucun ne semblait prêter attention à Garson, et cela lui était assez égal, car les gosses du Bronx apprennent à tenir leur langue avant même de savoir parler. Il s'appuya sur le bureau, d'un geste presque naturel, fit glisser sa main, recouvrant l'ampoule de la paume, replia ensuite les doigts. Lorsqu'il ôta sa main, la minuscule preuve avait disparu, et avec elle les éventuelles complications.

Il se tourna vers Steven pour l'en informer, mais, avant qu'il eût pu dire ou faire quoi que ce soit, un remous se produisit à la porte, et Mrs. Higgins, l'infirmière du lycée, arriva, forçant le passage. C'était une Noire d'une soixantaine d'années, petite mais solide. Elle s'ouvrit un chemin en aboyant une série d'ordres qui faucha les gamins comme autant de coups de serpe.

« Vous étiez avec lui, et il s'est trouvé mal, chuchota Garson d'une voix précipitée. On fait comme ça. »

Steven leva vers lui un regard interrogateur, puis jeta un rapide coup d'œil vers le bureau, où l'ampoule brisée signifiait une salle demeurée sans surveillance. Simplement, l'ampoule avait disparu.

Il regarda de nouveau Garson, qui hocha la tête en signe d'assentiment. Il sentit l'angoisse lui serrer le ventre et jeta un regard paniqué en direction de Mrs. Higgins, qui venait vers lui en toute hâte. Derrière elle, deux flics en uniforme étaient entrés dans la salle. Ils demeuraient immobiles devant la porte, irradiant l'autorité. Avant que Steven eût pu se rendre compte de ce qui arrivait, Mrs. Higgins le poussa de côté, s'agenouillant au-dessus du garçon. D'un instant à l'autre, les flics allaient la rejoindre, exigeant de savoir ce qui s'était passé.

Pendant un moment, Steven se sentit indécis, partagé, souhaitant pouvoir dire à Garson de remettre le truc sur le bureau, mais regrettant de n'avoir pas pensé à le mettre lui-même dans sa poche, avant que Garson ne le fît à sa place.

De l'autre côté de la salle, les deux flics parurent échanger une espèce de signal secret, car l'un d'eux s'anima. Il effectua quelques pas pour contenir les élèves, les réunissant dans un coin de la pièce, loin de l'enfant qui gisait, tandis que l'autre s'en approchait d'une démarche lourde.

« Êtes-vous l'infirmière? » s'enquit-il, baissant les yeux sur Mrs. Higgins qui portait un uniforme blanc et le genre de bonnet que seule pouvait encore porter une infirmière de son âge.

Elle l'observa de bas en haut, passant du pantalon bleu à sa veste bleue, puis à sa casquette bleue.

« Êtes-vous un flic? » demanda-t-elle enfin.

Cet échange fit d'un seul coup oublier son problème à Steven, qui dut se mordre la lèvre pour ne pas rire.

Le flic devint tout rouge, mais il n'avait nulle envie d'avoir des histoires avec elle.

« Bon, d'accord, grommela-t-il, maussade. Il y a une équipe médicale qui arrive. Bon, est-ce que l'un de vous veut bien me dire ce qui s'est passé? »

Il regardait Garson et Steven.

« Il n'y a pas grand-chose à raconter », déclara Steven. Le calme, la pondération de sa voix le surprirent, les battements de son cœur s'apaisèrent. « Nous étions en train de discuter, et il s'est évanoui. »

Voilà, c'était fait. Cela avait été plus facile qu'il ne s'y attendait. Il ne chercha pas à capter la réaction de Garson. Il pouvait l'imaginer. *Bonjour, Hillyer. Bienvenue dans le monde réel.*

Le flic tenait un carnet à la main. Tournant une page, il entreprit de noter des renseignements, commençant par le nom de Hillyer et celui de Lloyd. Toutes les questions qu'il posait à propos du garçon l'étaient au passé, comme s'il était déjà mort mais, en réalité, celui-ci avait les yeux ouverts quand Police-Secours débarqua au quatrième étage. Au bout d'une demi-heure, il put sortir de la salle sur ses jambes, soutenu par deux infirmiers. Ceux-ci dirent à Steven qu'ils l'emmenaient à l'hôpital pour observation.

Et ce fut tout. Jamais le flic ne mit en doute les déclarations de Steven. Il n'avait aucune raison de le faire.

Lewis Hinden et Artemis Reach arrivèrent au lycée La Guardia exactement au même instant, Hinden à l'arrière d'une voiture de police. Les journalistes, ayant appris qu'il avait été relâché, s'étaient de nouveau regroupés devant l'école, et se précipitèrent vers les voitures avant que les deux hommes aient pu en sortir; mais ceux-ci les repoussèrent, se réfugiant derrière le véhicule de Reach pour s'entretenir à voix basse. Ce dernier voulait savoir si les deux élèves avaient été libérés. On lui apprit que non. Il demanda à Hinden s'il avait l'intention de faire une déclaration.

« Je laisse cela à votre appréciation, dit Hinden, fournissant la réponse que, croyait-il, on attendait de lui.

– Mais bon dieu, Lewis, faites preuve d'un peu de cran, repartit Reach d'une voix sifflante. C'est votre école qu'ils assiègent. C'est vous qu'ils ont arrêté.

– Oui, bien sûr, approuva immédiatement Hinden. Voyez-vous une chose en particulier que je devrais dire ? »

Déjà, Reach s'était détourné et se dirigeait vers les journalistes, dont les micros se pointèrent vers lui comme autant de baïonnettes.

« Le truc habituel, les flics et les Nègres, lança-t-il par-dessus son épaule. Allons-y. »

Ignorant les questions qu'on lui criait, il leva les mains pour imposer le silence, dans une sorte de geste pontifical, et annonça simplement qu'il n'avait rien à déclarer pour le moment, et qu'il était seulement venu s'assurer que la police ne gênait pas le fonctionnement normal de l'école, dans le district du Bureau 61 des Affaires scolaires.

Il entendit les journalistes qui lui demandaient de commenter la décision du jury d'accusation de ne pas inculper les deux agents impliqués dans la mort de deux élèves de La Guardia. En avait-il parlé avec le maire Ehrlich ou le préfet de police ? Était-il intervenu pour obtenir la libération de Hinden ?

« Je vous l'ai dit, je ne suis ici qu'en tant qu'observateur, répéta Reach. Tant que je n'ai pas la possibilité de faire le point sur la situation, je n'ai rien à déclarer.

– Pourriez-vous nous dire ce que vous avez l'intention de déclarer, une fois que vous aurez fait le point, Mr. Reach ? » cria un jeune journaliste, à l'arrière du groupe, exprimant à haute voix ce que les autres pensaient. Pour qui connaissait un peu les us et coutumes de la politique à New York, qu'Artemis Reach pût avoir besoin de temps pour jauger une situation était absurde, et qu'il n'eût rien à dire, tout simplement inconcevable.

Reach se joignit au rire général.

« J'ai bien l'impression que je vais me faire insulter », affirmat-il, récupérant habilement la plaisanterie. Les journalistes l'adoraient, et l'avaient toujours adoré, parce qu'il les traitait toujours avec le respect qui, selon eux, leur était dû. C'étaient eux qui l'avaient fait, et non seulement il le savait, mais il se comportait en conséquence.

« Mais pour l'instant, reprit-il, je me déclare simplement satisfait de ce que le proviseur de ce lycée a été remis en liberté. »

Reach fit un geste vers Hinden qui, docile, s'approcha pour répondre aux questions. Les journalistes braquèrent donc leurs micros vers Hinden, qui répondit à toutes leurs interrogations par des propos spécieux et lénifiants. Il leur affirma qu'il n'y avait au lycée La Guardia aucun problème qui ne pût être résolu par le corps enseignant lui-même, sans intervention de la police.

Quelqu'un lui demanda comment il pouvait accorder cette déclaration avec le fait qu'à peine une heure auparavant l'équipe médicale de la police avait été appelée d'urgence à l'intérieur du lycée pour une overdose.

Aucun autre journaliste ne semblait avoir entendu parler de l'incident, et un murmure d'excitation et de jalousie parcourut la foule. Hinden cilla à peine. Son incapacité chronique à discerner les conséquences de telle ou telle situation lui permettait, en l'occurrence, de ne pas se troubler. Il allait répondre qu'aucune école de la ville, ni d'aucune ville d'ailleurs, n'était à l'abri des ravages de la drogue quand Reach passa devant lui et fit face aux micros pour empêcher qu'une quelconque sottise de Hinden ne fît la une des journaux de l'après-midi.

« C'est la première fois que j'entends parler de cela, Charlie, dit-il, s'adressant au journaliste, au-delà des micros. Et c'est exactement la raison pour laquelle les flics n'ont pas à traîner Lewis Hinden hors de son école, alors que sa présence est nécessaire en cas d'urgence, comme maintenant. A présent, ce qui compte, c'est la santé de cet enfant. »

Attrapant Hinden par le bras, il le tira presque de force vers l'école, telle une mère traînant un enfant récalcitrant pour sa première rentrée scolaire.

Les flics qui encadraient la porte avaient dû recevoir de nouvelles consignes, car ils s'éparpillèrent comme si la police montée les chargeait, se dérobant hâtivement de chaque côté, hors du champ des caméras. Les actualités du matin montraient quantité d'images qui évoquaient les émeutes raciales du Mississippi ; cela ne devait pas se reproduire.

Quelques instants plus tard, le président du Bureau et le proviseur se tenaient dans le grand hall, Hinden avec cette expression légèrement chagrinée, déconcertée, qu'il arborait toujours quand il se trouvait dans l'enceinte du lycée qu'il était censé gérer. Dans sa jeunesse, les enfants restaient en classe, les couloirs étaient aussi déserts que si le bâtiment eût été évacué. A La Guardia, les élèves se baladaient partout, à n'importe quelle heure, et jamais Hinden n'était parvenu à découvrir pourquoi.

Déjà, Artemis Reach se dirigeait vers le couloir qui menait au bureau du proviseur. L'espace d'un instant, Hinden demeura interdit, puis il lui apparut qu'en tant que proviseur il convenait qu'il arrive à son bureau au moins en même temps que le président. Il courut après Reach, ses semelles dérapant sur le sol ciré, et le rattrapa à l'autre extrémité du hall.

« Dire qu'il y a deux cents jours d'école par an, et il a fallu qu'un petit enfoiré attende que tous les flics et tous les journaux de la ville soient devant la porte pour péter un fusible », grommela Reach.

Il apparaissait à Hinden que l'élève n'avait pas *choisi* ce jour plus qu'un autre pour faire une overdose, mais il jugea plus sage de ne pas attirer l'attention sur ce point. En outre, il n'en eut pas l'occasion. Un bruit de pas dans l'escalier principal les fit s'immobiliser et se retourner.

Un jeune garçon noir, grand et mince, dégringolait l'escalier comme un boxeur sonné, accroché aux épaules de ses soigneurs, qui en l'occurrence arboraient l'insigne de Police-Secours. Mrs. Higgins descendait juste derrière, accompagnée d'autres agents en uniforme et de l'un des professeurs.

Hinden sur les talons, Reach fit demi-tour en hâte pour intercepter cette étrange procession au bas de l'escalier.

« Je suis le président du Bureau des Affaires scolaires, et voici le proviseur, déclara-t-il de sa voix la plus éloquente. Où emmenez-vous ce garçon?

— Nous l'emmenons à l'hôpital pour examen, répondit un des agents de Police-Secours. On dirait qu'il a fait une espèce d'overdose, mais il a repris conscience. »

Le flic était un jeune Noir, avec une moustache comme tracée au crayon qui avait dû mettre un mois à pousser. S'il savait, par la télé ou les journaux, qui était Artemis Reach, il n'en laissa rien paraître. Reach lui sauta dessus, tel un tigre se jetant sur de la viande fraîche.

« A moins que tu n'aies un diplôme de médecin, mon petit gars, tu ferais mieux de ne pas faire de suppositions. Maintenant, si tu veux bien, on va l'emmener à l'infirmerie, pour que cette dame puisse l'examiner. »

Le flic avala péniblement sa salive, s'efforçant de ne pas répondre d'une manière qu'il pourrait regretter.

« Nous devons le conduire à l'hôpital, monsieur, dit-il, sur le ton exact qu'on lui avait appris à utiliser en de telles circonstances.

— Il n'est pas inconscient, pour l'amour de Dieu. Vous l'avez fait descendre pour qu'il continue de marcher, c'est bien cela?

— Monsieur, nous ne pouvons pas prendre la responsabilité d'...

– Bien sûr que non! explosa Reach. C'est moi le président du Bureau, et c'est donc moi le responsable. Comment allez-vous pouvoir continuer à le faire marcher, si vous le collez dans une ambulance? »

Le flic regarda son collègue, au-delà du visage pâle, impavide de Lloyd Elijah. Il n'avait rien à suggérer.

« Laissez-moi juste l'examiner », intervint Mrs. Higgins, ce qui régla le problème. Les flics se laissèrent guider jusqu'à l'infirmerie, qui se révéla n'être guère plus grande qu'un placard, et occupée pour moitié par un bureau métallique encombré de papiers. Les murs étaient recouverts d'affichettes niaises incitant à dire non à la drogue et oui aux légumes. L'une d'elles expliquait la méthode Heimlich, une autre vantait le Planning familial, une troisième demandait des dons afin de lutter contre la mononucléose, toutes se battant pour un bout de mur, se recouvrant, certaines menaçant de disparaître sous d'autres, plus récentes, qui parlaient de causes nouvelles et plus urgentes. Il semblait possible, si l'on dépouillait le mur, couche après couche, de trouver tout en dessous des affiches pour les bons de solidarité datant de la guerre, peut-être mélangées à des mises en garde contre la polio ou la diphtérie.

Reach et Hinden observèrent la procession qui passa du bureau dans une petite salle de soins, avec une table d'examen et un divan séculaire sur lequel des générations d'adolescents avaient sué leur fièvre, étanché leur hémorragie nasale, ou ressenti les premières douleurs de l'accouchement. A part les deux auxiliaires médicaux qui soutenaient le garçon, les flics s'étaient arrangés pour disparaître en cours de route. Steven demeura au côté de Lloyd, tandis qu'on l'aidait à s'allonger sur la table.

Artemis Reach les rejoignit, repoussant les deux flics pour se pencher sur le garçon, l'observant en silence, l'air sévère, pendant un long moment. Steven, à quelques pas, se surprit à contempler fixement le visage du président, empreint d'une concentration si intense qu'une explosion de rage semblait imminente. Son visage sombre, encadré de barbe noire, paraissait taillé dans un seul bloc d'ébène. Toute son énergie était contenue dans ses yeux durs, d'un noir de jais, qui observaient Elijah, semblables à deux braises luisantes.

Le garçon lui-même, aussi assommé qu'il fût, sentit cette avalanche de colère qui tombait sur lui, et s'agita sur la table, comme s'il voulait se remettre sur ses pieds. Reach posa une main sur sa poitrine, l'immobilisant de deux doigts appuyés sur ses côtes. Il n'y avait ni chaleur ni compassion dans ce geste.

« Comment te sens-tu, mon petit gars ? » demanda Reach. Il parlait bas, mais sa voix, semblable au roulement profond d'un gros tambour, remplit la pièce.

« Je vais très bien, monsieur », répondit le garçon, bégayant un peu, d'une voix qui ne semblait pas lui appartenir. Pour Steven, qui connaissait depuis deux ans Lloyd Elijah et son insolence glacée, il y avait quelque chose d'effrayant, d'anormal dans cette transformation. Lloyd était un gosse qui ne connaissait ni la crainte ni le respect, et pourtant il semblait avoir peur.

« Tu t'es évanoui, c'est ça ?

— Oui, monsieur.

— Crois-tu pouvoir te lever à présent ? »

Il ôta sa main, et le garçon flageola un instant, comme si les fils qui le retenaient avaient été coupés.

Mrs. Higgins se précipita, mains tendues, pour le retenir.

« Je ne sais pas s'il fait bien de se lever, Mr. Reach, déclarat-elle, son moelleux accent du Sud tempérant l'impertinence de la remarque.

— Eh bien, ôtez vos mains, Mrs. Higgins, et nous verrons comment il se débrouille », répliqua Reach du même ton affable.

La vieille femme retint son souffle, craignant que le garçon ne bascule en avant, mais elle fit ce qu'on lui disait.

Lloyd retrouva l'équilibre, tel un pendule qui cesse peu à peu d'osciller. Il leva les yeux vers Artemis Reach, avec un sourire étrangement enfantin.

« C'est parfait, mon grand, affirma Reach. Reste comme ça une minute, et ensuite nous verrons si nous pouvons te faire faire un petit tour.

— Il devrait être à l'hôpital », intervint Steven, à sa grande surprise. Il craignait que le cœur de Lloyd ne s'arrête de nouveau, d'un instant à l'autre, mais Artemis Reach, dans son acharnement à le remettre sur pied, paraissait ne pas s'en soucier.

Reach se retourna brusquement vers lui.

« Vous êtes qui, vous ? demanda-t-il.

— Hillyer, monsieur. Lloyd est dans ma classe. »

Si le nom rappelait quelque chose au président, il n'en montra rien.

« Il sera hospitalisé si nécessaire, Mr. Hillyer, dit-il d'un ton froid.

— C'est pour plus de précautions, repartit sèchement Steven, obstiné. Il a failli mourir. »

Les yeux de Reach demeuraient rivés aux siens.

« Hinden » aboya Reach, s'adressant au proviseur, derrière lui. Celui-ci était resté sur le seuil, où l'air était encore un peu respirable. Cette petite pièce bondée lui ébranlait les nerfs, lui retournait l'estomac, et il devait fermer les yeux pour ne pas être malade. Il les rouvrit en entendant son nom.

« Oui, monsieur, parvint-il à articuler.

– Trouvez-moi un bon médecin et prenez rendez-vous pour cet élève, après les cours. »

Hinden saisit cette occasion de filer, comme si on lui avait demandé de téléphoner immédiatement. Steven faillit le rappeler, lui dire de ne pas laisser les choses se passer ainsi, mais il n'osa pas. Il savait aussi que Hinden n'aurait pas osé, lui non plus.

De son côté, Reach ne quittait pas Steven des yeux, mais quand il ouvrit la bouche ce fut pour s'adresser à Lloyd.

« Dehors, il y a une centaine de journalistes qui vont te filmer pour les actualités de ce soir, si on te sort d'ici. Il y a aussi une centaine de flics qui n'attendent qu'une seule chose, c'est de t'arrêter pour toxicomanie. Est-ce que tu as envie de prendre ces risques-là, mon grand?

– Non, monsieur, répondit Lloyd.

– Alors, lève-toi. »

Steven se raidit, lorsque le garçon tendit les pieds vers le sol, s'appuyant sur les mains, se laissant glisser de la table d'examen. Il paraissait presque couler, se répandre comme un sirop épais. Ses pieds touchèrent le sol gris et il hésita un moment, immobile, évaluant ses forces; ensuite, il s'écarta de la table. L'amorce d'un sourire apparut au coin de ses lèvres mais, juste comme il paraissait sur le point de dire que tout allait bien, ses yeux se révulsèrent, et il se mit à vaciller tel un jeune arbre dans la tempête.

Steven se précipita pour le saisir par le bras, toutefois Artemis Reach fut plus prompt que lui. Simplement, ce n'est pas Lloyd qu'il attrapa, mais Steven, d'un bras immense, puissant, qui lui barra la poitrine, tandis que des doigts s'enfonçaient douloureusement dans les muscles de son épaule.

Steven se retourna brusquement, et son regard rencontra le visage sombre, menaçant, impénétrable. L'espace d'un instant, il eut la sensation d'un danger, et se demanda pourquoi la police ne faisait rien, puis l'impression s'évanouit.

« Tout va bien, affirma Reach. Donnez-lui une chance.

– Il ne va pas bien du tout, oui, rétorqua Steven.

– Si, ça va, ça va », fit la voix de Lloyd, faible, distante, nauséeuse. Le garçon se tenait debout à présent, et son visage retrouvait peu à peu ses couleurs, comme l'image sur un écran de télévision quand on joue avec les boutons de réglage.

« Évidemment, ça va », lui dit Reach, sans relâcher sa pression sur l'épaule de Steven.

Celui-ci sentait la colère monter en lui. Qu'ils aillent au diable, s'ils voulaient jouer à ces jeux de machos du ghetto, se montrer plus forts que la drogue, au-dessus des faiblesses de leur propre cerveau, de leur propre cœur. Dans le crâne de ce garçon, un vaisseau pouvait éclater à chaque instant – et alors? Il devait continuer à se battre? A montrer de quoi il était capable? C'était cela, l'idée? C'était le code que respectait Reach, et ce garçon également. Qu'ils s'y tiennent, et qu'ils en meurent, si c'était là ce qu'ils souhaitaient.

Steven se dégagea brutalement de l'emprise de Reach, haletant de rage. Reach se détourna lentement, regarda le jeune garçon.

« Voilà, ajouta-t-il. Faites-le marcher un petit peu, Mrs. Higgins. Il va s'en sortir très bien. »

Elle s'approcha pour que Lloyd s'appuie sur elle, et tous deux se dirigèrent lentement vers la porte. Steven les observa tandis qu'ils quittaient la pièce, écoutant l'écho de leurs pas traînants dans le petit bureau. De nouveau, il sentit une main sur son épaule, et il se retourna brusquement, faisant face à Artemis Reach.

La douleur persistait, là où Reach l'avait serré jusqu'à l'os, mais celui-ci arborait à présent un sourire mielleux, presque surnaturel dans sa sérénité glaciale.

« J'apprécie votre inquiétude, Hillyer, déclara le président. Et nous apprécions tous ce que vous avez tenté en faveur de Warren. Vous devez comprendre quelle est ma position, n'est-ce pas? »

Steven le regarda, abasourdi. Faisait-il amende honorable? Essayait-il de le circonvenir? Si c'était là le fameux charme d'Artemis Reach, Steven ne tenait nullement à en être la victime.

« Êtes-vous en train de quêter mon approbation, Mr. Reach? » demanda-t-il.

Les yeux noirs de Reach se mirent à pétiller, tandis qu'un large sourire s'épanouissait sur son visage.

« Votre approbation, Hillyer? répéta-t-il en riant. Je ne saurais même pas quoi en faire. »

Le chef Terranova appuya sauvagement sur le bouton de l'ascenseur, comme s'il voulait l'écraser, mais les portes mirent une éternité à se fermer. Il ne gravissait jamais à pied les deux étages séparant son bureau de celui du préfet. Les veines de son cou demeuraient gonflées par la colère, après la nouvelle qu'il avait apprise en rentrant au bureau. La Commission des Affaires internes ne souhaitait pas abandonner le cas des deux inspecteurs dans l'affaire du Bronx. Même avec un verdict négatif de la part du jury d'accusation, l'*enquête* allait continuer.

Il savait comment fonctionnait la Commission. Ils prendraient le temps qu'il faudrait. Quelqu'un voulait la peau de ces types.

Comme il sortait en trombe de l'ascenseur, la secrétaire du préfet leva les yeux vers lui et lui dit, avant qu'il l'eût demandé, que le préfet n'était pas là.

« Il avait un rendez-vous pour déjeuner. Dois-je le prévenir que vous le cherchez?

– Non, vous me préviendrez, *moi*. Appelez-moi dès qu'il arrive. »

Un *déjeuner*, pensait-il avec humeur, attendant que l'ascenseur revienne. C'était un mot bien délicat pour ce sabbat où des sorcières du diable concoctaient leurs sales potions afin de régler leurs problèmes avec le sang des autres. Et les autres, c'étaient ses hommes. Il n'était nul besoin de lui donner les détails écœurants de ce marché qui transformait Vincent Donadio et James Franks en boucs émissaires d'un jeu politique auquel ils n'avaient pas été invités à participer. Partout il voyait les empreintes digitales de l'adjoint au maire Boorstin, partout il sentait l'haleine parfumée du préfet de police.

Et vous savez quoi? Ça ne marcherait pas. Leur première erreur avait été de ne pas inviter suffisamment de gens à leur déjeuner. Terranova aurait dû être présent, afin de leur rappeler qu'avant de commencer à s'en prendre à ses hommes ils auraient dû prendre en considération le fait qu'à New York les inspecteurs dépendent d'un chef.

Rejoignant son bureau, il appela d'un signe le lieutenant Brucks, son secrétaire. Celui-ci, toujours sur le qui-vive, même quand il était seul, bondit sur ses pieds et se dirigea vers le bureau à pas rapides, précis, semblable à un jouet mécanique trop remonté. Le chef s'écarta pour le laisser passer.

« Oui, chef?

– Cela concerne tout le monde dans cette brigade, aboya Terranova, dressant un index boudiné sous les yeux du lieutenant, comme si ce dernier était personnellement responsable de tout ce qui avait foiré depuis une éternité. Je veux des rapports sur tous les gens impliqués dans l'affaire Warren-James. Et j'ai bien dit tous. Les élèves, les profs, jusqu'aux membres du Bureau des Affaires scolaires. Les victimes, les témoins, leur famille. Est-ce clair ?

– Oui, chef. Je vais transmettre l'ordre immédiatement. »

Brucks se dirigea vers la porte, contournant de biais Terranova, qui occupait les trois quarts du seuil. Le téléphone sonna sur son bureau. C'était une communication interne.

– Brucks, appela le chef, avant que le lieutenant eût pu répondre.

– Oui, chef, dit Brucks, se retournant. Les rapports préliminaires seront sur votre bureau dès demain matin. Est-ce tout, chef ? »

Le lendemain était un samedi, mais Terranova n'alla pas vérifier sur le calendrier. Les hommes de son équipe accumulaient une quantité énorme d'heures supplémentaires.

« A peu près. Je veux voir Williams, immédiatement. Et si c'est le bureau du préfet, dites-lui que j'arrive. »

Quelques secondes plus tard, l'inspecteur Hartley Williams rejoignait le chef devant l'ascenseur. C'était un homme imposant, gros ventre, forte carrure, qui parlait avec un accent marqué de Caroline du Sud, alors qu'il était né et avait grandi à Brooklyn. C'était le premier inspecteur que Terranova avait engagé dans son équipe, lorsqu'il avait pris les commandes. Avec sa présence intimidante, Williams était considéré, à juste titre, comme l'homme numéro un sur les trois mille qui dépendaient du service des enquêtes. L'ascenseur arriva, et ils montèrent ensemble, discutant de la petite James.

« Cette fille était vierge quand elle est morte, affirma le chef. Trouvez-vous très vraisemblable qu'elle ait arraché sa petite culotte pour aller retrouver un garçon dans une pièce fermée à clé ?

– Elle n'avait peut-être pas l'intention de rester vierge », suggéra Williams.

C'était possible, en effet. Mais les couloirs n'étaient jamais déserts, et Terranova ne l'imaginait pas effrontée au point de pénétrer dans cette salle sous les regards intrigués de quinze personnes.

« Il y a un autre accès à cette pièce. La porte est fermée, et il n'y a pas de clé. Peut-être les gonds cèdent-ils. A moins qu'ils ne les forcent. Envoyez un expert avec un mandat pour vérifier. »

Williams promit de s'en occuper. Quand les portes de l'ascenseur s'ouvrirent, ils virent le préfet qui les attendait à la réception, arborant le sourire tous usages qu'il utilisait pour accueillir les notables étrangers.

« Ne vous fatiguez pas à m'expliquer de quoi nous devons discuter, Al, dit-il. Je me suis déjà arrangé pour avoir un peu de temps devant moi.

– C'est un peu tard, non? rétorqua Terranova. J'ai déjà appris qu'ils étaient suspendus de leurs fonctions. »

Le préfet leva la main en signe d'apaisement, puis le geste s'élargit, invitant Terranova à entrer dans son bureau. Ayant doucement refermé la porte, il lui désigna le bar.

« Servez-vous, Al.

– C'est bien ce que j'ai l'intention de faire, répondit Terranova, donnant un autre sens à la phrase. Et j'ai aussi l'intention de servir mes hommes, si je le peux.

– Je comprends que tout cela ne vous semble pas très joli. Je comprends que vous souteniez vos hommes. Franchement, c'est une chose que j'admire chez un chef.

– Je n'en ai pas grand-chose à foutre, pour ne rien vous cacher.

– Al, je suis tolérant parce que je sais qu'on ne fait pas d'omelette sans casser des œufs. N'en abusez pas.

– C'est la dernière chose que je souhaite, répliqua Terranova en guise d'excuse. Ce que je voudrais savoir, c'est quel est le marché?

– Il n'y a pas de marché.

– Mais vous les suspendez de leurs fonctions.

– Le temps de l'enquête. S'il se révèle que le coup de feu était justifié, ils seront réintégrés, tranquillisez-vous. »

Terranova sourit, d'un sourire sans joie.

« Je leur rapporterai ces propos, cher préfet. Cela leur mettra certainement du baume au cœur », dit-il, se dirigeant vers la porte.

Simon Pound l'observa qui s'éloignait, un doigt levé comme s'il s'interrogeait sur la nécessité d'ajouter ou non quelque chose. Il ne connaissait guère Terranova, au sens où l'on connaît les points forts et les points faibles des gens au pouvoir, les situations où l'on peut compter sur eux ou non. Tout ce qu'il savait de lui, c'était par ouï-dire, et la réputation de Terranova n'était pas faite pour mettre à l'aise un préfet de police. Compte tenu des circonstances, il lui apparaissait plus sage de dire quelque chose maintenant que de regretter plus tard de n'avoir rien dit.

« Al, fit-il comme Terranova allait franchir le seuil. A votre place, je ne leur dirais rien. Ils seront prévenus en temps et en heure.

– J'ai toujours eu un faible pour la communication d'homme à homme, monsieur le Préfet, répondit-il, donnant à ses paroles toute l'insolence possible mais en gardant un ton parfaitement neutre, sans une trace d'ironie.

– C'est un conseil d'ami, Al. Quelquefois, il vaut mieux ne pas ramasser les trucs qui vous collent aux doigts. »

C'était là un conseil que Terranova avait mille fois entendu, depuis que ses premiers succès de policier lui avaient donné accès aux premières marches du pouvoir, un conseil qu'incarnaient ces misérables lois de la survie, seules choses qu'ils lui eussent jamais donné honte de son uniforme. Dès qu'un flic avait des ennuis, les autres s'écartaient de lui; même les collègues de son équipe prenaient leurs distances, avec cet égoïsme brutal qui pousse un élan ou une antilope à s'éloigner des bêtes du troupeau trop âgées ou malades, dégageant déjà une odeur de mort.

En principe, la Commission des Affaires internes devait prévenir en temps voulu Donadio et Franks du sort qui leur était réservé. Que le chef des enquêtes intervienne pour leur annoncer lui-même la nouvelle était une chose qui ne s'était encore jamais vue et qui pouvait suggérer de sa part un manque de confiance dans le fonctionnement de la machine administrative.

Et alors? Très bien. C'était exactement cela. Et si l'on venait le questionner, Terranova le leur expliquerait sans se faire prier.

Son chauffeur l'attendait dans la voiture. Utilisant la sirène pour se frayer un chemin dans la circulation du vendredi après-midi, qui déjà tendait vers l'asphyxie, ils arrivèrent au pont de Willis Avenue en vingt minutes à peine. Ils traversèrent, et Terranova se pencha pour ouvrir la porte du réfrigérateur, à ses pieds. Il prit un milk-shake, tandis que, derrière les fenêtres, défilait le paysage lugubre, accablant du Bronx.

Il sortit de la voiture avant que le chauffeur eût pu lui ouvrir la porte. « Dans une heure, une heure et demie », dit-il, se propulsant de toute sa masse, avec sa vélocité habituelle, vers les hautes portes en arche du poste de police.

Une fois à l'intérieur, il se dirigea en hâte vers l'escalier, escorté d'un brouhaha de chuchotements. Étrangement, il pouvait marcher longtemps, à un rythme qui aurait laissé plus d'un homme jeune et plus mince à bout de souffle, mais il parvenait toujours haletant au sommet d'un escalier. Il dut faire halte une bonne minute, inspirant longuement, les poumons brûlants, avant de retrouver une respiration normale. Après s'être lissé les cheveux sur les tempes, il pénétra dans la salle commune des agents, semblable dans les moindres détails à toutes celles où, dans d'autres districts, il avait passé les meilleures années de sa vie, et les plus fécondes. Ses petits yeux allaient d'un bureau à l'autre, croisant le regard des hommes, une demi-douzaine, en chemise, l'arme en évidence, en train de répondre au téléphone ou de remplir des formulaires de différentes couleurs. Il aurait voulu être de nouveau l'un des leurs, avec un désir, une passion que le plus ambitieux d'entre eux n'aurait pas ressentie. Dans un système aussi hiérarchisé que les services de police, chacun aspirait au pouvoir, même si ceux qui le possédaient savaient que le pouvoir est une chose puante.

Le commissaire Klemmer sortit de son bureau comme par hasard. Le brigadier, au rez-de-chaussée, venait de le prévenir que le chef arrivait.

« En voilà une surprise, déclara-t-il. Vous auriez dû me dire que vous alliez venir.

– Il faut que nous parlions, Paul », répondit simplement Terranova.

S'écartant, Klemmer lui fit signe d'entrer dans son bureau. Sur le seuil, Terranova hésita.

« Je veux aussi Donadio et Franks », ajouta-t-il doucement.

Personne ne l'observait avec plus d'intensité que les deux inspecteurs qui, ils le savaient, étaient l'objet de cette visite du chef. Klemmer les désigna de l'index, et tous deux quittèrent en hâte leur bureau.

D'un regard, Terranova jaugea les deux hommes qui entraient. Donadio était plus petit qu'il ne le pensait ; il avait en tête l'image d'un Italien robuste, aux cheveux noirs, adepte de la musculation, jeune et pas trop malin, le genre de type que l'on voit dans les films. Donadio ne ressemblait pas à cela. Il portait des vêtements défraîchis, sur un corps étique, nerveux, avec pour tous muscles ceux que Dieu lui avait donnés.

Franks était plus surprenant encore, cheveux courts et bien coupés, petite moustache très nette, large d'épaules et de poitrine, taille fine, le genre de flic qui aurait eu sa place au centre administratif de la police, ou encore à la mairie. Il rendit son regard au chef, droit dans les yeux, comme s'il saisissait cette occasion de le jauger lui aussi, comme s'il voulait obliger Terranova à se demander s'il était à la hauteur de son attente, ou même quelle était cette attente. Depuis quatre-vingt-seize heures, le chef avait été tellement lié à la vie de ces deux hommes, il avait réagi de manière si vive, si personnelle aux décisions les concernant qu'il ne s'était pas rendu compte qu'il n'avait seulement jamais posé les yeux sur eux.

« Vous vouliez nous voir ? » s'enquit Donadio, avec un vague défi dans la voix. Terranova eut soudain le sentiment de se trouver devant un de ces flics de la vieille école, qui ne s'en laissaient compter par personne, y compris leurs chefs.

Klemmer se contenta de les présenter.

« Le chef souhaite nous parler, à tous les trois », ajouta-t-il.

Terranova leur proposa de s'asseoir, mais l'un et l'autre déclinèrent l'offre en marmonnant. Peut-être voulaient-ils ne pas lui faciliter les choses. Il leur suffisait d'un coup d'œil pour s'apercevoir qu'il ne se sentait pas très bien debout, après avoir gravi rapidement une longue volée de marches. Ou peut-être s'en moquaient-ils, et souhaitaient-ils simplement que l'entrevue fût le plus bref possible.

« En cas de coup de feu, commença Terranova, passant d'un pied sur l'autre jusqu'à ce qu'il eût réparti son poids sur ses deux jambes, les services de police mènent leur propre enquête, indépendamment de l'enquête juridique. »

Il savait qu'ils le savaient, mais il lui fallait commencer par quelque chose. Leurs visages impassibles lui imposaient de laisser tomber les conneries et de dire ce qu'il avait à dire.

« Vous allez être suspendus, continua-t-il. Ce n'est pas définitif, mais pour l'instant c'est comme ça. »

Pendant un moment, personne ne dit rien.

« Ce n'est pas possible ! fit soudain Klemmer, bondissant hors de sa chaise.

– C'est quoi, cette histoire ? demanda Donadio. Personne n'est même seulement venu pour en discuter avec moi. Et avec toi, Jim ? »

Franks avait le regard fixé sur Terranova, ou plus exactement sur l'endroit de la pièce où il se tenait, un regard perçant, qui le traversait. Il aurait pu lire une affiche derrière lui.

« Personne, répondit-il, sans quitter le chef des yeux.

– Alors, de quoi venez-vous nous parler, bordel ? questionna Donadio.

– On va vous interroger, déclara Terranova. Il s'agit d'une suspension provisoire, le temps que...

– Le temps que quoi, bordel ? cria Donadio. C'est un attrape-couillon, vous le savez, et nous le savons. »

Klemmer s'interposa.

« Du calme, Vince, ordonna-t-il d'une voix coupante.

– Pourquoi du calme? repartit Donadio, le repoussant pour regarder Terranova bien en face. Vous étiez un flic autrefois, n'est-ce pas? Vous savez reconnaître un attrape-couillon, quand vous en voyez un, pas vrai?

– Qu'est-ce que cela changerait, si je vous disais que oui? répondit Terranova.

– Rien du tout, affirma Donadio en ricanant. Si vous me pardonnez l'expression, chef, nous venons de nous faire baiser. Et, à moins qu'il existe une loi quelconque qui nous oblige à vous écouter nous expliquer que ce n'est pas vrai, on se tire. »

Sur quoi il se rua vers la porte, qu'il tira brusquement à lui, et se retourna vers son collègue.

« Tu viens?

– Passe devant », dit Franks de sa voix tranquille, toujours égale.

Donadio sortit, claquant la porte derrière lui.

« Il s'énerve un peu quelquefois, déclara Klemmer. C'est un brave type.

– Vous n'avez pas besoin de me le dire, Paul, répliqua Terranova avant de se tourner vers Franks. Vous êtes mal barrés, sur ce coup-là, ajouta-t-il. Je ferai tout ce que je peux. »

Franks le considéra d'un air vaguement incrédule, ou indifférent.

« C'est déjà officiel? » demanda-t-il.

Terranova secoua la tête.

« Non, pas encore.

– Avez-vous une possibilité de faire retarder les choses? » poursuivit Franks.

Ce n'était pas une grande exigence.

« Jusqu'à demain. Je crois.

– Non, jusqu'à ce soir au plus tard, répliqua Franks. Nous avons des gens à dîner. J'aimerais bien que vous puissiez faire en sorte que ça ne soit pas dans les journaux du soir. »

Victoria James lissa sa jupe et son chemisier, puis cria qu'elle arrivait. De nouveau, on frappa à la porte, deux petits coups polis mais secs sur le panneau fragile, si mince qu'en cognant trop fort on risquait de passer le poing au travers.

Elle jeta un regard autour d'elle, vérifiant que la pièce était aussi présentable que sa tenue, ensuite elle alla ouvrir. Elle se sentait nerveuse comme une écolière. Ce n'était pas le fait de voir le Dr Carlisle, certes non. Pour elle, il était presque de la famille, depuis le temps qu'elle le connaissait. Mais il venait avec un étranger, et les étrangers la rendaient toujours nerveuse.

Le souffle lui manqua quand elle vit qui se tenait à son côté sur le seuil. C'était un Noir, si grand qu'elle n'aurait pas même pu évaluer sa taille. Les hommes grands lui paraissaient des géants. Mais celui-ci *était* un géant, il dépassait d'une tête Mr. Dalrymple, son collègue de travail, dont la taille provoquait sans cesse des remarques.

Ce n'était pas là l'unique raison de sa stupeur. Elle avait devant elle l'homme le plus séduisant qu'elle eût jamais rencontré. Il était rasé de près, ses cheveux étaient courts, d'une coupe parfaite. Sa peau, aussi lisse que celle d'un jeune garçon, avait la nuance de ce beau bois clair dont on fait les meubles les plus luxueux. Et son sourire charmant semblait dire que, s'il avait l'air sorti tout droit d'un magazine, il ne se considérait pourtant nullement comme quelqu'un d'exceptionnel.

Pour Victoria James, sans l'ombre d'un doute, c'était pourtant quelqu'un d'exceptionnel. Peu importait même qui il était. Rien qu'en le regardant elle savait que cet homme allait l'aider, que c'était un ange descendu vers elle, semblable à ceux qui, dans la Bible, descendent du ciel pour aider les malheureux.

« Victoria, je vous présente Tal Chambers, fit la voix du Dr Carlisle. Mrs. Victoria James. Pouvons-nous entrer, Victoria ? »

Grands dieux, songea-t-elle, *je dois avoir l'air complètement idiote, à rester comme ça.*

« Bien sûr, répondit-elle précipitamment, troublée, agitant les mains ainsi qu'elle le faisait toujours quand elle ne savait pas trop quelle attitude adopter. Je vous en prie, entrez donc.

– Je suis désolé, pour votre fille, Mrs. James », affirma l'homme, tandis qu'elle reculait pour leur permettre de passer.

Son nom lui échappait. Le Dr Carlisle venait à peine de le lui dire, et déjà elle l'avait oublié. Ah non, c'était Tal quelque chose. Chambers, cela lui revint en un éclair.

« Je vous crois, et je vous en remercie, Mr. Chambers, déclarat-elle. C'est une pensée charitable. Si vous voulez bien vous asseoir, je vais vous chercher à boire, et je reviens dans une minute. »

Elle leur désigna le divan de chintz du minuscule salon, sur lequel s'ouvrait directement la porte d'entrée. Victoria avait acheté ce divan en promotion, avec un rabais de cinq dollars, le jour où, enceinte d'Ophelia de huit mois et demi, elle avait décidé qu'elle ne pouvait vivre un jour de plus sous le toit de sa belle-mère, et trouvé cet appartement. Il était neuf à l'époque, et le tissu si vif, si frais qu'il paraissait remplir la pièce de couleurs vives. Chaque fois qu'elle le regardait, elle y voyait un signe que ce petit appartement allait enfin devenir son vrai foyer.

Cela avait été le cas pendant presque quatorze ans, grâce à Dieu, et non grâce à Herman James, qui était moins prêt à assumer les responsabilités de chef de famille qu'à voler sous d'autres cieux. Deux semaines après la naissance d'Ophelia, il retourna en vitesse chez sa mère, se plaignant que les cris du bébé l'empêchaient de dormir la nuit, ce qui n'était qu'un prétexte, car dans la journée il rattrapait largement le sommeil perdu.

Et le divan, lui, est toujours là, songeait Victoria en disposant sur un plateau un pichet de plastique rempli de thé glacé et trois verres. Il n'est plus aussi frais, mais il a rempli son office, et largement. Il a survécu à tout.

Tal Chambers se leva comme Mrs. James sortait de la cuisine, et lui proposa de prendre le plateau, mais elle le déposa sur une commode. Elle remplit les verres et les leur tendit, avant de s'asseoir pour écouter ce que le Dr Carlisle et Mr. Chambers avaient à lui dire.

Le médecin prit une gorgée de thé et, ne trouvant aucun endroit où poser son verre, le garda à la main, en équilibre sur son genou.

« J'ai eu une entrevue avec le médecin légiste, Victoria, et il a bien voulu me montrer son rapport. Je peux vous assurer, sans le moindre doute, que votre fille n'a subi absolument aucune violence sexuelle », déclara-t-il.

Victoria ferma les yeux et fit une prière de gratitude.

Sur le divan, face à elle, Tal détourna par discrétion son regard qui tomba sur le petit autel, dans un coin de la pièce. Une image de la Vierge dans un cadre d'argent, dont les couleurs délavées évoquaient une sérénité mélancolique, était posée sur une minuscule table de pin recouverte d'une fine dentelle, si blanche qu'elle semblait rayonner. Pour quelque mystérieuse raison, elle capta son attention avec une telle puissance qu'il dut se faire violence pour s'en arracher, et tourner brusquement la tête en se rendant compte que Mrs. James parlait.

« Je le savais, disait-elle. Je savais que ce que j'avais entendu à la radio ne pouvait pas être vrai.

— Vous pouvez avoir l'esprit tranquille, quant à cela », affirma Tal.

Elle lui jeta un regard aigu, concentré. Avec ses gestes nerveux, fébriles, elle lui avait d'abord fait penser à un petit oiseau craintif, mais il lui semblait à présent discerner en elle quelque chose du faucon, quelque chose d'âpre, d'acéré. Et pourquoi ne serait-elle pas également un rapace ? Il leur fallait cela, à ces petites femmes inquiètes qui devaient se battre contre un monde auquel se soumettaient leurs hommes. Chez la mère de Tal, il y avait un autel semblable à celui de Mrs. James ; mais là, l'image était celle de Jésus ressuscité et triomphant, avec dans le regard la même expression.

Mrs. James lui expliquait qu'elle avait appelé le Dr Carlisle dès qu'elle avait entendu les nouvelles à la radio, car c'était un médecin sur lequel on pouvait compter pour connaître la vérité. Elle ne savait pas quelle part Mr. Chambers avait prise à cela, mais elle lui en était reconnaissante. En disant cela, elle cligna les yeux, comme pour effacer une pensée, et son regard revint brusquement sur le Dr Carlisle, un regard de moineau de nouveau, tandis que le rapace disparaissait brusquement.

« Il n'a pas pu le savoir sans l'examiner, n'est-ce pas ? »

Le Dr Carlisle secoua la tête.

« Il l'a examinée... comme ça ? » insista-t-elle.

Le Dr Carlisle comprenait ce qu'elle voulait dire.

« Oui, il a bien fallu », répondit-il doucement.

Elle pinça les lèvres, réprimant un frisson.

« Jamais elle n'avait été examinée ainsi », affirma-t-elle, souffrant à l'idée que sa petite fille, si tendre, si jeune, si loin de ces choses, n'était morte avec la pureté d'une enfant que pour la perdre après son décès.

Alors, Mr. Chambers, d'une voix si douce qu'elle n'était guère qu'un frémissement à la surface du silence, la supplia d'être patiente, d'être forte, car la radio, la télévision et les journaux n'avaient pas fini de parler d'Ophelia, et les journalistes allaient venir l'interviewer. Elle ferait mieux de ne pas répondre à leurs questions, pas même au téléphone.

Elle perçut la mise en garde plus que la consolation, et quelque chose en elle se durcit, un nœud à l'estomac, tandis que ses muscles se tendaient, comme si elle devait se tenir prête.

« Pourquoi viendraient-ils m'interroger ? » demanda-t-elle d'une voix âpre, semblable à un reproche.

Mr. Chambers se pencha vers elle.

« Mrs. James, déclara-t-il, ce qui a soulevé toutes ces questions, c'est qu'un des vêtements de votre fille manquait. »

Elle pencha la tête de côté, avec une expression d'incompréhension totale. Comment avaient-ils fait pour perdre un vêtement de l'enfant? Et quelle importance cela avait-il?

Le Dr Carlisle porta la main à sa poche intérieure, en tira un morceau de papier.

« Voici les vêtements qu'elle portait quand elle est arrivée pour examen au cabinet du médecin de la police, ajouta-t-il. Elle ne portait pas de culotte. »

Victoria James n'arrivait pas à fixer son regard, à lire le papier; les lettres dansaient devant elle telles des mouches noires. Elle sentit le trouble se concentrer en elle, se préciser, se transformer peu à peu en colère. Était-ce ainsi qu'ils prétendaient l'aider? Ce n'était pas de l'aide, c'était un test, une épreuve que Dieu lui envoyait encore pour voir jusqu'à quel point elle pouvait résister à la souffrance, d'abord en lui prenant sa fille, ensuite en accumulant les horreurs : la radio le matin même, puis les médecins qui dénudaient son enfant pour l'examiner, et enfin cet étranger qui voulait lui faire croire que sa petite fille, qu'elle avait élevée, se promenait les fesses à l'air dans cette école du diable.

« C'est un mensonge, affirma-t-elle, laissant tomber le papier sur le sol et se dressant. C'est un infâme mensonge. »

Tal Chambers et le Dr Carlisle s'étaient levés en même temps qu'elle, la dominant de plusieurs têtes, dans l'espace étroit entre le divan de chintz et la chaise. Elle recula d'un pas, d'un autre, cherchant à s'éloigner d'eux, se disant que parfois le Diable envoyait des messagers de ce genre, et que parfois c'était Dieu qui les envoyait pour vous éprouver, comme l'ange qui avait dit à Abraham de massacrer son petit enfant.

A présent, c'était un autre oiseau qui surgissait en elle, féroce, bruyant, terrible, dardant son bec tranchant droit vers leurs yeux, les attaquant aveuglément pour les chasser de son nid.

« Ne revenez plus, avec vos mensonges, cria-t-elle d'une voix rauque, les poussant vers la porte. Ne revenez jamais dans cette maison avec vos mensonges! »

Elle referma la porte sur eux, tourna brutalement le verrou. Puis elle appuya son front contre le panneau. Elle se demandait si cela était possible. Non, ce ne pouvait être vrai.

Non, certainement pas. Qui volait assez haut pour pouvoir dire avec certitude qu'il ne tomberait jamais?

Personne ne volait si haut.

Le Diable tendait des pièges aux petites filles, il les posait là exactement, entre leurs cuisses, et les attirait vers lui à chaque pas qu'elles faisaient.

157

En quittant le métro, à une rue de chez sa mère, Steven fit halte pour reprendre souffle, s'apercevant que l'air de Broadway était aussi étouffant que celui des couloirs souterrains. Le trottoir grouillait de gens si invraisemblables d'allure que l'on se serait cru dans une de ces scènes cocasses des studios de cinéma où les figurants sortis des plateaux des comédies musicales, des westerns et des films de science-fiction déjeunent tous ensemble. Il y avait là de vieux Juifs, de petits hommes à la poitrine creuse et au ventre rebondi, traînant les pieds derrière leurs épouses informes, derniers survivants du vieil Upper West Side. Il y avait des camelots noirs qui tentaient sans vergogne de vous fourguer des cassettes vidéo vierges, une paire de sandales ou un stylo-plume devant le magasin où ils venaient de les voler. Il ne faisait pas encore sombre, et une prostituée, si frêle, si maigrichonne qu'elle paraissait devoir se briser si on la touchait un peu fort, arpentait déjà le trottoir, proposant des pipes minables, rapides et pas chères, à croupetons à l'arrière d'un taxi.

Autour d'elle, comme dans un autre monde, des mères de famille poussaient des landaus chargés de provisions, traînant tel un jouet leur enfant qui, ayant perdu sa place, protestait d'une voix perçante. Des hommes sortaient du supermarché d'un pas tranquille, serrant dans leurs bras un gros sac de papier contenant du raisin, de la salade, un quart de lait, deux cartons de glace Häagen-Dazs, leur attaché-case de cuir noir suspendu à leurs mains nouées. La prostituée aux yeux noyés paraissait leur lancer un défi, étalant sa dépravation au sein des gens normaux qui se hâtaient de rentrer chez eux, leur imposant son désir d'avoir une part du gâteau. *Chacun vend ce qu'il a à vendre*, semblait-elle dire. *Il en a toujours été ainsi. Du couscous, des disques laser, des pizzas ou du sexe. Du second choix, de l'article soldé.*

Quelques mendiants s'étaient installés devant le pâté d'immeubles, à côté du kiosque à journaux et au coin des rues. *Un petit peu de monnaie. Vingt-cinq* cents, *dix* cents. *C'est pour manger. C'est pour manger.* Le quartier avait toujours eu son lot d'ivrognes et d'épaves, qui sortaient des foyers sociaux installés dans les petites rues entre West End Avenue et Riverside Drive, errant sur les trottoirs, quémandant de quoi boire. Mais ceux-ci étaient différents, ils n'avaient pas cette agressivité amère des alcooliques, ils vous abordaient d'une voix mesurée, apaisante, le visage empreint de chagrin, de résignation, comme s'ils avaient tout le temps devant eux. Ils vous remerciaient même quand vous ne leur donniez rien, vous souhaitaient une bonne journée, et la bénédiction de Dieu. Les dernières années avaient vu leur nombre se multiplier par dix, par vingt, et la rue se transformer en une sorte de casbah du tiers monde. A chaque pas, ils étaient là, proclamant à quel point les choses avaient mal tourné, par centaines, par milliers si l'on marchait assez longtemps, impossibles à ignorer, impossibles à satisfaire.

Steven prit un peu de monnaie dans sa poche, la glissa dans la main de l'homme qui se tenait au coin de la rue.

« Dieu vous bénisse, déclara celui-ci. Il vous bénira, je le sais. »

Steven se demanda, en tournant au coin, comment une telle foi pouvait exister.

Tandis qu'il descendait la rue vers la maison de sa mère, il s'arrêta brusquement, à mi-chemin. Il avait emménagé chez elle quand son propre appartement avait été dévasté, et avait vécu cela comme un échec, comme un enfant que l'on ramènerait au foyer, après une fugue. Mais ce soir la perspective du dîner, d'une longue soirée dans l'air immobile et confiné de l'appartement, était plus qu'il ne pouvait en supporter. On était vendredi, et l'idée lui vint soudain qu'un match de basket avait lieu au lycée. Il n'avait pu mettre la main sur Lucasian de tout l'après-midi, mais Lucasian serait certainement là. S'il y avait pensé avant de quitter l'école, il se serait épargné une longue randonnée en métro pour retourner dans le Bronx.

Cependant, ce n'était pas cher payé pour oublier les sarcasmes de Lloyd Elijah.

Revenant sur ses pas, il rejoignit Broadway, où l'homme à qui il avait donné la pièce fit mine de lui demander de nouveau de l'argent puis, le reconnaissant, lui fit signe de passer, comme si la rue était son théâtre et que Steven avait le talon de son ticket à la main. Il y avait quelque chose de touchant dans ce geste, suggérant qu'un rapport humain quelconque, aussi ténu fût-il, n'était pas totalement exclu.

Il s'engagea dans l'escalier du métro, glissa un jeton dans la fente du tourniquet. Entendant un train qui s'arrêtait en bas, il dévala l'escalier jusqu'au quai et aperçut l'express du centre, à l'instant où les portes commençaient de se refermer. Un gosse, un Noir, dans la première voiture, le vit arriver en courant et retint la porte pour lui. Steven le remercia en se glissant à l'intérieur et alla s'asseoir.

Le temps qu'il arrive à La Guardia, il serait plus de six heures. Le match était probablement commencé.

Il se demandait si la police serait toujours présente; mais il n'eut pas à se poser longtemps la question car il les vit là, sitôt tourné le coin de la rue. Le déploiement massif de la matinée avait fait place à une douzaine de flics seulement, en tenue d'assaut, allant et venant, désœuvrés, comme s'ils étaient en permission. Personne ne semblait les commander. Un car de police était garé au bord du trottoir, attendant soit d'emporter les hommes quand l'école fermerait ses portes, soit de transporter d'éventuels prisonniers.

Personne ne fit le moindre geste pour arrêter ou interroger Steven qui se dirigeait vers la porte principale, regardant droit devant lui, déterminé à ignorer les flics si ceux-ci lui en laissaient la possibilité. Apparemment, c'était le cas.

Une famille noire entra avant lui, la mère, le père et deux petites filles qui devaient avoir un frère plus âgé dans une des équipes. Chacun des parents guidait l'une des filles d'une main ferme, posée entre les omoplates, comme si, livrées à elles-mêmes, elles allaient s'écarter, dériver.

A La Guardia, les matchs de basket n'attiraient jamais beaucoup de gens, en grande partie parce que l'école avait toujours présenté des équipes médiocres, sans énergie. Au cours de ses premières années au lycée, Steven assistait régulièrement aux matchs et se faisait même un devoir d'en parler en cours, félicitant ses élèves dès que l'occasion s'en présentait. Il pensait participer ainsi à un esprit d'équipe; mais il laissa tomber le jour où l'un des joueurs lui demanda d'arrêter de le flatter ainsi devant les autres, ce qui le gênait. Depuis deux ans, Steven n'avait plus assisté à un match.

En arrivant au palier du quatrième, des hourras lui parvinrent régulièrement du gymnase, résonnant dans la cage d'escalier. Il put ensuite discerner les voix des parents criant le nom de leur fils, et le martèlement des pieds des enfants sur les gradins de bois disposés sur un des côtés de la salle. Il y avait une certaine tristesse dans cet écho et dans le spectacle qui s'offrit à ses yeux quand il pénétra à l'intérieur du gymnase. Quelques groupes disséminés, parents, frères et sœurs, essayaient bravement de donner l'illusion d'une foule.

Le panneau d'affichage ne fonctionnait plus depuis des années, mais il était clair que le match n'était pas en faveur de La Guardia. A l'autre extrémité du terrain, Lucasian engueulait ses élèves, leur criant de se remuer un peu, envoyant des remplaçants chaque fois que la balle changeait d'équipe. « C'est un match, c'est un match, criait-il sans cesse. Allez, un peu de nerf! »

Steven demeurait près de la porte. Au bout d'une ou de deux minutes, Lucasian l'aperçut, et Steven lui adressa un signe de tête ; mais le prof de gym détourna les yeux, avec une expression qui pouvait exprimer la contrariété aussi bien que l'indifférence ou la distraction. Quelques instants plus tard, Lucasian jeta un coup d'œil dans sa direction, et Steven tenta de lui faire comprendre d'un signe qu'il souhaitait lui parler ; cependant il tourna de nouveau la tête comme s'il ne comprenait pas.

Se dirigeant vers les gradins, Steven demanda à l'un des parents combien de temps il restait à jouer avant la mi-temps.

« Ça vient de commencer », répondit l'homme.

Steven continua d'observer la partie pendant un moment, mais il y avait tant de fautes et d'arrêts de jeu que la première mi-temps semblait devoir ne jamais finir. Agacé, il retourna dans le couloir, se dirigeant machinalement vers la salle de musculation, comme si quelque chose l'attirait là-bas. Derrière lui, le martèlement irrégulier d'un dribble ponctuait le murmure des voix et l'écho de ses propres pas.

Son cœur, qui s'était mis à battre plus vite tandis qu'il approchait de la salle du matériel, s'arrêta soudain. La porte était ouverte. De quelques centimètres à peine, mais ouverte.

Il fit un pas en avant, la poussa juste assez pour pouvoir jeter un coup d'œil à l'intérieur. Personne, juste le fouillis de vieilles serviettes, de tapis, de matériel dont il gardait un souvenir très net. Et juste en face de lui, de l'autre côté de la pièce, la porte de la salle de musculation. Il se dirigea vers elle, osant à peine imaginer ce qu'il ressentirait en voyant de nouveau les murs carrelés.

Comme il allait saisir la poignée, il la vit tourner et, la seconde suivante, se trouva nez à nez avec un homme plus grand que lui de presque une tête. Il fit vivement un pas en arrière, effaré, saisi d'un bref accès de terreur. Il dut se rappeler qu'il y avait une centaine de personnes, à quelques mètres de là.

L'homme, un Noir, parut également surpris, car il fit aussi un pas en arrière, comme si chacun d'eux avait déséquilibré l'autre, avec une simultanéité presque comique.

L'espace d'un instant, aucun d'eux ne sut que dire. Puis tous deux ouvrirent la bouche en même temps.

« Vous n'avez rien à...

– Écoutez, je voulais juste... »

Ils s'interrompirent, chacun voulant laisser la parole à l'autre, ensuite ils se mirent à rire ensemble, gênés. C'est alors que Steven se rendit compte qu'il parlait à Tal Chambers, le seul héros jamais issu de La Guardia.

« Vous m'avez en quelque sorte pris par surprise », fit Chambers.

Steven était bien certain que la surprise de Chambers n'était rien comparée à la sienne.

« Je m'appelle Steven Hillyer. J'enseigne l'anglais ici, répondit-il en lui tendant la main. Vous êtes Tal Chambers, n'est-ce pas ? »

Chambers hocha la tête.

« Hillyer... Alors, c'est vous qui étiez là quand c'est arrivé. J'avais l'intention de vous parler. »

Oui, c'était bien ce qu'était Steven, ou au moins ce qu'il était devenu : le type qui était là quand c'était arrivé. Et Chambers était le type qui avait donné à la salle son nom, inscrit en lettres de bronze derrière la porte. D'étrange manière, leurs identités étaient liées par cette petite pièce sombre d'où Chambers venait de sortir.

« Cette salle a une signification particulière pour moi, déclara Chambers, comme ils traversaient la pièce du matériel et débouchaient dans le couloir. J'espérais que vous pourriez me dire ce qui est arrivé. »

Vous vous êtes trompé de personne, pensa Steven, non sans ironie. Mais avant qu'il eût pu exprimer quoi que ce soit, un cri provenant du gymnase les fit se retourner tous deux.

« Arrêtez ! Ne bougez pas, Hillyer ! » Après avoir crié, Barry Lucasian traversa le terrain au pas de course et s'engagea dans le corridor. Une douzaine de garçons en short se ruèrent à sa suite, des supporters des deux équipes, impatients de connaître la raison de ce raffut.

« Alors, Hillyer, qu'est-ce qui se passe, ici ? » cria de nouveau Lucasian, arrivant à toutes jambes comme s'il craignait que sa proie ne tentât de s'échapper. En s'approchant, il s'aperçut qu'il y avait là deux hommes et ralentit l'allure. A trois ou quatre mètres, il s'arrêta net.

« Tal ? » fit-il, surpris, presque incrédule. Ce n'était pas une question, même si le ton était interrogateur. Il connaissait Chambers depuis des années.

Quelques jeunes joueurs entourèrent Chambers, envahissant le couloir. Son nom chuchoté passait de bouche en bouche.

« Je suis navré, Barry. C'est entièrement ma faute, déclara Chambers.

— Vous êtes avec lui ? lui demanda Lucasian comme si Steven était un invité de dernière minute.

— Nous nous sommes rencontrés par hasard, répondit Chambers. Je voulais jeter un coup d'œil à la salle, c'est tout. Dis donc, si on s'occupait un peu du match ? »

Mais Lucasian avait autre chose en tête.

« Et vous ? fit-il sèchement, se tournant vers Steven.

— J'avais deux ou trois choses à discuter avec vous. Mais ce n'est pas le moment pour cela.

— Je sais de quoi vous voulez discuter, gronda Lucasian. Vous m'avez cherché toute la journée, pas vrai ?

— En effet. Je voulais vous poser quelques questions sur ce qui s'est passé.

— Mais qu'est-ce que vous allez encore pouvoir trouver comme questions ? explosa Lucasian. J'ai déjà eu droit aux flics, puis au jury d'accusation, et puis encore aux flics. Et maintenant, il faut que je réponde aux questions d'un prof d'anglais ?

— Du calme, Barry », fit Chambers en tentant de s'interposer. Mais Lucasian l'esquiva, et pointa son index sur la poitrine de Steven.

« Écoutez-moi bien, Hillyer, dit-il. Votre poète de mes deux a fait le con dans ma salle, et c'est moi qui écope. Les questions, j'en ai jusque-là. Qu'est-ce que vous voulez savoir encore ?

— Si vous êtes d'accord pour discuter, nous discuterons après le match, répliqua Steven, réprimant sa colère, à cause des gosses qui ne perdaient pas une miette de leurs propos.

— Ce n'est pas à vous de décider du moment. C'est maintenant ou jamais. Alors, ces questions ? Comment ils sont entrés ici ?

— C'est l'une d'elles.

— Comment es-tu entré, Tal ? » demanda Lucasian.

Chambers haussa les épaules.

« Je ne voulais pas te déranger, dit-il. J'ai fait glisser le pêne.

— Voilà votre réponse, Mr. Hillyer. Question suivante. »

Steven ne savait pas trop quelle était la question suivante. Une douzaine d'idées lui traversèrent l'esprit, mais la phrase qui lui vint aux lèvres fut :

« Timothy m'a-t-il réclamé ? A-t-il dit qu'il voulait me parler ?

— Il n'a même pas prononcé votre nom. Ça vous suffit ? »

Cela ne lui suffisait pas, mais ils ne pouvaient pas continuer ainsi devant les gosses.

« Ça va, dit Steven.

— Un peu, que ça va, rétorqua Lucasian. Plus tôt on en finira, mieux ce sera pour tout le monde. Si vous voulez faire des histoires, Hillyer, je peux en faire aussi. » Il se tourna soudain face aux élèves. « Et si nous montrions à Tal Chambers qu'on sait toujours jouer au basket, dans cette école ? » fit-il.

Il assena une grande claque sur le dos de Chambers, et tous deux s'éloignèrent vers le gymnase, entourés d'un groupe de joueurs. Chambers passa les bras autour des épaules des deux garçons les plus proches.

« A mon époque, il y avait de sacrées bonnes équipes, ici. Barry me dit que c'est toujours le cas. »

Les deux garçons rayonnaient. L'un d'eux lui demanda s'il connaissait Walt Frazier, et Chambers répondit qu'il avait joué contre lui.

Il fit halte à la porte du gymnase et se retourna pour jeter un regard en direction de Steven qui attendait, abandonné dans le couloir, mais disparut sans un mot. Depuis le gymnase vivement éclairé, Steven entendit le sifflet de l'arbitre, puis le martèlement du ballon sur le sol, et le couinement des semelles de caoutchouc sur le parquet.

Donadio était déjà parti lorsque Franks sortit du bureau du commissaire. Il ne restait plus que deux hommes dans la salle commune, les autres s'étant arrangés pour trouver un témoin dont les déclarations nécessitaient quelques éclaircissements, un plaignant qu'il fallait interroger plus avant, une intuition soudaine quant aux faits et gestes d'un suspect. Aucun de ceux qui demeuraient dans la pièce ne jeta même un regard à Franks qui se dirigea vers son bureau et rangea le dossier Warren-James dans sa serviette. Il décrocha le téléphone et appela chez lui.

« Je rentre tôt, déclara-t-il. Tu veux que je prenne quelque chose en chemin ? » Il griffonna quelque chose sur un bloc. « D'accord, à plus tard. Ouais, je t'aime aussi. »

Il fourra la liste de courses dans sa poche, ramassa sa serviette et se dirigea vers la porte. Normalement, il aurait lancé quelque chose aux autres en sortant, mais si eux n'avaient pas le cran de le faire il n'allait pas leur faciliter la tâche. Le pire chez les flics, même chez ceux qui n'ont peur de rien, c'est qu'ils ont peur les uns des autres.

Il parvint à garder l'esprit vide durant tout le trajet. Arrivé à Henry Hudson Parkway, il alluma l'autoradio, voulant savoir si Terranova avait pu tenir sa promesse ; mais c'était une chanson racontant l'histoire d'un homme que son épouse n'aimait plus, et il n'eut pas la patience d'attendre le flash d'informations ou de chercher une autre station.

Il éteignit la radio et continua dans un silence cotonneux, les vitres remontées, attentif seulement au ronronnement monotone des pneus sur l'asphalte. L'autoroute avait fait place à une large rue à deux voies, avec des feux à chaque kilomètre, des croisements où les routes menaient à de charmants villages, où il y avait des terrains de foot derrière les écoles, où les bibliothèques étaient de petits bâtiments de brique rouge, avec un drapeau flottant sur la façade. De charmants villages où, chaque matin, les gosses filaient à bicyclette pour se rendre à l'école.

Jim Franks refoula une pensée, se concentra sur la circulation, souhaitant ne pas réfléchir à la vie qu'il offrait à son Jimmy, à qui il faisait un univers dans lequel il pouvait se rendre à l'école à bicyclette chaque matin, aussi libre qu'un enfant peut l'être; car réfléchir à cela le ramènerait à La Guardia, et il ne pourrait plus cesser d'y penser.

Il quitta la route à Dobbs Ferry et s'arrêta devant l'épicerie, à mi-hauteur de la colline. Même si elle se donnait le nom d'épicerie fine, avec ses fûts de vingt-cinq kilos de café en grains et ses boîtes d'insipides biscuits anglais, ce n'en était pas moins une simple épicerie. A Dobbs Ferry, dans ce quartier au moins, du pied de la colline à l'autre bout de la ville, on ne pouvait plus s'approvisionner chez un simple épicier, pas plus qu'on ne pouvait donner à repasser ses chemises à une employée autre que française. Il passa devant les paniers empilés à la porte, tira la liste de sa poche. Une douzaine de petits pains, un morceau de brie et un paquet de serviettes en papier. Une minute plus tard, il était à la caisse. Un Noir, c'était encore une nouveauté par ici, mais tout le monde connaissait Jim Franks, et on l'acceptait sans difficulté. Qu'il fût policier lui conférait, en fait, une sorte d'aura de séduction, comme une épice dans un milieu social plutôt insipide.

Il trouva Lenny dans la cuisine. Les enfants avaient disparu. Elle hachait de l'échalote sur le plan de travail, d'une lame si rapide, si efficace que l'on aurait cru une machine. Elle leva les yeux, rejeta la tête en arrière pour écarter une mèche de cheveux, et lui demanda s'il avait pensé à s'arrêter à l'épicerie.

Il portait le sac contre sa poitrine, tel un bébé, et la question était de pure forme. Il ne comprenait jamais pourquoi elle ne pouvait pas simplement dire ce qu'elle voulait. « Avaient-ils encore du brie? » ou « Tu as pu trouver tout? » Non, il lui fallait poser une question inutile, puisque le sac en constituait la réponse évidente. Il en fut agacé, plus qu'il n'aurait dû l'être, et ne répondit pas.

165

« Je vais prendre une douche, déclara-t-il. A quelle heure arrivent-ils ? »

Elle arrêta de hacher les échalotes et les fit glisser avec le dos de la lame dans un ravier.

« Je leur ai dit sept heures et demie, mais les Brownmiller ne pourront pas être là avant huit heures. »

Avant de monter, il jeta un coup d'œil dans le salon. Jimmy regardait des dessins animés et il lui tint compagnie pendant une minute, mais c'étaient de ces dessins animés idiots, ennuyeux, où les mâchoires des personnages s'ouvrent et se ferment comme montées sur des charnières, tandis que rien d'amusant n'arrive.

« Salut, fit-il enfin.

— Salut, papa, répondit Jimmy sans quitter l'écran des yeux.

— Tu sais que nous avons du monde à dîner, n'est-ce pas ? »

Le petit garçon grogna en signe d'assentiment.

« Qu'est-ce que tu comptes faire ?

— Ben, me planquer. »

Cela paraissait la meilleure idée. Jim sourit. Quoiqu'il n'eût que huit ans, le garçon savait ce qu'il voulait, et le faisait savoir sans ambages.

« As-tu mangé ?

— Maman m'a dit que tu passerais au McDonald's pour moi. »

Cela aussi paraissait la meilleure idée. Le McDonald's et de mauvais dessins animés, c'était l'univers dans lequel ils avaient élevé leurs enfants.

« Réfléchis à ce que tu veux pendant que je prends une douche, déclara-t-il. Sais-tu où sont tes sœurs ?

— Dans le coin, j'imagine. »

Jim fit passer sa serviette dans son autre main et s'engagea dans l'escalier. Laura et Susan, en réalité, dormaient toutes les deux dans leur chambre, chose parfaitement inhabituelle. Même la plus petite, Laura, qui avait trois ans, ne faisait presque plus jamais la sieste, et certainement pas jusqu'à une heure si tardive. Elles se lèveraient donc bientôt, et seraient en pleine forme pour la soirée. Elles avaient dû s'ennuyer mortellement, leur mère étant coincée dans la cuisine, pour s'être endormies ainsi.

Posant sa serviette sur la commode de la chambre, il se dirigea vers le placard afin de déposer son arme sur l'étagère du haut, là où il la rangeait toujours, hors de portée des enfants. Puis il se rappela qu'il n'avait plus d'arme, qu'il l'avait laissée dans son bureau. Il savait qu'il lui faudrait la rendre, et il s'étonna qu'on ne la lui ait pas encore réclamée. La seule raison qu'il pût voir à cela,

166

c'était que ni Klemmer ni le chef des enquêtes n'avait assez de cran pour en parler. Il était content d'avoir pensé à la laisser au poste, car quand quelqu'un appellerait le lendemain matin pour lui demander de la rapporter, il pourrait répondre qu'elle était dans son bureau.

Il se demanda si Donadio avait agi de même. Sans doute. Vince n'aurait donné à personne la satisfaction de le voir remettre son arme.

Franks se déshabilla et pénétra dans la salle de bains, nu, s'arrêtant une seconde pour s'observer dans le miroir en pied de la petite penderie, entre la chambre et la grande salle de bains. Quelquefois, il aimait ce qu'il voyait. Il avait un corps athlétique, bien entretenu, une des rares choses dont il s'enorgueillît. Mais aujourd'hui ce n'était pas le cas. Il lui sembla que ses épaules s'étaient voûtées; et même en se redressant cela ne changea rien, il eut l'impression de prendre la pose, de chercher à dissimuler une réalité qu'on ne pouvait plus ignorer. Ses parties génitales pendantes avaient quelque chose de comique dans le reflet, comme si elles avaient été ajoutées après coup. Le corps des femmes, songea-t-il, est infiniment mieux conçu.

Il se savonna, se rinça rapidement sous la douche, et commençait à se faire un shampooing quand la porte de la salle de bains s'ouvrit.

« Papa? fit la voix aiguë de Susan.

— Qu'est-ce qu'il y a, ma puce?

— Jimmy dit que tu vas lui chercher quelque chose au McDonald's.

— Mmm-mmm. »

Elle n'ajouta rien.

« Suzie? » fit-il, et il entendit une réponse inintelligible, un sanglot étouffé.

Écartant le rideau, il vit sa fillette qui le regardait fixement, son poing minuscule dans la bouche.

« Qu'y a-t-il, ma chérie?

— Je veux un McDonald, moi aussi, parvint-elle à articuler, en sanglotant.

— Bien sûr. Je te prendrai ce que tu veux, tu le sais bien.

— Jimmy a dit que tu y vas pour lui, fit-elle, boudeuse.

— Mais enfin, j'y vais pour tous ceux qui ont envie de croquettes de poulet. »

Elle ôta la main de sa bouche.

« Et de milk-shakes au chocolat bien épais. »

Ses yeux se mirent à briller, mais la bouche demeurait tordue.

« Et de frites. Et de *coo-oo-oo-kies*, conclut-il, lui arrachant enfin un sourire. Et c'est pour qui, ça ?

— Pour moi, répondit-elle d'une toute petite voix, baissant les yeux comme elle le faisait toujours quand il la taquinait.

— Voilà, affirma-t-il. Et pour Laura. Et pour Jimmy. » Il coupa l'eau et sortit de la douche, attrapant une serviette sur l'étagère. Il avait conscience du regard de la gamine, presque hypnotisée par son sexe qui se balançait tandis qu'il s'essuyait. Ni lui ni Lenny n'avaient jamais considéré la nudité comme un problème à la maison ; mais, en cet instant, elle lui apparaissait tel. En tout cas, il n'avait pas envie de penser à cela, et il se couvrit rapidement.

« Si tu faisais la serveuse, et que tu allais prendre la commande de ta sœur ? » suggéra-t-il, expédiant la fillette.

Lenny était dans la chambre quand il sortit.

« Tout ce qui se mange froid est au frigo, et tout ce qui se mange chaud est dans le four, déclara-t-elle. Tu as fini avec la salle de bains ?

— Oui », dit-il.

Elle cessa de se déshabiller pour l'observer attentivement. Elle ne lui avait pas jeté un regard depuis qu'il était rentré.

« Tu ne t'es pas rasé », remarqua-t-elle. L'ombre de la barbe donnait à son visage un aspect velouté qu'elle trouvait attirant, mais il se rasait toujours le soir, quand ils recevaient.

Il prit une chemise dans le tiroir, arracha l'emballage sans répondre. Elle dégrafa son soutien-gorge, ôta sa jupe, mais il voyait qu'elle demeurait soucieuse.

« Il y a quelque chose qui ne va pas ? demanda-t-elle, inclinant la tête.

— Je suis suspendu de mes fonctions. Voilà ce qui ne va pas. Qu'est-ce que tu en dis ? »

La réponse lui coupa le souffle. Elle resta assommée, ne sachant que dire, ni même ce qu'elle ressentait en premier, douleur ou colère.

« Mais ils ne peuvent pas te faire cela ? répondit-elle enfin, venant vers lui.

— Ils le peuvent, et ils l'ont fait », répliqua-t-il, comme si cela lui était indifférent, comme s'il était au-dessus de cela, le genre de type qui pouvait prendre n'importe quoi dans la figure sans broncher.

Elle l'entoura de ses bras, mais elle avait beau être nue, à l'exception d'un slip rouge vif, la chaleur de son corps contre le sien ne produisait sur lui aucun effet, ni réconfortant ni érotique. Il l'aimait, elle était belle, toutefois il n'avait jamais su utiliser l'amour comme médicament, ainsi que le faisaient certains hommes. Lorsqu'il allait mal, rien n'y faisait.

Il se dégagea, enfila sa chemise par la tête.

« Tu ne veux pas que nous annulions le dîner ? interrogea-t-elle. Je peux encore appeler tout le monde.

— Tu n'es pas obligée, répondit-il avec un haussement d'épaules.

— Je sais bien que je ne suis pas *obligée*

— Cela nous permettra de penser à autre chose.

— C'est vraiment ce que tu veux ? »

De nouveau, il haussa les épaules.

« Je leur ai demandé de différer l'annonce de la nouvelle. Je n'ai pas envie de voir le salon plein de gens désolés pour moi. »

Elle crut comprendre ce qu'il voulait dire.

« C'est comme tu voudras, déclara-t-elle. Mais on peut aussi s'en tirer avec quelques coups de fil.

— Les gosses attendent que j'aille au McDonald's, affirma-t-il d'une voix légèrement agacée, comme s'il voulait lui faire comprendre à quel point cette histoire de dîner, annulé ou pas, avait peu d'importance à ses yeux. Je vais sans doute passer au vidéoclub et leur louer une cassette.

— Tu ferais mieux de commencer par là, avant que tous les films intéressants ne soient partis. »

C'était ainsi, ils en étaient revenus à ces détails quotidiens de la vie de famille, et son univers s'écroulait pendant qu'ils songeaient à la manière la plus pratique de faire les courses.

En redescendant du gymnase, Steven fit halte dans sa classe pour prendre le numéro de Rita Torres dans l'annuaire interne. Il fut surpris de constater qu'elle habitait Spanish Harlem, à une dizaine de rues de chez lui, et considéra cela comme un signe favorable. Cette fois, il n'allait pas la laisser répondre qu'elle n'avait pas envie d'en parler. Le fait de n'avoir pu tirer moins que rien de Lucasian le gonflait d'une étrange énergie, d'un désir intense de pousser plus avant.

Il reprit le métro vers Manhattan, gravit rapidement les marches de la station de la 96ᵉ Rue, et regarda autour de lui, cherchant un téléphone public. Il y en avait deux au coin, protégés par des auvents de plastique. Le combiné du premier avait été arraché ; quant au second, il n'émettait aucune tonalité. Steven raccrocha violemment, écœuré.

« – Vous en avez pour longtemps, *amigo*? fit une voix gutturale à son côté, avec un fort accent.

– Quoi? »

Se retournant, il se trouva face à un jeune Portoricain vêtu d'un treillis de style cubain, le visage ponctué d'une barbe naissante.

« Le téléphone, expliqua-t-il. Vous en avez pour longtemps? »

Steven ne savait pas trop ce qu'il voulait dire, et peu lui importait.

« Il ne marche pas », répondit-il, parcourant la rue des yeux, à la recherche d'une autre cabine.

Sans un mot, le jeune combattant tendit le bras, décrocha le combiné, revissa l'écouteur en deux gestes vifs, et tendit l'appareil au nez de Steven.

« Il marche. Vous le gardez pas longtemps, d'accord? »

Steven porta le combiné à son oreille. Il entendait la tonalité, à présent, et fit une grimace de surprise avant de tourner le dos au jeune homme et d'introduire vingt-cinq *cents* dans l'appareil. Il composa le numéro.

« Deux minutes, *amigo*, gronda son bienfaiteur derrière lui. Après, je vous coupe. »

La sonnerie résonna trois fois, puis une voix féminine répondit en espagnol.

« Je voudrais parler à Rita Torres, s'il vous plaît.

– *Momento*. Qui est à l'appareil? »

Steven se présenta. Il n'y eut pas de réponse, mais il entendit le bruit du combiné que l'on posait. La ligne restait silencieuse, il n'entendait personne appeler Rita Torres. Il finit par croire qu'on lui avait raccroché au nez. Les secondes s'écoulaient lentement, le temps qui lui était imparti diminuait.

Enfin, une femme prit la communication. Il ne savait pas du tout où il avait appelé. Ce pouvait être un garni avec le téléphone dans le couloir, ou un appartement privé.

« Je voudrais parler à Rita Torres, répéta-t-il d'un ton un peu dur.

– Steven? »

Il n'avait pas reconnu sa voix. Au téléphone, elle semblait plus profonde, plus vieille d'une certaine manière.

« Oui. Je me disais qu'il y avait eu une espèce de malentendu entre nous à la cafétéria, cet après-midi. » Il avait imaginé de nombreuses manières de commencer la conversation, mais pas celle-ci.

« Écoutez, je suis désolée », affirma-t-elle. Il semblait y avoir un peu d'amusement dans sa voix. « Je suis un peu cinglée quelquefois.

– Non, non, vous aviez sans doute raison, répliqua-t-il, très calme. Je pensais que ce serait peut-être une bonne idée d'en parler un peu.

– Vous voulez dire, de l'accident?

– Non, pas vraiment de ça » répondit-il, conscient d'éluder la question. C'était un sujet épineux. Il ne savait pas vraiment de quoi il voulait parler, il voulait juste discuter avec elle. « Enfin, je ne sais pas, de cette histoire en général, j'imagine.

– Je pense que oui, en effet. »

Ils demeurèrent un instant silencieux.

« Le problème, reprit-il enfin, c'est que je ne peux rester qu'une minute au téléphone et que j'...

– Vous ne pouvez quoi?

– C'est le téléphone. Je vous expliquerai ça quand nous nous verrons.

– Quand nous quoi? »

De toute évidence, ils ne se comprenaient pas. Il se força à revenir en arrière, essaya de nouveau.

« Écoutez, je suis dans une cabine. Pas loin de chez vous.

– Vous voulez qu'on se *retrouve* quelque part? fit-elle, du ton que l'on prend lorsqu'on essaie de comprendre un étranger qui se trompe de mot.

– Je peux venir.

– Non, ne venez pas. Où êtes-vous?

– Au coin de la 96ᵉ et de Lexington.

– Attendez-moi là.

– Je peux venir à pied, j'en ai pour... »

De nouveau, elle l'interrompit.

« Dans dix minutes, dit-elle. Et ne filez pas. »

Le téléphone se tut à son oreille. Il avait le sentiment d'avoir été manipulé de façon mystérieuse, puis il lui apparut qu'il avait obtenu exactement ce qu'il souhaitait. Peut-être était-ce lui, le manipulateur.

Le Portoricain en treillis demanda qu'il lui rende le combiné et desserra de nouveau l'écouteur avant de le raccrocher.

Steven jeta un coup d'œil vers Lexington Avenue, par où elle devait arriver, cherchant par avance un endroit où l'emmener prendre un verre ou un café, pensant à ce qu'il dirait.

« Qu'est-ce qu'il y a, mon vieux? s'enquit le Portoricain.

Steven regarda aux alentours, ne comprenant pas. Déjà, il imaginait les heures qui allaient suivre. Il avait loué les services d'une entreprise pour nettoyer les saletés dans son appartement, mais celle-ci n'avait strictement rien fait pour le ranger. Cela signifiait que, même si tout se passait bien, il n'avait nulle part où l'emmener après.

« Allez », reprit le gosse d'une voix dure, avec un geste du pouce. L'espèce d'ironie qu'il y avait tout à l'heure dans sa voix avait disparu.

« J'attends quelqu'un, affirma Steven, sans voir le signe.

– Ouais, eh bien attendez-le ailleurs. »

Il paraissait agressif, mais pas forcément menaçant. Qu'il sache réparer le téléphone ne signifiait pas qu'il était propriétaire de la rue, et Steven se hérissa d'être ainsi commandé.

« Je ne vous dérange pas, répliqua-t-il.

– Mes pieds, oui.

– Écoutez, je ne reste ici qu'une minute ou deux », repartit Steven, d'un ton plus cassant. Il mesurait au moins cinq centimètres de plus que le garçon, était largement plus lourd. Cependant, il n'imaginait pas pour le moment devoir se battre avec lui. Pas pour le simple fait de rester à un coin de rue. C'était ridicule.

Cependant, ridicule ou pas, Steven sentait que les choses évoluaient dans cette direction. Il aurait aussi bien pu s'éloigner, mais quelque chose en lui, une sorte d'obstination incompréhensible, ou inconnue de lui-même, le lui interdisait.

« Mon pote, tu as utilisé ce putain de téléphone, maintenant tu te casses. »

La voix du garçon avait monté d'un ton. Un homme qui passait leur jeta un coup d'œil et accéléra l'allure. Une femme prit le bras de sa fille et fit de même.

« Du calme, je ne vous dérange pas », répéta Steven, mais il avait déjà commencé de reculer.

Un déclic sec se fit entendre, un son que Steven connaissait bien. A La Guardia, il avait assez souvent vu sortir les couteaux, il avait vu les dégâts. Il ne baissa pas les yeux vers la lame, mais fit franchement un pas en arrière. Quelque chose le frappa à l'épaule, il se rendit compte que c'était la cabine. Les deux parois l'enserraient, il était trop tard pour dire quoi que ce soit, pour expliquer qu'il allait partir. Il leva la main pour parer le coup de couteau (il avait vu cela également, des mains coupées, pendillant au bout des tendons, tels des gants vides), ne trouvant rien de mieux à dire que « Ça va, ça va ».

Il devait absolument sortir de là, même si le seul moyen était d'avancer vers le garçon. Se forçant à ne penser à rien, ainsi qu'on le fait quand on plonge dans l'eau froide, il fonça en avant, fit un pas de côté, fêlant avec son épaule le coin étonnamment aigu de la cabine, qui lui érafla douloureusement le dos tandis qu'il se glissait de côté, en crabe, toujours face au garçon. Il perdit l'équilibre et trébucha, descendant du trottoir qu'il n'avait pas vu : un élancement de douleur lui traversa le genou tandis qu'il se recevait sur sa jambe raidie.

Cependant, le gosse n'avait pas bougé. Il jeta un regard mauvais à Steven, cracha et se détourna, reprenant déjà possession de sa cabine téléphonique.

Steven inspira profondément, s'apercevant qu'il haletait comme un chien en plein été. Il avait mal au dos, là où il s'était cogné contre la cabine, et il était certain de s'être esquinté contre le bord coupant. La douleur était aiguë, mais il n'avait pas l'impression de saigner. Il s'éloigna vers le haut de la 96e Rue, par où arriverait Rita. Bien que son genou demeurât raide au début, il se remit à marcher normalement au bout de quelques secondes.

Il parcourut Lexington Avenue des yeux, sans l'apercevoir. Elle avait dit dix minutes, et il ne savait pas trop combien de temps s'était écoulé. Sans doute guère plus d'une minute ou deux, même si cela lui paraissait plus long. Beaucoup plus long. Le temps se traîne quand vous êtes à la pointe d'un couteau, règle naturelle qu'il n'avait jamais parfaitement comprise jusqu'alors. Au bout de quelques minutes, un bus s'arrêta le long du trottoir et une douzaine de personnes y montèrent en file indienne. Le bus émit quelques borborygmes malséants et s'éloigna pesamment en direction de Central Park et du West Side. De nouveau, Steven consulta sa montre et, relevant les yeux, vit Rita qui venait vers lui en hâte, sa chevelure flottant derrière elle, ondulant à chaque pas. Elle portait un jean et un chemisier rouge, dans une espèce de tissu fripé. Ses cheveux ondoyaient au rythme de son corps, et elle sourit en l'apercevant. Ils se rejoignirent à mi-chemin du pâté d'immeubles.

« Ce n'était pas la peine de vous déplacer, déclara-t-il dès qu'elle fut à portée de voix.

– Oui, c'est vraiment gentil de ma part, fit-elle avec un petit rire. En réalité, je n'avais rien de particulier à faire. Savez-vous où nous allons ? »

La différence entre l'agressivité mordante avec laquelle ils s'étaient séparés l'après-midi même et la manière dont elle parlait, souriait à présent, avait de quoi lui tourner la tête, mais c'était là une sensation agréable, pour ne pas dire euphorique. Il n'avait pas la moindre idée de l'endroit où ils pourraient aller et il haussa les épaules, lui demandant si elle voulait manger quelque chose, ou juste prendre un verre.

« Je connais un endroit agréable, pas trop loin, affirma-t-elle, si cela vous est égal de marcher un peu. »

C'était parfait pour lui. Ils firent demi-tour et prirent la direction du nord de Manhattan.

« Cette histoire vous a vraiment fichu en l'air, n'est-ce pas? remarqua-t-elle enfin, au bout d'un moment.

— Pas vraiment. Enfin, d'une certaine manière », répondit-il, ne sachant pas trop s'il était de cet avis ou non. Beaucoup de choses étaient arrivées depuis l'accident – le jury d'accusation, le saccage de son appartement, le fait qu'il ait dû vivre de nouveau chez sa mère, et enfin cette histoire à l'école, cet après-midi et ce soir, Lloyd Elijah, Artemis Reach, Barry Lucasian. Peut-être n'était-ce pas la mort des deux enfants qui le tourmentait le plus. Peut-être était-ce l'accumulation de toutes ces choses qui commençait à le perturber. Il ne s'était pas jusqu'alors considéré comme « fichu en l'air » mais, à présent, cette expression qu'elle avait employée lui paraissait décrire son état de façon assez juste.

En arrivant à la 100ᵉ Rue, elle tourna à gauche, en direction de la 3ᵉ Avenue. De chaque côté s'alignaient des immeubles d'habitation, chacun avec son perron menant à un petit vestibule éclairé par une ampoule nue. Les portes donnant sur le couloir étaient toutes appuyées sur leur cadre, hors de leurs gonds. La portion de la 3ᵉ Avenue qu'il pouvait voir devant lui était tout aussi sombre et déserte. Il se demanda où elle pouvait bien le conduire, pourquoi ils avaient tourné là.

« Qu'avez-vous fait à votre veste? interrogea-t-elle.

— A ma veste? fit-il, puis il se souvint. Il m'est arrivé une drôle de chose, quand je vous ai appelée », dit-il, lui racontant l'anecdote du jeune homme qui savait faire marcher la cabine téléphonique et agissait comme s'il en était le propriétaire.

Elle l'interrompit en riant.

« Vous ne savez pas ce que cela signifie? Les dealers reçoivent leurs appels sur les téléphones publics. Ils les mettent hors d'usage de manière que les gens n'occupent pas la ligne.

— Je vois, quoi qu'il en soit, il ne voulait pas me voir attendre dans son bureau.

— Il vous a donné un coup de couteau?

— Il y songeait sérieusement. Mais c'est moi qui me suis donné un coup, sur le rebord de la cabine. »

Il lui sembla qu'il racontait tout cela avec une désinvolture assez impressionnante, mais Rita le prit de court.

« Vous devriez avoir un peu plus de bon sens, vraiment. Il y a des cinglés parmi ces types. Et puis, ils sont tous persuadés qu'ils vont mourir. »

Était-ce si simple ? Il lui jeta un coup d'œil, tentant de deviner si elle le pensait vraiment, ou si ce n'était qu'une manière de résumer en deux mots ce qu'elle ne comprenait en réalité pas mieux que lui. Mais elle gardait le regard droit, la tête rejetée en arrière, les lèvres serrées, pensive. Elle ne semblait pas avoir conscience de ses yeux sur elle.

Arrivée au coin, elle tourna de nouveau. Le pâté d'immeubles était pour l'essentiel constitué de boutiques tapies derrière leur rideau de fer ; mais, à mi-chemin de la rue, le trottoir était illuminé par les lumières d'un petit restaurant, dont le nom s'inscrivait dans la vitrine en lettres vivement colorées, chantournées, confuses, évoquant des ceps de vigne entremêlés. Il eut à peine le temps de déchiffrer le mot *Caribe* que déjà Rita le faisait entrer dans une salle animée, bondée.

Une serveuse vêtue d'un jean moulant les conduisit à une table, où Steven laissa Rita commander pour lui en espagnol, sans même consulter le menu. La clientèle était entièrement composée de jeunes gens, les hommes comme les femmes portant en général des T-shirts sans manches, de sorte que l'impression générale était celle d'une mer de bras nus. La salle, chaleureuse, brillamment éclairée, était ornée de couleurs claires, fraîches, qui donnaient un sentiment d'optimisme franc et net, comme si les propriétaires, que l'on imaginait aussi jeunes et sveltes que leurs clients, possédaient un secret qui ne s'était pas encore répandu dans les rues sinistres du dehors.

Comme Steven faisait remarquer à quel point l'endroit était agréable, Rita lui raconta l'histoire. C'étaient un frère et une sœur qui l'avaient ouvert, quelques mois auparavant. Ils l'avaient entièrement décoré eux-mêmes, avec l'aide de quelques amis. Comme ils n'avaient pas un sou pour les travaux, ils avaient tout réalisé par leurs propres moyens, la plomberie, la maçonnerie, jusqu'à l'électricité. Auparavant, c'était un drugstore, et ils avaient dû installer toute la cuisine, monter des cloisons et un nouveau plafond, mettre en place les appareils en suivant les instructions des manuels de bricolage, apprenant ainsi, seuls, une demi-douzaine de métiers.

« Faisiez-vous partie de ceux qui les ont aidés ? questionna-t-il, percevant une certaine fierté dans sa voix.

175

– Un peu, répondit-elle. Le week-end. Écoutez, je n'arrive pas à me pardonner ma grossièreté de cet après-midi. Généralement, je ne suis pas comme cela. »

Il lui fallut un moment pour se rendre compte qu'elle parlait de leur rencontre à la cafétéria. Il haussa les épaules, déclinant ses excuses, alors que la serveuse arrivait avec des tranches de citron et deux tasses de café aromatisé, d'où émanait un parfum de cannelle et d'épices qu'il ne put identifier.

« Il y a eu une overdose dans ma classe, cet après-midi », dit-il quand la serveuse eut disparu.

Rita déclara qu'elle en avait entendu parler. Elle demanda qui était le garçon, et secoua la tête en apprenant qu'il s'agissait de Lloyd Elijah.

« Il a beaucoup de problèmes », affirma-t-elle.

Pendant quelques minutes, ils parlèrent de Lloyd, de la présence de la police à l'école, et de cette atmosphère de fatalisme désespéré qui flottait dans l'air comme une odeur acide, âpre, depuis la mort de Timothy Warren et d'Ophelia James.

« Il y avait une ampoule de crack sur le bureau, devant lui, je m'en suis débarrassé avant l'arrivée de la police », dit soudain Steven, malgré lui. Il ne savait pas pourquoi il lui racontait cela.

Elle ouvrit de grands yeux, saisie, et avança le bras, posant une main sur la sienne, en un geste d'intimité qui le prit totalement de court. Il se félicita de ne pas avoir parlé du rôle qu'avait joué Hal Garson.

« Oh, Steven, fit-elle, le souffle coupé. Pourquoi avez-vous fait une chose pareille? »

Il lui fallait trouver une réponse, et il balbutia quelque chose à propos de la salle qu'il avait laissée ouverte, de son désir de simplifier les choses, de ne pas être tenu pour responsable.

Ses doigts s'insinuaient dans sa main fermée, avec une chaleur incroyablement érotique, tandis qu'elle gardait son regard rivé sur le sien.

« Vous êtes si naïf », affirma-t-elle doucement, sans ironie, comme s'il était un objet d'émerveillement, un homme adulte qui croyait au Père Noël ou qui ne savait pas d'où venaient les bébés. L'intimité de cet instant le désarmait complètement, de manière presque gênante, et il tenta de prendre ses distances.

« Je ne pense pas que ce soit aussi compliqué que cela, répliqua-t-il. Personne ne dira rien.

– Bien sûr que si. Ces gosses passent leur vie à se mettre dans le pétrin. Et c'est ainsi qu'ils s'en sortent. Vous ne devriez jamais leur faire confiance. Jamais.

« – Vous ne pensez pas cela sérieusement ?

– Steven, répondit-elle sur un ton de patience excédée qui trahissait immédiatement le prof qu'elle était, ce n'est pas un crime majeur, mais cela pourrait néanmoins vous attirer de gros ennuis. En outre, quand on fait une chose de ce genre, on ne va pas le raconter le soir même, au restaurant, à quelqu'un qu'on connaît à peine. »

A présent c'était à son tour de rire. Il remua la main, lui rendit son étreinte.

« Vous voulez dire que je ne devrais pas vous faire confiance non plus ?

– Oui, affirma-t-elle. C'est exactement ce que je veux dire. Vous n'avez aucune raison de le faire. »

Il fut frappé par l'intensité de son regard, qui lançait un éclat sombre, comme si elle lui demandait de prendre l'avertissement au sérieux. Tout à coup, l'espace de la table entre eux était devenu infranchissable. Instinctivement, il retira sa main. Il en fut immédiatement désolé, mais ne sut comment réparer ce geste.

Lorsqu'elle parla de nouveau, sa voix lui parut provenir d'une distance infinie.

« Que vouliez-vous savoir, cet après-midi ? » s'enquit-elle.

L'espace d'un moment, il eut du mal à s'en souvenir.

« Qui vous a prévenu de ce qui arrivait ? » interrogea-t-il enfin.

Elle hésita avant de répondre, et durant cet instant la distance qui les séparait se réduisit de nouveau à ce qu'elle était quelques minutes auparavant, comme si elle s'était rapprochée de lui, portée par une vague invisible.

« Charlie Wain », répondit-elle, hochant la tête, certaine de sa réponse.

C'était le garçon qui gardait la porte quand Steven et Rita étaient arrivés au cinquième étage.

« Pas Lucasian ? s'enquit Steven.

– Barry est allé prévenir la police. C'est Charlie qui est venu me chercher.

– Pourquoi vous ? »

Elle eut un rire léger.

« Je crois qu'il a le béguin pour moi. Ou bien peut-être étais-je le premier prof qu'il croisait. »

Steven hocha la tête, réfléchissant au déroulement des événements. Si Lucasian et Charlie Wain étaient tous deux allés chercher du secours, personne n'était demeuré avec Timothy et Ophelia jusqu'à l'arrivée de Steven.

« Pourquoi? reprit Rita. Que pensez-vous?

– Je me demande simplement si quelqu'un a vu ce qui se passait. Si Ophelia était vivante. Ce qu'ils faisaient.

– Qu'a déclaré Barry? »

Il la regarda, intrigué. Elle semblait avoir le don de toujours précéder sa pensée d'une demi-longueur.

« Comment savez-vous que je lui ai posé la question? »

Elle rit de nouveau, de ce petit rire cristallin qui semblait suggérer qu'il disait des sottises.

« S'il existe une personne à qui la poser, c'est lui. Il était là. »

Steven lui expliqua qu'il était retourné à l'école, et lui fit part de l'éclat de Lucasian quand il lui en avait parlé.

« Il a peut-être raison. Ce qui est arrivé est arrivé. Est-ce à ce point important, de savoir pourquoi? »

Il pensait que oui et tenta de le lui expliquer. Il ne comprenait pas ce qui avait pu pousser Timothy à tuer la fille. Savoir si Ophelia était vivante ou non quand Lucasian et Charlie Wain les avaient découverts pourrait peut-être l'aider à mettre les choses en ordre dans son esprit. La plupart des questions posées par la police, et devant le jury d'accusation, tendaient à établir si elle était vivante quand la police était arrivée sur les lieux car, pour eux, l'important était ce qu'avaient fait les flics. Pour Steven, le plus important, c'était Timothy.

Par exemple, il n'avait jamais su, jusqu'à ce que le substitut du procureur lui lise certains poèmes, que Timothy avait la moindre relation avec Ophelia James. C'était un couple si désassorti, ce garçon douloureux, accablé par une colère trop lourde pour lui, et cette fille calme, solitaire, renfermée en elle-même, et profondément croyante. Que Timothy recherchait-il en elle? Ou elle en lui? Il se souvenait d'elle quand elle était dans sa classe d'anglais, en septième année, avec ses jupes à carreaux et ses chemisiers boutonnés jusqu'au cou, uniforme des écoles religieuses. Elle était timide en présence des garçons, rougissait et bégayait en classe à la moindre allusion au sexe ou à la sexualité, ou même à ces passions qui poussent les personnages de fiction à combattre, à tricher, à s'affirmer ou à s'enfuir. Il ne pouvait imaginer qu'une seule année eût pu la transformer en une fille qui n'aurait pas fui un Timothy Warren comme s'il était le Diable incarné.

« Peut-être n'avaient-ils rien à faire ensemble, suggéra Rita. Il lui a peut-être sauté dessus, comme ça. »

Steven secoua la tête et lui parla du poème de Timothy, le lui citant, s'apercevant avec surprise qu'il se le rappelait entièrement.

Quarante routes, Ophelia,
Comme des rues où règne une bande étrangère,
Comme des rues hostiles,
Quarante, O,
Pour pénétrer dans ton Manhattan,
Ces endroits qu'on ne voit, ne touche jamais,
Est-ce ainsi que tu le veux, O ?

« Mon dieu, fit-elle quand il eut terminé. Il était amoureux d'elle, n'est-ce pas ? »

Steven se contenta de hocher la tête. Il avait pensé la même chose.

« Y a-t-il d'autres poèmes sur elle ? » ajouta-t-elle.

Il n'en savait rien. Il lui demanda si, à son avis, Charlie Wain lui parlerait de ce qu'il avait vu.

« C'est possible. Nous allons lui poser la question », dit-elle, faisant signe à la serveuse d'apporter l'addition.

Steven avait l'impression qu'ils auraient aussi bien pu se trouver sur la Lune, devant un paysage si aride, si couvert de cicatrices, de cratères qu'il ne semblait guère avoir de rapport avec la planète Terre. Tous deux échangèrent un regard où se mêlaient l'effarement et la résignation, comme si le métro les avait conduits sur une voie de garage, dans une autre partie de l'univers. Les quelques voitures garées le long du trottoir paraissaient avoir été abandonnées là exprès, pour pourrir sur place. Dans un mois, une semaine peut-être, ou même le lendemain matin, elles se confondraient avec le sol, dissoutes dans les flaques huileuses qui les entouraient. *Basses étaient les montagnes et les collines*, se récita mentalement Steven, submergé par la décrépitude, l'érosion pathétique des choses qui s'étendaient autour de lui à perte de vue, dans toutes les directions. Il faillit demander à Rita si elle ne s'était pas trompée de station de métro.

Ils marchèrent en silence, sans apercevoir le moindre signe de vie, si ce n'est l'éclair fugitif des phares traversant une intersection, au bout de la rue. Mais lorsqu'ils tournèrent au coin, le désert absolu de cette rue transversale explosa soudain, faisant place aux rythmes violents, syncopés, de la grande ville. Des masses de gens, des gosses, des vieux étaient accoudés aux voitures garées, désœuvrés, ou s'appuyaient avec une insolence impassible contre les devantures couvertes de graffitis, ou demeuraient accroupis sur les trottoirs, se tendant des bouteilles emballées dans des sacs en papier.

Steven jeta un coup d'œil vers Rita, qui dévisageait chacun avec assurance, comme si elle entrait dans une maison amie.

« Pensez-vous réussir à le trouver ? questionna-t-il.

– J'ai passé mon enfance dans des rues de ce genre », répliqua-t-elle.

Elle se dirigea droit vers un groupe d'adolescents postés devant une échoppe où l'on débitait du poulet frit et leur demanda si quelqu'un avait vu Charlie Wain.

Une jeune Noire, lourdaude, avec un visage en forme de tarte, lui répondit qu'il était encore là deux minutes avant. « Qu'est-ce que vous faites dans le coin, Miss Torres ? » ajouta un garçon.

Steven reconnaissait certains gosses de l'école, mais aucun n'était dans sa classe. Eux aussi l'avaient reconnu, et ils le saluèrent avec des railleries sans méchanceté. *Charlie a oublié ses devoirs à la maison, Mr. Hillyer ? Qu'est-ce que vous dites du quartier, Mr. Hillyer ? La prochaine fois, vous feriez mieux de l'emmener au ciné, Mr. Hillyer.*

Rita repéra une Portoricaine, et s'adressa à elle en espagnol. La fille parut parler avec colère, ou agacement, mais il sembla à Steven qu'elle répondait néanmoins aux questions de Rita. Au bout de quelques minutes, Rita la remercia et entraîna rapidement Steven.

« Il y a un match de basket sur le terrain de Tremont, expliqua-t-elle. Il y est peut-être. »

Après avoir longé pendant dix minutes de vieux immeubles éventrés, ils aperçurent devant eux un nuage de lumière jaune sale qui planait sur un carré d'asphalte noir entouré d'un grillage délabré. A New York, les terrains de jeu sont grillagés, certains fermés la nuit pour que les gosses n'y entrent pas à des heures indues. Il y a dans les grillages des trous béants, jamais réparés, parfois même c'est toute une portion qui manque, mais le rituel de la fermeture et de l'ouverture des terrains continue. Celui de Tremont Avenue en était un exemple parfait. Bien que des longueurs de grillage en eussent été arrachées, on fermait la grille d'entrée le soir, avec une chaîne cadenassée. A l'intérieur, deux équipes complètes envahissaient le terrain, marquant des paniers dans les anneaux sans filet.

Steven et Rita se glissèrent sur le terrain, regardant autour d'eux. Il constata immédiatement qu'aucun des joueurs n'était Charlie Wain. Bien qu'il ne connût pas bien ce garçon, qu'il n'avait jamais eu en classe, son image était demeurée gravée dans son esprit depuis le matin où Timothy Warren avait trouvé la mort : un jeune type immense, pataud, maladroit, dépassant largement le mètre quatre-vingt-dix, noir comme la nuit, barrant à lui seul l'accès à la salle de musculation. Il entendait encore sa voix, un grondement sourd – *Je n'en ai pas laissé passer un seul, Miss Torres* –, et son intonation soumise, empressée.

Dans l'ombre, derrière les spectateurs, là où les lumières du terrain ne parvenaient pas, Steven distingua les silhouettes de trois jeunes gens, en plein conciliabule. Au bout d'une minute ou deux, ils se séparèrent, deux d'entre eux disparaissant dans le noir, de l'autre côté du grillage, rentrant les épaules, les mains enfoncées dans les poches de leur blouson, tandis que le troisième se dirigeait vers le terrain. Il était grand et fort.

Steven donna un petit coup de coude à Rita, fit un signe de la tête.

Au même instant, le garçon s'arrêta net, paraissant les reconnaître, hésita une demi-seconde, puis se détourna et s'éloigna à grands pas, se déplaçant avec une lourdeur d'ours, roulant ses larges épaules.

« C'est lui, non? chuchota Steven d'un ton pressant, s'avançant déjà.

– Je crois, c'est possible », fit-elle d'une voix mal assurée. Elle le rejoignit.

Le garçon progressait beaucoup plus vite qu'il n'en avait l'air, et Steven dut se mettre au pas de course pour ne pas se laisser distancer, Rita trottant à son côté, leurs pieds résonnant sur le sol malgré le martèlement des dribbles et des chaussures des joueurs.

Devant eux, le garçon disparut par une ouverture du grillage, sans même jeter un regard derrière lui.

Steven et Rita atteignirent l'endroit quelques secondes plus tard, et franchirent la brèche. On aurait dit que quelqu'un avait tourné un bouton, les plongeant soudain dans l'obscurité. Les lumières du terrain paraissaient loin, loin derrière eux. Pour autant que Steven pût le deviner, ils se trouvaient sur une espèce de terrain vague au sol inégal, comme une plage parsemée de rochers. Des touffes d'herbe rase, rêche, leur frôlaient les chevilles. Aucune trace du garçon.

Steven s'arrêta, tendant l'oreille, et prit la main de Rita pour qu'elle s'arrête aussi. Elle n'était qu'à quelques dizaines de centimètres de lui et il ne distinguait d'elle qu'une vague silhouette se détachant sur les lumières du terrain. Il se disait qu'en faisant halte ils pourraient percevoir les pas du garçon, mais ils n'entendirent rien, si ce n'est le staccato permanent du ballon, et un murmure profond, qui devait provenir d'une voie rapide, à quelque distance de là.

Devant eux, une ombre fila dans la nuit, entr'aperçue une seconde à peine dans la lumière d'un réverbère, au loin dans la rue, comme un oiseau passant devant les étoiles.

« Le voilà ! » dit Steven, et ils se mirent à courir, slalomant sur le terrain cahoteux. Des bâtiments s'élevaient là autrefois, une école peut-être, dont il ne restait plus à présent que des moellons brisés sous leurs pieds, et les mauvaises herbes indéracinables, obstinées à reconquérir leurs droits parmi les déblais.

Il ne savait pas comment Rita et lui parvenaient à courir ainsi. A une ou deux reprises, il la sentit trébucher près de lui, mais chaque fois elle se rétablit et le rejoignit. Le bout du terrain vague se rapprochait, une rue sombre, guère prometteuse. Il buta sur un muret de brique, vestige de fondations, et s'étala durement sur le trottoir, paumes en avant, pour protéger son visage. Les aspérités du bitume s'enfoncèrent dans sa chair comme des aiguilles, lui causant une douleur cuisante, brutale, qui lui monta jusqu'à l'épaule. Avertie par sa chute, Rita sauta par-dessus l'obstacle et s'arrêta à proximité.

Roulant sur le dos, il la vit qui inspectait la rue, d'un côté, puis de l'autre. Il allait lui dire que ça allait mais elle parla avant lui, appelant Charlie dans la nuit.

« Il est là ? demanda Steven, se remettant sur pied et frottant doucement ses paumes l'une contre l'autre pour se débarrasser des saletés.

– Je crois, répondit-elle. Par là. »

Elle désigna une entrée d'immeuble, de l'autre côté de la rue. Peut-être était-ce une silhouette que l'on devinait là, tapie contre la porte fermée, ombre noire dans l'obscurité. Peut-être pas. Il ne pouvait le dire.

« Charlie ! C'est moi, Miss Torres ! appela-t-elle. Je voudrais te parler. »

Dans le silence qui suivit, Steven garda son regard rivé à la porte, tendant l'oreille. Il se demandait si quelqu'un, dans les immeubles, avait pu entendre Rita.

« Charlie ! appela-t-elle de nouveau. C'est Miss Torres ! »

Quelque chose remua en face. Une silhouette quitta l'entrée de l'immeuble, traversa la rue. C'était le garçon qu'ils poursuivaient, Steven en était certain.

Déjà Charlie Wain arrivait vers eux, traînant les pieds, avec un air de chien battu.

« 'savais pas que c'était vous, Miss Torres », marmonna-t-il d'un ton qui pouvait, à la rigueur, passer pour une excuse. Il portait un long pardessus gris qui lui tombait des épaules comme un poncho.

Steven ne dit rien, et Rita ne chercha pas à savoir qui Charlie pensait que ce pût être.

« Il y a deux ou trois choses que Mr. Hillyer voudrait te demander », Charlie, déclara-t-elle. De la manière dont elle en parlait, on aurait pu croire qu'il s'agissait d'un exercice d'anglais.

« Ouais, j'imagine », répondit Charlie, faisant un vague geste de la main en direction de Steven. La lumière du réverbère se refléta un instant sur une gourmette d'or blanc, avec un éclat terne.

« Le jour où Timothy a été tué, Charlie, commença Steven, peux-tu me dire ce qui s'est passé?

– Je ne sais pas.

– Je ne veux pas dire avec les flics. Avant, au début.

– Dites... », fit le garçon, d'un air d'impuissance. Il jeta un regard en direction de Rita.

« S'il te plaît », insista-t-elle, mais Charlie Wain se contenta d'avaler sa salive, hochant la tête. S'il devait les aider, ce serait à contrecœur.

« Tu étais avec Mr. Lucasian, n'est-ce pas? reprit Steven essayant de le débloquer.

– Je crois.

– Et il t'a emmené à la salle de muscu?

– *Emmené?*

– Tu es monté avec lui? Au cinquième étage?

– Allez, c'est quoi, ces conneries? fit Charlie d'une voix dure, s'adressant à Rita. Pourquoi essayez-vous de me mêler à cette histoire de merde?

– Tu ne seras mêlé à rien du tout, Charlie, le rassura-t-elle. C'est juste pour Mr. Hillyer. »

Charlie détourna les yeux, traînant les pieds.

« Il était là, reprit Rita. Tu t'en souviens bien. Il est entré et a essayé d'aider Timothy. Dis-lui tout ce que tu sais. »

Le garçon l'observa un long moment, retournant lentement les pensées dans son esprit. La fine membrane de sa patience était étirée au point d'en être transparente. Steven la voyait sur le point de se rompre.

« Je n'étais pas obligé de venir vous trouver, vous savez, affirma Charlie.

– Mais tu l'as fait, répondit Steven. Miss Torres apprécie ce geste, et moi aussi.

– Je suis allé là-haut avec personne », déclara enfin le garçon, hochant la tête.

Steven jeta un coup d'œil à Rita. Ce n'était pas ce qu'elle lui avait dit. Elle avait l'air aussi déconcertée que lui.

« Alors, qu'est-ce que tu faisais au cinquième? demanda Steven.

– Il m'a mis à la muscu. Le foot, tu parles. Connerie!

– Qu'est-ce qui est une connerie?

– Moi, en train de faire du foot? Ça va pas?

– Tu es monté pour faire de la muscu, c'est ça?

– C'est ce que je vous dis.

– D'accord, parfait, ça nous aide bien, Charlie, répondit Steven, essayant de désamorcer l'agressivité du garçon. En somme, tu es monté tout seul, pour t'entraîner. »

Charlie secoua la tête.

« C'est fermé, d'accord? Une espèce de règlement à la con, depuis deux ans. Alors, j'ai attendu que l'autre gus arrive pour m'ouvrir la porte.

– Tu veux dire, Mr. Lucasian?

– Mmmm. J'ai attendu deux minutes et il venait pas, alors j'ai essayé d'entrer, et la porte était ouverte. C'est comme ça que je les ai trouvés.

– Donc, tu es entré seul? »

A-t-il dit qu'il voulait me parler? avait demandé Steven à Lucasian. *Il n'a même pas prononcé votre nom*, avait répondu celui-ci, par pure méchanceté. Il n'était même pas dans la salle. C'était Charlie Wain qui était là. Soudain, Charlie se tourna vers Rita, l'air exaspéré.

« Il faut tout lui répéter deux fois, à ce type?

– Je t'en prie, Charlie.

– Ouais, ouais, marmonna Charlie, se tournant de nouveau vers Steven. Alors, vous voulez savoir ce qu'ils étaient en train de faire? Disons que la fille, elle était sur la machine, quoi, elle était allongée dessus. Putain, je sais que c'est une drôle d'école, mais je m'attendais pas à trouver une nana allongée sur une machine de muscu.

– Et Timothy?

– Il était comme au-dessus d'elle.

– Couché sur elle?

– Tout juste. Je sais pas s'il la bourrait ou quoi. J'ai fait une espèce de " Argh ", et il m'a repéré. »

Steven avait la tête qui tournait. Ce n'était pas cela qu'il aurait voulu entendre. Les journaux avaient d'abord affirmé qu'Ophelia n'avait pas été violée mais, ce matin, un article suggérait que c'était peut-être le cas, malgré tout. Il pensait connaître Timothy, et quand il évoquait la violence passionnelle, obscure, de ce garçon, ce n'était jamais quelque chose d'aussi simple, d'aussi brutal que ce que décrivait Charlie à présent.

« Et elle, Ophelia? Que faisait-elle? questionna-t-il d'une voix sourde.

– Je l'ai pas regardée, Mr. Hillyer. C'est la vérité. Je me suis tiré, à reculons.

– A-t-il dit quelque chose? Ou elle?

– Ouais, je crois. C'est possible.

– Lequel?

– Lui, je crois. 'sais pas. Il a dit un truc du genre " Charlie, tire-toi de là ", je sais pas trop. Peut-être qu'il a rien dit non plus.

– C'est important, Charlie. Qu'a-t-il dit?

– C'est ce que je viens de vous dire. Il m'a dit " Casse-toi ", alors je suis sorti. Je veux dire, je n'avais pas un magnétophone dans ma poche. Personne m'a dit que c'était le prochain sujet d'interro. Il n'a pas vraiment dit " Casse-toi. " C'est plutôt moi qui ai dû dire un truc du genre " Timothy, qu'est-ce que tu fous là? ", et il m'a répondu " Tire-toi, tire-toi, tire-toi ", quelque chose comme ça.

– Et Ophelia? Était-elle vivante, Charlie?

– Putain, qu'est-ce qu'il aurait fait sur elle, si elle n'avait pas été vivante?

– Je veux dire, a-t-elle dit quelque chose, fait un geste, émis un son?

– Je vous ai dit ce que j'ai vu. Je ne sais pas qui a bougé, qui a fait quoi.

– La menaçait-il? A-t-il dit qu'il allait lui faire du mal?

– Je viens de vous le dire, ce qu'il avait dit.

– Et donc, tu es parti?

– Vous avez intérêt à me croire. Et puis, l'autre est arrivé.

– Mr. Lucasian.

– Vous avez des difficultés de compréhension ou quoi? Ouais, Mr. Lucasian. Je suis tombé sur lui en sortant, alors je lui ai raconté le coup, et il a été prévenir les flics, et moi, j'ai été chercher Miss Torres. »

Tous trois demeurèrent silencieux un moment. Le récit du garçon ne correspondait en rien à ce qu'imaginait Steven, ni à ce que lui avait déclaré Lucasian, quelques heures auparavant. Il était revenu dans le Bronx pour entendre dire qu'Ophelia James était encore consciente, qu'elle bougeait, il aurait voulu qu'elle ait dit quelque chose, ou Timothy, une phrase qu'il aurait pu se répéter encore et encore, comme un enregistrement, une image qu'il aurait pu examiner, détailler sans cesse dans son esprit, jusqu'à ce qu'il comprenne ce qu'ils faisaient dans cette salle de musculation, et ce qui avait pu pousser Timothy Warren à bout, au point de lui briser le cou.

Charlie Wain, silencieux, attendait une nouvelle question, dansant d'un pied sur l'autre, déjà prêt à filer.

Rien ne paraissait plus clair à Steven, pas même les choses qu'il croyait savoir.

« Très bien, Charlie, déclara-t-il enfin, trop perplexe, trop dérouté pour pouvoir immédiatement faire le tri dans ses pensées. J'apprécie vraiment ton aide, merci.

– Ouais, d'accord », marmonna le garçon. Il passa entre Rita et Steven, et s'éloigna dans la rue de son pas pesant.

Steven sentit la main de Rita posée sur son bras. Il se tourna vers elle.

« A-t-il pu vous aider ? demanda-t-elle.

– Je ne sais plus ce qui m'aide ou ce qui ne m'aide pas », répondit-il.

Puis, avant qu'elle eût pu ajouter quoi que ce soit, la question qu'il aurait voulu poser à Charlie, depuis le début, la question essentielle, jaillit soudain dans son esprit, et il se retourna pour rappeler Charlie.

Le garçon s'arrêta, se retourna aussi. Il avait les épaules voûtées, et ses bras pendant le long de son corps paraissaient étrangement longs.

« Étaient-ils amis ? cria Steven dans la rue. Ophelia était-elle la petite amie de Timothy ? »

Les paroles parurent se figer, stagnant dans l'espace, incongrues au milieu de cette rue en ruine. Elles évoquaient vaguement l'enfance, comme des clochettes tintant dans le vent, accompagnées de rires aigus, de comptines. Qui avait encore une petite amie ? Après tout, il parlait de deux enfants, deux enfants morts.

« Bof... », répondit Charlie, ne pouvant ou ne voulant pas répondre. Il fit encore quelques pas, et s'évanouit dans l'obscurité, entre deux réverbères blafards.

Tandis qu'ils attendaient le métro, Rita lui prit les deux mains et les retourna pour les examiner, d'un geste maternel qui le mit mal à l'aise. Il finit par les retirer, lui disant qu'elle lui faisait penser à Blanche-Neige en train de vérifier si les nains s'étaient bien lavé les mains avant de dîner.

« Et vous, vous me faites penser à Grincheux, répliqua-t-elle en riant. Je ne sais pas pourquoi, mais j'ai dans l'idée qu'il n'y a ni teinture d'iode ni pansement chez vous.

— Faux, affirma-t-il.

— Vous en avez ? » Elle paraissait incrédule.

Il secoua la tête.

« Je n'ai même pas de chez moi. »

Lui révéler qu'il n'avait pas d'appartement lui faisait plus mal encore que la brûlure de ses mains, de ses genoux, de ses épaules. Il était certain que, s'il le lui proposait, elle l'accompagnerait chez lui, ou du moins il était suffisamment confiant dans la réponse pour oser le lui demander. Après ce qu'ils venaient de vivre ensemble, il sentait entre eux une proximité qu'elle devait bien ressentir aussi. Mais il ne pouvait rien, rien faire pour la raison simple, mais non moins humiliante, qu'il vivait chez sa mère.

Durant le trajet, il lui en expliqua la raison, lui racontant comment son appartement avait été ravagé, et comment les deux flics avaient proféré des menaces voilées, espérant qu'elle partagerait son indignation.

« Et vous avez laissé les choses en plan ? fit-elle, d'une voix où ne perçait ni compréhension ni complaisance.

— Je n'ai rien laissé *en plan*, répondit-il, sur la défensive. J'ai fait venir une entreprise de nettoyage pour qu'ils me débarrassent de toute cette saloperie.

— En effet, vous ne vous laissez pas faire.

— Écoutez, tout ce que je possédais a été massacré. Qu'est-ce que j'étais censé faire ?

— Retourner chez maman, je suppose.

— Qu'est-ce qui ne va pas chez vous ? » fit-il, en colère. Il était retourné à la maison maternelle parce qu'il devait bien loger quelque part. Ça n'avait rien à voir avec sa mère.

Elle leva les mains en signe d'apaisement.

« Ne vous énervez pas. J'ai l'impression que j'ai touché un point sensible.

— Vous n'avez pas touché de point sensible.

— Vous voulez dire que vous réagissez toujours ainsi ?

« – D'accord, je suis un homme adulte, et j'ai filé chez ma mère. C'est cela que vous voulez me faire dire?

– Je suis désolée. Non, je ne veux rien vous faire dire du tout, d'accord? »

Sur quoi elle se cala bien sur la banquette et détourna le regard.

« Ne vous énervez pas », fit-il, l'imitant.

Pendant une minute ou deux, ils demeurèrent sans se regarder, laissant leurs yeux parcourir le wagon presque vide.

« Vous avez raison, déclara-t-elle enfin. Je ne sais pas ce que c'est que de voir son appartement dévasté. Ce doit être terrible. »

Il se tourna vers elle. Ses cheveux étaient retombés sur ses yeux. Elle avait l'air très jeune, lointaine, isolée en elle-même. Il hocha la tête.

« De toute façon, reprit-elle, moi aussi, je vis chez ma mère. »

Elle eut une moue hésitante, tentant de dissimuler l'amorce d'un sourire.

« Et vous me faites un procès? fit-il d'un ton léger, souriant franchement.

– Oui. Ça pose un léger problème, n'est-ce pas? » répliqua-t-elle.

Il eut un coup au cœur, se sentit rougir. Il était certain de bien comprendre ce qu'elle disait, et un flot de désespoir l'envahit, à l'idée qu'il pourrait laisser ce moment lui échapper.

« Cela dit, ils ont nettoyé, affirma-t-il, saisissant la première solution qui se présentait. Je veux dire, c'est toujours la pagaille, mais au moins...

– Il n'y a plus de merde par terre.

– Voilà.

– Je crains que si, Steven, répondit-elle, secouant la tête, l'air las, mélancolique. C'est gentil à vous de le proposer, mais je ne crois pas que ce serait très agréable. »

Il hocha la tête en signe d'assentiment, mais il se sentait amer, l'estomac noué par ce refus qu'il ne digérait pas. Il avait l'impression d'être un adolescent embarrassé, ne trouvant rien à dire après avoir tenté de peloter maladroitement une fille, au mauvais moment. Ils firent le reste du trajet jusqu'à Manhattan en silence, Steven tenant devant lui ses mains abîmées, doigts écartés, telles les nervures d'une feuille. Ses paumes brûlaient et le démangeaient en même temps, comme enduites d'un suc vénéneux. Chaque fois qu'il tentait de remuer les doigts, aussi faiblement que ce fût, la douleur lui enjoignait de n'en rien faire.

« Nous pouvons peut-être aller quelque part pour discuter, suggéra-t-il.

– Occupez-vous de vos mains, sinon cela va s'infecter, dit-elle. Ensuite, nous pourrons aller faire un tour dans le parc. »

Elle l'attendit dans la rue, tandis qu'il entrait dans un vieux restaurant allemand qui semblait, vu son aspect extérieur, proposer des lavabos corrects. Il lui fallut presque dix minutes pour ôter toutes les particules de bitume incrustées dans sa peau, en frottant ses paumes avec ses ongles, sous l'eau courante. Lorsqu'il sortit, Rita était en train de discuter en espagnol avec un homme, mais elle se débarrassa de lui dès qu'elle l'aperçut.

« Ils sont incroyables, ces types, déclara-t-elle. Si vous leur dites que vous n'êtes pas une pute, ils s'imaginent qu'ils vont tirer un coup gratuit. Allons-y. »

Après avoir descendu la 86ᵉ Rue jusqu'à l'East River, ils errèrent dans le parc, trouvant finalement un endroit agréable sur la jetée de pierre, juste au-dessous de Gracie Mansion, la résidence du maire. De l'autre côté de la rivière, les lumières des immeubles et des quais dansaient comme des étoiles au ciel, tandis que, plus loin en aval, celles du pont tournoyaient comme des tourniquets de feu d'artifice. Ils demeurèrent un instant appuyés au parapet, écoutant l'eau clapoter contre les pierres, sous eux, dans l'ombre. Il passa un bras autour d'elle, et elle laissa doucement tomber sa tête sur son épaule.

« Je ne sais pas ce que je dois faire », déclara-t-il enfin, d'une voix pensive, distante.

Elle s'écarta de lui et le regarda bien en face, choisissant de ne pas comprendre. Il voulait partager ses doutes avec elle, mais elle paraissait offensée que ses pensées fussent si loin de ce moment d'intimité avec elle.

« Il n'y a rien à faire, Steven, répliqua-t-elle d'une voix dure. Si vous ne l'avez pas encore compris, il serait temps de le comprendre maintenant.

– Maintenant ? Ce n'est pas plus clair maintenant.

– Ah bon ? fit-elle, irritée. Pourquoi sommes-nous allés jusque dans le Bronx, pourquoi avons-nous couru après Charlie Wain si vous ne voulez pas entendre ce qu'il vous a dit ?

– Et qu'est-ce qu'il m'a dit, grands dieux ?

– Que Timothy était couché sur une fille. Qu'est-ce que vous en pensez ?

– J'en pense que cela n'a aucun sens, rétorqua-t-il, en colère à son tour. Timothy avait des problèmes, mais violer les filles, ce n'était pas son propos. Et que faisait-elle là-haut? Ophelia n'était pas le genre de fille qui monte discrètement au cinquième pour faire des saloperies.

– Elle en avait peut-être justement envie, Steven. Elle en avait peut-être assez d'être une petite fille. Ce sont des choses qui arrivent. »

Puis, une fois seule avec lui, elle aurait changé d'avis, et Timothy l'aurait tuée. C'était possible, mais cela ne lui paraissait pas coller, ce n'était pas ainsi qu'il voulait imaginer ces deux enfants morts.

« Très bien, déclara-t-il doucement, admettant l'hypothèse à contrecœur. Mais Lucasian?

– Que voulez-vous dire?

– Il était dans la salle avec eux, c'est ce qu'il a dit. Charlie dit qu'il n'y était pas. »

Elle resta un moment silencieuse. Quand enfin elle parla, c'était d'une voix douce, pleine de compréhension, où la colère s'était tarie.

« Je sais que c'est dur à accepter, affirma-t-elle. Tout cela est si moche, et vous ne voudriez pas que ça le soit.

– Non, avoua-t-il, en effet.

– Alors, regardez ailleurs. Regardez-moi. » Elle leva une main, toucha son visage. « Nous sommes ici. Maintenant. Nous ne sommes pas dans le Bronx. Oublions tout ça.

– Je ne peux pas. Je ne comprends même pas pourquoi vous voudriez que je l'oublie. »

Elle lui répondit en l'embrassant doucement, frôlant à peine ses lèvres. Et soudain elle se pressa contre lui, avec une force, une passion qui lui coupèrent le souffle. Sa bouche, ses narines se remplirent d'un parfum frais et épicé de citron et de menthe, mêlé à une odeur vaguement entêtante de fleurs écrasées, en un kaléidoscope de bleus, de verts et de jaunes pâles. Il la prit par la nuque, emmêlant ses doigts dans la nuit épaisse et dense de sa chevelure, qui parut s'enrouler autour de lui tel un piège merveilleux.

L'espace d'un instant, il se sentit effrayé, dépassé, comme si sa propre sexualité eût été faible, docile, médiocre, face à la violence de cette passion. Il savait qu'elle pouvait complètement le dominer si elle le souhaitait, s'il la laissait faire, mais il se battit, se forçant à reprendre le contrôle des événements. Il la saisit par les cheveux, l'écrasa contre lui, pressant son ventre contre le sien, de manière qu'elle comprît bien. Finalement, c'est Rita qui abandonna, glissant hors de son étreinte, s'écartant autant qu'il le lui permettait.

Pendant un moment, ils demeurèrent ainsi, presque à bout de bras l'un de l'autre, comme si la violence passionnée de ces dernières secondes avait été une sorte de match.

« Oubliez tout ça », dit enfin Rita, avec une ombre de sévérité, ou de résignation peut-être.

Il hocha la tête, avec un sourire blême, et de nouveau elle l'embrassa doucement.

« Pourquoi ne feriez-vous pas remettre votre appartement en état ? » conclut-elle en riant, d'un rire de jeune fille.

SAMEDI

La circulation s'étendait devant lui, semblable à un serpent blessé. Vince Donadio appelait ça la *cirenculation*. Un samedi matin, il n'y avait aucune raison pour que ce fût ainsi. Il baissa la tête sur le volant et se frotta le front, essayant au moins de maintenir la circulation sanguine. Son pied droit avait tant joué avec le frein qu'il ne le sentait plus, ne savait plus où il était posé. Simplement, la voiture n'avançait pas. Ce qui signifiait que soit il appuyait sur le frein, soit il était en panne sèche.

D'ailleurs, c'était exactement cela. Pouvait-on être plus en panne sèche que Vincent J. Donadio, futur ex-inspecteur des services de police de New York, actuellement suspendu de ses fonctions parce que son partenaire avait descendu un Nègre, ce qui posait problème avec l'hôtel de ville ? Il était tellement en panne sèche qu'on ne voyait que ça.

« Quoi ? »

Il tourna vivement la tête, jeta un regard sans expression à la fille assise à côté de lui, sur le siège avant. *Merde. Il avait dû parler tout haut.*

« Qu'est-ce que tu dis ? demanda-t-elle, prenant son regard pour une question.

— Rien.

— Tu as dit quelque chose. Je t'ai bien entendu parler.

— Je me parlais à moi-même.

— Super. »

Elle avait au maximum vingt-deux ans, mais savait déjà parfaitement jouer les salopes. *Super.* C'était tout ce qu'elle savait dire, mais d'un seul mot elle pouvait faire une discussion.

« Je me disais juste que cette ville est une sacrée pourriture, déclara-t-il.

— Tu peux avancer, répondit-elle, montrant la voiture devant eux, qui avait progressé de presque un mètre.

— Ouais. Pourquoi rester sur place, alors qu'on pourrait être là-bas ? répliqua-t-il, relâchant le frein une seconde ou deux.

« – Écoute, dit-elle, ne te défoule pas sur moi. »

Il était inutile de poursuivre cette discussion, aussi garda-t-il le regard fixé sur la route, comme s'il conduisait. Au bout de l'autoroute s'élevait le pont George Washington, à quatre kilomètres et demi à vol d'oiseau, soit vingt minutes de métro, quarante-cinq en marchant d'un bon pas, et une matinée et un après-midi entiers au rythme où ils progressaient. Il remarqua autour de lui le nombre de voitures en plus mauvais état que la sienne, une Plymouth vieille de quatre ans, des VW coccinelles, avec des pare-chocs et des portières d'une couleur différente de celle de la carrosserie, de vieilles Dodge qui ne tenaient que par la rouille, des petites bagnoles japonaises si indescriptibles que leur nom ne voulait rien dire, même en japonais.

Et lui, avec son salaire de flic, une pension alimentaire à payer, un enfant à charge, trouvait le moyen d'avoir une meilleure voiture que les trois quarts des habitants de cette ville. Si cela ne prouvait pas à quel point cette putain de ville était foutue, rien ne pouvait le prouver.

Et, s'il fallait d'autres exemples, il en avait à la tonne. Un Italien, un type dans la force de l'âge, en pleine santé, vivant seul dans une HLM délabrée dont n'aurait même pas voulu un sans-abri, se rendait dans une banlieue résidentielle, à Dobbs Ferry, rien de moins, pour rendre visite à son collègue, un Nègre. Ce n'était pas de la dinguerie, ça?

Et pourquoi allait-il le voir? Parce que tous deux étaient en train de se casser la figure, et que celui qui n'avait même pas tiré avait cette idée idiote qu'il leur fallait préparer quelque chose pour se défendre.

Donadio tendit le bras, posa tranquillement la main sur la cuisse de la fille. Elle portait un short. Sa peau était fraîche, lisse.

Elle ne dit rien. Sa main était là, elle la sentait, elle était d'accord. Au moins le fameux charme latin fonctionnait-il toujours! Il jeta un coup d'œil dans sa direction, vit qu'elle regardait droit devant elle, l'air vaguement absent. C'était son genre. Elle l'ignorait un moment, ensuite elle le regardait, et elle poussait une espèce de soupir, et tout redevenait normal. Elle s'appelait Marla (*Marla femina*, disait-il parfois), ils se voyaient depuis cinq mois et vivaient ensemble depuis deux. Le contact de sa cuisse douce et fraîche lui fit tourner la tête.

A moins que ce ne fût le Jack Daniel's. En tout cas, il avait la tête qui tournait, et il ne savait plus si elle tournait déjà avant qu'il ne la touche. Il lui semblait vaguement que oui, mais il préféra lui en accorder le mérite.

Son short était fait d'une espèce de tissu soyeux, très fin, très léger, et elle portait dessous un de ces slips si minuscules qu'il se demandait vraiment à quoi ça servait. Si le short avait été plus large, il aurait glissé sa main en dessous, mais il lui serrait les cuisses comme un bandage. A défaut, il laissa sa main glisser le long du tissu, jusqu'en haut de ses cuisses, puis redescendre de l'autre côté – Whizzz! –, faisant halte là où ses doigts, au travers de cette barrière presque inexistante, pouvaient suivre les contours compliqués de son sexe.

« Vince », fit-elle.

Comme il ne répondait pas, elle ôta sa main, la saisissant par le poignet, tel un animal crevé qu'elle n'aurait pas voulu toucher.

« Qu'est-ce qu'il y a? demanda-t-il.

– Ça ne va pas? Qu'est-ce que tu fais?

– Qu'est-ce que je fais, à ton avis?

– Peu importe mon avis, répondit-elle avec irritation. Il n'en est pas question.

– Et pourquoi?

– Au milieu de l'autoroute? Allons, Vince.

– Nous sommes dans une voiture.

– Et alors?

– Et alors rien. Tu dis que nous sommes au milieu de l'auto-route. Je te fais juste remarquer que nous sommes à l'intérieur d'une voiture.

– Ouais, avec des fenêtres partout. »

La circulation se débloquant un peu, la voiture devant eux avança de cinq ou six mètres. Donadio garda le pied sur le frein.

« Tu crois que le monde entier n'a rien de mieux à faire que de regarder ta chatte? » questionna-t-il.

Aïe, songea-t-il, *c'était la chose à ne pas dire. Évidemment, qu'elle le croit. Toutes les femmes le croient. Et, la plupart du temps, elles ont raison.*

« Simplement, je n'aime pas me donner en spectacle, répondit-elle d'un ton boudeur.

– Personne ne peut nous voir.

– Si, tout le monde.

– Regarde les autres voitures, reprit-il. Combien de sexes vois-tu? »

Elle jeta un coup d'œil autour d'elle et vit qu'il avait raison, mais elle était trop têtue pour l'admettre.

« Depuis les camions, on peut voir », répliqua-t-elle.

Un klaxon résonna derrière eux. Il fallait qu'il se rapproche de la voiture qui le précédait. Mes pieds, oui.

« Il n'y a pas de camion, affirma-t-il. Les camions n'ont pas le droit de prendre l'autoroute du West Side.

– J'en vois deux.

– Ne raconte pas n'importe quoi. Je suis flic. Je connais les règlements, dans le coin. »

De nouveau, le conducteur klaxonna derrière eux. Donadio lui fit signe de se mettre un doigt.

« Et ça, ce n'est pas un camion, peut-être ? » s'écria-t-elle, tendant l'index droit devant eux.

Et merde. *C'était* un camion, un putain de camion de location de chez Hertz, un fourgon jaune, aussi grand qu'une maison, à dix voitures devant eux. Cela faisait deux heures qu'il l'avait sous les yeux, sans s'en rendre compte.

Le connard derrière écrasait l'avertisseur, à présent. Devant eux, il y avait un trou de quinze mètres, et apparemment il devait absolument le combler, d'urgence.

Saisissant la poignée, il ouvrit brusquement la portière.

« Mais qu'est-ce que tu *fais* ? demanda-t-elle.

– Je sors de cette putain de bagnole, ça ne se voit pas ? »

Il claqua la portière derrière lui et se mit à vaciller comme si la chaussée se soulevait. Il parvint cependant à garder son équilibre. C'était juste la chaleur, la chaleur qui irradiait du bitume ; c'était d'être resté aussi longtemps assis et de s'être levé d'un seul coup. Il dut s'appuyer au toit de la voiture, mais il était certain de récupérer en une minute. Ce fut le cas, en effet.

Il regarda le conducteur de la voiture, derrière lui.

« Pourquoi tu t'énerves comme ça sur ton klaxon, tu n'arrives pas à péter ? » fit-il de son ton le plus autoritaire. C'était un Pakistanais, un type minuscule, dont les yeux dépassaient à peine le volant. Bon dieu, qu'est-ce qu'un type de ce genre pouvait bien avoir dans le train pour faire tant de bruit ? C'était incroyable, l'effet de la circulation sur les gens. En tout cas, il avait l'air terrorisé, et il remonta sa vitre aussi vite que possible.

Très bien. Qu'il crève étouffé dans sa bagnole. L'inspecteur Vince Donadio avait d'autres chats à fouetter.

Se détournant, il se dirigea vers le camion de location, qui n'avait rien à faire sur l'autoroute du West Side. Il avait conscience de ne pas marcher très droit et essaya de se reprendre, mais sans succès, et il se résolut à avancer entre les voitures d'un pas mal assuré, comme si c'était une espèce de plaisanterie. Il se disait que les occupants de chaque véhicule devaient parler de lui et affirmer d'un ton docte qu'il était ivre.

Sans doute était-ce le cas, car il avait bu toute la nuit, mais ce n'étaient pas leurs oignons.

« Eh, vous, là! » aboya-t-il, se dirigeant droit vers le camion jaune de chez Hertz.

Hertz l'avait vu arriver dans le rétroviseur. Sa vitre était baissée.

« C'est à moi que vous parlez? » interrogea-t-il. Le type semblait costaud, dans les cent, cent vingt kilos, mais il n'avait pas particulièrement l'air de chercher la bagarre.

« A votre avis? fit Donadio. Vous n'avez pas vu les panneaux " Interdit aux camions "?

— Je n'ai rien remarqué », répondit Hertz.

C'était de la provocation délibérée, mais Donadio garda un ton posé, professionnel.

« Les camions sont interdits sur cette autoroute, déclara-t-il.

— Je m'en souviendrai.

— Un fourgon de location, c'est un camion.

— Je vous dis que je m'en souviendrai, répliqua Hertz. Pourquoi ne retournez-vous pas à votre voiture, mon vieux?

— Parce que les camions sont interdits sur cette autoroute, bordel! » rétorqua Donadio, perdant son ton posé et professionnel.

Déjà le type était descendu sur la chaussée, comme propulsé par un siège éjectable.

« Vous êtes flic? fit-il, nez à nez avec Donadio.

— Ouais.

— Alors, collez-moi une amende et tirez-vous », dit Hertz sur un ton de défi.

C'était, en réalité, pour cela que Donadio était venu le voir. Mais il lui apparut soudain qu'étant suspendu de ses fonctions cela lui était difficile. Outre le fait qu'il n'avait pas de carnet de contraventions sur lui. Il recula d'un pas, chancelant, essayant de trouver un moyen de s'en sortir sans se ridiculiser davantage.

« C'est bon, affirma-t-il. C'était juste pour savoir. »

Il battait en retraite, ce qui n'était pas dans le tempérament d'un fonceur tel que Vince Donadio. Il fit un léger écart, heurta le camion.

« Je voudrais juste vous montrer quelque chose, dit Hertz, lui emboîtant le pas.

— C'est bon, laissez tomber.

— J'ai ma fille avec moi », ajouta Hertz.

Donadio jeta un coup d'œil vers la cabine. En effet, il y avait une petite fille sur le siège du passager. Donadio eut à peine le temps de se demander en quoi cela avait la moindre importance que, déjà, Hertz revenait avec l'explication.

« Vous venez me trouver, vous me sortez des grossièretés par la vitre, et vous dites que vous êtes flic. Je voudrais vous montrer quelque chose », répéta Hertz.

Il tenait une plaque à la main. Son nom, en fait, n'était pas Hertz, mais August Schultze, et il était brigadier de police dans le dix-septième district.

Les rideaux étaient tirés, l'appartement plongé dans l'ombre, quand Tal Chambers entra avec sa clé, refermant silencieusement la porte derrière lui. C'était le milieu de la matinée, mais L. D. dormait encore, roulée en boule sous les draps tachetés de vert comme une enfant ou comme une petite chatte, lovée sur elle-même, les jambes repliées. Un de ses bras était posé sur le drap, telle une zébrure d'innocence brune et douce faite par un peintre, d'un seul coup de pinceau, suggérant sans la nommer la sexualité secrète qu'elle dissimulait si bien dans le sommeil, le feu couvant sous la cendre.

Tal la regarda longtemps, émerveillé, puis déboutonna lentement sa chemise qu'il ôta, quitta ses chaussures, dégrafa sa ceinture et la fermeture Éclair de son pantalon, qui glissa avec un bruit métallique, plus fort qu'il ne l'aurait souhaité. Elle soupira, parut s'enfoncer davantage dans le matelas, sans mouvement apparent. En cinq secondes, il était nu, excité à présent, le souffle un peu court, vibrant de désir et d'impatience, embrasé par la pensée de sa propre nudité face à elle, chassant soigneusement de son esprit toute image d'elle, et jusqu'à la conscience de son corps. Il voulait juste la voir telle qu'elle était maintenant, alanguie, indifférente, lovée comme une gamine, retardant autant que possible le moment où, éveillée, elle déploierait ses longues jambes, roulerait doucement la tête sur l'oreiller, se cambrerait, si différente soudain, et si irrésistible que cela paraîtrait tenir de l'illusion.

Il avait eu une amie, à Portland, quand il jouait encore, qui assurait que les préliminaires étaient la mort du sexe. Rien ne l'excitait tant que de lui sauter dessus par surprise, aux moments les plus inattendus, tandis qu'il était au téléphone, se préparait un verre ou lisait le journal. Ce n'est pas le genre d'initiative qu'un homme décourage en posant des questions. Mais ce n'est qu'en rencontrant L. D. qu'il avait commencé de comprendre cela. Il y avait une sorte de décharge électrique, dans cette soudaine éruption de la sexualité, que ne pouvaient égaler les émois brûlants de la séduction telle qu'il l'avait toujours pratiquée. Aussi loin qu'il se souvînt, les femmes qui l'avaient excité étaient des femmes mûres, un peu strictes d'allure. Il les imaginait en train de croiser et décroiser les jambes, s'excitant en secret, gagnant du temps en faisant jouer leurs muscles sous la robe, jusqu'à ce que vienne le moment de laisser libre cours à leur ardeur odorante. Il les repérait en un instant, dans une salle bondée (et ce, affirmaient ses coéquipiers, même sur le terrain de basket).

C'était là le jeu auquel il jouait à l'époque, celui du désir, du plaisir promis. Parvenir à l'entente avec une telle femme, jouir une heure, une soirée, le plus longtemps possible, du parfum insistant de son attente, de son désir, c'était là la finalité de la chose, la raison pour laquelle n'importe quel homme aurait souhaité être dans sa peau, en cet instant au moins. C'était, ainsi qu'il le disait, comme d'attendre qu'un gâteau sorte du four, un gâteau qui était d'autant meilleur qu'il avait cuit longtemps.

C'est également ainsi qu'avait débuté sa relation avec L. D. Il l'avait rencontrée à l'une de ces réceptions qu'organisait Kellem, le député du Congrès, une fois par mois à peu près, pour annoncer la mise en place d'une nouvelle commission ou d'un nouveau groupe de travail destiné à changer le visage du Bronx. Celle-ci était liée à un programme de sports pour les adolescents dans le district de Kellem, et Tal avait été nommé au comité, en même temps que deux anciens voltigeurs des Yankees et deux ailiers défensifs des Giants, qui jouaient et résidaient dans le New Jersey. Aucun d'eux n'ayant été mis au courant du programme en question, L. D. avait passé la soirée à papillonner parmi les athlètes, se précipitant dès qu'un journaliste approchait et répondant aux questions comme si ces rois du ballon n'étaient que des marionnettes de ventriloque, allant ainsi de l'un à l'autre et parlant à sa place.

Si jamais femme avait eu une aura de sexualité évidente, immédiate, c'était L. D. Woods. Dieu sait cela. Le cerveau de tous les hommes noirs et de la plupart des hommes blancs présents à la soirée tournait à grande vitesse pour être à la hauteur de ses reins, cherchant, évaluant, dessinant en une fraction de seconde, comme un ordinateur, les lignes qui parvenaient à former une telle paire de hanches. Le temps que Tal Chambers l'intercepte en plein vol, quatre des joueurs avaient déjà téléphoné à la maison pour mentir à leur épouse, parlant d'un vieux copain rencontré par hasard et avec lequel ils allaient boire un verre ou deux. Tal plongea son regard dans le sien, si profondément qu'il sut immédiatement tout ce qu'il y avait à savoir.

« Si vous parvenez à survivre, pensez-vous que nous pourrions prendre un verre après la soirée? demanda-t-il.

— Ce sera avec plaisir », répondit-elle d'une voix voilée qui lui ébranla les nerfs. Il sentait le gâteau dans le four, le parfum des myrtilles gonflées par la chaleur, prêtes à éclater.

Quand ils s'endormirent enfin chez elle, vers l'aube, il était plus épuisé, plus satisfait qu'il ne l'avait jamais été. Il croyait savoir ce qu'était la passion, le désir, mais L. D. Woods l'avait saisi entre ses cuisses puissantes, musclées, et l'avait tordu comme une serpillière. Les métaphores traversaient son esprit, semblables à des météores. Elle était le feu, elle était l'éclair, elle était une rivière écumante, un train fou. Elle était tout cela. Mais au matin, quand il retourna dans la chambre après s'être douché et rasé, et qu'il la trouva endormie, il comprit qu'elle serait bien plus encore.

Ce matin-là, elle s'était endormie exactement comme elle dormait à présent, ses cheveux soyeux luisant telle une aura d'un noir de jais qui encadrait son visage, le corps replié pour lui-même, abandonné, si doux et si innocent qu'il aurait pu jurer que ni lui ni personne ne l'avait jamais touchée, ni ne la toucherait jamais. Il s'était approché du lit, mû par un désir immensément chaste de simplement toucher sa peau, s'attendant presque à voir sa main la traverser comme une fumée, à sentir sa chair fondre sur sa langue comme du sucre filé.

Il avait caressé sa joue, comme si elle était sa propre enfant, s'était ensuite allongé à côté d'elle et avait attendu aussi longtemps qu'il le pouvait, avant de laisser sa main glisser le long de son corps, et que tout ne devienne plus qu'un seul frisson violent qui transformait le sommeil en passion, de même qu'un magicien change les foulards en colombe.

Maintenant ils s'embrassaient jusqu'à la douleur, puis ils firent l'amour jusqu'à ce qu'il n'y eût plus un endroit de leur corps qu'ils n'eussent exploré. Il demeura allongé sur le flanc, traçant au bout du doigt une ligne entre ses seins, sur la peau luisante, et plus bas, sur la chair plus riche encore de son ventre, aussi sombre et beau que la terre labourée après la pluie. Elle soupira deux fois afin d'apaiser son souffle, émit ensuite un petit rire tandis que son doigt dessinait des lacis compliqués sur sa peau.

« Tu ne me demandes pas ce qui s'est passé hier soir? » s'enquit-il.

L. D. savait qu'il avait rendu visite à la mère d'Ophelia James, en compagnie du Dr Carlisle; elle avait attendu qu'il vienne ou qu'il lui téléphone après. Il n'en avait rien fait, et à présent elle ne disait rien, attendant qu'il se décide à lui en parler quand bon lui semblerait.

Tal commença par évoquer le mobilier médiocre, et l'autel dans un coin du salon, comme chez sa mère. Il tenta de décrire Mrs. James, mais s'arrêta bientôt, sentant qu'il omettait le plus important, justement parce qu'il ne savait pas encore ce que c'était.

« J'aimerais plus que tout savoir ce qui est arrivé à sa fille », affirma-t-il, pensif, revoyant en un éclair brutal le visage de Victoria James quand elle les avait éconduits, le regard étincelant de fureur et d'incompréhension.

L. D. Woods posa ses longs doigts délicats sur sa tempe, traça une arche sur son front. *Oui, oui, Tal Chambers, je comprends, disaient ses doigts. Voilà une femme vertueuse, qui craint Dieu, et tu veux donc lui apporter la vérité.*

Pour L. D. Woods, il ne s'agissait pas seulement de vérité. Elle avait passé la majeure partie de sa vie d'adulte à présider des comités dont personne ne connaissait l'existence, à rédiger des rapports sur des sujets qui n'intéressaient personne, à ronger son frein en tant que grouillot de Kellem, fantassin dans l'armée d'Artemis Reach. Cela suffisait.

Une seule fois, dans votre existence, se présente l'occasion de susciter l'intérêt des gens et, lorsque ce moment arrive, vous avez intérêt à être prêt. Ophelia James était cette occasion, ou pouvait le devenir – petite fille, issue d'un foyer tel que Tal le décrivait, qui était partie pour l'école un matin et n'en était jamais revenue, et dont personne ne comprenait la mort, ni ne cherchait à la comprendre. Cette mort, cependant, avait suffi à faire venir un adjoint au maire dans le Bronx pour s'assurer que l'hôtel de ville n'aurait pas à en pâtir, et à pousser Artemis Reach à jouer à la baballe avec l'adjoint au maire pour s'assurer qu'il n'aurait pas non plus à en subir les conséquences.

Nous verrons, songeait-elle. Depuis le jour où Philip Boorstin avait débarqué au bureau des Affaires scolaires, elle avait su qu'il y avait là quelque chose de particulier, mais sans savoir quoi. C'est Tal qui le lui faisait comprendre, avec son récit attristé, plein de compassion, de cette visite à une pauvre femme impuissante, bafouée, en colère. C'était à cette femme que L. D. devait penser, c'était cette femme qu'elle devait aider. Artemis Reach se protégeait lui-même, Boorstin protégeait le maire. Mais personne n'avait songé à protéger la petite Ophelia James et, à présent, personne ne protégeait sa mère. Non seulement L. D. acceptait ce rôle, mais elle l'acceptait avec gratitude.

Mue par un élan de reconnaissance envers Tal, qui lui avait offert cela comme un cadeau, elle attira sa tête contre sa poitrine et la tint ainsi, immobile, sentant la chaleur de sa peau contre la sienne, le léger chatouillement de ses cheveux.

Avec les femmes, la plupart des hommes prennent soit de l'amour, soit du sexe, soit quelque chose entre les deux. Mais Tal Chambers venait de lui offrir autre chose, et elle tenait à faire de même.

« Qu'avons-nous en notre possession? » gronda Terranova en sortant de l'ascenseur.

Le lieutenant Brucks leva les yeux du rapport qu'il était en train de lire et se dressa, avec un salut laconique. Instantanément, une petite pile de dossiers en papier bulle posée sur le coin de son bureau se retrouva dans sa main. Il la tendit au chef.

Quelle que fût l'heure où Terranova arrivait au bureau le matin, en semaine, le week-end, durant les vacances, Brucks était à son bureau; il y était encore quand Terranova partait, chaque soir. Terranova lui avait dit un jour qu'il lui faisait penser à la lumière d'un réfrigérateur, dont tout le monde sait qu'elle s'éteint quand on referme la porte, bien que personne n'eût jamais vu la chose se produire. Le lieutenant avait pris cela comme un compliment, et c'en était un.

Terranova jeta les dossiers sur son bureau avec fracas, puis s'installa derrière en traînant les pieds, avant de se mettre à les feuilleter, pour voir quel genre de travail ses hommes avaient réalisé.

Il n'y avait rien sur Franks ni sur Donadio, ce qui n'était nullement surprenant. L'enquête approfondie sur leurs antécédents allait prendre du temps. Il commença de lire les rapports, dans l'ordre où ils se présentaient.

Le premier concernait la mère de la gamine, Victoria James. Elle n'avait pas de casier judiciaire, et semblait avoir élevé sa fille toute seule. Depuis douze ans, elle occupait le même emploi aux transports new-yorkais, et subvenait à ses besoins sans intervention de l'Aide sociale ni problème avec sa banque – excepté pendant une période de dix mois, treize ans auparavant, alors que sa fille devait être bébé.

Le rapport concernant celle-ci était plus bref encore, quelques lignes dactylographiées, car il ne contenait pratiquement aucune information. Elle n'avait jamais eu affaire au juge pour enfants, était inscrite au tableau d'honneur de ses classes, et faisait partie d'une demi-douzaine d'amicales paroissiales. Les victimes de meurtres, ainsi que Terranova l'avait depuis longtemps constaté, se divisaient en deux groupes. Soit c'étaient de véritables pourritures sans lequelles, de toute façon, le monde se portait mieux, soit c'étaient presque des saints. Pour quelque mystérieuse raison, personne ne se donnait la peine de tuer les pêcheurs ordinaires.

Le père de la fille, au moins, fournissait un rapport plus intéressant. Herman James avait effectué de courts séjours en prison, pour divers motifs, genre loterie clandestine. Il avait également été inculpé pour viol, plusieurs fois, et par la même femme, qui avait ensuite transformé sa plainte en tentative de viol, puis en simple effraction, de manière que le juge pût le condamner à une courte peine, qu'il venait d'effectuer. C'était le genre de cas que l'on voyait souvent réapparaître dans un dossier, quand un type rendait visite à sa petite amie après rupture et changement des verrous. Il n'était pas besoin de vingt ans d'expérience de flic pour deviner entre ces quelques lignes un destin minable, la vie d'un pauvre type sans envergure, qui passait sur cette terre sans jamais saisir sa chance, et sans la mériter.

Avec un grognement d'impatience, Terranova rejeta le dossier, et se hissa hors de son fauteuil. Il jeta un coup d'œil dans le réfrigérateur, sans rien y trouver qui lui fît envie. Et après? La vie, ce n'était pas toujours du mille-feuille. Il se contenta d'un blanc de poulet froid avec un reste de salade de nouilles, qu'il rapporta à son bureau avec la sensation très nette de mériter mieux.

Grondant comme un rhinocéros, il laissa tomber l'assiette de carton avec le poulet et la salade sur son sous-main et se mit à piquer dans la viande avec une fourchette, tout en prenant sur la pile le rapport suivant, qu'il parcourut rapidement des yeux. Immédiatement, il sentit la contrariété lui serrer la poitrine. Qu'est-ce que cela voulait dire? Une page sur Timothy Warren? Ce gosse était au centre de tout, un taré qui avait donné du fil à retordre à tout le monde, depuis des années. Le rapport aurait dû être épais de plusieurs centimètres. Et Terranova n'avait sous les yeux que quelques notes faisant état d'une arrestation vieille de trois ans pour avoir semé la perturbation dans une cour d'école, et cela n'avait même pas eu de suite, car l'agent qui l'avait appréhendé avait apparemment abandonné les charges quand le garçon avait été conduit dans un hôpital du Bronx pour y subir un bilan psychiatrique. Rien sur les conclusions de cet examen, alors qu'elles auraient dû y figurer ; et rien sur d'autres incidents, quand les témoignages fournis au jury d'accusation prouvaient abondamment que Timothy Warren se mettait régulièrement en situation délicate.

Terranova appuya sur la touche de l'interphone et demanda à Brucks d'aller voir si Williams était dans son bureau. Ensuite, il baissa les yeux sur le reste des dossiers, avec un regard tel que le papier faillit s'enflammer. Même avec de bonnes excuses, il n'y avait aucun pardon pour le travail mal fait. Était-ce là une contradiction ? *Qu'à cela ne tienne, je suis en contradiction avec moi-même*, songea Terranova. *Vu ma taille, je peux loger pas mal de contradictions.*

Il racla le reste de poulet dans le ravier de plastique contenant la salade de nouilles, qu'il referma avant de jeter l'ensemble dans la corbeille à papier, avec une telle violence que celle-ci vacilla. Puis il se rua sur le réfrigérateur, décidé à trouver quelque chose de bon. Cette fois, il fut tenté par une assiette de pâtes froides, qui ne lui disait pourtant rien quelques minutes auparavant. Il prit aussi un milk-shake dans le freezer, et les fourra tous deux dans le micro-ondes – le milk-shake quelques secondes seulement, juste assez pour pouvoir introduire la paille ; et les pâtes quelques secondes de plus, juste assez pour les décongeler. Les pâtes, c'était meilleur froid que chaud, mais pas glacé.

Avant qu'il eût fini l'assiette, Williams était dans son bureau.

« C'est ça que vous m'apportez ? » aboya Terranova en guise de bonjour. Il soulevait le rapport Warren entre deux doigts.

« Quand aurais-je pu trouver le temps d'en savoir plus ? Vous m'avez envoyé à l'école », lui rappela Williams.

Terranova était un homme juste, mais même les hommes justes n'aiment pas avoir tort.

« Et quand êtes-vous rentré ? demanda-t-il. Et je ne vois pas de rapport sur le lycée. »

Williams fit un pas jusqu'au bureau et, feuilletant la pile de dossiers, en tira celui qu'il désirait et le lui tendit, non sans un certain panache.

Terranova n'appréciait pas l'ironie du geste ; cependant, il ne put s'empêcher de sourire.

« Préparez-vous quelque chose à manger, pendant que je le lis », dit-il. C'était là le maximum qu'il pût faire, en manière d'excuse.

Williams hésita un instant, ne sachant pas trop s'il souhaitait finir par ressembler à son chef.

« Non, c'est bon », fit-il, déclinant l'offre d'un geste et se laissant tomber sur la chaise qui faisait face au bureau. Terranova ne mit que quelques secondes pour lire le rapport, un unique feuillet.

« Vous êtes sûr de cela ? » demanda-t-il.

Williams hocha la tête, la mine lugubre.

« L'idée était bonne, mais ça ne marche pas, affirma-t-il. La serrure est en bon état, et aucun des profs de gym ne possède la clé. Nous avons vérifié la têtière et la gâche, elles sont parfaitement vissées, tout tient bien, pas de traces d'éraflures sur les têtes de vis. Nous avons même vérifié les gonds.

– Et il n'existe aucun autre accès ?

– Non, chef. »

Terranova secoua la tête, jeta le rapport sur son bureau. Il aurait préféré que les gosses aient pu s'introduire dans la salle de muscu d'une manière quelconque, parce que le couloir était un endroit trop fréquenté pour qu'ils s'y rencontrent secrètement. Mais les faits étaient les faits, et il avait appris à ne pas les discuter.

« D'accord, parfait », déclara-t-il, écartant la question de son esprit. En outre, cela n'avait aucune importance. Il fallait juste que les choses fussent claires. L'inspecteur Franks y avait veillé, en éliminant l'assassin d'Ophelia James.

« Cela dit, nous avons quelque chose que vous pouvez peut-être noter quelque part, ajouta Williams. Cela concerne Hillyer, le prof d'anglais, celui qui a témoigné devant le jury d'accusation. »

Celui dont le témoignage a failli entraîner l'inculpation de Franks et de Donadio, pensa Terranova. Il leva les yeux avec intérêt.

« Il a bien failli avoir son second macchabée de la semaine. Un gosse a failli faire une overdose sous son nez.

– Les risques du métier, répondit Terranova avec un haussement d'épaules.

– C'est d'abord ce que je me suis dit. Mais il y a un truc. Le gamin n'a pas dévissé en classe. C'était pendant l'heure du déjeuner et, apparemment, Hillyer et lui étaient seuls dans la salle. »

Le téléphone se mit à sonner. Terranova posa la main sur l'appareil, sans décrocher.

« Qu'est-ce qu'on a, sur ce type ? s'enquit-il.

– Sur le prof d'anglais ? Aucun antécédent, si c'est ce que vous voulez dire. »

Terranova détestait avoir à expliquer ce qu'il voulait dire.

« Non, ce n'est pas cela, fit-il d'une voix coupante. Il a pour le moins une drôle de méthode d'enseignement. Voyez ce que vous pouvez trouver, par rapport à ça. »

Il prit le téléphone, écouta un moment en silence. Puis il raccrocha brutalement et s'écarta du bureau à bout de bras, dans un état de fureur qui touchait à la férocité.

« Il y a un problème, chef ? » interrogea Williams, connaissant cependant assez bien son patron pour s'attendre à ne pas obtenir de réponse.

En effet, il n'en obtint pas.

Terranova regardait fixement son assiette vide, posée sur le sous-main, avec une expression de dégoût.

« Si je n'arrête pas mes conneries, je vais me trouver vraiment mal », marmonna-t-il, moitié pour lui-même et moitié à l'adresse de Williams. Lorsque tout allait bien, il ne se sentait jamais trop gros, et parvenait parfois à s'enorgueillir de son embonpoint, à la manière d'un lutteur de sumo. Lorsque les choses tournaient mal, il se dégoûtait lui-même.

Il balaya l'air en direction du bureau, comme s'il voulait tout envoyer promener.

« Je viens de vous donner quelque chose à faire, dit-il à Williams. Qu'est-ce que vous avez à rester assis là ? »

Vingt minutes plus tard, la voiture de Terranova s'arrêtait devant le poste de police du dix-septième district, dans la 53e Rue Est, un bâtiment de pierre haut de quatre étages, niché entre une élégante maison de ville de brique rouge et un luxueux immeuble d'habitation de trente étages. Terranova fit signe au chauffeur de l'attendre et se précipita à l'intérieur, jetant un coup d'œil au comptoir d'accueil tout en se dirigeant vers l'escalier. Derrière le bureau, le brigadier leva les yeux vers lui, aussi indifférent qu'un portier, ce qu'il était en réalité, et retourna au livre ouvert devant lui. Aucune autre activité au rez-de-chaussée, aucun signe de vie. Terranova n'avait jamais travaillé dans un poste de l'East Side, et se demandait comment les hommes pouvaient supporter cela.

Les seules personnes présentes dans la salle des inspecteurs étaient un homme blond et grand, costaud, vêtu d'une chemise de sport à carreaux, et une adolescente pataude qui pouvait être sa fille, à voir ses lèvres aussi minces, très semblables aux siennes. Assis dans un coin près de la machine à café, tête basse, d'une discrétion ostentatoire, se tenait Vince Donadio. Il leva les yeux en entendant les pas de Terranova résonner dans la salle et eut un hochement de tête qui n'avait rien d'un salut. Décidant de l'ignorer, Terranova passa devant lui pour se rendre au bureau du capitaine.

Il entendit quelqu'un pénétrer dans la salle derrière lui et, jetant un coup d'œil par-dessus son épaule, découvrit une créature au décolleté spectaculaire, au short très bref, qui se dirigeait droit vers Donadio en faisant claquer ses talons sur le sol nu, ses longues jambes provocantes, effrontées dans cette pièce parfaitement terne.

« Eh ben, Vince, fit-elle beaucoup trop fort, on ne nettoie jamais les toilettes pour dames, ici ? »

Le capitaine bondit sur ses pieds lorsque Terranova pénétra dans son bureau.

« Qu'est-ce qui se passe ici, Summers ? » interrogea Terranova sans préambule.

En quelques phrases brèves, administratives, comme s'il lisait un rapport, le capitaine Gerald Summers lui exposa la situation. Homme fade et insignifiant, qui avait certainement gravi les échelons aussi facilement, aussi naturellement que la fumée monte dans une cheminée, Summers avait plus de quarante ans, mais en faisait bien dix de moins. La vie n'avait laissé aucune trace sur son visage. Quand il parlait de Donadio, c'était toujours l'« inspecteur Donadio », et Schultze était le « brigadier Schultze ». Lorsqu'il en eût terminé, Terranova lui demanda si quelqu'un avait été blessé.

« Blessé ? répéta Summers, comme si ce n'était pas de l'anglais.

— Se sont-ils battus ? Votre homme a-t-il été touché ? »

Summers semblait presque suffoqué par la question.

« Il n'y a pas eu de coups échangés, répondit-il enfin.

— Alors, qu'est-ce que c'est que ce bordel ? » aboya Terranova, furieux. A moins que l'autre ait eu une mâchoire cassée, ou au moins une dent ébréchée, l'incident aurait dû être réglé au niveau du poste de police. Ce n'était pas la peine de monter plus haut.

Mais ce Summers était un type plutôt coincé, il ne l'entendait pas ainsi.

« L'inspecteur Donadio est suspendu de ses fonctions de policier, commença-t-il avec une condescendance pleine de mansuétude. Il s'est présenté comme officier de police. Il était ivre. Et il a utilisé un langage ordurier en présence de la fille du brigadier Schultze, une adolescente.

— Voyez-vous un inconvénient à ce que je discute un peu avec lui ? s'enquit Terranova.

— Avec lequel ? fit Summers, ne comprenant simplement pas.

— Quelle importance, lequel ? rétorqua Terranova, se hérissant. Je peux bien parler à qui je veux, n'est-ce pas, *capitaine* ? ajouta-t-il, mettant l'accent sur la différence hiérarchique.

« – Oui, chef, bien sûr, répondit immédiatement Summers.

– Bien. Alors, je commence par Donadio. »

Terranova se détourna et sortit du bureau, laissant la porte ouverte, de sorte que le capitaine Summers se retrouva coincé, hésitant entre le suivre ou pas, refermer la porte ou non. Les hommes tels que Summers, se disait Terranova, n'étaient faits que de protocole. De tels dilemmes étaient difficiles pour eux.

Donadio était toujours installé à la table, à côté de la machine à café, la fille en short assise à côté de lui. Ils avaient tous deux la tête penchée, presque à se toucher, mais ne semblaient pas parler. Donadio leva les yeux au moment où Terranova surgissait devant lui.

« Vous avez un problème avec l'alcool, dirait-on. »

Donadio eut un sourire malicieux. Il était parfaitement dessoûlé à présent, mais il y avait quelque chose de pas net dans son expression, comme s'il espérait bénéficier encore de l'indulgence que l'on accorde généralement aux gens pris de boisson.

« *Moi*, j'ai bu, affirma-t-il. C'est *lui* qui a eu un problème. »

Il désignait Schultze, l'index discrètement posé contre sa poitrine.

« Vous vous êtes présenté comme flic ?

– Après douze ans de ce boulot, on a tendance à se présenter ainsi. »

C'était vrai. Terranova descendrait dans la tombe en se considérant comme flic, peu importerait depuis combien d'années il aurait rendu son insigne et son arme. Il n'aimait pas le jeu que jouait Donadio, à la fois acide et pleurnichard, quêtant la pitié. Si l'on voulait résumer son sentiment, il n'aimait pas Donadio. Mais les défaillances du bonhomme étaient celles d'un flic. Depuis longtemps, Terranova était arrivé à cette conclusion que tous les flics, qu'ils fussent italiens, ou noirs, ou ce que vous voudrez, étaient des Irlandais, profondément, durs mais sentimentaux, des types solides, mais capables de pleurer.

« Je vais régler ça, déclara le chef. Vous feriez mieux de filer d'ici. »

Donadio se redressa, et la fille en short bondit sur ses pieds, à son côté. Le short moulait son sexe.

« Voici Marla, dit Donadio. Marla, je te présente le chef des enquêtes. »

Elle tendit la main, mais Terranova ne vit aucune raison de la saisir.

« Vous n'êtes pas marié ? demanda-t-il à Donadio, ignorant Marla autant qu'il lui était possible.

– J'étais, répondit Donadio. J'imagine que je devrais vous remercier.

– Pas particulièrement. Contentez-vous d'éviter les ennuis assez longtemps pour que quelqu'un puisse vous aider un peu.

– Je ferai tout mon possible, dit Donadio avec un large sourire. Cela prendra combien de temps, à votre avis ? »

Pour seule réponse, Terranova lui fit signe de partir mais, comme Donadio et la fille faisaient mine de se diriger vers la porte, Schultze bondit de la table pour les arrêter.

« Vous allez où, sans indiscrétion ? » s'enquit-il, s'interposant.

Donadio jeta un coup d'œil effaré en direction du chef.

« Il plaisante ou quoi ? Vous n'avez pas arrangé le coup avec eux ? demanda-t-il d'un ton incrédule.

– Filez d'ici, c'est tout, répondit Terranova. L'inspecteur Donadio part avec mon autorisation », ajouta-t-il à l'adresse de Schultze.

Le capitaine Summers était sorti de son bureau. Il se tenait à côté de son brigadier.

« Il y a de sérieuses présomptions contre cet homme, déclara-t-il.

– Il n'y a aucune présomption », corrigea Terranova.

Il méprisait les hommes tels que Summers, même si les services de police en avaient besoin, Dieu le savait. De même qu'ils avaient besoin d'assassins et de violeurs, de voleurs à la tire et de braqueurs, sinon tout le monde serait dans la rue, en train de faire la circulation. Cela prouvait à quel point la nature du besoin importait peu. Si Summers ou Schultze avaient été des types d'un autre genre, Terranova aurait peut-être eu envie d'expliquer les choses.

« Et ne me mêlez pas à cela, capitaine », se contenta-t-il de dire.

Le capitaine se mit à protester, mais Terranova lui coupa la parole. « Généralement, les gens qui me résistent finissent par le regretter, ajouta-t-il. Je ne pense pas que cela vaille le coup de prendre un tel risque. »

Le flic qui se tenait sur le seuil, quand Evelyn Hillyer ouvrit la porte, ne fournit aucune explication sur sa présence. Il lui demanda juste si elle était bien Evelyn Hillyer, puis si Steven Hillyer était bien son fils.

« Oui.

– Savez-vous où nous pourrions le trouver, madame ?

– Je suis Steven Hillyer, déclara Steven, apparaissant dans l'entrée.

– Le chef des enquêtes souhaiterait vous poser quelques questions, Mr. Hillyer. Si vous voulez bien me suivre... »

Steven et sa mère échangèrent un regard.

« Qu'est-ce qu'on me veut ? interrogea Steven.

– Je suis désolé, monsieur, on m'a simplement demandé de venir vous chercher. »

Il semblait absurde d'exiger que quelqu'un parte ainsi avec un étranger, sans autre explication, mais le policier avait l'air sûr de lui. De toute évidence, il n'était pas prêt à s'en aller, ni à discuter.

« Laissez-moi le temps de prendre mon manteau », dit Steven, s'attendant presque que le flic le suive dans sa chambre.

Il n'en fit rien, mais sa mère lui emboîta le pas, courant sur ses talons.

« Je suis sûr que c'est à propos de ce qui s'est passé à l'école, déclara-t-il, attrapant une veste et retournant en hâte vers la porte d'entrée.

– Tu t'es mis dans des ennuis quelconques ? » s'enquit-elle, incrédule, hors d'haleine, essayant de rester à sa hauteur.

Et, en fait, il s'était bel et bien mis dans les ennuis, il en était persuadé. Il ne pouvait imaginer que la police vînt le trouver si personne ne leur avait parlé de l'ampoule de crack qui avait disparu du bureau près duquel Lloyd Elijah s'était évanoui. Mais il n'avait aucune intention d'en parler à sa mère.

« Bien sûr que non, fit-il d'une voix brève. Je te l'ai dit, c'est à propos de ce qui est arrivé. »

On le conduisit dans le centre, assis à l'arrière d'une voiture de police dont le chauffeur, aussi communicatif qu'une statue, lui offrit le loisir de ruminer ses malheurs. Ils pouvaient sans doute l'inculper pour entrave à la justice, s'ils en avaient envie ; et, si l'on en jugeait par l'attitude des deux flics à son égard, le soir du cambriolage, ils en auraient très certainement envie. Il faillit demander s'il pouvait voir un avocat, mais y renonça temporairement.

Au quartier général, on le laissa patienter, en lui disant simplement que le chef était « sorti ». Au bout d'une demi-heure, il envisagea de déclarer qu'il ne pouvait attendre plus longtemps, mais le brigadier derrière son bureau paraissait inabordable. Il venait de décider d'accorder encore un quart d'heure de délai au chef quand les portes de l'ascenseur s'ouvrirent derrière lui. Il se retourna, pour découvrir un homme immense, dont la stature emplissait tout l'espace.

De même que n'importe quel New-Yorkais un peu au courant,

Steven savait à quoi ressemblait Albert Terranova. Il l'avait vu d'innombrables fois aux actualités. Dans les caricatures politiques, on le représentait pareil à un poussah réactionnaire, avec une tête en forme de statue de l'île de Pâques, perchée au sommet d'un corps monstrueux. Mais l'échelle réduite du petit écran et des photos dans les journaux faisait passer ces images pour de grossières exagérations – ainsi le nez de Nixon. En chair et en os, cependant, le bonhomme apparaissait plus énorme encore que le caricaturiste le plus malveillant n'avait osé le suggérer. Il n'était guère étonnant de le voir hésiter un instant avant de sortir de l'ascenseur, comme s'il devait s'assurer que les portes étaient complètement ouvertes avant d'essayer de passer. Il devait être impossible pour un homme de cette taille de pénétrer dans une pièce sans faire de son entrée un spectacle.

« Hillyer, déclara-t-il, je suis à vous dans une minute. Appelez-moi Williams. »

De toute évidence, la première phrase s'adressait à Steven, et la seconde au brigadier derrière le bureau, mais Terranova les prononça sur le même ton, comme s'il parcourait une liste à haute voix. Il disparut par une porte anonyme, qui se referma derrière lui.

Quelques instants plus tard, un grand type noir en manches de chemise émergea d'un bureau et se dirigea d'un pas rapide vers la porte du chef, passant devant le nez de Steven. Ses yeux, dont on ne voyait pas le blanc, jaugèrent ce dernier avec une compétence glacée, puis il disparut dans le bureau de Terranova.

S'attendant à être appelé d'un instant à l'autre, Steven contemplait sur les murs les lithographies découpées dans la *Gazette de la police*. Quelques minutes s'écoulèrent, et il se rendit compte qu'il avait envie d'aller aux toilettes. Se retournant pour demander le chemin au brigadier, il trouva celui-ci debout.

« Si vous voulez bien entrer, Mr. Hillyer... », dit-il, ouvrant la porte du bureau.

La police a sans doute quelque moyen de vérifier l'état de la vessie des gens qui attendent, songea Steven en grimaçant.

Une fois entré, il trouva Terranova installé derrière un lourd bureau de noyer, Williams penché au-dessus de lui, en train de consulter un quelconque rapport que le chef tenait en main. L'inspecteur portait à la ceinture un revolver dans son étui.

« Asseyez-vous, Mr. Hillyer », déclara Terranova sans lever les yeux, avec un signe de la main, comme s'il réglait la circulation. Ses doigts boudinés semblaient dépourvus de jointures.

Steven prit place sur l'unique chaise, face au bureau, ressentant l'impression, supposa-t-il, que devaient avoir certains de ses élèves quand il leur demandait de rester après la classe. Il les faisait souvent attendre ainsi, relisant ses notes, ou le devoir à propos duquel il voulait les voir. Il se promit de ne plus agir ainsi.

Finalement, le chef laissa tomber le papier sur son bureau et leva les yeux.

« Bien, donc vous enseignez à La Guardia. »

Ce n'était pas une question, mais Steven y répondit néanmoins.

« L'anglais, c'est cela ?

— Oui, monsieur. Septième et huitième année. »

Terranova sourit. Ses dents paraissaient très petites, carrées.

« Cela a toujours été ma matière préférée, affirma-t-il. Je suppose que personne n'étudie plus *Silas Marner* ?

— C'est possible, ailleurs, répondit Steven. Cela ne passerait pas trop bien à La Guardia.

— Trop compliqué, je suppose, dit le chef avec une espèce de grognement feutré, presque un soupir. De mon temps, les gosses s'adaptaient aux livres. Aujourd'hui, ce sont les livres qui doivent s'adapter à eux. »

Cette remarque amère désarma Steven, plus qu'il n'aurait souhaité l'être. Il ne s'attendait pas à quelque chose de ce genre de la part d'un flic.

« Avant de leur faire étudier un ouvrage, il faut d'abord réussir à le leur faire lire, déclara Steven, conscient de s'excuser.

— J'imagine », fit Terranova. De toute évidence, le sujet avait cessé de l'intéresser. Il se renversa dans son fauteuil. « L'inspecteur Williams et moi-même essayons de comprendre quel est votre problème, Mr. Hillyer.

— *Mon* problème ?

— Vous étiez très proche du garçon qui est mort, n'est-ce pas ?

— Je le pensais, en effet.

— Et vous avez longuement témoigné devant le jury d'accusation. »

On avait dit à Steven que les minutes de l'audience d'accusation restaient confidentielles, mais il était persuadé que les comptes rendus circulaient librement auprès des parties concernées. Ce n'était pas une question, et il demeura silencieux.

Terranova également. Mais Williams, qui s'était dirigé vers la fenêtre, se retourna.

« On peut dire que vous avez eu une semaine plutôt difficile, n'est-ce pas ?

– Je ne suis pas sûr de bien comprendre ce que vous entendez par là », répondit Steven. Honnêtement, il ne savait pas où l'inspecteur voulait en venir, mais sa réponse ne lui en parut pas moins évasive à ses propres oreilles.

« Un garçon et une fille de vos élèves tués, un autre de vos élèves qui a failli mourir dans votre classe hier..., fit Williams d'une voix traînante. C'est ce que j'appelle une semaine difficile. »

Steven se raidit. Il avait manqué l'occasion de leur apprendre lui-même ce qui était arrivé dans sa classe et, à présent, c'étaient eux qui abordaient le sujet. Quoi qu'il pût dire, cela n'aurait plus le même écho, aussi se contenta-t-il de répondre « oui ».

« Ce garçon consomme-t-il régulièrement de la drogue?

– Lequel?

– Celui qui s'est trouvé mal hier. C'est ce que je viens de vous demander, Mr. Hillyer.

– Vous avez parlé de deux garçons, et non d'un seul, c'est pourquoi je pose la question, rétorqua Steven d'un ton irrité, se retenant pour ne pas se lever.

– Avez-vous une raison particulière pour ne pas répondre à ma question, Mr. Hillyer?

– Quelle question?

– Ce garçon prenait-il de la drogue régulièrement?

– Je crois que oui, en effet.

– Où se fournissait-il? Le savez-vous?

– Je n'en ai pas la moindre idée.

– Bon, où a-t-il trouvé la drogue qu'il a prise hier?

– Je n'en ai aucune idée, je vous l'ai dit.

– Vous étiez avec lui, n'est-ce pas? »

Steven avait la tête qui tournait. Le gros homme demeurait assis dans son fauteuil, en face de lui, impassible, écoutant l'interrogatoire, tandis que l'inspecteur, debout à son côté, le criblait de questions, l'accusant visiblement de quelque chose. Mais de quoi? D'avoir fourni à Lloyd Elijah le crack qui avait failli le tuer? C'était ridicule, ils auraient dû le savoir. Il était professeur. Mais déjà il savait à quel point il serait difficile de les convaincre que c'était ridicule. Il était déjà pris au piège de son propre mensonge.

« Non, en fait, je n'étais pas avec lui, déclara Steven, ses doigts se nouant, se raidissant, appréhendant la réaction de l'inspecteur.

– Vous n'étiez pas avec lui quand il a perdu connaissance?

– J'étais descendu à la cafétéria. Il était inconscient quand je l'ai trouvé en revenant. Il y avait une ampoule de crack brisée sur le bureau. »

Ça y était. Il avait parlé.

« Une ampoule de crack ? répéta Williams.

– Quelqu'un a dû la ramasser. Lorsque j'ai regardé, un peu plus tard, elle avait disparu.

– Vous n'avez pas mentionné cela à la police, affirma Williams.

– Je n'y ai même pas pensé, mentit de nouveau Steven, bizarrement plus à l'aise en donnant cette version des faits qu'en leur offrant une bribe de la vérité. J'étais très inquiet pour Lloyd, tout cela m'a beaucoup perturbé. »

Williams, qui se tenait penché vers lui, se redressa de toute sa taille et s'appuya contre le mur, entre les deux fenêtres.

« Et je suppose que vous étiez également perturbé, quand vous avez dit à l'inspecteur que vous étiez avec lui au moment où il s'est évanoui, reprit-il très calmement.

– J'ai dit cela parce que nous ne sommes pas censés laisser les portes des salles ouvertes. Je voulais éviter les ennuis. »

Williams ne se donna même pas la peine de répondre. Il se détourna, laissant son regard errer par la fenêtre, sur les toits du bas de Manhattan, avec le port scintillant au loin. Pendant une éternité, personne ne parla, puis le chef se renversa dans son fauteuil et prit la parole.

« Permettez-moi de vous poser une ou deux questions concernant l'autre garçon, Mr. Hillyer.

– Timothy ? » fit Steven sottement. Évidemment, c'était de Timothy qu'il parlait.

« C'est cela, Timothy Warren. Il marchait à quoi, Mr. Hillyer ? »

L'inspecteur gardait les yeux fixés au-dehors, comme si ces questions-là ne l'intéressaient guère. Terranova, cependant, posait sur Steven un regard froid, scrutateur.

« Je ne sais pas s'il prenait quoi que ce soit, répondit Steven.

– Tout le monde marche à quelque chose », déclara Terranova, comme s'il faisait là une remarque brillante, ou au moins intéressante, sur la nature humaine. Il eut un léger sourire, attendit quelques instants, pour donner à Steven la chance d'apprécier le commentaire. « Se droguait-il, lui aussi ? demanda-t-il enfin.

– Je ne pense pas. Je n'ai jamais rien constaté qui permette de le penser. »

Terranova hocha la tête, acceptant peut-être cette réponse.

« Et un certain Charlie Wain ? » interrogea-t-il.

Steven sentit un filet de sueur froide ruisseler le long de ses flancs. Il avait le visage brûlant, son front était trempé. Il était certain que Terranova l'avait déjà remarqué, qu'il en avait pris note quelque part, derrière ce regard moqueur, d'un gris d'acier.

« Oui, eh bien? » fit Steven, parvenant à contrôler sa voix. La police l'avait-elle suivi? Sans doute. Pourquoi? Il était perplexe, effrayé aussi, comme quand les deux policiers qui étaient venus chez lui le soir du cambriolage l'avaient menacé en ricanant. Et cet homme était le chef des enquêtes. Il aurait voulu se lever et partir, mais ne voyait pas comment faire. Et il avait besoin de toute sa concentration pour simplement comprendre ce que disait Terranova.

« C'est un dealer?

— Je ne sais pas.

— Mais vous le connaissez?

— Je sais qui c'est. Ce n'est pas un élève à moi. »

Williams s'était éloigné de la fenêtre. Il se tenait à présent à côté du bureau, à un mètre à peine, les bras croisés haut, le revolver dans son étui à la hauteur des yeux de Steven.

« Mais vous êtes allé le trouver, hier soir, affirma-t-il. Dans le Bronx. »

Derrière son bureau, Terranova leva les deux mains, pareil à un professeur qui, après avoir laissé deux enfants se chamailler pour régler leur querelle, se voit contraint d'intervenir.

« Pourquoi ne nous raconteriez-vous pas cela, Mr. Hillyer? interrogea-t-il.

— Écoutez, je ne sais pas où vous voulez en venir, lâcha-t-il soudain, bondissant sur ses pieds. Et je ne suis pas sûr d'avoir envie d'en parler. Je suis allé voir un élève. Y a-t-il quelque chose de répréhensible à cela?

— Je croyais que ce n'était pas un de vos élèves, glissa Williams, bien que Steven se fût adressé au chef.

— Personne n'a dit que c'était répréhensible, affirma Terranova. Pourquoi ne voulez-vous pas nous en parler?

— Parce que j'ai eu mon appartement massacré, bon dieu! cria Steven, donnant enfin libre cours à la colère qui le rongeait depuis ce soir-là. Ils ont tout saccagé, ils ont chié sur les murs, et puis deux flics sont arrivés. »

Terranova baissa les yeux sur son bureau, une seconde.

« Ce doit être Mullaney et West », déclara-t-il.

Ainsi, il savait cela également. Il semblait ne rien exister qu'il ne sût.

Steven désigna d'un doigt vengeur le papier que Terranova venait de consulter.

« Est-il écrit qu'ils m'ont menacé? C'est précisé, cela aussi? demanda-t-il, agressif.

– Quel genre de menace?

– Je ne me souviens pas des mots exacts. Ils ont sous-entendu que c'étaient les conséquences de mon témoignage devant le jury d'accusation. Et que cela pouvait se reproduire. »

Terranova l'observa attentivement, pendant un long moment.

« Je vérifierai cela, Mr. Hillyer, je vous le certifie. Maintenant, pourquoi ne me dites-vous pas pourquoi vous êtes allé trouver Charlie Wain, hier soir? »

Steven n'était pas certain de pouvoir expliquer cela.

« Je... Je ne sais pas si cela aura beaucoup de sens à vos yeux », déclara-t-il, conscient de balbutier.

Terranova secoua la tête pour lui signifier de ne pas s'occuper de cela et de poursuivre.

« Depuis que Timothy a été tué, je n'ai cessé d'y penser énormément. Je savais que c'était Charlie qui avait découvert Timothy et Ophelia dans la salle de musculation. Je voulais lui poser quelques questions.

– Vous menez votre *enquête*, Mr. Hillyer? » fit Terranova. Il y avait dans sa voix une certaine dérision, mais Steven n'aurait pu dire si c'était parce qu'il le croyait ou parce qu'il ne le croyait pas.

« Non, je ne mène aucune enquête, répliqua Steven. Je voulais juste découvrir ce qui était arrivé.

– Et vous y êtes parvenu?

– Non. »

De nouveau, Terranova sourit, et sa main balaya l'air au-dessus des papiers.

« Je n'ai plus de questions à poser à Mr. Hillyer, déclara-t-il brusquement, prenant Steven de court. Et vous, Hartley? »

Williams se contenta de secouer la tête.

Steven regarda Terranova, puis Williams, puis Terranova de nouveau, doutant d'avoir bien entendu. Il était persuadé que, s'il faisait mine de partir, ils l'en empêcheraient, mais aucun des deux n'ajouta une parole, aussi se dirigea-t-il vers la porte, sentant leurs regards dans son dos.

Il prit l'ascenseur, plus perplexe, plus troublé qu'il ne l'avait jamais été. Ils lui avaient parlé comme à un criminel, ils le suspectaient sans doute de trafiquer de la drogue. En fait, il était persuadé que, s'ils l'avaient laissé filer, c'est qu'ils avaient déjà décidé de ne plus croire un mot de ce qu'il disait. C'était sa faute, aussi, il n'avait qu'à pas traîner dans les taudis du Bronx, au milieu de la nuit.

Et, de toute façon, qu'est-ce que cela changeait? Il avait toujours le même désir de savoir ce qui s'était passé entre Timothy Warren et Ophelia James, durant ces quelques minutes qui avaient précédé leur mort. Mais le savoir ne changerait rien. Timothy était mort. La fille était morte. Le dernier chapitre était déjà écrit.

Si ce n'est qu'il était vain d'espérer comprendre la fin, lorsque l'on ne comprenait pas le début. C'était ce qu'il disait à ses élèves, à chaque nouveau livre. Le dernier chapitre est toujours inscrit dans le premier.

Lenny Franks était en train de jardiner quand elle entendit une voiture s'arrêter. Il lui sembla qu'elle s'arrêtait juste devant la maison, et elle fit le tour pour voir.

En effet, il y avait une voiture, d'où sortirent un homme et une femme. Celle-ci portait un short si moulant qu'il en était indécent et un débardeur. Elle avait les cheveux blonds et ébouriffés. Adressant un signe à Lenny, l'homme emprunta l'allée du garage et vint vers elle, la fille à quelques pas derrière lui. Elle évoquait une héroïne de feuilleton sur une chaîne câblée, toute en maquillage, poitrine et jambes.

« Jim est là? demanda-t-il.

– Vince? » fit Lenny en retour. Jusqu'alors, elle n'avait pas reconnu le partenaire de son mari. Elle ne l'avait rencontré qu'une seule fois, au cours d'une réception pour la brigade, deux ans avant. Il s'était soûlé, et était accompagné d'une gamine de dix-huit ans. Tous les autres étaient venus avec leurs femmes. A cette époque, il ne faisait pas équipe avec son mari, et elle se souvenait de ne pas avoir été particulièrement enchantée quand Jim lui avait annoncé, quelques mois plus tard, qu'il allait travailler avec Donadio.

« Bonne mémoire, dit-il, lui adressant un sourire sympathique, très charmant. Voici Marla. Lenny Franks. Où est Jim? »

Jim se trouvait derrière la maison, en train de réparer une balançoire qu'il avait installée l'été dernier pour les enfants. Un des pieds ne cessait de s'enfoncer dans le sol meuble, compromettant l'équilibre du portique. Au cours des deux derniers weekends, il l'avait démonté, avait creusé quatre larges trous qu'il avait remplis de ciment, y introduisant, avant que celui-ci ne prît, des réceptacles métalliques pour les pieds. La meilleure chose à faire aurait été de poser l'ensemble sur une plate-forme, mais il ne voulait pas défigurer à ce point la pelouse. S'il prenait bien soin de vérifier que les quatre pieds étaient au même niveau, cela marcherait, il en était persuadé. Jimmy travaillait à son côté, lui passant les boulons et les clés quand il en avait besoin.

« Jim, regarde qui est là ! » appela Lenny, précédant Donadio et la fille à l'arrière de la maison.

Franks feignit une agréable surprise, véritable tour de force car, en réalité, le travail était la dernière chose à laquelle il eût voulu penser pour le moment. Après la soirée de la veille, il avait cru qu'il ne parviendrait pas à s'endormir, mais il avait très bien dormi et, au matin, il avait pu écarter de ses pensées tout ce qui n'était pas le week-end. Il avait toujours eu cette force de volonté, cette autodiscipline qui lui permettait de condamner certains compartiments de son esprit, comme un sous-marin comporte des cloisons étanches résistant aux pressions les plus intenses.

Donadio prononça quelques mots d'usage, quelle jolie maison, quel beau jardin, quel enfant superbe, puis :

« Jim, il faut que nous discutions de cette histoire. »

Franks n'était pas certain qu'il y eût motif à discussion.

« Je vais te dire, répondit-il. J'ai promis aux gosses que je m'occupais de ça. Donne-moi un coup de main, cela ne devrait pas prendre plus d'une heure, et ensuite nous pourrons discuter. »

Donadio acquiesça, bien que l'outil le plus simple fût pour lui une énigme totale. Dans l'univers où il avait grandi, on ne réparait jamais rien.

Jimmy, cependant, observait son père d'un regard profond, les paupières à demi baissées.

« Tu es d'accord, mon vieux ? lui demanda Jim.

– Ouais, d'accord », fit le petit garçon, mais il se dirigea vers la maison pour voir ce qu'il y avait à la télévision.

Tandis que les deux hommes travaillaient, Lenny ne s'en sortait pas si bien. Marla s'accrochait à son épaule, posant des questions sur tout, et s'émerveillant des réponses. Même le simple fait de biner le sol au pied d'un buisson lui semblait incompréhensible, comme s'il fallait posséder quelque don de magie pour deviner ce dont avait besoin une plante. N'en pouvant plus, Lenny l'invita à prendre un verre de thé glacé à l'intérieur.

Le temps que le portique fût remonté, Donadio en était à sa quatrième bière. Il était déjà tard dans l'après-midi, et Jim réussit à prendre Lenny à part pour lui demander si elle n'avait pas de quoi faire des grillades, parce qu'ils n'avaient pas d'autre choix que de les inviter à rester dîner.

Brave soldat, Lenny dit qu'elle allait vite descendre en ville pour prendre quelque chose chez le boucher. Elle proposa à Marla de l'accompagner, mais celle-ci répondit qu'elle avait passé assez de temps en voiture, pour un mois au moins.

En revenant, Lenny trouva Donadio, son mari et son fils en train de jouer au foot dans le jardin de derrière. Le barbecue fumait déjà. Elle trouva également Marla dans la cuisine, en train de montrer à Susan, cinq ans, tout ce qu'elle pouvait réaliser comme coiffures amusantes, tandis que Laura, trois ans, les regardait bouche bée. Marla avait également eu le temps de se préparer un gin-tonic.

Encore une minute, et elle leur apprendrait à se mettre du bleu aux yeux, songea Lenny, invitant Marla à l'aider pour le dîner d'un ton qui ne lui laissait pas le choix.

Elle avait pris des hot-dogs et des hamburgers pour les enfants, des steaks pour les adultes, de la salade, du pain à l'ail et des chips. Il commençait à faire frais, et Lenny suggéra qu'ils dînent à l'intérieur. Les gosses pouvaient manger sur la table de pique-nique, dans le jardin.

Les enfants, qui étaient déjà tombés amoureux de leurs invités, ne jugèrent pas du tout l'idée à leur goût.

« On est obligés ? s'enquit Susan.

– Oui.

– On va geler, dit Jimmy.

– Alors, mets un pull.

– Je croyais que tu étais un footballeur, intervint Donadio. Tu ne sais pas à quel point il fait froid sur le terrain, en hiver ? »

Les enfants finirent par accepter en grommelant, mais il ne fut question de rien au cours du dîner, car Donadio était trop de la vieille école pour aborder un sujet important en présence des femmes. Jim Franks lisait la colère dans les yeux de Lenny, sur sa bouche au pli amer. Il se tourna vers son collègue et lui demanda de quoi il voulait discuter.

Lenny ne pensait pas que cela aiderait beaucoup, mais c'était le genre de geste pour lequel elle l'adorait.

Donadio évacua la question d'un haussement d'épaules, évoquant son père qui ne voulait jamais parler des choses à table parce qu'il mangeait, ne voulait pas en parler après dîner parce qu'il était trop fatigué, et qui était mort quand Donadio avait treize ans en ayant réussi à éviter d'avoir avec ses gosses toutes les conversations qui peuvent rendre un père fou.

« Si un jour j'ai des gosses, conclut Donadio, ce sera comme ça. On discutera après ma mort. »

En fait, il avait deux enfants, mais ne les voyait guère.

Lorsqu'ils eurent fini de dîner, Lenny abandonna les assiettes sur la table et suivit tout le monde au salon. Puis vint l'heure d'envoyer les enfants prendre leur bain et se coucher, et elle laissa Jim s'en occuper. Croisant le regard noir de Donadio, elle lui adressa son sourire le plus éclatant.

« Je suis sûre que vous prendriez volontiers un verre, dit-elle avec chaleur, et non sans insolence. Et vous, Marla ? Un autre gin-tonic ? »

Lorsque Jim réapparut, Donadio déclara que le quartier avait l'air très agréable et suggéra une promenade.

« Si tu veux discuter, répondit Jim, on va discuter. Mais on parlera devant mon épouse. »

La pilule était amère pour Donadio, mais avait-il le choix ? Beaucoup de types plus jeunes prétendaient qu'ils discutaient de tout avec leurs femmes, et sans doute était-ce le cas pour quelques-uns, jusqu'à un certain point. Mais c'étaient pour la plupart des types qui sortaient de l'université, ils devaient laisser tomber au bout d'un an ou deux et, quoi qu'il en soit, ils n'étaient pas noirs, aucun risque. Quel pot de se retrouver dans le pétrin avec pour partenaire un *yuppie* noir. Et, en plus, qui est-ce qui les avait fourrés dans ce pétrin ? Donadio n'avait tiré sur personne.

« 'ccord, déclara-t-il enfin, jetant un coup d'œil vers Marla, et souhaitant visiblement qu'elle n'eût pas existé. Si j'avais su que ce serait une affaire de famille, je serais venu seul. Mais c'est mon problème, pas vrai ? »

Marla contemplait ses ongles, comme si elle avait attendu dans la voiture.

« J'ai réfléchi à tout ce qui s'est passé, commença Donadio. Je crois que nous ne devrions pas accepter ça en faisant le mort.

— Je ne fais pas le mort, Vince, répliqua Franks. Mais il n'y a rien à faire. »

Donadio s'attendait à cette réponse.

« Tu sais ce que c'est, non ? fit-il avec un haussement d'épaules. C'est un coup monté. L'idée, c'est de nous avoir.

— Peut-être.

— Non, non, non. Pas peut-être. » Donadio s'était levé, il effectuait de grands gestes impatients. « Si ce n'est pas un coup monté, comment expliques-tu qu'ils ne nous aient pas retiré nos insignes dès le premier jour ?

— Je me suis posé la question.

— Tu vois bien. Tu vois ce que je veux dire. Il faut nous battre, Jim.

219

— Nous battre contre quoi ? contre une enquête ? Nous ne pouvons rien faire jusqu'à ce qu'elle soit finie. »

L'agitation de Donadio croissait à chaque réponse.

« C'est parfait ! s'écria-t-il, arpentant la pièce à grands pas. On se laisse entuber, et ensuite on fait quelque chose.

— Mais quoi faire ?

— Je n'en sais rien. Je n'en suis pas encore là. D'abord, on se met d'accord pour se battre. Ensuite, on voit comment. »

Franks se leva, secoua lentement la tête.

« Je n'ai pas envie d'avoir plus d'ennuis que je n'en ai, déclara-t-il.

— Alors, tu vas te casser la gueule, collègue. Toi et ton barbecue et toute ta petite vie de banlieusard. »

Il martelait ses paroles de l'index, sur la poitrine de Franks. Celui-ci le balaya d'un revers de main.

Donadio fit un pas en arrière, se dirigea vers Marla pour l'arracher à son fauteuil. Puis il se retourna, fit face à son collègue.

« Écoute-moi bien, Bamboula. Ils ont besoin de types comme fusibles, sans quoi leur putain de machine va péter. Je n'ai pas l'intention de jouer les crétins de Ritals bons à entuber. »

Marla tenta de remercier Jim et Lenny pour le dîner, mais déjà Donadio la traînait vers la porte.

Deux nuits chez sa mère, c'était assez. Steven se sentit aussi soulagé de réintégrer son appartement que quand il avait quitté le domicile familial, juste avant sa première année d'université. Cette fois, cependant, une certaine crainte se mêlait à ce sentiment. Il n'avait aucune idée de ce qu'il allait trouver en ouvrant la porte, des traces que les employés de l'entreprise de nettoyage avaient pu laisser derrière eux, et qui lui rappelleraient que tout ce qu'il possédait avait été souillé.

Avant de pouvoir entrer, il dut dénicher le concierge, qui possédait la clé du nouveau verrou que Steven lui avait demandé de poser, et dut payer vingt dollars, en sus des soixante-quinze qu'il lui avait déjà donnés, pour le coût du travail. Le concierge en imputa la responsabilité au serrurier et promit de lui apporter la facture dès qu'il mettrait la main dessus, mais Steven ne s'attendait nullement à la voir un jour. En fait, il était persuadé, à juste raison, que ce serrurier n'existait pas.

Enfin, quatre-vingt-quinze dollars, ce n'était pas la mort pour un bon verrou, par les temps qui courent. Il tendit l'argent, prit sa clé et commença de gravir l'escalier. Arrivé au palier du deuxième étage, son sang se mit à battre, et la valise qu'il portait devint soudain si lourde qu'il dut s'arrêter pour reprendre souffle. Il se rendait compte que la valise n'était pas tant en cause que la crainte qu'il avait du carnage, de l'autre côté de la porte. Puisqu'il allait devoir l'affronter, tôt ou tard, le plus tôt était, sinon le mieux, le moins pire. Il gravit rapidement les dernières marches.

La clé était mal taillée, et il dut l'introduire très soigneusement dans la serrure, puis la faire tourner plus soigneusement encore pour qu'elle fît tourner enfin le verrou, après s'être coincée au moins une douzaine de fois. Il repoussa la porte, croisa fermement les bras, prêt à recevoir un choc quand il allumerait la lumière. Mais il n'était nul besoin de lumière, car les stores avaient été ôtés, et le jour déclinant emplissait l'espace d'une lueur égale, sans contraste, comme le clair de lune, une lumière sans profondeur ni acuité.

Les tapis avaient été enlevés, le parquet balayé et poncé. Ses biens, ou ce qu'il en demeurait de sauvable, étaient réunis au centre de la pièce, les meubles entassés ainsi que dans un garde-meuble, les accessoires déposés sur le divan ou soigneusement empilés, comme ses livres.

Il franchit le seuil et referma la porte derrière lui, s'armant de courage pour la tâche qui l'attendait. Depuis qu'il était entré, une minute à peine, il lui semblait que la lumière avait notablement baissé, et il brancha un lampadaire et l'alluma, le tirant par son fil pour le placer au centre de la pièce. Il était rasséréné de voir que l'ampoule fonctionnait. *Je suis le seul rescapé*, semblait-elle dire, Ismaël électrique qui était parvenu à survivre au naufrage.

Un rapide coup d'œil dans la chambre lui apprit que le sommier aussi avait survécu, mais le matelas, irrécupérable, avait été enlevé par l'entreprise de nettoyage. Il trouva la cuisine parfaitement intacte, puisque les cambrioleurs n'y avaient pas touché. Mais il ne restait plus trace de nourriture, car il avait bien recommandé aux employés de ne rien laisser. Le réfrigérateur vide était ouvert et débranché.

Il remplit d'eau quatre bacs à glaçons qu'il déposa dans le freezer, referma la porte et brancha le réfrigérateur. Celui-ci se mit à ronronner, tel un moteur qui chauffe avant l'envol.

De retour dans le salon, il s'attaqua aux piles de livres, les faisant glisser sur le plancher jusqu'à l'espace libre entre les meubles et les fenêtres, avant de réaliser des piles plus petites. Le problème était que, depuis un an à peu près, sa bibliothèque était devenue de plus en plus désorganisée, avec de nouveaux livres fourrés au hasard dans les espaces libres et d'anciens ouvrages rangés n'importe où. C'était là l'occasion de remettre de l'ordre.

Cela prit du temps. Tant de livres avaient été déchirés, mutilés jusqu'à la reliure, qu'il passait sans cesse d'une pile à l'autre, cherchant la couverture de tel ouvrage, l'autre moitié de tel autre, rassemblant autant que possible des feuilles éparses. Tandis qu'il travaillait, la sauvagerie méticuleuse des cambrioleurs lui apparut soudain, comme un choc nouveau. Il était difficile d'imaginer quelle méchanceté vicieuse, obstinée, il leur avait fallu pour s'acharner aussi longtemps sur la bibliothèque et lui faire subir un tel ravage.

Plus il avançait dans son travail, plus il mettait facilement la main sur tel ouvrage, ou telle partie d'ouvrage. Quelques heures plus tard, il s'affairait, pareil à une mouche, faisant glisser douze volumes pour saisir celui qui était en dessous, prenant ici les pages qui manquaient à son Yeats abîmé, là celles du Crane, ou l'autre moitié du Hopkins. Parfois il s'arrêtait, le temps de se remémorer quelques vers qui jaillissaient dans son esprit au nom du poète, comme pour s'assurer qu'ils étaient bien tels qu'il s'en souvenait, ceux de Frost sur les routes que l'on ne prend pas, ceux de Hopkins sur une rangée d'arbres abattus,

Tous tombés, tombés, tous sont tombés ;
De cette rangée fraîche et ordonnée,
Pas un ne demeure, pas un.

Un coup frappé à la porte fit voler en éclats le rythme des vers, l'arrachant brusquement à la poésie.

Pieds nus, sans chemise, en sueur d'avoir travaillé si ardemment, Steven s'essuya le front d'une main sale et se dirigea d'un pas lourd vers la porte.

Rita se tenait sur le seuil, la tête penchée d'un air intrigué, l'air presque aussi surpris de le voir qu'il l'était lui-même de la trouver là. Il se rendit compte à quel point il devait être dépenaillé. Elle tenait un gros sac de papier marron entre ses bras.

« Laissez-moi voir l'" horreur " », dit-elle. Passant devant lui, elle parcourut la pièce du regard, avec une moue d'appréciation. « Vous avancez, pas de doute », conclut-elle avec un petit rire moqueur, se penchant pour examiner les soixante centimètres de rayonnages déjà couverts de livres bien rangés.

« Vous procéderiez autrement ? demanda-t-il, s'approchant d'elle par-derrière.

– J'aurais commencé par la cuisine, répondit-elle, se retournant et fourrant le sac en papier entre ses bras nus.

– Qu'est-ce que c'est?

– Il faut vous alimenter, non? »

Il entrouvrit le sac et vit qu'il contenait un assortiment de provisions assez étrange.

Elle le suivit jusqu'à la cuisine, où il commença de déballer une demi-douzaine de pitas, un pain de seigle, du pastrami, du prosciutto et deux autres sortes de jambon, un pot de moutarde douce. Il y avait aussi des tranches d'ananas frais dans une barquette de plastique, deux pots de crème glacée, un chapelet de figues, un sac de chips, une bouteille de gin et deux gobelets de plastique.

« Je ne savais pas ce que vous aimiez, dit-elle en l'observant.

– Oh, que si, vous le savez », répliqua-t-il, et, quand il la prit dans ses bras pour l'embrasser, ni l'un ni l'autre n'en fut surpris. Sa bouche avait la fragrance épicée de la veille, dont il se souvenait si bien qu'il lui semblait encore sentir le frôlement de la brise nocturne sur son visage. Elle pétrissait les muscles de son dos, tandis que ses lèvres à lui quittaient sa bouche pour descendre sur sa gorge, au creux de son épaule, sur la fraîcheur ferme de son cou, parfumée comme ses cheveux. Elle se cambra, lui tendant ses seins, tandis que ses doigts continuaient de dessiner des lignes entrelacées, tel du lierre sur sa poitrine.

Doucement, se moquant de sa propre délicatesse, il dégrafa les boutons de son corsage, écartant le tissu, juste assez pour mettre à nu la dentelle noire de son soutien-gorge et le creux de ses seins, qui rayonnaient d'une blancheur opalescente sous une fine pellicule de sueur. Ses doigts passèrent aux deux boutons suivants, tremblant de hâte à présent.

Elle lui prit les mains, les posa sur ses seins et les pressa contre elle, contre sa chaleur, sa poitrine parfaite emplissant l'espace entre ses doigts, emplissant sa tête d'un tumulte, tandis que sa propre voix lui parvenait comme venue d'une autre pièce, murmurant des mots d'adoration.

Elle fit glisser son corsage de ses épaules, le jeta derrière elle. Lorsqu'elle chercha des deux mains à dégrafer son soutien-gorge, il l'abandonna l'espace d'un instant, le temps de voir le lacis de dentelle noire s'évanouir dans le vide qui l'entourait, aussi alangui qu'une feuille morte.

Il la caressait seulement des yeux, allant de la courbe tranquille de son épaule à la plénitude cambrée de ses seins. Il sentait sa beauté qui l'attirait vers elle, de même que l'aimant attire le fer. Pendant qu'il goûtait la douceur de sa chair, il entendit le bruissement de l'étoffe, comme une vague qui l'entraînait plus loin encore, et plus profondément, sous ses seins, jusqu'à se noyer dans l'ombre chaude de son ventre, toujours plus loin, dans des profondeurs insondables, plus sombres, dans un univers de formes et d'ombres douces et mouvantes, de textures, de fragrances.

Venue de là-haut, de la surface, si lointaine qu'il ne pouvait plus l'atteindre, lui parvenait sa voix, qui s'enflait et retombait, un gémissement cadencé et très doux, aussi hypnotisant, irrésistible que le mouvement de ses hanches, de plus en plus violent, suppliant, Steven, Steven. Elle fut parcourue d'un frisson sismique, écrasa son visage contre elle. Puis ses doigts se nouèrent dans ses cheveux, et elle le libéra, baissant les yeux vers lui, plongeant son regard dans le sien.

Il se redressa, l'embrassa plus violemment qu'il n'avait jamais embrassé une femme, un baiser affamé, impérieux, ses doigts lui pétrissant brutalement les épaules, le dos, les reins, tandis qu'elle semblait faire des passes magiques autour de lui, le débarrassant de la prison de ses vêtements. Enfin, ses mains furent sur lui, ses mains semblables à des flammes qui le guidaient vers le centre, le cœur, les profondeurs d'elle-même, ses hanches animées d'une ondulation rythmée, frénétique, qui mit bientôt fin à tout.

Ils s'écartèrent l'un de l'autre, prenant appui sur la première chose qui était à leur portée pour se tenir debout, bredouillèrent quelques mots banals avant de commencer à ramasser leurs vêtements épars. L'espace de quelques instants, le temps qu'ils s'habillent, ce fut comme si ni l'un ni l'autre ne pouvait vraiment reconnaître ce qui venait d'arriver, comme si la moindre marque de tendresse eût été déplacée. Enfin, Rita lui demanda s'il voulait un sandwich. C'était la première phrase cohérente que l'un d'eux prononçait.

« J'ai parlé à Barry », déclara-t-elle quand ils se furent assis pour manger.

Le ton dégagé, presque négligent, ne suffit pas à diminuer sa surprise.

« Quoi ? » fit-il brusquement, contrarié. Il était parvenu, en ces quelques minutes passées avec elle, à écarter tout le reste.

« Eh bien, répondit-elle, le désarmant d'un sourire, tu as dit qu'il ne voulait pas te parler. Et tu voulais connaître les choses, n'est-ce pas ?

– Es-tu amie avec lui ? » interrogea-t-il. Il ne savait pas trop quel genre d'homme pouvait l'attirer, mais certes pas Lucasian.

« Pas vraiment. En tout cas, il n'a pas aussi mauvais caractère que tu le penses. Il regrette énormément de t'avoir agressé comme il l'a fait l'autre soir.

– T'a-t-il expliqué pourquoi sa version des faits et celle de Charlie ne coïncident pas ? demanda Steven, guère impressionné par ces regrets.

– Ça n'a rien de très alarmant, Steven. Tout est arrivé exactement comme l'a dit Charlie. Simplement, Charlie ne supporte pas les flics. Il s'est mis cent fois dans le pétrin, et je crois qu'il revend de la drogue. Lorsque les flics sont arrivés, il a supplié Barry de le laisser en dehors du coup, ce que Barry a fait. Peut-être n'était-ce pas très malin, mais c'est plutôt un brave type. »

C'était relativement cohérent, surtout de la manière dont Rita l'expliquait. Certains profs pouvaient faire des choses comme cela pour leurs élèves, même si Steven imaginait mal que ce fût le cas de Barry Lucasian.

« C'est tout ? » fit-il.

Elle hocha la tête, sourit.

« Tu n'es pas content que je me sois renseignée ? Et maintenant, penses-tu pouvoir oublier cette histoire ? »

Il n'en était pas certain, mais il ne l'avoua pas. Ils parlèrent d'autre chose tout en mangeant, ensuite Rita se mit à ranger les meubles, tandis que Steven retournait à ses livres. Quand la glace commença à vouloir prendre dans le réfrigérateur, ils sortirent pour acheter du tonic et des citrons verts dans une épicerie de nuit de Lexington Avenue ; ils débouchèrent le gin, puis refirent l'amour vers l'aube, cette fois sur le sommier nu, dans la chambre. L'étroite bande de ciel, au-dessus des immeubles d'en face, pâlissait déjà quand ils s'endormirent enfin.

Dans le rêve de Steven, Timothy Warren était perché comme un djinn, les jambes croisées, sur le bureau du chef des enquêtes, récitant de sa voix flûtée, haut perchée, des fragments d'un poème de Cummings... Ensuite, exhibant ses dents régulières en un sourire moqueur, Timothy demanda : « Vous ne pigez pas, Mr. Hillyer ? », l'accablant de son assurance parfaite, lumineuse, insolente. « Vous devriez peut-être essayer encore ? »

Se balançant sur des bras d'une longueur inimaginable, il sauta du bureau, atterrissant avec une légèreté magique sur ses pieds qui semblèrent se déboîter tandis qu'il quittait le sol.

Hilare, Timothy se mit à arpenter la pièce à grandes enjambées contrefaites, puis s'arrêta brusquement à la porte et sortit de son jean une enveloppe froissée.

« Je vous apprends des choses, Mr. Hillyer, dit-il, déployant cette force sombre qui était toujours là, sous-jacente, dans ses rares moments d'enjouement. Il y a des réponses dans la poésie, mon vieux, elles sont toutes là, elles l'étaient et le seront. Le sexe, ce ne sont que des questions, Mr. H. Si vous voulez savoir, demandez. Poétiser, pas peloter. Lisez-les, pleurez. »

Il se mit à rire, et un éclat de lumière lui décolla la tête qui vint rouler grotesquement aux pieds de Steven, lequel, se penchant pour la ramasser, ne trouva plus qu'une boule de papier. Il était dans sa classe, à La Guardia, en train d'en sonder les bords, de faire de la masse compacte une fine feuille marbrée de rides. Discrets, à peine plus marqués que les rides du papier, quatre vers d'un autre poème de Cummings étaient inscrits, en un griffonnage aigu, illisible. Mais, même sans pouvoir les lire, Steven en connaissait la teneur... Toutefois, lorsque Steven releva les yeux, Timothy avait disparu ; et, lorsqu'il regarda à nouveau la page, celle-ci était devenue blanche.

Les pneus dérapèrent avec un crissement aigu, perceptible d'un bout à l'autre de Linden Lane, tandis que la voiture de Donadio effectuait un demi-tour, avant de s'éloigner à toute vitesse. Dans le salon, Jim Franks ne put que hocher la tête, contemplant les verres, l'un vide, l'autre à moitié plein. Il imaginait les Michaelson, à côté, en train d'écarter les rideaux pour voir qui faisait tant de bruit. Des gosses, penseraient-ils sans doute. Les gosses posaient un problème à Dobbs Ferry, les adolescents de dix-sept, dix-huit ans, avec leur propre voiture, qui faisaient la course le long des rues courbes, pour le plaisir de la vitesse.

Au moins, ils ne devineraient jamais que c'étaient les invités de Jim et Lenny Franks.

Les invités ? Mon dieu, c'était le partenaire de Jim. A Dobbs Ferry, un partenaire, c'était quelqu'un avec qui l'on possédait une affaire. Lorsque Grady Townes était à court d'argent, il prenait un partenaire. Al Henschell avait quitté son cabinet de comptables pour ouvrir le sien propre, avec deux partenaires. Greg Toland tentait de racheter les parts de ses partenaires. C'était là le genre de chose dont on parlait dans les cocktails et les dîners, les histoires que se racontaient les hommes, partageant les drames de leur vie quotidienne tout en trempant des chips dans une sauce épicée, devant le match de football du dimanche après-midi.

Un partenaire, ce n'était pas quelqu'un qui vous était imposé et devenait, que vous le vouliez ou non, que vous l'aimiez ou non, l'être le plus important de votre vie, un homme avec qui vous rouliez, mangiez, avec qui vous demeuriez assis dans la voiture pendant des heures lors des filatures, l'homme qui protégeait votre vie comme vous protégiez la sienne. Non, ce n'était pas là une définition du partenariat que les gens de Dobbs Ferry auraient pu comprendre.

Ils n'auraient pu comprendre que l'on pût avoir pour partenaire un cinglé de Brooklyn qui se déjantait la tête à la bière et au bourbon et faisait du bruit avec sa voiture, tel un gamin. Et ils auraient moins compris encore, moins que tout, que quand on tire une balle dans la tête d'un garçon de quinze ans on entraîne son partenaire dans sa chute. Il n'était pas besoin d'aimer Donadio pour comprendre qu'il se faisait avoir dans l'histoire.

De telles réalités ne pouvaient survivre au trajet qui allait du centre-ville jusqu'à la porte du garage. Debout au pied de l'escalier, prêtant l'oreille aux rires artificiels qui émanaient du poste de télévision, dans la chambre, Jim s'émerveillait d'avoir si bien réussi à tenir cette réalité à l'écart. Jusqu'à ce soir, en tout cas.

Ce n'était pas un hasard si les amis de Jim et Lenny étaient des Blancs, des hommes installés qui avaient tacitement décidé d'accorder à Jim un crédit, un statut, en tant qu'inspecteur. Si le critère essentiel était de porter un attaché-case et un costume pour aller travailler, il était acceptable. Ce n'était certes pas la version de Lenny, qui accordait une extrême importance à leur intégration dans le quartier. En revanche, Jim savait qu'il n'était rien de plus qu'un flic.

Ce paradoxe constituait la preuve la plus évidente, s'il en était besoin, qu'il n'y avait pas le moindre rapport entre ce que vous étiez et ce que vous étiez censé être. Quelques semaines auparavant, il avait vu un feuilleton comique à la télévision, qui provoquait de grands éclats de rire à cause de ces noms noirs qui ressemblaient tous à des produits que l'on achète au drugstore. Le fils s'appelait Advil, les jumelles Murine et Visine, et l'épouse Cloret. Jim n'avait pas trouvé l'astuce très drôle, il avait même quitté la pièce, mortifié. Ses deux frères à lui s'appelaient William et Joseph, sa sœur Susan. Leur père était concessionnaire Ford dans le New Jersey, et vendait des voitures neuves, pas des épaves; il avait envoyé ses quatre enfants à l'université, où ils avaient dû rapprendre ce qu'on leur avait enseigné à la maison, à savoir que les stéréotypes les plus dangereux sont ceux qui correspondent le plus à la réalité. D'un autre côté, Lenny avait grandi à Morning-side Heights, auprès d'une mère qui s'appelait Linette et jouait chaque jour à la loterie.

Cependant, c'était Jim qui avait quitté l'université pour endosser l'uniforme, et Lenny qui avait rongé son frein en attendant le jour où il deviendrait inspecteur et pourrait se promener habillé comme tout le monde. Les Toland, pour ne citer qu'un seul exemple, n'étaient amis avec eux que depuis un an, quand ils avaient appris que Jim était flic.

Lenny finit de nettoyer la cuisine, tandis que Jim sortait pour ranger le gril et mettre un peu d'ordre dans le jardin. Il revint chargé d'autres verres vides, qu'il posa à côté de la machine à laver la vaisselle. Lenny n'avait pas fait un seul commentaire sur la visite de Donadio, et il savait qu'elle n'en ferait aucun, mais cela leur laissait peu de sujets de conversation. Il dit qu'il montait jeter un coup d'œil sur les gosses.

Il les trouva dans la grande chambre, allongés sur le ventre, appuyés sur les coudes, agitant les pieds en l'air, les yeux rivés sur la télévision. S'ils avaient changé de chaîne, ils auraient pu voir aux actualités un reportage sur leur père mais, grâce au ciel, ils étaient encore trop jeunes pour regarder les informations. Sans aucun doute, Jimmy en entendrait parler lundi à l'école, ce qui signifiait qu'il fallait le mettre au courant d'ici là. Il aurait bien le temps de le faire demain.

Le père de Jim, lui, avait déjà vu les actualités ; cependant, Jim était sorti lorsqu'il avait appelé, et Lenny lui avait assuré que la mesure de suspension était d'ordre purement technique, et que tout allait s'arranger. Ses frères venaient dimanche, ostensiblement pour le soutenir, mais en se demandant sans le dire à quoi d'autre pouvait s'attendre un homme qui avait eu devant lui toutes les portes ouvertes et qui avait pourtant choisi de vivre dans et par un univers si violent, si laid.

« Tout le monde est parti, déclara-t-il. Au lit.

– A la prochaine pub, fit Jimmy.

– Non, immédiatement. »

En deux secondes, le garçon quitta la chambre, tel un sprinter bondissant de son starting-block, pendant que ses deux sœurs tentaient vainement de le rattraper. Susan prit la télécommande et éteignit la télévision.

« C'est comme ça que vous laissez le lit ? » fit Jim.

La plus petite fila, tandis que Susan s'employait à lisser le couvre-lit de ses mains, sans rien changer.

228

« C'est mieux », dit-il, et elle sortit de la chambre en courant.

Jim attendit que les pas s'évanouissent, puis referma la porte de la chambre. Entrant dans la penderie, il saisit son arme personnelle sur l'étagère du fond, dans une boîte à chaussures. C'était un automatique à neuf coups, aux formes anguleuses, hostiles à sa main comparées aux courbes familières de son arme de service. Peut-être cependant était-ce, comme cela l'avait toujours été, l'arme fabriquée pour lui, semblable à un prolongement métallique et gris de son propre corps.

Il la tint dans sa paume et l'examina, de même qu'un jeune garçon examine un galet trouvé au fond d'une rivière, palpant sa forme, évaluant son poids. Il glissa son doigt sur la détente et leva l'arme, visant l'ombre au fond du placard. La penderie était étroite, les robes de son épouse le frôlaient de chaque côté, évoquant, dans quelque région éloignée de son esprit, le parfum de son corps, tandis que sa conscience était soudain tendue, concentrée sur cette chose qu'il n'arrivait pas à concevoir : que faisait-il dans un placard, en train de braquer une arme chargée ?

Il s'aperçut que sa main tremblait et baissa le revolver, mais ne le rangea pas dans la boîte à chaussures. Il le déposa sur l'étagère où il gardait habituellement son arme de service, referma la porte de la penderie. Ensuite il revint en hâte vers la cuisine, avec le besoin urgent de voir le visage de son épouse. L'homme de la penderie était un étranger, en qui il n'avait pas confiance, aussi inquiétant que celui qui avait tiré sur Timothy Warren, et l'avait tué.

LUNDI

Cent personnes au moins, des parents, étaient massées devant le lycée La Guardia en ce lundi matin, protestant contre la présence de la police. *Contrôlez la police, pas les enfants*, disaient les banderoles. Et aussi *Les tueurs de Timothy Warren ne toucheront pas à nos enfants.*

Tandis qu'ils invectivaient les flics et manifestaient devant les caméras des actualités, la police avait envoyé des renforts, et le nombre des hommes avait à présent doublé par rapport à vendredi. Une moitié d'entre eux avait pour mission de maintenir les parents sur le trottoir d'en face, tandis que l'autre conduisait les élèves en troupeau jusqu'à la porte et les fouillait avant de leur permettre d'entrer. Le vendredi, on avait pu croire que la situation se stabiliserait en un statu quo hostile, la présence des flics devant l'école devenant une nouvelle réalité que les gosses accepteraient telle qu'elle était. Mais, curieusement, le week-end avait durci les positions, de chaque côté. La tension était, si possible, encore plus grande qu'au premier jour.

Steven allait et venait sur le trottoir en compagnie d'une douzaine d'autres professeurs, empêchant les gosses de se mettre dans une sale situation, les calmant, les dissuadant d'agresser les flics. Cependant, quatre élèves furent arrêtés, tous les quatre pour résistance aux forces de l'ordre. Un de ses élèves, Jamal Horton, était parmi eux.

En outre, Felix Figueroa, un prof d'histoire de presque soixante ans, très exigeant avec ses élèves, fut blessé à la tête en essayant de s'interposer entre les flics antiémeute et un groupe d'élèves en colère. Les gosses se réunirent dans le couloir, devant l'infirmerie, refusant de partir jusqu'à ce que Mr. Figueroa en sorte, accueilli par des hourras et escorté comme un héros jusqu'à sa classe.

Il était neuf heures largement passées quand le trottoir fut enfin désert, ce qui annulait complètement le premier cours. Et même une fois les enfants installés en classe, il n'y eut pas un seul professeur capable de lutter contre les cris et les slogans de la manifestation, qui montaient de la rue. Il était hors de question de faire cours. Les gosses, armés de radios portatives, les laissèrent fonctionner toute la matinée, réglées sur une station de Harlem qui diffusait sans cesse des flashes en direct de La Guardia.

Jamal ne revint pas à l'école avant midi et se rendit immédiatement en cours d'anglais. Il fut acclamé comme un soldat de retour du front, ce qu'il paraissait être, d'une certaine manière. Généralement indomptable, il frappa Steven par sa tension, sa mine sombre, son silence inhabituels. Normalement, il se délectait de l'attention qu'on lui portait, c'était un acteur-né ; mais, alors que chacun le criblait de questions, il semblait bizarrement réticent à parler.

« C'est de la connerie, c'est tout, lâcha-t-il. Ils te traînent au poste, ils te collent dans une pièce, et ils te ramènent ici. »

Les gosses voulaient savoir s'il avait subi un interrogatoire, s'il avait un casier à présent, ce dont il était accusé, et s'il avait véritablement donné un coup de pied dans les couilles d'un flic, la rumeur la plus persistante.

« J'ai filé des coups de pied à personne, affirma Jamal. Un coup de coude, peut-être. » Tout le monde rit.

Il eut un sourire blême, et Steven intervint pour lui épargner d'autres questions.

« Très bien, dit-il, revenons-en à ce dont nous parlions. Je pense que Jamal nous a raconté l'essentiel. »

Il y eut quelques grognements de protestation mais la sonnerie retentit alors, annonçant la fin du cours, et tout le monde s'égailla dans le couloir.

« Jamal, puis-je te voir une minute ? » questionna Steven, tandis que les enfants se précipitaient vers la porte.

Jamal courba les épaules, image même de l'impatience, mais attendit là où il se tenait, dans l'allée, tandis que les autres passaient à côté de lui. Steven le rejoignit et s'assit sur le bureau le plus proche, le regardant droit dans les yeux.

« Ça va ? s'enquit-il.

— Évidemment, pourquoi ça n'irait pas ? répondit Jamal avec un haussement d'épaules indifférent.

— Ils t'ont un peu malmené ?

— Ils ne m'ont rien fait du tout. Bon, si je descends pas maintenant, y aura plus que dalle à la cafétéria.

— Il y a longtemps que tu n'as pas mangé, hein ?

– Ouais, eh bien, j'ai faim. Ça ne vous ennuie pas? »

Il y avait quelque chose de glacé dans la voix du garçon, une indifférence proche de l'hostilité que Steven n'avait jamais perçue jusqu'alors. Il ne pensait pas avoir fait quoi que ce fût pour le mettre en colère, mais il se sentit trop mal à l'aise pour le lui demander.

« Non, vas-y, répondit-il. Je suis là, si tu as envie de parler », ajouta-t-il, comme Jamal se dirigeait vers la porte.

Jamal s'arrêta une seconde, le temps de hausser les épaules.

« Pourquoi je voudrais parler? » marmonna-t-il. Il y avait dans sa voix une amertume évidente.

« Je ne sais pas. Je ne sais pas ce qui s'est passé, répondit Steven. Mais je pensais que nous étions amis.

– Ouais, moi aussi, je le pensais », rétorqua Jamal d'un ton coupant. Ensuite, il se détourna et disparut sans un mot d'explication.

Stupéfait, blessé même, Steven hésita un moment, puis se lança à sa poursuite. Il était à mi-chemin de la porte quand Barry Lucasian entra dans la classe.

« Vous avez une minute? s'enquit-il.

– En fait..., commença Steven.

– Juste une minute », coupa Lucasian.

De toute façon, il était sans doute trop tard pour rattraper Jamal. A présent que Timothy était mort, il n'y avait pas un autre élève dont Steven fût plus proche que Jamal, et la colère inexplicable du garçon lui laissait un étrange sentiment de solitude, d'abandon. Mais il n'y avait rien à y faire pour le moment, aucun moyen, en réalité, de communiquer avec un enfant qui refusait de parler. Jamal, songea-t-il, le mettrait au courant du problème quand il serait décidé.

« D'accord, dit-il à Lucasian. Que se passe-t-il?

– Je suppose que j'y ai été un peu fort, vendredi soir, déclara le prof de gym. C'est tout. Je voulais juste vous dire ça.

– Pas de problème, répondit Steven. La journée a été dure pour chacun, je suppose. » Il n'avait jamais réellement aimé cet homme, et n'avait que faire de ses excuses.

Lucasian, cependant, demeurait près de la porte, gêné.

« Rita m'a dit que vous étiez pas mal bouleversé, reprit-il.

– Je n'aime pas particulièrement les menaces, c'est tout. Je m'en suis remis. »

Lucasian s'arracha un sourire bizarre.

« J'avais peur que vous le preniez ainsi, ajouta-t-il. C'est simplement que, vous savez bien, ils me sont tous tombés dessus. »

Steven dit qu'il savait bien, qu'il ne lui en voulait nullement, et Lucasian finit par s'en aller. Steven pensa une seconde que le monde était devenu fou à l'instant même où Timothy Warren était mort, et qu'à chaque jour qui s'écoulait les choses avaient de moins en moins de sens. La rancœur de Jamal envers lui, sans raison, et le fait que Lucasian eût essayé d'être aimable, c'était là peu de chose, mais elles ajoutaient à cette impression d'être dans un univers faussé. Si personne d'autre ne connaissait la réponse à cela, peut-être Timothy la possédait-il, lui.

Dès que les cours furent terminés, Steven se rendit en bus au bureau du procureur, installé dans une annexe du palais de justice, bâtiment de granit parfaitement quelconque. Le bureau du gardien, au rez-de-chaussée, était désert. Steven attendit cinq minutes à côté de l'affichette lui enjoignant de se procurer un laissez-passer, puis il abandonna et se dirigea vers la rangée d'ascenseurs, où une personne qui sortait lui dit que le bureau du procureur était au sixième étage. Bientôt, il arriva devant un immense dédale de bureaux semblables à des clapiers, séparés par des cloisons à hauteur de poitrine.

Dans les allées, la circulation était intense, et aucun des jeunes hommes de loi qui passaient devant lui ne semblait avoir le moindre désir d'aider un étranger. Les femmes, ainsi qu'il le remarqua, étaient pour la plupart minces, même si peu d'entre elles étaient jolies ; elles portaient des jupes droites et des corsages austères, semblables à des uniformes d'écolière. Les costumes des hommes tombaient mal, comme si tous avaient pris ou perdu énormément de poids depuis qu'ils les avaient achetés. Steven finit par barrer franchement la route à une femme qui, sinon, l'aurait frôlé à vive allure sans le voir.

« Je cherche Jonathan Felder, dit-il.

— Je ne peux pas vous renseigner, répondit-elle. Êtes-vous certain d'être dans le bon service ?

— Non, justement. C'est pourquoi je demande. »

Elle rejeta légèrement la tête en arrière, l'observant sous un autre angle, essayant de savoir s'il était insolent ou non.

« C'est un procureur, ajouta Steven avant qu'elle eût pu en décider.

— Un *substitut* du procureur, corrigea-t-elle. Pourquoi n'avez-vous pas de laissez-passer ?

— Il n'y avait personne en bas. »

Pour quelque mystérieuse raison, elle parut satisfaite de cette réponse.

« Felder? fit-elle. Dans quel bureau est-il? »

Steven ne savait pas quels bureaux il y avait là.

« Je ne sais pas. C'est lui qui m'a interrogé, devant le jury d'accusation.

– Pour quelle affaire?

– Le meurtre d'un jeune garçon.

– Ce doit être les homicides. Cinquième étage. Prenez l'escalier. »

Quelques minutes plus tard, il pénétrait dans le bureau de Felder.

« Je ne sais pas si vous vous souvenez de moi, Mr. Felder », commença-t-il. Mais Felder le coupa immédiatement.

« Steven Hillyer, n'est-ce pas? Que puis-je pour vous, Mr. Hillyer? »

En fin d'après-midi, la peau abîmée et la barbe mal rasée du jeune homme de loi étaient beaucoup plus vilaines à voir que le matin où Steven avait témoigné. Il avait ôté sa veste, qui était accrochée à une patère, au mur de son petit bureau, et, avec elle, il semblait s'être débarrassé de ce formalisme pédant qu'il arborait dans la salle d'audience. En revanche, il paraissait, si c'était possible, encore plus tendu.

En chemin, Steven avait décidé que la meilleure chose à faire était de se présenter en humble solliciteur, timide, hésitant, inoffensif. Mais il ne s'attendait pas à rencontrer un homme si mal à l'aise, si vulnérable. Ce serait plus facile qu'il ne le pensait.

« Je suppose que vous avez entendu parler de ce qui se passe à La Guardia, déclara-t-il, histoire d'entamer la conversation.

– Vous voulez parler de la police? » dit Felder. Il fit signe à Steven de s'asseoir.

« La police, ce n'est qu'une partie du problème, répliqua Steven. Les élèves sont plutôt excitables, là-bas. Ils sont assez énervés par ce qui arrive.

– J'imagine. »

Steven doutait qu'il pût effectivement l'imaginer, ce qu'il exprima d'un brusque mouvement de tête.

« Les professeurs, l'administration, nous nous donnons tous beaucoup de mal pour prévenir le moindre incident. »

Il sourit, sans raison.

Felder lui rendit son sourire, mais il semblait perdre le fil de la conversation. Jusqu'alors, il était demeuré debout; soudain, il s'enfonça dans son fauteuil, derrière le bureau.

« Y a-t-il quelque chose que je puisse faire?

– Franchement, je pense que oui, répondit Steven, se penchant en avant, les mains posées sur le bureau. Une chose qui revient sans cesse, c'est que les élèves sont furieux que rien n'ait été fait à propos d'Ophelia et de Timothy. Nous avions une réunion de professeurs, cet après-midi, et tout ce que nous avons réussi à trouver, c'est un hommage funèbre dans le *Guardian*. »

Felder pencha la tête, l'air de ne pas comprendre.

« C'est le magazine littéraire de l'école, expliqua Steven. En tant que professeur-conseil pour le magazine, on m'a délégué auprès de vous pour en parler. »

Il se pencha vivement, ouvrit sa serviette, et en tira un exemplaire du *La Guardia Guardian*. Le magazine, qui comportait six pages polycopiées de poésies, essais et nouvelles, n'avait pas été publié depuis quatre ans, mais Steven espérait que Felder ne ferait pas attention à la date. Il le lui tendit, et Felder fit semblant de le feuilleter avec un minimum d'intérêt, avant de lever les yeux vers Steven.

« Vous avez bien dit que vous représentiez le corps enseignant pour cette publication ?

– C'est exact.

– Je lis ici que le professeur-conseil est Arthur Ward. »

En une seconde, Steven avait quitté son siège et rejoint Felder. Il revint rapidement à la couverture.

« C'est un vieux numéro, affirma-t-il, désignant la date. Ward a pris sa retraite il y a environ quatre ans. »

Il omit de préciser que *La Guardia Guardian* avait pris sa retraite avec lui.

« Il y a là un très joli poème sur le métro, enchaîna-t-il. Vous devriez vraiment le lire. »

Il feuilleta quelques pages et lui tendit de nouveau le magazine, puis croisa les bras, ne laissant pas le choix à Felder, qui dut se plonger dans une colonne de vers de mirliton du genre « Les trésors les plus beaux / sont cachés dans le métro. »

« L'élève qui a écrit cela est au collège, à présent, précisa Steven avec un sourire éclatant, reprenant le magazine. Et elle entrera à l'université l'année prochaine.

– Tout cela est très bien, déclara Felder. Autrement dit, ce que vous attendez de moi, c'est que j'écrive quelque chose ? »

Cette idée ne serait jamais venue à l'esprit de Steven, eût-il vécu mille ans, et il lui parut cruel de profiter de la vanité de Felder. D'un autre côté, l'ouverture était trop belle pour qu'il n'en profite pas.

« Eh bien, il y a déjà cela, en effet. Quelque chose sur le système judiciaire, mais avec un certain recul, sur la façon dont il fonctionne dans un cas de ce genre. »

Felder hocha la tête, comme s'il comprenait.

« Rien de négatif sur Timothy, bien sûr, ajouta Steven.

— Non, bien sûr que non. Je pense que j'y parviendrai, Mr. Hillyer. Vous disiez qu'il y avait autre chose ?

— Oui. Nous souhaitons également publier certains poèmes de Timothy. Il en a tant été question dans les journaux que cela lui a apporté une sorte de célébrité posthume. Le Dylan Thomas de La Guardia, si vous voyez ce que je veux dire. Nous avons pensé à inclure quelques pages de lui, des poèmes bien choisis. Tous ne sont pas provocateurs, vous savez. Certains d'entre eux sont absolument charmants. »

En lisant les carnets de Timothy, Felder avait surtout cherché de quoi fourbir ses armes, et n'avait pas accordé grande attention aux textes plus mesurés, mais il se souvenait qu'il en existait, et était prêt à faire confiance à un professeur d'anglais en ce domaine. Il hocha la tête, l'air pensif, et déclara que cela lui semblait en effet une bonne idée.

« Je suis certain que je dois vous paraître très naïf, ajouta Steven, d'un ton aussi naïf que possible.

— Absolument pas. Vous êtes quotidiennement en contact avec ces gosses.

— Exactement. Et ce que nous souhaitons obtenir, c'est un dernier hommage qui nous permette de laisser toute cette affaire derrière nous, sur une note au moins légèrement positive. »

Felder hocha vigoureusement la tête.

« Vous savez, ce que l'on entend sur les écoles publiques est plutôt négatif, déclara-t-il, visiblement prêt à se lancer dans un discours. De la part des gens en général, mais aussi particulièrement dans ce bureau. Il est question de délinquance, de brutalités, ce genre de chose, et il est possible que nous en ayons une image déformée. Votre initiative me semble très créative, très sensible. Il est agréable de savoir que des professeurs travaillent dans cette direction, Mr. Hillyer.

— Donc, vous êtes d'accord ? Vous êtes prêt à nous aider ?

— Je ferai tout ce que je pourrai. Dites-moi ce qui vous convient. Cinq cents mots, sept cents ?

— Cinq cents, ce serait parfait, approuva Steven. Et quelques poèmes, également ?

— Je vous demande pardon ?

« – Les poèmes. Les poèmes de Timothy. Vous ne voyez aucune objection à ce que nous les publiions, n'est-ce pas?

– Non, bien sûr que non. Mais ce n'est pas tellement mon affaire, n'est-ce pas?

– Je crains que si, tout au contraire, répliqua Steven avec un sourire charmeur. C'est vous qui avez les carnets. »

Felder retomba sur sa chaise, comme si on l'avait poussé.

« Vous voulez que je vous donne les carnets? »

Steven continuait d'arborer le sourire le plus modeste qui fût.

« En fait, je n'ai pas besoin des carnets, répondit-il. Une photocopie serait largement suffisante. »

La mine de Felder s'éclaircit sensiblement.

« Je vais voir si cela ne pose pas de problème », dit-il.

Il quitta le bureau en hâte, et demeura absent pendant presque cinq minutes. En attendant, Steven laissa son regard errer dans le bureau minuscule, triste. Sur une étagère, contre la cloison, il reconnut la tranche métallique du cahier à spirale de Timothy, dépassant d'une masse de papiers, comme s'il avait été enterré vivant et était parvenu à se dégager. La tentation de s'en emparer était presque irrésistible.

Lorsque Felder revint, il était accompagné d'un assistant plus jeune encore.

« Aucun problème, Mr. Hillyer, affirma-t-il. Vos photocopies seront prêtes dans une minute. »

Il tendit le carnet à l'assistant, qui se hâta vers la photocopieuse.

Steven serra vigoureusement la main de Felder, avec toute la chaleur d'un représentant de commerce.

« Les élèves vont vraiment apprécier votre geste, déclara-t-il. Je ne manquerai pas d'inclure un mot de remerciements pour votre coopération.

– En réalité, répondit Felder, dégageant sa main, moins vous en parlerez, mieux ça vaudra. »

Dans le métro, en rentrant, Steven garda sa serviette sur ses genoux, résistant à la tentation de l'ouvrir et de commencer à lire.

Quoi que fût Timothy Warren par ailleurs, c'était un poète. Et un poète, croyait, espérait Steven, se livrait au travers de sa poésie.

L. D. Woods claqua la portière du taxi et serra son manteau autour d'elle, bien qu'il ne fît pas froid. La rue était bordée d'immeubles défraîchis de deux étages abritant toutes sortes de petits commerces, le genre de boutique minable dont on ne pouvait vivre qu'en ouvrant à six heures du matin pour fermer à minuit, et ce sans employé. *Voilà mes électeurs*, songea-t-elle avec un soupir. Du moins ce seraient ses électeurs si elle obtenait une circonscription. Des gens qui travaillaient comme des bêtes pour simplement survivre. Et tous n'y parvenaient pas. Deux vitrines sur trois étaient condamnées par des planches, et celles qui demeuraient étaient décrépites, sinistres, avec des vitres crasseuses et des lettres manquantes.

En se dirigeant vers le métro, elle se disait qu'elle ne mettait pas assez le nez dans la rue. Dans le bureau de Kellem, il était si simple, si facile d'ignorer toutes ces choses de l'extérieur, qui ne filtraient jamais par la porte. Dans le métro, les gens qui faisaient la queue pour acheter des jetons lui jetèrent un regard hostile quand elle les dépassa pour se diriger vers le guichet. « Ne vous inquiétez pas, je ne vais pas acheter de jetons », leur lança-t-elle. Elle s'arrêta près du guichet, consulta sa montre. Quatre heures pile.

Deux minutes plus tard, la porte du guichet s'ouvrit, et une petite femme noire en sortit en enfilant son manteau.

« Mrs. James ? »

La femme la regarda.

« Je m'appelle L. D. Woods. Je suis membre du Bureau 61 des Affaires scolaires, reprit-elle. Pourriez-vous m'accorder quelques minutes ? »

Victoria James resta un instant immobile, la porte du guichet toujours ouverte derrière elle, fixant L. D. comme si elle ne savait pas quoi répondre. Dans la lumière blafarde du métro, les cheveux de L. D. brillaient, semblables à ceux des mannequins sur les publicités pour du shampooing, dans les rames. Ce n'étaient pas les cheveux d'une Noire ordinaire.

« Je n'ai pas d'enfant dans vos écoles », dit-elle enfin, se détournant pour refermer la porte. Le verrou cliqueta, avec un bruit sec.

« Je vous en prie, c'est important », répliqua L. D. Elle s'était attendue à une réticence, même à de l'hostilité, et avait décidé de l'affronter avec simplicité, en renouvelant sa demande.

« Cette école n'avait rien à faire de ma petite fille quand elle était vivante, Miss Woods, répondit Mrs. James d'un ton froid. Comment se fait-il que vous vous intéressiez à elle, maintenant ? »

Victoria pensait connaître la réponse, car son ex-mari lui en avait justement parlé la veille. Il était passé dans la matinée, avait attendu sur le palier, tel un colporteur, qu'elle rentre de la messe.

C'était la première fois qu'il daignait réapparaître en trois ans. Il lui avait dit qu'elle devrait porter plainte contre l'école et contre la Ville pour ce qui était arrivé à Ophelia, et les saigner à blanc. Il lui avait dit qu'ils allaient venir lui proposer de l'argent, et qu'elle aurait tort d'accepter, car il y avait beaucoup plus à ramasser si elle savait s'y prendre.

Il lui avait fallu une demi-journée pour lui faire comprendre qu'elle n'avait pas le cœur de porter l'affaire en justice, pas plus qu'elle n'avait le cœur de le voir à présent, et ils avaient fini par se quereller comme chien et chat, s'insultant exactement de la même façon que lorsqu'il venait la voir régulièrement. Et le lendemain, elle voyait arriver cette dame du Bureau qui voulait discuter avec elle, ainsi qu'il l'avait prédit.

« Je comprends vos sentiments, affirma L. D. d'une voix douce, empreinte d'une infinie patience. Je ne peux qu'approuver. Connaissez-vous un endroit dans le coin où nous pourrions prendre un café ou manger quelque chose ? »

L. D. emboîta le pas à Mrs. James, et toutes deux se dirigèrent vers l'escalier.

Il n'y a pas d'endroit assez bon pour les gens comme vous, pensa Victoria.

« Il y a beaucoup d'endroits », dit-elle.

Une pluie fine tombait depuis quelques minutes. Les deux femmes demeurèrent immobiles, côte à côte, la tête de Victoria arrivant à peine à la hauteur de l'épaule de L. D. Woods. L. D. parcourut la rue du regard.

« Y a-t-il un endroit en particulier où vous aimeriez manger ? demanda-t-elle.

– Je mange chez moi. »

La pluie était si légère qu'on la sentait à peine sur la peau, mais le temps qu'elles pénètrent dans le snack-bar, au coin du boulevard en face, leurs manteaux étaient constellés de minuscules gouttelettes, comme du sucre glace sur un gâteau. L. D. prit Mrs. James par le coude et la conduisit jusqu'à un box près de la fenêtre. Les hommes derrière le comptoir pivotèrent sur eux-mêmes pour les suivre du regard, chose qui n'arrivait jamais à Victoria James.

« C'est vraiment inutile », déclara Mrs. James, voûtée sur la banquette. Ses doigts se nouaient et se dénouaient sous la table.

L. D. ouvrit son manteau et le quitta, le posa sur le dossier de la banquette. Sa robe était plus simple que Victoria ne s'y attendait, discrète, avec un col montant.

« Je ne pense pas que vous sachiez de quoi je veux vous parler, n'est-ce pas, Mrs. James ? interrogea-t-elle.

– D'Ophelia.

– C'est exact. »

C'était bon, de prononcer son nom. En le disant, l'espace d'une seconde fugitive, elle avait eu l'impression d'avoir de nouveau une fille.

« Et vous avez l'intention de me proposer quelque chose, de façon que je ne porte pas plainte. »

Les yeux de L. D. se rétrécirent ; elle fit une pause avant de parler. Elle ne s'était pas attendue à cela, et se demanda si cette femme était finalement aussi simple qu'elle en avait l'air.

« Quelqu'un vous a-t-il parlé de cela ? s'enquit-elle enfin.

– Mon époux », répondit Victoria.

Une serveuse était debout près d'elles, souriant dans sa blouse bleu pâle. « Qu'est-ce que ce sera, pour ces dames ? » interrogea-t-elle.

L. D. commanda du café et demanda s'ils avaient des petits pains. Victoria commanda une soupe parce qu'elle ne prenait pas de café, et que son collègue Gabriel Plummer ne jurait que par leur soupe.

« A part votre mari ? reprit Miss Woods dès que la serveuse se fut éloignée. Quelqu'un du Bureau ?

– Non, mademoiselle.

– Je préférerais que vous m'appeliez Linda, dit L. D., bien qu'elle n'eût pas utilisé ce nom depuis des années. Avez-vous l'intention de porter plainte contre le Bureau ?

– Non, mademoiselle.

– Mais vous en avez parlé.

– C'est *lui* qui en a parlé.

– C'est *lui* », répéta doucement L. D., rassurée. Son intuition était la bonne, concernant Victoria James. Ou plutôt l'intuition de Tal. Elle pouvait presque visualiser l'autel dont il lui avait parlé, avec sa vierge pâle ; elle eut la certitude, pour la première fois, que Mrs. James l'écouterait jusqu'au bout.

Le café arriva, ainsi que la soupe, mais pas les petits pains. La serveuse s'éloigna de nouveau. Sous la table, Victoria se tordait les doigts si violemment qu'elle commençait à avoir mal aux jointures. Elle se força à les dénouer, mais elle ne pouvait les garder ainsi sans perdre le fil de ce que disait cette dame. Elle parlait d'excuses pour quelque chose, affirmait qu'on l'avait induite en erreur, mais Victoria ne voyait pas du tout quand on avait pu la tromper. Faisant un effort de concentration, elle entendit Miss Woods déclarer qu'en réalité elle n'était pas venue la trouver en tant que membre du Bureau.

Victoria ne savait pas ce qu'elle entendait par là. Elle se mit à manger sa soupe pour se calmer un peu et pouvoir l'écouter plus attentivement.

« Je ne sais pas comment vous parler de cela, Mrs. James, déclara L. D. Je n'ai pas d'enfants moi-même, et je ne peux évidemment pas imaginer à quel point votre douleur est immense. Si quelque chose vous blesse dans ce que je dis, dites-le-moi, et j'arrêterai. »

Elle avait une voix douce, un regard affectueux. Victoria se demanda quel âge elle pouvait avoir.

« Ça ira, répliqua-t-elle. Dites ce que vous avez à dire.

— Nous avons tous été très choqués par la mort de votre fille, Mrs. James », commença L. D. Elle baissa les yeux une seconde, puis revint sur Victoria, et leurs regards se rencontrèrent. « Il y a tant d'interrogations sur ce qui est arrivé, et pourquoi c'est arrivé. Et j'ai l'impression que personne n'y a répondu.

— Non, répondit Victoria. Personne.

— Je ne peux pas parler au nom du Bureau tout entier », continua L. D. Elle tendit le bras au travers de la table, mit une main sur le poignet crispé de Victoria, à côté du bol de soupe fumante. « J'ai eu l'impression qu'on ne cherchait qu'à éluder les questions. Je n'ai pas pu m'endormir, cette nuit, et j'ai décidé ce matin de venir vous voir. »

L. D. tourna son café, posa la cuiller dans la soucoupe. C'était la vérité, mot pour mot, mais elle se sentit soudain saisie par la crainte que Mrs. James ne la croie pas. La femme demeurait silencieuse, et rien dans ses yeux ne trahissait ses pensées.

« Je ne crois pas que l'on puisse jamais se débarrasser de ces questions, Mrs. James, reprit enfin L. D. A moins que quelqu'un ne se décide à en trouver les réponses. La police dit qu'ils mènent l'enquête, mais ils ne font rien. Tout ce qui les intéresse, c'est leur homme. Quelqu'un doit prendre en charge les intérêts de votre fille.

— Ma fille est morte, mademoiselle.

— Oui. Si vous me dites que vous ne voulez pas savoir pourquoi, si vous me dites que vous ne voulez pas savoir ce qui s'est passé, je m'en irai. Mais je crois que vous souhaitez plus que tout au monde savoir ce qui est arrivé. »

Les larmes montaient aux yeux de L. D., deux larmes minuscules, aussi petites que des étoiles dans un ciel noir. Elle cligna les paupières et elles disparurent sans couler, mais non sans que Victoria James les eût vues. Elle se demanda ce qui donnait à cette femme le droit de pleurer sur sa fille.

« Que voulez-vous ? s'enquit-elle.

— Je veux que vous leur demandiez de vous dire ce qui est arrivé, de le découvrir et de vous le dire. Je veux que vous demandiez au maire de faire une enquête. Je ne peux pas le faire moi-même. Personne ne m'écoutera. Vous, ils vous écouteront.

— Mais demander à qui ?

— Au maire, Mrs. James.

— Je ne peux rien demander au maire.

— Là, je peux vous aider. Je peux vous dire comment procéder. Je démissionnerai du Bureau s'il le faut. Laissez-moi vous aider, je vous en prie. »

L. D. avait une voix si faible, si pressante, que l'on aurait pu croire que c'était elle qui avait besoin d'aide. Victoria se sentit perdue. Il y avait aussi un autre sentiment en elle, qu'elle ne reconnut pas immédiatement. Elle avait peur, presque comme quand la police était venue à la station de métro, cet après-midi-là, et l'avait emmenée sans rien lui dire.

« Je ne sais pas, répondit Victoria.

— J'ai besoin que vous me fassiez confiance, c'est tout, affirma L. D. Si vous me faites confiance, nous ferons ce qu'il faut. »

Au moment où elle prononçait ces mots, L. D. se rendit compte, comme si une lampe s'allumait soudain dans une pièce sombre, que c'était exactement ce dont elle avait besoin. D'une manière qu'elle n'avait pas comprise jusqu'alors, elle avait besoin que cette pauvre femme effrayée, désolée, lui fît confiance.

L'AVEUGLE ET LE NÈGRE

par Timothy Warren

Je hais l'aveugle et la manière
Dont ses yeux glissent d'un visage à l'autre
Contemplent le vide et parcourent
La pièce.
*   La manière dont ses doigts se baladent*
Autour de l'assiette, agrippent
Le manche d'une cuiller
Comme s'il la voyait.
Il ne peut voir combien
Ses yeux vides sont laids ;

242

Globuleux, ils font semblant d'être
Des yeux, mais n'en sont pas.
   Et la manière dont sa main rencontre
Une autre main, par accident,
Et il sourit, et le garçon de couleur
De l'autre côté de la table
Sourit, trompé par ces yeux grands ouverts.
Vos mains se sont touchées, mais pourquoi
Lui souris-tu ?
Voudrais-tu être son ami ?
Alors accepte ses mensonges,
Dis un mot ou deux, fais semblant de croire
Qu'il te voie lui sourire ; apprends
A mieux le connaître.
Retrouve-le pour dîner
Et regarde son regard affreux.
   Je hais la manière dont le Noir
Et l'aveugle traversent la rue,
Se glissent ensemble dans la foule
Ou s'arrêtent pour manger ensemble.
Vous devriez bien vous entendre,
Vous deux, avec vos mensonges mutuels.
Peu m'importe ce que vous vous dites
Mais je hais la manière
Dont les yeux d'un aveugle noir
Font semblant de posséder la vue
Et dont un Nègre feint d'être blanc.

* * *

Dieu est un architecte gothique
Qui a créé l'homme et passe maintenant son temps
A dessiner des clochers et des vitraux
Pour mettre sur les églises.
   Dieu est un flic potelé.
Qui rit sans cesse
Et n'ennuie personne
Mais semble posséder l'autorité.
   Dieu est un vieux Romain édenté
Qui va boitillant sur la Via Appia
Et qui en sait plus qu'il ne pourrait le dire
Dans son latin de cuisine.
   Dieu est un barbu

Qui ne voit ni n'entend
Mais sait quand le vent est chaud ou froid.

*   *   *

Tu me touches en tout point
Tu es immortel.
Car quand je meurs
Cette partie de moi qui est toi
Meurt aussi.

*   *   *

Je ne veux pas mourir
(Non pas parce que je ne serai plus
Ni parce que c'est
Pour toujours) mais parce que
Mon oncle est mort
Et pas ma mère.
Parce que son visage à elle était balafré
D'angoisse et sa bouche
Était affreuse à voir
Alors que ses joues à lui
Étaient lisses comme du bois
Et ses paupières parfaitement closes.
Parce que personne ne l'avait jamais vu
Avec ses mains fortes et fraternelles
Étendues (elles étaient ainsi)
Sur sa poitrine immobile.

*   *   *

Ce monde est fait de
Deux
Races différentes
Et bien singulières :
Les morts vivants
Font
Ce qu'on leur dit et mangent
Ce qu'on leur donne.
Les vivants vivants
Qui
Ne savent pas
Qu'ils sont morts.

*   *   *

par Timothy Warren

Des boîtes alignées de comprimés d'aspirine
Délimitaient sa vie : la douleur
En faisait partie. Quant au reste
Il ne pouvait y penser.
  Il y avait, bien sûr, Virginia :
Qui était partie sous la pluie,
Emportant, un soir, le meilleur de sa
mémoire,
Avec le petit garçon enroulé dans une couverture,
Elle avait pris le train
Vers l'Est et vers la gloire,
Laissant juste un mot
Disant qu'elle écrirait.
  Alors, cela avait commencé :
Depuis combien de temps étaient-ils partis ?
— Non, cela ne va pas. Il faut penser à
Autre chose, disait-il. Quel âge a le petit ?
Je ne plaisante pas, mon vieux. Laisse tomber. Il y a
D'autres choses auxquelles penser. L'eau
Dans le verre devenait plus claire
  Une carte postale suivit, qui disait seulement
Qu'elle le tiendrait au courant. C'était quand ?
Le cachet de la poste faisait foi. Est-il grand ?
Il le faisait tourner dans sa main, le posait
Pour prendre deux comprimés dans la boîte.
  L'acide salicylique peut dissoudre le cerveau.

* * *

Je
Suis la lune avant le crépuscule.

* * *

PROPHÈTES E ET C

par Timothy Warren

O Dieu O, pourquoi meurt l'enfant

lut Steven, son cœur se mettant à battre à l'apparition de cette lettre unique que Timothy avait employée dans le poème destiné à Ophelia James. Il avait lu comme un savant cherchant à décrypter quelque commentaire obscur, aveugle à la colère et à la tendresse qui s'y exprimaient. Bien que tout le carnet fût écrit au crayon, ce n'étaient pas des brouillons. Il savait que les poèmes avaient été soigneusement recopiés par Timothy, avéc son écriture précise, presque féminine, sans trace du labeur méticuleux qu'il effectuait, travaillant et retravaillant chaque mot, supprimant certaines lignes, remplaçant une phrase par une autre, éliminant des adjectifs, se creusant la tête afin de trouver une image plus nette, une rime inattendue.

Parfois, Timothy venait voir Steven à l'heure du déjeuner, ou entre deux cours, pour lui demander de choisir entre deux versions du même vers, et de lui expliquer quelle différence existait entre les deux, pourquoi l'une était bonne, et l'autre non.

Steven chassa ces souvenirs, s'étirant pour combattre la raideur de son dos, et prit une gorgée de café, lequel était froid à présent. Par la porte de la cuisine, il voyait Rita en train de corriger des copies, assise à la table, image de conjugalité aussi déroutante pour lui que le jambon qui vous regardait avec ses yeux clairs, dans son tableau préféré de Magritte.

« Alors ? » demanda-t-elle, levant les yeux et croisant son regard.

Il écarta la question d'un geste de la main, se força à revenir à la pile de photocopies, devant lui.

O Dieu O, pourquoi meurt l'enfant,
Le souffle alourdi d'une fièvre
Qui met en déroute les péchés de sa mère.
Est-ce le remerciement que nous avons, demande-t-elle,
Pour avoir hébergé un prophète,
Partagé nos repas avec lui ?
Un prophète guérit.
  Guéris-le, alors
  Et puis, et puis,
Défiant Dieu de créer le miracle,
Exigeant que le souffle renaisse de la mort,
La vie de l'absence de vie,
Le prophète partit.

  Père, père, pourquoi m'as-tu abandonné ?
  Par groupes de cinquante dans les collines.
  Père, père, ne m'abandonne pas.
  Le prophète guérit, et le prophète tue.

Défiant Dieu, encore et toujours,
De transformer l'eau en feu,

Le feu qui faisait fondre la pierre et la chair
Et de montrer le pouvoir de la vérité.
Dieu, quel dieu, Dieu.
Mais n'y avait-il pas du meurtre dans ce miracle ?
O si, il devait y en avoir.
Les trucs de ce genre marchaient alors,
Ils rendaient le message clair.

Père, père, pourquoi m'as-tu abandonné ?
Cinquante prophètes dans les cavernes.
Père, père, ne m'abandonne pas.
Décide de mon sort, et que mon sort me sauve.

Il y avait quelque chose dans ce poème, mais Steven n'arrivait pas à discerner clairement quoi. « Mon dieu, mon dieu, pourquoi m'as-tu abandonné ? » avait demandé Jésus sur la croix. Mais Jésus avait douze disciples, pas cinquante. Et Steven ne se souvenait pas d'un miracle où il eût sauvé un enfant et transformé l'eau en feu.

Il relut le texte, puis apporta les photocopies dans la cuisine et les plaça devant Rita.

« Tu t'y connais plus que moi, en matière de religion, déclara-t-il. Que dis-tu de cela ? »

Elle lut, tandis qu'il dosait le café dans la cafetière et mettait de l'eau à chauffer. Ensuite il s'assit à côté d'elle, pendant que l'eau s'égouttait dans le filtre.

« Je ne sais pas, répondit-elle. C'est peut-être lui le prophète. Peut-être savait-il qu'il allait tuer quelqu'un. Ou qu'il risquait de le faire. »

L'idée mettait Steven mal à l'aise. Il reprit les poèmes.

« Non, répliqua-t-il. Il y a une histoire de ce genre, dans la Bible. J'en suis sûr. »

Elle posa une main sur la sienne, avec un sourire indulgent.

« Que cherches-tu, Steven ?

— Je ne sais pas. Quelque chose.

— Parce que tu as fait ce rêve ?

— Parce que ces poèmes parlent de choses qui étaient importantes pour lui. S'il s'est passé quelque chose qui a conduit à ce que nous savons, il se peut que ce soit dedans. »

Feuilletant les photocopies, il en tira le poème intitulé *La Fête des pères* et le lui tendit.

« Il m'en a montré un brouillon, un jour ; il était très différent. Il m'a dit qu'il était né à St. Louis, et que sa mère avait quitté son père, quand il avait deux ou trois ans, pour venir à New York. »

Elle lut, tandis qu'il versait deux chopes de café et tirait une chaise vers la table, attendant qu'elle eût fini. Elle frissonna en reposant la feuille.

« A-t-il jamais eu des nouvelles de son père? s'enquit-elle.

— Je ne le pense pas.

— C'est très triste, n'est-ce pas? »

Une douleur sourde émanait de ces lignes, évidente même si l'on ne savait rien de ce que Timothy avait révélé à Steven. Le sachant, on comprenait que le poème parlait de son père, de l'absence d'un fils, de la solitude du garçon projetée au travers du continent et lui revenant comme si son père avait éprouvé le désir de le revoir.

« Oui, c'est très triste », acquiesça-t-il, replaçant le poème dans la pile.

Il se dirigea vers le salon, avec la conviction accrue qu'il existait une clé à ce poème sur le prophète qui sauvait un enfant et changeait l'eau en feu, de même que l'histoire de cet enfant de St. Louis enlevé à son père constituait la clé de *La Fête des pères*. La sonnerie de l'interphone l'arracha à ses réflexions.

L'interphone du hall déformait les voix au point de les rendre inintelligibles, et quand Steven demanda qui était là il entendit en réponse un gargouillis qui ne lui disait rien. Il appuya sur le bouton d'ouverture, entrebâilla la porte de l'appartement. Derrière lui, Rita demanda qui c'était.

« Je n'en sais rien. »

Comme il tenait toujours en main les poèmes de Timothy, il alla les poser sur son bureau puis, sans savoir pourquoi, il les recouvrit avec l'interrogation de grammaire de l'après-midi. Rita lui demanda s'il attendait quelqu'un, mais ce n'était pas le cas. Elle l'accompagna à la porte.

L'espace d'un instant, ni l'un ni l'autre ne reconnurent l'homme noir qui tourna au palier inférieur et entreprit de gravir la dernière volée de marches.

« Mr. Hillyer », dit-il.

Rita eut un sursaut. Elle revoyait soudain cet homme debout à côté d'elle, elle reconnaissait sa voix, calme et profonde, lui recommandant de ne pas intervenir.

« J'aimerais vous parler, déclara le visiteur. Ce ne sera pas long. »

Instinctivement, après des années d'interrogatoires serrés, il avait formulé sa requête sur un ton de défi, alors qu'il ne s'agissait nullement de cela dans son esprit. Son visage parut plus mince à Steven, ses yeux plus enfoncés, son regard plus distant, mais c'était là, sans aucun doute, l'homme qui avait tué Timothy Warren.

Vince Donadio tournait en rond dans Brooklyn, semblable à un avion qui attend l'autorisation d'atterrir. Deux fois, il passa sans s'arrêter devant les anciens hangars qui abritaient à présent la Commission des Affaires internes, mais à la troisième une voiture s'en alla, laissant une place libre où il se gara aussitôt.

Depuis ses débuts de flic, cet endroit représentait l'objet de ses cauchemars les plus insistants, réunissant à lui seul toutes les puissances maléfiques que représentent pour autrui le bureau du patron, le cabinet du dentiste, la prison et l'enfer. Une convocation immédiate aux Affaires internes signifiait, pour n'importe quel flic, que sa carrière était sur le point de se terminer. Personne ne s'y rendait de bon cœur.

Cependant il était là, à l'intérieur, parcourant le hall d'un regard froid, analytique, comme s'il avait été mandé pour y redécorer les lieux. La porte claqua toute seule derrière lui, semblant suggérer que, aussi difficile que ce fût d'y entrer, il était infiniment plus difficile d'en sortir.

Il se trouvait dans une salle d'attente. Une douzaine d'hommes se tenaient sur des chaises à dossier droit, avec une raideur qui n'était pas sans rappeler le premier stade de la rigidité cadavérique. Si le problème avait consisté à répartir douze hommes sur trente sièges, de façon qu'ils fussent placés aussi loin que possible les uns des autres, un ordinateur ne l'aurait pas mieux résolu que ne l'avait fait cette collection d'ivrognes à moitié abrutis. Dieu, quel spectacle pathétique! Chacun d'eux était atteint par les ravages de l'âge mûr comme par une maladie honteuse. Leurs costumes étaient de différentes nuances de gris, leurs chemises du blanc jaunâtre des vieilles dents. Ils avaient des visages mous et tristes, avec des yeux battus et des bajoues de basset, aussi informes que s'ils étaient modelés dans l'argile. Il n'y avait pas un homme potable dans le lot, pas un de l'âge de Donadio, pas un avec qui il pût avoir quoi que ce fût en commun, même si tous étaient des flics.

Cette constatation fondit sur Donadio tel un virus galopant, il se sentit soudain glacé de l'intérieur, tandis que ses jambes faiblissaient sous lui : ce qu'il voyait là, c'était lui-même dans vingt ans. *Non*, essaya-t-il de se persuader, ces types-là étaient des coquilles vides. Un seul d'entre eux avait-il jamais été un homme de son âge?

Ouais. Tous.

Il s'adressa au lieutenant anémique installé derrière le bureau, disant qu'il voulait voir quelqu'un et discuter de son cas.

« Nom, numéro matricule ? » fit le lieutenant.

Donadio lui donna les renseignements.

« Qui est chargé du dossier ?

– Je ne sais pas.

– Vous ne savez pas qui est chargé de votre dossier ?

– Mon partenaire a tué un gosse. Ça peut vous aider ? »

Le visage du lieutenant indiqua qu'il comprenait le problème. Il n'avait pas eu la bonne attitude. Il pria Donadio de s'asseoir, tandis qu'il vérifiait.

Donadio parcourut la pièce des yeux, cherchant où s'asseoir sans déranger la disposition parfaitement géométrique des hommes. Comme il réfléchissait toujours, sans y parvenir, une demi-douzaine de types en gris firent leur apparition, passèrent au bureau d'accueil et s'assirent sans jeter un regard autour d'eux.

Cela réglait le problème. Donadio se dirigea vers la porte, puis se retourna pour contempler le spectacle qui s'offrait à lui.

« Je peux déposer quelqu'un ? » lança-t-il d'un ton enjoué.

Il n'y eut pas d'amateur.

Il demeura une minute au parking, réfléchissant à ce qu'il allait faire ; ensuite, il se dirigea vers le centre administratif de la police, à Manhattan, où pour une fois la chance fut avec lui : Terranova était à son bureau et ne le fit pas attendre.

« Qu'est-ce que je peux faire pour vous ? » demanda le chef.

Son bureau avait à peu près les dimensions de la salle des inspecteurs du trente-neuvième. Tu m'étonnes, qu'il était là ! Avec un bureau pareil, il aurait été idiot de sortir.

« Je me suis dit que j'allais venir vous proposer mes services », déclara Donadio.

Ce n'était pas son genre d'être imprécis mais, en l'occurrence, il l'était totalement. Il aurait aimé présenter les choses d'une autre façon. En réalité, il n'y avait absolument pas pensé en route, se disant que les mots justes viendraient tout seuls, le moment venu. Ce n'était pas le cas.

Les yeux du chef se rétrécirent, jusqu'à ne plus être que deux trous d'épingle dans la masse imposante de son visage. Donadio pensa aux yeux que l'on trouve sur les pommes de terre.

« Si nous en venions aux faits, Donadio ? » fit Terranova. Depuis des années, Donadio entendait dire que ce type était un véritable fils de pute, et cela lui apparaissait soudain être une affirmation parfaitement justifiée.

« Je veux collaborer à l'enquête », répondit Donadio, brusquement, comme un aveu.

Un étranger aurait pu ne pas comprendre ce qu'il voulait dire mais, pour un vétéran tel que Terranova, *collaborer* n'avait qu'une seule signification. Les mouchards collaboraient. Les indics. Les balances. Les ordures.

« Vous voulez *quoi*? » fit le chef.

Donadio s'en moquait. Le plus dur, c'était de parler, et il avait parlé. C'était comme de sauter d'un pont. Une fois qu'on avait décollé, il n'y avait plus qu'à se laisser tomber.

« Je dis que je voudrais collaborer à l'enquête. »

Jim Franks fit halte deux marches avant le palier, s'armant de courage pour affronter l'hostilité du professeur. Il savait qu'aux yeux de Hillyer il n'était qu'un assassin, et il ne s'attendait pas à être bien accueilli.

« Nous n'avons rien à nous dire, affirma Steven.

— Écoutez, personne ne m'envoie, insista Franks. J'ai besoin d'aide.

— De quel genre d'aide? » demanda Steven d'un ton âpre, soupçonneux.

Franks ouvrit son manteau, en écarta les pans.

« Je ne suis pas en service, déclara-t-il. Je n'ai ni insigne ni arme. Je voudrais juste vous parler. »

Steven avait à peine vu l'inspecteur Franks dans la salle de musculation, ce jour-là. Il avait une image plus nette de l'autre flic. Il les revoyait entrer tous les deux ; il s'était demandé où était passé le Noir, jusqu'au coup de feu et, même à ce moment, il n'avait eu conscience que d'une silhouette monstrueuse, surgissant au-dessus d'une des machines, aussi menaçante qu'un nuage d'orage.

« Allez-y, répliqua-t-il, toujours méfiant.

— Je voulais seulement savoir quelque chose, à propos du garçon », dit Franks.

L'homme n'avait soudain plus rien de monstrueux. Sa question n'était pas celle d'un flic. Il y avait quelque chose de vide, de distant dans son regard, de la peur peut-être.

Steven hésita, considérant les différentes réactions possibles. Renvoyer cet homme ne lui semblait plus en être une.

« Très bien, entrez », déclara-t-il.

Il recula pour lui permettre d'avancer, et Franks prit pied sur le palier.

« Je suis Rita Torres, dit Rita, et Franks hocha la tête.

– Oui, je me souviens de vous, Miss Torres. »

Une fois entré, Franks embrassa les lieux d'un seul coup d'œil, son regard exercé balayant le salon, notant ce qui pouvait le renseigner sur les gens qui vivaient ici. Bien que tout eût été rangé, il était facile de deviner que le mobilier et les objets qui meublaient la pièce avaient été récemment remis en place, comme si Hillyer venait de faire repeindre l'appartement. Mais il n'y avait aucune odeur de peinture. Il était tout aussi clair que la femme ne vivait pas avec lui.

Steven lui désigna une chaise, puis s'assit face à lui sur le divan, Rita à son côté. Franks leva la main pour prévenir les questions sur les raisons de sa visite. Il voulait s'en expliquer à sa manière. Ils attendirent.

« Je n'ai jamais tué personne, affirma-t-il. Je n'ai même jamais utilisé mon arme. Avant, je veux dire. Je tenais à ce que vous le sachiez. » Il baissa les yeux sur ses mains, revint sur eux. « Je suis sûr que cela n'a pas grande importance à vos yeux, mais... Ce que je veux dire, c'est que j'ai toujours envisagé toutes les situations qui pouvaient se présenter. J'ai toujours su quand je devrais faire feu, et quand je devrais m'en abstenir. Comprenez-vous ce que j'essaie de dire?

– Non », répliqua Steven. Il avait vaguement l'impression que l'homme tentait de se défendre, mais il n'arrivait pas à suivre la logique de son propos.

Franks secoua la tête, l'air résigné.

« Vous n'avez rien à boire? s'enquit-il. Un verre d'eau, ce serait parfait. »

Rita se leva, mais Steven l'arrêta d'un geste. Il lui demanda si elle voulait également boire quelque chose, et elle secoua la tête.

Franks regarda Steven s'éloigner, conscient, presque jusqu'à la panique, de ne pas maîtriser la situation. Les émotions qu'il ressentait lui semblaient nouvelles, comme s'il avait été un nouveau-né soudain contraint de faire face à la douleur, à l'angoisse et à la mort. Cela lui paraissait injuste; cependant, il savait que c'était là le prix à payer pour avoir si soigneusement construit sa vie de manière à éviter ces rochers de l'incertitude et du doute, qui roulaient et venaient faucher les autres hommes. Son échafaudage, en s'effondrant, le laissait nu, incapable de s'extirper des ruines.

Rita demeura silencieuse. Steven revint bientôt de la cuisine avec un verre d'eau. Franks le vida d'un seul trait, comme s'il prenait un médicament.

« Je pense beaucoup au jeune garçon, reprit-il. Mon fils a huit ans. J'ai entendu dire que ce garçon écrivait des poèmes. Quelqu'un m'a aussi dit qu'il vivait seul. J'essaie de me représenter quel genre d'enfant c'était.

– Je ne crois pas qu'aucun d'entre nous le sache », déclara Steven.

Rita lui jeta un regard aigu.

« Steven était très proche de lui, Mr. Franks. Je ne crois pas que ces questions puissent vous apporter grand-chose.

– Non, non, je tiens à savoir », affirma-t-il.

Steven lui raconta ce qu'il savait de Timothy, en commençant par ce qu'il connaissait de son enfance, son arrivée à New York avec sa mère, qui l'avait abandonné à la garde d'un oncle, lequel était mort quand Timothy avait environ douze ans. Steven ne possédait guère que des fragments épars pour reconstituer cette histoire, mais il croyait savoir que sa mère l'avait alors repris, avant de disparaître de nouveau un an après, en le laissant à la garde de l'homme avec lequel elle vivait.

Le garçon avait écrit une nouvelle sur ce thème, mais s'était réfugié dans un silence hostile quand Steven avait essayé de lui en parler, et il était difficile de déterminer dans son récit ce qui était autobiographique et ce qui était de l'ordre de l'invention. Steven supposait qu'il était en grande partie réel.

Selon lui, la séparation entre l'enfant et l'ex-amant de sa mère s'était effectuée comme un divorce d'adultes, à l'amiable, chacun reconnaissant qu'il était un embarras pour l'autre, et chacun exprimant envers l'autre une sollicitude assez affectueuse. Cette partie de l'histoire, avec son ton presque satirique, était difficile à prendre au pied de la lettre, mais la séparation en soi était probablement réelle, car, quand Timothy s'était inscrit au lycée La Guardia, il n'avait pas d'adresse fixe et vivait au hasard chez des camarades de classe, demeurant dans une famille, puis dans une autre, ne restant jamais plus de quelques mois au même endroit.

Steven ne savait pas si les problèmes du garçon avec la loi avaient débuté à cette époque ou s'ils remontaient à l'école primaire. On l'avait arrêté deux ou trois fois pour absentéisme, généralement à des moments où ils déménageaient, et on n'avait jamais su s'il n'était pas rentré à son domicile du moment ou s'il avait été prié d'en partir. La plupart des femmes qui s'étaient occupées de lui en parlaient comme d'un garçon charmant, exceptionnellement gentil, bien élevé, et incroyablement éveillé pour son âge. Mais en même temps la plupart affirmaient, sans autre explication, qu'il avait à leur avis une mauvaise influence sur leur fils. C'était un oiseau de nuit, qui restait debout jusqu'à des heures indues quand il était là, disparaissant souvent au milieu de la nuit pour ne rentrer qu'à l'aube. Quelques-unes, avec lesquelles Steven avait discuté, se plaignaient de sa façon d'écrire sans cesse. Il donnait l'impression de prendre des notes, de les juger, comme si tout cela allait apparaître dans ses nouvelles et ses poèmes. Elles avaient l'impression d'avoir un espion dans la maison, disaient-elles. Steven pour sa part n'avait jamais lu de textes de Timothy qui auraient décrit une famille dans laquelle il avait vécu.

Avant la fin de sa septième année, Timothy avait été arrêté une fois pour avoir mis le feu, et une autre fois pour avoir dégradé du matériel dans une cour d'école. Étrangement, on ne l'avait pas envoyé en centre d'éducation surveillée, ni même dans un foyer d'adoption. Chaque fois, il réapparaissait à l'école un ou deux jours plus tard, comme si rien ne s'était passé, et Steven, pas plus que les autres professeurs qui commençaient à s'intéresser à lui, n'avait jamais pu savoir comment il avait réussi à se faire libérer. En raison de ses perpétuels changements d'adresse, il était possible que les incidents n'aient jamais pu être reliés les uns aux autres et que de ce fait on l'ait toujours traité comme un délinquant primaire. Mais Steven pensait qu'il s'en était simplement sorti en parlant et, compte tenu de cette capacité qu'il avait à séduire presque tous ceux qu'il rencontrait, cela paraissait vraisemblable.

L'an dernier, alors qu'il était en huitième année, Timothy lui avait dit que des garçons avaient essayé de le tuer, mais sans expliquer pourquoi. Il s'était mis à porter un rasoir sur lui, un coupe-chou, afin de se protéger, et il ne laissait personne l'ignorer. C'est alors que Steven et les autres professeurs avaient tenté de le faire suivre par des psychologues, mais leurs pétitions pour l'inscrire à une thérapie étaient demeurées sans réponse. Par deux fois, on l'avait découvert dissimulé dans des placards, prétendant s'être réfugié là parce que les types qui voulaient le tuer avaient cherché à le coincer. Mais comme il refusait de dire qui ils étaient, et pourquoi ils voulaient le tuer, Steven en avait conclu qu'il souffrait de bouffées de paranoïa, ou qu'il exagérait une menace proférée dans le feu d'une querelle.

Au bout d'un mois, il avait abandonné son rasoir et l'avait remis à Steven, en lui déclarant qu'il n'en aurait plus besoin.

« Tu penses que ça va aller maintenant ? avait demandé Steven.

– D'une manière ou d'une autre, avait répondu Timothy de façon énigmatique. Si cela vous pose un problème de prendre ça, je le remets dans ma poche. »

Steven avait pris le rasoir, et Timothy n'avait plus jamais voulu aborder le sujet. Steven n'avait plus entendu parler d'arme, jusqu'au jour où il avait trouvé Timothy dans la salle de musculation, un couteau à la main.

Jim Franks écouta attentivement le récit de Steven, sans l'interrompre, hochant la tête de temps à autre, comme s'il en connaissait déjà certains épisodes. En revanche, Rita, qui avait connu le garçon et s'était intéressé à lui de son vivant, paraissait choquée par le récit de Steven, dont tous les détails ou presque étaient nouveaux pour elle.

Après que Steven se fut tu, Franks et Rita demeurèrent silencieux pendant un long moment.

« Et il ne voyait jamais sa mère ? interrogea enfin Franks.

– Si, il la voyait, répondit Steven. Elle se montrait de temps en temps, deux fois par an peut-être, c'est tout. Elle l'attendait à l'école, dehors. Elle l'invitait à dîner. Et puis elle disparaissait. Il disait qu'il avait tenté de la suivre, sans y parvenir. »

D'une certaine manière, c'était l'aspect le plus triste de l'histoire, et on imaginait immédiatement le jeune garçon en train d'épier la rue à la recherche de sa mère, à chaque sortie d'école. Laissait-il ses camarades en plan pour se précipiter dehors afin de ne pas la manquer ? Traînait-il devant l'entrée, pour le cas où elle serait en retard ? Que se disait-il, ces innombrables jours où elle ne se montrait pas ? Pourquoi vouer une foi aussi précieuse à quelqu'un qui ne la méritait pas ?

Ils évoquèrent à voix basse la solitude qu'un enfant pouvait ressentir, la cruauté de ceux qui paraissaient incapables de concevoir cela.

« Et alors, qu'est-il arrivé ? » interrogea Franks.

Steven secoua la tête. C'était la question qu'il n'avait cessé de poser depuis une semaine à présent, et il n'en connaissait pas plus la réponse que cette première nuit où il s'était réveillé, avec cette interrogation qui l'oppressait comme un cauchemar.

« La fille n'était pas sa petite amie ?

– Je ne le pense pas. Mais il y avait fait allusion dans certains de ses poèmes. »

Franks demanda s'il pouvait les voir, et Steven lui tendit les photocopies. L'inspecteur lut en silence pendant presque une demi-heure, plissant le front de temps à autre, relisant certains passages à la lumière d'un extrait qu'il parcourait après. Lorsqu'il eut fini, il reposa les pages sur ses genoux avec une expression de lassitude et de résignation mêlées.

« Je ne suis pas très doué pour ça, dit-il. Je crois que ça me passe par-dessus la tête, en grande partie. » Il parvint à s'arracher un sourire triste, tendit les pages.

Steven lui rendit son sourire.

« J'espérais plus ou moins y découvrir une indication quelconque, affirma-t-il, expliquant qu'il avait lu et relu les poèmes, cherchant quelque chose qui pût expliquer pourquoi Timothy et Ophelia James s'étaient retrouvés le dernier jour.

« Cela vous ennuie-t-il si nous vous posons une question? » demanda Rita.

Elle était demeurée si longtemps sans parler que Franks la regarda un moment, comme s'il était surpris de la voir là.

« Non, bien sûr que non, affirma-t-il.

– Pourquoi la police a-t-elle filé Steven? »

Ce dernier fut aussi surpris par la question que Franks, qui réfléchit un moment avant de tenter de répondre.

« Il n'y avait aucune raison, déclara enfin l'inspecteur. Qu'est-ce qui vous fait croire que nous l'avons filé? »

Elle lui parla de leur rencontre avec Charlie Wain dans le Bronx, le vendredi soir, et de l'entrevue de Steven avec le chef des enquêtes le samedi.

« Je ne pense pas que vous ayez été suivi, ni l'un ni l'autre, dit Franks en se levant. Vous vous êtes retrouvés sur l'un des terrains de sport les plus chauds du Bronx, en matière de trafic de drogue. A mon avis, c'est un flic en civil qui a noté votre présence dans son rapport. »

Franks tendit la main à Rita, puis à Steven, qui ne comprirent pas qu'il partait, jusqu'à ce qu'il les eût remerciés.

« Je ne sais pas si nous avons pu vous être d'une aide quelconque, fit Steven à la porte.

– Si, peut-être. Je ne sais pas trop non plus quel genre d'aide j'attendais. »

Rita était au côté de Steven, quand celui-ci referma la porte.

« Lui fais-tu confiance? » demanda-t-elle.

Tout au long de cette visite, Steven avait eu, de manière indicible, le sentiment de parler avec une personne aussi concernée qu'il l'était lui-même. Il n'avait certes pas sur les épaules le poids de la culpabilité, comme l'inspecteur, mais ils semblaient cependant avoir en commun les mêmes interrogations, le sentiment qu'il y avait là un élément qui leur échappait et qui ne les laisserait pas en repos avant qu'ils ne l'eussent compris. Les dernières paroles de Franks, à la porte, venaient en écho aux incertitudes de Steven. Oui, bien sûr qu'il lui faisait confiance, bien qu'il eût mille raisons pour ne pas le faire.

En revanche, la méfiance de Rita lui semblait étrange, bien qu'elle émanât, il le comprenait, d'une sensibilité tellement différente de la sienne qu'il ne savait pas vraiment comment l'aborder. Il se dirigea vers son bureau, avec un sentiment d'inconfort si profond que c'en était presque physique, un serrement au ventre qui le poussait à souhaiter que cette dernière heure n'eût jamais existé. S'il ne cessait pas immédiatement d'y songer, il savait qu'il serait obligé de remettre en cause la totalité de sa relation avec Rita, et c'était là une chose à laquelle il ne voulait pas toucher. Il était prêt à reconnaître qu'elle était issue d'un milieu tellement méfiant à l'égard de la police qu'elle ne pouvait dépasser cela. Il était prêt à admettre qu'ils vivaient dans deux univers différents. Mais ces différences n'étaient-elles pas au cœur des raisons pour lesquelles il l'aimait? Bien sûr que si. Dans ses yeux brillait une passion qu'il ne pouvait atteindre en dehors d'elle, et son corps l'emmenait en des lieux qu'il n'avait jamais connus sans elle. La différence était dans le parfum de son haleine, dans le goût de sa bouche, dans l'image qu'il avait d'elle, ses cheveux de nuit givrés de poussière de plâtre, en train d'aider ses amis à transformer en restaurant un drugstore désaffecté.

Vous voulez dire que je ne devrais pas vous faire confiance non plus? lui avait-il demandé au restaurant.

C'est exactement ce que je veux dire, avait-elle répondu. *Vous n'avez aucune raison pour cela.*

Il ramassa les poèmes que Franks avait laissés sur la table basse et les rapporta à son bureau, où il les tria de nouveau, cherchant ce poème troublant qu'il était en train de lire quand on avait sonné.

« Je ferais peut-être mieux d'y aller », déclara Rita.

Il la regarda d'un air interrogateur, essayant de lire dans ses yeux jusqu'à quel point elle avait deviné ses pensées.

« J'aimerais bien que tu restes », dit-il.

Elle secoua la tête.

« Demain soir, ce serait peut-être mieux. Tu as l'air parti très loin.

– Je le suis. C'est pourquoi j'aimerais que tu restes.

– Comme un fil qui te relie à l'entrée de la caverne?

– Quelque chose de ce genre.

– Viens te coucher quand tu seras prêt », répondit-elle avec un rire léger, et elle se dirigea vers la chambre, ses doigts dégrafant déjà son corsage.

Deux heures plus tard, le téléphone tira Steven d'un profond sommeil. Il décrocha à tâtons, marmonna un « Allô ».

Il ne reconnaissait pas la voix, au bout du fil.

« Écoutez ça. Premier Livre des Rois, chapitre XVII.

– Quoi?

– Je suis désolé. C'est Jim Franks. Écoutez une minute. *" Il arriva que le fils de la maîtresse de maison tomba malade, et sa maladie fut si violente qu'enfin il expira. Alors, elle dit à Élie : Qu'ai-je à faire avec toi, homme de Dieu? Tu es donc venu chez moi pour rappeler mes fautes et faire mourir mon fils ?"*

– C'est le poème de Timothy, la femme qui reçoit chez elle le prophète, s'exclama Steven, excité.

– Exact. Elijah * sauve son fils. L'autre histoire est celle d'Elijah aussi. Cela vous dit-il quelque chose? »

Bien sûr, cela lui disait quelque chose. Les noms avaient toujours une signification dans les poèmes de Timothy, et Lloyd Elijah était un de ses amis.

« Je ne sais pas, déclara Steven, gardant pour lui ce renseignement le temps d'y réfléchir un peu. Quelle est l'autre histoire?

– Elijah demande à Dieu de transformer l'eau en feu, et tous deviennent croyants. Ils tuent les faux prophètes. *" Du miracle jaillit le meurtre. "* N'est-ce pas ce que le gosse a écrit? Premier Livre des Rois, chapitre XVIII. Vérifiez. »

Aussitôt raccroché, Steven alla chercher sa Bible et trouva le passage, qu'il lut et relut.

« Et le feu de Yahvé tomba, et dévora l'holocauste et le bois, et absorba l'eau qui était dans le canal. Tout le peuple le vit; les gens tombèrent face contre terre et dirent : " C'est Yahvé qui est Dieu! C'est Yahvé qui est Dieu! " Elijah leur dit : " Saisissez les prophètes de Baal, que pas un seul n'échappe! ", et ils les saisirent. Élie les fit descendre près du torrent du Qishôn, et là il les égorgea. »

---

* Elijah est, en anglais, le nom du prophète Élie. *(N.d.T.)*

C'était là l'eau changée en feu du poème de Timothy, *le feu qui faisait fondre la pierre et la chair, pour montrer la puissance de la vérité.*

Les trucs de ce genre marchaient alors, avait écrit Timothy. *Ils rendaient le message clair.*

Mais de quel message parlait-il ?

MARDI

L. D. Woods recula d'un pas et se pencha sur le côté, examinant Victoria James des pieds à la tête. Son allure devait suggérer la modestie mais non la pauvreté, la douleur mais non la prostration. Personne ne s'intéresserait à son deuil si elle avait l'air d'une femme qui n'a plus rien à perdre, et personne ne serait tenté de se battre pour elle, si elle donnait l'impression de ne pas avoir en elle la moindre combativité. L. D. n'aimait pas ce qu'elle voyait. Les robes tombaient bizarrement sur Victoria James, dont une épaule était un peu plus haute que l'autre. Elle lui en fit passer une autre, mais de même celle-ci n'allait que tant que Victoria James demeurait immobile. Dès qu'elle levait simplement un bras, elle avait l'air boudinée, fagotée comme une fille de maraîcher dans ses habits du dimanche.

« Avez-vous un tailleur ? » interrogea L. D. Une conférence de presse était une situation exceptionnelle pour une femme telle que Victoria James. Un tailleur ne serait pas de trop.

Ouvrant la penderie afin de regarder elle-même, L. D. dénicha au fond quelque chose qui pouvait peut-être faire l'affaire.

« Mais je vais être ridicule, Miss Woods, protesta Victoria. Je n'ai pas porté ce truc depuis des années. »

Cependant, L. D. finit par la persuader de l'enfiler, et examina soigneusement le résultat avant de déclarer que c'était parfait. La coupe étriquée de la veste lui donnait un air austère, plus âgé, elle évoquait une espèce de stoïcisme acquis au travers des coups durs, ce que Victoria ferait passer avec une parfaite dignité.

Victoria était prête à la croire sur parole, mais elle jeta néanmoins un coup d'œil dans le miroir, tentant de se voir au travers des yeux de Miss Woods. Il n'était pas facile pour elle de comprendre ce que celle-ci attendait d'elle. Tout arrivait trop vite, et elle n'avait pas assez confiance en son propre jugement pour suivre les événements, sans même parler de poser des questions. Elle se voyait comme falote, insignifiante. L'image que lui renvoyait le miroir suscita en elle la crainte résignée d'être prise en flagrant délit de comédie. Elle se força à penser que c'étaient là ses propres vêtements, mais rien n'y faisait. Elle n'avait pas l'impression de porter des affaires à elle, pas plus que son appartement ne lui semblait le sien, sans parler des décisions qu'elle avait prises.

« Êtes-vous sûre que ça ira ? » demanda-t-elle, se détournant. Mais Miss Woods avait quitté la chambre. Victoria la trouva dans le salon, en train de déplacer les meubles, de les disposer différemment. L'endroit évoquait à présent la salle d'attente d'un médecin.

« Il y aura une vingtaine de personnes, expliqua Miss Woods. Vous avez dit quelque chose ?

– Non, mademoiselle, répondit Victoria, acceptant son déguisement pour l'unique raison, en réalité, qu'il lui semblait trop tard pour s'interroger. Y a-t-il autre chose que je doive faire ? » ajouta-t-elle.

L. D. s'interrompit un instant, le temps d'apaiser la nervosité de Victoria d'un sourire rassurant.

« Je veux que vous respiriez profondément et que vous essayiez de vous décontracter, dit-elle. Si vous êtes trop tendue pour rester assise, vous pouvez peut-être nous préparer une tasse de thé ? »

Comme elle se dirigeait vers la cuisine, un coup frappé à la porte la figea sur place. Elle ne fit pas mine d'aller ouvrir, vaguement consciente que ce n'était pas une chose à faire, même si elle était chez elle.

« Ce sont eux ? » s'enquit-elle, effrayée soudain.

L. D. consulta sa montre et se dirigea vers la porte.

« Je suis sûre que c'est le Dr Carlisle, déclara-t-elle. Personne n'est censé arriver avant une demi-heure. »

Une demi-heure, ce n'était pas grand-chose. Mais Victoria ne savait pas si cela la soulageait ou non.

Dans la cuisine, elle s'employa à préparer le thé, tandis que le Dr Carlisle et Miss Woods, assis à table, discutaient de certaines déclarations que celui-ci avait l'intention de faire. Elle essayait de ne pas écouter, mais ce qu'elle entendait lui donnait l'impression qu'il s'agissait d'autre chose, pas de sa petite fille. Elle était contente d'avoir quelque chose à faire, contente que le Dr Carlisle parle à sa place, mais, même en se concentrant sur ces gestes simples qu'effectuaient pour l'instant ses mains, son esprit ne se calmait pas. Elle fut mortifiée par le tremblement des tasses dans les soucoupes, quand elle les posa sur la table, et se sentit plus mal encore quand Miss Woods, remarquant sa nervosité et lui adressant un regard empreint de pitié, bondit sur ses pieds pour lui proposer de s'asseoir à la table minuscule, où il n'y avait de place que pour deux personnes.

Le seul endroit où elle pouvait se loger était dans le coin, près de la fenêtre, les deux chaises rangées du même côté, comme à un comptoir de snack. Ce n'était pas une cuisine conçue pour y manger ; mais, sans cette table qu'elle avait fourrée ici, Ophelia n'aurait pas pu faire ses devoirs dans le salon.

« Non, merci. Je ne pourrais pas rester assise, de toute façon », dit-elle, revenant à la femme qui se tenait debout devant elle, se forçant à ne plus penser à ce qui était inéluctable.

Le Dr Carlisle se leva également, tenant sa tasse devant lui, la main repliée, et Victoria songea à ces riches Blancs que l'on voit à la télé, ne sachant pas pourquoi cette image jaillissait soudain dans sa tête.

Ils retournèrent lentement dans le salon, pareils à trois enfants désœuvrés ne sachant que faire par un jour de pluie ; mais un coup à la porte les libéra de la tension de l'attente.

L. D. demanda au médecin de rester dans la chambre avec Victoria, tandis qu'elle allait ouvrir. Elle ne le fit que lorsque la porte de la chambre fut refermée.

« Qu'est-ce que nous faisons là ? interrogea Victoria, sa nervosité tournant à la panique, car elle se rendait soudain compte que la conférence de presse avait lieu maintenant, tout de suite, et qu'elle n'avait pas eu l'occasion de demeurer un moment seule, de réfléchir à sa manière, à son rythme, de se demander si c'était là une chose honnête et juste, chrétienne, et ce que cela pourrait apporter à sa petite fille, qui préférerait peut-être qu'on la laisse en paix.

« Miss Woods ne souhaite pas que l'on vous pose trop de questions avant que tout le monde soit là, expliqua-t-il.

– Ils vont me poser beaucoup de questions ?

– C'est Miss Woods et moi-même qui répondrons la plupart du temps. »

Elle le regarda comme si elle ne l'avait jamais vu auparavant.

« Vous n'êtes pas chrétien, n'est-ce pas ? » s'enquit-elle, plus surprise encore que lui de sa question.

Il réfléchit un moment avant de répondre, puis sourit.

« Le Christ nous apprend à accepter la souffrance, ce qu'un médecin ne saurait faire. »

De derrière la porte lui parvenaient des voix d'hommes et, de temps en temps, celle de Miss Woods, mêlée aux leurs, mais elle ne discernait pas un mot de ce qu'ils disaient. Il ne lui était jamais apparu jusqu'alors qu'un médecin ne pouvait être chrétien et considérer que la maladie et la douleur faisaient partie des desseins de Dieu ; toutefois, c'était cohérent, de la manière dont il l'exprimait. Sans faire de lui un mauvais homme, cela lui donnait du médecin une image qu'elle n'avait jamais eue, au long de ces années. Elle se souvenait de la première fois qu'elle était allée le consulter, quand son époux était parti et que le bébé ne voulait pas dormir. Elle était si fatiguée de tout qu'elle avait à peine la force de préparer les biberons. C'était le premier médecin qu'elle eût jamais vu, et il s'était montré très bon pour elle.

Les voix se multipliaient de l'autre côté de la porte. On aurait dit une réception. Puis le silence se fit soudain, et Miss Woods vint ouvrir la porte et leur demanda de venir. Elle arrêta Victoria, ajusta sa veste sur ses épaules, ajoutant : « Ne vous laissez pas impressionner par les caméras et les micros. Ce sont des gens bien, ils veulent vous aider. » Elle lui adressa un de ces sourires charmants dont elle avait le secret, et elles sortirent ensemble de la chambre.

Victoria faillit tomber à la renverse. Elle dut tendre le bras, s'appuyer au mur. Bien que sortant à l'instant de sa propre chambre, elle eut l'impression d'être transportée ailleurs, à la seconde où elle franchit la porte. La lumière éclatante la bouscula telle une bourrasque, et il lui fallut un moment avant de pouvoir distinguer quoi que ce fût. Sans doute n'y avait-il pas plus de vingt personnes, ainsi que l'avait dit Miss Woods, mais on aurait cru une armée. Dans l'éclat des projecteurs, il était impossible de les compter, ni même de voir à quel point la pièce était bondée, car on ne pouvait plus distinguer le mur du fond, au-delà.

Elle eut le sentiment de s'être fait piéger, voulut retourner dans la chambre et refermer la porte, jusqu'à ce qu'ils fussent tous partis. Cependant, Miss Woods la tenait par le coude, et elle se retrouva en train d'avancer parmi eux, sans avoir seulement conscience de marcher. Elle faillit tomber, mais Miss Woods la rattrapa par un bras, tandis qu'un jeune homme bondissait pour la saisir de l'autre, lui recommandant : « Attention où vous mettez les pieds, madame », et l'aidant à enjamber le fouillis des câbles qui serpentaient devant elle pour finir en un bouquet de micros dressés comme des lis aux longues tiges, sur la table où Ophelia faisait naguère ses devoirs. La pensée lui traversa l'esprit que ces gens allaient partir en laissant derrière eux un désordre épouvantable.

« Je suis heureux de vous voir ici, mesdames et messieurs, commença le Dr Carlisle, se penchant pour parler dans les micros. J'aimerais vous présenter Mrs. Victoria James. » Victoria fit un petit signe de tête, et le médecin continua. « Je m'appelle Winston Carlisle, et je suis le médecin de Mrs. James et de sa fille depuis environ treize ans. C'est pourquoi on m'a suggéré de parler ici en leur nom.

– Qui vous l'a suggéré, docteur? » questionna quelqu'un, invisible dans l'éclat des projecteurs.

Victoria essaya de voir qui avait parlé, mais c'était comme si l'on s'adressait à des gens cachés derrière un mur.

« J'aimerais juste faire une déclaration, si possible, après quoi Mrs. James sera heureuse de répondre à vos questions, poursuivit le Dr Carlisle. Pourrait-on régler ces micros de manière que je n'aie pas à me baisser?

– Nous vous entendons parfaitement, monsieur », fit une autre voix.

Le Dr Carlisle reprit son discours, se redressant.

« Vous savez tous que la fille de Mrs. James, Ophelia, a été tuée au lycée La Guardia, la semaine dernière. Malheureusement, vous n'en savez pas beaucoup plus, moi non plus d'ailleurs, et, apparemment, personne d'autre non plus. La raison de mon indignation, outre la mort de cette enfant en soi, réside dans le fait que personne ne semble chercher à comprendre pourquoi et comment elle est survenue. »

Il parlait, parlait, mais Victoria avait du mal à suivre ce qu'il disait. Sa voix s'enflait, retombait, suivant ce rythme familier de la colère et de l'accusation qui lui évoquait le sermon d'un pasteur, mais le sens de ses paroles se noyait dans une espèce de courant d'émotion diffuse. En fermant les yeux, elle avait presque l'impression de se retrouver à l'église, parmi les voix familières qui proféraient ces vérités brutales, familières elles aussi. Sans même qu'elle s'en fût rendu compte, le médecin s'était tu, et la foule lui répondit soudain, lançant un flot de questions âpres, agressives qui contrastaient avec sa voix douce et profonde.

« Que pensez-vous de la décision du jury d'accusation, docteur Carlisle?

– Allez-vous déposer plainte contre la ville, Mrs. James?

– Voulez-vous dire que le préfet Pound a délibérément induit la presse en erreur, docteur Carlisle?

– Pensez-vous qu'on cherche à cacher quelque chose?

– Voulez-vous dire que ce n'est pas Warren qui l'a tuée? »

Carlisle leva les mains pour imposer le silence.

« Un seul à la fois, s'il vous plaît. Il y a eu une question sur le jury d'accusation. Je ne sais pas si les jurés ont été manipulés ou subornés, de quelque manière que ce soit. L'ennui est que le jury d'accusation ne peut poser qu'un nombre très limité de questions ; leur seul problème était de savoir si l'inspecteur Franks était dans son droit quand il avait tiré et tué Timothy Warren. Et cela n'a rien à voir avec ce qui se passe dans cette ville, où une petite fille craignant Dieu se rend le matin à l'école publique et ne rentre pas chez elle le soir. C'est à cette question que je veux que l'on réponde.

– Vous avez déclaré que vous vouliez que l'on commette un procureur spécial sur cette affaire. Cela signifie-t-il que vous ne faites pas confiance à la police, au procureur du district, etc.?

– La police nous a déjà montré quelles étaient ses priorités. Elle travaille pour elle-même.

– Qu'espérez-vous découvrir, docteur Carlisle?

– Ce qui est arrivé. Pourquoi c'est arrivé. Ce que l'on fait pour s'assurer que cela ne se reproduira pas.

– La petite fille a-t-elle été violée, ou non?

– Non.

– Pourquoi le préfet Pound a-t-il laissé entendre que c'était le cas?

– C'est à lui qu'il faut le demander.

– Artemis Reach vous soutient-il dans votre demande d'enquête?

– J'espère qu'il le fera.

– Allez-vous porter plainte contre la Ville, Mrs. James?

– Mrs. James ne porte plainte contre personne. Nous voulons simplement des réponses.

– Est-ce exact, Mrs. James?

– Je viens de répondre à cette question. Quelqu'un d'autre?

– Mrs. James ne peut-elle pas parler elle-même?

– Si, je peux parler », affirma Victoria d'une voix étranglée, comme si quelqu'un la serrait à la gorge. Elle ne pouvait laisser cet homme suggérer qu'elle était faible d'esprit sans répondre, d'une manière ou d'une autre. « Je ne porte pas plainte. Cela ne ramènera pas ma petite fille. Je veux juste savoir ce qui se passe dans ces écoles. Qui a la charge de ces enfants? On a emmené de force ma petite fille, je veux savoir ce qui se passe. Je veux savoir ce qui lui est arrivé. On me doit au moins cela, et c'est tout ce que je veux. »

L'espace d'un moment, personne ne parla. Les journalistes se regardèrent, baissèrent les yeux sur leur carnet, puis sur le sol. Victoria n'était pas certaine d'avoir dit ce qu'il fallait, mais c'était ce qu'elle avait sur le cœur, et elle était soulagée de l'avoir fait. Elle chercha Miss Woods des yeux pour voir ce qu'elle pensait, mais ne put la trouver.

Ensuite, quelqu'un lui posa une question sur Ophelia, cherchant à savoir quel genre d'élève elle était ; quelqu'un d'autre demanda si elle n'avait pas une photo d'elle que l'on pourrait reproduire dans ce journal, et à quelles activités elle participait à l'école. Victoria leur répondit qu'Ophelia chantait dans le chœur de l'église et dans celui de l'école. Du coin de l'œil, elle aperçut Miss Woods qui l'observait, un peu à l'écart. Elle semblait sourire, satisfaite de la manière dont les choses se déroulaient, et Victoria se sentit rassérénée, se disant qu'après tout elle avait eu raison de parler ainsi qu'elle l'avait fait.

Steven rôdait dans le couloir devant sa classe, tel un oiseau de proie, bien décidé à intercepter Lloyd Elijah à l'instant où il entrerait. Il était arrivé à l'école une heure auparavant, alors que le bâtiment s'éveillait à peine. Dehors, la police elle-même paraissait désœuvrée, indifférente. Un brigadier lui fit signe d'entrer, hochant la tête pour la forme, tandis que ses hommes sirotaient du café dans des gobelets en plastique.

Peu à peu, le couloir désert reprit vie, résonnant d'abord du pas lourd des professeurs, les premiers arrivés s'installant tranquillement. Comme l'heure du premier cours approchait, le rythme s'accéléra, les élèves se mêlant aux professeurs en retard, ôtant leur manteau et se hâtant vers leur salle.

Jamal Horton, qui, comme chaque matin, jouait les garçons de courses de l'administration, vint au quatrième étage les bras chargés de notes à distribuer à tous les profs.

« De quoi s'agit-il, cette fois ? » demanda Steven d'un ton léger lorsque Jamal lui en tendit une. Le garçon lisait assez bien pour comprendre le sens général des notes à condition qu'il s'en donnât la peine, ce qu'il faisait le plus souvent, car il aimait bien savoir ce qui arrivait.

Cette fois, cependant, il passa rapidement devant Steven, sans répondre. Quel qu'eût été le motif de sa colère de la veille, il n'était visiblement pas calmé.

« Attends, Jamal ! » appela Steven, le rattrapant. Le garçon leva vers lui un regard indifférent. « Bon, quel est le problème ? s'enquit Steven.

266

– Qui a dit qu'il y avait un problème ?

– Que signifiait ta réflexion, hier, quand tu as dit que tu *pensais* que nous étions amis ?

– C'est vous qui avez dit cela, protesta Jamal, éludant la question. Moi, j'ai approuvé, c'est tout.

– Ai-je fait quelque chose qui te contrarie ? »

Steven ne pensait pas obtenir de réponse. Les enfants dressent parfois des murs plus infranchissables que ceux des adultes. Il se disait que leur seule défense, c'était de se cacher, et qu'ils devaient donc apprendre à bien le faire.

« Écoutez, on ne peut pas dire que nous soyons vraiment *potes*, ni rien, rétorqua Jamal avec agressivité, crachant le mot avec un rictus. Vous avez vos amis, j'ai les miens, c'est très bien comme ça. Vous êtes un de mes professeurs, et voilà. Et les profs, ce n'est pas ce qui manque. »

Il se détourna et s'éloigna très vite, ignorant Steven qui le rappelait, filant dans le couloir et dépassant les autres professeurs sans leur donner leur note.

Steven le regarda s'éloigner, peiné. Étrangement, il se sentait plus proche de Jamal que de n'importe quel autre élève, à l'exception de Timothy. Comment deux enfants pouvaient-ils être à ce point différents, se demandait-il ; l'un grave, posé, mûr, sage et amer ; l'autre si vif, enfantin, ouvert – ouvert, au moins, jusqu'à hier. Il avait perdu Timothy, et à présent il craignait de perdre Jamal, à cause de quelque rancune qu'il ne comprenait pas. Il se retrouvait très seul.

Le murmure des voix s'élevait, et bientôt le couloir fut envahi d'un fleuve sonore qui remplissait l'espace et se répercutait sur les murs, en une vague d'énergie presque palpable. La moindre conversation devenait impossible. Les enfants se saluaient par des exclamations sonores, comme sur un terrain de jeu. Quelques professeurs jetèrent un regard intrigué à Steven, posté stratégiquement au milieu du courant, scrutant les élèves. A part un échange de « Bonjour » inaudibles et de pure forme, personne ne lui adressa la parole. La première sonnerie avait déjà retenti quand il aperçut enfin Lloyd Elijah.

Steven se fraya un passage dans la cohue, rattrapant le garçon à l'instant où il atteignait la porte de sa classe.

« Je voudrais te parler, dit Steven.

– Ouais, si vous voulez. Mais il faut que j'y aille, là. »

Le garçon fit mine de pénétrer dans la classe. Cependant, Steven le retint par le bras.

« D'accord. Quand veux-tu ? »

Lloyd dansa d'un pied sur l'autre, mal à l'aise. Les enfants entraient un à un dans la classe, de biais, pour leur laisser autant d'espace que possible sur le seuil étroit. A l'intérieur, Steven entendait gronder la voix de Dennis Dougherty, répétant sans cesse, patiemment, d'un ton monocorde : *Prenez vos places, allez, allez, prenez vos places, à vos places.*

« Plus tard, je verrai, répondit Lloyd. De quoi voulez-vous me parler ?

— De Timothy Warren. »

Le garçon s'écarta.

« Fichez-moi la paix, Mr. Hillyer.

— Lloyd, tu viens t'asseoir », dit Mr. Dougherty, à quelques pas de là. Il posa sa main ridée sur la poignée de la porte, prêt à la refermer derrière Lloyd, mais suspendit son geste en voyant Steven. « Je ne savais pas que c'était vous, Mr. Hillyer, ajouta-t-il. Vous avez besoin d'une minute ?

— Non, c'est bon. Nous verrons ça au déjeuner, Lloyd », proposa Steven.

Lloyd répondit par un haussement d'épaules indifférent et se glissa dans la salle. « Encore à se battre pour des causes perdues », marmonna Dougherty en plaisantant, refermant la porte devant Steven.

Les élèves de sa classe étaient en train de se poursuivre autour de la salle quand il entra. Même ceux qui ne participaient pas à la fête étaient réunis en petits groupes bruyants, le plus loin possible de leur bureau. Il attendit sur le seuil que la nouvelle de son arrivée, chuchotée de bouche en bouche, rétablît l'ordre. Tous les professeurs qu'il avait eus disaient à leurs élèves qu'ils devaient se comporter en leur absence exactement comme s'ils avaient été là. Steven se flattait de ne pas l'avoir dit une seule fois. Un professeur qui s'imaginait vraiment que ses élèves n'allaient pas devenir cinglés à l'instant même où il tournait les talons était la proie d'une illusion caractérisée.

Il jeta un coup d'œil sur la note que Jamal lui avait donnée. « Notre attention a été attirée par... » Le proviseur adjoint envoyait ainsi quatre ou cinq notes par semaine, concernant telle ou telle chose qui avait attiré, ou sur laquelle on avait attiré son attention. Steven se dirigea vers son bureau, agitant le papier en l'air.

« On va jouer aux devinettes. Qu'est-ce qui a attiré leur attention, cette fois ? »

Des mains se dressèrent un peu partout, tandis que les enfants se ruaient à leur place.

« Raoul.

– Les élèves qui traînent dans l'escalier!

– Tu n'y es pas. Laverne.

– Ceux qui sèchent les cours!

– Raoul était plus proche. Will.

– Ceux qui traînent ailleurs! »

Un concert de huées s'éleva.

« Tu triches. Il faut que tu fasses une vraie proposition.

– Sur le toit!

– Tant pis, tu as eu ton tour. Alfredo.

– A la cafétéria!

– Vous vous enlisez. Bon, je vais vous lire la note. « Notre attention a été attirée par le fait que... »

Des hourras goguenards accueillirent ces mots.

« ... que certaines élèves fument des cigarettes dans les toilettes des filles aux troisième, quatrième et cinquième étages. »

La sonnerie du premier cours retentit, et les enfants grognèrent et soufflèrent en signe de contrariété.

« J'étais en retard, c'est ma faute. Maintenant, nous ne saurons jamais la suite. Pour ceux d'entre vous qui veulent la lire en détail, je vais l'afficher au mur. Dans l'immédiat, je vous suggère, mesdemoiselles, de fumer dorénavant dans les toilettes des garçons. »

Tout en riant et en renchérissant, les enfants prirent leurs affaires et sortirent pour leur premier cours de la journée. Il demeura un moment seul dans la classe, les rires légers continuant de planer dans l'air comme un parfum délicat. Les élèves de son premier cours commencèrent à entrer en désordre dans la salle, avec leur édition de poche de Richard Wright et leurs cahiers sous le bras. L'idée le traversa qu'il avait commis une erreur en disant à Lloyd de quoi il voulait lui parler. Lloyd allait passer la journée à l'éviter.

Il écarta ce souci de son esprit mais, lorsque les élèves du quatrième cours arrivèrent, il s'aperçut que Lloyd Elijah n'était pas parmi eux. Steven écrivit un mot, le plia en deux, et chercha du regard quelqu'un à qui le donner. Normalement, ç'aurait été Jamal; mais aujourd'hui il ne trouvait pas l'idée très bonne. D'un autre côté, il n'avait nullement l'intention de cautionner la colère du gamin. Pour lui, rien n'avait changé.

« Emmène ça au secrétariat, attends la réponse et rapporte-la-moi », dit-il en lui tendant la feuille pliée.

Jamal disparut aussitôt, s'évanouissant tel un mirage.

Quand il revint, la classe n'avait pas commencé l'explication du *Dieu des mouches* depuis plus de dix minutes. Maria Onofrio n'aimait pas le début du livre, parce que l'auteur n'expliquait pas comment tous ces enfants s'étaient retrouvés dans un avion, sans adulte avec eux.

Jamal glissa le billet sur le bureau de Steven et s'assit à sa place, levant déjà la main.

« Jamal.

– Si l'auteur ne nous apprend pas ce qu'ils font là, c'est peut-être parce qu'il ne veut pas que nous le sachions. »

Steven l'examina un moment, cherchant un message dans sa réponse.

« C'est intéressant, répondit-il enfin. A votre avis, pourquoi un écrivain ferait-il cela? »

Il déplia le billet, tandis que Carmello Ortiz suggérait que c'était peut-être une surprise que l'auteur voulait garder pour plus tard.

Selon le billet, Lloyd avait un cours d'éducation physique et deux heures d'atelier à l'annexe, après le déjeuner. Par une journée aussi ensoleillée, le cours de gym aurait certainement lieu dehors, dans le parc. Le meilleur moment pour l'intercepter, c'était juste avant le déjeuner, quand il essaierait de s'esquiver discrètement de sa classe.

« Très bien, Carmello. Nous allons faire attention à cela, pour voir si tu as raison. Voyez-vous une autre possibilité? »

Deux minutes avant la fin du dernier cours de la matinée, Steven déclara à ses élèves qu'il les libérait un peu en avance, et leur demanda de rester dans le couloir jusqu'à la sonnerie. Il alla se poster devant la salle de Dougherty et y pénétra dès que la sonnerie retentit, s'infiltrant parmi les élèves qui se ruaient dans le couloir.

« Où se trouve le bureau d'Elijah? » interrogea-t-il.

Dougherty le lui désigna.

« Pourquoi? Que se passe-t-il? s'enquit-il.

– Rien de grave.

– Vous avez des ennuis avec ce petit crétin?

– Pas plus que d'habitude. »

Les élèves de Dougherty arrivaient et déposaient leurs affaires avant d'aller déjeuner. Steven partageait son attention entre la porte et le bureau de Lloyd. Il obtint finalement ce qu'il attendait quand un certain Boyd Burrows, après avoir rangé ses propres livres, alla jusqu'à la place de Lloyd pour y déposer les livres de la matinée et y prendre le cahier d'atelier.

En une seconde, Steven était à son côté.

« Où est-il ? » questionna-t-il.

Boyd leva les yeux, pris de court. C'était un Noir, large d'épaules, avec un visage aplati et de petits yeux soupçonneux.

« Qui ? fit-il, décidé à ne pas lui faciliter les choses.

– Laisse tomber.

– Je ne sais pas. Il m'a juste demandé de déposer ses trucs.

– Il a séché le cours d'anglais. Je ne l'ai pas signalé. Tu veux que je le fasse ? »

Le garçon ne répondit pas.

« Donne-moi le cahier. »

Boyd contempla son adversaire, puis un sourire moqueur se dessina sur son visage. Il lui tendit le cahier, optant pour la non-résistance. Ce n'était pas son problème.

« Bon, où le lui portais-tu ?

– Il est dans l'escalier. C'est quoi, cette histoire ?

– Il n'y a aucune histoire. »

Lloyd Elijah secoua la tête et soupira profondément en voyant Steven débarquer dans l'escalier.

« Vous êtes dingue ou quoi ? grogna-t-il.

– Pourquoi refuses-tu de me parler ? Tu as décidé ça tout seul ?

– C'est fini, les braves types, Mr. Hillyer. Je pensais que vous aviez compris ça.

– Je t'ai sauvé la vie, vendredi, Lloyd. Ça ne compte pas ? »

Steven ne voulait pas évoquer cela à moins d'y être obligé, mais l'hostilité de Lloyd était telle qu'il n'avait plus le choix.

Le garçon baissa les yeux, enfonçant ses mains dans ses poches. Il s'éloigna de quelques pas sur l'étroit palier.

« Écoutez, déclara-t-il enfin, si je vous dis qu'il n'y a rien de plus à raconter, est-ce que cela vous suffit ? Timothy et moi, on n'était même pas potes.

– Viens dans ma classe, Lloyd. »

Un flot d'élèves arrivait à présent dans l'escalier, venant du couloir, leur jetant un bref regard avant de se précipiter vers la cafétéria. Steven entendit le rire aigu des filles, à l'étage inférieur.

« Pas ici, répondit Lloyd.

– Non. Dans ma classe. Allons-y. »

Lloyd secoua la tête, fermement.

« Après les cours.

– Tu essaies de te défiler, Lloyd.

– J'ai quelqu'un à voir, c'est tout. »

Quelque chose disait à Steven que, maintenant qu'il le tenait, ce serait une erreur que de le laisser échapper. Mais il craignait que Lloyd ne veuille plus lui parler, ni ici ni ailleurs, s'il ne manifestait pas un minimum de confiance.

« D'accord, déclara-t-il. Dis-moi où.

– J'ai un atelier, à l'annexe. Ferronnerie. On se verra là-bas.

– Tu y seras?

– Hé, vous m'avez sauvé la vie, non? »

Il s'évanouit dans l'escalier, semblable à un nuage de fumée.

S'il existait une chose que Philip Boorstin détestait plus encore que de se faire doubler, c'était de se faire doubler deux fois. Ce n'était pas seulement sa réputation qui en prenait un coup, encore que Dieu sait à quel point c'est douloureux. Et ce n'était pas seulement son ego, encore que Dieu seul sait pourquoi les gens passent leur temps à étouffer leur ego, comme si ce n'est pas là le ressort qui met en branle toute la machine. Boorstin savait qu'il en était arrivé là en promettant à Junius Ehrlich de le maintenir un pas en avant de ceux qui étaient censés demeurer un pas derrière lui, et jusqu'alors il y était toujours parvenu. Toujours.

C'était cela le problème, quand on se voulait infaillible, songeait-il non sans amertume, attendant dans la salle de l'aéroport. Il ne suffisait pas d'étaler ses victoires. Il fallait gagner à chaque fois. Comme à la roulette russe.

Devant lui, un homme lisait le *Post*, assis dans l'un des fauteuils. Il distinguait la manchette : « *Bavures à l'école : on nous cache la vérité.* » En pages intérieures, deux articles fondés sur la conférence de presse de Victoria James, plus un encadré sur sa fille. « *La mère de la victime exige un procureur spécial.* » Un éditorial soutenait sa demande, ainsi que celle des parents qui manifestaient devant l'école pour la seconde matinée consécutive.

Des conneries, encore et toujours des conneries. Les parents d'élèves de La Guardia, au moins ceux des enfants fréquentables, devaient être ravis de voir que la police les protégeait un peu. Des flics en patrouille dans les couloirs, cela aurait été très bien, mais à l'extérieur c'était mieux que rien. Quant à la mère de la victime, quel pouvoir d'enquête, à son avis, aurait un procureur spécial?

Boorstin croyait savoir qui était derrière tout cela : Artemis Reach. C'était lui qui avait organisé la conférence de presse de cette femme, ainsi que la manifestation spontanée devant le lycée. Il était absolument improbable que ces gens eussent organisé celle-ci par eux-mêmes, pas plus que L. D. Woods – qui avait grande allure, mais ni pouvoir ni initiative – n'avait pu concevoir seule cette conférence de presse.

Plus Boorstin y réfléchissait, plus il était en colère. Vendredi dernier, ce salopard de Reach lui avait promis, les yeux dans les yeux, de ne pas remuer l'affaire, de laisser les choses se calmer d'elles-mêmes, comme toutes les affaires de ce genre, dans une ville où plus de mille sept cents personnes sont tuées chaque année. L'ennui, c'était qu'une promesse ne signifiait rien pour un fils de pute tel qu'Artemis Reach.

L'autre personne à qui il en voulait, c'était lui-même, pour avoir fait confiance à Reach au départ.

La veille au soir encore, Boorstin affirmait au maire qu'ils contrôlaient la situation. Ce qui était le cas, en ce sens que la manifestation n'avait pas dégénéré. Il le lui avait encore répété ce matin, quand Ehrlich avait téléphoné de Phoenix. Deux minutes après avoir raccroché, il apprenait que Victoria James avait reçu une vingtaine de journalistes, afin de remuer salement une affaire qui aurait dû, logiquement, être enterrée depuis une semaine. L'affaire avait été si rondement menée, et si discrètement, que l'hôtel de ville n'en avait rien su avant que ce ne fût terminé et qu'un groupe de journalistes ne se présentât, demandant si le maire envisageait l'intervention d'un procureur spécial.

S'il n'y avait aucun journaliste à l'aéroport à présent, c'est que le maire Ehrlich n'avait pas fait connaître son heure d'arrivée. Sinon, il aurait dû affronter des questions avant même de comprendre dans quel pétrin Boorstin l'avait mis.

Junius Ehrlich fut le premier à sortir de l'avion, mais il s'arrêta à peine franchi le seuil de la salle d'attente, sa large carrure bloquant le passage, forçant les autres passagers à stopper avant de le contourner en grommelant.

« Bon, alors, qu'est-ce qui se passe ? » gronda-t-il.

Sa cravate était desserrée, son costume fripé. Chaque fois qu'il débarquait quelque part, on aurait dit qu'il avait été obligé de réparer l'avion lui-même. Boorstin s'attendait presque à l'entendre déclarer : « Désolé d'être en retard, nous avons eu des problèmes de moteur, il a fallu que je change les bougies. »

« Qu'est-ce qu'on vous a raconté ? » répondit Boorstin, éludant la question.

Il avait compté mettre le maire au courant à sa manière, oubliant que, de nos jours, le téléphone existe dans les avions.

Le maire le fixa d'un œil torve, comme si la seule chose qu'il aurait voulu vraiment, si on l'avait laissé agir à sa guise, avait été de rester là, sans bouger d'un pouce, jusqu'à ce que Boorstin lui eût donné des réponses claires quant aux ennuis qui les attendaient. La seule raison pour laquelle il s'entourait de petits Juifs malins du genre de Boorstin était qu'ils étaient doués pour s'occuper des choses en son absence. Mais il fallait aussi les surveiller sans cesse, parce qu'ils étaient avant tout doués pour s'occuper d'eux-mêmes. Il savait que cela aurait bien arrangé Boorstin, s'il s'était tu jusqu'à ce qu'ils fussent installés à l'arrière de la limousine, où il aurait pu lui présenter, bien calé contre les coussins, une série de conneries comme autant d'étapes de sa brillante stratégie. Quand un petit combinard tel que ce Boorstin chiait malencontreusement dans le ragoût, il vous expliquait que le ragoût à la merde était une vieille recette de famille.

Mais Ehrlich ne pouvait supporter de rester ainsi au milieu de l'aéroport, avec tous ces gens autour, qui commençaient déjà à chuchoter, *C'est le maire, non? Regarde, chérie, est-ce que ce n'est pas le maire?*

« Je commence par quoi? demanda Boorstin tandis qu'ils se dirigeaient vers la voiture. Si je comprends bien, on vous a mis au courant.

– Je vais vous dire qui m'a mis au courant, rétorqua Ehrlich. C'est cette andouille de la CBS – il était dans l'avion –, et je peux vous dire qu'il n'a pas lésiné. Et cette connasse de NBC non plus. Ils se sont mis à me poser des questions auxquelles je n'avais pas la queue d'une réponse. J'avais bonne mine, hein?

– Que leur avez-vous dit? »

Avant même d'avoir parlé, il savait que c'était la chose à ne pas demander.

« Peu importe ce que je leur ai dit. Parlez, vous!

– Vendredi, j'avais tout arrangé avec Reach et le préfet. Hier, ils ont commencé à manifester et, aujourd'hui, conférence de presse.

– Reach a organisé une conférence de presse? » questionna le maire. Cela ne correspondait pas à ce qu'on lui avait raconté.

« Il ne l'a pas organisée lui-même.

– Qui, alors?

– L. D. Woods.

– Celle qui travaille avec Kellem?

– Ouais, c'est elle. »

Ehrlich secoua la tête, réfléchissant.

« Bon dieu, quel morceau », fit-il enfin.

Boorstin ne put retenir un petit rire.

« Le ciel nous tombe sur la tête, et tout ce à quoi vous pensez, c'est à la fesse.

— Ce n'est pas à ses fesses que je pense, répliqua le maire. Encore que... »

Il laissa la phrase en suspens, évoquant la dernière fois qu'il avait rencontré L. D. Woods.

Ils étaient sortis de l'aérogare. Le chauffeur du maire ouvrit la porte, esquissant presque une révérence. De nouveau, Boorstin songea qu'ils avaient une chance terrible que personne n'eût su par quel vol le maire arrivait. Si la presse l'avait attendu à l'aéroport, ç'aurait été un désastre.

« J'aimerais bien comprendre, reprit Ehrlich, s'adossant presque à la portière, de manière à regarder Boorstin en face. Pour quelle raison ces gens réclament-ils un procureur spécial?

— Dieu seul le sait.

— C'est le gamin qui a tué la gamine, d'accord? Ça, ça ne change pas. Et le flic l'a descendu. Et ça, nous nous en occupons, d'accord?

— Oui. Les Affaires internes s'en occupent.

— Est-ce qu'il faut reporter l'affaire devant un jury d'accusation?

— On aurait l'air de céder, dit Boorstin. On aurait l'air pas à l'aise. »

Ehrlich hocha la tête.

« Alors, il n'y a pas lieu de faire une enquête, d'accord? »

Boorstin haussa les épaules.

« Si, sur la manière dont l'affaire a été traitée. Sur ce qu'il y a derrière. C'est sur ça qu'ils veulent une enquête. Et vous?

— Je crains qu'ils ne découvrent vos empreintes un peu partout, Philip », répondit le maire d'une voix basse, étouffant presque un ricanement. Dans la pénombre de la voiture aux vitres fumées, il était impossible de discerner l'expression de son visage.

« Mes empreintes sont les vôtres, Votre Honneur, lui rappela Boorstin. Quoi qu'il en soit, c'est à la base un problème racial. Si le môme avait été blanc, nous aurions eu toutes les réponses.

— Ah bon?

— Non, évidemment. Mais personne n'aurait posé de question. Un petit Blanc tord le cou à une fille et se fait descendre, bon. Il n'en devient pas un martyr pour autant. »

Ehrlich renifla bruyamment, ce qui pouvait aussi bien signifier quelque chose que ne rien vouloir dire.

« Et cette manifestation? demanda-t-il. Qu'est-ce qu'ils veulent?

— Ils veulent que les flics partent.

— Et on ne peut pas leur donner satisfaction?

– Pas si Pound s'y oppose.

– On peut s'occuper de lui. Quel intérêt à le faire, cela dit?

– Artemis Reach. Il peut faire beaucoup de bruit, si on ne lui donne pas satisfaction.

– Je croyais que vous aviez passé un accord avec lui.

– En effet. Vendredi dernier.

– Alors, c'est réglé. Qu'il aille se faire foutre. »

Le maire se tourna vers l'extérieur, contemplant les gratte-ciel d'acier qui surgissaient au loin.

La brutalité, le caractère définitif de sa conclusion laissa Boorstin sans voix. Pour lui, la règle de base en politique consistait à satisfaire chacun. Ne pas nécessairement leur accorder ce qu'ils voulaient, mais au moins leur épargner toute contrariété, par un processus délicat de négociations, d'ajustements, d'arrangements. Les théories du maire étaient infiniment plus simplistes. *Qu'il aille se faire foutre.*

Boorstin était consterné de ne pas y avoir pensé lui-même.

Le bâtiment qui jouxtait le lycée La Guardia était une ancienne usine qui avait fermé ses portes au début des années 60, à l'époque où les activités avaient périclité dans le Bronx. Il était demeuré abandonné pendant presque vingt ans, fenêtres brisées, planchers effondrés, devenant, comme tous les vieux bâtiments, la coquille vide de ce qu'il avait été, si fragile d'aspect que les murs eux-mêmes commençaient à paraître transparents. Au milieu des années 80, la Ville l'avait saisi en compensation d'arriérés d'impôts et l'avait octroyé au Bureau 61 des Affaires scolaires pour y loger un de ces ateliers modèles qu'Artemis Reach considérait comme une des priorités essentielles. Avant que Reach ne le ressuscite, l'atelier du lycée La Guardia ne possédait que quelques professeurs hors d'âge, pratiquant un enseignement dépassé sur du matériel archaïque, et qui pouvaient proposer un passe-temps aux élèves, mais certes pas un métier. Parmi les éducateurs, où que ce fût, mais particulièrement au sein du ghetto, les écoles techniques avaient mauvaise réputation, car elles étaient considérées comme des auxiliaires d'un système qui envoyait les Blancs à l'université et les Noirs à l'usine.

Artemis Reach avait changé cela. Une part de son génie consistait en sa capacité à prendre une idée ancienne et à la faire paraître nouvelle, en mettant l'accent sur les aspects positifs. Il avait convaincu les parents du Bronx que leurs enfants étaient victimes des programmes académiques, qui ne contribuaient qu'à grossir le taux d'échec scolaire. « Si vos enfants veulent entrer à l'université, nous les préparons pour cela, disait-il. Mais, grands dieux, s'ils veulent qu'on leur apprenne un métier digne de ce nom, ne laissez pas cette ville leur refuser cela sans protester. » L'atelier était une des réalisations dont il se montrait le plus fier, et le témoignage le plus évident de son pouvoir.

En pénétrant dans le bâtiment, à trois heures dix, Steven fut accueilli par un vacarme de bruits discordants, d'où émanait un sentiment de chaleur, de labeur heureux. Il fit halte un moment, tendant l'oreille aux sons distincts des marteaux, des forges, des moteurs, s'interrogeant avec tristesse sur l'utilité que pouvait bien avoir un cours d'anglais. Il savait que, dans les trois minutes qu'il lui avait fallu pour venir jusque-là, le bâtiment des classes où il officiait s'était vidé comme un ballon crevé. Cet endroit semblait devoir encore demeurer animé pendant des heures, avant que ne s'installe le silence de la nuit.

Il demanda l'atelier de ferronnerie et on le dirigea vers le fond du bâtiment. Le local lui-même était une salle haute de plafond, presque de la taille d'un gymnase. Les machines, des espèces de presse – Steven n'y connaissait rien –, se tassaient tels des monstres accroupis tout autour de la pièce, tandis que les établis luisaient, affichant la propreté glacée de tables d'opération. D'un côté, trois garçons vêtus de blouses blanches, le visage protégé par des visières de sécurité, se penchaient sur une scie qui criait abominablement, car sa lame acérée pénétrait dans une plaque de métal. Un formateur se tenait derrière eux.

Lloyd Elijah ne semblait pas être présent mais, avec les visières, Steven ne pouvait en être certain. Le formateur était un homme trapu, au visage plat, coiffé en brosse, dans le style des années 50. Steven l'avait déjà vu à des réunions de professeurs, sans savoir qui c'était. Quand Steven s'avança, il releva ses lunettes protectrices sur son front.

« 'peux vous aider ? demanda-t-il.

– Je cherche Lloyd Elijah. Il m'a dit de le retrouver ici.

– Mmm-mmm.

– Il n'est pas là ? »

Le hurlement de la scie alla diminuant, descendant d'un octave à l'autre, pour finir par s'éteindre dans un gémissement, comme étranglé. Le formateur jeta un coup d'œil en direction des trois garçons, et Steven suivit son regard. Ils ôtèrent leur visière, et Steven vit que le plus grand était Charlie Wain. Il ne connaissait pas les deux autres.

Wain fit un mouvement de tête. « D'accord », dit le formateur, et il s'éloigna.

« C'est le dernier cours, n'est-ce pas? interrogea Steven dans son dos. Est-ce votre dernière heure de cours? »

Sans répondre, l'homme poussa une porte et disparut, la laissant battre derrière lui. Le bâtiment était à présent silencieux, et Steven pouvait entendre les pas du formateur, qui s'éloignait rapidement.

« Qu'est-ce que vous faites là, Mr. Hillyer? » questionna Charlie.

Wain avait renvoyé le formateur, cela ne faisait aucun doute. Steven sentit la peur lui serrer le ventre. Il tenta de se dire qu'il se trompait, sans parvenir à se convaincre.

« Je cherche Lloyd, répondit-il.

– Ouais, ben, Lloyd n'est pas là.

– Je vois. »

Il fit mine de se détourner pour partir, mais Charlie vint se placer devant lui. Le nœud se resserra dans son ventre.

« Vous êtes venu me trouver avec plein de questions, ajouta le garçon. J'y ai répondu. Alors, on en reste là.

– Je ne t'ai rien demandé» répondit Steven d'un ton de défi. Quoi qu'il arrivât maintenant, c'était inévitable. Inutile d'essayer de reculer.

Wain s'approcha d'un pas, mais Steven ne bougea pas. Il sentait l'haleine du garçon sur son visage.

« Et maintenant, vous êtes après Lloyd. Je n'aime pas beaucoup ces conneries non plus.

– C'est à lui de me le dire.

– Il n'est pas là. C'est sa réponse.

– Et il t'a demandé de me la transmettre?

– Je vous la donne, c'est tout. Vous auriez pu vous blesser, là-bas, à Tremont Avenue, Mr. Hillyer. Ces rues-là ne sont pas très sûres.

– De quoi as-tu peur, Charlie?

– Foutaises.

– Qu'est-ce qui se passe? Tu me menaces parce que je veux parler à Lloyd. Qu'est-ce qui te fait peur dans ce qu'il pourrait dire?

– Je ne vous ai pas menacé, mon vieux. »

Steven vit le poing arriver sur lui, cependant il n'eut pas le temps de l'éviter. Le coup le frappa juste au-dessus de la ceinture, et la douleur explosa, aussitôt suivie d'une vague de nausée qui le fit se courber en avant, cherchant l'air, les bras repliés. Il avait vaguement conscience que ce n'était pas Charlie qui avait frappé.

« Ça, c'est une menace, enfoiré », affirma Wain, le saisissant aux épaules et le redressant.

Steven gémit malgré lui. Il se sentait coupé en deux, la seule position supportable était de demeurer plié. Mais Wain ne le lâchait pas.

« Vous voyez la différence, Mr. Hillyer ? Vous m'emmerdez, je vous emmerde. »

Steven ne pouvait rien répondre. La sueur ruisselait sur son front comme si l'on avait tordu une éponge au-dessus. Il sentit le rebord de la table s'enfoncer dans ses cuisses, quand Charlie le repoussa contre elle. L'idée de la scie lui traversa l'esprit, le son résonna à ses oreilles, aussi fulgurant que la flamme sur la mèche d'un explosif.

Pendant une éternité, personne ne bougea. Steven sentait ses nerfs sur le point de se rompre, attendant le déclic de la machine, le hurlement de la scie jaillissant derrière lui. Mais rien ne venait.

« Ce qui me fait peur, c'est que vous vous fassiez mal », dit enfin Wain, ôtant ses mains de ses épaules, le laissant s'effondrer en avant. Steven les entendit s'éloigner, mais il resta un long moment plié en deux, contenant la douleur à deux mains.

Lentement, tandis que la nausée devenait plus supportable et que la douleur se calmait, jusqu'à ne plus être qu'une crampe sourde, il se força à se redresser et se dirigea vers la porte. Les premiers pas furent plus pénibles qu'il ne s'y attendait, mais il parvint néanmoins à avancer. La pensée le traversa que quelque chose s'était rompu en lui et que, s'il s'arrêtait, il ne pourrait plus repartir. Des heures auraient pu s'écouler avant qu'on ne le découvre.

Il lui semblait à peine croyable qu'un seul coup de poing pût faire autant de dégâts ; sans doute la surprise avait-elle joué son rôle. S'il l'avait vu venir, il l'aurait peut-être mieux reçu.

Dans le couloir, il demeura une minute appuyé au mur, laissant la fraîcheur apaiser la douleur et la calmer, avant de sortir dans la rue, où les derniers flics traînaient autour des voitures avant de partir. D'instinct, il s'éloigna d'eux, se forçant à se tenir droit, à marcher normalement jusqu'au coin de la rue. Rien n'aurait pu illustrer plus clairement à quel point sa vie était étrange depuis huit jours. Dans des circonstances normales, un type qui venait de recevoir une raclée devait éprouver un certain réconfort à voir un flic pas loin. Pas Steven. Une sorte d'instinct primitif, nouveau chez lui, l'avertissait que la police n'était pas de son côté dans cette affaire, et que la meilleure chose à faire pour lui était de filer avant que l'on commence à lui poser des questions.

Dans le métro, il parvint à trouver un siège libre et garda les yeux clos pendant presque tout le trajet jusqu'à Manhattan. Il somnolait, bercé par le roulis du wagon, le rythme régulier des roues, la tête appuyée à la vitre. Il s'éveilla brusquement, avec l'idée qu'il allait en cours, et bondit sur ses pieds, certain d'avoir manqué son arrêt. Un violent éclair de douleur lui remit les idées en place. Le train s'arrêta brutalement dans une station, qui se révéla être son arrêt, et Steven gravit péniblement les marches avant de rentrer lentement chez lui.

Il pénétra dans le hall, sonna tout en introduisant la clé dans la serrure de la porte intérieure. Ensuite, il repoussa la porte derrière lui et s'engagea dans l'escalier, tandis qu'avec un bourdonnement la porte cliquetait de nouveau derrière lui. Bien. Rita était là. Au moins, il ne serait pas seul.

Elle l'attendait en haut des marches.

« Qu'a-t-il dit? » s'enquit-elle. Puis elle vit son visage. « Steven, que s'est-il passé? »

Il n'essaya même pas de le lui expliquer avant de s'être assis sur le divan. Elle prit place à côté de lui.

« Il n'était pas là », répondit-il.

Elle demeura silencieuse. Elle avait su que Lloyd ne serait pas là quand il lui avait déclaré qu'il irait lui parler.

« En revanche, j'ai rencontré ton ami Charlie Wain », ajouta Steven, et il lui raconta ce qui était arrivé, pour autant qu'il pût s'en souvenir.

« Je vais te préparer un verre », déclara-t-elle simplement quand il eut terminé. En revenant, elle le trouva au téléphone.

« Je vous serais reconnaissant de téléphoner chez lui et de lui demander de rappeler Steven Hillyer », dit-il. Il donna son numéro.

Elle lui tendit un gin-tonic et s'assit dans le fauteuil en face.

« Qui as-tu appelé?

– Franks. »

N'ayant pas le numéro de l'inspecteur, il avait téléphoné au trente-neuvième district. Cela lui déplaisait fort de laisser son nom, mais il n'avait pas le choix. L'officier qui lui avait répondu avait affirmé qu'il transmettrait le message.

Rita se leva, s'éloigna. Elle tripota machinalement des papiers, sur le bureau, puis se tourna vers lui.

« Charlie Wain est un dealer de crack, déclara-t-elle. Ce qui vient de t'arriver n'a aucun rapport avec Timothy. Cela n'a rien à voir avec ce qui t'intéresse.

– J'ai vu ce qui se passait, sur le terrain de jeu.

– Peut-être.

– Steven, dit-elle, paraissant à bout de patience, un prof d'anglais qui ne sait même pas pourquoi un gamin met le téléphone en dérangement au coin de la 96ᵉ et de Lexington n'a pas à rivaliser avec des gens comme ça.

– Je n'essaie de rivaliser avec personne.

– Tu vas finir par te faire mal, à jouer à ça. »

Le téléphone se mit à sonner.

« Là, tu te trompes. C'est déjà fait. »

C'était Jim Franks. Steven lui raconta ce qui était arrivé.

« Je ne suis plus flic, déclara Franks. Je ne peux pas faire grand-chose, vous savez. »

Steven ne s'était pas attendu à cette réponse, mais il n'en était pas surpris.

« Je me suis juste dit que je devais vous en parler », conclut-il.

Au lit, ce soir-là, il demeura immobile, écoutant la respiration régulière de Rita, et peu à peu ce rythme calme et lent, semblable à celui des vagues qui meurent doucement sur une plage, se mit à battre dans sa tête avec une force, une énergie se transformant subtilement en anapestes ondoyants qui paraissaient s'enrouler autour de lui, l'arracher à lui-même comme dans un rêve. Alors les mots vinrent, sans cesse répétés :

Père, père, pourquoi m'as-tu abandonné ?
Par groupes de cinquante, dans les collines,
Père, père, ne m'abandonne pas.
Le prophète guérit, et le prophète tue.

Ils asphyxiaient sa pensée, comme sous une couverture, aussi apaisants que la pluie sur les vitres.

Père, père, pourquoi m'as-tu abandonné ?
Cinquante prophètes dans les grottes.
Père, père, ne m'abandonne pas.
Décide de mon sort, et que mon sort me sauve.

MERCREDI

Après la conférence de presse, L. D. Woods décida que la journée était finie. Elle se terra dans son bureau, refusant les appels, attendant que les réactions fissent tache d'huile, comme un vaccin auquel il faut laisser le temps d'agir. Ainsi qu'elle l'avait pensé, les messages en provenance du bureau du maire, du procureur et du président Reach allaient dans le même sens. Ils voulaient savoir ce que demanderait Mrs. James pour renoncer à ses exigences. Si L. D. acceptait de leur parler, les négociations commenceraient immédiatement. Elle avait tout intérêt à les faire patienter au moins jusqu'à mercredi matin.

Elle envoya un stagiaire chercher les journaux de l'après-midi. Ce qu'elle lut était encourageant. *Newsday* taxait le jury d'accusation d'incompétence, et approuvait avec modération que Mrs. James réclamât une enquête plus approfondie. Le *Post* rejoignait cet avis et publiait, en marge du compte rendu de la conférence, un portrait bienveillant d'Ophelia et de sa mère, fondé sur un entretien avec le pasteur de leur paroisse. Les deux articles établissaient un lien entre la conférence de presse et la manifestation devant l'école, donnant l'impression d'une importante agitation.

Le mardi, en fin d'après-midi, le député Kellem frappa à sa porte et entra dans son bureau. Homme de la vieille école, honnête et un tant soit peu gâteux, il avait toujours eu envers L. D. une attitude paternaliste, maladroite, semblable à celle qu'il avait envers ses électeurs. Il s'assit en face du bureau, se calant bien, se pencha en avant. Cela signifiait qu'il désirait parler.

« Dites-moi une chose, commença-t-il. Savez-vous ce que vous êtes en train de faire ? »

Elle le pensait.

« Y a-t-il vraiment un intérêt à agir ainsi ? »

Elle le pensait également.

Il réfléchit.

« Ne croyez-vous pas que je devrais faire quelque chose ? » demanda-t-il enfin.

L'idée de faire quelque chose le terrorisait. Il était au Congrès depuis que le district était juif, et y demeurait grâce à un réseau d'influences qui garantissait tous les deux ans la réélection du parti démocrate. Son rôle consistait à ne pas faire de vagues.

« Non, dit-elle. Ce n'est pas vraiment votre affaire. »

Il parut soulagé.

« Est-ce la vôtre ? » s'enquit-il.

Elle répondit que oui, sur quoi il se redressa pesamment et se dirigea vers la porte à pas traînants.

« Je suis un vieil homme, L. D., déclara-t-il. Vous, vous êtes jeune. Vous devez faire attention aux ennemis que vous vous créez. »

Il sortit sans autre explication, mais il n'y avait rien à ajouter. Il voulait exprimer ainsi, elle le savait, qu'il ne lui mettrait pas de bâtons dans les roues – de toute façon, eût-il essayé, il n'aurait pas pu. C'était aussi un avertissement. Il faisait sans doute allusion à Artemis Reach.

Lorsqu'elle rentra chez elle, à Chelsea, tôt dans la soirée, le concierge lui apprit que deux journalistes étaient venus, et avaient laissé leur carte. L'un était une envoyée du *Times*, l'autre un type de la rédaction locale de NBC. Glissant les cartes dans sa poche, elle dit au concierge de répondre aux autres visiteurs éventuels qu'elle était sortie.

« Même à Mr. Chambers, madame ?

– Non. Mr. Chambers, vous le faites monter. »

Elle lâcha sa serviette sur le lit, écouta les messages sur son répondeur. Deux émanaient des journalistes qui étaient passés, il y avait quelques appels sans message, d'autres provenant de journalistes, et un d'un collaborateur de Kellem qui adorait la harceler à domicile avec des questions idiotes, n'ayant pas le courage de venir la trouver dans son bureau. En fin de bande, un message de Tal :

« Cette femme a eu assez de merdes dans sa vie sans que tu l'utilises pour te lancer. J'espère que tout se passe comme tu le veux. »

C'était tout. Quelle arrogance insupportable ! Tal avait en lui ce côté rigoriste. Lui aurait agi discrètement, sans bruit, afin d'aider Victoria James, comme quand il avait convaincu quelqu'un d'appeler un ami qui avait appelé un ami qui lui avait permis d'obtenir le rapport du coroner. Et que lui aurait apporté cette manière d'agir? Rien. C'était elle qui avait raison. Elle *utilisait* Victoria? Utiliser les gens, c'est ne pas se soucier de ce qui leur arrive. L. D. s'inquiétait de Victoria.

Elle rembobina la cassette sans noter le moindre numéro, et remit le répondeur en position d'attente, de manière qu'il se déclenchât à la première sonnerie. Puis elle prit un bain, laissant l'eau brûlante et l'huile parfumée adoucir sa peau et détendre son esprit. Les choses commenceraient le lendemain. Ce soir, elle voulait mettre tout cela de côté.

Après le bain, elle n'eut pas très envie de se préparer à manger. Elle prit un paquet de pop-corn au fromage qu'elle avait acheté pour Tal et un verre d'Évian qu'elle emporta jusqu'au divan, avec le roman d'Anne Tyler qu'elle se promettait de lire depuis des mois. Elle avait l'impression d'être de nouveau à l'université.

En quelques minutes, elle fut plongée dans la vie d'une femme qu'elle n'avait jamais rencontrée et qu'elle n'aurait de toute façon pas trouvée intéressante, entraînée dans un torrent de passions silencieuses, si bien dissimulées sous le vernis d'un mariage ennuyeux qu'elles n'apparaissaient guère comme telles. L'histoire se déroulait presque entièrement dans une voiture, et L. D. était déjà presque hypnotisée par la lenteur du déplacement et le souvenir de grandes balades sur le siège arrière de la Pontiac de son père, quand ils effectuaient leur promenade habituelle. Mais, lorsque la femme abandonna son mari à une station-service, au milieu de nulle part, L. D. s'aperçut qu'elle pleurait et reposa le livre.

Ce n'était pas son genre, de se mettre à pleurer sur un livre, ni sur rien d'autre d'ailleurs. C'était ridicule. Elle se sentait seule, bien qu'elle fût la personne la moins seule au monde et qu'elle eût très peu de chose à reprocher à sa vie. Jamais elle ne s'était sentie plus maîtresse d'elle-même.

Pour quelque mystérieuse raison, cependant, elle ne pouvait combattre ce sentiment, ce soir. Contrariée, en colère, elle se jeta hors du divan comme si elle avait quelque chose de précis à réaliser, et se dirigea à grands pas vers la salle de bains, où elle se moucha et s'essuya les yeux, avant de faire le point devant le miroir. *Va te faire voir, Tal Chambers*, pensa-t-elle. *Qu'est-ce que tu as à voir là-dedans, de toute manière? C'est à cause de cette salle imbécile, avec ton nom gravé sur une plaque? Tes motivations sont-elles supérieures aux miennes?*

Se scrutant dans le miroir, elle se dit qu'elle n'exploitait pas Victoria James. Et même s'il le pensait, était-ce une raison pour laisser un tel message? Et ce qu'il affirmait avait-il la moindre importance?

Oui, de toute évidence, sinon elle ne se serait pas retrouvée en train de pleurer seule chez elle sur les malheurs imaginaires d'une femme qui n'existait pas. La réponse la surprit; cependant, dès qu'elle eut compris ce qu'elle ressentait, elle sut ce qu'elle devait faire. Si Tal pensait avoir des raisons de ne pas l'appeler, elle l'appellerait, elle. Elle accordait de l'importance à la fierté, mais pas quand celle-ci se mettait entre elle et ce qu'elle voulait.

Elle composa son numéro, se rappelant, tandis que la sonnerie résonnait, que ces choses-là demeurent simples tant que l'on veut qu'elles le soient. *Je veux que tu m'aimes*, déclarerait-elle. Ils pourraient discuter après, s'il y avait encore quelque chose à discuter.

C'est son répondeur qui se déclencha, et elle raccrocha sans laisser de message.

Elle n'avait pas la tête à reprendre le livre. Le sachet de pop-corn à demi vide sur le sol, à côté du divan, avait l'air d'une mauvaise plaisanterie. Sortant sur le petit balcon du salon, elle contempla un moment la ville, réseau confus de lumières disséminées, éparpillées comme des étoiles. Oui, elle pensait à elle-même, à sa carrière, quand elle était allée voir Victoria James à la station de métro. Et alors? Elle pensait également à Victoria James, elle voulait l'aider, la protéger. Cette femme fragile, effrayée, la touchait, l'avait touchée avant même qu'elle l'eût rencontrée. Cela ne suffisait-il pas?

Furieuse d'avoir ainsi à se justifier, elle quitta le balcon en coup de vent, fourra le roman sur une étagère du salon, et alla jeter le reste du pop-corn dans la poubelle de la cuisine. Ensuite, elle éteignit tout et se coucha, se forçant à ne plus penser à rien. Elle croyait avoir du mal à s'endormir, mais c'est la sonnerie du téléphone qui l'éveilla soudain, suivie de sa propre voix annonçant qu'elle était absente. Dans le noir, elle saisit le combiné à tâtons, le porta à son oreille.

« Je suis là, dit-elle d'une voix enrouée par le sommeil. Je suis désolée, j'ai oublié de débrancher le répondeur.

– Miss Woods? »

Elle se redressa brusquement, clignant les yeux pour se réveiller complètement. Le paysage familier de sa chambre se dessina peu à peu.

« Oui?

– Je suis vraiment navrée de vous déranger, Miss Woods. Je ne savais pas qui appeler.

« – Victoria?

– Oui, c'est moi, mademoiselle. Mon mari est là, et je n'arrive pas à le faire partir. »

Elle chuchotait, ce qui donnait à sa voix ténue, fragile, un timbre inhabituel. Sans doute l'homme se tenait-il dans une autre pièce, et elle ne voulait pas qu'il l'entende.

« Est-ce qu'il vous maltraite, Victoria? demanda L. D. d'une voix pressante. Est-ce qu'il vous menace?

– Je vous en prie, chuchota Victoria. Je ne peux pas parler. Je vous en prie. »

L. D. perçut le cliquetis du téléphone que l'on raccrochait, puis plus rien.

Déjà, elle était debout et parvenait à composer le numéro de Tal, tout en ôtant sa chemise de nuit. Cette fois, il répondit.

« Tal, c'est L. D. Peux-tu venir immédiatement?

– Ça ne va pas? fit-il d'une voix brève, alarmé.

– Ça va très bien. Ne te gare pas. Je t'attendrai en bas. »

Raccrochant, elle s'habilla en hâte, jean et chemise, et attrapa son manteau et son sac avant de descendre dans le hall. Il ne lui fallait que quelques minutes pour arriver. Elle n'avait même pas songé à regarder l'heure à sa montre, mais le gardien de nuit, endormi sur le banc entre les portes intérieure et extérieure, lui dit qu'il était trois heures à peine passées, avant de se rendormir. En attendant l'arrivée de Tal, elle se remémora l'appel de Victoria, essayant de deviner jusqu'à quel point la femme était effrayée, et la situation dangereuse. C'était impossible à déterminer.

Elle vit la Jaguar noire de Tal tourner au coin de la rue, et elle s'avança jusqu'au bord du trottoir tandis qu'il s'arrêtait.

« Quel est le problème? demanda-t-il, avant qu'elle eût pris place dans la voiture.

– Je viens d'avoir un coup de fil de Victoria James. Son mari est chez elle et elle n'arrive pas à s'en débarrasser. »

La Jaguar bondit en avant et tourna à gauche, grillant un feu, pour contourner le pâté d'immeubles en direction du nord.

« A-t-elle prévenu la police? s'enquit Tal.

– Non.

– Et toi? »

Elle réfléchit avant de répondre.

« Crois-tu que nous devrions?

– Est-ce que cela fait avancer le pion, à ton avis? »

Il ne lui jeta pas un regard pour voir sa réaction. Ils remontaient la 6ᵉ Avenue à toute allure, et il gardait les yeux fixés sur la rue.

« Je ne les ai pas appelés parce que je t'ai appelé, toi, répondit-elle d'un ton cassant.

– Une scène de ménage, remarqua-t-il d'un ton léger, comme se parlant à lui-même. Pas très bon pour l'image. Évidemment, s'il l'égorge, tu as une martyre de première.

– Espèce de salaud ! »

Il la regarda enfin. Il savait qu'elle sentait ses yeux sur elle, mais elle refusait d'y répondre, fixant son regard droit devant elle. De profil, avec ce visage sévère, ses lèvres serrées, elle était la plus belle chose qu'on pût voir. Il le reconnaissait, sans pour autant aimer ce qu'il voyait.

Ils tournèrent à l'est, se dirigeant vers la voie rapide.

« Comment l'as-tu trouvée au téléphone? demanda-t-il enfin, rompant le silence.

– Inquiète, je dirais. Effrayée.

– L'un ou l'autre?

– Inquiète. »

Il réfléchit un moment.

« Nous y serons dans dix minutes », affirma-t-il enfin.

La circulation étant pratiquement nulle, Tal put griller les feux et ils atteignirent la voie FDR en quelques minutes. La Jaguar filait vers le nord à près de cent quarante, slalomant entre les voitures plus lentes disséminées sur les trois voies. Tal conduisait d'une main tellement experte qu'il était presque impossible d'imaginer la mort si simple, si présente. Cependant, la vitesse leur fournissait une bonne excuse pour ne pas parler. L. D. détournait la tête, contemplant l'East River qui défilait dans le brouillard. Plus vite qu'elle ne l'aurait cru possible, ils s'engagèrent dans le dédale de rues minables du Bronx, aussi mortes et déshéritées que les immeubles qui les bordaient comme les parois d'un canyon. Il fit une embardée et s'arrêta brutalement devant l'immeuble de Victoria James.

« Merde », fit-il en se retournant vers la Jaguar, tandis qu'ils se dirigeaient en hâte vers la porte. Dans ce quartier, la voiture pouvait être entièrement pillée en l'espace de vingt minutes.

Malgré un semblant de serrure, la porte du hall s'ouvrit facilement, en insistant un peu sur la poignée. Il y avait un ascenseur, mais il sentait mauvais et était deux fois plus lent que leurs jambes; ils gravirent rapidement l'escalier jusqu'au quatrième étage. Tal frappa à la porte avec force et ouvrit. L. D. entra sur ses talons.

« Alors, que se passe-t-il ? » fit Tal, sur le seuil, d'un ton serein, incroyablement chaleureux. Il avait appris depuis longtemps qu'un type qui remplit le chambranle de la porte quand il entre dans une pièce n'a pas besoin de parler fort.

« Qu'est-ce que c'est que ce bordel ? » fit Herman James, qui était plus âgé mais n'avait pratiquement rien appris.

James paraissait presque deux fois la taille de son épouse. Il ne mesurait guère plus d'un mètre soixante-quinze, cependant il était solidement bâti, avec des épaules tombantes et des bras épais. Il avait le visage aplati, mal rasé, et ses yeux larmoyants étaient injectés de sang. Il semblait avoir coincé Victoria près de la fenêtre mais, lorsqu'il se détourna pour faire face aux intrus, elle s'enfuit en un éclair et se réfugia dans la cuisine.

L. D. contourna Tal pour aller la rejoindre.

« Je pense que vous feriez mieux de partir, Mr. James.

— Qui êtes-vous ? » demanda James, mais il n'y avait guère d'agressivité dans sa voix, en tout cas pas assez pour troubler Tal. Sa mère ayant vécu seule, il avait dû affronter ce genre de type depuis l'âge de douze ans. Ils étaient assez forts, assez violents pour terroriser les femmes, mais quand ils se trouvaient face à un homme, l'odeur de la trouille emplissait la pièce.

« Et tout de suite, Mr. James », fit Tal, s'avançant vers lui.

Il y avait un manteau posé sur le dossier du divan et un chapeau sur le coussin à côté. Tal les prit, les lui tendit. Le tissu usé du manteau était gras dans sa main.

« Écoutez, mon vieux, geignit Herman James, c'est une histoire entre ma femme et moi.

— Si vous voulez vous compliquer la vie, je suis à votre service », répliqua Chambers.

Lui arrachant les vêtements des mains, James se dirigea vers la porte, contournant une chaise pour éviter de frôler Chambers. Il s'arrêta à mi-chemin, avec un regain de bravoure.

« Dites-lui que...

— Non, c'est à vous que je dis quelque chose, coupa Chambers. Appelez-la encore une fois, passez encore ici et vous aurez affaire à moi, je vous le garantis. »

Dans la cuisine, Victoria était prostrée sur la table, sanglotant de honte, tandis que L. D., debout à son côté, lui massait les épaules, apaisant de ses mains fines, expertes, la tension de ses muscles contractés, noués. Ses poignets et ses bras portaient des marques rouges, là où son mari l'avait saisie, et elle avait également une trace sur le côté du cou. Comme il ne l'avait pas véritablement battue, expliqua-t-elle, elle avait pensé que la police ne se déplacerait pas. Sinon, elle n'aurait pas appelé Miss Woods au milieu de la nuit. Il débarquait de temps à autre, quand Ophelia était vivante, mais elle ne le craignait pas en présence de l'enfant. Elle parvenait toujours à le faire partir. Cette fois, elle avait compris qu'elle n'y arriverait pas, et elle avait appelé. Elle ne cessait de s'excuser, mortifiée de sa propre peur et de son impuissance.

L. D. l'apaisa du mieux qu'elle put et, quand les sanglots eurent cessé, elle se glissa sur une chaise près de Victoria et posa une main sur ses poings serrés.

« Les gens doivent s'entraider, affirma L. D. avec assurance. Il n'y a rien de mal à appeler vos amis à l'aide. »

Tal entra, annonçant que James était parti.

Jusqu'alors, Victoria ne s'était pas demandé qui était l'homme qui accompagnait Miss Woods. Elle avait quitté la pièce si vite, quand Herman l'avait lâchée, qu'elle n'avait pas pris le temps de jeter un coup d'œil vers lui. A présent, son regard passait sans cesse de Mr. Chambers à Miss Woods, avec cette étrange vivacité d'oiseau qui avait tant frappé Tal, lors de leur première rencontre. Elle avait visiblement une question à poser, à laquelle il répondit avant qu'elle ne l'eût formulée.

« Miss Woods et moi sommes des amis », dit-il.

Victoria leur prépara du thé, sortit des biscuits du placard. Ils discutèrent jusqu'à ce que le jour fût entièrement levé. Elle semblait avoir recouvré son calme. Tal lui assura que son ex-mari ne reviendrait pas, mais lui laissa ses coordonnées au bureau et à la maison, pour le cas où. A la porte, Victoria prit les mains de L. D. dans les siennes.

« Êtes-vous certaine que nous avons bien fait ? demanda-t-elle.

— Victoria, nous avons fait ce qu'il fallait, répondit L. D. d'une voix pressante, avec toute la conviction dont elle était capable. Il ne vous a pas fait de mal. Tout ira bien. »

Mrs. James leva les yeux vers Tal.

« Je suis certain que oui », déclara-t-il, mais il ne croisa pas son regard.

La voiture était toujours rangée le long du trottoir, intacte. S'ils avaient attendu un signe du ciel, c'en était un, et très clair. En l'occurrence, aucun d'eux ne fit de commentaire.

« Satisfaite ? fit-il quand ils furent assis dans la voiture.

— Depuis la mort de sa fille, son ex-mari tourne autour d'elle, expliqua L. D. Il pense qu'il y a de l'argent à se faire. Ça devait arriver dans tous les cas.

– Et au moins elle a pu nous appeler.

– Voilà. »

Elle se pencha pour lire l'heure sur le tableau de bord.

« Je ne crois pas que ce soit vraiment la peine de rentrer à la maison. Pourrais-tu me déposer au bureau ? »

Il ne démarrait pas.

« La Longue Dame, dit-il. C'est ainsi qu'on t'appelle, tu le sais, non ?

– Oui.

– J'ai toujours pensé qu'on faisait allusion à tes jambes.

– Désolée de ne pas être qu'une paire de jambes, Tal.

– Qu'est-ce que tu penses tirer de tout cela, madame la tigresse ?

– Tu connais la réponse.

– La Pasionaria du Peuple. Et puis, qu'est-ce que tu brigues ? Le siège de Kellem au Congrès ? Le poste de Reach au Bureau ? »

Il disait cela comme si c'était de la trahison. Les hommes possédaient leur travail de plein droit, de même qu'ils possédaient leurs femmes.

« En quoi est-ce un problème ? demanda-t-elle.

– En rien. Il n'y a pas de problème. Et elle, qu'est-ce qu'elle va en tirer ?

– La vérité, la justice. Je peux prendre le métro, si tu ne veux pas me reconduire. »

Il lança le moteur, démarra. Après tout, songea-t-il, que recherchait-il chez une femme ? La force et le feu. Eh bien, l'ambition faisait partie du lot.

En la déposant au bureau, il lui dit qu'il l'appellerait pour dîner.

Sans insigne en poche, les choses pouvaient se révéler délicates, mais Jim Franks n'allait pas s'inquiéter de cela. Il n'avait pas besoin d'insigne pour se présenter comme flic, pas après douze ans de métier. Les gens le lisaient sur son visage, le voyaient à sa manière de marcher dans la rue.

Il commença par le domicile de Lloyd Elijah, encore que généralement, quand un gosse de ce genre sèche l'école, ce n'est pas pour rester à la maison. C'est une fille qui ouvrit la porte, sans décrocher la chaîne de sûreté. Elle avait une vingtaine d'années, et cet air ravagé, ce visage hâve qui trahit une héroïnomane aussi sûrement que les traces d'aiguille.

« Je suis l'inspecteur Franks, affirma-t-il. Je cherche Lloyd Elijah.

– Il n'est pas là, répondit-elle.

– Ça vous ennuie, si j'entre?

– Je vous ai dit qu'il n'était pas là.

– Alors, vous répondrez bien à deux ou trois questions », répliqua-t-il.

Il avait calé son pied dans l'entrebâillement de la porte, ne lui offrant aucun choix. Il devrait l'ôter pour qu'elle pût refermer la porte et enlever la chaîne, mais les gens rouvraient toujours leur porte comme s'ils ne pouvaient plus laisser quelqu'un dehors, une fois qu'il avait posé le pied à l'intérieur. La fille passa la langue sur ses lèvres et marmonna quelque chose d'inintelligible, en signe d'acquiescement. Il lui permit de refermer la porte, entendit le bruit de la chaîne que l'on ôtait. La porte s'ouvrit de nouveau, il pénétra dans la pièce, où l'odeur fétide de l'air confiné l'étreignit tels deux bras noués autour de sa poitrine. La fille, pieds et jambes nus, portait une légère blouse imprimée, recouverte d'un pull-over. Sans doute était-elle jolie, deux ans auparavant, songea Franks, avec ce mélange de colère et de regret qu'il ressentait toujours à un moment ou à un autre, au cours d'une journée de travail.

« Où est-il? » demanda-t-il.

Elle haussa les épaules et prit appui sur une hanche, résignée à subir les questions jusqu'au bout.

« Mais il vit bien ici? »

Elle souffla en l'air, vers son front. *Regardez ce trou à rats*, disait-elle. *Ouais, il vit ici. Parfaitement.*

« Vous êtes sa sœur?

– Dites, vous êtes drôlement malin.

– Est-il rentré hier soir?

– Pas fait attention.

– Donc, vous ne savez pas à quelle heure il est parti ce matin?

– Pas la moindre idée.

– Cela vous ennuie, si je jette un coup d'œil? »

Elle eut un vague geste de la main. Qu'il fasse ce que bon lui semble. Il inspecta les lieux pour la forme, mais il n'y avait là rien qu'il n'aurait pu décrire avant même d'avoir mis le pied dans l'appartement.

A un certain degré, la pauvreté, le désespoir assèchent la personnalité des gens, ne leur laissant pour humanité que leur état d'être humain, comme les pingouins sont des pingouins, et le bétail, du bétail. Les gens tombent, jusqu'à n'être plus des gens, jusqu'à être si semblables les uns aux autres que l'on ne peut plus les distinguer, dire « C'est lui », « C'est elle », « C'est l'autre ». La sœur de Lloyd Elijah en était déjà là. Debout devant lui, les pieds écartés, l'air à la fois hébété et hostile, elle était semblable à toutes les camées de vingt ans qu'il avait pu voir.

« Qui vit ici, avec vous ? interrogea-t-il quand il eut fini son inventaire.

— Ma mère, dit-elle, après avoir soufflé de nouveau.

— Où est-elle ? »

La fille ne répondit pas. Son esprit s'échappait. Encore quelques minutes et il serait absolument impossible de parler avec elle.

« Je vous ai demandé où elle était, fit-il d'une voix coupante, la ramenant dans cette pièce, à ce moment.

— Je ne sais pas.

— Elle travaille ?

— Ouais.

— Où travaille-t-elle ?

— Je ne sais pas.

— Réfléchissez. Où votre mère travaille-t-elle ? »

Son front se plissa sous l'effort de la concentration, et il sut, avant même qu'elle eût parlé, que ce qu'elle allait dire maintenant serait la dernière chose qu'il pourrait tirer d'elle.

« Un peu partout, répondit-elle enfin. Elle a un nouveau travail, c'est tout ce que je sais. »

Il quitta l'appartement et tenta sa chance auprès de la voisine du dessous, à qui il déclara qu'il devait se mettre en contact avec Mrs. Elijah, car son fils avait eu un accident en se rendant à l'école. Elle lui indiqua un petit restaurant, à quelques rues de là. Cela faisait des années qu'il utilisait ce truc-là, et cela marchait toujours.

Le restaurant en question se révéla être le seul commerce de la rue encore en activité. Les autres avaient été abandonnés les uns après les autres, et les vitrines obturées avec des planches, lesquelles avaient été arrachées une à une. Les locaux désertés avaient été pillés de leur plomberie, de leur installation électrique, câbles, tuyaux, tout ce qui pouvait demeurer là quand l'affaire avait capoté. Les déchets de la rue s'amoncelaient à l'intérieur, volant par les vitrines brisées. Des couvertures souillées, sur le sol, suggéraient une occupation récente.

Il ne fut pas surpris de trouver le restaurant presque vide, dans un tel environnement. En fait, il n'y avait aucun client. Franks entra. Un vieux Noir, soixante, soixante-dix ans, le dos courbé en point d'interrogation, cessa de gratter le gril pour le suivre des yeux. Une forte femme, assise au bout du comptoir, se hâta de venir vers lui, prenant la cafetière au passage. Elle posa une tasse devant lui.

« Mrs. Elijah? » demanda-t-il.

La cafetière s'immobilisa, en suspens au-dessus de la tasse.

« Vous êtes un flic? fit-elle.

– Inspecteur Franks. J'aimerais vous poser quelques questions à propos de votre fils Lloyd. »

Le vieil homme quitta le gril pour s'installer plus loin, à l'autre bout du comptoir.

« Lloyd a des ennuis ou quelque chose? » s'enquit la femme. Elle n'avait visiblement pas l'habitude que Lloyd lui cause du souci. Il crut discerner une ressemblance avec sa fille, dans les yeux et dans la bouche.

« Non, madame, répondit-il. Il n'est pas allé à l'école aujourd'hui. J'essaie de le trouver.

– On n'envoie pas les flics pour ça.

– Cela concerne l'homicide qui a eu lieu au lycée, madame. Nous essayons de savoir ce qui est arrivé.

– Lloyd n'a rien à voir là-dedans.

– C'est exact, madame. Mais nous avons quelques questions à lui poser, à propos de Timothy Warren. C'était un ami de Timothy, n'est-ce pas?

– Que Dieu ait son âme.

– Oui, madame. »

Il attendit, pour voir ce qu'elle allait dire.

« Vous voulez un peu de café?

– S'il vous plaît. »

Elle remplit la tasse, alla reposer la cafetière sur la plaque chauffante. En revenant, elle lui demanda comment il l'avait trouvée.

Il lui répondit qu'il était passé chez elle.

« C'est Cherisse qui vous a dit où je travaillais? » Elle paraissait surprise.

« Non, madame. Une de vos voisines.

– Mais vous avez vu Cherisse? »

Il hocha la tête. Elle réfléchit un moment.

« Ce n'est pas le genre de Lloyd, de manquer l'école, déclara-t-elle enfin. Ce n'est pas comme celle-là.

– A-t-il dit quoi que ce soit? Hier soir, ce matin? Quelque chose qui pourrait nous indiquer où il est allé? »

Elle demeura immobile, réfléchissant de nouveau, la tête penchée, un doigt épais collé contre sa joue, en une pose si incongrue, si démodée que Franks revit sa propre grand-mère.

« En y repensant, déclara-t-elle enfin, je ne crois pas qu'il soit rentré du tout, hier soir. »

Il la questionna encore, mais elle ne savait pas où son fils avait bien pu passer la nuit, qui il avait pu voir, ni où il pouvait être à présent. Elle ne pouvait pas lui apprendre grand-chose sur Timothy Warren, si ce n'est qu'il était resté à peu près un mois et demi chez eux avant de partir, il y avait un mois de cela, quand Cherisse était revenue à la maison.

Franks paya son café et sortit. En se dirigeant vers sa voiture, il s'arrêta à une cabine téléphonique et appela Dwight Matthews, un collègue des stupéfiants du trente-sixième district. Franks et Matthew avaient travaillé en équipe pendant presque un an et demi, et Jim pensait pouvoir lui faire confiance.

« Tu as beaucoup de travail, aujourd'hui? lui demanda-t-il. On pourrait se retrouver quelque part?

— Merde, je viens de faire mon programme pour la journée, répondit Matthews. C'est dommage que tu n'aies pas appelé avant.

— Avant d'avoir été suspendu, tu veux dire? »

Il y eut un instant d'hésitation à l'autre bout du fil.

« Bon, d'accord, Jim, déclara enfin Matthews. Qu'est-ce que tu veux?

— Je m'intéresse à un gamin du nom de Lloyd Elijah, qui va au lycée La Guardia. J'aimerais bien connaître le nom de ses petits copains, si tu en connais.

— Qu'est-ce que je risque?

— Rien, si tu prends le dossier toi-même. Je ne te demanderais pas ça si je n'en avais pas vraiment besoin.

— Donne-moi ton numéro », dit Matthews, et Franks lui lut le numéro inscrit sur le téléphone public.

Moins de vingt minutes plus tard, Matthews rappelait.

« Le gosse est toujours dans le coin? s'enquit-il.

— Il était dans le coin hier.

— Il dealait?

— Non, il était juste par là. Pourquoi?

— Il est fiché comme dealer de crack, occasionnel. Du moins, il traînait avec les dealers. Puis il a disparu du paysage.

— Non, dit Franks. Il va toujours au lycée. J'ai un témoin qui l'a vu là-bas vendredi, et hier encore. »

Il entendit presque Matthews hausser les épaules à l'autre bout du fil.

« Possible, fit celui-ci. Mais il a quitté le circuit.

— Quand était-ce? demanda Franks, saisi d'une intuition. Il y a deux mois et demi, trois mois?

— Ouais, par là. Tu veux toujours les noms? »

Selon Mrs. Elijah, c'était deux mois et demi ou trois mois auparavant que Timothy Warren était venu vivre chez Lloyd.

Matthews lui lut une douzaine de noms, les gosses avec qui Lloyd Elijah traînait. A part celui de Charlie Wain, aucun ne disait rien à Franks, mais cela n'était guère surprenant.

« Écoute, j'espère que ça va se régler, tes problèmes », affirma enfin Matthews, et Franks lui répondit qu'il en était sûr. Ce que Matthews ne dit pas, parce que cela allait sans dire, c'est qu'il aimerait autant que Franks ne le rappelle pas. L'amitié, c'était bon pour un service rendu, mais pas plus.

Il était midi passé, et Franks appela le lycée La Guardia, laissant un message pour que Steven Hillyer le rappelle. Il donna le numéro de la cabine et son prénom.

« Il faut que je lui parle au plus vite, c'est important, déclara-t-il. J'aimerais bien que quelqu'un lui transmette le message immédiatement. »

La voix était celle de la secrétaire à laquelle il avait parlé plus tôt dans la matinée, quand il avait appelé Hillyer pour lui demander si Lloyd Elijah était venu à l'école.

« Je lui ai transmis le message moi-même, affirma-t-elle. S'il ne vous a pas rappelé...

— Il m'a rappelé, répondit Franks. Et à présent je le rappelle. Je compte sur vous, ma grande. Si vous l'avez fait une fois, vous pouvez recommencer. »

En riant, elle promit d'aller porter le message. Si son plumage était moitié aussi séduisant que son ramage, elle avait de quoi rendre un homme très heureux.

Franks se dit qu'il donnait une demi-heure à Hillyer pour le rappeler, et se mit à passer en revue les noms que Matthews lui avait donnés. Il s'adossa à la paroi de la cabine, calant ses épaules jusqu'à trouver une position confortable. Attendre, c'était une chose qu'il savait très bien faire et, tout en attendant, il repensa à la mère de Lloyd Elijah, qui était tellement persuadée que son fils ne tournerait pas mal comme sa fille, tellement certaine qu'il allait chaque jour en classe, et qui n'avait même pas remarqué qu'il n'était pas rentré la veille au soir. Il pensa au fait qu'Elijah avait cessé de fréquenter ses copains les dealers de crack à peu près au moment où Timothy Warren était venu habiter chez lui ; mais il avait beaucoup de chemin à faire, il le savait, avant de comprendre ce que cela signifiait.

Le téléphone se mit à sonner, beaucoup plus tôt qu'il ne s'y attendait. La journée commençait à ressembler à quelque chose.

Franks lut à Steven la liste des noms.

« Connaissez-vous l'un d'entre eux ? questionna-t-il.

— Charlie Wain. C'est le gosse dont je vous ai parlé.

— Je vois. Et les autres ?

— Non.

— C'est bien ce que je me disais. Je vais voir ce que je peux trouver. »

Il était sur le point de raccrocher, mais il remit le combiné à son oreille.

« Hillyer ? Vous êtes toujours là ?

— Oui.

— Saviez-vous que Warren avait vécu un moment chez Elijah ?

— Non.

— Je pensais bien que non. Je vous tiens au courant. »

Le reste de la journée se révéla aussi improductif que la matinée avait semblé prometteuse. Il lui fallait aller d'un coin de rue à l'autre, d'un lieu de rencontre à un autre, choisir un nom sur la liste et interroger les gens qui traînaient là. En principe, ils répondaient, parce que personne n'avait envie de s'attirer des ennuis. Et, en principe, les réponses ne valaient pas un clou, parce qu'il était aussi simple d'envoyer un flic dans la mauvaise direction que dans la bonne. Il fallait menacer, embobiner et, de temps à autre, quelqu'un se mettait à table. Tôt ou tard, on se retrouvait au même endroit que le gosse que l'on recherchait.

Mais tous ceux dont les noms figuraient sur la liste lui déclarèrent que Lloyd Elijah ne traînait plus avec eux. Ils ne l'avaient pas vu. Où pouvait-il aller, s'il n'était pas à l'école ? Tous haussèrent les épaules, et répondirent : « Je vous l'ai dit, mon vieux, on n'est pas plus copains que ça. »

Le seul auquel il ne pût s'adresser était Charlie Wain, pour la même raison qui faisait qu'il n'avait pas laissé son nom à la secrétaire du lycée. Wain le reconnaîtrait. Il se tenait près de la porte de la salle de musculation, quand Donadio et lui étaient arrivés. Franks décida donc de filer le garçon après les cours, et le découvrit en train de vendre tranquillement du crack au coin de la rue, comme s'il en avait l'exclusivité. Wain rangeait la drogue dans un sac en papier placé dans une poubelle, de sorte que, si les flics l'arrêtaient, il n'avait rien sur lui. Lorsque la nuit commença de tomber, une gamine qui n'avait sans doute pas l'âge de conduire s'arrêta au volant d'une Buick au moins aussi vieille qu'elle. Elle descendit, alla parler à Wain. Puis elle se posta près de la corbeille à papier, tandis que Charlie s'en allait au volant de la Buick.

Franks observa la voiture qui s'éloignait en cahotant, et décida de ne pas le suivre. Il était tard, il avait faim, et Lenny l'attendait pour dîner. Le matin, il ne lui avait pas dit où il allait et ne souhaitait pas le lui expliquer à présent.

Tout en roulant vers Dobbs Ferry, il fit le compte des recettes de la journée. Son père affirmait toujours que l'on ne peut se retrouver à sec tant que l'on réalise de petits profits. Si c'était vrai, la journée était au moins encourageante. Il savait deux ou trois choses de plus que le matin même.

Par exemple, que Lloyd Elijah n'allait pas être facile à dénicher.

Boorstin prit l'ascenseur, ignorant ses gémissements inquiétants et les spasmes qui le secouaient à chaque étage, comme s'il se plaignait de devoir monter si haut. Mais, tel le petit cheval blanc de la chanson, il se reprenait bravement, et les portes s'écartèrent enfin devant Boorstin, sur le couloir du huitième.

Il se demanda si une ou deux ampoules supplémentaires auraient été utiles ou catastrophiques. Certes, on y aurait mieux vu. Mais, d'un autre côté, à quoi bon? Le plâtre était craquelé. Le carrelage, qui, autrefois, avait fait de ce lieu un endroit élégant, un des bureaux les plus luxueux du Bronx, ou même de Manhattan, avait été si souvent réparé que le dessin des carreaux blancs et noirs (un noir passé, un blanc sale) était à présent impossible à déchiffrer. Le plafond avait plus de trois mètres de hauteur, et il savait sans avoir à y pénétrer que tous les bureaux étaient vastes, car le bâtiment datait d'une époque où les gens pensaient qu'une pièce devait l'être.

Passant devant une porte marquée « Messieurs », il se dit qu'il ferait bien de s'arrêter un instant; mais la porte était fermée à clé. Comme il est impossible de faire preuve de fermeté quand on a une envie pressante, et que, d'autre part, il ne voulait pas arriver à son rendez-vous en demandant la clé des toilettes, il sonna au cabinet du dentiste, juste à côté, et attendit qu'on le fît entrer. *Un dentiste, carrément*, pensa-t-il. *Ainsi, il existe encore des Juifs dans le Bronx.* C'était une plaisanterie, bien sûr. Il y avait des milliers de Juifs dans le Bronx, des centaines de milliers. Sans eux, Bert Kellem ne serait pas toujours en train de siéger au Congrès, et Philip Boorstin en train de mendier la clé des toilettes à la secrétaire d'un dentiste, en se rendant au bureau de Kellem.

Quand il lui eut dit ce qu'il voulait, la secrétaire l'examina soigneusement. S'il n'avait pas porté de costume, la réponse aurait été non, il le savait. Mais sans doute s'estima-t-elle satisfaite de ce qu'elle vit, car elle lui tendit la clé. « Et n'oubliez pas de la rapporter », ajouta-t-elle.

La clé était reliée à un rond de carton fort, de la taille d'une assiette.

Après s'être soulagé, il vérifia son allure dans le miroir, tout en se lavant les mains. Il n'était pas vaniteux, loin de là, mais en l'occurrence ce n'était pas Kellem, ni un quelconque politicard boursouflé qu'il se préparait à rencontrer. Il se souvenait parfaitement de Linda Dawson Woods, à la réunion du Bureau, de ses yeux étincelants, tandis qu'elle lui faisait la leçon, avec ses statistiques sur l'inefficacité des services sociaux du Bronx. Il demeurait ému en pensant à son corps, au moindre de ses gestes, quand par exemple elle lui avait fait passer un rapport à l'autre bout de la table. C'était là une dame qui utilisait tout ce qu'elle possédait, et elle possédait tout.

Il secoua ses mains et lissa ses cheveux sur ses tempes, là où ils bouclaient plus qu'il ne le souhaitait. Puis il arrangea son nœud de cravate, redressa les épaules, hocha la tête en signe d'assentiment et sortit des lavabos d'un air conquérant, prêt à montrer à Mrs. L. D. Woods comment on jouait dans la cour des grands.

Le bureau de Kellem bourdonnait d'activité, chose étrange puisqu'on n'était pas dans une année électorale, et que rien n'y était jamais réalisé. L'équipe aussi paraissait beaucoup plus jeune que Boorstin ne s'y attendait, des garçons et des filles en jean et manches de chemise, allant et venant sans cesse, avec un air affairé très rafraîchissant. Cherchant quelqu'un pour lui indiquer le bureau de L. D. Woods, Boorstin tomba nez à nez avec Kellem en personne.

« Philip! s'exclama celui-ci, comme s'ils s'étaient trouvés chacun à un bout de la salle. Qu'est-ce qui vous amène?

– J'ai une petite affaire à voir avec quelqu'un de votre équipe, répondit Boorstin, se laissant chaleureusement secouer la main. Comment allez-vous?

– *Kinahura.* »

Kellem était un petit homme replet, avec un postiche à peu près correct posé sur le sommet du crâne.

« C'est une véritable usine, ici, je suis vraiment impressionné. »

Kellem regarda autour de lui, avec une moue, et hocha la tête en signe d'acquiescement, de même qu'un Père Noël débonnaire et pas trop malin aurait présenté ses lutins à un dignitaire de passage.

« Ils sont jeunes, Philip. La jeunesse, ça vous garde jeune. Vous voulez voir L. D., c'est cela ? Je vous conduis. »

Prenant Boorstin par le coude, il le précéda dans un petit couloir, frappa à une porte et ouvrit sans attendre la réponse.

L. D. Woods, debout face à la fenêtre, derrière son bureau, était en train de téléphoner. Elle se retourna en entendant la porte s'ouvrir, leva un index pour leur faire signe d'attendre. A la réunion du Bureau, elle était demeurée assise de l'autre côté de la table, mais ce que Boorstin n'avait pas vu d'elle alors se révéla aussi satisfaisant que ce qu'il en avait vu. Elle portait encore le jean qu'elle avait enfilé pour venir en aide à Mrs. James, et Philip constata qu'il moulait ses hanches comme une seconde peau.

Ils attendirent sur le seuil qu'elle eût raccroché, ensuite elle vint vers eux.

« Vous connaissez Philip Boorstin, L. D., déclara Kellem.

— Nous nous sommes déjà rencontrés », répondit-elle, tendant la main.

Sa poignée de main était solide, ainsi qu'on pouvait s'y attendre. Elle plongea son regard dans celui de Boorstin, comme pour voir qui allait baisser les yeux le premier.

« Miss Woods, dit-il.

— Je vous laisse, ajouta Kellem. Soyez gentille avec lui, L. D. Il a fait tout le chemin depuis l'hôtel de ville.

— Je suppose que c'était une plaisanterie, remarqua Boorstin quand la porte se fut refermée.

— Pas tout à fait. De quoi vouliez-vous m'entretenir, Mr. Boorstin ? »

Bien, on fait l'innocente. Comme si elle ne le savait pas. Il n'avait pas l'intention de jouer à ce jeu-là.

« En réalité, je ne suis qu'un messager ici. Comme vous. Le message, c'est que nous sommes dans une grande ville. Les gens parviennent à trouver un terrain d'entente, et ils s'y tiennent. C'est la seule manière pour que cela puisse marcher. »

Elle lui fit signe de s'asseoir et s'installa face à lui, croisant les jambes.

« Et nous avons trouvé un terrain d'entente ? s'enquit-elle.

— Moi, j'en ai trouvé un. Il est dans l'intérêt de tout le monde de mettre un terme à cette histoire au lycée La Guardia.

« — En quoi est-ce dans l'intérêt de Mrs. James? »

La réponse était que Mrs. James n'était pas concernée. En partant du principe qu'il s'agissait d'une grande ville, il apparaissait très vite que l'intérêt de Victoria James ne comptait pas, ou guère. Mais il ne pouvait pas répondre cela.

« Quel est son intérêt? demanda-t-il.

— Elle l'a expliqué très clairement hier. Elle veut savoir ce qui est arrivé à sa fille.

— Un gosse, un malade, lui a tordu le cou. Question suivante?

— Mais c'est l'unique question, Mr. Boorstin. Et votre réponse n'est pas complète. Pourquoi le maire ne voudrait-il pas que l'on y réponde entièrement? »

Il se leva et s'éloigna, lui tournant le dos. Il passa le bout des doigts sur le rebord d'une étagère, comme s'il se tenait dans son propre bureau.

« Je ne suis pas venu pour négocier, Miss Woods », affirma-t-il enfin, se retournant.

Elle ne craignait pas de demeurer assise et de parler à un homme debout. La plupart des gens ne supportaient pas cela, et un homme tel que Boorstin adorait les faire se déplacer dans la pièce, de même qu'un bon boxeur oblige son adversaire à tourner autour du ring. L. D. Woods se contenta d'allonger ses jambes et de bien se caler dans son fauteuil.

« Pourquoi êtes-vous venu, alors?

— Parce que j'ai passé deux heures avec Artemis Reach, vendredi après-midi, et que nous sommes parvenus à un accord.

— Quel rapport cela a-t-il avec Victoria James?

— Et si nous laissions tomber ce baratin, pour discuter en personnes sensées, qu'en pensez-vous?

— Si cela peut vous mettre plus à l'aise, Mr. Boorstin. »

C'était là une repartie remarquable, et il l'accueillit avec un hochement de tête, souriant malgré lui.

« Tout cela est très joli, poursuivit-il, mais l'idée de base, c'est que mon patron n'aime pas que le vôtre revienne sur sa parole.

— A moins que vous ne vouliez parler du député Kellem, je n'ai pas de patron, Mr. Boorstin.

— Je parle d'Artemis Reach.

— Je fais partie du Bureau. Il en est le président. Je ne travaille pas pour lui. »

Elle s'était dressée, à présent.

« Je sais que vous lui servez de couverture, dans cette affaire. C'est pourquoi je suis venu vous voir. Dites-moi si je perds mon temps.

– Je ne sais pas ce que vaut votre temps, Mr. Boorstin. Mais je crois que je perds le mien. Je ne couvre personne. »

Elle s'approcha de la porte et la tint ouverte, l'invitant à sortir. Il se dirigea vers cette porte et la referma, lui ôtant la poignée de la main. Ils restèrent ainsi, face à face, les yeux dans les yeux.

« Évitons les bêtises, déclara-t-il. Vous direz à Mr. Reach que, s'il revient sur sa parole, il se retrouvera muté dans le quartier le plus petit et le plus éloigné de la ville.

– Mr. Reach n'a rien à voir là-dedans, répliqua-t-elle. Si vous refusez de le croire maintenant, vous le constaterez bien assez tôt. Victoria James ne disparaîtra pas de la scène tant qu'on ne lui aura pas expliqué pourquoi sa fille est morte. Et, effectivement, évitons les erreurs, Mr. Boorstin. »

Elle ouvrit de nouveau la porte, et cette fois Boorstin sortit. On allait lui dire, au bureau, qu'il était bien naïf, mais il croyait L. D. Elle ne couvrait pas Reach, elle s'était engagée par elle-même, et cela changeait totalement les données de l'équation. De quelle manière, il ne le savait pas encore, et il lui faudrait du temps pour le déterminer.

Finalement, cela se résumerait à choisir entre l'aider ou la descendre. Boorstin avait un penchant pour la première solution. Un gouvernement responsable avait des obligations envers tous ses citoyens.

Derrière la porte, L. D. Woods s'appuya au mur et laissa un long soupir lui échapper lentement. Elle avait les mains qui tremblaient, et elle tapota machinalement la cloison, comme pour justifier un mouvement qu'elle ne pouvait contrôler. L'entrevue avait été plus pénible qu'elle ne s'y attendait, même si elle avait déjà tiré son épingle du jeu dans des négociations ardues, et parfois face à des adversaires plus redoutables que ce prétentieux adjoint au maire.

Elle savait qu'elle pouvait se montrer aussi dure que n'importe lequel d'entre eux, quand les couteaux étaient dégainés. Mais, jusqu'à aujourd'hui, elle avait toujours fonctionné sur des ordres clairs, gérant le programme de quelqu'un d'autre. Une fois, elle avait dû faire face à un syndicat ouvrier qui menaçait d'arrêter la construction d'un immeuble de bureaux que Kellem s'évertuait depuis deux ans à obtenir dans sa circonscription. Des dizaines de fois, elle avait dû affronter les représentants des communautés noire et portoricaine, car le député aimait bien l'envoyer au front, et elle s'était battue contre certains des Juifs démocrates les plus influents du Bronx, car il ne pouvait pas se permettre un accrochage avec eux. Elle obtenait toujours ce qu'elle voulait et ne cédait jamais plus que n'en souhaitait Kellem.

Là, c'était différent. Il n'y avait personne derrière elle, personne pour décider jusqu'à quel point on pouvait céder du terrain, quels compromis étaient acceptables, où commençaient les limites. En outre, elle se préparait à un conflit avec Artemis Reach. Elle était comme un petit yacht qui entre en collision avec un cargo. Boorstin, c'était simplement de l'échauffement.

En somme, se dit-elle, c'est une bonne expérience. Elle n'avait pas vacillé, et plus elle donnait le sentiment d'une femme intraitable, mieux c'était. Boorstin et elle avaient appris à se connaître un peu mieux, à s'aimer un peu moins. Ils étaient prêts pour le prochain round.

Le simple fait de poser les choses en ces termes l'apaisait, précisait sa pensée. Elle s'écarta du mur, soupirant encore pour évacuer un reste de nervosité, et réfléchissant déjà à la prochaine étape. Boorstin allait avoir besoin de temps pour réorganiser ses pions, maintenant qu'il savait avoir affaire à L. D. Woods, et non à Artemis Reach. Vingt-quatre heures, c'était plus qu'il ne lui en fallait. Après quoi, il serait temps pour Victoria James d'apparaître de nouveau sur la scène publique.

Elle prit le téléphone, appela le journaliste de WNBC qui essayait de la joindre depuis hier. Il voulait une interview, et elle proposa en retour une apparition de Victoria James sur le plateau, aux actualités de cinq heures, où la présentatrice lui poserait des questions. Vingt minutes plus tard, le journaliste rappelait, avec l'aval de son rédacteur en chef, et L. D. accepta de dîner avec lui afin de discuter de ce que Mrs. James était prête à dire.

Elle passa le reste de la journée à travailler avec l'équipe de jeunes stagiaires de Bert Kellem sur un projet destiné à fournir aux personnes âgées des emplois dans des centres sociaux de jour. C'était la grande spécialité du député, ce genre d'initiative qui satisfaisait chacun sans coûter bien cher et générait beaucoup de publicité. Là, son travail était préparé d'avance – elle n'avait qu'à signer les lettres sollicitant les promesses de soutien et à lire les communiqués faisant état des aides au fur et à mesure qu'elles arrivaient.

L'après-midi s'avançait, et l'équipe commença de s'égailler. A cinq heures et demie, L. D. se retrouva seule dans le bureau. Elle continua de travailler jusqu'à six heures, et appela Victoria James pour lui parler de l'interview prévue le lendemain.

« Mais je serai toute seule? fit Victoria.

– C'est une excellente journaliste. Elle n'a rien d'intimidant. Et je préparerai les questions avec vous demain après-midi.

– Vous ne pouvez pas venir avec moi?

– Je serai juste à côté », affirma L. D. pour la rassurer. Mais Victoria voulait qu'elle fût présente lors de l'interview, afin de pouvoir répondre à certaines questions, le cas échéant.

« Je les rencontre ce soir, dit-elle. Si c'est vraiment ce que vous voulez, eh bien, c'est ce que nous ferons. »

Elle appela un taxi et laissa un message à Tal, pour annuler le dîner mais lui demander de lui réserver le reste de sa soirée. Puis elle ferma le bureau et descendit en hâte, songeant qu'elle avait juste le temps de passer chez elle afin de se changer avant son rendez-vous avec la journaliste de Canal 4. La rue, constituée pour l'essentiel de vieux immeubles de bureaux, se vidait rapidement à cinq heures, et à six c'était un désert. Elle chercha son taxi des yeux. On lui avait dit cinq minutes.

« Miss Woods. »

Le jeune Noir, large d'épaules, n'avait guère plus de quinze ou seize ans, mais mesurait largement plus d'un mètre quatre-vingts. Il se tenait tout près d'elle, à la toucher. Elle ne l'avait même pas entendu approcher.

« Oui?

– Mr. Reach voudrait vous parler. Venez. »

Il la prit par le bras, mais elle se dégagea, saisie d'une angoisse brutale.

« J'ai rendez-vous pour dîner. Dites-lui que je le contacterai demain, répondit-elle, tentant de se persuader que c'était là une conversation normale, que ce garçon était simplement familier dans ses façons, rien de plus.

– Impossible », répliqua-t-il, et comme elle allait s'éloigner, il la saisit de nouveau, avec une fermeté qui ne laissait place à aucune ambiguïté.

« Mais qu'est-ce que vous faites? Lâchez-moi! » cria-t-elle, tentant de se libérer.

Il la mena de force jusqu'à une vieille Buick décatie dont le moteur tournait, garée le long du trottoir, côté conducteur.

« Ne faites pas de difficultés, dit-il. Montez dans la voiture.

– Lâchez-moi! » cria-t-elle, cherchant frénétiquement de l'aide du regard. Plus loin dans la rue, un couple s'éloignait, comme s'il n'avait rien entendu.

Elle lui décocha un coup de pied dans le tibia, essayant de le repousser, mais il serrait son poignet tel un étau. De sa main libre, il ouvrit brutalement la portière.

« Allez, gronda-t-il, la poussant dans la voiture. Glissez-vous de l'autre côté. »

Elle était presque couchée derrière le volant ; elle se redressa, leva les yeux et le vit se pencher vers elle dans l'encadrement de la portière ouverte. Faisant mine de s'avancer sur la banquette déchirée, elle saisit vivement le levier de vitesses et passa en prise, son pied écrasant l'accélérateur.

La voiture fit un bond, mais ne démarra pas. Le moteur cala dans une secousse.

Il étendit le bras et la repoussa jusqu'au fond du siège. Ensuite, il s'installa derrière le volant, sans se soucier d'elle qui tentait de s'enfuir.

« Le frein était serré, déclara-t-il, laconique, en remettant le moteur en marche. Pas de panique. Il veut juste vous parler. »

L. D. ne pouvait plus rien faire, sinon espérer qu'il disait la vérité. Elle passait sans cesse de la terreur à la rage. Quelques minutes plus tard, ils roulaient dans des rues inconnues d'elle, car elle ne connaissait guère le Bronx, en dehors de la circonscription de Kellem. Le quartier avait l'air complètement désert, ce qui ne lui laissait aucun espoir ; mais il y avait quelque chose de presque rassurant dans la manière tranquille, décontractée dont le garçon conduisait, tenant négligemment le volant de la main gauche, où un bracelet d'or blanc pendait à son poignet, la main droite posée sur le siège entre eux. Il se taisait, mais lui jetait un coup d'œil de temps à autre, sans tourner la tête.

Ils suivirent une rue qui longeait un grand parc. Lorsqu'il pénétra dans le parc, son cœur se mit à battre si fort qu'elle était certaine qu'il pouvait l'entendre. Ils prirent une allée étroite qui se noyait presque immédiatement dans un feuillage épais. L. D. eut l'idée de sauter de la voiture, mais elle se rendit aussitôt compte de l'inutilité de la chose. Même si elle ne se blessait pas dans sa chute, il la rattraperait facilement. Déjà, les rues de la ville lui semblaient loin derrière elle.

La voiture ralentit, s'arrêta.

« Le voilà, dit le garçon, faisant un geste vers le pare-brise. Allez-y. »

Elle n'avait pas remarqué l'autre voiture dans l'ombre, mais à présent elle reconnaissait la Lincoln d'Artemis Reach, garée à une vingtaine de mètres devant eux.

Elle tendit le bras vers la poignée, regarda le garçon pour

s'assurer qu'elle avait bien compris ce qu'il attendait d'elle. Il n'émit aucune objection et elle sortit.

Les derniers étages de quelques tours d'habitation étaient à peine visibles au-delà des arbres. A part cela, pas la moindre trace de la ville.

Elle se dirigea vers la Lincoln, parvint enfin à distinguer la silhouette d'Artemis Reach sur le siège avant. Contournant la voiture, elle ouvrit la portière du passager et se glissa sur le siège.

« Fermez la porte. »

Dans l'espace étroit, sa voix profonde résonna tel un roulement de tambour. Elle tira la portière.

Une main se dirigea brusquement vers elle, comme pour la poignarder. Elle vacilla quand le poing fermé heurta sa poitrine, puis s'aperçut qu'il serrait une feuille de papier.

« Lisez », dit-il.

Elle prit le papier et il retira sa main. Il appuya sur un bouton du tableau de bord et le plafonnier s'alluma, projetant une faible lumière, à peine suffisante pour lire.

Les mains tremblantes, l'esprit si confus qu'elle n'arrivait même pas à imaginer quel message pouvait bien y être inscrit, elle déplia la feuille et la lut. Il lui fallut un moment pour discerner les lettres qui s'étiraient comme des lignes d'ombre. Enfin, elle comprit qu'elle lisait sa lettre de démission du Bureau 61.

« Signez », ordonna-t-il quand elle eut terminé.

Il sortit un stylo-bille, qu'il fit cliqueter et lui tendit, prêt à écrire.

Elle signa, soumise, et lui tendit la feuille et le stylo. Elle n'était plus effrayée.

Il les prit en silence, éteignit la lumière.

« Vous aviez tout ce que vous vouliez, garce, ajouta-t-il. Qu'est-ce qui vous est passé par la tête?

— L'idée que quelqu'un devrait essayer de savoir ce qui est arrivé », répondit-elle, l'assurance de sa propre voix lui redonnant du courage.

Il se tourna vivement vers elle et, les yeux étincelant de colère dans l'ombre, il la menaça d'un index long et noir.

« Et vous venez me faire état de vos réflexions! s'écria-t-il d'une voix stridente. Vous vous prenez pour qui, bordel?

— Vous étiez trop accaparé par vos petites transactions, Artemis. »

Il eut un sourire amer.

« Vous avez déjà vu Boorstin? C'est cela?

– Il m'a dit que vous aviez conclu un accord.

– Écoutez-moi bien, déclara-t-il doucement. Je ne vous le dirai qu'une fois. Il n'y aura aucune enquête dans mon district tant que je ne le déciderai pas.

– Et pourquoi refusez-vous cela? Avez-vous peur de quelque chose, Artemis?

– Je n'en ai rien à foutre, de votre enquête. Si vous voulez un procureur spécial, si vous voulez le procureur général de mes deux, vous venez me trouver, et je vous les obtiens. Mais vous n'avez pas fait cela. Et Artemis Reach ne s'attache pas au char d'une connasse qu'il a lui-même fait entrer au Bureau.

– Bon, la connasse dont vous parlez ne fait plus partie de votre Bureau, Mr. Reach. Vous avez ma lettre de démission. »

Elle tendit la main vers la portière.

« Charlie va vous reconduire.

– Je rentre à pied.

– Eh bien, réfléchissez-y en marchant, Woods, dit-il. Vous aviez l'allure et la position. Vous étiez au Bureau, avec moi à vos côtés. Vous avez déjà perdu deux de ces choses, et je peux parfaitement m'arranger pour que vous vous retrouviez laide et sur le carreau. Ne jouez pas au con avec moi. »

La lourde voiture slalomait en tanguant, se frayant un passage grâce au hurlement de la sirène, le girophare projetant des éclairs rouges sur les vitres noires des immeubles. Elle fit une embardée et s'arrêta à l'entrée d'une impasse. Deux voitures-radio étaient garées en V, barrant le passage.

Le chef des enquêtes Terranova s'extirpa de la banquette arrière, prit pied sur la chaussée. Avant même qu'il l'eût appelé, Hartley Williams était à son côté.

« Par ici, chef. »

Une corbeille à papier rouillée bouchait à moitié le passage entre le coin de l'immeuble et le pare-chocs de la voiture-radio. Williams se pencha pour l'écarter, mais, d'un geste impatient, le chef lui fit signe de s'éloigner et se glissa dans l'étroit espace.

Une douzaine de flics en uniforme se tenaient dans l'impasse, n'ayant pas grand-chose à faire, si ce n'est éviter d'encombrer les inspecteurs et les experts déjà à l'œuvre. Les services d'urgence avaient installé des projecteurs assez puissants pour éclairer un plateau de cinéma. De là où se tenait Terranova, le fond de l'impasse disparaissait derrière une lumière aveuglante.

Les inspecteurs accroupis pour examiner le sol, à la recherche de preuves, se redressèrent à son passage, se touchant le front comme s'ils portaient une casquette invisible, dernier réflexe instinctif du salut. *Chef*, marmonnaient-ils, *comment allez-vous, chef ?*

Il leur adressa des hochements de tête pontificaux, tout en entrant dans le cercle lumineux. L'impasse, il le voyait à présent, se terminait par un mur de brique, devant lequel étaient regroupés la plupart des hommes. Des flashes crépitaient, tandis qu'un photographe de la police prenait des clichés de la scène.

Tandis qu'il s'approchait du cadavre dissimulé sous un drap, autour duquel se concentrait l'activité, la foule des hommes se scinda en deux, comme si l'ordre venait d'en être donné. Terranova se pencha sur le corps tel un receveur de base-ball, laissant échapper un grognement involontaire. Il saisit un coin du drap, le replia. Les yeux d'un jeune garçon, un Noir, le regardaient.

Williams s'accroupit près du chef.

« Il s'appelle Lloyd Elijah, déclara-t-il. Il va au lycée La Guardia. Je me suis dit que vous voudriez voir ça par vous-même. »

JEUDI

Terranova envoya Hartley Williams et Carl Green dans les rues, à la recherche des copains connus de Lloyd Elijah. Le reste de son équipe l'accompagnait quand il pénétra dans le bureau du proviseur du lycée La Guardia, le lendemain matin, déterminé à interroger tous les enfants de l'école si nécessaire. Il ne lui fallut pas plus d'un quart d'heure de conversation avec Lewis Hinden pour se rendre compte que celui-ci ne connaissait guère ses élèves. « Qui les connaît bien ? » demanda-t-il.

On introduisit Amelia Armstrong, le proviseur-adjoint. Replète, avec ses cheveux gris et sa manière de baisser la tête pour regarder le monde par-dessus ses lunettes, elle donnait le sentiment d'être réfractaire à toute tentative de conversation. Elle était à La Guardia depuis plus de dix ans, et semblait considérer l'établissement comme un lieu étrange, qui avait fait l'objet de dizaines de statistiques et de rapports sans avoir jamais été véritablement étudié. Malgré le peu de contact qu'elle avait avec les enfants, elle put aider Terranova et son armée d'inspecteurs à dresser une courte liste des amis de Lloyd Elijah, s'aidant essentiellement des registres de classe.

Terranova ne pensait pas que la liste eût grand-chose à voir avec la manière dont le garçon vivait effectivement. Cela n'avait pas d'importance. C'était un point de départ, et tous les points de départ étaient relativement semblables. Le rôle d'un inspecteur était de passer d'une chose à l'autre, comme quand on cherche son chemin à tâtons dans un labyrinthe. Pour finir, il n'y avait qu'une issue, et Terranova savait qu'il la trouverait.

« Il me faut quatre bureaux, dit-il. A moins que vous n'ayez des classes vides. »

Hinden et Mrs. Armstrong conférèrent pendant presque vingt minutes, débattant apparemment des endroits qu'on pouvait lui allouer. Pour finir, ils lui proposèrent un laboratoire de langues inutilisé au deuxième étage, un bureau dans les locaux principaux de l'administration où travaillaient des auxiliaires que l'on pouvait renvoyer chez eux pour la journée, le bureau du conseiller d'orientation et celui de Mrs. Armstrong. Cette dernière n'aurait pas semblé plus embarrassée si on lui avait demandé de faire bivouaquer des troupes dans sa chambre à coucher.

« Il me faut aussi un endroit où les garder, ajouta Terranova, sans seulement feindre d'exprimer une quelconque gratitude. J'ai besoin d'un endroit où mettre les gosses, après l'interrogatoire.

– Un endroit où les garder ? fit Hinden avec un haut-le-corps, tandis que l'image de manifestants en faveur de la liberté parqués dans une enceinte improvisée traversait son esprit. Je tiens à ce que ces enfants retournent en classe dès que vous en aurez fini avec eux.

– C'est hors de question », répondit Terranova d'un ton coupant.

Hinden vint se placer devant lui, dressé sur ses ergots.

« Je ne peux cautionner ce genre de perturbation », déclara-t-il, d'un ton qui trahissait sa confiance illimitée dans les polysyllabes pour triompher de toute opposition.

Terranova renifla bruyamment, comme il le faisait toujours quand il n'avait pas envie de se laisser ennuyer. Perturber les cours dans un établissement qui fournissait plus d'homicides que d'astrotechniciens ne le préoccupait guère. Ce que Lewis Hinden, avec son costume trois pièces, pouvait cautionner ou pas le préoccupait moins encore. En réalité, il n'avait pas encore autorisé que l'on divulgue le nom de la victime, et il n'était pas question d'autoriser les gosses à remonter après leur interrogatoire pour aller raconter aux autres ce dont il s'agissait.

« Nous pouvons les emmener tous au poste, si c'est ce que vous voulez », répliqua-t-il.

Hinden dit à Mrs. Armstrong de faire porter une note annulant les activités du petit auditorium du deuxième étage, puis montra au chef les locaux qui seraient mis à sa disposition, tandis qu'une secrétaire vérifiait dans le fichier le nom des élèves, ajoutant le numéro de leur salle. En sortant du bureau de Mrs. Armstrong, Terranova demanda si certains d'entre eux étaient dans la classe d'anglais de Steven Hillyer.

Hinden passa la liste de Mrs. Armstrong, qui la parcourut rapidement et, après quelques secondes de réflexion, la lui rendit en déclarant que Moore, Brown et Means étaient tous trois des élèves de Hillyer.

« On commence par là, déclara Terranova, tendant la liste à un inspecteur, un Noir appelé Dough Phelan.

– Où se trouve la classe de ce type? s'enquit Phelan.

– Mr. Hillyer? Au quatrième, c'est bien cela?

– Salle 408 », répondit Mrs. Armstrong.

Un jeune garçon qui se dirigeait vers eux s'arrêta brusquement et rebroussa chemin en hâte.

« Qui était-ce? » interrogea Terranova. Il pensait reconnaître le gosse qui l'avait conduit jusqu'au prof de gym, la semaine précédente.

Hinden n'en savait rien.

« Oh, il distribue simplement la note, à propos de l'auditorium, expliqua Mrs. Armstrong. Il a des problèmes pour apprendre. »

S'il existait une liaison entre ces deux affirmations, Terranova ne la saisit pas. Et il ne s'en soucia guère.

« Jamal quelque chose, dit-il. Est-ce que ce nom est sur la liste?

– Non.

– Ajoutez-le. »

Dans l'escalier, Jamal reprit son souffle, cherchant quoi faire. Cela ne s'arrangeait pas. Cela empirait. Les flics étaient dans l'école à présent, ils montaient dans les classes. Le gros était le type qu'il avait conduit à Mr. Lucasian, la semaine précédente, et ils étaient beaucoup plus nombreux cette fois.

Il était perturbé et avait des difficultés à empêcher son esprit de s'emballer, quand il était dans cet état. Les pensées jaillissaient dans sa tête, empiétant les unes sur les autres telles les stations de radio sur son transistor, tandis qu'il essayait de comprendre et de savoir s'il devait prévenir Mr. Hillyer, s'ils allaient arrêter son professeur d'anglais. Impossible. C'était après les gosses qu'ils en avaient, cela se voyait rien qu'à leur manière de marcher, de bouger, de parler, comme s'ils y prenaient plaisir. Et ce n'était pas après les dealers tels que Charlie Wain. Ce genre de type traversait les emmerdements comme s'ils étaient invisibles, mettant tout le monde dans une sale situation sans jamais écoper de rien.

En pensant à Mr. Hillyer en train de discuter avec Charlie Wain dans Tremont Avenue, Jamal eut envie de vomir. Trois gosses lui en avaient parlé. Tout le monde était au courant, au lycée. Et certains affirmaient qu'il y avait des profs derrière tout cela, forcément, de même qu'il y avait des flics, des politiciens, des gens comme ça qui étaient protégés, parce que, sans cela, Charlie Wain qui ne savait même pas combien font deux et deux n'aurait pas pu monter son petit commerce. Et dire qu'il s'était presque laissé convaincre par Mr. Hillyer de prendre des cours particuliers, deux ou trois fois, qu'il avait failli le lui demander parce qu'il pensait : *Mr. Hillyer est un ami de Timothy Warren*. Et ensuite, il apparaissait que c'était Charlie Wain qu'il allait retrouver dans Tremont Avenue.

Des larmes brillaient dans les yeux de Jamal. Il les essuya d'un revers de main, puis s'essuya le nez et s'engagea dans le corridor. Il ne dirait rien à personne, ne préviendrait personne. Il entra dans la classe d'anglais, les yeux baissés à terre, et se glissa sur son siège.

Maria Onofrio se tenait debout, aussi raide qu'un totem à côté de son bureau, en train de parler. Jamal voyait ses chaussures et ses chaussettes dans l'allée. Mr. Hillyer prit la parole à son tour, et Jamal pensait sans cesse qu'il fallait intervenir, les prévenir que les flics montaient, mais il n'y arrivait simplement pas. Puis Leon Wilkie dit quelque chose qui fit rire tout le monde, et il essaya de rire aussi, comme s'il comprenait de quoi ils parlaient. Mais il savait que les flics étaient dans l'escalier, à cette minute même. Il aurait pu le dire, mais il n'y arrivait pas.

Il était trop tard. La porte s'ouvrit brutalement et les rires se figèrent, tandis que toutes les têtes se tournaient. Sauf celle de Jamal, qui regarda Mr. Hillyer.

Deux inspecteurs, deux Noirs, pénétrèrent dans la classe, portés par une vague de silence qui semblait émaner d'eux, telle une radiation. Ils portaient des costumes gris et n'avaient pas mis leur insigne, mais personne ne pouvait les prendre pour autre chose que pour des flics.

Maria se rassit comme si l'ordre lui en avait été donné. Aurelio Mannero et Bobby Ward, qui s'étaient penchés l'un vers l'autre de chaque côté de l'allée pour échanger une grande claque, suspendirent leur geste et s'écartèrent, comme tirés en arrière par quelque force centrifuge. Steven eut l'impression que tout s'immobilisait dans la salle, sauf une chose : le regard de Jamal, qui passait sans cesse des flics à lui.

« Oui ? fit-il. Puis-je vous aider ?

– Je suis l'inspecteur Phelan. Voici l'inspecteur Young », déclara un des deux flics, un homme robuste, autoritaire, avec des cheveux très courts et une épaisse moustache. Il tira un étui de cuir de sa poche, l'ouvrit pour présenter son insigne, mais son geste maladroit et hésitant semblait signifier qu'il n'était pas certain de devoir le montrer à la classe entière.

« C'est le cours d'anglais ? Hillyer, c'est bien ça ?

– Anglais de huitième année. En effet. »

Derrière Phelan, son collègue sortit une feuille de papier, qu'il déplia d'une main. Il était plus jeune et n'avait pas dû lui-même quitter l'école depuis bien longtemps.

« Nous avons quelque raison de croire que certains de ces élèves possèdent des informations relatives à un meurtre sur lequel nous enquêtons. Nous apprécierons votre collaboration. A l'appel de votre nom, faites-vous connaître et suivez-nous.

– Byron Moore, commença le jeune inspecteur, la liste sous les yeux.

– Que dalle! s'écria Byron Moore de sa place, bondissant sur ses pieds et redressant les épaules. Je vais nulle part! »

C'était un des garçons les plus âgés de la classe, quinze ans, doté de muscles solides et d'une sérieuse réputation.

« Êtes-vous Byron Moore? » répéta Phelan d'un ton menaçant.

Quittant précipitamment son bureau, Steven slaloma entre les tables, se ruant au côté de Moore.

« Si vous voulez que ces enfants quittent la salle, affirma-t-il, vous leur devez au moins une explication.

– Je vous ai déjà dit de quoi il s'agissait. D'une enquête sur un meurtre. Si on vous appelle, vous descendez avec nous, répondit Phelan d'une voix égale.

– Cela n'est pas une explication. »

Les élèves suivaient cet échange avec fascination, très impressionnés. S'opposer à un flic, cela suscitait instantanément le respect.

Phelan réfléchit un moment à ce qu'il convenait de dire. Il avait beaucoup de gosses à interroger et, s'il commençait à leur expliquer la chose, cela n'aurait pas de fin. L'ordre suffisait.

« Byron Moore, répéta-t-il.

– Je ne sais rien sur aucun meurtre, affirma Moore, s'écartant de Steven qui tendait la main vers lui.

– Personne ne t'accuse de quoi que ce soit, Byron, déclara Steven. Ils veulent simplement te poser quelques questions. »

Il ressentait la déception autour de lui. Il avait tenu tête aux flics en posant une question, et reculait une fois la réponse donnée. C'est du moins ainsi que la chose apparaissait aux enfants, et il ne voyait aucun moyen de rattraper la chose.

« Nous allons juste descendre, Mr. Moore, affirma Phelan.

– Par ici, s'il vous plaît », ajouta Young.

Le garçon regardait autour de lui, tel un animal acculé. Il n'avait nulle part où aller, et les regards étaient fixés sur lui, lui donnant, à tort ou à raison, le sentiment d'une responsabilité à laquelle il ne pouvait se dérober. Il fit un pas en arrière, les flics un en avant.

« Réfléchis, Byron », dit Steven, mais il était déjà trop tard. Les flics avançaient tous deux – Phelan, celui qui avait parlé, venant droit vers lui, l'autre contournant la classe pour le prendre par le côté. La différence entre son geste presque involontaire et leur réaction concertée signifiait la fin de la discussion. C'était comme une scène de film, qu'ils auraient tous déjà vue.

« Laisse tomber, Byron, va avec eux », s'écria l'un des gosses, et d'autres firent chorus, tentant de devancer ce qui était inévitable.

Le garçon reculait lentement, essayant de garder les deux flics à l'œil.

« Ils te demandent simplement de descendre avec eux, Byron. Je t'accompagnerai, si tu veux », dit Steven, mais le garçon continuait à s'écarter de lui.

Autour de lui, les élèves commencèrent de se disperser, se glissant hors de leur siège à l'arrivée de Phelan et de Young pour se réfugier le long des murs.

Phelan brandissait sa main gauche, comme pour faire signe à quelqu'un de s'arrêter, avançant régulièrement vers Byron, avec une espèce de lenteur hypnotique.

« Nous ne voulons pas que ça tourne mal, mon vieux. Suis-nous en bas, et nous allons te poser quelques questions, c'est tout. »

Sa main gauche partit en un éclair, saisissant le garçon par le poignet ; Byron chercha à lui faire lâcher prise, mais le second inspecteur était déjà sur lui. En une fraction de seconde, il l'avait obligé à se retourner, lui tordant le bras derrière le dos avec une violence qui le calma instantanément.

« Tu ne vas pas nous faire de difficultés, n'est-ce pas, mon grand ? » reprit Phelan.

Byron ne répondit pas, tête ballante, image presque caricaturale de la défaite.

« Va donc nous attendre là-bas », ajouta Phelan, relâchant sa prise et lui désignant un endroit, sur le côté de la salle. Byron s'y rendit d'un pas traînant, soumis.

Au milieu de la classe, Steven regardait, sans voix devant la terrifiante facilité avec laquelle les deux flics avaient réussi à mater Byron, conscient aussi de leur retenue, qui avait évité que le conflit ne tournât plus mal.

Le second inspecteur avait de nouveau la liste en main.

« Lester Brown », annonça-t-il.

Lester se trouvait d'un côté de la pièce, là où la plupart des élèves s'étaient rassemblés.

« Ouais, c'est bon, déclara-t-il, effectuant un pas en avant.
– Jeremiah Means. »
Jeremiah s'avança au côté de Lester.
« Jamal Horton.
– Présent », fit Jamal de sa petite voix aiguë, cherchant à provoquer le rire, et y parvenant.

Terranova attendit dans le bureau de Mrs. Armstrong l'arrivée du premier groupe d'élèves. Il les examina rapidement, envoya ses inspecteurs les interroger dans les différentes salles réquisitionnées, et demeura dans le bureau du proviseur-adjoint avec Phelan et Young pour diriger lui-même l'interrogatoire de Byron Moore.

« Prends un siège, mon garçon, dit-il une fois que Young eut fermé la porte. Nous saurons apprécier ton aide. Comment t'appelles-tu ?
– Byron Moore. »

Il se tenait immobile, bras ballants, mais demeurait debout. Un dur.

« Nous ne sommes pas là pour te créer des problèmes, Byron, reprit Terranova. Nous voulons simplement parler. Je t'ai demandé de t'asseoir.
– Je n'ai rien à dire.
– Peut-être que non », acquiesça Terranova, allant et venant derrière le garçon. Il posa ses mains épaisses sur le dossier métallique de la chaise recouverte de plastique. « D'un autre côté, tu ne sais pas quelles questions nous avons à te poser. »

La chaise quitta le sol de quelques centimètres et vola en avant, venant frapper le garçon derrière les genoux, avec une telle violence qu'il se retrouva assis malgré lui. Déjà Terranova était penché sur lui, son visage rond comme une pleine lune à dix centimètres du sien.

« Nous aimerions savoir deux ou trois choses à propos de Lloyd Elijah », poursuivit Terranova.

La douleur fit monter des larmes aux yeux de Byron, de petits points brillants qu'il effaça en clignant les paupières, d'un air de défi.

« Pourquoi lui ? » demanda-t-il.

Terranova l'interrogea pendant cinq minutes à peu près, sans en apprendre beaucoup, puis l'abandonna à Phelan et Young, passant dans le bureau suivant pour voir comment les autres inspecteurs s'en sortaient avec Jeremiah Means. Il écouta l'interrogatoire sans intervenir, laissant la présence d'un étranger produire son effet, comme c'était toujours le cas, en perturbant la personne interrogée et en affaiblissant ses défenses. Cela n'avait cependant pas beaucoup d'importance. Il n'y avait pas grande résistance chez le garçon, un gosse décharné, nerveux, dont la lèvre supérieure était ourlée par une frange de sueur. Il leur donna rapidement une douzaine de noms, des types qui connaissaient Lloyd Elijah mieux que lui-même.

Lester Brown, que l'on interrogeait dans le bureau du conseiller d'orientation, était tassé au fond de sa chaise, déclarant sans cesse qu'il connaissait à peine Lloyd Elijah.

« Alors, comment se fait-il que ton nom figure sur la liste, Lester ? interrogea un des inspecteurs.

— Je ne sais pas.

— Il n'y a pas de raison, Lester ? Il est venu là comme ça, tout seul ?

— J'ai dû me faire arrêter avec lui.

— Tu as *dû* te faire arrêter avec lui ? »

Lester enfonça davantage son menton dans ses clavicules, sans répondre. Ils savaient de quoi il parlait.

« Pourquoi avez-vous été arrêtés, Lester ?

— Pour rien... Une connerie, marmonna le garçon.

— C'était une histoire de drogue, n'est-ce pas ? » suggéra l'inspecteur.

Puisque Elijah n'avait pas de casier judiciaire, vérifier celui de Lester ne leur apprendrait sans doute rien de plus.

« Recel, répondit le garçon, presque dans un chuchotement. Consommation personnelle. Ils m'ont dit que je n'aurais pas de casier, les enfoirés de menteurs.

— Ils ne t'ont pas menti, Lester.

— Alors, comment le savez-vous ?

— Parce que tu viens de nous le dire. »

Le garçon avait l'air malade. Il demanda s'il pouvait aller aux lavabos et l'un des inspecteurs l'accompagna.

« Lorsqu'il reviendra, interrogez-le sur Timothy Warren », suggéra Terranova, puis il se rendit au laboratoire de langues, à l'étage, pour voir ce qui se passait avec le petit grouillot, celui qui avait des difficultés à apprendre. C'était une grande salle divisée en cabines munies d'écouteurs. Terranova examina le matériel, tentant de comprendre le système, tandis que Jamal Horton répondait à chaque question par une autre.

« Lloyd a un problème de drogue, n'est-ce pas ?

– Vous l'avez coincé en train de dealer, c'est ça ? questionna Jamal.

– Personne n'a parlé de deal. Je te parle de problème de drogue, Jamal. »

C'était Bert Elton qui menait l'interrogatoire, un petit homme aux lunettes cerclées de métal. C'était, de tous les enquêteurs de Terranova, le moins intimidant.

« Je croyais qu'il en était plus ou moins sorti, déclara Jamal. Vous l'avez bouclé ?

– Pourquoi ne me laisses-tu pas poser les questions ?

– Comment je pourrais répondre, puisque je ne sais pas de quoi on parle ?

– Est-ce qu'il dealait ?

– C'est ce qu'on vous a dit ?

– Oui ou non ? »

Jamal roula des yeux, comme à bout de patience.

« Ce que j'essaie de vous dire, c'est qu'il en était sorti. S'il s'y est remis, il s'y est remis. Ça dépend de ce qu'on vous a dit, n'est-ce pas ?

– Je veux l'entendre de ta bouche.

– Ouais, il s'y est peut-être remis, c'est possible.

– Avec qui il traînait, Jamal ?

– Il est mort, c'est ça ? »

Il ne savait pas pourquoi il avait posé la question mais, tout à coup, il avait su que Lloyd Elijah était mort et que c'était sur son décès qu'ils enquêtaient. Peu importait leur réponse, si même ils lui répondaient. Ils étaient là parce que Lloyd Elijah était mort.

« Contente-toi de répondre aux questions », répliqua le flic.

Mais Jamal était loin, perdu dans ses pensées, et il leva la main pour faire taire l'inspecteur, tandis qu'il essayait d'assimiler la nouvelle, de l'intégrer à ce qu'il savait déjà.

« Merde, dit-il enfin. Il avait arrêté, je le sais. Il s'en était sorti, et maintenant il est mort. »

Peu lui importait qu'ils le croient ou non. Jamal se parlait à lui-même, d'une voix qui semblait venir de très loin, et Terranova s'approcha, prit place sur la chaise à son côté.

« Nous ne savions pas cela, Jamal, affirma-t-il doucement. Parle-nous-en. Comment a-t-il réussi à s'en sortir ? »

Le garçon leva les yeux vers lui, mais demeura silencieux.

« Tu étais un ami à lui, n'est-ce pas ? demanda Terranova.

– Je suis l'ami de tout le monde. »

Ce n'était pas une vantardise. La voix était basse, résignée.

316

« Étais-tu également ami avec Timothy Warren, Jamal? »

Jamal hocha lentement la tête.

« Et Lloyd aussi, n'est-ce pas? »

Le garçon pencha la tête de côté, le regard fixé sur un coin désert de la salle.

Terranova attendit un long moment, posa enfin une main sur le genou de Jamal.

« Il faudra qu'on te revoie, mon gars. Tu peux nous aider, tu le sais bien. Prends ton temps. »

Le chef se hissa hors de la chaise, se dirigeant vers la porte d'un pas traînant. Elton le suivit, attendant les ordres.

« Vous restez avec lui, ordonna Terranova. Ne le brusquez pas, laissez-lui tout le temps dont il a besoin. »

Il quitta la salle et retourna au bureau du proviseur-adjoint, où Phelan et Young étaient en train d'interroger un grand type agressif, vêtu d'un pull noir à col roulé.

Comme Terranova ouvrait la porte, Phelan suspendit l'interrogatoire pour venir à sa rencontre. Ils retournèrent dans le vestibule, refermant la porte derrière eux.

« Alors? s'enquit Terranova.

— Elijah a séché les cours hier. Et il est parti en avance avant-hier. Il était en atelier de ferronnerie, et il est parti une demi-heure avant la fin du cours.

— Il a donné une raison?

— Je n'en sais rien. Mais il y a quelque chose d'assez intéressant : Steven Hillyer est venu à l'atelier. Il le cherchait. »

Terranova se contenta de laisser échapper un long sifflement, fit quelques pas. Le nom de ce Hillyer surgissait toujours au mauvais moment.

« Voulez-vous le voir, chef? s'enquit Phelan.

— Ouais. »

Phelan s'éloignait déjà quand Terranova le retint. Il était prématuré de parler à Hillyer. S'il attendait encore, il récolterait peut-être de nouvelles pièces du puzzle. Hillyer n'allait pas filer, de toute façon.

« Non! s'écria-t-il. Pour l'instant, on s'occupe des gosses. »

Phelan haussa les épaules, se rappelant la manière dont Hillyer lui avait tenu tête, devant la classe. Il ne se souciait guère de remonter là-haut pour le tirer de là.

« Mais, à l'instant où les cours finissent, ajouta Terranova, je veux que vous m'ameniez ce Hillyer, et par la peau du cul. »

Au fur et à mesure que la journée avançait, la première réaction de colère, à l'arrivée des inspecteurs dans les classes, fit peu à peu place à une hostilité butée, puis à la résignation, à l'apathie. La même scène – les flics débarquant dans les classes avec la liste des élèves qu'ils emmenaient – se répéta encore et encore, dans chaque salle. Une crainte sourde, oppressante, recouvrit l'établissement. Le fait que l'on s'y attendait ajoutait à l'angoisse, et même ceux qui se vantaient de n'avoir peur de rien commencèrent à être effrayés.

Dans le couloir, entre deux cours, Steven échangeait des réflexions avec Rita et Hal Garson. Ils avaient un identique souci : parvenir à détourner l'attention des élèves, et la leur propre, de la porte. Par-dessus tout, le fait que ceux qui avaient été emmenés ne remontaient pas pesait lourdement dans leur esprit, transformant cette opération de police en une horreur incompréhensible.

« Grands dieux, nous sommes en train de chuchoter », s'exclama soudain Garson, et ils se turent instantanément, comme s'ils tendaient l'oreille pour vérifier que ce qu'il disait était vrai. Autour d'eux, les enfants passaient d'une classe à l'autre si discrètement que même le bruit de leurs pas semblait amorti. Lorsque Dennis Dougherty vint les rejoindre, proposant d'ouvrir les paris sur l'heure à laquelle l'école serait effectivement vide, aucun d'eux ne parvint à arborer ce sourire magnanime qui accueillait généralement ses propos acides.

Plus tard dans l'après-midi, sans que personne pût dire d'où cela était venu, ni comment cela avait commencé, la rumeur que Lloyd Elijah était mort se répandit dans l'établissement telle une traînée de poudre. Selon certains, il aurait été tué dans une fusillade avec la police. D'autres affirmaient qu'on l'avait découvert mort dans une impasse, d'autres encore qu'il avait mis fin à ses jours. Quand le bruit parvint aux oreilles de Steven, le dernier cours de la journée allait commencer. C'est Maria Onofrio qui vint le trouver, tandis qu'il discutait avec Rita et Garson. Elle se tenait légèrement à l'écart, dans cette attitude de patience indéfectible qui la rendait presque invisible. Remarquant la présence de la petite fille, Rita se tourna vers elle.

« Tu veux nous parler, Maria ? »

Maria fit un pas en avant, timidement.

« Je me demandais si Mr. Hillyer savait si c'était vrai, pour Lloyd, dit-elle, s'adressant à Rita, puisque c'était celle-ci qui avait posé la question.

— Si quoi est vrai, à propos de Lloyd ? questionna Steven.

— On dit qu'il est mort », répondit-elle, les yeux baissés sur ses chaussures.

Rita se signa, tandis que Garson jurait à voix basse. Steven revit brusquement le dernier instant où il avait rencontré Lloyd dans l'escalier, le mardi, à l'heure du déjeuner. Il n'était pas à l'atelier quand Steven était allé le chercher, et l'inspecteur Franks, qui avait passé le mercredi entier à le chercher, n'avait pas rappelé.

« Qui dit cela ? » interrogea Steven, se faisant violence pour empêcher ses pensées de battre la campagne, plus que par intérêt pour la réponse.

Jusqu'alors, il avait supposé que Franks n'avait pas rappelé parce qu'il n'avait pas trouvé Lloyd. Mais soudain, d'autres possibilités surgissaient. Après tout, que savait-il de Jim Franks ? Rien, rien du tout.

Si ce n'est qu'il avait tué Timothy Warren. Et qu'ensuite il était parti à la recherche de Lloyd, parce que son nom était présent dans les poèmes de Timothy. Cette pensée le fit frissonner.

Il jeta un regard vers Rita, croyant lire la même chose dans ses yeux. Elle paraissait retenir son souffle.

« Je ne sais pas, répondit Maria. Beaucoup d'élèves disent cela.

— Ce sont des rumeurs qui vont et viennent », affirma Steven, conscient de répondre à son angoisse par une platitude. Il n'avait rien de mieux à lui proposer pour l'instant. La sonnerie retentit, ponctuant sa perplexité, et il entendit Rita dire quelque chose à Maria, en espagnol.

« Je vais descendre voir ce que je peux apprendre, ajouta Steven. L'un de vous peut-il surveiller ma classe ?

— Moi, proposa Garson. Je suis en étude. »

Marmonnant vaguement qu'il revenait dès que possible, Steven se rua dans l'escalier, dévalant les marches tel un gosse, s'accrochant à la rampe à chaque tournant. Il était à bout de souffle et la tête lui tournait quand il arriva au rez-de-chaussée, avec la sensation bizarre, comme en rêve, de franchir une porte pour passer d'un lieu à un autre, totalement différent. L'endroit lui semblait inconnu, même si autour de lui, tout restait étrangement familier. Les inconnus en costume sombre qui allaient sans cesse d'un bureau à l'autre, leur visage n'exprimant rien d'autre qu'une austérité très officielle, avaient réussi à transformer l'école à leur image, à en prendre possession.

Avec la démarche lente, discrète, d'un homme qui tente de passer inaperçu, Steven se dirigea vers le bureau du proviseur-adjoint. Il était dommage que la police eût pris Jamal. Il aurait pu lui être utile en ce moment, car Jamal paraissait toujours savoir avant tout le monde ce qui arrivait dans l'établissement. La police le savait-elle? L'avait-on embarqué?

« Une seconde. Vous ne pouvez pas entrer là-dedans », fit une voix grave alors qu'il s'apprêtait à frapper à la porte du bureau de Mrs. Armstrong.

Un flic en uniforme surgit de nulle part. Un inspecteur qui circulait d'un bureau à l'autre leur jeta un coup d'œil sans s'arrêter, satisfait de voir que le jeune agent, un costaud, avait la situation bien en main.

« Je suis professeur ici », dit Steven.

Le flic se contenta de secouer la tête, signifiant que ce genre de considération n'avait pas la moindre importance. Il ne répondit rien.

« Il faut que je voie le proviseur-adjoint, insista Steven.

— Je vous ai dit que personne n'a le droit d'entrer, répéta le flic, irrité de voir que l'on discutait ses ordres. Et, de toute façon, il n'est pas là.

— Elle, corrigea Steven. Savez-vous où je peux la trouver?

— Tout ce que je sais, c'est que je ne dois laisser entrer personne. »

Son visage se fit aussi inexpressif qu'une liste de règlements, indiquant clairement qu'il était inutile de continuer à discuter.

Steven se détourna, se dirigeant vers le bureau suivant. Il saisit la poignée et jeta un coup d'œil en direction du flic, qui le regardait faire avec indifférence, sans tenter de l'arrêter. Apparemment, certaines parties de l'école avaient échappé à l'invasion.

Le bureau était celui d'un adjoint administratif, mais, en entrant, Steven y trouva Mr. Hinden et Mrs. Armstrong, tels deux rois déposés, attendant leur retour au pouvoir dans les limbes de l'administration. Mrs. Armstrong, assise à côté du bureau, parcourait un fascicule. Hinden semblait arpenter la pièce, mais il s'immobilisa et se retourna en entendant la porte s'ouvrir.

« Oui? fit-il d'un ton ouvertement agressif.

— Les enfants sont très secoués, et beaucoup de rumeurs circulent, déclara Steven. Si nous pouvions leur dire quelque chose...

— Si nous pouvions leur dire quelque chose, vous ne croyez pas que nous l'aurions fait? rétorqua Hinden.

— Ce n'était nullement un reproche, monsieur.

— Non, évidemment. On ne peut rien me reprocher. Je n'ai même pas accès à mon propre bureau.

– Je sais, monsieur. Mais la dernière rumeur en date est que Lloyd Elijah serait mort. »

S'il ne pouvait obtenir aucune information, peut-être pouvait-il au moins obtenir une réponse. Steven espérait que Hinden savait ce qui se passait, même s'il n'avait pas l'autorisation d'en parler.

« Eh bien, je ne me préoccuperais pas des rumeurs, si j'étais vous, Hillyer, répondit le proviseur d'un ton coupant.

– Est-ce exact ?

– Je vous ai donné ma réponse.

– Vous ne m'avez rien donné du tout, rétorqua Steven. J'ai vingt-cinq gosses un peu plus terrorisés à chaque heure qui s'écoule. »

Mais, en réalité, Steven avait sa réponse. Lloyd était mort.

« Je ne peux rien pour vous, dit Hinden.

– N'avez-vous pas un cours, maintenant, Mr. Hillyer ? » ajouta Mrs. Armstrong. Ce n'était pas une question.

Steven sortit en hâte du bureau. Dans le couloir, le flic n'était plus visible, mais Steven était certain qu'il était toujours dans les parages. Aucune importance. Devant lui, il crut reconnaître, disparaissant dans un des autres bureaux, le dos de l'inspecteur qui l'avait interrogé chez le chef des enquêtes, le samedi précédent. Il se sentait, curieusement, comme un espion infiltré derrière les lignes ennemies. Il se dirigea rapidement vers l'escalier, qu'il gravit quatre à quatre jusqu'à son étage.

Hal Garson faisait les cent pas devant la classe de Steven, parlant de la situation sociale en Amérique, entre la fin de la Première Guerre mondiale et la Dépression. Lorsque Steven lui fit signe de venir, il s'interrompit, demandant à l'un des élèves de surveiller la classe en son absence. Puis il referma la porte derrière lui et rejoignit Steven dans le couloir.

« Qu'avez-vous appris ?

– Je crois que c'est vrai, pour Lloyd. Mais ne le répétez pas, parce que je n'en suis pas sûr. Comment cela se passe-t-il avec eux ?

– Ils ont essayé de m'expliquer ce que vous faisiez avec eux, mais je n'ai rien compris. Alors, j'ai fait un cours d'histoire. »

Steven savait qu'il aurait dû trouver quelque chose d'amical à dire, quelques mots de gratitude, mais son esprit ne fonctionnait pas ce jour-là.

« Cela vous ennuie-t-il de finir l'heure ? demanda-t-il.

– Où allez-vous ?

– Je ne sais pas trop, répondit Steven. Je vous en prie, faites cela pour moi, Hal. »

Garson jeta un coup d'œil vers la porte, derrière lui. Les voix aiguës, perçantes, des enfants, pas encore complètement déchaînés, mais sur le point de l'être, filtraient comme au travers d'une porte de verre dépoli.

« Bien sûr, déclara Garson. Voulez-vous que je leur dise quelque chose en particulier ?

— Je ne *sais* rien.

— Je parlais de devoirs à la maison. »

Steven avait l'esprit si empli de tout ce qui arrivait qu'il avait du mal à penser que les choses devaient continuer normalement. Il était reconnaissant à Garson de le lui rappeler.

« Dites-leur de lire un autre chapitre, répondit-il. Et merci.

— C'est bon », répliqua Garson avec un haussement d'épaules. Il ouvrit la porte et disparut dans l'explosion de voix excitées qui remplit un instant le couloir.

Steven n'attendit même pas que la porte fût refermée. Il se dirigea vers la classe de Rita et entra. Une grande fille, debout, s'interrompit au milieu de la leçon.

« Ne t'arrête pas, Daphne, c'est parfait », déclara Rita en se dirigeant vers la porte.

La fille reprit son exposé sur Bigger Thomas, et ce qu'il signifiait aux yeux des jeunes Noirs du Bronx aujourd'hui, d'une voix à présent hésitante, parcourant ses notes pour retrouver où elle en était avant l'interruption.

« J'en ai pour une minute, Daphne, ajouta Rita depuis la porte. Regarde tes notes. Et les autres, préparez-vous à être interrogés après. »

Elle rejoignit Steven dans le couloir.

« C'est vrai, n'est-ce pas ? questionna-t-elle.

— Je crois, oui.

— J'ai peur, Steven », déclara-t-elle, lui saisissant le poignet.

Ses yeux brillaient d'un éclat sombre et froid qui, semblable à celui d'une pierre précieuse, paraissait émaner de l'intérieur. Il aurait voulu la prendre dans ses bras, lui confier qu'il avait peur, lui aussi, mais ce n'était pas possible, ici.

« Tu as parlé de Lloyd à ce flic, et à présent Lloyd est mort », ajouta-t-elle.

C'était exactement ce qu'il pensait. Il y avait un lien entre la mort de Timothy et celle de Lloyd, mais comment Jim Franks aurait-il pu être ce lien ? Cela n'avait aucun sens, et il le lui dit.

« Alors, dis-moi ce qui en a.

— Je ne sais pas. »

Il voulait s'éloigner, mais elle le retenait par l'intensité, la violence de son regard autant que par sa main agrippée à sa manche.

« Je t'en prie », dit-elle.

Il la savait emplie d'une terreur vague, quant à ce qui pouvait arriver maintenant, tandis que lui demeurait effrayé par ce qui venait de se passer. Que Franks eût ou non quelque chose à voir avec la mort de Lloyd, là n'était presque plus la question. La vérité, c'est que Lloyd était mort parce que Steven avait essayé de lui poser des questions sur Timothy et Ophelia. Cela ne faisait pas le moindre doute pour lui. Il avait voulu savoir pourquoi ils étaient morts, car il croyait important de le savoir. Et où cela l'avait-il mené ? A provoquer la mort d'un autre jeune garçon, c'est tout. Il ne s'était pas approché plus près de la vérité.

Il tentait de se dire qu'il était allé trop loin pour faire marche arrière à présent, et cependant il n'était arrivé nulle part. Il ne pouvait plus reculer mais cela n'avait plus rien à voir avec la vérité. C'était de la légitime défense. Un enfant qu'il aimait avait été tué, et peu importait pourquoi, en réalité. Ce qui importait, c'était de réagir. *Les tigres de la colère sont plus sages que les chevaux de l'instruction.* Il aurait dû comprendre cela, le soir où, plein d'une rage impuissante, il avait enjambé les décombres de son appartement dévasté. Blake le savait, il avait tenté de le lui expliquer alors, mais il ne l'avait pas compris jusqu'à présent.

« Ça va », répondit-il. Il attendit que Rita fût rentrée dans sa classe pour se précipiter vers l'escalier.

« Oui ? » questionna la femme, entrebâillant la porte.

Victoria James était beaucoup plus petite que Steven ne s'y attendait ; il faillit ne pas la voir et dut baisser les yeux. Sa ressemblance avec sa fille était tellement forte qu'il se sentit un moment perdu, comme si les dix jours qui venaient de s'écouler n'étaient qu'un cauchemar, et qu'il se trouvait en train de parler à Ophelia dans un couloir.

« Je suis Steven Hillyer, déclara-t-il. J'aimerais vous parler, si c'est possible, Mrs. James. »

La porte demeurait entrouverte, mais il n'y avait pas de chaîne de sécurité. Seul son bras mince barrait l'entrée. Il se demanda si elle se rendait compte du risque qu'elle prenait, en ouvrant ainsi la porte à un étranger. En même temps, il repensait à Ophelia, telle qu'il l'avait vue la dernière fois, lovée tel un chaton dans les bras de Timothy. La mère semblait avoir hérité de la vulnérabilité de la fille.

« Je suis désolée, répondit-elle. Je devrais vous connaître?

— Je suis professeur au lycée La Guardia, commença-t-il, mais elle lui coupa immédiatement la parole.

— Oh, fit-elle. Mr. Hillyer. Je n'ai pas fait le rapprochement, quand vous m'avez donné votre prénom. »

Elle recula de quelques pas, l'invitant à entrer, et il se sentit étrangement reconnaissant, presque flatté. Il n'était plus le professeur d'anglais d'Ophelia depuis plus d'un an, et cependant sa mère se souvenait de son nom. Il se dit qu'Ophelia devait lui raconter comment les choses se passaient durant le cours d'anglais de septième année.

Il la suivit dans le petit salon, laissant son regard errer sur le décor usé, décoloré. Il avait l'impression d'être déjà venu ici, les tissus pâlis, délavés, lui étaient aussi familiers que des vêtements longtemps portés. Il se rendit compte, avec un brutal accès de remords, qu'il n'avait pas pénétré dans la maison d'un de ses élèves depuis des années. A ses débuts à La Guardia, il rendait souvent visite aux familles, cherchant tous les prétextes possibles pour discuter avec les parents. Depuis quelque temps, il avait complètement cessé.

« Ophelia me disait toujours que vous étiez un bon professeur, affirma-t-elle. Voulez-vous une tasse de thé?

— Non, merci. Je tenais à vous dire à quel point je suis consterné de ce qui est arrivé.

— C'est très gentil à vous », répondit-elle d'une voix douce, baissant la tête un instant, avant de l'inviter à s'asseoir, d'un geste. Elle prit place en face de lui, dans un fauteuil capitonné aussi informe qu'un sac de haricots, les mains bien croisées sur ses genoux. Ils demeurèrent un moment silencieux.

« C'était mon seul enfant, vous savez, ajouta-t-elle enfin.

— Oui, madame. » Il l'avait appris par les journaux. Ophelia ne parlait presque jamais de sa famille, que ce fût en classe ou dans ses rédactions. « Je suis désolé de ne pas être venu plus tôt.

— Je vous en prie, déclara-t-elle avec un sourire affectueux, conciliant. C'est vraiment très gentil d'être venu. »

Souhaitant éviter un nouveau silence, il prit une profonde inspiration et aborda immédiatement le sujet auquel il avait réfléchi tout au long du trajet.

« Je ne sais trop comment vous dire cela, Mrs. James, commença-t-il. J'ai lu vos déclarations dans le journal, l'autre jour. Je pense que vous avez raison. »

Elle pencha la tête de côté, comme Ophelia le faisait en classe, silencieuse.

« Je crois que beaucoup de choses sont demeurées inexpliquées, poursuivit-il. Pourquoi cela est arrivé, je veux dire. »

Elle redressa la tête, et ses petits yeux le fixèrent avec attention. Elle était prête à croire qu'il lui offrait son aide, parce que Ophelia disait toujours des choses gentilles sur lui. Mais elle devait rester prudente. Elle aurait voulu que Miss Woods fût près d'elle, Miss Woods lui aurait dit si elle devait ou non parler à cet homme.

« Dites ce que vous avez à dire, Mr. Hillyer, répliqua-t-elle, d'une voix étrangement coupante.

— Je voudrais savoir si Ophelia vous a jamais parlé de Timothy Warren. Il existait une relation entre eux. J'espérais que vous pourriez me dire de quelle nature elle était. »

Déjà, elle s'était levée.

« Elle avait treize ans, Mr. Hillyer, déclara-t-elle, redressant la tête. Elle n'avait aucune relation avec des garçons, absolument aucune.

— Elle ne vous a jamais parlé de lui? Elle n'a jamais fait allusion à lui?

— En quoi cela peut-il aider ma petite fille, maintenant? A quoi ça rime de remuer toute cette boue? »

Elle se tenait si près de lui qu'il lui était difficile de se lever, plus difficile encore de demeurer assis. Mais il ne pouvait bouger. Son sang se mit à battre plus fort. Elle savait des choses qu'il ignorait sur la mort de sa fille.

« Je ne remue rien du tout, fit-il d'un ton pressant. Je vous pose une question.

— Que savez-vous de ma petite fille? répliqua-t-elle d'une voix dure qui semblait le défier. Quelle enfant était-elle, Mr. Hillyer?

— Je ne sais comment répondre à cela, balbutia-t-il, pris de court par cette violence soudaine, incompréhensible. Elle était très brillante, Mrs. James. Et discrète... Très discrète. »

Elle prit ses paroles comme une rebuffade, comme s'il voulait au contraire dire qu'elle était extrêmement agitée. Elle sentit qu'elle pouvait perdre le contrôle d'elle-même; une agitation montait en elle, une turbulence, un bouillonnement de pensées.

« Était-ce une gentille fille, Mr. Hillyer? Dites-le-moi, s'entendit-elle demander.

— Oui », répondit-il, ne sachant quoi ajouter.

Elle se tenait devant lui, tel un pantin au bout de ses ficelles, parcourue d'un léger frisson qui partait de ses épaules, avançant brusquement ses mains aux doigts étroitement noués. Puis elle se détourna brusquement, s'éloigna. Il put enfin se lever et la suivre.

« C'était une fille très timide, Mrs. James, ajouta-t-il, penché sur son épaule. Gentille, et timide. Oui, c'était une gentille fille. »

Au bout d'un moment, il vit se calmer le frissonnement de ses épaules, tandis qu'elle reprenait le contrôle d'elle-même, dans un effort presque inconcevable. Elle se tourna face à lui, les yeux encore brûlants de cette lutte violente.

« Ils ont dit qu'elle n'avait pas de culotte, lança-t-elle d'une voix sifflante.

– Qui a dit cela ?

– Vous ne le saviez pas ? »

Il secoua la tête en silence, déconcerté par cette nouvelle, et ce qu'elle pouvait signifier. Elle ne portait pas de culotte quand elle était morte ? C'était bien ce qu'elle semblait affirmer. Timothy l'avait-il violée ? Avaient-ils des rendez-vous amoureux ? Charlie Wain avait déclaré la même chose, ou l'avait suggérée, mais Steven n'avait pas voulu alors en accepter l'idée. Il continuait de la refuser. Il ne voulait pas y croire, pas plus que Mrs. James.

« Qui a dit cela ? demanda-t-il de nouveau d'un ton plus pressant.

– Je n'aurais pas dû vous le dire. Je n'aurais même pas dû vous en parler du tout. »

Elle commença à s'éloigner de lui, à reculons, comme si elle avait peur. Elle passa dans la cuisine, et il la vit décrocher le téléphone mural. Un instant, il crut qu'elle appelait la police, et il demeura immobile, pour qu'elle ne pense pas qu'il la poursuivait. « Je n'aurais même pas dû lui parler », répéta-t-elle en composant le numéro. Puis : « J'ai chez moi un homme qui vient du lycée, Miss Woods. Il me pose des questions sur Ophelia. »

En sortant de sa classe, à la fin du dernier cours, Rita vit l'inspecteur qui attendait devant la salle de Steven que le flot des élèves en fût sorti. Rita se précipita sur le seuil pour voir ce qui arrivait.

Une fois dans la salle, l'inspecteur s'arrêta net.

« Qu'est-ce que ça signifie ? fit-il. Vous n'êtes pas Hillyer. »

Hal Garson était installé au bureau de Steven. Il leva les yeux vers le flic, surpris.

« C'est exact.

– C'est bien la classe de Hillyer, n'est-ce pas ?

– En principe oui.

– Qu'entendez-vous par " en principe " ?

– Quand il est là, c'est sa classe. Pour l'instant, il n'y est pas. »

L'inspecteur se raidit, face à la désinvolture du ton.

« Où est-il? interrogea-t-il d'une voix dure.

– Je n'en sais rien. Il devait partir, et il m'a demandé d'assurer son dernier cours. »

Rita quitta le seuil en hâte, avant que les deux hommes l'aperçoivent. Elle prit l'escalier jusqu'au gymnase, se glissant entre les élèves qui descendaient, et trouva Barry Lucasian en train de plier le tapis de lutte, avec l'aide d'un élève.

« C'est bon, je finirai seul, dit-il, tandis que Rita s'approchait de lui.

– La police est là, à propos de Lloyd Elijah, déclara-t-elle quand l'élève se fut éloigné.

– Je sais. C'est ce que tous les gosses racontent. Vous voulez bien me donner un coup de main? »

Traversant le tapis, il le saisit par un coin. Rita souleva l'autre.

« Steven a quitté l'établissement quand il l'a su, reprit-elle tandis qu'ils repliaient le tapis. Hal Garson a pris sa classe.

– Où est-il allé?

– Je ne sais pas.

– Et qu'a dit Garson?

– Il est avec la police. Je crois qu'il n'en sait rien. »

Lucasian ne répondit rien. Il se baissa, chargea le lourd tapis sur son épaule.

« Tout ira bien », affirma-t-il enfin, d'une voix sans expression, nullement apaisante.

Elle le suivit jusqu'à la salle du matériel, l'aida à accrocher le tapis et à le hisser jusqu'à ce qu'il recouvre parfaitement la porte condamnée de la salle de douches des filles.

« Allons, ne soyez pas si inquiète, ajouta-t-il en riant, comme s'il voulait la dérider, lui faire penser à autre chose. Rien n'arrivera. Prévenez-moi, si vous avez de ses nouvelles. »

En bas, les élèves interrogés avaient tous été libérés, et Terranova était en réunion avec son équipe dans le bureau du proviseur-adjoint lorsque l'inspecteur Phelan entra avec Hal Garson.

« Phelan, ce n'est pas Hillyer! aboya le chef, jetant un regard mauvais au professeur noir.

– Oui, je suis au courant, répliqua Phelan. Il s'appelle Garson. Il dit que Hillyer lui a demandé de prendre sa classe en main. »

Terranova quitta les autres flics pour s'approcher de Garson.

« Vous êtes professeur ici? interrogea-t-il.

– C'est exact. Hillyer devait partir, et il m'a demandé de surveiller sa classe.

– Vous souvenez-vous si Hillyer vous a dit où il allait? reprit Terranova.

– Il n'a rien dit.

– Et vous ne lui avez rien demandé?

– Non.

– A quelle heure est-il parti?

– Juste avant le dernier cours.

– Et quand vous a-t-il dit qu'il allait partir?

– A ce moment-là.

– Et vous ne savez pas où il est allé.

– Voilà.

– Et vous ne me le diriez pas, si vous le saviez. »

Garson haussa les épaules.

« Vous n'aimez pas les flics, n'est-ce pas? reprit le chef.

– J'ai un oncle qui était flic.

– Qu'il sorte d'ici », conclut Terranova.

Garson n'eut pas besoin d'encouragement supplémentaire. Il quitta la pièce avant que Phelan pût l'accompagner, refermant la porte derrière lui.

Terranova se tourna aussitôt vers le groupe d'inspecteurs, de l'autre côté du bureau.

« Hartley, dit-il, avez-vous l'adresse de Hillyer? »

Hartley Williams avait passé la journée en ville et venait de rejoindre le reste de l'équipe.

« Je pense qu'il habite chez sa mère, répondit-il.

– Prenez Carl et allez là-bas. S'il n'y est pas, attendez-le. Il a un appartement à lui, n'est-ce pas?

– Oui, chef.

– Vous et Walsh, vous le surveillez, ordonna-t-il à Phelan, et dès que ce petit con se pointe, quelle que soit l'heure, vous me le ramenez au central. »

Philip Boorstin, de par sa profession, recollait les pots cassés, ce qui signifie qu'il s'attendait à de la casse et ne dédaignait pas une certaine violence. Ce à quoi il ne s'attendait pas, c'était à être lui-même le pot. A se faire casser la figure comme s'il n'y avait pas de meilleur moyen de venir à bout des problèmes.

Dieu tout-puissant.

Par chance, il vit arriver le coup, juste à temps pour se baisser, de sorte qu'il fut atteint à la tempe, juste à côté de l'orbite. Si Reach l'avait frappé à la mâchoire, ce qui était son intention, Philip aurait très vraisemblablement perdu connaissance. En l'occurrence, il tomba à la renverse sur le coin de son bureau, tandis que Rachel hurlait « arrêtez! » à deux ou trois reprises. Cependant, Artemis Reach ne manifestait aucune intention de le frapper à nouveau.

Boorstin sentait une ecchymose se former au coin de son œil.

« C'est terminé? demanda-t-il.

— Espèce d'enfoiré de faux-cul, gronda Reach.

— Rachel, vous pouvez partir, dit Boorstin, de cet air parfaitement imperturbable qui avait toujours été son maître-atout. Mr. Reach et moi devons discuter de certaines choses. »

Il tâta sa tempe meurtrie du bout des doigts, tandis que Rachel l'observait avec attention, essayant visiblement de discerner dans ces mots quelque message codé, tel qu'une demande d'appeler la police. Elle n'imaginait même pas qu'il pût tout simplement souhaiter qu'elle parte.

« Rachel », répéta-t-il avec un geste impatient de la main, voyant qu'elle ne bougeait toujours pas.

Résignée, elle sortit à reculons du bureau et referma la porte derrière elle, laissant Boorstin libre de concentrer son attention sur le fou qui lui faisait face.

« Bien, il me reste à décider si je vais porter plainte contre vous pour voies de fait ou non, reprit-il. Vous pouvez peut-être m'y aider, en m'expliquant ce dont il s'agit. »

Reach brandit un index au visage de Boorstin.

« Vous jouez au con avec moi, je fais pareil, c'est tout.

— Vous ne pensez pas qu'un homme de votre âge devrait avoir dépassé ce genre de fonctionnement d'écolier?

— Non.

— Et en quoi ai-je joué au con avec vous?

— Nous avions passé un accord, Boorstin. Et cette salope est passée à la télé...

— Une seconde, coupa Boorstin. Si vous voulez parler de votre chère collaboratrice et de sa demande d'un procureur spécial, personne n'a rien fait pour cela.

— Ah non? fit Reach d'un ton de défi. Et c'est quoi, tous ces flics à La Guardia?

— Nous n'avons jamais dit que nous allions les retirer. Vous le savez.

— Je ne parle pas de ceux qui sont dehors, bon dieu. Je parle de ceux qui sont à l'intérieur. Ne jouez pas au plus malin avec moi, Ducon. »

Boorstin n'avait pas entendu parler de forces de police à l'intérieur de l'établissement. Et, pour un adjoint au maire, il y avait de meilleures manières de recueillir les dernières informations.

« La police est *dans* l'école ? »

C'est tout ce qu'il put trouver à dire.

« Vous voulez dire que vous ne le saviez pas ?

— C'est très exactement ce que je veux dire. Et j'espère que vous regrettez de m'avoir frappé. »

Il adressa à Reach un sourire qui signifiait qu'il oubliait l'incident. En réalité, la situation était délicate, risquée, et cette désinvolture n'était qu'un masque, dissimulant ce qu'il appelait la réorganisation de l'échiquier. Si le maire Ehrlich prétendait n'accorder aucune importance à Artemis Reach, c'est qu'il ne se rendait pas compte à quel point son propre pouvoir sur l'électorat était fragile. L'hostilité de Reach pouvait lui ôter infiniment plus de voix qu'il ne pourrait en récupérer. Boorstin était persuadé que, bien après que Junius Ehrlich aurait disparu de la scène politique, Artemis Reach continuerait d'être un homme puissant avec lequel il faudrait compter. Dans une espèce d'hallucination, Boorstin voyait vraiment le maire, avec ses grosses joues, s'effacer peu à peu, tel un fantôme dans un trucage de cinéma, vaincu par une sale histoire dans un lycée. Mais Artemis Reach demeurait là, noir, puissant. Si Philip ne voulait pas disparaître avec le maire, il avait intérêt à adopter un profil bas.

En outre, il y avait là une question de morale, et quand celle-ci désignait à Boorstin la direction précise où il souhaitait aller, il se révélait volontiers homme à principes. C'était une chose que de dire *Qu'il aille se faire foutre* quand Reach semblait avoir renié sa parole, avec la conférence de presse de L. D. Woods et de la mère de la victime. Mais il était clair à présent que Reach n'avait rien à voir là-dedans. Si les flics se manifestaient de nouveau, il fallait les remettre à leur place. Tout comme les maires, les préfets de police ne faisaient que passer, mais les hommes tels qu'Artemis Reach restaient.

Boorstin appuya sur une touche de son téléphone et composa le numéro du préfet de police. Il n'eut en ligne qu'un suppléant qui soit ne savait pas ce qui se passait dans le Bronx, soit avait comme instruction de dire qu'il n'était pas au courant. Il l'informa que le préfet serait de retour en début d'après-midi.

« Mais vous pouvez le joindre, n'est-ce pas ? demanda Boorstin.

— Il n'est pas au bureau pour l'instant, monsieur, répéta le suppléant d'une voix lasse, sans expression. Je lui transmettrai le message dès son arrivée.

— Essayez-vous de me faire croire que le responsable de toutes les forces de police n'est pas joignable en permanence?

— Non, monsieur. Je vous dis simplement que je lui transmettrai le message dès son arrivée.

— Savez-vous bien qui je suis? » repartit Boorstin d'un ton tranchant. (Il voyait soudain combien le coup de poing dans la figure pouvait parfois être une solution séduisante. Malheureusement, les gens que Boorstin aurait voulu frapper étaient en général hors d'atteinte.) « Je suis l'adjoint au maire. Je vous appelle de la part du maire. Et je vous ordonne de joindre immédiatement le préfet Pound, par tous les moyens à votre disposition, et de lui dire de me rappeler immédiatement à mon bureau. Est-ce clair?

— Oui, monsieur. »

Boorstin appuya sur la touche de fin de communication, leva les mains en l'air. Reach se laissa tomber dans un fauteuil, comme un homme s'appropriant le meilleur siège du salon pour passer la soirée devant la télévision.

« C'est tout? » fit-il.

Boorstin haussa les épaules

« Il va rappeler.

— Pourquoi ne faites-vous rien vous-même?

— Parce que je ne sais pas quels flics sont là-bas, ni pourquoi. » Cela paraissait cohérent, même à Reach. « En outre, je ne peux donner d'ordres à la police », ajouta Boorstin, pour faire bonne mesure.

Une demi-heure s'écoula avant que le préfet ne rappelle. Il prétendit ne pas être au courant d'une opération de police à La Guardia, pas plus que Boorstin ou Reach.

« Quelle qu'en soit la raison, celle-ci ne justifie pas les conséquences que cela va avoir. Si j'étais vous, je ferais immédiatement cesser cette opération.

— Je ne suis pas au bureau, dit Simon Pound, avec cette manière de se dérober qui n'appartenait qu'à lui. Je vais envoyer des hommes voir ce qui se passe. Rendez-vous à mon bureau dans une heure environ.

— Avec tout le respect que je vous dois, cela ne suffira pas, monsieur le Préfet », répliqua Boorstin, plus au bénéfice de Reach que par souci de le convaincre. Le préfet de police n'allait pas intervenir dans une opération en cours sans savoir ce dont il s'agissait.

Rachel leur apporta du café, et ils continuèrent de bavarder, s'en tenant essentiellement à des sujets neutres, jusqu'à ce qu'arrive l'heure de se rendre au central de la police. En arrivant au bureau du préfet, ils étaient assez d'accord sur ce qu'ils voulaient.

Le préfet n'était pas là, bien sûr, mais son suppléant les fit patienter dans son bureau, parce qu'on ne pouvait pas installer l'adjoint au maire dans une salle d'attente. Le suppléant leur offrit un bourbon, qu'ils acceptèrent volontiers.

« Avez-vous jamais songé à vous présenter à des élections ? demanda Boorstin, observant les glaçons qui dansaient dans son verre.

— J'ai été élu à la présidence du Bureau, lui rappela Reach.

— Je veux dire au niveau municipal.

— Et pourquoi cela ?

— Pour le pouvoir, suggéra Boorstin, avec un haussement d'épaules. Pour faire avancer les choses.

— Si j'étais maire, affirma Reach, tout ce que cela m'apporterait, c'est de me prendre la tête à cause d'un cinglé de Nègre dans mon genre. »

La porte s'ouvrit, et le préfet de police entra, souriant d'un air indulgent à cette vision d'un Juif libéral et d'un démagogue noir en train de siroter son alcool dans son bureau.

« Je vous en prie, restez assis, messieurs », dit-il, mais, bien sûr, ils se levèrent.

Le préfet passa derrière le bureau, les contraignant à quitter la partie salon pour le rejoindre. Il s'assit, et ils approchèrent des chaises, s'installèrent en face de lui. Il joignit les mains, pianotant du bout des doigts avant de parler.

« Effectivement, la police est au lycée La Guardia, Mr. Boorstin, commença-t-il. Ils sont là pour interroger certains élèves à propos d'un homicide.

— Nous sommes au courant, répliqua Boorstin d'une voix lasse, se demandant pourquoi Pound revenait sur cette affaire rebattue.

— Je crains que non, messieurs, objecta Pound avec un sourire. Il s'agit d'un nouvel homicide. »

Il apparut soudain à Boorstin que Pound était un des très rares hommes sur Terre à pouvoir se réjouir d'un nouvel homicide.

« Qui est-ce ? s'enquit-il.

— Un élève de La Guardia. »

De toute évidence, Pound appréciait infiniment cette conversation. Il avait dû rosir de plaisir en apprenant par ses informateurs que le fief d'Artemis Reach venait de subir une nouvelle atteinte. Il devait se sentir invulnérable, sans aucun doute, car Boorstin ne pouvait pas faire grand-chose contre une enquête légale.

Reach, cependant, n'était pas prêt à baisser pavillon si facilement.

« Ce garçon n'a pas été tué dans l'établissement, n'est-ce pas? fit-il, bondissant sur ses pieds.

— Non, monsieur. Dans une impasse.

— Dans ce cas, pourquoi une école publique grouille-t-elle de flics?

— Parce qu'il se trouve que beaucoup des petits copains de la victime vont en classe, Mr. Reach. Même dans le Bronx. Et si la police est là, c'est pour les interroger.

— Foutaises. »

Pound se contenta de hausser les épaules.

« Pour commencer, reprit Reach d'une voix forte, il ne s'agit pas de deux ou trois inspecteurs. Il y en a une douzaine. » En réalité, Terranova n'était pas venu avec douze inspecteurs, mais ce n'était pas la peine de pinailler pour si peu. « Ensuite, ils n'interrogent pas les *petits copains*, ils interrogent tous les élèves. C'est une véritable descente dans tout l'établissement, c'est une rafle systématique de tous les enfants, et ils les gardent au secret après les avoir cuisinés. C'est une entrave au fonctionnement de l'établissement. Ça n'a pas du tout l'allure d'une enquête sur un homicide. »

Pound demeura silencieux, si longtemps que Boorstin finit par intervenir.

« Est-ce exact, Simon?

— Je ne vois pas comment ce serait possible », répondit le préfet de police d'une voix précipitée. Mais il était devenu blanc comme un linge.

« Oui ou non? Y a-t-il quelque chose de vrai là-dedans?

— Je présume que l'enquête est menée dans les formes.

— Si vous ne vous rendez pas compte à quel point cette réflexion est minable, déclara Reach, vous êtes encore plus foireux que je ne le pensais.

— Qui la dirige? interrogea Boorstin, s'en tenant aux choses pratiques.

— Terranova, le chef des enquêtes.

— Et si on le faisait venir ici? »

Sans même répondre, Pound appela le poste de Terranova et demanda à lui parler. « Joignez-le, dit-il enfin. Je veux qu'il m'appelle immédiatement à mon bureau. »

Sur quoi il raccrocha, déclarant, la mine lugubre, que le chef était « sur le terrain ».

« Tu parles, qu'il y est, fit Reach avec un rictus mauvais. Si aucun de vous deux ne peut mettre fin à cette saloperie et laisser mon école en paix, je vous promets qu'il va y avoir du grabuge, et que vous ne pourrez plus faire face.

— On s'en occupe, répondit Boorstin, tentant de l'apaiser. Dès que Terranova sera là, on mettra les choses au point avec lui. »

Une demi-heure s'écoula. Le préfet Pound téléphona de nouveau. On lui répondit que le bureau n'avait pas réussi à joindre le chef.

« Envoyez quelqu'un », suggéra Boorstin.

Le préfet saisit de nouveau le téléphone, et raccrocha, l'air totalement abattu.

« Ils n'ont personne à envoyer, déclara-t-il. Il a pris tous les hommes avec lui.

— Simon, répliqua Boorstin du ton que l'on réserve généralement aux abrutis indécrottables, vous dirigez tous les policiers de cette ville, jusqu'au dernier. Je vous en prie, ne me dites pas que vous ne pouvez pas trouver un simple flic quand il vous en faut un.

— C'est un gag, c'est n'importe quoi ! » gronda Reach, levant brusquement les bras, et se mettant à faire les cent pas devant les fenêtres qui donnaient sur le bas de Manhattan. Boorstin se dit qu'il avait le visage d'un homme prêt à frapper.

Il était quatre heures largement passées quand l'assistant du préfet de police les prévint que Terranova venait d'arriver.

« Vous vouliez me voir ? » demanda celui-ci en pénétrant dans la pièce. Il jaugea immédiatement la scène : le préfet derrière son bureau, Artemis Reach regardant par la fenêtre, et Philip Boorstin assis de l'autre côté de la pièce, en train de feuilleter un magazine. L'ambiance n'était visiblement pas à la détente.

« Vous êtes allé au lycée La Guardia ? s'enquit le préfet.

— Oui, monsieur.

— Combien d'hommes aviez-vous avec vous ?

— Dix. »

Le préfet de police jeta un coup d'œil en direction d'Artemis Reach et hocha la tête, reconnaissant que cette partie au moins de ses accusations était somme toute justifiée. Son regard revint sur Terranova.

« Qui vous a donné l'autorisation de pénétrer dans cet établissement ?

— C'est un bâtiment public, monsieur, répondit Terranova d'une voix tranquille. Nous n'avons besoin d'aucune autorisation pour y entrer.

– A partir de maintenant, si », rétorqua Pound, lançant les mots comme autant de flèches. Depuis des heures, il attendait l'occasion d'être agressif envers quelqu'un, et elle se présentait enfin.

« Je vous demande pardon?

– La fonction des services de police n'est pas de semer la perturbation dans le système scolaire. Quelle que soit l'enquête en question, son déroulement doit prendre en considération le bon fonctionnement des établissements. Me fais-je bien comprendre, Terranova?

– Non, monsieur le Préfet. Je ne pense pas avoir compris. »

Pour Simon Pound, l'homme cherchait de toute évidence à le pousser à bout. Peu lui importait. Personnellement, il n'aurait vu aucun inconvénient à ce que Terranova cadenasse le lycée entier, mais les considérations personnelles n'avaient rien à faire ici. Que l'opération de Terranova fût justifiée ou non dans le cadre de son enquête, le chef des enquêtes n'aurait pas dû mettre en place une opération aussi sensible sans en référer à son supérieur, qui bien sûr ne lui aurait pas accordé son aval. De la part d'un crétin tel que le chef de district Dwayne Norland, qui était à l'origine de cette pagaille, c'était presque excusable. Mais de la part de Terranova, cela s'apparentait à de l'insubordination. Le préfet Pound ne voyait aucune raison de laisser passer cela.

« Ce que je veux dire, c'est que ni vous ni vos inspecteurs ne remettront les pieds dans cet établissement sans mon autorisation formelle, affirma-t-il, s'offrant, pour une fois, le plaisir d'élever le ton. Et avant de vous donner cette autorisation, j'exigerai le nom des inspecteurs qui pénétreront dans les locaux scolaires, celui des personnes interrogées et la raison de ces interrogatoires. Bien, est-ce plus clair à présent? »

Assis sur son canapé, Boorstin avait tellement conscience d'assister au moment suprême de l'existence de Simon Pound qu'il eut envie d'applaudir. Il venait de voir un petit bonhomme harponner une baleine, et savait que si, du point de vue du rapport de forces, le bipède chétif ne pouvait se mesurer au monstre, la baleine pouvait aussi bien finir en cire à bougies.

Devant la fenêtre, Reach poussa un soupir de soulagement, mais ne fit aucun commentaire.

Cependant, la baleine en question cligna ses petits yeux, comme si elle s'apercevait soudain de la présence du harpon dans son flanc, et fonça droit vers le bateau.

« J'aimerais vous dire un mot en particulier, monsieur le Préfet », déclara Terranova, s'avançant jusqu'au bureau tandis qu'ils le suivaient des yeux. Il désigna du pouce le bar dans un coin de la pièce, vers lequel il se dirigea, attendant visiblement que le préfet le rejoigne pour pouvoir discuter sans être entendus de Boorstin et de Reach.

Comme le préfet se levait pour le suivre, Terranova jeta un coup d'œil à Boorstin, puis à Reach, et les vit échanger un regard de malaise. *Vous vous êtes bien amusés*, songea-t-il. *Maintenant, vous allez en suer.*

« Je comprends bien ce que vous dites, monsieur le Préfet, affirma-t-il d'une voix haute, mais mesurée. Il y a juste une chose que je dois vous dire, mais que ces civils n'ont pas besoin d'entendre, c'est que si vous, ou un quelconque autre politicien, intervenez dans une enquête criminelle, je n'aurai pas d'autre choix que de vous présenter ma démission. Pensez-y. »

Sur quoi, il se détourna et quitta la pièce d'un pas lourd, sans même donner à son patron l'occasion de répondre. Il attendit d'être dans la salle d'attente et d'avoir refermé la porte pour s'autoriser un sourire ; il attendit d'être dans son bureau et d'avoir décongelé un milk-shake au micro-ondes pour s'en départir, juste le temps de vider le milk-shake au chocolat, d'un seul trait.

S'il souriait ainsi, c'est qu'il venait de simplifier la vie du préfet Pound, en ne lui laissant qu'une alternative : se mettre Artemis Reach à dos ou perdre Albert Terranova. Il lui faudrait une certaine crânerie pour s'opposer à Reach, mais il en était capable, s'il le fallait. Le sens du bluff, mêlé à une espèce de ruse glacée, lui semblait être l'un des atouts du préfet Pound. D'un autre côté, il fallait avoir quelque chose dans la culotte pour s'opposer à Terranova ; et Simon, là, n'avait pas grand-chose. S'il avait nommé Terranova chef des enquêtes alors qu'il le haïssait, c'est qu'il n'avait pas les tripes pour ne pas le faire. Rien n'avait changé depuis. Rien ne changeait jamais. Si le courage poussait sur les arbres, les fusils n'existeraient pas.

L. D. Woods était assise face à Steven dans l'étroit salon de Victoria James, les jambes croisées de manière exquise, l'interrogeant sur les raisons qu'il avait de vouloir en savoir plus sur les circonstances de la mort d'Ophelia. Elle agissait comme si elle devait défendre les intérêts de Mrs. James, mais Steven n'avait pas l'impression que l'attitude était sincère. Ses doutes étaient confirmés en cela par la présence à son côté de Tal Chambers, qu'il avait rencontré dans la salle de musculation vendredi dernier. *Je souhaitais vous parler*, avait dit Chambers, mais il n'avait jamais cherché à le joindre. Steven ne voyait pas ce qu'il avait à voir dans tout cela.

En vérité, il y avait tant de choses que Steven ne comprenait pas qu'il se sentait presque incapable de parler librement.

« Avez-vous fait part de cela à la police? lui demanda L. D., quand il mentionna les poèmes de Timothy et la recherche qu'il avait effectuée, essayant de découvrir quelque indice lui permettant de comprendre pourquoi Timothy et Ophelia s'étaient retrouvés dans la salle de musculation.

– La police et moi semblons avoir des intérêts divergents », répondit-il de manière évasive.

Elle s'enfonça plus profondément dans le divan.

« Qu'attendez-vous de Mrs. James? s'enquit-elle.

– Je voudrais qu'elle me dise tout ce qu'elle sait sur la relation qui existait entre Ophelia et Timothy », déclara-t-il. Il lui paraissait soudain artificiel, inhumain de parler de la mère d'Ophelia en sa présence, comme si elle ne comptait plus dans le débat. « Je voudrais que vous m'aidiez », ajouta-t-il brusquement, se tournant vers elle, juste au moment où elle détournait les yeux.

Il vit ses épaules frémir sous le tissu léger, décoloré de sa robe.

« Oui, nous pouvons vous aider, Mr. Hillyer », répondit la voix douce, un peu rauque de L. D., flottant dans la pièce, remplissant l'espace.

Victoria James se leva, s'appuyant au bras du fauteuil afin de ne pas tomber. Déjà, Chambers était auprès d'elle et se penchait pour lui murmurer quelque chose que Steven, à quelques pas de là, ne put saisir. Elle semblait infiniment plus âgée que Steven, que Miss Woods ou que Chambers, si petite, fragile, maternelle. Et cependant, en un instant, comme elle levait le visage vers l'homme qui la dominait, Steven se rendit compte qu'elle ne devait être qu'une enfant quand elle avait porté Ophelia, et qu'elle n'aurait pas paru beaucoup plus âgée qu'eux trois si la vie l'avait traitée différemment.

« Je vous en prie, dit-elle d'une voix faible. Je ne peux pas l'aider. Pas contre ma propre fille, je ne peux pas.

– Ce n'est pas contre elle, affirma Chambers.

– Timothy était un garçon perdu, Mr. Chambers. Ne comprenez-vous pas ce que cela signifie? Perdu?

– Alors, vous le connaissiez? » demanda Steven.

Ses yeux étincelèrent et elle se dégagea de Chambers pour se tourner vers lui.

« Non, monsieur. Mais je savais ce qu'il était.

– Qu'était-il, Mrs. James ?

– Savez-vous ce qu'est le Diable, Mr. Hillyer ? Connaissez-vous Dieu, savez-vous ce qu'est la lumière de Dieu ? C'était un enfant de l'ombre, un impie. Il était perdu.

– Il croyait en Dieu, madame, répondit Steven d'une voix aussi douce que possible.

– Il acceptait notre Seigneur ? Ne me dites pas cela ! »

Elle avait une voix rauque, empreinte d'angoisse, de désespoir. Et Steven, en fait, ne pouvait lui répondre car si Timothy croyait en Dieu, il ne l'acceptait pas pour autant.

« Mais vous devez l'aider, quoi qu'il en soit », déclara L. D., d'une voix sereine, posée, aussi imperturbable que sa démarche lorsqu'elle traversa la pièce pour la rejoindre. Il existait un lien entre eux, et vous devez dire à Mr. Hillyer ce dont il s'agissait.

« J'y ai mis fin, rétorqua Victoria James. Pourquoi devrais-je le ressusciter à présent ?

– A quoi avez-vous mis fin ? » questionna Steven.

Tous trois, ainsi réunis autour d'elle, la faisaient se sentir pareille à un animal réfugié en haut d'un arbre. Elle n'imaginait pas pouvoir leur échapper.

« Il téléphonait, il lui envoyait des lettres. Mais je voyais bien ce qu'il était. J'y ai mis fin.

– Était-ce des lettres d'amour, Victoria ? s'enquit L. D.

– Qu'avez-vous fait de ces lettres, Mrs. James ? demanda en même temps Steven. Où sont-elles ?

– Je les ai toutes brûlées, jusqu'à la dernière, et sous ses yeux. Pour lui montrer ce qui l'attendait, pour qu'elle voie avec quoi elle jouait. Je les ai brûlées sous ses yeux et elle a vu. »

Sa voix rejoignait les sommets clairs, perçants de l'hystérie.

« Qu'a-t-elle vu ?

– Ce qu'il était, ce qu'il faisait. Je ne l'ai pas forcée à quoi que ce soit, Miss Woods, jamais je ne l'aurais fait. Je n'avais qu'à lui dire de faire quelque chose, et elle le faisait. Mais, cette fois, je l'ai obligée à m'apporter les lettres ici même, dans la cuisine, et je les ai fichues dans l'évier, et j'ai pris les allumettes, et elles ont brûlé comme du soufre, je vous le jure. Comme du soufre, parce qu'il n'y avait rien de pieux, rien de décent en elles. Ophelia l'a vu, et ensuite elle a de nouveau été elle-même. Je n'ai plus rien eu à lui dire. »

Ses paroles faisaient se lever dans l'esprit de Steven des flammes sombres, dansant au-dessus des lettres de Timothy, qui se tordaient tels des corps martyrisés sous le feu sinistre, dévorant.

« En êtes-vous certaine? interrogea-t-il. Êtes-vous sûre d'avoir tout brûlé? »

Victoria se tourna vers lui avec colère.

« Absolument tout, répliqua-t-elle, le regard étincelant, triomphant.

— Mais c'est elle qui vous a apporté les lettres, fit-il remarquer. Comment savez-vous si elle vous a tout apporté? »

Son visage se figea, lugubre, aussi buté que le sien. Elle le regarda droit dans les yeux, aussi longtemps qu'il le lui fallait, puis se tourna vers L. D. Woods.

« Je ne peux pas l'aider. Vous ne pouvez pas le faire partir?

— Je le pourrais, mais je n'y tiens pas, répondit L. D. Nous savions toutes deux que ce serait pénible. Mais nous voulions toutes deux connaître la vérité. Mr. Hillyer également.

— Non, je ne le veux pas. Je ne veux plus! s'écria Victoria. Je ne sais pas pourquoi je vous ai écoutée.

— Où a-t-elle été chercher ces lettres, Mrs. James? s'enquit Steven, ignorant sa douleur. Où les rangeait-elle?

— Nous ne devrions pas parler de cela. Je vous en prie.

— Dites-le-lui, Victoria, intervint L. D. d'un ton pressant. Laissez-le vérifier, et nous vous laisserons en paix.

— Dans sa commode? Dans son placard? insista Steven, éperdu, ne prenant plus aucune précaution avec elle.

— Mon dieu, murmura Tal, impuissant à intervenir.

— Elle me les a apportées! s'écria Victoria. Je lui ai dit de toutes les apporter, et elle les a toutes apportées, toutes!

— Laissez-la », les supplia Tal. Mais L. D. insista.

« Alors, laissez-le regarder », ordonna-t-elle, avec une autorité qui coupa net l'hystérie naissante de la femme.

Victoria demeura silencieuse, hésitante, ne sachant que décider. Tal passa un bras autour d'elle, l'attira à lui, pour qu'elle se repose un instant à l'abri de sa force. Elle cilla, ferma les yeux, essayant de réfléchir à tout cela.

« Je sais à quel point ce doit être douloureux, dit Steven dans le silence, troublé à présent par sa propre brutalité.

— Mais Dieu se moque de la douleur, ajouta doucement L. D. Ce que Dieu veut, c'est la vérité. Vous le savez, Victoria. »

Celle-ci ouvrit les yeux.

« Dans sa commode, déclara-t-elle. Si elle a gardé quelque chose, ce doit être dans sa commode. »

Steven passa dans la chambre de la petite fille, poursuivi par les sanglots de la pauvre femme. Se retournant sur le seuil, il vit

L. D. Woods qui serrait Mrs. James sur son cœur, lui caressant doucement les cheveux. Il se força à détourner le regard.

La pièce était exactement telle qu'il l'aurait imaginée, enfantine, sans ornement, si exiguë que l'on pouvait à peine se déplacer. Le lit étroit, la petite table aux pieds fuselés avec une lampe au chevet, et la commode, à hauteur de poitrine, composaient un misérable mobilier. Une peinture religieuse était accrochée sur le mur face au lit, et une broderie au canevas représentant des fleurs, dans des tons de rose passé, au-dessus du lit. Le couvre-lit était également à fleurs.

Il ne s'attarda qu'un instant sur la pièce et se dirigea rapidement vers la commode, avec le sentiment qu'il pouvait atténuer le péché que constituait son intrusion en ne prêtant attention à rien d'autre qu'à ce qu'il était venu chercher. Alors qu'il posait la main sur le bouton de verre taillé d'un tiroir de la commode, il entendit les pas de Tal Chambers se rapprocher derrière lui.

« Grands dieux, dit Chambers, croyez-vous vraiment que cela soit nécessaire?

– Un autre garçon a été tué hier », répondit simplement Steven. Chambers retint sa respiration.

« Et il y a un rapport?

– Je le pense. »

Steven grimaça, car le tiroir s'ouvrait avec un grincement impossible à éviter, même en y allant très doucement. Il savait que, dans le salon, la mère d'Ophelia l'avait entendu.

D'un côté du tiroir étaient rangés des chemisiers bien pliés, le reste étant occupé par un pauvre assortiment de sous-vêtements de coton, de culottes et de combinaisons, tous parfaitement innocents, enfantins, et en même temps étrangement émouvants, tandis qu'il les triait.

« Elle m'a dit qu'Ophelia ne portait pas de sous-vêtements, déclara Steven. Puis elle s'est énervée. C'est alors qu'elle a appelé Miss Woods.

– Pas de culotte, corrigea Chambers. Elle portait un maillot comme ceux-ci. C'est un sujet très délicat, ajouta-t-il, faisant un geste de la main en direction du salon et de Mrs. James. Regardez dans l'autre tiroir. »

Steven referma le premier tiroir, pénétré de ce que venait de lui apprendre Chambers. Il avait espéré que ce n'était pas vrai, que la mort violente de la fille avait seulement fait naître la hantise du viol dans l'esprit de la mère.

« Elle vous a dit cela également? demanda-t-il d'une voix hésitante, se raidissant dans l'attente de la réponse.

– C'est moi qui le lui ai dit. C'était consigné dans le rapport du médecin.

– A-t-elle été violée?

– Elle n'a pas été touchée, affirma Chambers. En fait, c'est ce dont je voulais vous parler l'autre soir. »

Steven demeurait muet. Les pensées se bousculaient dans sa tête.

« Les seules personnes présentes dans la salle étaient les flics et vous, reprit Chambers. Il a bien fallu que quelqu'un emporte cette culotte. »

A moins qu'elle n'en ait pas porté en entrant, pensa Steven. Mais cela changeait tout. Il sentait la pièce se mettre à tourner autour de lui.

« Je ne sais pas, répondit-il, craignant d'en dire plus avant d'avoir pu y réfléchir. Il y a eu pas mal de flics sur place après. Je n'ai pas vu grand-chose. »

Le second tiroir s'ouvrit doucement, facilement. Sous une pile de pantalons pliés, il découvrit trois enveloppes ouvertes, chacune portant le nom d'Ophelia, de l'écriture fine et précise de Timothy. Elles étaient exactement là où sa mère avait dit qu'elles seraient, là où, Ophelia devait le savoir, sa mère aurait pu les trouver, si elle avait voulu chercher.

Elles avaient à ce point confiance l'une dans l'autre.

Jimmy Franks zigzaguait dans la cour, suivant un trajet si imprévisible, si complexe qu'aucun défenseur, y compris imaginaire, n'aurait pu espérer le bloquer. A une dizaine de mètres, son père se jetait en avant, en arrière, bondissant, tournoyant sur lui-même pour parer une passe rapide et imprévue. Il effectua une pirouette impeccable, le bras levé. Le ballon de football en mousse orange brilla dans le crépuscule.

« Qu'est-ce que tu fais? Qu'est-ce que tu fais? » cria Jim.

Comme le garçon courait vers lui, il lança le ballon qui décrivit une courbe douce, tournoyant sur lui-même.

Jimmy l'attrapa des deux mains, ainsi qu'on le lui avait appris, et se rua sur son père, multipliant les feintes naïves, jusqu'à ce qu'enfin son paternel se retrouve les quatre fers en l'air sur la pelouse, tandis qu'il plongeait pour marquer.

« Qu'est-ce que tu fais, quand ton quart arrière est coincé? demanda Jim en se relevant.

– Je reviens sur la balle, récita le petit garçon d'une voix mécanique, l'air las.

« – Alors, comment se fait-il que je n'ai rien vu de ce genre, tu peux me le dire?

– J'ai oublié.

– Super. Autrement dit, j'ai Lawrence Taylor après moi depuis le fond du terrain, et toi tu files faire des passes en me plantant là, plaisanta-t-il. Je crois que le dîner est prêt. »

Il fit mine de se diriger vers la maison, mais le jeune garçon le supplia de faire encore un jeu.

« Juste un, acquiesça Jim, d'un ton à demi interrogateur.

– Ouais, d'accord, répondit Jimmy, boudeur.

– Même si tu perds? »

C'était la chose la plus difficile à accepter, mais il le fit néanmoins. Ils s'accroupirent sous la fenêtre de la cuisine, et Jim demanda une passe en biais vers le centre. C'était le seul schéma de jeu qu'ils réussissaient presque toujours à finir.

Comme prévu, le dîner les attendait sur la table lorsqu'ils rentrèrent. Les filles sautaient sur leur siège, impatientes, la cuillère en suspens au-dessus de la soupe.

« Il ne fallait pas nous attendre, dit Jim.

– C'est maman qui a voulu », geignit Susan, soulignant l'injustice de la chose.

Lenny les servit sans s'asseoir, passant de la table à la gazinière et au plan de travail telle une serveuse débordée. Elle apporta le jambon aux brocolis et repartit vers la cuisine. Au bout d'une minute, Jim se leva à son tour.

« Je peux faire quelque chose? s'enquit-il.

– Je m'en sors très bien toute seule. »

Il souleva le couvercle d'une marmite.

« Je vais égoutter les ignames.

– Ça va, ça va, Jim. Va t'asseoir, va manger. »

Comment cela pouvait-il aller, alors qu'ils finissaient par dîner comme à la chaîne, mangeant machinalement au fur et à mesure que les plats arrivaient? Elle les servait toujours ainsi quand elle était contrariée, et refusait toujours son aide.

« Laissons-la se calmer toute seule », se dit-il. A présent qu'il allait passer son temps à la maison, il lui faudrait glisser sur ce genre de chose. Retournant à table, il servit le jambon, mais attendit que Lenny se fût enfin assise pour lui en couper une tranche bien chaude. Il demanda à Susan comment se déroulaient les répétitions de la pièce qu'elle préparait à l'école maternelle, et lui promit de l'aider à revoir son texte après dîner. Les brocolis étaient servis mais, ne voyant pas trace de beurre fondu dessus,

Jimmy n'en voulut pas. Comme il n'y avait pas de beurre sur la table, Jim se leva pour aller en chercher, mais Lenny se précipita et le lui tendit.

« Merci, dit-il.

– Tu n'as pas à me remercier. Le beurre aurait dû être sur la table. »

Ainsi se poursuivit le repas. Quand il fit mine de couper le jambon de Jimmy, qui s'acharnait dessus comme s'il essayait de couper une poutre avec un canif, celui-ci protesta, déclarant qu'il pouvait le faire tout seul.

« Je voulais juste t'aider.

– S'il avait besoin d'aide, il en demanderait, déclara Lenny.

– Je n'ai pas dit qu'il en avait *besoin*. Les gens peuvent s'aider comme ça, par gentillesse, tu sais. »

En réalité, il ne l'avait pas fait par gentillesse, mais parce que la manière dont le jeune garçon massacrait la nourriture lui tapait parfois sur les nerfs. A huit ans, il aurait dû savoir se servir correctement d'un couteau.

« Il n'apprendra pas, si tu ne le laisses pas faire, ajouta Lenny, bien inutilement.

– Je ne retarde ce précieux processus de développement que le temps d'un repas, Lenny, répliqua-t-il. On laisse tomber. »

Les ignames arrivèrent, et Lenny s'assit enfin à table. Laura demanda à boire. Quand tout le monde eut fini de dîner et que Jim et Lenny se retrouvèrent seuls dans la cuisine, ils se sentirent comme deux personnes enfermées dans une pièce exiguë depuis trop longtemps, et qui ne se supportent plus. Lenny se leva pour débarrasser, mais Jim tendit le bras et la saisit par le poignet.

Elle demeura ainsi un moment, une assiette dans chaque main, retenue par une main étrangement ferme et tendre, apaisante, refoulant légèrement, mais sensiblement l'irritation qui n'avait cessé de monter en elle pendant la journée. Elle répondit d'un sourire mélancolique à la générosité de son geste.

« Prenons tranquillement le café, proposa-t-il.

– Laisse-moi d'abord ranger la cuisine », répondit-elle, instantanément furieuse contre elle-même de ne pas avoir accepté sa proposition. Chaque fois qu'une tension naissait entre eux, c'était Jim qui faisait le premier pas. Mais sa manière à lui de régler les problèmes n'était pas forcément la sienne, et elle lui en voulait de la lui imposer, d'agir comme s'il était l'unique gardien de la route qui les ramenait à la paix. « Ce sera plus agréable, sans voir toute cette pagaille qui m'attend », ajouta-t-elle pour se justifier.

Il l'aida à débarrasser la table, sans que fût échangé un seul mot inutile. *Fallait-il garder le reste des brocolis ? Où rangeait-elle le papier alu ?* Lorsqu'ils en eurent terminé, ils s'assirent avec leur tasse de café autour de la table nettoyée, cherchant un moyen de rompre le silence.

« Jim, y a-t-il une raison pour que tu ne me dises pas ce que tu fais ? » demanda-t-elle enfin.

Le silence, de fortuit, se fit délibéré. Il la regarda comme si elle était à une immense distance, comme si elle s'éloignait de lui à une vitesse incalculable. Lui répondre, même de manière évasive, était au-dessus de ses forces.

« Je ne fais rien de particulier, déclara-t-il.

– Où vas-tu alors ?

– J'ai des gens à voir, c'est tout.

– Tu ne veux pas me le dire ?

– Non, apparemment. »

Elle baissa les yeux sous le choc.

« Je voudrais simplement que tu respectes cela », ajouta-t-il, ce qui donnait une autre couleur à sa réponse. Il avait droit au moins à cela, personne ne le savait mieux que Lenny. C'était un bon père, un bon flic, un bon époux. Et soudain, toute cette douleur, toute cette angoisse, cette colère d'avoir été suspendu, l'incertitude quant à ce que l'on allait faire de lui, sans parler de la culpabilité qui le rongeait, d'avoir tué ce jeune garçon. Elle était là s'il avait besoin d'elle, elle voulait qu'il le sût, mais il avait le droit de lui demander de ne pas s'imposer, de ne pas l'embarrasser avec son aide.

« Tu as raison, répondit-elle. Je suis désolée. » Elle posa une main sur la sienne, essayant de chasser de son esprit non seulement le fait qu'il souhaitait garder son secret, mais aussi le fait qu'il emportait son arme en sortant, chaque matin. Elle avait vu la boîte à chaussures vide.

Comme il retirait doucement sa main, se souvenant qu'il avait promis à Susan de l'aider à apprendre son rôle, le téléphone se mit à sonner. Lenny, plus proche de l'appareil, décrocha. Un homme dont elle ne reconnaissait pas la voix demanda à parler à Jim. Au moins, ce n'était pas Vince. Elle ne voulait pas voir son mari se compromettre dans les projets fous de Donadio.

« Il est là, dit-elle. Je vous le passe. »

Elle lui tendit le combiné, mais Jim déclara qu'il prenait la communication dans la chambre et sortit rapidement.

Une fois là-haut, il ferma la porte de la chambre et décrocha.

« Ouais, fit-il. Attendez une seconde. »

Il attendit le déclic indiquant que Lenny avait raccroché.

« Ouais? répéta-t-il.

– Écoute, c'est moi », dit un homme, sans se présenter, de crainte que le téléphone de Franks ne fût sur écoute. Un flic – personne d'autre n'aurait pensé à cela. Mais quel flic? Il ne reconnaissait pas cette voix. « Si je t'appelle, c'est que je pense qu'il faut que tu sois au courant de quelque chose. »

Le déclic se produisit. Dwight Matthews.

« Merci, j'apprécie ton geste, affirma Franks. Qu'est-ce qui se passe?

– Je n'en sais rien et je ne veux pas le savoir, répliqua Matthews d'une voix basse, précipitée, les mots se bousculant. Le type dont tu m'as donné le nom hier, il a été trouvé mort ce matin. »

La nouvelle résonna dans la tête de Franks, suscitant une multitude de pensées incohérentes. La veille, il n'était arrivé à rien, en cherchant ce garçon. Le matin même, il avait essayé de nouveau, pour ne rencontrer que cette étrange passivité qui indiquait que d'autres flics étaient récemment passés par là. Ne pouvant se permettre de tomber sur eux, il était rentré à la maison. A présent, il comprenait.

Il comprenait aussi à quel point lui téléphoner était chose difficile pour Matthews, qui avait d'abord craint de s'attirer des ennuis en cherchant simplement dans le fichier, mais qui avait néanmoins le cran de l'appeler, maintenant que les ennuis étaient réels. Une larme lui brûla les yeux, et il la chassa d'un clignement de paupières, refusant d'admettre que ce modeste, courageux témoignage d'amitié de la part d'un vieil ami le touchait à ce point, mais bouleversé malgré lui, et se demandant s'il n'était pas en train de craquer. *Mais qu'est-ce que j'ai?* se dit-il.

« Tu es là, Jim? s'enquit Matthews.

– Ouais. Je suis là.

– Écoute, je sais que ce ne sont pas mes oignons. Mais ça ne va pas mal tourner, avec cette histoire? »

Cela signifiait : *Es-tu mêlé à cette histoire d'une manière que tu pourrais regretter?* Cela signifiait également, ou aurait pu signifier : *Y a-t-il quelque chose que je puisse faire pour t'aider?* Il y avait là aussi quelque chose de tendre, de touchant, dans ce code qu'ils utilisaient, d'homme à homme, en dissimulant leur affection sous la rudesse des mots.

« Non, pas de problème, vraiment, le rassura Franks. Je te raconterai le truc quand ce sera réglé. Merci.

– C'est bon. »

Le téléphone se fit silencieux. Il reposa le combiné et se laissa tomber sur le lit, tentant de s'éclaircir les idées.

Dans le poème, le prophète était Elijah, *défiant Dieu de créer le miracle*, exigeant que Dieu guérisse le fils de la veuve, malgré cette maladie qui lui avait ôté le souffle, selon le dix-septième chapitre du Premier Livre des Rois.

Mais Elijah, le jeune garçon, était mort. Pourquoi? Parce que Jim Franks avait fourré son sale museau dans l'histoire, fouillant partout, posant des questions. Il était mort parce que Jim Franks le recherchait. Encore une encoche à ajouter sur le canon de son arme.

Homme de Dieu, tu es donc venu chez moi pour rappeler mes fautes, et faire mourir mon fils?

On dirait bien, ma p'tite dame. (Il ne l'avait pas remerciée de lui avoir parlé, mais il lui avait laissé un dollar pour le café. Généreux, le client.) Il revoyait la balle jaillissant du canon de son revolver, pareille à une bande de feu, une langue de serpent. Ils avaient dit qu'elle avait fait de gros dégâts à la tête du jeune garçon, mais il ne pouvait en être certain, car il n'avait pas regardé longtemps.

Il prit le téléphone, composa le numéro de Steven Hillyer. Il avait déjà appelé plus tôt dans la journée, avant de sortir pour jouer au football avec Jimmy, mais sans obtenir de réponse. Et cela ne répondait toujours pas. (Il avait promis à Susan de l'aider pour sa pièce. L'avait-il déjà fait? Non, mais il allait le faire quand le téléphone avait sonné. Encore un coup de fil à passer, et il y allait. C'était un bon papa.)

Il composa un autre numéro, et Donadio répondit à la seconde sonnerie. Il n'avait pas l'air ivre.

« Vince, c'est moi, Jim. J'ai repensé à ce que tu as dit.

– Moi aussi.

– Écoute une seconde, tu veux bien? Je suis allé voir le prof.

– L'enfoiré qui a failli nous mettre dedans?

– Oui, je sais. Tais-toi une seconde. Ce que je voulais, c'était une indication quelconque sur ce que le gosse avait en tête. Hillyer m'a donné le nom d'un autre gosse, et lui aussi est mort à présent.

– Hillyer?

– Non, le gosse. Ce que je veux te dire, c'est qu'il se passe quelque chose, Vince.

– Et qu'est-ce que ça te rapporte? »

Deux semaines auparavant, ils faisaient équipe, mais plus rien ne l'indiquait dans la voix de Donadio.

« Je ne sais pas.

– Eh bien, moi non plus, je ne sais pas ce que ça me rapporte. C'est tout ce que tu as à raconter, ou il y a autre chose ? » C'était tout.

Il raccrocha et consulta sa montre, se demandant combien de temps s'écoulerait avant que la police ne débarque. En cherchant le jeune garçon, il avait laissé derrière lui une piste que même un aveugle pouvait suivre.

Dans la pièce, Susan jouait le rôle d'un pommier, *chargé de pommes vertes et rouges*. Un oiseau y nichait.

Donadio pensa d'abord à appeler, mais décida de se rendre plutôt directement à Manhattan. Il laissa un message sur son répondeur pour prévenir Marla qu'il serait de retour dans quelques heures, et qu'elle attende. De toute façon, elle écoutait toujours ses messages, alors...

Il était tard quand il arriva au centre administratif de la police, mais le crétin à l'accueil lui dit que le chef des enquêtes était toujours là, et lui donna un badge. Drôle de boulot pour un flic. Il faisait le portier, ni plus ni moins. Cela rappelait à Donadio qu'il avait intérêt à bien jouer ses cartes, s'il ne voulait pas finir dans ce genre de poste, pour les onze ans à venir.

Un autre crétin, devant le bureau du chef, le fit attendre pendant presque une demi-heure. Rien qu'à voir les inspecteurs entrer et sortir sans cesse du bureau de Terranova, il était clair que les choses bougeaient. Enfin, le lieutenant lui indiqua qu'il pouvait y aller.

Terranova était en train de manger, comme d'habitude, sous le regard d'un inspecteur noir, en manches de chemise. Aucun ne se leva, mais Terranova agita sa fourchette vers lui, lui indiquant d'entrer.

« Vince Donadio, dit-il enfin, avalant une bouchée. Voici l'inspecteur Williams. »

C'était donc ainsi, à présent. *Vince* Donadio, *inspecteur* Williams. Celui-ci se contenta de hocher la tête. Donadio ne lui rendit pas son salut.

« Je viens de tomber sur une information, et j'ai pensé que vous devriez la connaître », déclara-t-il.

Terranova finit sa dernière bouchée et reposa sa fourchette. « Allez-y.

– Avez-vous un nouvel homicide en rapport avec ce lycée, un jeune garçon ? » demanda Donadio.

Au regard silencieux qu'échangèrent Terranova et son inspecteur noir, Donadio comprit qu'ils avaient déjà établi un lien entre ce nouveau meurtre et l'affaire Warren.

« Vous êtes venu pour me dire quelque chose ou pour poser des questions ? fit Terranova.

— Bon, d'accord, c'est à propos de cet homicide. Je voulais simplement vous informer que mon ex-coéquipier recherchait ce gosse.

— Pourquoi cela ?

— Ça, ça me dépasse. Tout ce que je sais, c'est que c'est Hillyer qui lui avait donné le nom du môme. »

Si, quelques secondes auparavant, ils avaient échangé un regard, c'étaient des étincelles qui fusaient à présent. Peut-être comprenaient-ils de quoi il s'agissait. Pas Donadio. Et peu lui importait.

« D'où tenez-vous cette information ? interrogea Terranova.

— Quelle importance ?

— Aucune. »

Donadio ne tenait pas à avouer que Franks la lui avait donné lui-même, car il y avait quelque chose de dérangeant dans le fait que Franks lui parlait encore et que lui rapportait ses propos au chef. De toute façon, il voyait bien, à la manière dont le chef le regardait, ses petits yeux comme enfoncés plus profondément dans son visage, que celui-ci avait compris. Il s'en foutait, finalement. Il n'était pas là pour se faire bien voir.

« C'est à peu près tout ce que je peux vous dire, conclut Donadio. J'ai pensé que vous devriez être au courant, c'est tout. »

Ayant dit ce qu'il avait à dire, il s'attendait que Terranova lui demande de partir. Mais le chef froissa sa nappe de papier et la fourra dans la barquette de plastique qui avait contenu son repas.

« Venez jeter un coup d'œil, Donadio, déclara-t-il, désignant la barquette. Dites-moi ce qu'il y a là-dedans. »

Donadio le regarda comme s'il était cinglé, mais fit un pas en avant et regarda dans la barquette. L'intérieur était barbouillé d'une espèce de bouillie blanchâtre. Il y avait la nappe froissée, souillée. Si c'était là une espèce de rébus, il ne pigeait pas.

« Qu'est-ce que j'en sais, moi ? répondit-il. C'est des ordures...

— Mais ça n'a pas toujours été des ordures. A présent, sortez d'ici avant que je ne vomisse ce dîner. »

L'espace d'un instant, Donadio parut sur le point de parler, mais il n'avait, en réalité, rien à ajouter. Il se détourna et se dirigea vers la porte, l'ouvrant si violemment qu'elle alla frapper le mur à toute volée.

« Donadio! appela Terranova.

– Ouais? »

Qu'est-ce que c'était que cette connerie? Il se croyait au lycée? Il allait lui dire de refermer doucement la porte?

« Connaissez-vous par hasard un inspecteur appelé West, ou Mullaney? »

Donadio secoua violemment la tête, surpris, comme s'il venait de recevoir un coup. D'où cela venait-il? Il aurait pu affirmer que non, mais la question était posée pour la forme.

« Ouais, Fred Mullaney, déclara-t-il. C'est le cousin de mon ex-femme. C'est tout? »

Le chef ne répondit pas, mais l'inspecteur noir se dirigea vers la porte et la referma derrière lui.

« Pourquoi cette question? demanda Williams, revenant vers le bureau du chef.

– Mullaney et West, expliqua Terranova. Ce sont eux qui ont fichu la frousse à Hillyer, quand son appartement a été visité.

– Vous pensez que Donadio les aurait contraints à faire cela?

– A moins qu'ils ne lui aient rendu un service. Cela revient au même. »

Il griffonna quelques mots sur un papier, qu'il posa sur son sous-main, afin de l'avoir sous les yeux pour plus tard. Il ne donna aucune explication à Williams, mais c'était inutile. A la façon dont il venait de repousser le papier devant lui, il était clair que la carrière d'inspecteur de Donadio était terminée. Ainsi, probablement, que celles de West et de Mullaney.

« C'est drôle, reprit-il. Jamais je n'ai ressenti autant de dégoût pour un flic pourri qu'avec ces salauds-là.

– Oui, c'est vrai, chef, approuva Williams. Voulez-vous qu'on aille chercher Franks? » s'enquit-il après un silence.

Terranova hocha la tête.

« Mais n'appelez pas à Dobbs Ferry. Envoyez quelqu'un d'ici.

– Et pour Hillyer?

– Nous avons déjà des hommes en surveillance chez lui et chez sa mère. »

Williams décrocha le téléphone et appela un des inspecteurs pour lui demander d'aller chercher Franks, à Dobbs Ferry.

« Hillyer et Franks travaillant ensemble, remarqua-t-il après avoir raccroché. Cela change tout, n'est-ce pas? »

Tout, pensa Terranova. Franks fait sauter la tête d'un gosse, sans autre témoin que son coéquipier et Hillyer. On retrouve Hillyer seul avec Lloyd Elijah quand celui-ci fait une overdose, puis sur un terrain du Bronx en compagnie d'un dealer de crack nommé Charlie Wain ; ensuite Hillyer recherche Lloyd Elijah, mais le gosse devait savoir qu'il le traquait, car il quitte l'école plus tôt que prévu. Comme par hasard, Franks aussi recherche Lloyd Elijah. Comme par magie, Elijah est assassiné.

Terranova saisit la barquette sur son bureau, visa la corbeille à papier.

« Rendez-moi un service, dit-il d'une voix lasse que Williams n'avait jamais entendue. Envoyez-moi quelqu'un pour vider ce truc. »

« Un type tel que vous, dans ce quartier..., fit le chauffeur de taxi qui travaillait sans licence, mettant une question dans la phrase.

– Je vais voir un ami, expliqua Steven.

– Ça craint, par ici. »

Steven marmonna quelques mots sans conséquence.

« Personne ne travaille. Moi, je conduis ce tas de boue douze heures par jour. Ma bonne femme ne travaille pas. Même pas foutue de faire à dîner. Le frangin, les mômes, personne... Regardez-moi ça. »

D'un geste, il désigna les rues du Bronx qui défilaient, comme si tout le quartier était peuplé de familles aussi fainéantes que la sienne.

« Ouais, approuva Steven, ça n'a pas l'air terrible.

– Ça craint. »

Ensuite, il retomba dans le silence.

S'appuyant bien contre le dossier de la banquette, Steven fouilla dans sa poche, toucha les lettres de Timothy. Jetant un coup d'œil sur le plafonnier, il vit que l'enjoliveur de plastique avait disparu, et qu'il n'y avait pas d'ampoule. Cela lui était égal de devoir attendre pour les lire. Il savait déjà que la réponse aux questions qu'il se posait sur Timothy et Ophelia était contenue dans ces enveloppes.

A une vingtaine de mètres de l'immeuble de Steven, ils durent s'arrêter derrière un taxi qui déposait son passager. Le chauffeur de Steven écrasa l'avertisseur, jurant en espagnol, tandis qu'une femme s'extirpait du taxi, tirant une poussette pliante. Quand elle eut, non sans difficulté, réussi à la déplier complètement, elle plongea de nouveau dans le taxi, d'où elle tira un enfant vagissant, qu'elle entreprit de ficeler dans la poussette, avec un système compliqué de courroies.

« Laissez tomber, je vais descendre ici », dit Steven. Il se pencha pour prendre de la monnaie dans sa poche de pantalon, mais, comme il allait régler le taxi, il remarqua deux hommes dans une voiture garée juste devant son immeuble.

A l'instant où il les aperçut, il devina que c'étaient des flics et comprit qu'ils l'attendaient, avec une clarté qui le surprit lui-même. Son pouls s'accéléra. Peu importait pourquoi ils étaient là, ou qui les avait envoyés. Il ne pouvait pas les affronter avec les lettres de Timothy dans sa poche. Au moins, pas avant de savoir ce qu'elles contenaient.

Il se pencha complètement, de manière à apercevoir les fenêtres de son appartement. La lumière était allumée, ce qui signifiait que Rita était là.

« Écoutez, il faut d'abord que je me rende quelque part, déclara-t-il sans se redresser. Prenez la direction de la 3e. »

Le chauffeur jeta un coup d'œil aux alentours. Lui aussi avait dû repérer les flics, car il se retourna vers son passager avec un intérêt renouvelé.

Le taxi jaune finit par démarrer, et le chauffeur le suivit, passant doucement devant la voiture banalisée.

« Ils n'ont même pas jeté un coup d'œil. Pas de problème », affirma-t-il quand ils tournèrent au coin de la rue.

Cependant, Steven demeura penché en avant, ne se redressant que quand la voiture gravit péniblement la colline, de l'autre côté de la 2e Avenue. Avisant une cabine téléphonique au coin de la 3e, il demanda au chauffeur de l'attendre, le temps d'un coup de fil.

Il composa son propre numéro. La tension croissait dans sa poitrine, dans son ventre, tandis qu'il attendait que Rita décroche, mais la sensation n'était pas déplaisante. Il se sentait plein d'énergie, en alerte, et étrangement content de sa propre réaction. Quelques semaines auparavant, il aurait foncé droit sur les flics, sans les voir.

« C'est moi, dit-il quand Rita décrocha. Y a-t-il quelqu'un avec toi?

— Bien sûr que non. Où es-tu?

— Je te le dis tout de suite. Il y a deux flics dehors. Sont-ils venus te trouver?

— Non, répondit-elle, emportant le téléphone jusqu'à la fenêtre. Je les vois. Je ne crois pas qu'ils étaient là quand je suis arrivée. Où es-tu, Steven?

— En haut de la colline. Au coin de la 3e.

— J'arrive dans deux minutes. Tu as intérêt à avoir une bonne explication à me donner.

– N'éteins pas la lumière en partant. »

Il raccrocha, retourna au taxi.

« Quelqu'un va me rejoindre. Pouvons-nous attendre deux minutes ?

– Pas pour douze dollars, mon vieux. » C'était la somme que le chauffeur avait exigée pour venir du Bronx.

« Quinze ?

– Vingt.

– Vingt, et vous nous conduisez là où nous devons aller, conclut Steven. Ce n'est qu'à quelques rues d'ici. »

Le chauffeur signifia son accord en ne répondant pas.

Steven rentra dans la voiture pour attendre, se tournant pour regarder par la glace arrière. Enfin, il vit Rita qui arrivait en hâte. Même à cette distance, dans l'éclairage blafard de la rue, c'était de toute évidence une femme qu'on n'aurait pas dédaigné de connaître, avec ses longues foulées puissantes, presque provocantes, le flot mouvant de ses cheveux noirs dans la pénombre qui l'entourait, plein de promesses. Elle ralentit en arrivant au coin, hésitant, regardant autour d'elle.

Il ouvrit la portière et elle courut vers lui, se glissa sur la banquette, embaumant immédiatement l'air confiné du taxi avec le parfum tiède de sa chair.

« Ils t'ont vue ? » demanda-t-il.

L'un des flics l'avait déshabillée du regard comme elle passait devant la voiture, mais ce n'était pas ce que Steven voulait dire.

« Non, répondit-elle. As-tu un endroit où aller ?

– Non.

– Nous pouvons aller chez moi. »

Il hocha la tête, et elle donna son adresse au chauffeur.

« J'ai failli ne pas venir, ajouta-t-elle dès que la voiture eut démarré. Lorsque Hal Garson m'a dit que tu avais quitté le lycée, cela m'a rendue si furieuse que je ne voulais plus te revoir.

– Alors, pourquoi es-tu venue ? »

Elle était assise de biais sur la banquette, lui faisant face, et il lui caressa doucement le bras, tentant de l'apaiser.

« Parce qu'il fallait que je te dise à quel point tu es stupide. Mais tu n'étais pas là, et j'étais trop en rage pour partir.

– Il fallait que je parle à la mère d'Ophelia, expliqua-t-il.

– Tu vas seulement faire empirer les choses. Tu ne t'en es pas encore rendu compte ? »

C'était exactement ce qu'il avait dit à Timothy. Et Timothy avait répondu : *Elles ne peuvent pas, mon vieux. Elles ne peuvent pas être pires !*

Steven ne répondit pas.

« Cela t'est peut-être égal, reprit Rita, irritée par son silence. Mais, pour l'amour de Dieu, pourquoi tenais-tu à harceler cette pauvre femme?

– Elle avait des lettres de Timothy. »

La nouvelle parut l'enthousiasmer autant qu'il l'espérait.

« Que disent-elles? »

Il lui répondit qu'il ne les avait pas encore lues, et elle demeura parfaitement silencieuse. Quelques minutes plus tard, le taxi s'arrêtait à l'adresse qu'elle avait donnée, 113ᵉ Rue, devant un immeuble semblable à une forteresse, où le souci d'esthétique semblait si absent qu'il aurait pu être fait d'une seule et gigantesque brique. Tandis que Steven payait la course, Rita gagnait en hâte la porte d'entrée. Elle était à l'intérieur, et lui tenait la porte du hall, quand il la rejoignit.

Ils montèrent jusqu'au huitième étage, sans un mot, puis Rita le précéda dans un couloir sinistre digne d'un bâtiment administratif.

« Je ne sais pas pourquoi je fais cela, grommela-t-elle. Tout ce que je vais en retirer, c'est des problèmes avec ma mère, et tu n'en vaux pas la peine.

– Moi aussi, je t'aime », répondit-il.

Elle lui jeta un sourire par-dessus son épaule, visiblement de mauvais cœur. Devant la porte, elle lui posa un baiser rapide sur les lèvres.

« Tu dois être un coup formidable, déclara-t-elle. Sinon, ça n'aurait aucun sens. »

La porte s'ouvrit sur un salon encombré de meubles recouverts de housses à fleurs au motif compliqué. La paire de lampes en pâte de verre placée sur les deux tablettes réfractait la lumière comme les vitraux d'une église. Une femme petite et forte, attirée par le bruit de la porte, apparut par un couloir et demeura là, les mains croisées. Bien que ses traits fussent adoucis par l'âge et par l'empâtement, Steven pouvait discerner la ressemblance.

« Maman, je te présente Steven Hillyer, déclara Rita. Steven, ma mère. »

Steven déclara qu'il était enchanté de faire sa connaissance, mais Mrs. Torres ne répondit que par quelques mots en espagnol, adressés à Rita, sur quoi elle sortit en trombe de la pièce.

« Ote ton manteau et assieds-toi, dit Rita. J'en ai pour une minute. »

Elle roula des yeux, d'une manière comique et un peu triste, indiquant que les instants qui allaient venir n'allaient pas être faciles, et suivit sa mère dans le couloir. Steven prit place dans un fauteuil, gardant son manteau. Il s'assura que les lettres étaient bien dans sa poche. Il ne souhaitait pas les ouvrir avant d'être seul avec Rita. A un moment, il l'entendit crier : « Tais-toi, maman ! », en anglais. Quelques instants plus tard, « Tais-toi, maman ! », de nouveau, mais encore plus fort.

Elle revint dans le salon, le visage rouge, le front moite de sueur.

« Viens par là », fit-elle d'un ton dur, presque hostile.

Elle le guida par un couloir différent, marchant d'un pas violent, viril.

« Je suis désolée que tu aies dû entendre tout cela, Steven, gronda-t-elle avec colère.

— Je ne parle pas espagnol.

— Je suis une pute, c'est ce que j'ai toujours été, une pute. C'est l'idée générale. Tu veux les détails ?

— Non. »

Il y avait une salle de bains au fond du couloir, dont la porte était ouverte. Elle obliqua juste avant et ouvrit la porte d'une chambre, reculant d'un pas pour le laisser entrer. Il y avait une affiche sportive sur un mur, et la photo d'une fille aux seins nus. Steven se retourna vers elle, l'air interrogateur.

« C'est la chambre de mon frère, expliqua-t-elle. Tu vas dormir ici. Ma chambre se trouve là.

Elle pénétra dans la pièce en face, et il la suivit. Elle referma la porte.

« Elle sait que tu vas me rejoindre dans ma chambre, cette nuit. Je lui ai promis de ne pas crier quand je jouirai.

— Ne t'énerve pas, Rita, dit-il, impuissant face à la violence et à la dureté de sa colère

— Et pourquoi ? rétorqua-t-elle. C'est moi qui paie le loyer de ce putain d'appartement. J'ai peut-être le droit de gueuler un peu. »

Arrachant son corsage, elle s'en servit pour essuyer la sueur sur ses épaules et sur ses seins, avant de le jeter dans un panier à linge sale, et enfila un T-shirt imprimé qu'elle prit dans une commode. Posé sur celle-ci, un portrait délavé de Mozart rendit son regard à Steven.

Elle s'assit sur le lit, les mains croisées sur les genoux, comme une enfant.

« Ça va », affirma-t-elle, les lèvres crispées, se maîtrisant. Mais la tension affleurait encore, perceptible. « Je suis calme, tout va bien. Jetons un coup d'œil sur ces lettres, maintenant. »

Il les tira de la poche de son manteau. C'était la première fois qu'il les revoyait, depuis qu'il avait quitté l'appartement de Victoria James. Il les disposa en éventail, les observa un moment, trois enveloppes blanches qui, il l'espérait, détenaient le secret de la mort de trois enfants.

La main de Rita se posa sur la sienne.

« J'ai peur, Steven », affirma-t-elle.

Il lut dans son regard combien c'était vrai.

« Peur de quoi?

— *Pour* quoi. Pour toi. »

Elle l'attira à elle sur le lit et l'embrassa, glissant ses mains sous son manteau, ses doigts habiles dénouant les muscles de ses épaules, caressant sa poitrine. Il sentit sa bouche contre sa peau, excitante, descendre le long de son corps, jusqu'à ses cuisses; il sentit sa main caresser son ventre, sa taille, plus bas, à même sa peau, tandis que sa bouche jouait, brûlante, sur ses lèvres.

Soudain, elle s'écarta, se cambrant en arrière, retirant en une seconde sa bouche, ses mains, tout son corps, et le contempla d'un regard implacable, les yeux rétrécis.

« Vas-y, lis tes sacrées lettres, dit-elle. Les lettres d'un garçon mort, adressées à une fille morte. Comment diable pourrais-je me mesurer à cela? »

Artemis Reach parcourut la ville pendant des heures, impavide, abattu. Il attendait que monte la colère, que la rage enflamme son cerveau, sa poitrine, son ventre, mette le feu à la ville, semant la panique chez ses ennemis. Mais il n'arrivait pas à la faire monter en lui. Son emportement lui-même, semblait-il, l'avait abandonné.

A qui croyaient-ils s'attaquer, ces imbéciles qui ne pouvaient pas seulement contrôler leurs propres flics? Il fallait mettre fin à cette enquête, sinon le prix à payer serait lourd. Il le leur avait clairement fait comprendre. Et qu'était-il arrivé? Ce pétochard de préfet de police baissait pavillon devant son chef des enquêtes, et ce petit péteux d'adjoint au maire ne pouvait rien faire. Comme si personne n'avait le moindre pouvoir. Les flics avaient envahi l'établissement, ils étaient partout, dehors, dedans, et ils allaient rester là jusqu'à ce qu'il n'en restât rien.

Lorsque Boorstin avait quitté le bureau du préfet de police, Reach avait compris qu'il était battu, et l'avait accepté avec une sorte de résignation si inhabituelle chez lui qu'il en était surpris lui-même. Il pensait s'entendre proférer des menaces, les injurier tous, soulevé par un flot d'indignation, de rage, qui les tiendrait en respect. Pour quelque mystérieuse raison, la colère n'avait pas été au rendez-vous.

Il était sorti du centre administratif de la police dans un brouillard, ne comprenant pas pourquoi il réagissait ainsi. Si jamais il fallait rendre coup pour coup, c'était pourtant maintenant. La colère, c'était une partie de son pouvoir, c'en était le moteur. Il avait toujours obtenu ce qu'il voulait parce qu'il exprimait la colère de son peuple, l'incarnait, parce qu'il la possédait en lui et savait la canaliser de manière efficace. Ils savaient qu'il était dangereux. Là était la clé de tout.

Mais cette fois la clé refusait de tourner dans la serrure, et il se retrouvait perdu, pour la première fois depuis son enfance, sur le pavé de ces rues.

Certes, il n'était pas perdu au sens propre du mot. Il savait très bien où il était. Harlem. Lenox Avenue, aussi large qu'une autoroute, la 125e, aussi grouillante que le souk de Marrakech, la cohue de St. Nicholas Avenue, l'élégance silencieuse de la mosquée.

Il n'allait plus guère à Harlem, mais il avait grandi dans ces rues-là, elles l'avaient formé. Ici, le rêve et la réalité se battaient férocement, tels Jacob et son ange, si mêlés dans leur lutte qu'on ne pouvait plus les distinguer l'un de l'autre. Derrière certaines des façades les plus sinistres, on découvrait encore, ici et là, une salle à manger ornée de somptueux lustres de cristal, une salle de jeu où les pompes à bière étaient de cuivre étincelant et le comptoir fait d'une seule plaque de marbre longue de cinq mètres : la richesse et la gloire dissimulées derrière le paravent du délabrement, comme si c'étaient des objets de honte. Les anecdotes que son père lui racontait, relatives à la belle époque de Harlem, étaient truffées de ces paradoxes qui étaient et demeureraient toujours, pour Artemis Reach, l'ultime magie de New York.

Une fille lui sourit lorsqu'il passa devant elle. Les lèvres minces, les cheveux gominés à outrance, elle n'était pas mal roulée, et il arrêta la voiture le long du trottoir, ouvrant la portière du passager, tandis qu'elle arrivait en hâte, dans le clic-clac de ses bottes à talon aiguille. Ses cuisses étaient nues, entre le haut des bottes et le bas de la jupe. Elle pouvait avoir seize ans, ou vingt-cinq. Impossible à déterminer.

Elle se glissa sur le siège et sourit, claquant la portière. Il tourna au coin de la rue, gara la voiture. Ils n'échangèrent pas un mot. La rue était assez déserte pour ce qu'ils avaient à faire.

Laissant le moteur tourner, il pencha la tête en arrière, dégrafant déjà sa braguette.

« Tourne-toi un peu par là, mon chou », dit-elle d'une voix douce, avec un léger accent du Sud.

Il s'approcha d'elle, se dégageant du volant, et la sentit bouger sur le siège, replier les jambes sous elle. D'une main, elle le dégagea et il perçut le contact de son épaule sur son ventre, ensuite la chaleur de sa bouche sur sa chair.

Une main posée sur sa tête, dans l'enchevêtrement graisseux de ses cheveux, il plaça l'autre sur sa nuque, sous le chemisier, commença de lui caresser le dos. Il aimait caresser le dos des femmes, la finesse de cette peau tendue sur les os. Ses omoplates se soulevaient rythmiquement, suivant le va-et-vient de sa tête. La fille connaissait son boulot.

Ses doigts, comme des serres, s'enfoncèrent dans sa chair, tandis qu'il sentait peu à peu le plaisir irradier de ses reins jusqu'à son cerveau. Ses ongles griffaient la peau nue, cherchant une prise, plus fort, plus fort encore, entamant la chair lisse. Il entendit un gémissement de douleur étouffé, et elle tenta de se dégager, mais il lui ramena brutalement la tête en avant, les doigts emmêlés dans sa chevelure.

Elle lança un bras en arrière, essayant désespérément de se dégager de la main qui lui entaillait la chair, ne pouvant crier, tout en se forçant à finir au plus vite, pour qu'il arrête. Il la maintenait fermement, sifflant des injures d'une voix précipitée, et enfin, sans avoir joui, il lui tira brutalement la tête en arrière et la fit se redresser, puis la projeta avec violence contre la portière.

« Tire-toi, cracha-t-il. Sors de cette bagnole. »

Le souffle court, terrifiée, elle tâtonna derrière elle, sans parvenir à trouver la poignée.

« Tire-toi ! » hurla-t-il.

Enfin, elle la saisit, la tira violemment et se jeta hors de la voiture.

« Voilà ton fric, salope ! » cria-t-il, jetant une poignée de billets froissés par la portière.

La voiture démarra brutalement, fit demi-tour dans un crissement de pneus. Artemis Reach conduisait comme un fou, la tête envahie d'un flot confus de rage, aussi déchaîné, aussi incontrôlable que la poitrine qui battait à chaque virage, tandis qu'il slalomait dangereusement au milieu de la circulation, filant vers le nord de Manhattan. Ils ne savaient pas à qui ils s'attaquaient.

Arrivé au Bureau 61 des Affaires scolaires, il jaillit de la voiture et se précipita vers la porte, tirant les clés de sa poche. L'ancienne école était plongée dans l'obscurité, le hall caverneux empli d'ombres sépulcrales que dessinait la vague lueur des réverbères, résonnant de ses propres pas. Il ne savait pas où allumer la lumière, mais n'en avait nul besoin. Un instinct presque animal le guida vers le premier étage, dans son bureau où il pénétra en trombe, claquant la porte avec une telle violence que la vitre se fracassa.

Il tâtonna jusqu'à son bureau, le déverrouilla à l'aveugle avec une petite clé, et ouvrit brutalement le tiroir du bas où il rangeait un revolver et une bouteille de whisky, quoiqu'il bût rarement. Si l'on y réfléchissait bien, c'étaient là les seules vraies défenses d'un homme.

Il prit le revolver, le garda en main quelques instants, puis le reposa doucement sur le bureau. Il lui fallait traverser la pièce jusqu'au rayonnage où il rangeait les verres, mais ses yeux s'étaient habitués à l'obscurité à présent. De retour à son bureau, il se versa quelques doigts de whisky et en but une grande gorgée, attendit ensuite que l'alcool fît son effet. Une partie de son cerveau lui disait qu'il devait demeurer calme, prendre le temps de réfléchir. Une autre lui disait qu'il était trop tard pour cela et qu'il ferait mieux de ne pas réfléchir du tout. Ce trouillard de préfet s'aplatissait devant son propre chef des enquêtes et allait laisser celui-ci continuer. Il était trop tard pour intervenir.

La seule question, c'était de savoir si Artemis Reach allait laisser faire en silence.

Le téléphone se mit à sonner, le prenant tellement de court qu'il dut attendre deux sonneries avant de pouvoir répondre.

Il s'apprêtait à entendre la voix du préfet. Ou celle de Terranova. Non, c'était Barry Lucasian.

« J'ai essayé de vous joindre toute la nuit, déclara Lucasian. C'est à propos de Hillyer.

— Je n'en ai rien à foutre, de Hillyer !

— Eh bien, vous devriez. Il est allé trouver la mère de la gamine. Elle lui a donné des lettres de Warren.

— Et... ?

— Je ne sais pas. Ça dépend de ce qu'il y a dedans. Elles disent peut-être ce qu'ils faisaient tous les deux. »

Il y eut un silence.

« Ça, c'est votre problème, pas le mien », répondit enfin Reach.

Sa voix lui parut légèrement pâteuse, imprécise, pas assez cependant pour que quelqu'un d'autre le remarquât. Mais pour lui, c'était assez, et il repoussa le verre, qui tomba du bureau, se fracassant au sol. Tant mieux. Bon débarras. Il entendait la voix de Lucasian, qui disait quelque chose.

« Répétez, vous voulez bien?

– Je dis que si c'est mon problème, ce sera aussi le vôtre. » Reach se mit à rire.

« Le mien? Mais je n'ai pas de problème. C'est moi qui en crée, pauvre cloche. C'est ça votre erreur, depuis le début, et tout ce que vous avez pu faire n'a conduit qu'à rendre les choses pires. A présent, vous pensez pouvoir vous retourner contre moi, comme les autres? Ce n'est pas si simple.

– Je vous dis juste que...

– Non, vous me dites des conneries! » coupa Reach, bondissant sur ses pieds. Il contourna le bureau, le verre brisé crissant sous ses semelles. « Il y a une chose que vous ne comprenez pas, c'est que je n'en ai rien à foutre, de la manière dont vous allez pouvoir vous en sortir. Et que je n'en ai rien à foutre, si vous ne vous en sortez pas et si vous filez en taule pour le restant de votre vie, de votre vie minable, insignifiante. C'était imbécile, ce que vous avez fait avec cette fille, et la manière dont vous avez cru régler le problème. Vous m'avez dit que vous vous occupiez de l'autre môme et, deux jours plus tard, on le retrouve dans une impasse. Maintenant, vous pouvez vous occuper de Hillyer ou pas. Mais n'ayez pas la naïveté de penser que vous pouvez me compromettre. »

Il raccrocha brutalement et se laissa tomber dans son fauteuil, réfléchissant à ce qu'il fallait faire. Mais il n'y avait rien à faire. C'était terminé. Tout cela se dénouerait de soi-même, peu à peu. Seul un idiot aurait pu prétendre le contraire, et Artemis n'était pas idiot. Il ne pouvait arrêter le processus et n'avait aucune envie d'essayer.

On allait s'occuper de Hillyer. Il ressentait une légère satisfaction à cette idée.

Mais ce n'était pas suffisant. Rien ne serait suffisant, tant qu'ils n'auraient pas tous payé. Et il savait comment parvenir à cela.

Les dernières maisons de Linden Lane s'adossaient à un épais bois de bouleaux où l'on pouvait encore, la nuit, surprendre un raton laveur, entendre une chouette hululer de loin en loin. Les chemins y étaient tracés par les gosses qui ne voyaient là rien de plus qu'un raccourci entre Linden Lane et Shannon. Parfois, durant les nuits d'été, l'odeur âcre de la marijuana flottait entre les arbres, et Jim Franks entendait de petits cris étouffés, et l'écho de pas précipités tandis qu'il avançait dans le bois, gâchant ainsi le plaisir de quelqu'un.

Mais par une nuit de semaine, au printemps, il pouvait espérer avoir ce lieu baigné de clair de lune pour lui seul. Ses semelles faisaient un doux bruit de succion dans les feuilles mortes, et le frôlement des branches où apparaissaient des bourgeons l'emplissait d'un étrange bien-être, comme s'il était entouré d'amis silencieux et tranquilles. Il n'aimait aucun endroit sur terre autant que ces quelques hectares de bois obstinés, qui avaient survécu à la domestication de ce qui les entourait. Il les aimait par-dessus tout pour la générosité de leur solitude.

Ce soir, le vent éraflait le sommet des arbres, pour descendre en tourbillons tumultueux entre les branches. Se recroquevillant dans la fraîcheur, il plongea vers l'intérieur du bois, impatient d'être assez loin pour ne plus voir derrière lui les réverbères de Linden Lane. Alors, la magie pourrait commencer à opérer.

Simplement, cela ne marchait pas. Étendant les mains devant lui pour écarter les branches, il s'engagea dans des sentiers plus étroits qui finissaient en pistes à peine tracées. Dans le clair de lune, les troncs blancs des bouleaux luisaient comme des squelettes, et il lui apparut brusquement qu'il ne connaissait absolument pas les bois.

Cependant, les bois avaient toujours été là. C'était lui, James Anthony Franks, qui était l'étranger.

Je l'ai vue là où on peut la voir, planant, présente et absente. A peine couverte, bien qu'il fasse froid. Autrefois, elle avait un corps, avec des seins qui auraient pu allaiter, si elle en avait eu le temps. A présent, il fait peine à voir, car il n'y a plus de chair du tout, juste des angles et des os.

On replonge dans la merde, voilà le message. Des yeux d'une autre planète, d'un autre univers. En route vers la mort. Ce qui, pour elle, veut dire s'en faire un dans Lexington Avenue. Oui, je t'ai suivie un jour, bien que je t'aie promis que je ne le ferais pas, et que je me le sois promis à moi-même, aussi. Ne te fâche pas, O. Je ne tiens pas mes promesses, avec personne. Même à elle, je le lui avais promis.

Mais elle n'était pas encore morte, à ce moment-là, ligotée dans la merde, sans plus de lumière dans les yeux, avec des marques brunes sur ce qui était autrefois sa peau. Un shoot, c'est tout, c'est tout ce que j'ai vu et devais voir, mais je l'ai vu, O.

Parfois, j'utilise ton nom pour pleurer, comme un cercle par-
fait qui se referme et s'enlace lui-même. Rien qu'en l'écrivant,
je me sens mieux.

Si je te parle d'elle, c'est qu'elle est le pourquoi de tout cela,
O. C'est la merde dans ses veines, qui boit son sang de l'inté-
rieur. Elle n'est pas une raison pour toi, tu as les tiennes. C'est
la mienne. Il faut que cela s'arrête, n'est-ce pas. Il faut que je te
parle. Bon dieu, il faut que je te parle.

Sommes-nous vraiment des prophètes ? Et qui nous écoute ?

Son travail, c'était terminé. Quelle que fût leur conclusion, par
rapport au coup de feu. Le simple fait d'aller chez Lloyd Elijah,
de frapper à la porte, de dire à sa mère et à sa sœur qu'il était flic,
cela suffisait à ne plus faire de lui un flic. Il ne se souvenait pas de
ne pas l'avoir été, mais peut-être était-il temps de changer les
choses. Oui, en vérité, le temps du changement était venu. Il y
avait, dans ce boulot, des choses qui le dégoûtaient. Il était temps
de passer à autre chose.

Jim fut contraint de rire de lui-même, en s'entendant déclarer
cela avec une telle bravoure, comme s'il hissait la voile, en par-
tance pour les îles Fidji ou Samoa, un de ces endroits dont il
entendait parler depuis qu'il avait l'âge de Jimmy.

Les gens ne font pas vraiment ce genre de chose, n'est-ce pas ?
Il croyait se rappeler avoir lu un article à propos d'un type qui
l'avait pourtant fait, une fois. Mais cela ne contribuait qu'à montrer à quel point étaient rares les gens qui y parvenaient. Cela
paraissait si simple. On embarque la femme et les mômes, et
vogue le navire.

Il s'adossa à un tronc d'arbre, réfléchit. La mère d'Elijah, déses-
pérée, ne leur avait peut-être pas dit immédiatement qu'un flic
était venu la trouver. La fille ne se souviendrait de rien, c'était à
peu près certain. Aucune importance. « *J'ai su qu'il lui était
arrivé quelque chose, dès que cet inspecteur est venu me poser des
questions* », déclarerait la mère tôt ou tard. Et les deux flics se
regarderaient d'un air interrogateur et répondraient : « *Non,
madame, nous n'avons envoyé aucun inspecteur pour vous poser
des questions* », et elle répliquerait : « *Il était là, au bar, je n'ai pas
rêvé, je lui ai même servi un café.* »

Il lui avait donné son nom, pour leur faciliter la tâche.

Il avait laissé partout des traces que même le plus nul d'entre
eux pourrait suivre.

S'écartant de l'arbre, Jim appuya sur le bouton de sa montre.

Le cadran s'éclaira. Dix heures et quelques minutes. Lenny regardait les nouvelles.

S'il parvenait à y réfléchir avec justesse, il pouvait s'en sortir le mieux du monde. Prendre un nouveau départ. Ce pouvait être un bien pour un mal.

Sa force, sa qualité essentielle en fait, était de pouvoir penser correctement, s'il le fallait. Et à présent c'était nécessaire. Un homme accepte ce qu'il doit accepter.

Quelque chose s'enfuit devant lui, bouleversant la paix du sous-bois. Mais Jim Franks, lui, n'était aucunement bouleversé. Il était calme, il s'était forcé à être calme, y était parvenu, ce qui signifiait qu'il acceptait déjà ce qui allait arriver. Les pervenches grimpantes qui s'accrochaient aux racines frissonnèrent un instant, et Jim sut qu'un lapin ou un raton laveur venait de passer.

Il fit un pas en avant, écrasant de sa semelle les pervenches. Puis un autre, doucement cette fois, presque silencieusement. Le lapin n'avait pas dû s'enfuir bien loin, n'est-ce pas? Il n'en savait rien. Seul un bon chasseur connaissait les règles de ce petit jeu. C'étaient là des choses qu'il lui faudrait apprendre.

Il s'arrêta, demeura en suspens, parfaitement conscient d'être absurde.

C'était complètement idiot. Il n'était pas chasseur, il n'avait jamais chassé de sa vie.

Il fit un nouveau pas en avant, écrasant les pervenches, se disant qu'un homme qui avait descendu un jeune garçon à bout portant ne devait avoir aucun problème avec un lapin, un opossum, ou même un chevreuil.

Aucun problème. Non, pas le moindre.

J'ai commencé un poème où je dis que je suis la Lune avant le coucher du Soleil et, dans ma tête, je t'entendais me demander ce que cela voulait dire. La Lune, c'est la nuit qu'elle existe, n'est-ce pas, argentée dans le ciel noir, entourée d'étoiles. Parfois, elle apparaît plus tôt, inutile, dérisoire, essayant de jouer son rôle de Lune, mais c'est quoi, en réalité? Je te fais confiance, tu comprends ce que je veux dire par là.

Pour te dire la vérité, O, j'aime te lire mes poèmes, essayer de te les expliquer, même si je me fais une règle de ne jamais le faire. Mr. H. dit qu'on ne peut expliquer un poème, parce que le poème en soi est une explication, mais il y a des choses que l'on peut dire, même si parfois c'est en parlant que l'on trouve les mots qui n'existaient pas tandis qu'on écrivait. Je suis la Lune avant le coucher du Soleil. Je ne savais pas pourquoi, avant de te l'expliquer.

Je voudrais pouvoir croire comme tu le fais, croire en Dieu je veux dire, mais je me dis que, s'il voulait vraiment que je croie en lui, il pourrait être un petit peu plus convaincant.

e est incroyable, il sait tout, et je ne crois pas qu'il recommencera ses conneries. Il m'a présenté quelqu'un hier soir, mais je ne te dis pas qui, parce que je ne suis pas certain qu'il nous rejoindra. Nous n'aurons jamais cinquante ans, n'est-ce pas, O ? C'est idiot, mais vingt-cinq, c'est bien suffi- sant. Dix aussi. e dit que les choses sont en train de changer, que quelqu'un les fournit et que tout le monde a peur de se four- nir ailleurs. Il connaissait des types qui fabriquaient du crack avec de la coke, mais c'est terminé, on ne les laisse plus faire. C'est à eux qu'il faut l'acheter, sinon ils vous tombent dessus quand vous essayez de la revendre, c'est ce qu'il dit.

C'est peut-être mieux comme ça. Parce que, quand quelque chose a une tête et que l'on coupe cette tête, la chose meurt. Si la tête n'existe pas, on peut toujours continuer à couper.

Simplement, il faut savoir où se trouve la tête.

Sois prudente, O, s'il te plaît. Nous pouvons les forcer à arrê- ter, s'ils nous forcent aussi. Il faut faire attention. Ils vous tuent, de toutes les manières possibles.

La différence entre nous, c'est que moi je les hais tous, et que toi, tu ne hais personne. C'est drôle, n'est-ce pas, que cela revienne au même ?

Jim Franks atteignit l'orée du bois à l'endroit où Linden Lane s'incurve vers la droite. Il ne pouvait pas rentrer chez lui par là, à moins de couper par le jardin de Taylor. Soudain, pour quelque mystérieuse raison, le bois lui faisait penser au garçon qu'il avait tué, et il décida qu'il ne cesserait pas d'y penser tant qu'il n'en serait pas sorti.

Il lui était plus facile de reprendre possession de lui-même dans le jardin de Taylor, d'où il pouvait voir la rangée de réver- bères qui conduisait jusqu'à la maison. Il contourna la piscine, demeurant sur la pelouse pour éviter que ses pas ne résonnent sur le dallage, ralentissant en arrivant dans la rue. Il était parti du fait qu'il avait eu tort de tirer. Il était vain de se justifier, il ne s'en sortirait jamais s'il persistait dans cette voie.

C'était une erreur. Il le comprenait. C'était un être humain, il avait commis une erreur. Il fallait l'accepter. L'accepter pour ce que c'était.

Et il l'acceptait. Une erreur humaine, tragique, comme toutes celles qui... *Mon dieu, c'est ridicule*, se dit-il, se forçant à arrêter de réfléchir. Un gosse s'était fait descendre.

Il y avait une voiture garée devant la maison. Ils étaient déjà là.

Il fallait tenir le coup à présent. Une erreur. On ne va pas se torturer pour une erreur.

Sauf quand on ne peut faire autrement. Seul un monstre échapperait à cela. C'était normal d'y penser sans cesse, de le revivre dans son sommeil.

Mais comment pouvait-il le revivre dans son sommeil, puisqu'il n'avait rien vu quand c'était arrivé? Car c'était le cas. Il avait fermé les yeux, n'avait pas regardé le corps, pas une seule fois. Il était sorti de la pièce sans regarder.

Cela ne suffisait pas.

Il s'aperçut en voyant la plaque minéralogique que la voiture était une voiture de la ville.

C'était bien. Ils auraient pu passer un message radio à la police de Dobbs Ferry pour leur dire d'aller le chercher, mais ils avaient préféré envoyer quelqu'un. C'était élégant de leur part.

Lenny doit être en train de leur servir un thé, songea-t-il.

Nous ne sommes pas tous des enfants de Dieu, O. Sois plus prudente. Personne ne nous croirait, et nous devons faire très attention. Tu as raison, j'en suis sûr, c'est là qu'ils le gardent : devine qui j'ai vu en sortir? Et il n'a pas de petite amie, tu le sais bien. Mais ne prends pas de risques, ce n'est pas la peine. N'y retourne pas, ce n'est pas si important. S'ils te surprennent, tu sais ce qui arrivera.

Ne dis rien. Rien. Pas même à e. Moi, je peux lui parler, comme tu me parles. Je pensais que tu étais à l'écart de cela, timide Ophelia, douce Ophelia. De qui aurais-tu peur, qui te ferait du mal?

Mais ce ne sont pas des enfants de Dieu. Ils nous tuent, tous, alors pourquoi pas toi?

Si ça part de si haut, jusqu'où cela peut-il s'étendre? e trouvera. Mais nous ne pouvons rien faire pour l'instant. Dieu que j'ai peur. Toi aussi, il faut que tu aies peur.

Quand Jim entra, les deux inspecteurs se levèrent et se tournèrent vers la porte. Tous deux étaient des Noirs.

« Inspecteur Franks? demanda l'un d'eux.

– Oui. »

Lenny se tenait debout entre eux. Tout cela paraissait très naturel, comme s'ils étaient simplement passés leur rendre visite.

« Je m'appelle Greg Young, et voici Dough Phelan. » Il ouvrit l'étui qu'il tenait à la main, montra son insigne, le referma. « Nous souhaiterions que vous nous accompagniez au centre administratif.

— Au centre? répéta Franks. Vous ne faites pas partie des Affaires internes? »

La commission des Affaires internes avait ses bureaux à Brooklyn.

« Non, nous travaillons avec le chef des enquêtes. »

Franks hocha la tête. Peu importait.

« Je vais sans doute rester un moment absent, ma chérie », dit-il.

En entrant, il avait fermé la porte derrière lui. Il la rouvrit.

« Vous avez déjà rendu votre arme de service, n'est-ce pas? demanda Young.

— C'est exact.

— Mais vous possédez une arme personnelle?

— Oui.

— Nous aimerions que vous la preniez avec vous. »

Franks savait pourquoi, et cela faisait mal, comme un coup de couteau. Ils allaient procéder à des tests de balistique. Ils savaient qu'il avait recherché Lloyd Elijah, et ils allaient examiner la possibilité qu'il l'eût retrouvé, et tué.

« Elle est en haut, déclara-t-il. Peut-être l'un de vous devrait-il m'accompagner. »

Phelan fit mine de se diriger vers l'escalier.

« Ce ne sera pas nécessaire », l'interrompit Young.

Phelan s'immobilisa et baissa les yeux sur ses pieds, gêné.

« Quel genre d'arme est-ce? interrogea Young.

— Un automatique, neuf millimètres. »

Young sourit.

« Pas trop de souci à se faire. Nous vous attendons ici. »

Franks aurait dû se sentir soulagé, mais ce n'était pas le cas. Tout en gravissant l'escalier, il comprit pourquoi. Ce qui le dérangeait, ce n'était pas que la police le considérât comme un assassin possible. Il n'avait rien à faire de ce que l'on pouvait penser de lui, à la police. Ce qui le préoccupait, c'était que le jeune Elijah eût été assassiné après qu'il eut commencé de le rechercher. Il se sentait responsable.

« M'autorisez-vous à monter avec lui? » entendit-il Lenny demander.

Il prit l'arme dans la penderie et en sortait quand Lenny le rejoignit.

« Ça va ? » s'enquit-elle.

Sa voix avait perdu sa fermeté, et l'inquiétude lui creusait le visage, la faisant paraître plus âgée. Il aurait voulu lui expliquer à quel point il était désolé, mais tout ce qu'il put trouver à répondre fut : « Oui, bien sûr. »

Il se détourna, se regarda dans le miroir. Il portait toujours le maillot qu'il avait mis pour jouer avec Jimmy. Il l'arracha et le jeta au sol, ne voulant pas débarquer au centre administratif dans cette tenue.

« Que se passe-t-il, Jim ? » demanda-t-elle.

Il sortit une chemise propre du tiroir et se tourna vers elle, déchirant l'emballage.

« J'ai recherché un garçon qui était en rapport avec celui que j'ai tué. Il a été assassiné, et ils veulent m'interroger. »

Elle ne comprenait pas, mais n'arrivait pas à poser d'autre question. Son regard se voila, comme si cette histoire de deux enfants tués l'un après l'autre était plus que ce que son cœur et sa tête ne pouvaient en supporter. Les flics s'habituaient à ce genre de chose, c'est pourquoi il était capable d'en parler ainsi, si facilement ; mais les civils, jamais.

« Il te faut une cravate ? » interrogea-t-elle.

Il fourra les pans de sa chemise dans son pantalon, et glissa le pistolet à sa taille. Elle lui tendit une cravate, choisit une veste, tandis qu'il faisait le nœud. Elle demanda si la veste allait. Elle allait.

« J'en ai pour une seconde », affirma-t-il, disparaissant dans la salle de bains. Il l'entendit pleurer doucement, ferma la porte.

Il se regarda dans le miroir, au-dessus du lavabo, s'aperçut qu'il tenait le pistolet en main.

Il se souvint qu'il avait répété la pièce avec Susan et que le dernier enchaînement de passes avec Jimmy avait été réussi.

Contre sa langue, le canon de l'arme était aussi froid et amer qu'une pièce de monnaie.

La détente était douce, aussi souple que le sein d'une femme.

VENDREDI

Avant même que sept heures eussent sonné, le lieutenant Larocca eut le sentiment que quelque chose n'allait pas. On était vendredi, c'était son sixième jour de garde devant le lycée La Guardia. La pluie était tombée durant presque toute la nuit, accompagnée de fortes rafales. Les rues de New York avaient ce visage clair, nettoyé, balayé, qu'elles offrent seulement après la tempête, quand se lève une aube lumineuse.

C'est l'équipe d'entretien qui arriva la première pour ouvrir le lycée, comme toujours. Ils étaient à présent habitués à la présence de la police, et échangeaient généralement quelques mots avec les flics en entrant. Mais là, ils ne dirent rien, pénétrant dans l'établissement avec les clés accrochées à de lourds anneaux et verrouillant les portes derrière eux.

Cependant, Larocca ne parvenait pas à mettre le doigt sur quoi que ce fût de précis. A sept heures passées, il s'aperçut que les portes étaient toujours fermées et que les cantinières ne s'étaient pas montrées. Il appela par radio le commissariat central du district.

« Je sais que ça va sembler idiot, déclara-t-il, mais est-ce qu'on ne serait pas un jour férié, par hasard? »

On lui répondit que non et il rejoignit ses hommes, qui buvaient du café en mangeant des beignets.

« Ça vient de moi, ou il y a quelque chose de bizarre? » lança-t-il à la cantonade.

Les hommes lui jetèrent un regard indifférent. Ce devait être lui. Il n'y avait absolument rien de bizarre.

A sept heures et quart, Larocca avait la preuve que son intuition était bonne. Le commissariat central l'appela pour l'informer que les écoles dépendant du Bureau 61 resteraient fermées toute la journée pour cause d' « entrave de la police au bon fonctionnement du système scolaire ».

Larocca eut la présence d'esprit de demander confirmation

avant de décider quoi que ce fût. Le temps que le commissariat central le rappelle, l'annonce de la fermeture des écoles avait été diffusée par pratiquement toutes les stations de la ville, comme cela se faisait pour les tempêtes de neige. Au Bureau 61 des Affaires scolaires, un message enregistré donnait le même renseignement.

« A mon avis, vous feriez aussi bien de plier bagage », lui dit le capitaine auquel il parlait, mais Larocca demanda une confirmation de l'ordre par le chef de district Norland lui-même.

Il était toujours à la radio, attendant l'ordre, quand un groupe de soixante-quinze à cent élèves apparut au coin de la rue, venant de la station de métro.

« Lieutenant ! » fit un des hommes, attirant son attention vers eux.

Larocca coupa immédiatement la communication et ordonna à son équipe de se déployer. Puis il se dirigea vers les élèves, accompagné de deux hommes. Ils avançaient vers lui en un groupe compact, et il ressentit un net malaise. S'ils fermaient leurs putains d'écoles, pourquoi diable ne l'avaient-ils pas annoncé à temps pour éviter aux gosses de venir ? Et pourquoi n'avaient-ils pas envoyé quelqu'un afin d'accueillir ceux qui viendraient malgré tout ? Ça lui faisait mal de devoir effectuer le travail à leur place. Il remarqua la présence de quelques profs, six ou sept, parmi la foule des élèves. C'étaient ceux qui arrivaient généralement les premiers, c'était donc normal. La chose étrange, c'était la présence des gosses en soi. Les cours ne commençaient pas avant neuf heures, et on ne voyait jamais arriver d'élèves avant huit heures et demie. Et aujourd'hui qu'il n'y avait pas cours, ils arrivaient plus tôt.

Quand les élèves furent à une vingtaine de mètres des flics, un grand type costaud, au premier rang du groupe – il semblait être le meneur – leva une main. Tout le monde s'arrêta derrière lui, serrant les rangs.

A l'instant, Larocca comprit que cela allait mal tourner.

« Appelez le commissariat central et demandez des renforts, chuchota-t-il d'une voix précipitée à l'adresse de l'homme qui se trouvait à son côté. Il n'y a pas cours aujourd'hui, déclara-t-il d'une voix forte. Je ne peux pas vous en dire plus, mais le Bureau 61 l'a annoncé à la radio. Vous feriez aussi bien de rentrer chez vous. »

Il voyait quelques-uns des professeurs se frayer un chemin jusqu'au premier rang, mais la plupart partaient dans la direction opposée, pressentant les ennuis et préférant les éviter.

« *Vous*, rentrez chez vous, répondit le jeune garçon qui semblait être le chef. Et emmenez les autres avec vous! »

Hal Garson sortit du groupe, avançant à coups d'épaule. Larocca était heureux de voir un professeur prendre les choses en main, même s'il ne pensait pas que cela améliorerait la situation.

« Ça suffit, Charlie, dit Garson. Laisse-moi discuter avec eux une minute.

— Discutez tant que vous voulez, répliqua Charlie Wain. Mais s'ils ne partent pas, on ne part pas non plus. »

Garson hocha la tête, signifiant qu'il avait bien compris les termes du contrat, et s'avança entre la police et les élèves.

« C'est vrai? demanda-t-il. Le lycée est fermé?

— C'est ce que l'on vient de m'apprendre, répondit Larocca. Et on dirait bien, ouais. Vous pensez réussir à les faire se disperser? »

Garson se retourna vers le groupe d'élèves. Il vit que quelques autres professeurs étaient sortis de la foule. Ils se tenaient face aux élèves, tournant le dos à la police. Les autres étaient toujours perdus dans la foule et se dirigeaient vers le fond, pressés de disparaître.

« Ce n'est pas la police qui a fermé l'école, annonça Garson d'une voix forte. Ils n'en savent pas plus que vous. Mais ça va être la pagaille, si vous restez à traîner dans le coin. On pourrait peut-être trouver une meilleure chose à faire.

— Je vous ai dit ce qu'il en était, Mr. Garson, cria Charlie en retour. On ne part pas tant qu'ils ne partent pas! »

Les gosses massés derrière poussèrent des cris d'approbation. Les observant, Garson s'aperçut qu'il n'en connaissait pas la moitié. Beaucoup étaient trop âgés pour être des élèves de La Guardia — des anciens qui avaient arrêté leurs études probablement. C'était le commando de Charlie Wain, en vue d'une confrontation avec la police. Ce qui signifiait que Charlie s'était préparé à cette fermeture avant même qu'elle se fût effectuée.

Garson cherchait quoi dire pour éviter la bagarre, pour prévenir les flics que c'était un piège. Mais, avant qu'il eût pu formuler quoi que ce fût, un des flics cria : « Lieutenant! » d'une voix alarmée.

Soixante gosses au moins arrivaient de l'autre côté, se dirigeant droit vers le premier groupe. Garson se retrouva instantanément prisonnier de la foule qui déferlait. Les deux flics qui avaient accompagné le lieutenant sur le trottoir pour parlementer avec Charlie Wain reculèrent aussitôt, laissant les deux groupes se rejoindre, leur abandonnant le trottoir. S'étant dégagé violemment, Garson se précipita vers la police, qui se déployait déjà dans la rue.

« Écoutez, dit-il d'une voix pressante, attrapant le lieutenant par le bras. La plupart de ces gosses ne font pas partie du lycée. Ce sont des types qui traînent dans la rue, ils ont été envoyés là. Quelqu'un cherche à déclencher la bagarre.

– Merde, vous en êtes sûr ? » demanda Larocca. Sans attendre la réponse, il avait saisi sa radio. « Nous avons cent ou cent cinquante gosses face à nous, nous n'allons pas pouvoir tenir, cria-t-il dans l'émetteur. Il nous faut du renfort, immédiatement ! »

Autour de lui, les hommes avaient sorti leur matraque et la tenaient en position d'assaut, à deux mains, en travers de la poitrine. Mais ils n'étaient que douze, il était impossible de les lancer sus à la foule.

Pourtant, ils ne pouvaient se contenter de rester là, immobiles. La passivité, Larocca le savait, c'était un chiffon rouge, un aveu de faiblesse, une provocation. Il leur fallait aller de l'avant, au moins pour gagner du temps.

« On y va, mais doucement », ordonna-t-il d'une voix calme. S'avançant d'un pas ferme, mesuré, ils se dirigèrent vers le centre du groupe, juste devant les portes du lycée, espérant les impressionner, les paralyser juste assez longtemps pour permettre aux renforts d'arriver. Déjà, on entendait le hululement des sirènes qui se rapprochait rapidement.

Les gosses ne se laissèrent pas avoir. Peut-être avaient-ils compris qu'il fallait attaquer maintenant. Eux aussi avaient entendu les sirènes et devaient savoir qu'une fois les flics arrivés en force ils seraient pris à leur propre piège.

« Tire-toi de là ! » hurla Charlie Wain, face à Larocca, faisant un pas vers lui. Les autres suivirent instantanément, se dirigeant vers les flics qui marchaient toujours.

Une voiture-radio tourna au coin de la rue, et la sirène s'éteignit, tandis qu'un étrange silence tombait sur la rue. Mais il n'y avait que deux hommes, dans la voiture, et deux hommes ne pouvaient pas faire grand-chose. Les voyant, les gosses accélérèrent l'allure, psalmodiant des slogans moqueurs, jusqu'à ne plus être qu'à quelques mètres des flics.

Larocca entendait d'autres sirènes au loin, mais il savait que, le temps de recevoir du renfort, il lui faudrait affronter une véritable émeute s'il ne parvenait pas à garder une certaine distance entre ses hommes et les gosses avant l'échange du premier coup.

« Reculez! cria-t-il. Reculez! Immédiatement! »

La douzaine de flics qu'il commandait rompit les rangs instantanément, avant même qu'il eût fini de donner son ordre, se réfugiant aussitôt sur le trottoir de l'autre côté du boulevard, sous les quolibets et les hourras moqueurs.

Comme de l'eau se précipitant par une écluse ouverte, les gosses se répandirent dans la rue, prenant possession sans discussion possible de l'espace devant l'école. Un hurlement général envahit tout, puis se calma, laissant place à un flot continuel d'invectives.

Isolés de l'autre côté de la rue, les hommes de Larocca se regroupaient, impuissants. Quittant la voiture-radio, les deux agents arrivèrent en hâte, impatients d'apporter leur aide.

« Que voulez-vous que nous fassions, mon lieutenant? fit l'un d'eux avec un enthousiasme imbécile, criant pour dominer le vacarme.

– Que vous fassiez? répéta Larocca. Ne faites rien, surtout! »

Le message contenu dans les lettres de Timothy était en partie clair. Steven en était arrivé à si bien comprendre l'esprit du jeune garçon que les bribes d'information éparpillées se mettaient toutes seules en place, comme les pièces dispersées sur un échiquier s'organisent dans le cerveau du joueur. Ce garçon brillant, violent, sans autre ressource que sa propre rage, avait secrètement déclaré la guerre aux dealers du lycée La Guardia. Depuis combien de temps cela durait-il? Steven ne pouvait le dire, mais cela expliquait l'apparent accès de paranoïa qu'il avait connu quelques mois avant sa mort, prétendant que d'autres élèves tentaient de le tuer. Ce n'était peut-être pas le cas, mais ce l'aurait été s'ils avaient découvert ce qu'il faisait.

A un certain moment, il avait dû penser pouvoir recruter cinquante élèves pour l'aider dans sa croisade, mais il semblait avoir fini par ne garder avec lui qu'Ophelia James et Lloyd Elijah, la *timide, douce Ophelia*, et Lloyd, le prophète de ses poèmes, qui avait été consommateur autant que dealer. De toute évidence, Elijah avait arrêté quand Timothy était venu vivre avec lui, avant de replonger. *Je ne crois pas qu'il recommencera ses conneries*, écrivait Timothy, exprimant sans doute un souhait plus qu'une opinion. C'était typique de Timothy, d'investir tant sur un garçon aussi perdu, aussi fragile que lui-même.

La lettre dans laquelle il disait avoir suivi sa mère et l'avoir vue acheter de la drogue dans Lexington Avenue suscitait en Steven une douleur poignante face au désarroi du jeune garçon. Ce qui lui faisait mal, surtout, c'était cette idée que si seulement lui, Steven Hillyer, en avait fait davantage, s'il s'était mieux battu pour obtenir l'aide dont Timothy avait besoin, sa vie aurait peut-être été épargnée. Mais peut-être n'était-ce là qu'une illusion, née de la culpabilité et du désir de croire que les routes que l'on ne prend pas mènent autre part. En réalité, Timothy n'avait sans doute pas d'autre choix, d'autre manière de mener sa vie qu'en se laissant guider par cette autodestruction sauvage, si évidente chez lui. *Je suis la Lune avant le coucher du Soleil*, avait-il écrit dans un poème inachevé.

Apparemment, Timothy avait appris par Lloyd Elijah que la vente sauvage du crack au sein du lycée était en train de se transformer en un strict monopole, étroit, bien géré. *C'est à eux qu'il faut l'acheter, sinon ils vous tombent dessus quand vous essayez de le revendre, c'est ce qu'il dit.* Il avait la naïveté de trouver un quelconque espoir dans cette nouvelle organisation – *quand quelque chose a une tête et que l'on coupe cette tête, la chose meurt –*, mais il était aussi suffisamment réaliste pour avoir peur, particulièrement pour la sécurité d'Ophelia. *Ce ne sont pas des enfants de Dieu. Ils nous tuent, tous, alors pourquoi pas toi ?* écrivait-il dans sa dernière lettre, la suppliant d'être prudente. *Ils vous tuent, de toutes les manières possibles.*

Mais qui était ce *ils* ? Ophelia avait dû approcher très près de la réponse, car les lettres, d'enthousiastes, se faisaient soudain prudentes. *Tu as raison, j'en suis sûr, c'est là qu'ils le gardent*, écrivait-il, la pressant de ne pas prendre de risques, de *ne pas y retourner, ce n'est pas si important.*

Retourner où ? Et qui Timothy avait-il vu sortir ? La seule indication qu'il laissait était que cette personne n'avait pas de petite amie. Mais ce pouvait être n'importe qui.

Ce qui était important aux yeux de Steven, à présent, c'était qu'Ophelia avait probablement négligé les avertissements de Timothy. Était-ce la raison de sa mort ?

La simple formulation de cette question l'exaltait. Depuis le début, il avait persisté à croire que Timothy n'avait pas tué Ophelia James. A présent, cela semblait possible. *S'ils te surprennent, tu sais ce qui arrivera*, la prévenait-il. Mais comment ? Et qui ?

Certainement, Charlie Wain était l'un d'entre eux, mais la réponse n'était pas là. Charlie était en plein dans le trafic de drogue qui sévissait à La Guardia, et le premier à avoir été présent dans la salle de musculation. Il avait sans aucun doute menti à Steven et à Rita quand ils l'avaient rejoint sur le terrain de sport, et il avait envoyé ses hommes de main pour donner une leçon à Steven et l'empêcher d'interroger Lloyd Elijah. Mais Charlie Wain n'était pas un organisateur. Il ne pouvait guère être qu'un exécuteur chargé de faire respecter la loi, en bas de l'échelle. Il fallait monter plus haut. Cette idée revenait sans cesse dans l'esprit de Steven, comme elle avait hanté celui de Timothy. *Si cela part de si haut*, se demandait Timothy. Mais d'où exactement ?

D'assez haut pour l'effrayer, pour le forcer à être prudent. *Personne ne nous croirait*, écrivait-il.

Steven tenta d'expliquer tout cela à Rita, mais elle ne voulut pas écouter. Face à son enthousiasme, elle fit preuve d'une indifférence froide, bientôt remplacée par une indignation croissante.

« Ce n'est pas ton monde, Steven, affirma-t-elle d'une voix coupante. De quel droit y ferais-tu la loi ? »

Il avait pourtant travaillé dur pour en faire son monde. Peut-être avait-il trop souvent flanché en chemin. Mais il n'avait pas abandonné. Cela seul comptait. Il avait débarqué dans le district 61 en pensant qu'entre le monde de Rita et le sien il ne devait pas exister ce gouffre qu'elle désignait à présent, et il commençait de nouveau à y croire. Il n'acceptait pas son verdict.

« Parce que tu es née ici, cela te donne donc un accès direct à la vérité, celle de la rue ? rétorqua-t-il, en colère à son tour. Ce sont des conneries.

— Je ne te parle pas de vérité, dit-elle. Je te parle du meurtre de Lloyd Elijah. Tu es un professeur d'anglais, originaire du Connecticut, tu ne sais pas ce que tu fais. A qui le tour maintenant, si tu ne laisses pas tomber cette histoire ?

— C'est en laissant tomber que tu comptes lutter contre ces choses-là ? Tu t'imagines que c'est en fichant la paix aux assassins qu'on diminue le nombre de victimes ?

— Qui vas-tu aller trouver, maintenant ? reprit-elle, sarcastique, feignant de ne pas avoir entendu. Pourquoi pas Jamal ? On le découvrira dans une impasse, et tu sauras que tu as encore avancé d'un pas.

— Je n'implique personne qui ne soit déjà mêlé à cette histoire.

— Bien. Dans ce cas, la prochaine victime, ce sera toi.

— Je n'ai pas l'intention de me faire tuer.

— Ce sera une mort sans importance, Steven. Tu n'es pas un martyr. Timothy Warren n'était pas un prophète, et toi non plus. Personne ne s'envole vers le paradis sur un chariot de feu.

– Alors, il faut accepter cela, c'est tout? questionna-t-il, non comme un défi, mais parce qu'il voulait réellement savoir ce qu'elle allait répondre.

– Je n'accepte pas, Steven, répondit-elle doucement, dominant sa colère, posant un doigt sur ses lèvres. Je me bats en leur donnant le choix. Je me bats en étant un professeur, en leur montrant qu'il existe une autre vie possible. Je me bats en faisant mon travail, en faisant l'amour, en vivant ma vie. Il n'y a pas d'autre combat, Steven. »

Le matin était arrivé, et ils continuèrent de discuter plus tranquillement, puis firent l'amour, renonçant à dormir. C'était un luxe. Tout en prenant sa douche et en s'habillant pour partir à l'école, Steven pensait à Rita, se demandant si elle ne lui avait pas fait l'amour afin d'acheter son assentiment, avec cette monnaie extraordinaire qu'était son corps. Cela dit, peut-être n'avait-elle pas tort. Peut-être.

Sur le chemin du lycée, ils n'échangèrent pas un mot à propos de Timothy ou des lettres, même si la pression de sa cuisse contre la sienne, sur la banquette du métro, suffisait à lui rappeler ce qu'elle pensait de tout cela, coupant la moindre émotion en lui.

Lorsqu'ils sortirent du métro et gravirent les marches de la station, ils commencèrent à se rendre compte que quelque chose n'allait pas. En entendant le hurlement des sirènes, là-haut, ils accélérèrent l'allure, comme des élèves qui étaient avec eux dans la rame. Ils émergèrent au milieu du chaos.

Dirigeant leur regard vers le coin de l'école, ils virent des élèves rassemblés en une foule compacte, houleuse, que d'autres rejoignaient en hâte. Ils firent halte une seconde à peine, le temps d'échanger un coup d'œil, avant de se précipiter pour voir ce qui arrivait.

Devant lui, Steven vit une fille qui tentait de se frayer un passage dans la cohue, cherchant à s'éloigner, tandis qu'un gosse, puis un autre la saisissaient pour l'empêcher de partir. Il se mit à courir, suivi par Rita et, en s'approchant il reconnut Maria Onofrio.

« Laissez-la partir, fichez-lui la paix », cria-t-il, repoussant les élèves pour atteindre Maria.

Quand il arriva jusqu'à elle, Maria était tapie contre le mur du lycée, ses grands yeux écarquillés de terreur. Steven fit dégager les garçons qui la tenaient. A cinq ou six endroits différents, la même scène se reproduisait, certains élèves empêchant d'autres gosses de s'en aller.

« L'école est fermée, Mr. Hillyer, fit Maria, en larmes. La police est partout, ça va très mal tourner.

— Tu n'as rien? demanda-t-il, craignant qu'elle ne fût blessée.

— Je veux rentrer à la maison, gémit-elle. S'il vous plaît, est-ce que je peux rentrer chez moi?

— Pourquoi, de quoi tu as peur? fit un des garçons, ironique.

— Tu vas les laisser nous empêcher d'entrer dans notre propre école? lança un autre élève. Il faut leur tenir tête, tous ensemble.

— Vous allez leur tenir tête ailleurs », ordonna Steven d'un ton âpre, se tournant vers lui.

Il fit un pas dans sa direction, et l'élève ne bougea pas, évaluant les conséquences d'une résistance agressive. Une douzaine d'autres se tenaient prêts à lui prêter main-forte, s'il se décidait, mais Steven s'en moquait. D'une manière ou d'une autre, il devait tirer Maria de ce pétrin.

« Tu as compris? » fit-il d'une voix dure, avançant encore, forçant le garçon à reculer.

Celui-ci, à peu près de la taille de Steven, le repoussa. Soudain, quelqu'un cria que d'autres flics arrivaient et qu'ils tentaient de disperser les élèves devant le lycée.

L'espace d'une seconde, tout demeura suspendu, ensuite le groupe se désintégra, les gosses se précipitant vers l'école, se ruant vers une bataille plus importante, plus excitante.

Tout au long de la rue, les groupes se dissolvaient aussi vite, abandonnant derrière eux quelques gosses effrayés, comme la marée laisse en se retirant les traînées d'algues sur le rivage.

« Allez avec Miss Torres, leur lança Steven. Elle va vous accompagner jusqu'au métro. »

Tandis que Rita les prenait en charge, Steven se rua jusqu'au coin de la rue, voyant à chaque enjambée se multiplier les signes du chaos. De l'autre côté de la rue, à l'écart de la foule des élèves, une douzaine de professeurs regardaient, impuissants. D'autres s'étaient sans doute réfugiés plus loin, hors d'atteinte, craignant d'être pris dans la bagarre, mais obligés, par devoir, de demeurer là.

A présent, les sirènes hurlaient presque en continu, les voitures de police arrivaient sans cesse, pour la plupart de simples véhicules de patrouille, avec deux agents à bord, et de temps à autre une voiture banalisée avec un couple d'inspecteurs. Devant l'école, la rue était bloquée, les voitures s'arrêtant dans le plus grand désordre, les flics abandonnant leur véhicule pour continuer au pas de course.

Lorsque Steven regarda vers l'école, l'importance et la gravité de la situation, avec sa violence potentielle, lui apparurent clairement, de façon dramatique. Les élèves avaient pris possession du trottoir devant l'école, d'un coin de la rue à l'autre. La police n'avait rien fait pour bloquer le périmètre, et d'autres élèves se présentaient sans arrêt. Toutes les quelques minutes, à chaque arrivée de métro, une horde de gosses se déversait sur le trottoir, rejoignant la foule.

Les flics, pour autant qu'il pût le constater, ne faisaient rien. Ils restaient regroupés dans la rue, tournant en rond, incertains. Ils avaient très peu de marge de manœuvre, cernés à droite et à gauche par leurs propres voitures.

Se dirigeant vers l'école, Steven entendit une clameur de colère monter de la foule des élèves tandis que, derrière lui, une sirène se mettait à hurler, si près qu'il crut que sa tête explosait. Se retournant brusquement, il vit s'ouvrir les portes d'un grand car de police. En jaillirent des flics en tenue d'assaut, casqués et armés jusqu'aux dents, visiblement décidés à intervenir, sinistres, effrayants dans leur volonté évidente, délibérée de charger. Tandis que le plus gros de la troupe rejoignait les autres flics au milieu de la rue, une douzaine d'entre eux quitta le groupe, se dirigeant vers chaque coin de rue, là où la foule des élèves était la plus clairsemée.

Steven se figea, saisi, assommé par cette onde de choc, cette force qui émanait d'eux, cette menace anonyme dissimulée derrière leurs visières opaques.

Mais cela ne dura qu'un instant. Il comprit rapidement que, s'il n'atteignait pas l'école avant que la police ne bloque le trottoir, il serait trop tard. Il sentait que sa place était là-bas, sans savoir seulement ce qu'il allait faire.

Comme il se précipitait vers l'école, les brigades antiémeutes chargèrent, visant entre la porte du lycée et le coin de la rue, un endroit précis du trottoir, à partir duquel ils pourraient avancer. Steven accéléra l'allure, et autour de lui les gosses firent de même, ressentant une semblable urgence. Les garçons se précipitèrent à son côté, s'interpellant, se lançant des avertissements, quelques-uns l'acclamant en le dépassant. *Allez, Mr. Hillyer! Avec nous, Mr. Hillyer!*

Mais Steven n'était pas avec eux. Il voulait les arrêter, ou arrêter la police, ou au moins s'interposer, là où il pourrait peut-être empêcher la confrontation sanglante qui menaçait d'avoir lieu. Violente chez ces gosses, la haine des forces de l'ordre qui montait depuis deux semaines à présent avait atteint son point d'incandescence. Une fois que la violence aurait explosé, plus rien ne pourrait la contenir, elle devrait s'épuiser d'elle-même.

Trois flics se ruèrent devant lui, matraques brandies, barrant le passage. *En arrière, en arrière!* criaient-ils d'une voix étouffée, inhumaine, sous leurs casques étincelants.

Immédiatement, une douzaine de jeunes garçons chargèrent, tandis qu'une fille tenue par un flic hurlait, et qu'un garçon grimpait tel un singe sur le toit d'une voiture. En un éclair, une matraque lui faucha les jambes et le jeune garçon tomba à plat sur le toit de métal, roula au sol et disparut.

L'espace d'une seconde, une brèche s'ouvrit devant Steven, un espace étroit dans lequel il se rua, s'infiltrant de biais. « Je suis professeur! » cria-t-il au flic qui le repoussa violemment parmi les élèves, le précipitant à terre.

Il tomba sur le flanc, mais lorsque le flic l'enjamba pour saisir un autre garçon il parvint à rouler sur lui-même et, bondissant sur ses pieds, se retrouva derrière la ligne d'attaque. Il courut vers la foule des élèves massés devant les portes du lycée.

Il était parmi les derniers à avoir traversé. Derrière lui, les flics serraient les rangs. Un haut-parleur se mit à résonner, lançant des ultimatums d'une voix tonnante, artificielle. « Dirigez-vous vers le coin de la rue, dans le calme. » « Dirigez-vous vers le coin de la rue, en ordre. Vous avez cinq minutes pour vous disperser. »

« L'heure a sonné, bande de salauds! » répondit d'une voix claire et forte quelqu'un, soutenu par un chœur d'obscénités.

Comme si la chose avait été préparée, un objet jaillit du sein de la foule et vint frapper à la tempe le lieutenant Larocca, qui recula en titubant, laissant tomber le porte-voix. C'était un livre de classe, un lourd manuel, jeté telle une pierre; quand il s'écrasa au sol, Steven entr'aperçut la couverture colorée et, dans un coin de son esprit, se fit la remarque incongrue que c'était le manuel d'histoire américaine de la classe de huitième année. Après quoi, il n'eut plus l'occasion d'avoir la moindre pensée cohérente.

Dans les premiers rangs de la foule, les élèves se tordaient de rire, et le livre fut suivi par un tir de barrage d'objets divers – livres mais aussi bouteilles et boîtes de soda, cartons de lait ouverts qui volaient comme des comètes, et, de plus en plus, pierres et morceaux de brique qui transformaient, d'un seul coup, la dérision en agression réelle.

La police commença de reculer sous le bombardement, les boucliers levés pour se protéger des livres et des bouteilles, se courbant et évitant les projectiles avec d'étranges contorsions bouffonnes. Mais il suffit que le sang se mît à couler, un flic ayant été touché à la tête par une pierre, pour que tout change aussitôt : hurlant des grossièretés, balançant sauvagement sa matraque, ce flic chargea les élèves.

Les hommes en uniforme lui emboîtèrent le pas, car ils étaient les plus proches, les flics en tenue de combat sur leurs talons, caparaçonnés, aussi invulnérables qu'une machine.

La police venant vers lui, les élèves se pressant dans son dos, Steven était piégé. Il leva le coude pour se protéger, mais reçut un coup à l'épaule, et la douleur diffusa le long de son bras. Quelqu'un le bouscula, et il alla heurter un flic qui le repoussa violemment.

Les gosses hurlaient, courant dans tous les sens, certains fuyant la charge de la police, d'autres contre-attaquant, mais tous filant là où ils le pouvaient, se baissant, bondissant, piégés par la géométrie glacée de la rue, les flics postés à chaque extrémité se déployant au milieu, pris dans cent bagarres en même temps. On entendait, mêlé aux cris et aux appels, le bruit sourd, écœurant des matraques qui frappaient les corps, les crânes, des os et des briques qui se fracassaient contre les voitures et les pare-brise.

Un flic, tombé au sol, reçut un violent coup de pied en plein visage. Un autre partit en arrière contre une fille, se tenant le ventre comme pour endiguer le sang qui ruisselait sur ses mains. Un jeune garçon, matraqué dans le cou, la tête penchée de manière étrange, tituba contre le mur du bâtiment et glissa au sol telle une goutte de pluie.

Steven se précipita vers lui. « Le voilà ! C'est Hillyer ! » cria une voix, non loin de lui. Avant qu'il eût pu se demander pourquoi, et d'où cela venait, quelque chose le frappa au côté, juste sous les côtes. Se tournant brusquement, il aperçut un garçon armé d'un couteau, un garçon qu'il ne connaissait pas, et sentit le sang chaud ruisseler sur son flanc.

Mon dieu. Ce n'était pas un accident. Ce n'était pas un coup reçu au hasard, dans la pagaille.

« Je vais te viander, mon vieux », marmonna le garçon, fonçant sur lui. Steven recula d'un pas, sentit le mur dans son dos. Derrière le garçon, il vit Charlie Wain venir vers lui.

Soudain, celui qui tenait le couteau vacilla, déséquilibré, car un garçon plus petit s'était jeté sur lui. C'était Jamal Horton.

« Courez, Mr. Hillyer ! cria Jamal, bondissant hors de portée du couteau. Partez, immédiatement ! »

L'instant d'après, ils couraient tous les deux, Steven suivant le chemin que lui traçait Jamal, se laissant guider loin du cœur de l'émeute. Il jeta un coup d'œil par-dessus son épaule et vit Charlie Wain qui, l'air furieux, repoussait le garçon au couteau, et avançait lourdement parmi la foule, écartant les gens devant lui, calme, obstiné à le poursuivre.

Steven n'avait détourné le regard qu'une fraction de seconde, mais cela suffit pour qu'il manquât perdre Jamal. A quelques foulées devant lui, le jeune garçon zigzaguait, preste, agile, trouvant comme par magie des ouvertures dans l'échauffourée, se retournant de temps à autre pour s'assurer qu'il était toujours là. Une explosion, suivie d'un rugissement, les secoua tous. Une voiture de police était en flammes.

Il n'y avait plus rien à faire, sinon courir, courir jusqu'au coin de la rue, et se mettre à l'abri, si la bagarre ne s'était pas étendue jusque-là. De nouveau, Steven discerna la masse menaçante de Charlie Wain au milieu du tumulte, avant de la perdre de vue une fois encore, tandis qu'il rattrapait Jamal.

Se frayant un passage au travers des derniers flics, plus clairsemés, et des enfants en proie à la panique, ils atteignirent enfin le coin de la rue, tournèrent. Devant eux, au milieu des spectateurs que la violence de l'émeute avait chassés et qui s'étaient massés là, se tenait Rita, effrayée, observant les enfants qui s'enfuyaient. Son regard rencontra Steven; elle l'appela.

Steven courut vers elle, et elle jeta ses bras autour de lui.

« Mon dieu, s'exclama-t-elle en sanglotant, j'ai cru que tu étais pris au milieu.

— Allez, Mr. Hillyer, fit Jamal d'une voix suppliante. Charlie a envoyé tout le monde après vous. Il faut fiche le camp d'ici. »

Se dégageant de l'étreinte de Rita, Steven constata qu'elle avait du sang sur les mains, là où elle l'avait tenu. Il saignait, mais il ne ressentait aucune douleur. Il parcourut la rue des yeux, sans apercevoir Charlie Wain. Ce n'était pas la peine de l'attendre.

« Il faut que je parte, dit-il à Rita, commençant de s'éloigner, lui prenant les mains pour qu'elle le lâche.

— Où vas-tu? demanda-t-elle.

— Chez une personne du Bureau. Je t'expliquerai plus tard », lança-t-il, puis il se détourna et reprit sa course.

Il se précipita dans l'escalier du métro, et ce n'est qu'en arrivant devant les tourniquets qu'il se rendit compte que Jamal n'était plus à son côté. Il fouilla ses poches, à la recherche d'un jeton.

« Laisse tomber, mon vieux ! » cria quelqu'un.

Des hordes de gosses se précipitaient par les issues de sortie, oubliant les tourniquets et les jetons dans leur hâte d'être loin.

En même temps, des gosses venus d'autres écoles arrivaient en masse à chaque nouvelle rame, se ruant dans l'escalier, attirés par la bagarre et désireux d'y participer. En les voyant, Steven pensa vaguement, comme anesthésié, que l'émeute, là-haut, venait à peine de débuter.

Au-dessus de leur tête, à une rue de là, une confiserie, juste en face du lycée, commençait à brûler.

Surpris ? Rien de ce que pouvait inventer ce salopard de Noir n'aurait jamais pu surprendre Boorstin. Mais fermer les écoles ? Grands dieux...

C'était là l'initiative la plus arrogante, la plus audacieuse dont Boorstin eût jamais entendu parler en matière de vie publique. A l'instant où le préfet Pound avait flanché devant Terranova, laissant l'enquête se poursuivre à La Guardia, il avait su que des ennuis se préparaient. Le fait que Reach n'eût presque rien dit en quittant le bureau du préfet ne l'avait aucunement trompé. Le prix à payer serait très, très lourd.

Mais de là à fermer les écoles... Pas seulement La Guardia, mais les différents lycées et collèges du district. Entre dix-huit et dix-neuf mille élèves allaient se retrouver dans la rue. Déjà, l'été était assez redoutable, avec tous ces gosses désœuvrés en train de traîner. Chaque année, la ville retenait son souffle, depuis le dernier jour d'école jusqu'à la fin du week-end de la fête du travail. Et soudain, un vendredi de printemps prenait les allures du pire été qu'on eût jamais connu. Avant même le début des incidents, Boorstin avait prévenu le préfet de mettre les troupes antiémeute en alerte.

Qu'avait bien pu imaginer ce cinglé de Reach ? Que tout le monde serait si bouleversé à l'idée que ces gosses manquent leurs cours qu'on lui promettrait tout ce qu'il voulait, la prochaine fois ? Certes non. Ce qu'il avait en tête, c'était le chaos, c'était qu'il n'y aurait pas de prochaine fois, c'était le souvenir de Harlem, de Watts, de Detroit et d'Armageddon. Reach savait quel était le rôle des écoles, et ce que signifierait leur fermeture. Il s'asseyait volontairement sur une mine pour faire sauter la ville. Pourquoi cela ?

Et quelle importance, au demeurant ? C'était, tout simplement, une déclaration de guerre.

Boorstin eut à peine trois minutes pour savourer ces réflexions. A peine avait-il réagi à la nouvelle de la fermeture des écoles en prévenant la police que celle-ci le rappelait, faisant écho aux appels urgents du lieutenant Larocca. A neuf heures, l'hôtel de ville savait que la catastrophe était déclenchée.

A neuf heures et quart, Junius Ehrlich quittait son bureau et montait chez Boorstin. Jamais il n'avait été en colère au point d'agir ainsi.

« Expliquez-moi ce qui se passe », tonna-t-il, pénétrant en trombe dans le bureau.

Boorstin avait deux communications en même temps, et Rachel, sa secrétaire, en avait pris une troisième.

Il coupa les deux lignes.

« On ne peut pas expliquer une chose pareille, répondit-il. Cela dit, je peux vous affirmer une chose : ce salopard de Reach vient de se griller lui-même.

— Ah oui ? Alors comment se fait-il que je sens sa grosse queue noire me remonter jusque dans les reins ? »

Rachel se détourna, regardant vers la fenêtre.

« C'est pas vrai, elle ricane ! fit le maire. Elle est cinglée ou quoi ? Virez-la d'ici. »

Rachel raccrocha le téléphone et décampa illico. Le maire la regarda qui filait, secouant la tête, puis se tourna vers Boorstin.

« Racontez-moi votre histoire, reprit-il. Je vais essayer de vous écouter. »

Boorstin contourna son bureau, s'approcha.

« Il y a longtemps que Reach s'est fait la place qu'il occupe, bien avant vous et moi, parce qu'il avait dans sa manche un atout, une menace précise : dix-huit mille animaux sauvages, qu'il pouvait libérer quand il le voulait. Ces gosses, c'est son Apocalypse personnelle. Il a posé la charge, il a déclenché le détonateur, a coupé la sécurité. A présent, il n'a plus rien. »

Le maire penchait la tête, comme s'il réfléchissait à tout cela.

« Et pourquoi agirait-il ainsi ? » demanda-t-il.

Boorstin ne put que hausser les épaules.

« Je n'en sais rien. Mais vous auriez dû voir sa tête quand Pound a dit qu'il n'annulait pas l'enquête. L'atmosphère était à couper au couteau. »

Ils demeurèrent un moment silencieux.

« Et je suppose que maintenant vous allez me dire qu'il n'y a aucun problème, déclara enfin le maire.

— Bien sûr que si, il y a un problème.

381

– Et comment allons-nous le résoudre ? »

Boorstin prit une profonde inspiration.

« Il ne serait peut-être pas inutile que vous **vous rendiez** sur place.

– Est-ce que j'ai l'air d'un John Lindsay à la con, à votre avis ? Je n'y suis pas allé hier. Je ne vois pas comment je pourrais y aller aujourd'hui.

– Très bien, répondit Boorstin, levant les mains en signe d'apaisement. Vous n'y allez pas, c'est parfait. Nous pouvons quand même faire quelque chose... »

Le maire alla s'installer dans le fauteuil de Boorstin, derrière le bureau.

« Et je vais vous dire quoi, déclara-t-il. Nous allons recruter tous les flics de la ville qui ne sont pas occupés à l'école et nous allons les envoyer à la recherche de Reach, nous allons le ramener, en lui passant la camisole de force s'il le faut, et nous allons l'emmener là-bas, pour qu'il leur dise à tous de rentrer chez eux. »

Boorstin réfléchit un moment. Cela pouvait calmer le jeu, mais en donnant à Reach le rôle du pacificateur.

« Je ne suis pas sûr, monsieur le Maire..., commença-t-il.

– Moi, j'en suis sûr. Appelez. »

Ehrlich lui tendit le téléphone. Boorstin composa le numéro du préfet de police et lui demanda d'envoyer tous les hommes disponibles à la recherche d'Artemis Reach.

Il raccrocha. Le maire avait les coudes posés sur le bureau, la tête dans les mains.

« Un flic noir tue un gosse noir, et vous me dites que vous pouvez gérer le truc, marmonna-t-il d'une voix étouffée. Résultat, la ville entière est à feu et à sang. »

Ce n'était pas la ville entière. C'était seulement le Bronx. Mais Boorstin savait qu'il valait mieux ne pas discuter.

Le maire leva les yeux vers son adjoint.

« Nous aurions dû inculper ce flic tout de suite. Je suppose que cela ne changerait pas grand-chose de l'inculper maintenant, n'est-ce pas ? »

Boorstin secoua la tête.

« Il s'est tué hier soir. Il s'est fait sauter la cervelle. »

Ehrlich se renversa dans le fauteuil, avec une expression de résignation indicible.

« Bon. Vous avez donné les ordres, et les flics font ce qu'ils peuvent. Laissez-moi, voulez-vous ? »

Boorstin sourit malgré lui. C'était une attitude typique d'Ehr-lich, que d'investir un bureau en oubliant que ce n'était pas le sien.

« Excusez-moi, monsieur le Maire, dit Boorstin, mais c'est mon bureau. »

Junius Ehrlich se redressa brusquement, regarda Boorstin droit dans les yeux.

« Plus maintenant », répliqua-t-il avec un sourire.

Tout le monde faisait cercle autour de la radio quand Steven fit irruption dans le bureau du député Kellem. La blessure à son flanc avait cessé de saigner, mais il n'avait pas eu le temps de se nettoyer. Il semblait revenir de la guerre, de cette guerre dont ils écoutaient les nouvelles à la radio.

Les jeunes stagiaires arrivèrent en hâte, impatients d'avoir des informations de première main. Mais Steven n'avait pas le temps de satisfaire leur curiosité. « Il faut qu'on parle », déclara-t-il dès qu'apparut L. D. Woods, se frayant un chemin parmi les sta-giaires massés autour de lui.

C'était elle qui avait exigé une enquête approfondie sur la bavure de la salle de musculation. Et ce qu'il venait de découvrir dans les lettres de Timothy pouvait transformer cette enquête en une véritable bombe.

Tandis qu'ils se dirigeaient vers son bureau, L. D. lui raconta ce qu'elle savait sur la situation à La Guardia. Deux ou trois bâti-ments étaient en flammes, non loin du lycée, mais les pompiers se voyaient refoulés par les jets de pierre des adolescents. Un flic était entre la vie et la mort, après un coup de couteau ; un autre avait reçu une balle dans l'épaule ; et un infirmier des urgences confirmait, officieusement, que des douzaines d'élèves y avaient été admis, dont certains dans un état critique.

On parlait d'explosions, de violence dans des écoles de toute la ville, à Harlem et à Brooklyn, et non seulement dans le Bronx, et les élèves avaient déserté la plupart des lycées des environs pour se ruer dans la mêlée à La Guardia.

« Et vous, que vous est-il arrivé ? » s'enquit-elle.

Elle fit halte devant son bureau pour prendre un gobelet d'eau au distributeur.

« Je ne sais pas par où commencer, dit Steven quand ils furent seuls dans le bureau.

– Par ces lettres ? suggéra-t-elle. Ouvrez votre chemise, que je voie de quoi ça a l'air.

– Non, avant les lettres », répondit-il, ôtant sa chemise souillée de sang et se laissant tomber sur une chaise, face au bureau. Pour la première fois, il se rendait compte à quel point il était épuisé, courbatu.

Se penchant sur lui, L. D. attira à elle une boîte de Kleenex et, humectant un mouchoir en papier, épongea doucement le sang séché sur son flanc. L'eau froide le piqua désagréablement, mais la blessure avait cessé de saigner et ne nécessitait qu'un lavage soigneux.

« Timothy Warren s'était lancé dans une espèce de croisade antidrogue, expliqua-t-il. Apparemment, sa mère était héroïnomane. Je pense que ça venait de là. Ophelia et Lloyd, l'autre garçon assassiné, l'aidaient tous les deux.

– Ophelia et Timothy avaient-ils des relations intimes ? demanda-t-elle.

– Je ne crois pas. Pas d'après ses lettres. Elles parlent de recruter d'autres élèves pour les aider. Quelqu'un était en train d'organiser le trafic de crack à La Guardia. Cela effrayait Timothy, surtout par rapport à Ophelia. Elle essayait de découvrir quelque chose, et il lui disait de faire attention, de ne pas aller trop loin. »

L. D. le regarda fixement, la peur se lisant dans ses yeux, puis elle se baissa rapidement pour ramasser les mouchoirs ensanglantés sur le sol.

« Il doit y avoir une trousse de premiers secours quelque part, déclara-t-elle. Je vais aller chercher un antiseptique. »

Elle se dirigea vivement vers la porte, avec une grâce parfaite, presque inquiétante. Ensuite, elle fit halte et se retourna face à lui, le regard interrogateur.

« S'ils n'étaient pas amants, remarqua-t-elle, et si elle l'aidait, pourquoi l'a-t-il tuée ?

– Je ne pense pas qu'il l'ait tuée. »

La douleur commençait de darder, sourde, lancinante à son flanc, car la chair à vif se réchauffait peu à peu, retrouvant une température normale.

L. D. l'observait de ses grands yeux sombres, pensifs.

« Que savez-vous d'Artemis Reach ? demanda-t-elle doucement.

– C'est à cause de lui que je suis entré à La Guardia », dit-il. Mais il savait qu'elle pensait à autre chose.

« Oui. Il voulait tout transformer.

– Nous le voulions tous. »

Elle secoua la tête. Il y avait des larmes dans ses yeux.

« Ce n'est pas la même chose, répliqua-t-elle. Nous voulions améliorer le système, nous voulions quelque chose de différent. Je ne sais pas ce que voulait Artemis. Je crois que c'est le système lui-même qu'il haïssait. » Elle soupira. « Je pensais que c'était un grand homme. »

Un coup fut frappé à la porte, et elle se détourna pour ouvrir.

L'inspecteur Hartley Williams pénétra dans le bureau, ignorant L. D. Woods, tandis qu'un second flic demeurait debout sur le seuil.

« Vous feriez mieux de nous accompagner, Hillyer », dit Williams.

Puis il lui donna lecture de ses droits.

Les incendies faisant toujours rage dans le Bronx, tout ce qui avait trait au lycée La Guardia était pain bénit pour les journalistes. En apprenant que le chef des enquêtes avait ordonné d'appréhender un professeur du lycée pour interrogatoire, ils débarquèrent en masse au centre administratif de la police, brandissant leurs micros-perches telles des lances, les flashes éclatant dans le hall à l'instant où l'inspecteur Williams arrivait avec Steven. Mais Williams, qui avait prévu la situation et en avait parlé dans la voiture, fonça dans la foule sans répondre à la moindre question, et Steven fit de même, baissant la tête sous le feu des caméras comme un gangster de la vieille école.

On l'escorta jusqu'au bureau du chef, où l'attendait Terranova.

« Asseyez-vous », ordonna celui-ci d'un ton brusque.

Steven s'assit.

Terranova arpenta la pièce un moment, tournant autour de sa chaise, l'examinant comme on inspecte une voiture d'occasion.

« Vous n'êtes pas rentré chez vous, hier soir, déclara-t-il enfin.

– Non.

– Ni chez votre mère. »

Ce n'était pas une question, et Steven demeura silencieux.

« D'où cela vient-il ? s'enquit Terranova, s'adressant à Williams et désignant le sang sur le flanc de Steven.

– Il était comme cela quand je l'ai trouvé.

– Est-ce exact ? »

La question s'adressait à Steven, qui hocha la tête.

« Quand nous en aurons fini avec lui, envoyez-le à Beekman, qu'il y jette un coup d'œil, ordonna Terranova.

– Ce n'est pas la peine, affirma Steven. Cela vous ennuierait-il de me dire pourquoi je suis ici ?

– Cela vous ennuierait-il de nous dire pourquoi vous cherchiez Lloyd Elijah mardi soir, après l'école ?

– C'était un de mes élèves. »

Terranova faisait les cent pas entre Steven et son bureau. Williams se tenait quelque part derrière Steven, invisible pour ce dernier.

« Il n'avait pas fait ses devoirs ? Un truc de ce genre ? interrogea le chef des enquêtes.

– Cela concernait l'école, répondit Steven de manière évasive, répugnant à en dire plus tant qu'il ne savait pas ce qu'eux savaient et ce qu'ils recherchaient.

– Et c'est pour cette raison que vous avez demandé à l'inspecteur Franks de le chercher également ? Pour l'aider à faire ses devoirs ?

– Je n'ai pas demandé à Franks de le chercher.

– Mais il l'a fait.

– Oui, je crois. Vous feriez mieux de vous adresser directement à lui. »

Terranova jeta un regard en direction de Williams, passa ensuite derrière son bureau, le contournant d'un pas lourd. Williams poursuivit l'interrogatoire.

« Depuis combien de temps connaissez-vous Franks ?

– Je ne l'avais jamais vu avant le jour où il a tué Timothy.

– Vous ne le connaissiez pas avant ?

– Bien sûr que non.

– Et quand l'avez-vous revu, après ?

– Quand il est venu chez moi. C'était... lundi soir, dit Steven, réfléchissant pour ne pas se tromper dans les jours.

– Quel lundi ? Vous en souvenez-vous ?

– Lundi dernier. Il y a quatre jours de cela. »

La réponse parut déconcerter Williams, ou lui déplaire. Il regarda le chef, puis de nouveau Steven.

« Vous l'aviez rencontré lors de l'audience du jury d'accusation, n'est-ce pas ? interrogea-t-il.

– Je l'y ai vu. Nous n'avons pas parlé. Nous n'avions rien à nous dire.

– Pourquoi cela, Mr. Hillyer ?

– Parce que j'étais là pour témoigner.

– Et parce que vous l'aviez vu tirer sur un de vos élèves.

– C'est exact.

– Mais il est passé vous voir après. C'est bien ce que vous nous dites ? »

Steven se pencha pour regarder Terranova, derrière Williams.

« Puis-je lui demander de s'asseoir ? s'enquit-il.

– Je suis désolé, déclara Williams. Je vous rends nerveux ? »

Steven ne répondit rien. Williams saisit une chaise et la fit pivoter, prenant place face à lui.

« Oui, il est venu chez moi, poursuivit Steven, s'adressant à Terranova. Il voulait parler de Timothy.

– Pour dire quoi ? questionna Terranova, s'installant avec précaution dans son fauteuil, derrière le bureau.

– Il m'a dit qu'il avait un fils, qu'il était bouleversé par... » Steven s'interrompit, réfléchissant à la manière de formuler cela. « Par ce qui était arrivé, reprit-il. Il voulait savoir quel genre de garçon était Timothy.

– Et que lui avez-vous dit ?

– Nous avons parlé longtemps. A peu près deux heures, je pense. Je lui ai montré certains poèmes de Timothy.

– Ceux que vous avez pris dans le bureau du procureur du Bronx ? »

Ils semblaient ne rien ignorer de ce qu'il avait pu faire. Ce n'étaient pas de renseignements dont ils avaient besoin, ils les avaient tous. Ils essayaient simplement de le piéger.

« Écoutez, je crois que vous feriez mieux de me dire enfin ce qui se passe, affirma Steven d'un ton coupant, se levant brusquement.

– Je vais vous dire exactement ce qui se passe, Mr. Hillyer, répondit Terranova sur le même ton. Veuillez garder votre cul posé sur cette chaise. »

Steven hésita un instant, puis se rassit. Terranova se pencha en avant, les coudes sur le bureau, faisant craquer son fauteuil.

« Nous avions deux gosses tués, et un prof qui s'amusait à rejoindre des dealers sur un terrain vague, commença Terranova. Ce prof nous a dit qu'il avait simplement voulu poser quelques questions, et nous avons laissé filer. Vous vous rappelez nous avoir répondu cela, Mr. Hillyer ?

– Continuez, répliqua Steven.

– Passons à cette semaine, reprit Terranova. Le prof en question raconte des conneries au procureur afin de mettre la main sur des pièces à conviction, il discute avec le flic qui a tué le gosse, et tous deux se mettent à rechercher un autre gosse, que l'on retrouve bientôt assassiné. Voilà ce qui se passe, Hillyer. Et c'est en rapport avec un trafic de crack au lycée La Guardia. Quelqu'un est en train de le mettre sur pied. Pensez-vous que ce puisse être un prof ? Il aurait besoin d'un homme de main. Pensez-vous que ce puisse être un flic ?

– C'est insensé! cria Steven, bondissant sur ses pieds, se débattant sous ce tombereau d'accusations, sentant que, s'il ne réagissait pas, il pouvait demeurer coincé là pour l'éternité. Je n'ai pas à écouter ça! »

Terranova se dressa également, si vivement que le fauteuil partit en arrière sur ses roulettes, heurtant le mur.

« Ce n'est pas tout, Hillyer, gronda-t-il, loin de là. Et je n'ai rien à foutre de ce que vous voulez ou ne voulez pas entendre. Nous cherchons ce prof, mais il file à l'anglaise, disparaît de l'école. Nous allons chercher le flic, et il se fait sauter la tête dans sa salle de bains. »

Franks, mort. Cette nouvelle frappa Steven comme un coup, et la colère de Terranova, cette rage violente, mordante que l'on sentait dans sa voix, tandis qu'il proférait ses accusations, le frappa également.

« On m'a bien dit que je n'étais pas obligé de répondre aux questions, n'est-ce pas? demanda Steven d'un ton coupant.

– En effet, vous en avez le droit, Mr. Hillyer.

– Suis-je en état d'arrestation?

– Pas pour l'instant.

– Dans ce cas, vous ne pouvez pas me garder ici, n'est-ce pas? »

Terranova jeta un regard perçant à Steven. Il resta un long moment silencieux.

« Vous êtes libre de partir, Mr. Hillyer. Mais vous reviendrez, vous pouvez y compter. »

Steven se rua vers la porte, la poussant avec violence, comme quelqu'un qui retrouve l'air frais après un long séjour sous terre. Il passa en trombe devant les journalistes et ne ralentit l'allure qu'en arrivant devant un kiosque à journaux, où il acheta les éditions de l'après-midi. Ensuite, il héla un taxi et commença à les examiner, tout en roulant vers la maison.

Un des journaux publiait, sur une page entière des photos de l'émeute prises devant l'école, mais les articles ne lui apprirent rien, si ce n'est que la situation n'était toujours pas maîtrisée en début d'après-midi, à l'heure où l'édition allait à l'impression. On ajoutait qu'il n'y avait « officiellement aucune victime à déplorer » parmi les élèves, mais cela pouvait signifier qu'ils avaient connaissance de victimes « non officielles ».

Arrivé chez lui, il jeta les journaux et se précipita dans l'immeuble. Comme il commençait de gravir l'escalier, il sentit quelque chose bouger derrière lui et entendit son nom, *Mr. Hillyer*, chuchoté d'une voix anxieuse. Se détournant, il vit Jamal Horton qui surgissait de sous l'escalier.

Le jeune garçon regarda autour de lui d'un air inquiet.

« On disait que vous retrouviez Charlie sur l'avenue, déclara-t-il d'une voix précipitée, les paroles se bousculant, et que vous le rencontriez au terrain de basket. Tout le monde disait ça, et moi je les ai crus. Je croyais que vous en faisiez partie. Ce n'est pas vrai, hein, Mr. Hillyer ?

– J'ai été trouver Charlie pour lui demander ce qu'il avait vu dans la salle de musculation.

– C'est bien vrai, Mr. Hillyer ?

– Tu sais que c'est vrai, sinon tu ne serais pas là, Jamal, répondit Steven avec douceur. Tu as passé l'après-midi ici ?

– Je n'avais nulle part ailleurs où aller.

– Bon, ce n'est pas la peine de rester plantés là. Monte avec moi.

– Y a Miss Torres, là-haut. Je l'ai vue monter.

– Miss Torres est là-haut », corrigea Steven.

Il conduisit Jamal jusque chez lui. Avant même que Steven eût ouvert la porte, ils entendaient les échos de la télévision. Rita se précipita pour l'accueillir.

« J'étais morte d'inquiétude. Ça va, dis-moi ? » demanda-t-elle, prête à jeter ses bras autour de lui, et s'arrêtant brusquement en voyant le petit Jamal qui l'observait.

« Ça va bien. Quoi de neuf ? s'enquit-il, désignant la télévision d'un geste.

– C'est difficile à dire. Les gosses sont toujours devant l'école. Ils sont à l'intérieur à présent, et devant il y en a au moins deux ou trois cents. La police tente de négocier avec eux.

– La bagarre a cessé ?

– Presque entièrement. Mais il y a toujours un ou deux incendies impossibles à maîtriser. Que t'est-il arrivé ? »

Ils regardèrent les informations à la télévision, pendant qu'il lui racontait son entrevue avec L. D. Woods et l'intervention de la police. La télévision annonça que la régie des transports fermait la station de métro la plus proche de La Guardia pour empêcher d'autres gosses d'arriver sur les lieux. Le maire avait décrété le couvre-feu à partir de neuf heures du soir.

Quand Steven lui apprit le décès de Franks, Rita se signa.

« Pauvre homme, dit-elle.

– La police pense qu'il a tué Lloyd, ajouta Steven.

– Et toi ?

– Ils pensent que lui et moi étions complices. »

Jamal ouvrait de grands yeux, effrayé, inquiet. Pour autant

qu'il le sût, quand la police voulait mettre quelqu'un en prison, il y allait.

« Qu'allez-vous faire, Mr. Hillyer? » interrogea-t-il.

Que pouvait-il faire? Rien, apparemment. Pour l'instant au moins, Steven était soulagé d'avoir simplement échappé à la police. Mais il savait que cela ne suffisait pas. La question que lui posait le jeune garçon signifiait qu'il devait agir, et une pensée subite le traversa, sans rapport avec ce qui se passait à l'instant.

« Jamal, demanda-t-il, Charlie Wain a-t-il une petite amie? » Jamal haussa les épaules.

« Il a un tas de filles qui travaillent pour lui. Je ne sais pas si on peut appeler ça des petites amies.

– Pourquoi cette question, Steven? » interrogea Rita.

Tirant les lettres de Timothy de sa poche, il les feuilleta rapidement, cherchant quelque chose dont il se souvenait, il en était sûr, espérant que son souvenir était juste. Oui. Voilà. *Tu as raison, j'en suis sûr, c'est là qu'ils le gardent : devine qui j'ai vu en sortir? Et il n'a pas de petite amie, tu le sais bien.*

Ophelia croyait savoir où la drogue était planquée, où les affaires se traitaient. C'était là une chose claire, d'après les lettres. Et Timothy confirmait ses soupçons : il avait vu quelqu'un sortir de cet endroit. Qui? Charlie Wain, probablement, puisque Charlie semblait être au cœur de l'affaire. Mais cela ne comptait pas. Ce qui importait, c'était de connaître cet endroit. Et, à présent, Steven croyait le connaître. C'était si évident qu'il se maudissait de ne pas y avoir pensé auparavant.

Le vestiaire des filles. Là où un garçon pouvait se glisser pour un rendez-vous clandestin avec sa petite amie, mais où un garçon sans petite amie n'avait rien à faire. A moins qu'Ophelia n'eût pas vu juste.

Ce n'était qu'une hypothèse, mais elle était assez valable pour lui donner envie de vérifier par lui-même. Car, si elle se révélait exacte, c'était dans le vestiaire qu'Ophelia avait trouvé la mort.

« J'ai besoin de ton aide, Jamal, dit-il, sans s'expliquer davantage. Avons-nous un moyen de pénétrer dans l'école? »

Tandis qu'ils attendaient le métro, Steven appela L. D. Woods depuis la cabine publique, sur le quai. Il tomba sur un répondeur affirmant que le bureau était fermé, mais que Kellem rappellerait dès que possible.

« C'est un message pour L. D. Woods, déclara-t-il. Steven Hillyer à l'appareil. J'aimerais que quiconque prend ce message contacte immédiatement Miss Woods. Dites-lui que j'avais raison, en ce qui concerne Timothy. Je crois savoir ce qui est arrivé. Dites-lui aussi que je suis au lycée La Guardia, pour vérifier. »

Il raccrocha, rejoignit Jamal. Même dans la lumière jaunâtre de la station de métro, les yeux du jeune garçon étincelaient d'excitation.

« Je réfléchissais, dit-il. Je pensais au gardien. »

Il n'avait fait aucune allusion à un gardien, quand Steven avait parlé de se rendre à l'école.

« Il y a un gardien ? questionna Steven d'un ton inquiet.

— Ouais, mais il n'est peut-être pas là, avec tout ce qui se passe dehors. »

Cela parut sensé à Steven.

Lorsque la rame arriva enfin, presque une demi-heure plus tard, elle était bondée comme à l'heure de pointe. Steven et Jamal durent se battre pour pénétrer dans le wagon. Ils étaient si compressés qu'ils sentaient les boutons et les fermetures Éclair des vêtements des autres passagers s'enfoncer dans leur chair. Le haut-parleur se mit à brailler quelque chose d'inintelligible, annonçant que les arrêts du Bronx étaient supprimés et remplacés par un service d'autobus gratuits, lesquels, pensa Steven, devaient être tout aussi impraticables. Jamal et lui sortirent du métro à un kilomètre et demi environ du lycée.

Vers le nord, le ciel avait pris une nuance d'un brun rosé, à cause des incendies censément maîtrisés à présent. De lourds nuages de fumée et de vapeur planaient telles des bulles de bande dessinée au-dessus des bâtiments. Tandis que les gens qui sortaient de la station de métro s'immobilisaient, examinant le ciel comme s'ils pouvaient y lire un présage, Steven et Jamal filèrent sans attendre, et sans un mot.

Plus ils approchaient de l'école, plus le quartier évoquait un territoire occupé. Les voitures de police parcouraient lentement les rues, avec une insolence majestueuse, cernant chaque pâté d'immeubles ou presque, enserrant le quartier dans un réseau compliqué. Dans un périmètre de sept cents mètres autour du lycée, la police diffusait par haut-parleurs des avertissements rappelant l'établissement du couvre-feu pour neuf heures. Les personnes encore dans la rue après cette heure seraient susceptibles d'être arrêtées.

Steven et Jamal accélérèrent l'allure. Selon Jamal, la manière la plus simple de pénétrer dans l'école était de passer par l'annexe, où étaient installés les ateliers. Les deux bâtiments communiquaient par un couloir souterrain. Si les rues étaient aussi envahies que le matin, il serait possible de s'introduire à l'intérieur par une fenêtre de derrière sans se faire remarquer. Une fois le quartier déserté en raison du couvre-feu, ce serait impossible.

Un grand nombre de boutiques étaient déjà fermées, protégées des déprédations possibles par d'épais rideaux de fer ou des grilles d'acier. Steven fit halte dans une quincaillerie, tirant Jamal à sa suite. Ils achetèrent deux lampes-torches. Tout le temps qu'ils demeurèrent dans le magasin, le vendeur garda une main dissimulée sous le comptoir, sans doute sur une arme.

« Bien vu, Mr. Hillyer », dit Jamal quand ils sortirent de la boutique.

Mais ce n'était pas l'opinion de Steven. S'il fallait qu'ils passent par hasard devant une quincaillerie pour qu'il pense à acheter des torches, que n'oubliait-il pas? Le simple fait qu'il n'eût rien trouvé d'autre signifiait clairement qu'il ne savait pas trop ce qui l'attendait.

La tension croissante les poussait en avant, avec une espèce d'inconscience dont Steven, au moins, se félicitait. Jamal s'affairait à installer les piles dans les torches avant de les essayer, les allumant et les éteignant sans cesse, dirigeant le rayon de lumière sur la rue.

« Tu ferais mieux de les cacher », déclara Steven, comme un flic observait son manège depuis le trottoir d'en face.

Quand ils arrivèrent enfin à l'école, il ne restait plus que trois quarts d'heure avant le couvre-feu. Depuis l'endroit où ils se tenaient, légèrement en hauteur, ils découvrirent une situation bloquée, tendue, sur un large périmètre. De l'autre côté du lycée s'alignaient les camions de pompiers; leurs tuyaux emmêlés sur le trottoir ainsi que des nœuds de serpents déversaient des torrents d'eau qui se transformaient en colonnes de vapeur montant des bâtiments calcinés. L'épave noircie du véhicule de police qui avait explosé le matin barrait toujours la rue, où s'agglutinaient les voitures de premiers secours, plus nombreuses encore qu'auparavant, deux ambulances et deux ou trois cars de police bleu et blanc.

La rue était entièrement occupée par les forces de l'ordre, tandis que les élèves, de quatre à cinq cents, tenaient fermement le trottoir. Il n'y avait aucun obstacle entre eux, rien pour empêcher la police de charger et de nettoyer le trottoir, sinon la répugnance louable de quelqu'un à envoyer deux cents gosses à l'hôpital.

Les deux extrémités de la rue étaient gardées par des troupes de flics antiémeutes, serrés les uns contre les autres pour empêcher de nouveaux venus de rejoindre les autres, comme cela s'était passé au cours de la matinée. Derrière la barricade humaine, une foule de spectateurs traînait, désœuvrée, dans la rue adjacente. Quelques marchands bien avisés avaient installé leur charrette et vendaient des sodas, des saucisses et des beignets, transformant l'émeute en kermesse.

Steven et Jamal plongèrent dans la foule et se dirigèrent vers l'entrée de la ruelle qui courait entre l'école et l'annexe, coupant le bâtiment en deux.

Ils trouvèrent là deux flics, bien plantés sur leurs jambes écartées, tenant leur matraque à deux mains, contre leur cuisse.

« Qu'est-ce qu'on fait maintenant ? » demanda Jamal dans un souffle.

Steven parcourut la foule des yeux, autour de lui. Il reconnaissait un certain nombre d'élèves de La Guardia, mais aucun des siens.

« J'ai une idée, fit soudain Jamal d'un ton vif. Attendez-moi ici. »

Il s'éclipsa, disparaissant dans la foule, avant de resurgir à une dizaine de mètres, comme une marmotte aurait émergé soudain d'un autre trou. Il était en discussion avec un grand garçon de type hispanique, que Steven connaissait vaguement, un élève du quatrième étage. Le garçon jeta un coup d'œil en direction de Steven et hocha la tête ; sur quoi Jamal se détourna, se frayant de nouveau un passage dans la foule. Quelques instants plus tard, il réapparaissait au côté de Steven.

« C'est bon, déclara-t-il. Quand je dis " Allez-y ", vous courez. Vous voyez ces poubelles, là-bas ? Vous allez vous cacher derrière aussi vite que possible. »

Jamal contourna la foule afin de s'approcher des flics à l'entrée de la ruelle et lança un regard à Steven.

« C'est pour bientôt », affirma-t-il.

Mais les secondes s'égrenaient, et rien n'arrivait. Jamal regardait Steven, avec un sourire plein d'espoir.

Soudain, un cri jaillit de la foule, qui s'écarta sur le côté, tel des voyageurs serrés dans un wagon cahotant. Quelqu'un cria une obscénité. Quelqu'un lança un avertissement. Une femme se mit à crier. « Attention, une bagarre ! Une bagarre ! » firent plusieurs voix.

Les deux flics postés à l'entrée de la ruelle échangèrent un regard.

« Va jeter un coup d'œil », dit l'un d'eux, sans bouger, envoyant son partenaire vérifier ce qui se passait au milieu de la foule.

Steven comprenait à présent. Il comprenait aussi que cela n'avait pas marché.

« Il se prépare une sacrée surprise, ce flic! cria-t-il à Jamal. Tu as vu cette lame? »

Le flic derrière lui le saisit par l'épaule et le fit se retourner brusquement.

« Qui a le couteau? demanda-t-il.

– Je ne sais pas, quelqu'un dans le tas. Juste là où est votre collègue. »

Le flic aboya quelque chose dans son émetteur et courut à la suite de son coéquipier, la matraque brandie, l'autre main sur son arme.

Jamal fonça vers la ruelle et se jeta entre les poubelles, comme on plonge dans une piscine. Steven s'y glissa à son tour, et tous deux demeurèrent là, se félicitant sans un mot pour avoir réussi au moins cela.

A quelques dizaines de centimètres d'eux s'ouvrait un soupirail, fermé par une grille de métal vissée dans la brique du bâtiment.

« Là, dit Jamal, désignant la grille. Bougez un petit peu vos jambes pour que je me faufile. »

Il se dégagea en se tortillant, puis rampa jusqu'au soupirail et leva le bras vers un boulon, tentant de le faire tourner. Il ne bougeait pas.

« Essayez, vous! » chuchota-t-il par-dessus son épaule, se concentrant sur le boulon du bas.

Déboulonner une grille de soupirail à mains nues ne semblait guère chose possible à Steven, mais il s'introduisit dans l'espace étroit entre les poubelles et tendit le bras vers le boulon, serrant les doigts et tournant aussi fort qu'il le put. Chose incroyable, il céda.

« Ça marche! chuchota-t-il, triomphant.

– Vingt sur vingt, merde! » chuchota Jamal en retour.

Ils s'agitaient, accroupis autour de la fenêtre, Steven décoinçant les boulons, Jamal les dévissant. Quand les quatre eurent été ôtés, Steven avait les doigts en sang. Il maintint la grille en place, tandis que Jamal enlevait le dernier boulon afin qu'elle ne tombât pas au sol. Ensuite, tous deux la dégagèrent de la fenêtre et la dissimulèrent derrière les poubelles pour qu'on ne pût pas la voir de la rue.

Maintenant, ils n'avaient plus que la fenêtre à ouvrir.

« Est-elle verrouillée ? demanda Steven.

– Vous plaisantez ? »

Écartant les mains afin d'équilibrer la poussée, Steven appuya sur le cadre. Tout d'abord, rien ne bougea, puis le cadre s'enfonça brusquement, avec un petit grincement. Ils l'ouvrirent avec précaution, repoussant la fenêtre vers l'intérieur, de bas en haut.

Jamal glissa ses jambes par l'ouverture, resta un instant suspendu ainsi, et disparut à l'intérieur, atterrissant sur le sol avec un bruit mat.

Steven le suivit, entrant à reculons, ainsi que Jamal l'avait fait, jusqu'à ce que seules sa tête et ses épaules fussent à l'extérieur. Il n'avait aucune idée de la hauteur de la chute. Prenant une profonde inspiration, il se laissa tomber, sentit sa nuque heurter le cadre de la fenêtre. Il eut l'impression de tomber longtemps avant d'atteindre le sol. Jamal, à quelques centimètres, lui braquait sa torche en plein visage, l'éblouissant.

« Pas terrible comme style, dit le jeune garçon. Ça va ?

– Je crois que je me suis cogné la tête, chuchota Steven.

– Vous *croyez* », marmonna Jamal, ironique. La lumière s'éteignit.

Steven suivit Jamal dans un couloir dépourvu de fenêtre, où ils purent enfin allumer sans risque leurs torches. De nombreuses portes s'alignaient de chaque côté. Les murs étaient de plâtre brut, humide, et au plafond couraient des tuyaux enveloppés d'un isolant épais. Au bout d'une vingtaine de mètres, le couloir faisait un coude vers la droite.

« Vous savez comment j'étais au courant, pour la fenêtre ? questionna Jamal.

– Non, dis-moi.

– C'est simple. Je connais des types qui entrent par là pour piquer des outils dans les ateliers.

– Cela doit arriver souvent, s'ils ont réussi à desceller les boulons.

– Tous les week-ends. Enfin, c'est ce qu'ils disent. »

Ils parcoururent rapidement le couloir, tournèrent ensuite à droite sur une douzaine de mètres. Là s'ouvrait une porte double, qui donnait accès au sous-sol du lycée. Les portes n'étaient pas verrouillées.

Comme ils y pénétraient, ils perçurent des voix provenant du hall, au-dessus de leur tête. Ils se dirigèrent vers l'escalier du fond, qui leur permettrait d'atteindre le cinquième étage sans traverser le hall. Jamal ouvrit avec précaution la porte coupe-feu qui donnait dans l'escalier, s'y glissa sans bruit. Steven le suivit, refermant silencieusement la porte derrière lui.

Ils éteignirent les torches et commencèrent à monter dans la pénombre, uniquement guidés par la faible lumière qui filtrait, là-haut, à travers les fenêtres dépolies de la cage d'escalier, d'une phosphorescence pâle et froide. N'ayant pas trouvé la rampe, Steven se guidait d'une main le long du mur, tandis que Jamal avait posé la sienne sur Steven. En arrivant au rez-de-chaussée, Steven s'arrêta net. La porte de l'escalier était ouverte. Les gosses qui occupaient le hall n'étaient qu'à un ou deux mètres.

On parlait fort à présent; une vive discussion s'était engagée pour savoir s'il fallait négocier avec les flics ou non. Une des voix ressemblait à celle de Charlie Wain, ce qui n'avait rien d'étonnant, car il paraissait être l'agitateur numéro un.

Il n'y avait pas le choix, il fallait foncer. Se baissant, Steven ôta ses chaussures, les tint à la main. Jamal fit de même. Se penchant, tapi contre le mur, Steven s'élança dans l'escalier, jusqu'au premier palier. Là, il s'accroupit et pivota sur ses talons, discernant à peine derrière lui, dans la pénombre, la silhouette de Jamal au bas des marches. Dans le hall, la discussion se poursuivait. Aucun des gosses ne semblait avoir rien vu, ni entendu.

Steven retint son souffle, attendant que Jamal se décidât à s'élancer à son tour. Puis il vit le jeune garçon plonger dans l'ombre, et s'écarta. Jamal passa à côté de lui telle une flèche, ne s'arrêtant qu'au palier du deuxième, où Steven le rejoignit.

Le plus difficile était fait. Il ne leur fallut que quelques minutes pour atteindre le cinquième étage. Steven posa le doigt sur le bouton de sa torche, tira vers lui la porte coupe-feu, et jeta un coup d'œil dans le couloir. Personne en vue. Il alluma la lampe, fit jouer le rayon lumineux le long du corridor familier. Il s'avança ensuite, Jamal sur les talons.

La porte de la salle de musculation était verrouillée, comme il s'y attendait, mais c'était une simple serrure à pêne mobile, de celles que l'on peut, dit-on, ouvrir avec une carte de crédit. C'était le moment ou jamais de le vérifier.

Il prit une carte dans son portefeuille et essaya, l'introduisant dans la serrure jusqu'à ce qu'elle se coince contre le pêne biseauté. Il la fit glisser vers le haut, vers le bas, sans résultat.

« Avez-vous un permis de conduire, demanda Jamal, quelque chose d'un peu plus souple? »

Le permis de conduire était une fine carte de papier plastifié, aussi flexible qu'une carte à jouer usagée. Il l'introduisit derrière le pêne et le fit jouer facilement.

Une fois dans la pièce sans fenêtre, la salle du matériel, Steven alluma. La pièce avait exactement le même aspect que le matin où Rita l'y avait mené : elle était jonchée de serviettes et de tapis de gym. Juste en face de lui, la porte de la salle de musculation.

Steven l'ouvrit brusquement. Des silhouettes rigides surgirent, enchevêtrement de formes anguleuses. Il alluma et les ombres s'effacèrent, remplacées par la masse étrange des machines, avec leurs bras froids et métalliques, tendus dans toutes les directions.

Sentant la présence de Jamal à son côté, il se força à oublier ce qui n'était pas la raison précise de leur visite ici.

« Bon, déclara Jamal. Nous y voilà.

– Il doit exister un autre moyen d'entrer dans cette pièce, dit Steven. Une autre porte.

– Non, y en a pas. »

Steven referma la porte de la salle de musculation, traversa rapidement la pièce du matériel, se dirigeant vers le tapis de lutte suspendu au mur. Les cordes qui l'attachaient étaient accrochées à des équerres fixées au mur. Défaisant le nœud coulant, il libéra la corde, qui glissa dans la poulie, tandis que le tapis s'effondrait lourdement au sol, révélant la porte.

« Merde! fit Jamal. Ça donne où?

– En principe, ça ne donne nulle part. Ils l'ont condamnée quand ils ont installé la salle de muscu. »

L'existence de cette porte ne constituait pas un secret. Les gosses qui se servaient du tapis de lutte la voyaient tous les jours. Mais, jusqu'aux lettres de Timothy, Steven ne s'était jamais demandé comment Ophelia James avait pénétré dans la salle de musculation. Il avait toujours supposé qu'elle y était entrée par le couloir, pour y rejoindre Timothy.

« Viens par là, ajouta-t-il. Je vais te montrer ce qu'il y a de l'autre côté. »

Jamal le suivit dans la salle de musculation, où Steven ôta brusquement une des lourdes barres d'acier qui assujettissaient les poids sur une des machines, et la tendit à Jamal.

Mais il ne revint pas vers la mystérieuse porte. Il sortit en hâte, empruntant le couloir, se dirigeant vers la salle de gym, et tourna juste avant dans le petit corridor qui menait aux vestiaires. Là, il entra dans celui des filles et se dirigea droit vers les douches, une grande pièce carrelée, avec des rigoles dans le sol et une douzaine de pommes de douche régulièrement espacées le long des murs. Plus loin, les toilettes, sept ou huit sièges alignés côte à côte. Steven fit jouer le rayon de sa torche, qui rencontra la porte condamnée, cadenassée.

Il tendit le bras, et Jamal lui passa la barre d'acier. Ni l'un ni l'autre n'avait besoin de parler.

Steven coinça la barre dans l'anneau du cadenas et poussa de toutes ses forces, jusqu'à en avoir les bras douloureux. L'anneau se tordit et il enfonça davantage le levier, le manœuvrant de haut en bas, jusqu'à ce que le cadenas cède, se cassant en deux. Il jeta la barre de côté et ouvrit la porte. Il le savait, depuis le début.

« Je ne pige pas, dit Jamal.

— Ophelia n'a pas été tuée dans la salle de musculation, mais ici, quelque part.

— Ça ne va pas, non?

— Jamal, elle ne portait plus de culotte.

— Eh bien, c'est Timothy qui la lui a enlevée.

— Et qu'est-ce qu'il en a fait? Il ne l'avait pas sur lui. Elle n'était pas dans la salle de muscu.

— Peut-être qu'elle n'en portait pas... », commença Jamal, laissant sa phrase en suspens. A La Guardia, plein de filles étaient susceptibles de s'introduire dans la salle de muscu sans culotte, pour un bref rendez-vous. Pas Ophelia James.

« Suis-moi bien », recommanda Steven, regardant autour de lui, cherchant à établir un scénario cohérent. Il sortit des toilettes, retourna dans la salle de douches. « Timothy, Lloyd et Ophelia étaient en train de mettre au point une espèce de campagne contre les dealers de crack, dans l'école. Tu savais cela?

— Il en a parlé vaguement, une fois. Je ne voulais pas en faire partie.

— D'accord. Et les lettres de Timothy disent qu'Ophelia savait où ils gardaient la marchandise.

— Et, d'après vous, ce serait dans les vestiaires?

— Il dit qu'il a vu sortir de cet endroit un garçon qui n'avait pourtant pas de petite amie. Cela fait bien penser aux vestiaires des filles, non?

— Je vous suis. »

Steven traversa la salle de douches, pénétrant dans les vestiaires. La drogue pouvait être n'importe où. Dans un casier, dans un placard de matériel, sur les étagères réservées aux serviettes. Ce n'était plus la peine de chercher, à présent. Après ce qui était arrivé, tout avait dû être transféré ailleurs.

« Très bien, déclara-t-il, réfléchissant tout en parlant. La drogue est là, c'est là que les dealers viennent la chercher. A quel moment?

— Avant les cours. Après. A l'heure du déjeuner.

– On a trouvé Ophelia durant le premier cours de l'après-midi. Ça marche. Bien, à présent, tu es Ophelia. Tu veux les espionner durant le déjeuner, voir qui s'en occupe. Qu'est-ce que tu fais?

– Je viens ici discrètement, et je me planque.

– D'accord. A moins que tu ne sois déjà ici. C'est la fin du cours de gym. Toutes les filles vont à la douche. Toi aussi. » Steve se dirigea en hâte vers la salle de douches. « Tu restes sous la douche jusqu'à ce que les autres soient parties. Elles s'habillent et sortent. Tu coupes l'eau et tu attends.

– Ici? » fit Jamal. Il se représentait Ophelia, nue, grelottant.

« Évidemment. Si tu retournes dans le vestiaire, la première personne qui entre te repère. Mais ils ne vont peut-être pas jusqu'aux douches. C'est ce que tu espères. Donc, tu attends.

– Putain, fit Jamal, ça, elle avait du cran, plus que moi. »

Elle en avait plus que n'importe qui, songea Steven. Il frissonna, imaginant cette enfant fragile, d'un mètre cinquante à peine, toute mouillée, seule, effrayée. Mais elle était restée. Les hommes qui tombaient au champ de bataille ne montraient pas tant de courage.

« Alors, ils entrent », reprit-il. Il s'approcha d'un des murs carrelés, s'y adossa, comme s'il se dissimulait. « Elle entend leurs voix. Elle sait qui ils sont. Je ne crois pas qu'ils l'aient découverte immédiatement, sinon elle aurait pu prétendre qu'elle sortait juste de la douche. Ils ont fait leur affaire, le crack a changé de main, l'argent aussi. Et Ophelia a tout entendu. »

Il se tut.

« Et alors, ils l'ont trouvée, ajouta Jamal dans le silence. Mince!

– Elle a peut-être essayé de dire qu'elle était là par hasard. Elle a sans doute juré n'avoir rien entendu. Ou qu'elle ne dirait rien.

– Mais ils l'ont tuée quand même.

– Oui. Et c'est la panique, pour eux. Il faut qu'ils sortent le corps de là. Alors, ils lui collent des vêtements et la mettent dans la salle de musculation. L'un d'eux va dire à Timothy qu'elle veut le voir dans la salle de muscu. Parce que personne ne croira ce cinglé de Timothy Warren, quand on le découvrira avec une fille morte et qu'il jurera ne pas l'avoir tuée. Personne ne le croira quand il dira que quelqu'un l'a envoyé là. Simplement, on n'en arrive même pas là, parce que Timothy, pris de panique, refuse de quitter Ophelia et se fait tuer avant d'avoir pu expliquer quoi que ce soit. »

Soudain, un flot de lumière inonda la pièce.

« Vous êtes très malin, pas vrai, Hillyer? »

Steven et Jamal se retournèrent brusquement. Charlie Wain était là, au fond de la rangée de casiers.

« J'ai vu juste en tout cas, n'est-ce pas, Charlie? Qu'avez-vous fait de sa culotte?

– Va te faire foutre. »

Il fit un pas de côté, et Barry Lucasian apparut.

« La police aussi a pensé à la porte, Hillyer. Simplement, je leur ai dit qu'il n'y avait pas de clé, et ils m'ont cru. Mais ils n'avaient pas les lettres de Timothy. Voyons voir ces lettres. »

Lucasian se dirigeait droit sur eux, la main tendue.

« Cours, Jamal! » cria Steven.

Ils se détournèrent et se séparèrent, fuyant chacun dans une direction, le long des rangées de vestiaires. Steven allait arriver au bout de la salle quand un type grand et fort surgit de derrière la dernière rangée, lui barrant le chemin. Reconnaissant un de ceux qui l'avaient passé à tabac dans l'atelier, il fit demi-tour pour courir dans l'autre sens, quand il vit un autre garçon venir vers lui de la direction opposée, coupant la route à Jamal.

Steven bondit de côté, entre deux rangées de casiers, priant pour que Jamal fût assez rapide pour l'imiter. Il se mit à courir, mais se rendit immédiatement compte que Charlie allait le bloquer au bout de la travée.

Se tournant de côté, il poussa de toutes ses forces contre un des casiers, et la rangée vacilla avant de se remettre d'aplomb. Alors, il recula d'un pas et se jeta de nouveau contre les casiers, l'épaule en avant. Cette fois, la rangée de vestiaires bascula, venant s'appuyer contre ceux qui se trouvaient derrière.

Il se rua en avant, escaladant les portes, se hissant au sommet. Une main lui saisit la cheville, et il sentit la douleur cuisante d'une lame taillardant son mollet. Il rua de l'autre jambe, sentant qu'il avait touché quelque chose. Un grognement brusque se fit entendre, et il espéra que c'était le visage de Charlie Wain que son talon avait atteint de plein fouet.

Sans se retourner, il effectua un rétablissement, se retrouva au sommet des casiers inclinés et s'accroupit. Bien. Cela signifiait que le couteau n'avait pas atteint le tendon. Il bondit sur la rangée suivante, puis sur une autre, cherchant Jamal. Le jeune garçon était coincé au milieu d'une travée, cerné par Lucasian et les deux autres.

Steven sauta sur l'un d'eux, les pieds en avant, et s'effondra avec lui au sol. Le couteau s'échappa de la main du type, rebondissant sur le sol avec un bruit métallique.

Jamal n'avait guère besoin de plus. Il fila, enjambant le jeune garçon à terre, courant vers la porte des vestiaires. Arrivé au bout de la rangée, il tournoya en l'air et tomba lourdement, intercepté brutalement par Lucasian, comme un veau capturé au lasso.

Steven tendit la main vers le couteau, le manqua. Il n'avait pas le temps d'aller le rechercher. Il plongea vers Lucasian, sans se redresser, et lui faucha les jambes, le plaquant au sol. Il entendit un bruit de course derrière lui – il espérait que c'était Jamal qui s'enfuyait – et tenta de rouler sur le sol, mais il n'y avait plus nulle part où aller.

« Ne bougez pas! fit soudain une voix tonnante. Lâchez ces couteaux! Immédiatement! »

Tal Chambers se tenait sur le seuil, flanqué de deux inspecteurs, l'arme au poing.

« Ne tirez pas! s'écria Lucasian, au sol. Ne tirez pas! »

Charlie Wain fit mine de s'enfuir, mais toute retraite était impossible. Arrivé au bout de la rangée, il s'arrêta, leva lentement les mains pour se rendre et se tourna vers le flic : le sang ruisselait de son nez et de sa bouche, là où le talon de Steven l'avait frappé. Les deux autres se livrèrent sans résistance.

Chambers tendit la main vers Steven, l'aidant à se relever.

« L. D. m'a appelé dès qu'elle a eu votre message, expliqua-t-il. Vous auriez pu vous retrouver dans de sales draps.

– Ouais, j'ai remarqué », répondit Steven.

Jamal ne voulut pas se montrer tant que les flics ne lui eurent pas assuré qu'il n'y avait plus de danger.

Ils descendirent lentement dans le hall, à la file indienne – Steven, Jamal et Tal Chambers devant, les flics derrière, avec leurs prisonniers. Les élèves s'écartèrent largement pour leur permettre d'atteindre l'entrée.

Tal ouvrit la porte et sortit le premier.

« Laissez-nous passer », dit-il simplement.

Personne ne comprenait ce qui arrivait, mais personne ne résista. Un chemin s'ouvrit devant eux, tandis qu'ils rejoignaient la rue, où L. D. Woods les attendait avec le chef des enquêtes, devant le cordon de police.

« Aidez-le jusqu'à l'ambulance », se contenta d'ordonner Terranova. Deux flics offrirent leur épaule à Steven.

« Attendez une minute », demanda L. D., comme les prisonniers passaient devant elle, conduits vers un car de police. Steven se retourna.

Elle se dirigea vers Charlie Wain, l'examina attentivement, puis souleva son poignet pour montrer à Terranova le bracelet d'or blanc qu'elle avait mentionné, lorsqu'elle avait décrit le garçon qui l'avait menée à Artemis Reach, dans le parc.

« C'est le garçon dont je vous ai parlé », affirma-t-elle.

Le chef s'approcha de Charlie, dont le nez laissait toujours échapper un flot de sang jusqu'au menton.

« Tu travailles pour Artemis Reach ? C'est exact, fiston ? »

Charlie le fixa, les yeux vitreux, sans rien dire.

Terranova haussa les épaules, l'air indifférent.

« Ce n'est pas grave, ajouta-t-il. Ce Charlie n'est qu'un homme de main. Il n'en sait pas beaucoup plus. Mais le prof de gym va se faire un plaisir de tout nous raconter. N'est-ce pas, Mr. Lucasian ? »

Lucasian ne répondit pas. Terranova secoua la tête, et les inspecteurs conduisirent leurs prisonniers jusqu'au car qui les attendait.

« Je suppose que cela explique pourquoi Artemis était si furieux à la perspective d'une enquête, déclara L. D. lorsqu'ils furent partis.

— Et pourquoi il a mis le feu aux poudres quand il s'est aperçu qu'il ne pouvait plus l'empêcher », ajouta Terranova. Comme on posait des points de suture à la jambe de Steven, Terranova ouvrit la porte de l'ambulance et passa la tête à l'intérieur.

« Nous allons avoir besoin de votre déclaration, dit-il. Mais vous vous êtes payé une drôle de journée. On fera ça demain matin. »

Steven hocha la tête en signe d'acquiescement.

« Vous voulez qu'on vous ramène chez vous ? » questionna encore le chef.

Il resta dehors le temps que les médecins en finissent avec Steven, puis tous deux se dirigèrent vers la voiture du chef.

« 89e Rue Est, c'est cela ? interrogea Terranova, tandis que la voiture s'ébranlait au milieu de la cohue.

— 113e », répondit Steven.

Il donna l'adresse au chauffeur et, quand ils y furent, il demanda au chef de patienter un moment.

Williams et Phelan attendaient dans leur voiture devant le bureau 61 des Affaires scolaires quand le gardien arriva. C'était un Noir, petit et trapu, qui ne demanda pas à voir leur mandat. Ils le lui montrèrent néanmoins. Il les autorisait à saisir agendas et papiers divers dans le bureau d'Artemis Reach, tout ce qui pourrait constituer des pièces à conviction relatives au décès d'Ophelia James, de Timothy Warren et de Lloyd Elijah, ainsi que tous documents, agendas et rapports ayant trait à des trafics de narcotiques ou à un ordre illégal de fermeture des écoles dépendant du Bureau.

« A la radio, ils disent que vous cherchez Mr. Reach pour l'arrêter, déclara le gardien en ouvrant la lourde porte.

— C'est exact, répliqua Williams. Vous n'auriez pas une idée de l'endroit où il se trouve par hasard? »

Le gardien eut un rire rauque.

« Ça m'étonnerait qu'il soit là, en tout cas. On ferme tôt, tout le monde rentre à la maison.

— Était-il là, quand vous avez fermé?

— Ça, je n'en sais rien. Mais je crois bien que oui. »

Le gardien leur fit traverser le hall plongé dans la pénombre, les guida ensuite dans un petit corridor jusqu'au bureau du président, faisant ferrailler une douzaine de clés au moins avant de découvrir la bonne. Williams, devant lui, aperçut la vitre brisée. Il tendit un bras pour empêcher l'homme d'avancer. Il posa son autre main sur son arme, sans dégainer.

« Nous allons entrer, chuchota-t-il. Retournez à l'entrée et attendez-nous là-bas. »

Il recula pour ne pas écraser le verre brisé et patienta le temps que, de son pas saccadé, le gardien s'éloigne dans l'ombre. Lorsque celui-ci eut regagné le hall, le silence se fit presque.

Sans échanger un mot, les deux inspecteurs se postèrent chacun d'un côté de la porte, tirant leur revolver. Phelan passa un bras par la vitre brisée, cherchant la poignée. Il la tourna, et la porte s'ouvrit doucement.

Les deux inspecteurs pénétrèrent très vite dans la pièce, reprenant position de chaque côté de la porte.

« Trouve la lumière », murmura Williams.

Une voix grave, profonde, résonna dans l'obscurité.

« Ne touchez pas à la lumière. Je suis armé.

— Nous aussi, nous avons des armes, Mr. Reach, répliqua Williams. Nous sommes deux, et nous savons nous en servir. »

Une odeur d'alcool flottait dans la pièce, mais la voix de Reach n'était pas celle d'un homme ivre. Williams sentit Phelan glisser dans l'ombre et avancer le long du mur. Bonne idée. En se séparant, ils réduisaient les chances du tireur, et réduisaient d'autant la possibilité qu'il tire. Reach devait avoir lui aussi entendu Phelan bouger, songea Williams, mais il ne disait rien, ne leur ordonnait pas de rester immobiles.

403

L'idée lui traversa l'esprit que cet homme pouvait néanmoins leur tirer dessus, pour être à son tour descendu. Le fait de trouver Reach assis dans un bureau obscur, une arme à la main, n'inspirait guère confiance dans son jugement, ses intentions ou son équilibre mental.

« Baissez votre arme, Mr. Reach, dit lentement Williams, comme si son interlocuteur avait des difficultés de compréhension. Nous ne souhaitons pas que quiconque soit blessé.

– Êtes-vous venus pour m'arrêter ?

– Oui, monsieur. »

Williams distinguait à peine une silhouette derrière un bureau, de l'autre côté de la pièce. S'il lui fallait tirer, il avait une chance honnête d'atteindre sa cible, sans plus. En revanche, il représentait une sacrée cible, avec la porte juste derrière lui.

« Vous êtes noir, n'est-ce pas ? demanda Reach.

– Oui, monsieur, je suis noir, répondit Williams. Je vais avancer vers vous. Je voudrais que vous vous leviez et que vous posiez vos mains sur la tête.

– C'est impossible. Restez où vous êtes. »

Williams ne bougea pas.

« Bien, ajouta Reach. A présent, dites à votre copain de ne pas bouger, lui non plus.

– Doug... »

Le bruit léger des semelles de Phelan sur la moquette cessa immédiatement.

« Il est noir, lui aussi ? s'enquit Reach.

– C'est exact.

– Les Noirs m'écoutent », dit Reach. Il n'y avait aucune inflexion particulière dans le ton de sa voix. Il énonçait simplement un fait.

Merde, pensa Williams. Cela promettait de durer un moment. Le type allait leur raconter sa vie.

« Savez-vous pourquoi ? reprit Reach. Parce que ce que je dis a du sens. Je leur dis ce que les autres ne veulent pas qu'ils sachent. Vous pensez peut-être que l'administration de cette ville voudrait en faire une population de Nègres bien éduqués ? Mes pieds, oui ! Il faut se battre, se battre pour tout.

– En vendant du crack aux gosses ? C'est comme cela que vous vous battez pour les Noirs ? » lança Williams, le défiant. Il avait entendu Phelan avancer de nouveau, d'un ou de deux pas, pendant que Reach parlait. Il fallait continuer de le faire parler. Il aurait aimé savoir où se trouvait son partenaire, mais au moins Reach semblait-il l'ignorer également.

« C'est ce que l'on dit? questionna Reach.

– C'est ce que moi je dis. Et voulez-vous m'expliquer pourquoi, Mr. Reach? Pourquoi un homme qui prétend aider nos gosses fait cela?

– C'est un mensonge, rétorqua Reach, sa voix résonnant dans l'ombre. Ils vous ont fait un lavage de cerveau, quand vous êtes devenu flic? Ils vous ont forcé à oublier que le mensonge existe? Ils mentaient à propos de King, de Powell. Et J. Edgar Hoover, hein? Dites-moi que vous ne le saviez pas.

– King ne vendait pas de crack.

– Et alors? Vous avez chopé ce putain de prof de gym, c'est cela? Un prof de gym blanc. Il vous a raconté ces conneries, et vous aussi vous venez comme un Blanc pour arrêter cet abruti de Nègre.

– Si vous voulez dire que ce n'est pas la vérité, alors posez cette arme, Mr. Reach. Vous aurez toutes vos chances.

– Quand?

– Dès maintenant. Immédiatement.

– Pauvre type.

– Ce n'est pas moi qui menace deux flics avec une arme, Mr. Reach. »

Le rire du président roula dans l'ombre, telle une vague d'énergie pure. Williams avait déjà entendu ce rire, à la radio, à la télévision. C'était un rire qui venait de loin, un rire d'autodérision, plein de chaleur, de force, un rire qui se moquait de tout, tout en demeurant au-dessus de tout. Il retrouvait tout cela, y compris dans l'angoisse de cet instant. Grands dieux, c'était une chose incompréhensible, même pour un inspecteur tel que Williams, qui avait connu dans sa carrière les différents paradoxes de l'amour et de la dépravation.

« Comment est-ce arrivé, alors, Mr. Reach? demanda-t-il, car ce rire lui donnait le désir de comprendre.

– Je croyais que vous étiez un Nègre évolué. Vous n'avez qu'à me le dire.

– Vous vous êtes fait avoir par vous-même. Vous êtes accro, il vous faut votre dose. C'est bien cela?

– Allez vous faire foutre.

– Dites-le-moi, alors! tonna Williams. J'ai des gosses, dans cette ville. Vous alliez dans le bon sens, vous faisiez bouger les choses. »

Il entendit Phelan remuer de nouveau. Pas Reach.

« Et alors? Et alors? cria Reach. Vos gosses, ce seront aussi des flics, monsieur le Flic? Écoutez-vous, pauvre abruti! Vous voulez la vérité? Non, vous ne la voulez pas, vous seriez infoutu de la reconnaître. Parce que ce n'est pas la vérité que vous voulez entendre, monsieur Je-suis-un-Noir-et-fier-de-l'être. Je vais vous la dire, et vous n'en écouterez pas un seul mot, parce que tout ce que vous voulez, c'est me faire parler pendant que l'autre rampe dans l'ombre pour me sauter dessus. Voilà votre réponse, cher ami. Voilà ce que c'est d'être Artemis Reach, avec son boulot, son poste de président. C'est lui, il est comme ça. Je faisais avancer les choses? Quelles choses? Allez, dites-le-moi! Douze, vingt, cent Nègres de plus éduqués chaque année. Si vous croyez que cela fait avancer les choses, vous allez être plus déçu que moi, mon grand. Pour ma part, cela ne change rien.

– C'était un début.

– Ce n'était rien! » rugit Reach dans l'ombre, d'une voix emplie de violence et de douleur, effectuant un écart brutal.

Instantanément, Williams sut qu'il n'avait pas le choix. Il fallait cesser maintenant. Il fit un pas en avant, mettant Reach au défi de tirer.

« Pourquoi, Mr. Reach? fit-il, avançant toujours. Pourquoi?

– N'approchez pas! »

Mais il continuait d'avancer.

« Pourquoi? Dites-moi quelque chose, quelque chose de crédible!

– N'approchez pas!

– Mais, bon dieu, pourquoi? »

Le coup de feu explosa tel un coup de canon, tandis qu'un éclair jaillissait. Toutefois, la balle passa loin de Williams en sifflant, et le bruit du verre fracassé fut bientôt suivi par le heurt sourd de deux corps et l'écho d'une lutte brève, mais brutale, dans l'ombre.

Williams plongea vers le bureau, comme un homme qui monte dans une voiture en marche, et atterrit à plat ventre, l'arme pointée, visant le trou sombre derrière le bureau où Reach et son collègue avaient roulé sur le sol, prêt à toute éventualité.

Mais il n'eut pas à intervenir. C'était fini. Il entendit un grognement de douleur, lorsque Phelan tordit le bras de Reach derrière son dos, et il vit son partenaire s'agenouiller sur le dos du suspect. Lui-même tenait son revolver à deux mains, visant la tête de Reach, plaqué au sol.

Puis il entendit le déclic des menottes, et Phelan redressa brutalement le président du Bureau, le remettant sur pied.

Williams se releva à son tour, remit son arme dans l'étui, et se baissa pour prendre celle qui avait tiré sur lui. Ensuite, il contourna le bureau et vint se poster face à Reach, si près qu'ils se voyaient clairement dans la pénombre.

« Vous ne m'avez toujours pas dit pourquoi, déclara-t-il.

— Je suis ce que je suis, répondit Reach. Voilà pourquoi. Croyez-vous que tout cela ait la moindre importance? »

Steven frappa à la porte, attendit. Il perçut un son étouffé à l'intérieur, puis la voix de Rita :

« Qui est là? »

Il y eut le petit bruit métallique du couvercle de l'œilleton que l'on soulevait, et la porte fut déverrouillée en hâte.

« Oh, Steven! » s'écria-t-elle, s'avançant vers lui.

Sa mère se tenait un peu plus loin, l'air maussade, mal réveillée, dans un peignoir délavé.

« Mon dieu, que t'est-il arrivé? » demanda Rita, voyant son visage contusionné, ses vêtements ensanglantés.

Sans attendre de réponse, elle se tourna vers sa mère et dit quelque chose en espagnol, d'un ton si autoritaire, si péremptoire que la femme se détourna et regagna sa chambre en traînant les pieds. Rita se retourna vers Steven, ferma la porte derrière lui.

« Je pensais te trouver là, déclara-t-il. C'était idiot de m'attendre chez moi, si je ne rentrais pas. »

Rita fit un pas en arrière, saisie, mais se tut.

« Lorsque j'ai voulu te parler de tout cela, la semaine dernière, dans la cafétéria, reprit-il, tu n'as rien voulu entendre. Mais après que j'ai été trouver Lucasian au gymnase, tu as accouru. Il t'a prévenue, n'est-ce pas? Il t'a dit de faire cela?

— Steven, tu ne comprends pas. »

Son regard était clair et doux, et bien que, il le savait, tout ce qu'elle allait dire à présent ne serait que mensonge, il ne lisait rien sur ce visage, n'entendait rien dans cette voix qui indiquât qu'elle n'était pas la femme qu'il connaissait la veille encore.

« Qu'est-ce que je ne comprends pas? Que tu as envoyé Lucasian pour me tuer, ce soir?

— C'est faux, Steven. Jamais je ne ferais cela. Tu le sais.

— Tu l'as appelé ce soir. Tu lui as dit que Jamal et moi allions à l'école. Personne d'autre ne le savait.

— C'est faux. C'est faux.

— Tu nous l'as envoyé. Ils étaient prêts à nous tuer.

— Mon dieu, Steven, non, non, je ne lui ai rien dit. Il faut que tu me croies. Jamais je ne ferais une chose pareille.

– Je n'ai rien à croire, Rita. Pourquoi es-tu venue me trouver, la première fois? Pourquoi es-tu venue chez moi? C'est bien Lucasian qui t'a dit de le faire, n'est-ce pas?

– Je t'ai demandé d'arrêter, Steven. Je t'ai supplié de laisser tomber. »

Il vit des larmes monter à ses yeux, tandis qu'elle avançait d'un pas vers lui, levant le bras pour caresser son front, ses cheveux. Il la laissa faire.

« Il m'a dit de te conduire à Charlie, reprit-elle d'une voix précipitée, balbutiant, le souffle court. Nous pensions que cela mettrait peut-être un terme à tout ça. Je ne te raconterais pas une telle chose si je ne te disais pas la vérité. Si je suis venue te voir chez toi, c'est que je voulais que tu arrêtes. Il ne m'a pas dit de le faire. Je suis venue parce que je t'aimais, Steven. Parce que j'avais peur qu'il ne t'arrive un mauvais coup.

– Et parce que tu voulais protéger ton petit commerce, coupa-t-il d'une voix dure.

– Je ne peux rien changer à ce que je suis, s'écria-t-elle, en larmes. Je ne peux rien changer à ce que j'ai fait. Tu ne sais pas ce que c'est que d'être pauvre, Steven. Ma mère, mon frère à charge, sans jamais réussir à m'en sortir.

– Donc, tu fournis du crack aux gosses?

– Je ne vais pas me justifier, Steven. C'est Barry qui m'a dit ce qui se passait. Il m'a dit ce que faisait Artemis, qu'il était en train de prendre le contrôle du trafic, de l'organiser. C'était effrayant. C'était énorme, ça me dépassait. Alors, il m'a demandé d'en faire partie, et j'ai accepté. Qu'est-ce que cela changeait? Artemis, Barry, partout dans le district des profs y participaient. Moi aussi. Crois-tu que cela aurait empêché quoi que ce soit, si j'avais dit non? »

Il ne répondit pas à sa question. Elle connaissait la réponse. Il se détourna, mais elle revint face à lui et tomba à genoux, lui tenant les mains, les pressant contre son visage.

« Je ne suis pas comme cela, Steven, affirma-t-elle d'une voix suppliante. C'était une erreur. Et quand nous sommes allés ensemble trouver Charlie, et que j'ai vu à quel point cela te préoccupait, je t'ai aimé plus encore. Parce que j'aurais voulu être aussi bouleversée que toi, Steven. Je l'étais, avant. Je me passionnais pour ces gosses. Et je savais qu'avec toi je pourrais me passionner de nouveau. Je ne voulais pas qu'il t'arrive malheur, je ne voulais pas te perdre. J'avais besoin de toi, Steven. Je n'avais aucune chance de m'en sortir sans toi. Était-ce mal?

– Tu as tué une enfant, Rita. Tu as tué cette petite fille.

– Non. Je te jure que non.

– T'a-t-elle suppliée, comme tu le fais maintenant ? »

A présent, les larmes ruisselaient ; elle sanglotait, le souffle court.

« Je t'en prie, Steven, pas cela. Je ne peux plus y penser, je ne peux pas supporter de revoir cela. Si je pouvais la ramener à la vie, crois-tu que je ne le ferais pas ?

– T'a-t-elle suppliée, Rita ? »

Sa voix était dure, froide. Rita comprit qu'elle ne le ferait pas céder.

« Non, dit-elle, lâchant ses mains. Elle ne m'a pas suppliée. »

Elle se laissa aller sur le sol, le corps agité de sanglots, les jambes repliées sous elle, toute petite, défaite, pitoyable.

« Et tu l'as tuée, quoi qu'il en soit.

– Pas moi, Steven. J'ai essayé de l'arrêter. » Sa voix était devenue plus douce, comme distante. « Il y avait des filles, peu importe qui. Elles m'ont donné l'argent qu'elles avaient récolté et je leur ai donné le crack. Charlie Wain a donné son argent à Barry. Nous rangions la marchandise dans l'armoire à pharmacie. Nous avons entendu du bruit, juste au moment où nous allions sortir, et l'une des filles est retournée voir. " Hé, dites donc, regardez-moi ça ! " Je me souviens encore de sa phrase. Nous y sommes allés. Ophelia se tenait dans un coin des douches. Elle était nue. Elle essayait de se couvrir avec ses mains. »

Rita roula sur le sol, s'immobilisa dans une position étrange, comme ratatinée sur elle-même, et leva vers Steven un regard noyé de larmes.

« Mon dieu, Steven, cela a été horrible. Barry a dit aux filles de partir, et Charlie a traîné Ophelia hors des douches. J'ai essayé de l'arrêter. Je l'ai prise dans mes bras. Elle était glacée. Puis elle m'a dit de la laisser, parce que Timothy savait où elle était, et c'est alors que Charlie l'a saisie. Il l'a prise au cou, en me disant de la laisser. Il l'a étouffée, jusqu'à ce qu'elle tombe entre mes bras, inerte. Elle était morte.

– Et tu l'as habillée.

– Eux l'ont fait.

– Et vous l'avez mise dans la salle de musculation.

– C'est eux. A cause de ce qu'elle avait dit. Je pense que Charlie voulait tuer Timothy aussi, en disant qu'ils s'étaient battus quand il l'avait découvert avec elle. Mais Timothy avait un couteau. Je crois que c'est pour cela qu'il ne l'a pas fait. Je ne sais pas, je n'étais pas là à ce moment. Ça semblait dingue, j'étais terrifiée, et Barry nous disait quoi faire. Elle n'a pas pleuré, elle n'a pas versé une larme. »

Steven se taisait ; il paraissait anesthésié par ce qu'il venait d'entendre.

« Steven... », appela Rita au bout d'un moment. Elle avait les yeux clos. C'était presque une question, comme si elle lui demandait s'il était toujours là.

« Oui.

– Ils lui ont mis sa jupe et son maillot, puis son chemisier. Barry a ouvert la porte, et ils l'ont emportée dans la salle de musculation. Et quand ils l'ont allongée sur cette machine, sa jupe s'est soulevée, et j'ai vu qu'elle ne portait rien en dessous. »

Les larmes montaient aux yeux de Steven à présent, et il détourna le regard.

« Oh, Steven... J'aurais voulu que ce soit moi, à sa place. Elle était si petite, si jeune. Je ne voulais pas cela. Je ne voulais pas.

– C'est bien la vérité ?

– Oui. Oui.

– Et tu n'as pas envoyé Lucasian après moi, ce soir ?

– Je te le jure, Steven. »

Il baissa les yeux vers elle, essayant de se rappeler que, à peine quelques heures auparavant, il l'aimait. Ensuite, il se détourna, ouvrit la porte.

« Lucasian m'a demandé les lettres, déclara-t-il. Tu étais la seule à savoir que je les avais. »

C'était elle qui se taisait à présent.

« Il y a un flic en bas, conclut-il. Il attendra que tu descendes. Mais si tu ne viens pas, c'est lui qui montera. »

Après quoi, il sortit.

ÉPILOGUE

Dans la matinée, Steven se rendit en métro au centre administratif de la police pour fournir la déclaration promise. Lorsqu'il en eut terminé, l'inspecteur qui l'avait reçu l'informa que le chef souhaitait le voir.

« Je me suis dit que vous seriez intéressé de savoir que nous avons mis la main sur Artemis Reach, hier soir, déclara Terranova.

– Vous l'avez arrêté ? »

Terranova hocha la tête.

« Il y a deux ans, j'aurais juré que cet enfoiré allait remettre de l'ordre dans nos écoles, affirma-t-il. Pouvez-vous imaginer un type pareil ? »

Non, Steven n'imaginait rien. Pour quelque mystérieuse raison, ses pensées le ramenaient à l'infirmerie, une semaine auparavant, lorsque Reach avait refusé que l'on emportât Lloyd Elijah en ambulance et l'avait forcé à se remettre sur pied, par la simple force de sa volonté. Pourquoi ? Quels mensonges Reach se racontait-il ? S'imaginait-il pouvoir compenser ainsi ce qu'il avait pris, quand lui ou les gens qui travaillaient pour lui avaient fourni à ce garçon la drogue qui avait failli l'emporter ?

Et cela lui rendait-il plus facile, quelques jours plus tard, d'ordonner la mort de Lloyd ?

Il n'y avait là aucune réponse aux questions de Terranova. Peut-être la réponse était-elle très simple : l'appétit de pouvoir ou d'argent. Mais Steven en doutait. L'amertume, il en était persuadé, avait un rôle à jouer dans tout cela. A un certain moment, l'énergie impitoyable d'Artemis Reach, qui avait toujours été le cœur même de sa force, s'était dévoyée. L. D. Woods semblait l'avoir compris, infiniment mieux que Steven ne le ferait jamais. Le feu qui brûlait dans cet homme, affirmait-elle, n'avait jamais été autre chose que le feu de la rage, de la haine.

Et peut-être la réponse était-elle là.

411

« Nous allons tout savoir, quoi qu'il en soit, ajouta Terranova. Lucasian a déjà commencé à parler. Nous avons les noms des professeurs qui travaillaient pour Reach, dans deux autres écoles. A mon avis, le trafic couvre l'ensemble du district. Je vous tiendrai au courant. »

Steven ne tenait pas à en savoir plus.

« Et l'émeute ? demanda-t-il. A la radio, on dit que les gosses ont cédé.

— Une fois que nous avons mis la main sur Charlie Wain, les choses se sont calmées. Chambers est venu leur parler, cela nous a bien aidés. »

Steven se dirigea vers la porte. Au moins, c'était fini.

« On dirait bien que je me suis trompé sur vous, Hillyer », lança Terranova au moment où il allait sortir.

C'était là le maximum qu'il pût faire en matière d'excuses. En réalité, il s'était trompé sur presque tout, depuis le début.

« Il n'y a pas de mal », répondit Steven.

Peut-être était-ce vrai, pour lui. Mais c'était certes faux pour la veuve de Jim Franks. Et pour ses gosses. Terranova ne se demandait pas si cela aurait pu finir différemment pour Franks, si le chef des enquêtes avait vu clair à temps. Son esprit ne fonctionnait pas ainsi, il refusait les hypothèses, n'acceptait que la réalité des faits. Ce qui lui faisait mal, en revanche, c'était de s'apercevoir que Franks était, finalement, le genre de flic qu'il appréciait.

« Écoutez, déclara-t-il, vous allez à l'enterrement, n'est-ce pas ? Dites de ma part à sa femme que... » Il laissa la phrase en suspens. « Non. Mieux vaut ne rien dire. »

Steven loua une voiture dans une des agences bon marché, non loin du palais de justice, et se rendit à Dobbs Ferry. Il n'y avait pas grand monde à la messe funéraire, mais assez pour éviter que l'église ne fût pas trop déserte. En plus de la famille de Franks se trouvaient là des gens qui semblaient être des amis, des voisins, et d'autres que Steven devina être des flics.

Il s'assit parmi eux, et lorsque les personnes présentes s'alignèrent pour présenter leurs condoléances à la veuve, il prit sa place et attendit son tour. Il se présenta en lui serrant la main, ajoutant qu'il était profondément désolé, mais elle ne savait visiblement pas qui il était et ne posa pas de question. C'était aussi bien ainsi.

Il n'alla pas au cimetière.

En rentrant en ville, il quitta l'autoroute à la sortie du Bronx et se dirigea vers la maison de Victoria James. C'est Tal Chambers qui lui ouvrit la porte.

« Je voudrais raconter à Mrs. James ce qui est réellement arrivé, dit-il. Je pense qu'elle doit le savoir. »

Chambers lui fit signe d'entrer et alla frapper à la porte de la chambre. L. D. ouvrit la porte et disparut après que Tal lui eut murmuré quelque chose à l'oreille.

« Elle est sous sédatifs, expliqua Tal, le rejoignant dans le salon. L. D. ne la quitte pas. Nous lui avons déjà raconté, un petit peu. C'est dur pour elle, mais je pense qu'elle doit l'entendre de votre bouche. »

Quelques minutes plus tard, L. D. sortait de la chambre avec Victoria James.

« C'est gentil à vous d'être venu, déclara Mrs. James. Miss Woods m'a dit tout ce que vous avez fait.

— Tout ce que votre fille a fait », corrigea Steven.

Il lui parla, ne lui expliquant que ce qu'elle était en état de supporter, omettant de raconter comment Ophelia s'était cachée dans les douches, où ils l'avaient trouvée nue. Il ne révéla pas non plus comment elle était morte. Il parla de Timothy et d'Ophelia, de leur combat courageux, magnifique, contre la toute-puissance des dealers.

Victoria écoutait gravement, hochant la tête à chacune de ses paroles.

« Elle avait du cœur, Mr. Hillyer, dit-elle enfin. Mais ce n'était qu'une enfant. Elle n'avait pas assez d'expérience pour savoir qu'une enfant ne peut rien contre ces gens. »

Il tendit le bras vers le divan, prit la main de la femme dans la sienne.

« Elle a réussi, Mrs. James. Ce qui est arrivé hier soir, c'est Ophelia qui l'a fait. »

Ils demeurèrent encore assis un moment, silencieux. Puis L. D. accompagna Steven jusqu'à la porte, sortit avec lui sur le palier.

« Steven, je vais postuler pour le poste d'Artemis », affirmat-elle. Elle partit de son rire chaud, son rire de gorge. « Je veux parler de la présidence du Bureau, bien sûr. On ne peut d'ailleurs plus parler de son poste.

— Non, en effet, n'en parlons plus. Je suis certain que vous y serez remarquable.

— Il est sûrement trop tôt pour y penser, répondit-elle, mais vous savez que nombre de bureaux des Affaires scolaires comptent des professeurs parmi leurs membres. J'aimerais que vous y songiez. »

Steven allait répliquer que cela ne l'intéressait pas, que sa place

413

était dans une salle de classe, mais L. D. posa un doigt sur ses lèvres.

« Ne dites pas non avant d'y avoir réfléchi. Ne sous-estimez pas les gosses. Ils ont droit à ce qu'on peut leur apporter de mieux. »

Il revint à Manhattan, rendit la voiture, prit un taxi jusque chez lui et s'effondra sur le lit. Il n'avait presque pas dormi pendant deux nuits consécutives, et il tomba dans un sommeil profond, sans rêve, qui semblait ne jamais devoir finir. En s'éveillant, il s'aperçut que l'on était dimanche, et qu'il était presque midi.

Il appela L. D. chez elle, déclarant qu'il souhaitait discuter de son idée pour le Bureau 61.

« Venez, répondit-elle. Je vais préparer le petit déjeuner et on parlera.

— Je ne peux pas, pour l'instant. J'ai quelque chose à faire. Je voulais juste vous dire que j'y réfléchissais. »

Il prit une douche, un déjeuner rapide, et se rendit en métro dans le Bronx où, quittant la station, il se dirigea vers l'adresse qu'il avait notée dans son calepin, au nom de Jamal Horton.

Le père de Jamal ne pouvait s'ôter de l'esprit, malgré des protestations répétées, que son fils devait s'être mis dans de sérieux ennuis pour amener un professeur à la maison, un dimanche après-midi. Mrs. Horton servit le café, tandis que sa sœur aînée partait à sa recherche dans le quartier, non sans grommeler.

« Je voulais faire quelque chose aujourd'hui, expliqua Steven quand Jamal fut là. Je me suis dit que tu voudrais peut-être m'accompagner.

— Sans doute. C'est quoi ?

— Tu verras en arrivant là-bas. »

Dès qu'ils furent sortis de l'appartement, Jamal se tourna vers lui.

« Pourquoi êtes-vous venu ici ? demanda-t-il. Mon père va me tuer.

— Je lui ai dit que tu n'avais rien fait de mal, au contraire.

— Jamais il ne croira ça. »

Steven passa un bras autour de l'épaule du jeune garçon, et ils continuèrent de descendre l'escalier.

« Je suis navré, affirma-t-il, mais tu t'en sortiras. Quelque chose me dit que ce ne serait pas la première fois qu'il manquerait de te tuer.

— En tout cas, la première fois pour quelque chose que je n'ai pas fait.

— *N'aurais* pas fait. »

Ils prirent le métro jusqu'à Manhattan, descendirent à la 14ᵉ Rue et marchèrent jusqu'à la 12ᵉ, arrivant à Broadway. Lorsque Steven le conduisit dans la Librairie du Strand, Jamal ouvrit de grands yeux, perplexe, et en partie déçu.

« Ce n'est pas là que nous allons? fit-il.

– Si. C'est là.

– Qu'est-ce que c'est que ça? Une bibliothèque?

– Une librairie. »

Le magasin évoquait un supermarché aux murs recouverts de livres, du sol au plafond. Les tables étaient chargées de piles de livres jusqu'à hauteur de poitrine, et des piles de livres jonchaient le sol. Au-dessus, des affiches indiquaient : « Services de presse » ou « Tout à $ 1.99 ».

« C'est quoi, à un dollar quatre-vingt-dix-neuf? chuchota Jamal.

– Tout ce qui est sur cette table-là. Tu veux jeter un coup d'œil?

– Non, pas spécialement. Qu'est-ce qu'on fait? questionna-t-il, regardant autour de lui.

– On regarde si je peux trouver quelque chose », répondit Steven.

Il se fraya un chemin dans les allées étroites où se pressaient les clients, jusqu'à une porte donnant sur un escalier qui menait au sous-sol. Même les marches étaient recouvertes de livres. Et, au sous-sol, il semblait y en avoir plus encore qu'au rez-de-chaussée, si c'était possible.

« Vous êtes sûr que ce n'est pas une bibliothèque? » demanda Jamal.

Steven désigna un panneau à l'entrée d'une travée.

« Tout cela, ce sont des livres sur la pédagogie, expliqua-t-il.

– Sur la *pédagogie*?

– On dirait bien. »

Il ne fallut pas cinq minutes à Steven pour trouver ce qu'il cherchait. Quand ils retournèrent vers l'escalier, il avait trois livres sous le bras.

« Vous avez pris quoi? s'enquit Jamal.

– J'enseigne la littérature, expliqua Steven, et aussi la grammaire, un peu. Mais je n'ai aucune idée de la manière dont on apprend à quelqu'un à lire. C'est ça, que j'ai pris. »

Jamal s'arrêta instantanément, esquissant même un pas en arrière.

« Rien à faire, déclara-t-il. Je croyais qu'on en avait déjà parlé. »

Steven sourit sans répondre.

« Hé, pourquoi voulez-vous que je m'occupe de ça ? protesta Jamal. Je me débrouille très bien sans.

– Très bien, c'est bien. Mieux, c'est encore mieux. »

Ils s'arrêtèrent pour prendre un soda et une part de gâteau dans la 14ᵉ, et, quand ils sortirent du restaurant, il était presque six heures.

Le soleil ne se coucherait pas avant une heure, et les rues étaient plus sombres, mais il faisait encore jour. A l'est, tout au bout de la 14ᵉ Rue, la lune s'était déjà levée.

Cet ouvrage a été réalisé par la
SOCIÉTÉ NOUVELLE FIRMIN-DIDOT
Mesnil-sur-l'Estrée
pour le compte des Éditions Belfond
en janvier 1994

Imprimé en France
Dépôt légal : janvier 1994
N° d'édition : 3139 – N° d'impression : 25523